드래곤 에이지
빼앗긴 왕좌

데이비드 게이더 지음 / 구세희 옮김

제우미디어

드래곤 에이지 : 빼앗긴 왕좌

초판 1쇄 | 2012년 11월 5일

지은이 | 데이비드 게이더
옮긴이 | 구세희

펴낸이 | 서인석
펴낸곳 | 제우미디어
출판등록 | 제 3-429호
등록일자 | 1992년 8월 17일
주소 | 서울시 마포구 상수동 324-1 한주빌딩 5층
전화 | 02-3142-6845
팩스 | 02-3142-0075
홈페이지 | www.jeumedia.com

ISBN | 978-89-5952-269-9
※파본은 본사나 구입하신 서점에서 교환해 드립니다.

제우미디어 소설 공식 카페 | **cafe.naver.com/jeunovels**
제우미디어 페이스북 | **www.facebook.com/jeumedia**

만든 사람들
출판사업부 총괄 손대현 | **책임 편집** 김혜리 | **기획** 전태준, 김용진 | **디자인** 더더디자인
제작 김금남 | **영업** 김응현, 김소영, 김영욱, 신한길
도와주신 분 박수민

사랑하는 오마에게
이 책을 바칩니다.

감사의 말씀

가장 먼저 언제나 나를 응원해주는 조던, 스테프, 다니엘, 신디에게 깊은 감사의 마음을 보냅니다. 여러분이 없었다면 이 책을 진작 포기하고 말았을 것입니다. 또한 게임만 해서는 장래가 없다고 잔소리를 하시면서도 게임을 막지 않으셨던 부모님께도 감사드립니다. 부모님께서는 언제나 상상력을 발휘하라고 격려해주셨고 그건 내게 그 무엇보다도 중요한 것이었습니다. 언제나 감사하게 생각합니다.

이 게임 세계를 현실로 만들기 위해 부단히 노력한 드래곤 에이지 팀의 노고를 언급하지 않고는 감사의 말씀을 제대로 마무리하지 못할 것 같습니다. 훌륭한 상상력과 창의력을 지닌 그들과 함께 나날을 보낼수록 우리가 만들고 있는 이 모든 것들이 점점 더 자랑스러워졌고, 여러분의 도움으로 훨씬 수월하게 진행할 수 있었습니다.

마지막으로 내게 멋진 기회를 주고, 이 원고의 가능성을 믿어준 바이오웨어에 감사의 말을 전합니다.

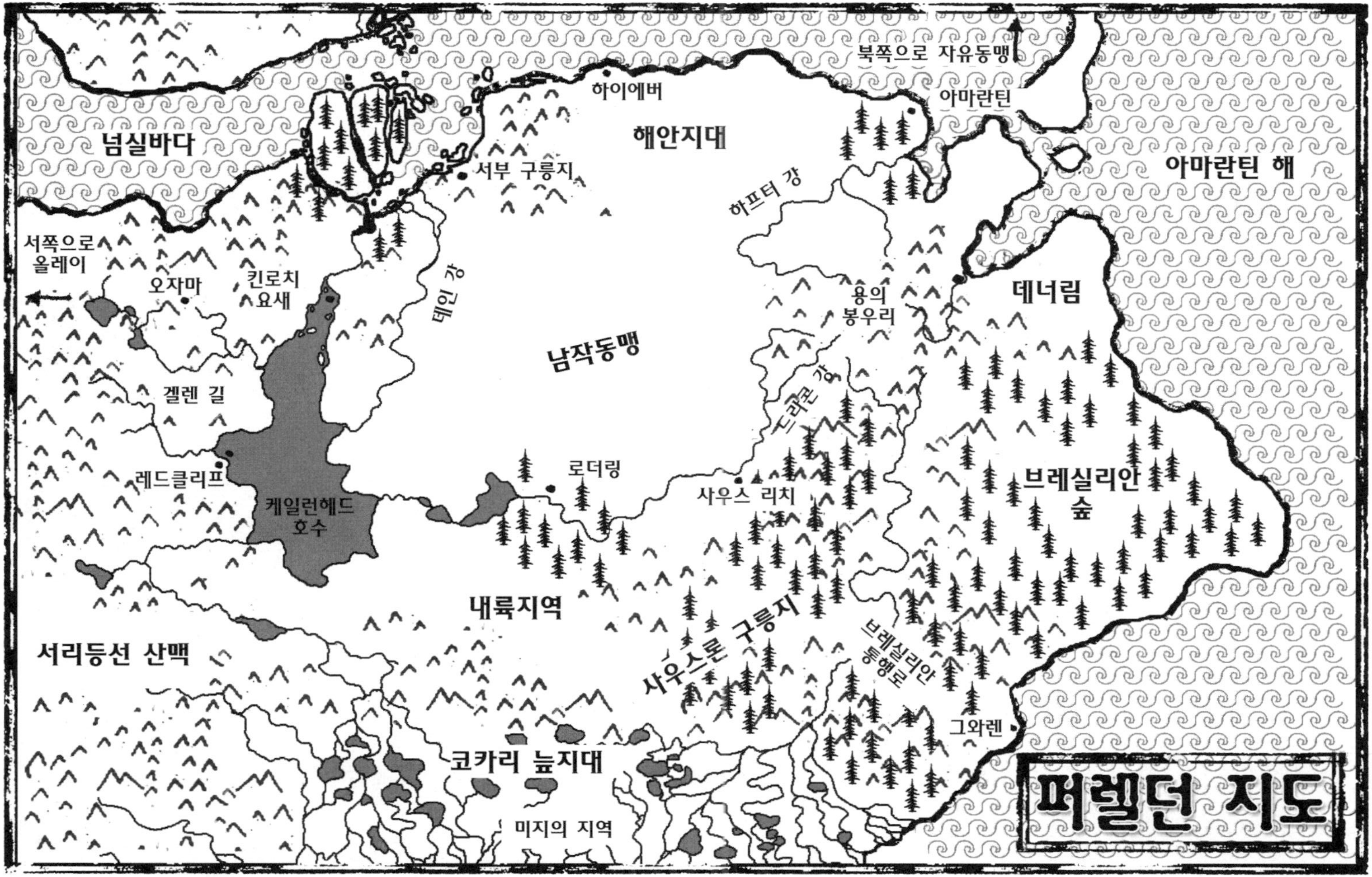
퍼렐던 지도
넘실바다
북쪽으로 자유동맹
하이에버
아마란틴
해안지대
아마란틴 해
서부 구릉지
하프터 강
서쪽으로
올레이
오자마
킨로치
요새
데인 강
용의
봉우리
데너림
남작동맹
겔렌 길
드라콘 강
레드클리프
로더링
사우스 리치
브레실리안
숲
케일런헤드
호수
내륙지역
사우스론 구릉지
브레실리안
통행로
서리등선 산맥
그와렌
코카리 늪지대
미지의 지역

제1장

"도망쳐, 마릭!"

마릭은 달리기 시작했다.

어머니의 마지막 외침에 재빨리 일어나 내달렸다. 어머니가 끔찍하게 살해당하는 모습은 마치 불로 지지기라도 한 듯 머릿속에 생생히 남았다. 마릭은 허겁지겁 숲의 빈터를 둘러싼 숲을 향해 뛰어들었다. 날카롭게 얼굴을 할퀴고 망토를 잡아채는 나뭇가지들을 무시하고, 우거진 나뭇잎을 헤치면서 무작정 앞으로 달려갔다.

거친 손들이 뒤에서 마릭을 붙잡았다. 어머니의 부하일까, 아니면 방금 어머니를 무참히 살해한 배신자들 중 하나일까? 그는 후자이리라 생각했다. 마릭은 있는 힘껏 몸을 수그리며 자신을 붙잡은 손을 떼어내려 애썼다. 하지만 돌아오는 것이라고는 그의 얼굴을 더욱 세게 갈기는 나뭇가지와 눈을 가리는 나뭇잎들뿐이었다. 마릭을 붙든 손이 그를 다시 빈터로 끌어당겼다. 마릭은 발끝을 더욱 땅속 깊이 밀어 넣으며 땅 위로 튀어나온 울퉁불퉁한 나무뿌리에 발을 걸었다. 그리고 다시 거칠게 뒤의 사람을 밀쳐냈다. 그 순간 팔꿈치에 무언가 딱딱한 것이 부딪혔다. 그러자 무언가 우지끈 부서지는 소리와 함께 고통의 신음이 들려왔다.

마릭을 잡고 있던 손이 조금 느슨해졌다. 그 틈을 놓치지 않고 마릭은 펄쩍 뛰어 다시 숲으로 들어갔다. 이번에는 망토가 그를 붙잡아 세웠다. 긴 가죽 망토가 어딘가에 걸린 것이다. 그는 덫에 걸린 맹수처럼 거칠게 몸을 이리저리 뒤틀고 몸부림을 쳤다. 이내 나뭇가지에 걸린 망토가 북 찢어지더니 몸이 자유로워졌다. 마릭은 숨을 몰아쉬며 뒤도 한번 돌아보지 않고 빈터 너머 캄캄한 숲 속으로 내달렸다. 오랜 세월을 자랑하는 숲은 너무나도 빽빽하여 무성한 나뭇잎 사이로 오직 희미한 달빛만 조금 스며들 뿐이었다. 앞을 알아보기가 쉽지 않았고, 숲은 마치 무시무시한 그림자와 실루엣만으로 이루어진 미로 같았다. 어두운 색의 옷을 걸친 보초들처럼 우뚝 선 오크나무들 주변으로는 촘촘한 덤불과 검게 팬 공간뿐이어서 그 속에 무엇이 도사리고 있는지 알 길이 없었다.

어디로 가는지도 알 수 없었다. 오직 도망쳐야 한다는 생각만이 그의 발을 움직였다. 그는 울퉁불퉁한 지면 위로 비죽 솟아나온 뿌리에 자꾸만 걸려 넘어지고, 여기저기에서 불쑥 튀어나오는 단단한 나무 몸통에 부딪혔다. 축축하고 미끄러운 진흙 때문에 자꾸만 미끄러지고 균형이 무너졌다. 금방이라도 바닥이 푹 꺼질 것만 같았다. 방향을 가늠할 수가 없었다. 원을 그리며 같은 자리만 빙글빙글 돌고 있는지도 몰랐다. 마릭의 뒤를 따라 숲 속으로 달려온 남자들이 서로에게 소리치는 것이 들렸다. 여전히 계속되고 있는 전투 소리도 뚜렷이 들을 수 있었다. 강철 칼날이 또 다른 칼날과 맞부딪치며 울리는 금속성의 소음, 죽어가는 남자들의 울부짖음. 아마 그가 평생을 알고 지내왔던 어머니의 부하들이리라.

기를 쓰고 달리는 동안에도 머릿속에는 수많은 장면들이 돌고 돌았다. 조금 전까지만 해도 추운 숲 속 빈터에서 몸을 떨며 자신이 비밀회의에 참석한 것은 다만 형식에 불과하다고 투덜거리지 않았던가. 그러면서 그는 주변에서 벌어지는 일에 거의 신경도 쓰지 않았다. 회의가 열리기 전, 어머니는 새

조력자들의 도움으로 반란군이 마침내 하나의 군대가 될 수 있을 거라고 했었다. 그들이 기꺼이 올레이 왕으로부터 등을 돌릴 것이라고, 이것은 도망치고 몸을 숨기며 이길 수 있는 전투만 해오던 오랜 도망자 생활 끝에 그냥 넘길 수 없는 대단한 기회라고 하지 않았던가. 마릭은 이 만남에 이의를 제기하지 않았고, 위험에 처할 수 있다는 생각은 조금도 해보지 않았다. 어머니는 악명 높은 반란군 여왕이었다. 처음 반란군을 규합한 것도, 그들을 이끈 것도 어머니였다. 반란군이 벌이는 전투는 언제나 어머니의 몫이었지, 마릭의 몫이었던 적은 없었다. 그는 할아버지가 앉았던 왕좌를 본 적도 없었고, 올레이 군이 쳐들어오기 전까지 자신의 가문이 얼마나 막강한 권력을 휘둘렀는지도 알지 못했다. 태어나서 지금까지 열여덟 해를 고스란히 반란군 야영지와 외딴 성에서 보내며 끝없이 행군하고, 끝없이 어머니에게 끌려다녔다. 다른 방식의 삶은 어떨지 상상조차 하기 힘들었다. 그건 그에게 완전히 낯선 개념이었으니 말이다.

그런데 이제 어머니가 돌아가시고야 말았다. 마릭의 삶은 순식간에 균형이 깨졌고, 그는 지금 축축한 낙엽으로 덮인 가파른 언덕을 암흑 속에 구르듯 달려 내려가고 있었다. 그때 마릭이 비틀거리며 미끄러지더니 머리를 바위에 부딪히고 말았다. 고통의 비명이 새어나왔고 눈앞이 핑그르르 돌았다.

저 멀리서 그를 쫓던 사람들이 웅성거리기 시작했다. 그의 비명을 들은 것이다.

마릭은 머리를 부여잡고 달빛 어린 그림자 속에 드러누웠다. 마치 머리에 불이 붙은 것만 같았다. 이성이라고는 모두 덮어버리는 거대한 불꽃. 그는 어리석은 자신을 속으로 욕했다. 순전히 운이 좋아서 숲 속으로 이만큼이나 도망칠 수 있었는데, 대놓고 자신의 위치를 적에게 알려준 셈이 아닌가. 손가락 사이로 끈적끈적하고 축축한 무언가가 묻어났다. 머리카락은 이미 피범벅이었고, 핏줄기가 귀와 목을 타고 흘러내렸다. 싸늘한 숲 속 공기와 다르게 무척 따뜻했다.

마릭은 잠시 꼼짝도 못하고 그 상태로 몸을 떨고만 있었다. 흑, 하고 짧은 울음소리가 그의 입술을 비집고 나왔다.

'그냥 이렇게 누워 있는 게 나을지도 몰라.'

얼른 달려와서 나도 죽여버리라지. 왕위 찬탈자가 얼마나 짭짤한 금액을 약속했든, 어머니의 죽음으로 배신자는 이미 그 상금을 확보한 셈이었다. 마릭 따위가 뭐란 말인가? 어머니를 따르던 몇 안 되는 무하늘 옆에 나란히 누울 또 다른 송장에 지나지 않을 테지. 바로 그때, 그는 지금껏 자신의 의식 가장자리에 맴돌고 있던 한 가지 생각을 떠올리고 소스라치게 놀랐다.

자신이 이제 왕이었다.

말도 안 되는 소리다. 내가? 지금껏 수많은 사람들로부터 못마땅한 듯 혀 차는 소리와 우려 가득한 시선만 받아왔던 내가? 어머니가 수도 없이 대신 변명을 하고 핑계거리를 대주어야 했던 내가? 어머니는 나이가 더 들면 자연스레 자신처럼 강력한 위엄과 권위를 가지게 될 것이라는 말로 그를 안심시켰다. 하지만 그런 일은 결코 일어나지 않았다. 그렇게 큰 문제도 아니었다. 어머니가 언젠가 죽을 수도 있다는 걸 단 한 번도 심각하게 생각해본 적이 없기 때문이었다. 어머니는 그 누구도 해칠 수 없는 영웅 같은 존재였다. 지금껏 어머니의 죽음이란 어디까지나 현실과 동떨어진 일이었다.

그런데 이제 어머니가 돌아가시고 내가 왕이 되어야 한다고? 반란군을 스스로 이끌어야 한다고?

여왕의 뒤를 이어 마릭이 왕위에 올랐다는 소식을 듣고 배꼽을 잡으며 비웃는 왕위 찬탈자의 모습이 눈앞에 생생히 그려졌다.

'그냥 이 자리에서 죽는 게 낫겠어.'

퍼렐던의 웃음거리가 되느니 차라리 어머니처럼 칼을 맞는 편이 나을 것 같았다. 정말 그렇게 된다면 사람들은 어디선가 먼 친척이라도 한 명 데려다가 반란군의 깃발을 대신 들게 하겠지. 그마저도 힘들다면 위대한 왕 케일런헤드의 혈통이 여기서 끊긴데도 하는 수 없다. 반란군 입장에서 본다면 부족해도 한참 부족한 왕자의 지휘 아래 비실거리다 소멸되느니, 애석하게도 목표 달성을 눈앞에 두고 장렬히 쓰러진 반란군 여왕과 함께 여기에서 끝나는 편이 나았다.

그런 생각을 하니 마음이 조금 편안해졌다. 마릭은 등을 대고 똑바로 누웠다. 나뭇잎과 진흙의 축축한 냉기가 이젠 편안하게까지 느껴졌다. 여기저기서 들려오는 남자들의 소리가 점점 더 가까워졌지만 평온한 마음에는 그 소리가 거의 들리지 않다시피 했다. 마릭은 머리 위로 바람에 흔들리는 잎사귀 소리에만 정신을 집중하려 애썼다. 사방으로 키 큰 나무들이 마치 발치에 굴러떨어진 작은 생물을 내려다보듯 거대한 그림자를 드리우고 있었다. 소나무 냄새, 가까이 선 나무의 쌉쌀한 수액 냄새가 느껴졌다. 이 숲의 보초들이 그의 죽음을 지켜보는 유일한 증인이 되리라.

그렇게 계속 누워 있자니 머리의 통증은 둔한 지끈거림으로 변하고, 머릿속을 흘러가는 여러 가지 생각들로 자꾸만 마음이 어지러웠다. 반란군을 돕겠다는 말을 미끼로 어머니를 이리로 꾀어낸 자들은 자신의 영토를 지키기 위해 올레이 놈들에게 무릎을 꿇은 퍼렐던의 귀족들이었다. 조상 대대로 내려오던 맹세를 지키기는커녕 목숨 바쳐 충성해야 할 정당한 여왕을 배신한 것이다. 남아 있는 반란군에게 이 소식을 전하지 못한다면 그들은 실제로 무슨 일이 일어났는지 절대 알 수 없을 터였다. 물론 짐작이야 하겠지만 증거가 없다면 무슨 일을 도모할 수 있겠는가? 어쩌면 이 배신자들은 영영 죗값을 치르지 않을지도 모른다.

마릭은 몸을 일으켰다. 욱신대는 머리가 아우성을 쳤다. 축축하게 젖은 그의 몸이 뼛속까지 떨렸다. 사방을 분간하기조차 힘들었지만 조금만 더 가면 숲에서 벗어날 수 있을 것 같았다. 지금까지 도망친 거리는 얼마 되지 않았고 그를 쫓는 남자들은 그리 멀지 않은 곳에서 숲을 뒤지며 큰 소리로 서로를 불러댔다. 그런데 이상하게도 그들의 목소리는 점점 멀어지기만 했다.

'그럼 차라리 여기 그대로 누워 있는 게 낫지 않을까?'

야트막한 구덩이 속에 누워 있었기 때문에 여기서 조금만 더 버티면 남자들은 마릭을 찾아내지 못한 채 그대로 지나칠 테고, 그러면 숨 돌릴 시간이나마 벌 수 있다. 아니면 빈터로 다시 돌아가 어머니의 부하들 중 살아남은 사람이 있는지 확인해보는 편이 나을 수도 있다.

바로 그때 가까이에서 나뭇가지 부러지는 소리가 들려 마릭은 움직임을 멈추었다. 숨을 죽이고 캄캄한 어둠에 귀를 기울였지만 조용하기만 했다. 누군가의 발소리가 분명했는데 말이다. 그는 손가락 하나 움직일 엄두도 내지 못하고 조금 더 기다렸다. 그때 비슷한 소리가 또 들렸다. 이번에는 아까보다 작았다. 분명 누군가 그를 덮치려 하고 있었다. 마릭은 그들을 알아볼 수 없어도, 그들은 그를 알아보기라도 한 것일까?

마릭은 필사적으로 사방을 둘러보았다. 그가 앉아 있는 우묵한 구덩이 반대편은 비탈길로 이어져 있었다. 무성한 나뭇잎 사이로 새어 들어오는 달빛이 너무 약해 정확한 지형을 알아보기는 힘들었다. 게다가 그쪽에는 나무뿌리와 두꺼운 덤불이 많아 기어서 몸을 숨기기도 불가능했다. 그 자리에 그대로 숨어 있든가, 구덩이 밖으로 기어올라가 그 자리를 벗어나든가, 선택은 둘 중 하나였다.

가까이서 들리는 젖은 나뭇잎이 밟히는 소리에 마릭은 최대한 몸을 낮춰 바닥에 납작하게 엎드렸다. 멀리서 들려오는 고함 소리와 나무 꼭대기에서 부는 바람 소리 때문에 알아듣기 힘들었지만 누군가 근처를 지나가면서 내는 약한 발소리를 분명 감지할 수 있었다. 다행스럽게도 마릭을 전혀 보지 못한 것 같았다. 아니, 사방이 너무 어두워 추적자들도 그처럼 넘어져 이 구덩이로 굴러떨어질 가능성이 아주 높았다.

적이 자기 몸 위로 떨어질지도 모른다는 생각에 마릭은 조심스레 몸을 일으켰다. 그러자 날카로운 통증이 무릎과 팔을 훑고 지나갔다. 나뭇가지에 긁혀 얼굴과 손에 상처가 나고 머리도 크게 찢어진 게 분명했다. 하지만 그 통증은 자신이 아닌 다른 사람의 것인 양 둔하고 멍하기만 했다. 그는 최선을 다해 천천히, 그리고 조용히 움직였다. 부드럽게 움직여야 했다. 그러면서 불안한 듯 아랫입술을 꽉 깨물고 발소리가 더 들리는지 귀를 기울였다. 미친 듯 쿵쾅대는 심장 박동 때문에 다른 소리를 듣기는 정말 힘들었다. 가까이 다가온 자가 누구였든 마릭의 심장 소리를 들을 수 있었을 것이다. 어쩌면 바로 이 순간에도 겁쟁이라 비웃으며 그의 목숨을 빼앗으려 점점 가까이 다가오는지도 모른다.

찬 공기에도 땀으로 범벅이 된 마릭은 천천히 숨을 들이쉬고 내쉬면서 느릿느릿 몸을 일으켜 두 발로 바닥을 디뎠다. 오른쪽 무릎이 경련을 일으키며 번개에 맞은 듯한 날카로운 통증이 다리를 타고 솟구쳤다. 둔하게 느껴지는 다른 상처와 달리 이 부상만은 명확히 느껴졌다. 마릭은 통증에 깜짝 놀라 자기도 모르게 숨을 크게 내뱉으며 꾹 다문 잇새로 흘러나오려는 신음을 억눌렀다.

양손으로 후다닥 입을 막고 눈을 꽉 감았다. 얼마나 바보 같은 짓을 한 것일까. 어둠 속에 쭈그리고 앉은 채 그는 다시 귀를 기울였다. 가까이에 있던 발소리가 우뚝 멈췄다. 저 멀리 나무 사이에 있는 누군가가 마릭 쪽으로 소리를 질렀다. 정확히 알아들을 수는 없지만 질문임이 틀림없었다. 무엇이든 찾아냈느냐고 묻는 것이었다. 하지만 응답은 들리지 않았다. 가까이에 있을 발소리 주인이 마릭의 기척을 눈치채고 자신의 위치를 들키지 않기 위해 일부러 대답을 하지 않는 것이 분명했다.

마릭은 극도로 조심스럽게 구덩이 가장자리까지 기어갔다. 그리고 혹시나 사람 형체라도 볼 수 있을까 싶어 눈을 잔뜩 찡그리고 어둠 속을 노려보았다. 아마 자신을 쫓고 있는 사람도 같은 짓을 하고 있으리라. 서로 쫓고 쫓기는 고양이와 쥐처럼 어둠 속에서 서로를 먼저 찾아내는 자가 이기는 것이다. 하지만 자신이 이 남자를 먼저 알아보더라도 별로 할 수 있는 게 없음을 마릭은 그제야 깨달았다. 무기가 없지 않은가. 갖고 있던 칼은 밧줄을 자르려던 히람에게 빌려주는 바람에 허리에는 빈 칼집만 대롱대롱 매달려 있을 뿐이다. 히람. 어머니가 가장 신뢰하던 장군이자 그가 어릴 적부터 알고 지내던 사람. 이제는 생전에 모시던 여왕 곁에 나란히 누워 싸늘한 밤공기 속에 차갑게 식어가고 있을 그들의 피. 마릭은 스스로 바보라고 자책하며 그 생각을 머릿속에서 밀어내려 애썼다.

바로 그때 어둠 속에서 무언가 번득였다. 눈을 가늘게 뜨자 희미한 달빛 속에서 번쩍 빛나는 칼 한 자루가 겨우 눈에 들어왔다. 그 칼의 주인은 검은 그림자와 덤불에 가려져 여전히 알아볼 수 없었지만, 드디어 상대가 어디쯤에 있는지 알아낸 것이다.

마릭은 그 방향으로 시선을 고정한 채 양손을 들어 솟아오른 땅 가장자리를 짚고 천천히 몸을 일으켰다. 고통이 팔을 꿰뚫고 지나갔지만 그는 이를 꽉 물고 한순간도 검에서 눈을 떼지 않았다. 마릭이 높은 지면으로 막 올라갔을 때 그 검이 움직이는 것이 보였다. 검은 형체가 칼을 높이 쳐들고 위협적으로 이를 갈며 그를 향해 느릿느릿 다가오기 시작했다.

본능적으로 마릭은 그자에게 몸을 던졌다. 칼날이 공기를 가르며 아슬아슬하게 귓가를 스치고 팔 옆의 허공을 벴다. 마릭은 놈의 배를 머리로 들이받았다. 놈이 헉 소리를 내며 숨을 토했다. 놈이 묵직한 쇠사슬 갑옷을 입고 있었기에 마릭은 머리가 터질 것만 같았다. 고통으로 따지자면 단단한 나무 둥치를 머리로 받은 것이나 다름없었다. 또 한 번 미친 듯이 세상이 빙빙 돌았다. 마릭의 박치기로 놈이 뒤로 벌러덩 넘어지며 함께 쓰러지지 않았다면, 마릭은 어지러움에 멀리 한쪽으로 나가떨어졌을 것이다. 둘은 딱딱하고 울퉁불퉁한 땅바닥에 꽈당 하고 쓰러졌다. 다행히 충격은 검을 든 자가 대부분 흡수한 모양이었다. 칼을 쥐고 있던 그의 팔이 한쪽으로 나가떨어지며 검이 어둠 속으로 날아가 사라졌다.

의식이 혼미하여 시야까지 흐려졌으면서도, 마릭은 몸을 일으켜 상대의 머리를 양손으로 단단히 붙들었다. 놈의 까칠한 수염이 느껴졌다. 놈은 자유로운 한 팔을 마구 휘저으며 마릭을 밀어내려 했다. 동료들에게 도움을 청하려는 듯 소리를 지르려 했지만 놈의 입에서는 소리 없는 고함만이 흘러나왔다. 마릭은 그 기회를 놓치지 않고 놈의 머리를 위로 들어 올렸다가 바닥에 다 있는 힘껏 내리쳤다. 땅 위로 솟은 나무뿌리에 머리가 짓이겨지는 순간, 놈이 신음 소리를 흘렸다.

"죽일 놈!"

마릭이 으르렁거렸다. 상대의 필사적인 움직임이 더욱 커지면서 한 손이 마릭의 얼굴로 향했다. 허공을 휘젓고 할퀴어대던 손이 마릭의 코를 짓누르는 한편, 손가락 하나가 눈을 파고들었다. 마릭은 얼굴을 뒤로 빼는 동시에 놈의 머리를 다시 한 번 바닥에 내리쳤다. 놈은 끙끙거리며 자신을 타고 앉은 마릭의 몸을 밀어내려 했으나 입고 있던 무거운 갑옷이 오히려 그가 움직이는 데 방해가 되었다. 그는 격렬하게 몸부림을 치면서 한 손으로 계속 마릭의 얼굴을 밀어냈지만 그 어떤 시도도 성공하지 못했다.

마릭 역시 머리가 견딜 수 없이 욱신거렸고 놈의 손을 피하느라 있는 힘껏 잡아 뺀 목이 아파왔다. 놈의 공격을 막아보려 머리를 잠시 놓자, 곧바로 걷어차이고 말았다. 마릭이 잠시 균형을 잃은 틈을 타서 놈의 주먹 쥔 손이 마릭의 얼굴을 정면으로 후려갈겼다. 다시 한 번 현기증이 몰려오면서 눈앞에 별이 번쩍였다. 마릭은 어지럼증과 싸우며 두 손으로 바닥을 더듬어 놈의 머리채를 최대한 많이 움켜쥐고는 위로 힘껏 잡아당겼다. 이번에는 놈이 괴성을 질렀다. 놈의 머리가 고통스럽게도 희한한 각도로 끌어올려졌다. 마릭은 고함을 지르며 다시금 그의 머리를 나무뿌리에 처박았다. 더욱 강해진 세 번째 공격이었다.

"어머니를 죽였어!"

마릭이 소리쳤다. 그러고는 머리카락을 움켜쥐고 놈의 머리를 또다시 바닥에 세게 박았다.

"이 죽일 놈! 네놈이 어머니를!"

또다시 머리를 내리쳤다.

그리고 또 한 번.

마릭의 눈에 눈물이 차올랐다. 울먹이느라 말이 제대로 이어지지 않았다.

"네가 모셔야 했던 여왕을, 네 손으로 죽인 거야!"

마릭은 아까보다도 훨씬 세게 놈의 머리를 땅에 패대기쳤다. 그제야 놈이 반격을 멈추었다. 역겨운 고기 냄새가 스멀스멀 올라와 마릭의 코를 마비시켰다. 손은 쓰러진 자의 진하고 뜨거운 피로 범벅이 되어 있었다. 마릭은 자기도 모르게 놈의 몸에서 떨어져 후다닥 뒷걸음질을 쳤다. 피투성이 손으로 차가운 나뭇가지를 붙잡았지만 나뭇잎들은 스르르 미끄러지며 손에서 빠져나갔고 두 다리에선 뒤늦게 통증이 밀려왔다. 놈이 다시 일어나 달려들 것만 같았다. 하지만 그런 일은 벌어지지 않았다. 시체는 어색한 자세로 여전히 어둠 속 나무뿌리 위에 쓰러져 있었다. 비석처럼 머리 위로 기다란 나뭇가지를 드리운 그 뒤의 거대한 오크 나무도 변함없이 형체가 흐릿했다.

구역질이 올라왔다. 뱃속이 배배 뒤틀리면서 몸이 덜덜 떨렸다. 마릭은 거의 반사적으로 손을 들어 입을 틀어막았다. 그 바람에 얼굴도 피범벅이 되었다. 손을 떼어 살펴보니 뭉개진 살덩이와 머리카락이 군데군데 묻어 있었다. 그는 앞으로 고꾸라지며 빈터로 오기 전 먹은 얼마 안 되는 점심을 축축한 땅 위에 모조리 토해냈다. 삼킬 듯 덮쳐오는 절망감에 정신을 잃을 것만 같았다.

'이제 마릭 네가 왕이야.'

그는 다짐하듯 스스로에게 말했다.

마릭의 어머니인 모이라 여왕은 전장에서 잔뼈가 굵은 군사들을 호령하며 많은 전투를 승리로 이끈 위대한 인물이었다. 어디를 보나 자랑스러운 할아버지의 딸이었고, 모두가 그렇게 입을 모아 칭송했다. 그녀는 퍼렐던에서 가장 강력한 권력을 휘두르던 귀족들을 규합하여 자신을 다시 여왕으로 추대하기 위한 반란을 일으켰다. 여왕의 자리야말로 그녀에게 합당하다는 사실에 아무도 의심을 품지 않았기 때문이었다.

'그런데 돌아가셨으니 이젠 내가 왕이란 말이지.'

마릭이 속으로 되뇌었다. 아무리 거듭 생각해도 현실처럼 느껴지지 않았다.

그때 멀리서 그를 찾는 무리의 웅성거림이 다시 커졌다. 수염 난 자와 싸우는 소리가 들렸는지도 모른다. 이 자리를 떠야 했다. 이대로 도망쳐 계속 달려야 했다. 하지만 도저히 두 다리를 움직일 여력이 없었다. 그는 손을 어디에 둬야 할지 모르겠다는 듯 피에 물든 자신의 손을 어색하게 앞으로 내민 채 어두운 숲 속에 그냥 앉아 있었다.

그때 마릭의 머릿속에 떠오른 것은 어머니가 생전에 마지막으로 치른 전투에서 돌아온 뒤 그에게 했던 말이었다. 완전군장 차림의 어머니는 피땀으로 범벅이 된 채 아들의 얼굴을 다시 보게 되어 너무나도 기쁘다는 듯 활짝 웃었다. 마침 마릭은 평민 사내아이와 싸움을 했다는 이유로 훈련 담당 선생에게 붙들려 어머니 앞에 끌려나온 차였다. 하지만 그것보다 더 한심한 일이 있었다. 어머니 곁에 있던 렌도언 백작이 그나저나 싸움에서 이기기는 했느냐고 물은 것이다. 수치심에 화르륵 얼굴이 달아오른 마릭은 곤죽이 되도록 얻어맞았다고 털어놓았고, 렌도언은 콧방귀를 뀌면서 이런 마릭이 대체 어떤 왕이 되겠느냐고 빈정거렸었다.

그런데도 어머니는 아무렇지 않다는 듯 명랑한 웃음을 터뜨렸다. 그 어떤 심각한 일도 별것 아닌 일로 만들어버리는 웃음소리였다. 어머니는 한 손으로 그의 턱을 들어 올려 눈을 들여다보고 부드럽게 미소 지으며 이렇게 말했었다.

"렌도언 경의 말은 신경 쓰지 말거라. 너는 내 삶의 빛이고 난 널 믿으니까."

슬픔이 밀려와 마릭은 웃음과 울음을 동시에 터뜨렸다. 어머니가 그토록 믿었던 나인데 도망친 지 30분도 채 안 되어 숲 속에서 길을 잃고 말다니. 운좋게 놈들로부터 도망쳐 숲에서 벗어난 뒤 여차저차 해서 말 한 마리를 구한다고 해도 어머니의 군대가 어디에 있는지 찾아낼 길이 막막했다. 항상 남들에게 이끌려 다니면서 여기로 가라, 저기로 말을 타고 가라, 이런 말만 듣다 보니 군대가 움직이는 실제 경로를 유심히 보아둔 적이 없었다. 그저 하라는 대로 명령에만 따랐던 것이다. 그랬던 그는 이제 자신의 위치조차 정확히 알 수 없었다.

'진정한 퍼렐던 최후의 왕이 이렇게 가는구나.'

마릭은 기가 막힌다는 듯 중얼거렸다. 정말로 좋은 왕이 되고 싶었는데 이렇게 하늘과 땅도 분간하지 못하는 처지라니.

실성한 사람처럼 웃음이 터져 나오면서도 눈물이 앞을 가릴 것만 같았다. 마릭은 북받치는 감정을 꾹 억눌렀다. 지금은 과거의 일을 돌이켜 생각할 때도, 어머니의 죽음을 애도할 때도 아니다. 방금 맨손으로 사람 한 명을 죽였고, 그를 노리는 다른 적들이 바로 가까이에 있다. 도망쳐야 한다. 그는 힘겹게 큰 숨을 들이쉰 뒤 눈을 감았다. 마릭의 내면 깊은 곳에는 강철처럼 강한 자아가 있었다. 그는 거기에 집중하면서 마음속 다른 곳을 차지하고 있는 혼란스러운 감정의 소용돌이를 몰아냈다. 잠시만이라도 침착해질 필요가 있었다.

다시 눈을 떴을 때 그는 준비가 되어 있었다.

마릭은 아까 놈의 손에서 빠져 날아간 검이 어디 있는지 침착하게 주변을 둘러보았다. 주변 모든 것이 이상하게도 아주 천천히 움직이고 있었고, 그 중 실제처럼 보이는 것은 아무것도 없었다. 가지각색으로 생긴 덤불과 나무가 너무 많았고, 놈의 검은 그 사이의 어두컴컴한 공간 어디에든 떨어져 있을 수 있었다. 눈으로 더듬어보았지만 도저히 찾을 수가 없었다. 그때 또 다른 남자의 목소리가 들려왔다. 어딘가 가까운 데에서 그를 찾고 있었다. 이제 시간이 없다.

조심스레 일어선 마릭은 목소리가 어디에서 들려오고 있는지 귀를 기울였다. 목소리의 방향이 확실해지자 그는 반대쪽으로 몸을 돌렸다. 처음에는 절뚝거리며 걷는 것이 그가 할 수 있는 전부였다. 다리가 심하게 아프고 쥐가 나는 것으로 보아 몇 군데 부러졌는지도 모르지만 그는 이를 꽉 물고 통증을 잊으려 애썼다. 마릭은 어렵사리 손을 뻗어 낮게 드리운 나뭇가지를 붙들고 어둠 속으로 더 깊숙이 몸을 밀어 넣었다.

놈들은 언젠가 이 죗값을 치러야 하리라. 왕으로서 할 수 있는 일이 단 한 가지뿐이라면 그건 놈들에게 어머니를 죽인 대가를 치르게 하는 것이다.

"무슨 일인가 일어나고 있어."

로게인이 눈살을 찌푸리며 중얼거렸다.

그는 숲 가장자리에 서서 무심히 가죽옷에 묻은 진흙을 털어내고 있었다. 사실 그의 옷은 밀렵꾼 복장처럼 낡고 더러워서 아무리 털어도 별 소용이 없었다. 아니, 올레이 놈들이 보기에 로게인과 그의 무리들은 범죄자, 도둑놈, 산적 떼일 뿐, 밀렵꾼이라는 호칭도 가당치 않았다. 물론 그들이 남의 것을 훔치는 경우는 다른 수가 없을 때뿐이지만 말이다.

사실 올레이 놈들이 뭐라고 부르든 상관할 로게인이 아니었다. 애초에 그와 가족들이 땅을 버리고 떠나야 했던 것도 그놈들 때문이었으니까. 올레이 인들은 화려하게 차려입은 자기네 귀족들 말고는 누구에게도 토지 소유를 인정하지 않았으니, 퍼렐던의 자영농들을 곱게 보아줄 리 없었다. 올레이 황제는 새로 '공물 세금'이라는 것을 만들어냈고, 그것을 내지 못하는 자영농들은 토지를 압수당하고 말았다. 로게인의 아버지는 그 세금이 만들어진 첫해엔 여기저기에서 돈을 긁어모아 겨우 치렀지만, 세금은 당연하다는 듯 점점 높아지기만 했다. 이듬해 아버지는 납부를 거부했고 집으로 들이닥친 병사들은 그들의 토지를 압수하는 데 그치지 않고 세금을 내지 않은 아버지마저 체포하려 했다. 로게인의 가족 모두가 이에 저항했고 그들은 어떻게든 생계를 이어가려 애쓰는 다른 불쌍한 사람들과 함께 퍼렐던의 야생 지대에 숨어 살게 되었다.

로게인은 올레이 놈들이 자신을 어떻게 부르든 개의치 않았지만 단 한 가지, 체포되는 것만은 피하기 위해 늘 주의를 기울였다. 로더링을 관할하는 지역 치안 담당자는 퍼렐던 사람이었기에 지금까지는 이들 무리를 못 본 채 해주었다. 여행자를 공격하지 않고 사소한 물건 외에는 손대지 않는 한 그들을 체포하려는 적극적인 노력을 보이지 않았던 것이다. 하지만 언젠가는 치안 담당자도 그들을 샅샅이 추적해 붙잡아야만 하는 때가 온다는 것을 로게인은 알고 있었고, 그런 날이 온다면 다만 미리 귀띔해주는 자비를 베풀어주기만 바랐다. 때가 되면 이전에도 여러 차례 그랬듯 다른 곳으로 이동할 것이다. 퍼렐던에는 거대한 군대 전체를 숨기고도 남을 광활한 숲과 언덕이 있지 않은가. 반란군 여왕도 그 사실을 잘 알고 있었다. 하지만 치안 담당자가 미리 경고해주지 않는다면? 이 순간 로게인의 마음을 어지럽히고 멀리 숲 쪽 허공만 바라보게 만드는 것이 바로 그 생각이었다. 무엇이든 바람대로 다 이뤄지지는 않는 법이니까.

찬바람이 들판을 가로지르자 로게인이 몸을 부르르 떨었다. 이미 밤이 되어 구름 한 점 없는 밤하늘에 달빛이 드리워져 있었다. 그는 어차피 머리카

락도 손만큼이나 더러울 것이라는 생각에 진흙이 잔뜩 묻은 손으로 눈을 가린 검은색 곱슬머리를 쓱 쓸어 넘기고 후드를 올려 머리를 덮었다. 올해 봄은 여느 봄답지 않게 추위가 좀처럼 물러가려 하지 않았고 오히려 겨울의 막바지에 가까웠다. 그와 무법자 일행이 임시로 만들어놓은 천막에서 보내야 했던 춥디추운 밤들은 불편하고 힘들기 짝이 없었지만 그마저도 없이 야영을 해야 하는 상황에 비하면 감지덕지였다.

어딘가 신뢰하기 힘든 분위기를 풍기는 커다란 덩치의 단논이 그의 뒤에서 나타났다. 로게인은 단논이 도시에서 소매치기를 일삼고 여행자들의 주머니를 털면서 살던 좀도둑이었지만 그나마 실력이 그리 좋지 못해 결국 자신들과 함께 지내게 되었으리라 짐작했다. 물론 로게인은 그런 그를 비난할 처지가 아니었다. 그들 모두가 입에 풀칠하기 위해 힘을 합쳐 일했고, 단논도 자기 몫을 해내고 있었기 때문이었다. 하지만 그렇다고 해서 이 남자와 어울리는 걸 달가워해야 한다는 뜻은 아니었다.

"지금 뭐라고 한 거야? 뭘 봤어?"

단논이 죽은 동물 몇 마리를 고쳐 메면서 기다랗게 휘어진 콧등을 긁었다. 그의 어깨에는 오늘 저녁의 수확물, 즉 올레이 황제에게 충성한다고 소문난 영주의 땅에서 밀렵해온 토끼 세 마리가 걸쳐져 있었다. 어둠 속에서, 그것도 여느 때보다 남들 눈에 띄지 않도록 더 신경을 써야 할 때는 사냥하기가 결코 쉽지 않았지만 오늘은 웬일로 운이 좋았다.

"무슨 일인가 일어나고 있다고. 눈치 못 챘어?"

로게인이 귀찮다는 듯 대꾸했다. 그리고 몸을 돌려 노려보자 단논이 한 걸음 뒤로 물러섰다. 말로 표현하기는 힘들었지만 로게인에게는 그런 힘이 있었다. 그의 푸른 눈이 뿜어내는 차갑고도 강렬한 분위기 때문에 사람들이 섣불리 다가가기 힘들다는 이야기를 전에도 들은 적이 있었다. 로게인은 그 점이 마음에 들었다. 단논을 포함해 야영지 내 대부분의 사람들이 그를 어린

애 취급했지만 그렇다고 남들한테 이런 저런 명령을 듣고 싶은 마음 따위는 없었다.

"사람 발자국이 있긴 해. 병사들이 좀 돌아다니는 것 같단 말이지."

단논이 어깨를 으쓱하며 대답했다.

"그런데 그게 신경 써야 할 일이라곤 생각지 않았단 말이야?"

로게인이 날카롭게 되물었다.

"음, 마을에서 카롤린이 얘기해줬잖아, 병사들이 돌아다닐 거라고. 바로 오늘 아침에 시올릭 남작이 졸개들 몇 명이랑 북쪽 들판을 통과하는 걸 봤다고 말이야."

단논이 지겹다는 듯 대꾸했다.

그 이름을 들은 로게인이 눈살을 찌푸렸다.

"시올릭 그 아첨꾼. 놈이 올레이 찬탈자의 눈에 들지 못해 환장한 건 누구나 알잖아."

"그래. 근데 카롤린이 말하길, 놈이 꽤 멀리까지 나갔는데 여관에는 들르지도 않았다더라고. 마치 사람들 눈에 띄지 않으려는 것처럼 말이야."

이 말과 함께 단논이 메고 있던 토끼를 향해 고갯짓을 했다.

"놈이 무슨 꿍꿍이든 우리랑은 아무 상관도 없어. 우리가 사냥하는 걸 본 사람은 없다니까. 괜찮다고. 그럼 얼른 가자."

단논이 안심하라는 듯 친근한 미소를 지었지만 초조한 기색은 감출 수가 없었다. 그는 로게인을 두려워하고 있었다. 로게인은 그 점도 마음에 들었다.

로게인은 옆구리에 찬 검을 가볍게 쓰다듬으며 다시 고개를 돌려 숲을 바라보았다. 눈으로 그의 움직임을 따르던 단논은 자기도 모르게 얼굴을 찌푸렸다. 단논은 칼 솜씨가 괜찮은 편이었지만 그보다 조금이라도 큰 검은 영 다루질 못했다.

"아이고, 얼른 가자니까. 괜스레 사고 치지 말고."

단논이 투덜거렸다.

"사고를 치려는 게 아니야. 피하려는 거지. 우리가 사냥했다는 걸 알아차리려면 먼저 우리가 여기 있다는 것부터 알게 될 거 아냐. 사실 여기 너무 오래 머무르긴 했어. 너도 알겠지만."

로게인이 다짐하듯 말하며 걷기 시작했다. 그는 내리막으로 이어지는 산등성이를 넘어 숲 가장자리로 향했다.

"그건 네가 결정할 일이 아니지."

단논은 대꾸했지만 그러고 나서는 아무 말 없이 그의 뒤를 따랐다. 물론 최종 결정을 내리는 사람은 로게인의 아버지였지만 아무리 단논이라도 그런 중요한 사안을 결정할 때 로게인과 그의 아버지가 의견을 달리하는 경우는 거의 없다는 사실 정도는 알고 있었다.

'당연한 일이지.'

로게인이 생각했다. 아버지는 그를 바보로 키우지 않았으니까.

둘은 내리막을 따라 성큼성큼 어두운 숲 속으로 들어갔다. 무성한 나뭇잎에 가려 군데군데 빈약한 달빛만으로 밝혀진 어둠에 적응하느라 잠시 멈춰 선 게 전부였다. 단논은 입을 다물고 있을 정도의 상식은 있었지만 위험천만한 지면 때문에 점점 신경이 곤두서기 시작했다. 로게인이 보기에 단논은 금방이라도 겁에 질릴 것 같았다.

몸을 돌려 숲에서 나가려는 찰나 단논이 우뚝 멈춰 섰다.

"소리 들려?"

단논이 속삭였다.

'귀는 밝은데.'

로게인이 생각하며 물었다.

"산짐승인가?"

"아냐. 누군가 소리치는 것 같아."

단논이 아리송한 표정으로 고개를 저었다.

둘은 미동도 하지 않고 가만히 서 있었다. 로게인은 인내심을 가지고 귀를 기울였다. 산들바람이 머리 위 나뭇가지들을 스치는 소리에 정신을 집중하기 어려웠지만 조금 지나자 단논이 무슨 말을 하는지 알 것 같았다. 멀리서 들려오는 소리는 희미했지만 여러 명의 남자들이 무언가를 찾고 있는지 서로를 소리쳐 부르는 것을 알 수 있었다.

"여우 사냥인가봐."

"그래. 단논 네 말이 맞았어. 우리를 찾으러 온 건 아닌 것 같다."

로게인은 비아냥거리고 싶은 충동을 어렵사리 참고 순순히 대꾸했다.

그 말을 들은 단논은 기뻐했다. 그는 어깨에 짊어지고 있던 토끼를 추스르더니 몸을 돌렸다.

"그럼 괜히 여기서 어슬렁거리지 말고 가자고. 벌써 늦었어."

하지만 로게인은 여전히 그 자리를 떠나는 게 망설여졌다.

"시올릭 남작이 지나갔다고 했지? 부하는 몇 명이나 데리고 있었대?"

"글쎄, 모르겠는데. 내 눈으로 본 게 아니잖아."

단논이 퉁명스레 대꾸했다.

"그러니까 그 술집 여자가 정확히 뭐라고 했냐고?"

덩치 큰 단논이 어깨를 으쓱했지만 이내 분노로 등이 빳빳하게 굳어지는 것이 느껴졌다. 로게인은 자신이 그의 구린 구석을 찔렀음을 어렴풋이 느꼈다. 둘이 놀아나고 있는 거군, 음? 그렇다고 로게인이 신경을 쓰는 건 아니었지만 일단은 불필요하게 단논의 화를 돋울 필요는 없었다.

"몰라. 그런 말은 안 했어. 하지만 그리 많은 것 같진 않았다고."

단논이 다문 입 사이로 말했다.

그렇다면 족히 스무 명은 되리라. 그리고 그렇게 많은 부하들을 로더링 근처까지 데리고 나왔다면 그에 관한 소문이 분명 무성했을 것이다. 대체 무슨 일이 벌어지고 있는 걸까? 노골적으로 올레이 독재자의 편에 선 어느 퍼렐던의 귀족과 연루된 일이라는 사실 또한 마음에 들지 않았다. 시올릭과 놈의 부하들이 무슨 꿍꿍이를 꾸미고 있든 로게인 무리에게 좋은 일일 리 없었다. 설사 그들과 직접적으로 연관되어 있지 않다고 해도 말이다.

로게인은 단논의 초조한 숨소리를 무시하려 애쓰며 그 자리에 가만히 선 채 생각했다. 어쨌거나 그가 할 수 있는 일은 없었다. 퍼렐던의 정치 상황은 그와 아무 상관이 없다. 그에게 가장 중요한 것은 생존이었고, 정치와 관련된 문제가 중요해지는 것은 바로 그 생존에 직접적인 영향을 미칠 때뿐이었다. 로게인은 짜증이 난다는 듯 한숨을 내쉬며 숲 속 어둠이 수수께끼의 대답을 알려주기라도 할 것처럼 어둠 속을 노려보기만 했다.

그때 단논이 헛기침을 하며 입을 열었다.

"너 그럴 땐 꼭 네 아버지 같다."

"처음으로 너한테 듣는 칭찬인 것 같군."

이 말을 들은 단논이 콧방귀를 뀌며 로게인을 쳐다보았다.

"칭찬 아니거든. 자, 네 말처럼 우리랑 상관없는 일이잖아. 얼른 가자고."

단논이 바닥에 침을 퉤 뱉으며 말했다.

얼핏 보면 단논이 당당하게 말하는 것 같았지만 로게인은 그의 움직임에서 불안함을 읽어낼 수 있었다. 단논은 이런 상황을 무엇보다 싫어했다. 단논이 자신의 몸에 지니고 있는 칼을 떠올리는 것이 느껴졌다. 혹시 칼을 꺼내 쓸 일이 생기지 않을지, 혹시 그렇게 해서 로게인을 해친다면 다시 야영지로 돌아갈 수 있을지 말이다. 로게인은 왠지 상대를 더욱 자극하고 싶어졌다. 단논에게 정면으로 들이대 그의 반응을 가늠해보고 싶었던 것이다. 어쩌면 단논에게도 로게인을 향해 칼을 휘두를 배짱이 있을지도 모르는 일이다. 로게인이 아는 바로는 단논, 그는 살인자였다. 그저 상대의 비명이 듣고 싶어 사람들에게 칼을 휘두르는……. 과거의 단논은 그랬다. 아니, 어쩌면 단논의 말을 듣지 않는 로게인이 어리석은지도 모른다.

하지만 로게인은 틀리지 않았다.

둘 사이의 침묵은 더욱 길어지고 강해졌다. 나무 사이를 지나는 바람 소리와 멀리서 들리는 사냥꾼들의 고함만이 간간이 침묵을 깼다. 로게인은 자신의 칼자루에는 손도 대지 않고 눈만 더욱 가늘게 떴지만 단논이 먼저 눈을 돌리는 것을 보고 내심 흐뭇해졌다.

바로 그 순간, 누군가 다가오는 소리가 들렸다.

그 소리에 단논이 소스라치게 놀랐다. 그러면서 자신이 먼저 눈을 돌렸다는 사실을 은근슬쩍 감추려 했다. 그들 사이에 침묵 대결 같은 건 애초에 일어나지도 않았던 것처럼 말이다. 하지만 로게인은 알고 있었다.

무언가가 그들을 향해 빠르게, 하지만 어설픈 티를 내며 다가오고 있었다. 뭔지는 모르지만 크게 당황한 것처럼 덤불과 나뭇가지들을 마구잡이로 헤치며 미친 듯 달리고 있었다. 로게인은 여우일 것이라 생각했다. 만약 그렇다면 이 둘의 품 안으로 고스란히 달려오는 셈이 아닌가. 사제들의 말처럼 정말로 하늘에 창조주가 있다면 유머 감각이 고약하기 짝이 없었다.

단논이 불안한 듯 몇 걸음 뒤로 물러섰다. 로게인은 검을 빼어 들고 기다렸다. 그때 마치 원치 않는 선물처럼, 낯선 사람이 그림자를 떨치고 갑작스레 나타났다. 그러고는 우뚝 멈춰 서서 잔뜩 겁에 질린 커다란 눈으로 그들을 쳐다보았다.

나타난 것은 로게인 또래이거나 그보다 조금 어린 젊은 남자였다. 그의 밝은색 머리와 흰 피부는 온통 긁힌 자국과 나뭇잎, 흙먼지, 그리고 뒤집어쓴 피로 가려져 잘 보이지 않았다. 차림새는 숲 속을 달리기에 전혀 어울리지 않았다. 여기저기 찢어진 셔츠가 온통 진흙투성이인 걸로 보아 누구를 피해 도망쳤든지 아니면 흙탕길을 마구 구른 것이 분명했다. 피가 그의 손뿐 아니라 얼굴까지 덮고 있었다. 그 피 전부가 그의 것은 아니리라. 이 사람이 누구든, 누군가에게 쫓기고 있든 도망치기 위해 사람을 죽였을 가능성이 높았다. 로게인은 이 사람이 얼마나 절박한 상황에 처해 있는지 잘 알 수 있었다.

그 남자는 마치 도망갈지 싸울지 마음을 정하지 못하고 얼어붙은 사냥감처럼 그들 앞에 놓인 어둠 속에 쪼그려 앉았다. 그의 뒤로 사내들의 고함 소리가 점점 가까워졌다. 로게인은 천천히 한 손을 들어 빈 손바닥을 보여주며 그 도망자에게 해치지 않겠다는 뜻을 담아 손짓했다. 그런 다음 들고 있던 검을 칼집에 넣었다. 금발의 남자는 몸을 움직이지 않고 다만 의심스럽다는 듯 눈을 가늘게 떴다. 웅성대는 고함 소리가 나무 사이로 점점 크게 들리자 그의 눈초리가 불안하게 사방을 살폈다.

"여길 뜨자! 이자 때문에 저 사람들이 곧장 우리를 향해 오고 있다고!"

단논이 뒤에서 씩씩거렸다.

"기다려봐."

로게인이 도망자로부터 눈을 떼지 않은 채 나지막이 속삭이자 단논이 발끈했다. 로게인의 눈에 그의 손에 들린 칼 한 자루가 들어왔다. 로게인은 단논과 도망자 두 사람 모두를 진정시키기 위해 두 손을 내밀고 어둠 속 피로 얼룩진 도망자를 향해 다시 고개를 돌렸다.

"누구한테 쫓기고 있소?"

로게인이 천천히 물었다.

금발의 남자가 초조하게 입술을 핥았다. 그의 눈동자 속에서 무언가가 계산되고 있는 것을 로게인은 알 수 있었다.

"올레이의 개들."

낯선 남자가 침착하게 대답했다. 하지만 움직이진 않았다.

로게인이 단논을 슬쩍 쳐다보았다. 단논은 여전히 얼굴을 찌푸리고 있었지만 그 말을 듣고 보니 동정심을 느끼지 않을 수가 없는 것 같았다. 단논은 언제나 자신의 안위만을 걱정했지만, 마침내 끙 소리를 내며 그도 마지못해 로게인에게 동의했다.

"잘 대답했소. 우리와 같이 갑시다."

로게인이 한 걸음 뒤로 물러서며 대답했다.

단논은 못마땅한 듯 욕설을 내뱉고는 쥐고 있던 칼을 다시 칼집에 넣고 바닥만 노려보며 성큼성큼 걷기 시작했다. 로게인도 뒤따라 걷기 시작했지만 이내 그 도망자도 따라오는지 뒤를 돌아보았다. 금발 남자는 한참 동안 어찌할 바를 모르고 고민하더니 잠시 후 고민을 멈추고 그들 뒤를 따라 달리기 시작했다.

세 사람 모두 로게인과 단논이 왔던 길을 따라 조용히 돌아갔다. 금발 남자가 맨 뒤에 따라가고, 단논은 마치 둘을 버리고 혼자 가기라도 할 것처럼 멀찌감치 앞서 갔다. 잔뜩 굳어져 씩씩대는 어깨로 보아 상황을 아주 못마땅해한다는 것을 알 수 있었지만 로게인은 신경 쓰지 않았다.

그들은 빠른 속도로 걸음을 재촉했고 조금 지나자 금발 남자를 쫓던 사내들의 고함은 더 이상 들리지 않게 되었다. 금발의 남자는 안도한 듯 보였고, 숲을 벗어나 머리 위로 달빛이 더욱 환해지자 점점 더 마음이 편해지는 것 같았다. 달빛 덕분에 그를 더욱 잘 볼 수 있게 된 로게인은 궁금증이 솟아오르는 것을 막을 수 없었다. 남자의 옷은 여기저기 찢어지고 더러워졌지만 언뜻 보기에도 고급스러웠다. 특히 그가 신은 장화는 고급 가죽으로 만든 아주 튼튼한 것으로 템플러들이 신은 것을 본 적이 있었다. 그러니 분명 가난한 떠돌이는 아니었다. 그리고 숲에서 들리는 아주 조그만 소리에도 기겁하며 몸을 떠는 것으로 보아 산행 또한 그가 흔히 겪는 일은 아닌 것이 분명했다. 로게인은 확신할 수 있었다.

"단논, 멈춰봐."

로게인이 걸음을 멈추며 단논을 불렀다. 단논은 마지못해 그 자리에 섰다.

로게인이 금발 남자를 돌아보자 그는 다시 미심쩍은 눈길로 몸을 뒤로 뺐다. 그의 눈은 로게인과 단논 둘 중 누가 먼저 덤벼들 것인지 재는 것처럼 둘 사이를 빠르게 왔다 갔다 했다.

"이쯤에서 헤어져야 할 것 같군."

로게인이 못마땅한 표정으로 입을 열었다.

"창조주님, 감사합니다!"

단논이 조그만 소리로 중얼거렸다.

금발의 남자는 지금 자기가 있는 곳이 어디인지 확인하려는 듯 주변을 두리번거리며 잠시 생각에 잠겼다. 이곳에서는 숲 외곽부터 펼쳐진 들판을 볼 수 있었다.

"여기서부터는 나도 내 갈 길을 찾을 수 있겠군요."

그가 대답했다.

어느 지방 억양인지 알 수는 없었지만 말투로 보아 교양 있는 사람이 틀림없었다. 상인의 아들인가?

"그래?"

로게인은 금발 남자의 형편없는 옷차림을 가리키며 그가 망토를 걸치지 않았단 사실을 새삼 깨달았다.

"마을에 당도하기 전에 얼어 죽을 것 같은데? 혹시라도 그쪽으로 갈 생각이라면 말이야."

로게인이 한쪽 눈썹을 추켜올리며 덧붙였다.

"그건 그렇고 대체 왜 쫓기고 있었던 건데?"

단논이 로게인 옆에 와 서며 불쑥 물었다.

금발 남자는 잠시 입을 다물고 둘 중 누구에게 먼저 대답을 해야 할지 모르겠다는 표정으로 로게인과 단논을 번갈아 쳐다보기만 했다. 그런 다음 자신의 손을 내려다보고는 밝은 달빛 아래 짙게 얼룩진 핏자국을 마치 처음 본 것처럼 뚫어져라 쳐다보았다. 아무리 티를 내지 않으려 애쓰고 있어도 그 모습을 견디지 못하는 것 같았다.

"사람을 한 명 죽인 것 같아요."

그가 속삭였다.

"그럼 놈들도 쉽게 포기하지 않겠구먼."

그 말을 들은 단논이 놀랍다는 듯 길게 휘파람을 불었다.

"시올릭 남작의 부하들 같던데?"

로게인이 눈살을 찌푸리며 물었다.

"그중 일부는……. 놈들이 내…… 친구를 죽였어요."

금발 남자가 대꾸했다. 그 순간 그의 얼굴을 스친 고통스러운 표정으로 보아 적어도 마지막 말만은 어느 정도 사실인 것 같았다. 금발 남자는 눈을 감고 다시 몸을 떨며 볼에 묻은 피를 지우려 했지만 별 소용이 없었다. 로게인이 단논을 쳐다보자 그는 모르겠다는 듯 어깨를 으쓱거렸다. 사연이 어떻든 자세한 이야기를 듣기는 힘들 것 같았다. 어쩌면 그럴 필요도 없었다. 지금까지 이 낯선 젊은이 말고도 올레이 놈들의 화를 돋운 사람은 많이 보았으니까. 그리고 로게인이 이 사람의 입장이었다면 어차피 자신도 타인을 믿지 않았으리라. 금발 남자가 모든 걸 낱낱이 털어놓지 않은 것만은 확실했지만 그렇다고 계략을 꾸미고 있는 건 아님을 로게인은 느낄 수 있었다. 그의 육감은 지금껏 틀린 적이 거의 없었다.

"이봐. 숲에서 누가 당신을 쫓고 있었는지 우린 몰라. 하지만 놈들이 올레이 편이라고 했으니 일단은 그 말을 믿어주지."

그 말에 금발 남자가 무언가 대꾸하려는 듯 입을 열었지만 로게인이 한 손을 들어 그의 말을 막았다.

"놈들이 누구든 그 수가 꽤 많은 것 같았단 말이지. 당신이 숲을 빠져나간 것쯤은 금방 알아낼 거야. 그러고 나면 가장 먼저 당신을 찾아 나설 곳이 바로 로더링이고. 어디 갈 데는 있어?"

로게인이 물었다.

금발 남자가 침울한 표정으로 고개를 툭 떨어뜨렸다.

"아니, 없어요. 지금 당장 갈 수 있는 곳은……."

그런 다음 그가 입을 굳게 다물고 고개를 들어 로게인을 쳐다보았다.

"하지만 어떻게든 괜찮을 겁니다."

짧은 순간이었지만 로게인은 상대가 정말 해낼지도 모른다는 생각이 들었다. 비록 실패할지는 몰라도 어쨌거나 시도하려는 것 같았다. 그것이 투지인지, 어리석음인지, 그것도 아니면 다른 무엇인지는 몰라도 느낄 수 있었다.

"우리 야영지가 있어. 숨겨진 곳에."

로게인이 말했다.

"두 분…… 애초에 날 도와줄 필요가 없었어요. 나도 압니다. 정말 고맙지만 그럴 필요 없어요."

"다른 건 몰라도 낡은 망토 하나쯤이야 구해줄 수 있다고. 좀 씻으면 남들 눈에도 덜 띌 것 같고……. 아니면 그냥 당신 갈 길을 가든가. 그건 당신 마음이지."

로게인이 별것 아니라는 듯 어깨를 으쓱이며 대꾸했다.

몸을 꼼지락거리던 금발의 남자는 들판에 바람이 한 줄기 지나가자 춥다는 듯 다시 몸을 떨었다. 그 순간 로게인의 눈에 그는 그야말로 길을 잃은 사람이었다. 어디서 왔는지는 몰라도 높은 곳에서 떨어진 뒤 정처 없이 표류하는 사람. 인생이란 방심하고 있을 때 가장 형편없는 패를 받는 카드게임과 같음을, 로게인은 아주 잘 알고 있었다. 설사 상대에게 동정심이 우러나오지 않는다 해도 이 사람의 처지는 이해할 수 있었다. 그리고 혹여 상대가 도움을 청한다 해도 지금의 제의가 로게인이 해줄 수 있는 전부이기도 했다.

"이런 제기랄! 지금 꼴 좀 보라고! 대체 앞으로 어쩌려고 그래?"

단논이 콧방귀를 뀌며 금발 남자에게 버럭 소리를 질렀다.

"어쭈, 어조가 왜 그리 빨리 바뀌시나?"

로게인이 수상쩍은 눈으로 단논을 쳐다보았다.

"나 참, 애초에 저자를 끌고 온 건 너야. 어차피 여기까지 왔으니 같이 가는 수밖에 없잖아? 게다가 불을 빨리 쬘 수만 있다면 나는 아무 상관없다고."

단논이 이 말과 함께 휙 몸을 돌려 성큼성큼 걷기 시작했다.

금발 남자가 부끄러워하는 얼굴로 겸연쩍다는 듯 바닥만 내려다보았다.

"가진 게 아무것도 없어요. 그러니까 사례를 할 만한 게……."

사실 그건 '훔칠 만한 게' 아무것도 없다는 뜻이기도 했다. 하지만 로게인과 단논이 실제로도 도둑과 다를 바 없는 처지였기에 화를 낼 일도 아니었다.

"그래 보이긴 해, 그렇지?"

거기에 금발 남자가 대꾸할 말은 별로 없었다. 그는 아무 말 없이 고개만 끄덕였다.

로게인이 이미 멀찌감치 앞서 가고 있는 단논을 향해 고갯짓을 했다.

"그럼 얼른 가자고. 저 녀석이 어디 구멍에라도 빠지기 전에. 참, 내 이름은 로게인이야."

그가 한 걸음 다가서며 오른손을 내밀었다.

금발 남자는 아주 잠깐 망설이다가 로게인의 손을 잡고 흔들었다.

"전 히람이라고 합니다."

그 말이 거짓이라는 건 쉽게 알 수 있었다. 로게인은 나중에 가서 지금 일을 후회하는 건 아닐까 잠시 생각했다. 그의 직감이 틀린 적은 지금껏 한 번도 없었지만 모든 일에는 항상 처음이 있는 법 아닌가. 주사위는 이미 던져졌다. 그는 히람에게 고개를 끄덕이며 몸을 돌렸다. 그리고 두 사람은 숲을 나섰다.

제2장

잠에서 깬 마릭은 순간적으로 자신이 반란군 야영지에 돌아와 있다고 착각했다. 상한 스튜를 먹고 끔찍한 악몽에 시달린 것뿐이라고. 곧 어머니가 들어와 늦잠을 잔다며 꾸지람을 하시겠지. 하지만 눈에 보일 듯 뚜렷한 안도감을 느끼는 와중에도 그는 그것이 사실이 아님을 알고 있었다. 그의 몸을 덮은 담요는 너덜너덜 해어져 곰팡이 냄새를 심하게 풍겼고, 그가 누워 있는 방은 아주 비좁고 낯설었다. 어젯밤에 긁히고 부딪힌 곳들이 슬슬 쑤셔왔다. 그리고 아주 천천히, 모든 것이 기억나기 시작했다.

이곳으로 오는 도중 로게인이란 사내는 누군가 따라오고 있는 것 같다고 했다. 로게인이 멀리 돌아가자고 고집하자 덩치 큰 남자 단논이 심하게 짜증을 냈다. 마릭은 주의를 기울이자는 로게인의 생각에 딱히 반대하진 않았지만 산기슭에 도착했을 때는 쓰러지기 일보직전이었다. 뼛속까지 꽁꽁 언 채로 거의 말 한마디 하지 않고 두 시간 동안 어둠을 헤치며 힘들게 걸어온 것이다. 야영장에 도착해 각종 바위와 덤불 사이 여기저기 흩어져 있는 더럽디 더러운 천막들을 보고 깜짝 놀랐던 것이 기억났다. 기껏해야 대여섯 명 정도가 전부이리라 생각했는데 절벽 사이에 하나의 공동체가 살고 있었던 것이다. 의심스러운 눈초리와 못마땅한 듯 속삭이는 목소리들이 그를 반겼던 것도 기억났다. 하지만 마릭은 그들이 자신을 어디에 가두든, 요리해 저녁으로 먹어치우든 상관할 기력도 없었다. 어느 순간엔가 잠이 몰려와 그의 의식을 덮어버렸다.

그때 가볍게 튀는 물소리가 들려와 마릭은 정신이 들었다. 아무 생각 없이 눈을 뜨니 작은 창문으로 밝은 오후 햇살이 쏟아져 들어와 그는 자기도 모르게 눈을 찡그렸다. 시야가 흐렸고 머리는 여전히 기분 나쁘게 욱신대고 있었다. 눈을 깜빡이니 눈의 초점은 맞춰졌지만 사실 볼 것이라곤 아무것도 없었다. 여기저기 쳐진 천막들 사이에서 아주 작은 통나무집을 본 것이 기억났는데, 아마 여기가 그 안인 듯했다. 가구는 몇 점 없었다. 그가 누워 있는 부서질 듯한 침대 하나, 작은 탁자, 넝마 더미 몇 개. 유일한 장식품은 그가 누운 침대 위에 걸린 나무 조각뿐이었는데 동그라미 안에 불타고 있는 태양, 즉 신성한 상징이었다.

마릭은 어깨를 돌리며 느껴지는 통증을 참아보았다. 그리고 놀랍게도 담요 밑으로 속바지 한 장 말고는 걸친 것이 없다는 사실을 어렴풋이 느꼈다.

"나 때문에 깼나요?"

침대 옆에서 누군가의 목소리가 들려왔다. 목을 길게 빼고 쳐다보니 어떤 여자가 그의 옆에 무릎 꿇고 앉아 물그릇에 헝겊조각을 적시고 있는 것이 아닌가.

"미안하군요. 최대한 조용히 하려고 했는데."

그녀의 목소리는 침착하고도 친절했고, 챈트리의 사제를 뜻하는 붉은 제의를 입고 있었다. 오래전 챈트리가 왕위 찬탈자의 편을 들고 나서부터 정식 예배당에 발을 들여놓을 기회가 거의 없었지만, 어머니는 그런 분야에 대해서도 공부를 해야 한다고 고집하셨었다. 그래서 마릭은 여느 퍼렐던 사람들처럼 창조주를 믿고, 창조주의 첫째 부인이자 예언자인 안드라스테의 희생을 기렸다. 그러니 사제를 보면 바로 알아볼 수 있었다. 대체 범법자들의 소굴에서 뭘 하고 있는 것일까?

"사제……님?"

목소리가 완전히 쉬어 있었다. 목소리를 가다듬으려 헛기침을 하자 머리만 더 욱신거릴 뿐이었다. 마릭은 끙 소리를 내며 방이 빙빙 도는 것을 멈추고자 다시 침대에 누웠다.

그녀가 안타깝다는 듯 가볍게 웃었다.

"이런, 이런. 아직 그렇게 심하게 움직이면 안 돼요."

이제 마릭은 그녀를 더욱 뚜렷이 볼 수 있었다. 나이가 많이 들었지만 우아한 모습이었다. 금발의 곱슬머리는 회색으로 바뀌었고 지친 눈가에는 잔주름이 가득했다. 왕년에는 상당한 미인이었으리라. 그녀는 붉은 제의 말고도 안드라스테의 십자가와 신성한 원형 불꽃이 새겨진 금 목걸이를 걸고 있었다. 그녀가 그의 눈길을 알아챘는지 슬그머니 미소를 지었다.

"미안한 말이지만 챈트리에 몸담았던 것도 이미 오래전의 일이랍니다."

그녀는 얼룩진 헝겊조각을 비틀어 짜고 다시 그것으로 마릭의 얼굴을 닦아주기 시작했다. 차가운 물의 느낌이 너무나도 시원하고 개운해 마릭은 잠시 눈을 감고 그녀가 하는 대로 가만히 있었다. 그 손길이 멈추자 그가 그녀의 손을 가볍게 붙잡았다.

"제가 얼마나 오래……?"

그녀가 지친 회색 눈동자로 그를 가만히 살펴보았다. 분명 거기 서려 있는 것은 동정심이었지만 의심도 섞여 있음을 마릭은 알 수 있었다.

"거의 하루 종일이었죠."

그녀가 마침내 대답했다. 그리고 이내 안심하라는 듯 미소 지으며 그의 이마를 덮은 머리칼을 쓰다듬었다.

"너무 걱정하지 마세요. 무슨 일을 했든 이곳에서는 안전하니까."

"그런데 여기가 정확히 어딥니까?"

"로게인이 말해주지 않았나요?"

그녀가 한숨을 내쉬며 다시 헝겊조각을 물에 담갔다. 붉은색 핏물이 물에 탄 물감처럼 퍼져 나갔다.

"그래, 그럴 리가 없지요. 그 아이한테 한 번에 두 문장 넘게 들으려면 용이라도 한 마리 구해와야 하니까. 부전자전이에요."

재미있어 하는 그녀의 표정은 그 정도면 충분히 설명된 것 아니냐는 인상을 풍겼다.

"여긴 늪지대 바로 외곽의 사우스론 언덕이에요. 물론 그 정도는 이미 파악했겠지만."

이 말과 함께 그녀가 조심스레 그의 뒷머리를 닦아냈다. 그러자 새로운 통증이 마치 날카로운 창처럼 그의 몸을 꿰뚫었다. 뒤통수의 상처가 이 욱신대는 통증의 원인이 분명했다. 그는 얼마나 심하게 다쳤는지 생각하지 않기 위해 애썼다.

"이곳에는 딱히 정해진 이름이 없어요. 그저 잠시 머무르는 곳일 뿐, 그 이상도 그 이하도 아니지요. 여기 사람들은 오랜 시간에 걸쳐 모여든 거예요. 대부분은 그저 목숨을 부지하기 위해서고요."

"내 처지나 마찬가지군."

마릭이 중얼거렸다. 하지만 같은 처지라 해도 지금껏 그의 삶은 이들과 꽤 달랐다. 쫓기는 와중에도 그와 그의 어머니는 어딜 가나 외딴 성, 산속 깊이 숨겨진 사원처럼 비교적 괜찮은 곳에서 머물렀다. 그리고 어디든 그들을 기꺼이 받아줄 귀족이나 널찍한 천막을 제공하겠다는 사람들이 있었다. 그런데도 그는 생활이 자유롭지 못하고 지겹다며 늘 불만을 터뜨렸었다. 여기에 도착한 이래 목격한 누추한 생활상으로 보아 이곳 사람들은 아마 그의 팔자가 좋다고 여길 테지. 어쩌면 그 말이 맞을지도 모른다.

"이곳의 책임자는 가레스예요. 우리를 지켜주고 있죠. 그런데 우리의 수는 매년 점점 늘고 있어요. 갈 곳 없는 불쌍하고 절박한 영혼들은 어딜 가든 넘쳐나고 있으니까요. 참, 가레스를 아직 못 만났지요? 그는 로게인의 아버지예요."

그녀가 걱정이 가득 담긴 표정으로 그의 머리를 다시 닦아냈다.

"아직 만나지 못했습니다."

"곧 만나게 될 거예요."

그녀가 다시 헝겊을 물에 헹궜다. 이번에 물속에서 번져나가는 색은 훨씬 어둡고 불길했다. 마릭은 자신의 머리가 지금 기분만큼이나 엉망일지 궁금했다.

"내 이름은 아일리스예요."

"전 히람입니다."

"알아요. 그렇게 들었지요. 손 씻고 싶어요?"

아일리스가 그의 손을 향해 고갯짓했다.

마릭은 자기 손을 흘깃 쳐다보고는 양손 모두 팔꿈치까지 말라붙은 피와 흙으로 말도 못하게 더럽다는 것을 깨달았다. 그는 아무 말 없이 젖은 헝겊을 받아들었다.

"손에 피가 정말 많이 묻었어요."

그녀가 말했다.

"제 게 아닙니다. 대부분은요."

"무슨 일이 있었는지 말해줄 수 있어요?"

마릭을 바라보는 그녀의 시선은 침착하면서도 무언가 생각하는 듯했다.

그는 자신의 손에 시선을 고정하고 천천히 문질렀다. 그녀가 무슨 생각을 하는지 알 수 있었다. 처음, 숲에서는 본능적으로 자신의 정체를 숨겼었고 그 상황에선 그게 옳은 행동이었을 것이다. 아일리스도 그렇게 말하지 않았던가, 이곳 사람들은 절박한 상황에 처해 있다고. 찬탈자가 자신의 목에 얼마나 많은 상금을 걸었는지는 몰라도 아마 이곳 사람들이 평생 만져본 돈보다 훨씬 많을 것이다. 돈의 유혹이 사람을 얼마나 쉽게 타락시키는지는 가난해본 적이 없더라도 누구나 아는 사실이다. 그렇다면 누군가가 칼로 어머니를 찌르게 하는 데는 얼마나 많은 금화가 들었을까.

"그가 먼저 날 공격했어요. 전 정당하게 방어를 했고요."

그의 목소리는 자신이 듣기에도 공허한 거짓 같았다.

"놈들이 우리 어머니를 죽였거든요."

그건 아무리 소리 내어 말해도 현실처럼 느껴지지 않았다.

아일리스는 날카로운 눈으로 그를 쳐다보았다.

"창조주여, 그녀를 돌보소서."

이내 마음이 누그러졌는지 그녀가 작게 읊조렸다.

마릭은 잠시 망설이다가 그녀를 따라 "창조주여, 어머니를 돌보소서."라고 말했다. 슬픔으로 목소리가 갈라져 나왔다. 아일리스는 이해한다는 듯 자신의 손을 그의 손 위에 올렸다. 마릭은 의도했던 것보다 조금 거칠게 그 손을 뿌리쳤지만 그녀는 아무 말도 하지 않았다. 한참 동안 어색한 침묵 속에서 그는 반쯤 닦인 자기 손만 내려다보았다. 그녀는 그의 손에서 피로 물든 헝겊조각을 빼내어 다시 물에 담갔다.

"사제라고 하셨는데 여기에서 뭘 하는 거죠?"

마릭이 어색하게 화제를 바꾸었다.

그녀는 이전에도 여러 차례 들은 질문이라는 듯 미소 지으며 고개를 끄덕였다.

"창조주께서 이 땅에 돌아왔을 때 예언자가 될 신부를 고르셨지요. 그때 엄청난 부와 마법사들을 갖춘 대제국으로 갈 수도 있었고, 서쪽 문명의 땅이나 북쪽 해안의 도시들을 선택할 수도 있었어요. 하지만 그는 아무 망설임 없이 테다스 끄트머리에 사는 야만인들을 택하셨지요."

"그때 창조주의 눈이 안드라스테에게 향했으리니.
버림받은 사람들 사이에서 태어나 그의 아내가 될 그녀에게.
그녀의 입에서 영광의 성가가 흘러나오고,
그녀의 말 한마디에 정의의 군대가 세상을 뒤덮었노라."

그녀의 말을 받아 마릭이 자동적으로 기도문을 외웠다.

"어머, 알고 있군요?"

그녀가 놀랐다는 듯 말하자 마릭은 잘난 척을 한 자신을 속으로 매섭게 꾸짖었다. 아일리스는 목에 걸고 있던 금으로 된 신성한 상징을 감싸 쥐고 마치 오랜 친구를 보는 듯한 눈으로 그것을 내려다보았다.

"사람들은 퍼렐던이 처음부터 예언자의 고향이 아니었다는 걸 잊곤 하죠. 한때는 문명 세상으로부터 조롱받았다는 사실도요. 때로는 가장 귀한 것이 전혀 예상치 못한 곳에서 발견되는 법이랍니다."

그녀가 눈을 반짝이며 부드럽게 미소 지었다.

"하지만 여기 사람들은……?"

"범죄자가 아니냐고요? 도둑? 살인자? 나는 내가 할 수 있는 한 그들의 길을 인도하고, 힘든 가운데 도움이 되기 위해 여기 있는 것이랍니다. 그들 각자가 저지른 일은 결국 다른 누구도 아닌 창조주께서 판단하실 일이고요."

아일리스가 어깨를 으쓱이며 대답했다.

"안드라스테는 그 모든 노력에도 불구하고 잘못된 심판을 받아 십자가에서 화형당하고 말았잖아요."

"그렇지요. 그런 이야기를 들은 기억이 나네요."

그녀가 쿡쿡 웃으며 대답했다.

바로 그때 로게인이 오두막 안으로 성큼 들어와 둘의 대화가 끊기고 말았다. 마릭이 기억하는 것보다 훨씬 깨끗한 차림새인 그는 징이 박힌 가죽 끈으로 엮어 만든 갑옷을 걸치고 있었다. 갑옷은 꽤 무거워 보였고, 어깨에 둘러멘 커다란 활 또한 상당히 위협적인 분위기를 풍겼다.

'밀렵꾼치고 제법 좋은 장비로군.'

마릭이 생각했다.

구석구석 살피는 마릭의 시선을 느꼈는지 로게인이 그를 노려보았다. 아일리스와 달리 그의 의심의 눈초리는 노골적이었다. 갑자기 조금 창피해진 마릭은 덮고 있던 담요를 목 아래까지 끌어당겼다.

"하루 종일 내처 자진 않겠군요."

로게인이 마릭에게서 시선을 떼지 않은 채 무미건조한 말투로 내뱉었다.

"훨씬 나아졌단다. 부상이 가벼운 편이 아닌데, 여기로 데려오길 정말 잘했다, 로게인."

그녀가 바닥에서 물그릇을 집어 들며 대답했다.

그러자 로게인의 눈이 그녀를 향했다.

"그건 두고 봐야 알겠죠. 아직 아무 말도 안 했고요?"

로게인은 마치 마릭이 이 자리에 없는 것처럼 아일리스하고만 이야기를 하고 있었다. 참지 못한 마릭이 끼어들었다.

"어, 저 바로 여기 있는데요."

마릭이 한 손을 들며 말했다.

이 말을 들은 아일리스가 우습다는 듯 한쪽 눈썹을 추켜올렸다.

"그래. 직접 이야기를 해보지 그러니, 로게인?"

"그럴 생각이에요. 이봐, 아버지가 보자고 하신다."

로게인이 마릭에게 고개를 돌리며 말했다. 그러고는 대답을 기다리지도 않고 그 자리에서 빙글 돌아 곧장 햇볕이 내리쬐는 바깥으로 나가버렸다.

아일리스가 방 한쪽 구석의 작은 탁자 옆에 쌓인 넝마 더미를 가리켰다.

"신고 있던 장화는 탁자 밑에 있어요. 미안하지만 다른 건 모두 태워버릴 수밖에 없었지요. 좋은 옷은 아니지만 맞는 것을 찾을 수 있을 거예요."

이 말과 함께 그녀가 몸을 돌려 문으로 향했다.

"아일리스 사제님!"

마릭이 그녀를 불렀다. 그녀가 문간에서 뒤돌아보았지만 그는 아무 말도 이을 수가 없었다.

"나라면 가레스를 오래 기다리게 하지 않을 거예요."

아일리스의 말은 그것이 전부였다. 그리고 바깥으로 나갔다.

마릭은 야영장으로 나갔다. 밝은 오후 햇살 속에서 본 그곳은 사람들로 북적이는 마을이었다. 근처 시냇가에선 옷을 두드려 빨고, 서너 군데에서 피운 불가에선 토끼 고기를 훈제하고 있었으며, 여기저기 여자들이 모여 앉아 수다를 떨며 천막을 수선하고, 어린아이들이 뛰어다녔다. 마릭이 흔히 보던 사람들보다 조금 마르고 행색이 더럽긴 해도 퍼렐던의 여느 마을과 크게 다를 바가 없었다. 하지만 올레이 인들을 선량한 통치자라 부르기는 힘들었다. 여기저기 쓰레기가 많이 쌓여 있는 것으로 보아 이들은 여기에서 여러 달, 적어도 지금 마릭이 걸어 나온 오두막을 짓기에 충분한 시간 동안 지내온 것이 분명했다. 넝마를 걸친 험상궂은 사내 몇 명이 마릭을 알아보고 노골적으로 차갑고도 계산적인 눈빛으로 그를 노려보았다. 로게인이 입고 있던 고급 가죽 갑옷이 눈에 띄는 것이 틀림없었다.

주변을 돌아보니 그다지 멀지 않은 곳에서 그보다 덩치가 큰 남자와 이야기를 하고 있는 로게인이 눈에 들어왔다. 아마도 그의 아버지이리라. 그는 로게인과 비슷한 징 박힌 가죽 갑옷을 입고, 아들과 똑같은 엄한 눈에, 숱이 훨씬 적고 관자놀이는 회색으로 변해가고 있었지만 똑같은 검은 머리였다. 남들처럼 넝마를 걸치고 있더라도 그가 이곳 사람들을 이끄는 대장이라는 것쯤은 쉽게 알아챌 수 있었다. 마릭은 그 같은 사람들과 평생을 함께 보내왔지 않은가. 어머니의 군대에서 지휘관 역할을 하는 사람들, 평생 규율을 엄격히 지키며 살아온 사람들 말이다. 이런 곳에서조차 그런 사람을 만나다니 기이하기 짝이 없는 일이었다.

마침내 로게인이 부산하게 움직이는 사람들 가운데 선 마릭을 알아보고 아버지에게 고갯짓을 했다. 부자의 의심스러운 눈초리는 쉽게 가시지 않았고, 마릭은 도대체 자신이 지난밤 무슨 짓을 저질렀기에 이렇게 적대적인 대접을 받는 건지 순간 궁금해졌다.

'로게인에게 거짓말을 했고 지금도 하고 있기 때문일 거야. 그리고 난 무능력한 얼뜨기니까.'

마릭이 생각했다.

두 부자가 성큼성큼 야영장을 가로질러 다가오는 동안 마릭은 멀리서부터 느껴지는 그들의 시선에 당혹해하며 부자를 기다렸다. 바로 그 순간 자신의 모습은 이제껏 상상했던 왕의 모습과 너무나도 거리가 멀었고, 다만 춥고, 몸이 쑤시고, 어색하기만 할 뿐이었다. 자기도 모르게 어머니가 나타나 자신을 구해주기만 바라고 있었다. 바람에 나부끼는 보라색 망토와 금발 머리에 황금 갑옷을 걸친 위대한 반란군 여왕은 그 모습 자체만으로도 눈부셨다. 사람들이 어머니를 좋아하고 따르는 이유는 언제나 명백했다. 어머니가 여기 있었더라면 로게인과 그의 아버지를 포함해 이곳의 모든 불쌍한 이들이 당장 무릎을 꿇었을 것이다. 하지만 이제 어머니는 그를 구하러 오지 못하고, 아무리 원하고 바란다 해도 그런 일은 이루어지지 않을 것이다. 마릭은 이를 앙다물고 자신을 쳐다보는 두 사람의 차가운 푸른색 눈동자를 피하지 않았다.

"히람이라고 했나?"

가레스가 인사하며 한 손을 내밀었다. 그 손을 마주잡고 흔든 마릭은 상대가 엄청난 완력을 가졌다는 걸 금세 깨달았다. 가레스는 분명 젊다고 할 수 없었지만 원한다면 땀 한 방울 흘리지 않고도 마릭을 반으로 접어 마치 어린아이처럼 던져버릴 수 있을 것 같았다.

"음, 예. 처음 뵙겠습니다. 가레스이시군요."

마릭이 침을 꿀꺽 삼키며 말했다.

"그렇다네. 아들 말로는 로더링 근처에서 일을 당했다고 하던데. 시올릭 남작의 부하들한테 쫓기고 있었다고 말이야."

가레스는 턱을 긁적이며 마치 진기한 구경거리를 바라보듯 마릭을 내려다보았다. 한 걸음 뒤에 선 로게인의 표정에서는 아무것도 읽을 수 없었다.

"다른 놈들도 있었지만, 맞습니다."

"정확히 몇 명이나 있었나?"

그가 천천히 고개를 끄덕이며 물었다.

"정확히는 모르겠습니다. 많았던 것 같아요."

"모두 숲 속에 있었고? 시올릭 남작은 이 지역 출신도 아닌데. 그들이 왜 거기 갔는지 혹시 아나?"

"아니오, 모릅니다."

마릭이 거짓으로 대답했다. 그 말의 여운이 공기 중을 떠도는 가운데 그들은 마릭을 노려보기만 했다. 로게인의 눈초리가 점점 가늘어졌다. 마릭은 자신의 문제점에 '거짓말을 너무 못함'이란 항목을 추가해야 할 것 같았다. 물론 그건 진정한 왕다운 면모는 아니었고, 어머니 역시 왕은 진실해야 한다고 끊임없이 말하긴 했었다. 갑자기 목이 바짝바짝 마르면서 간질거리기 시작했지만 그는 그대로 말을 이어갔다.

"내 친구를 죽인 후 날 쫓아왔어요."

"친구? 아니면 어머니?"

그 말을 듣자마자 가레스가 덤비듯 되물었다.

그러면 그렇지. 벌써 아일리스에게 들은 것이 분명했다. 마릭의 머릿속이 빙글빙글 돌았다. 어디까지 말했고, 어디까지 숨겼는지 떠올리려 했지만 도저히 생각나지 않았다. 지금의 노력만으로도 뒤통수의 혹이 다시 욱신거렸다.

"어머니가 제 친구이기도 하죠."

마릭이 간신히 대답했다.

"그럼 어머니와 둘이 숲에 있었던 이유는 뭔가? 시올릭 남작이나 자네나, 둘 다 거기 갈 이유는 없었을 텐데?"

"우린 그저…… 숲을 통과해 지나던 길이었어요."

가레스와 아들 로게인이 의미심장한 눈길을 주고받았지만 마릭은 그 뜻을 알 수 없었다. 가레스가 한숨을 내쉬더니 생각에 잠긴 채 턱을 긁적였다.

"이보게, 히람. 지금 여기 상황으로는 말이야…… 언제나 극도로 조심해야 하거든. 왕이 여기까지 군사를 보냈다면 그 이유를 알아야 한단 말일세."

그의 말에 담긴 논리는 확실했다.

마릭이 침묵을 지키자 가레스의 표정이 점점 분노로 어두워졌다. 그가 휙 몸을 돌려 야영장의 다른 사람들에게 손짓하자 그들 중 몇 명이 다가와 모였다.

"여기 이 사람들 보이나? 이들 모두 내가 책임져야 할 사람들이지. 난 이들을 안전하게 지켜야 할 의무가 있단 말일세. 혹시라도 그 군대가 이쪽으로 오고 있다면……."

마릭이 초조하게 주변을 돌아보았다. 자신을 향해 모여드는 사람의 수가 점점 늘어나고 있었다. 그가 힘겹게 침을 꿀꺽 삼켰다.

"저도 알았으면 좋겠습니다."

"저 녀석을 데려오는 게 아니었어요."

로게인이 끼어들어 불쑥 내뱉었다.

하지만 가레스는 아들의 말을 들은 척도 하지 않았다. 대신 그는 알쏭달쏭하다는 표정으로 마릭을 계속 쳐다보기만 했다.

"놈들이 대체 왜 자네를 쫓고 있는 겐가? 무슨 짓을 한 거지?"

그의 눈썹이 찌푸려졌다.

"아무 짓도 안 했습니다."

"거짓말이에요!"

로게인이 소리쳤다. 그러면서 한 손으로 허리에 찼던 칼을 빼어 들고 위협적으로 한 발짝 앞으로 나섰다. 그 광경을 지켜보고 있던 사람들도 피 냄새를 맡은 듯 흥분하여 쑥덕이기 시작했다.

"제 손으로 처리하게 해주세요, 아버지. 제 잘못이에요. 애초에 저 녀석을 여기 데려오는 게 아닌데."

"거짓말은 아닌 것 같다."

가레스의 표정은 한결같았다.

"거짓말이 아닌들 이제 와서 무슨 상관이겠어요? 어쨌거나 처리하긴 해야 하니까 지금 해치워버리자고요."

이 말과 함께 로게인이 마릭을 향해 달려들었지만 가레스가 한 팔로 둘 사이를 막고 나섰다. 로게인이 놀라움과 의심이 섞인 눈초리로 아버지를 쳐다보며 우뚝 멈춰 섰고, 가레스의 눈은 여전히 마릭을 향해 있었다.

어찌 할 바를 모르고 마릭이 뒤로 물러서자 역시 눈살을 찌푸린 남자 몇 명이 앞을 가로막았다.

"저기요, 전 그냥 이대로 떠나겠습니다. 이곳에 해를 끼치려던 건 아니었어요."

마릭이 천천히 입을 열었다.

"그건 안 되지."

반박의 여지를 남기지 않는 어조였다. 그런 다음 가레스는 로게인을 슬쩍 쳐다보았다.

"미행당하지 않은 게 확실하냐?"

아버지의 물음에 로게인이 잠시 생각하다 입을 열었다.

"여기까지 반쯤 와서 따돌리긴 했어요. 그건 확실해요. 하지만 그렇다고 놈들이 우릴 찾지 못하리란 보장은 없죠. 아무래도 여기 너무 오래 머물렀어요. 우리가 여기 있다는 걸 아는 동네 사람이 어디 한둘이에요?"

가레스가 고개를 끄덕이고는 다시 마릭을 바라보았다.

"정찰하라고 몇 명 내보냈으니 상황이 어떤지는 금방 알 수 있을 게다. 하지만 위험에 처한 거라면 지금 바로 알 수 있으면 좋겠는데 말이야. 정말 우리가 위험에 처한 걸까?"

그 말을 들은 마릭이 마음속으로 부르르 떨었다. 시올릭 남작과 다른 놈들은 계속해서 그를 찾을 것이고, 결국에는 자취를 발견하고 말리라. 아주 잠시 그들에게 모든 것을 털어놓는 편이 나을지도 모른다는 생각이 머리를 스쳤다. 그렇다면 그들이 그 말을 믿어줄 것인가? 그리고 혹시라도 믿는다면 그게 좋은 일일까, 나쁜 일일까?

"그래, 그래요. 내가…… 여기에 계속 머무른다면 여러분 모두 위험에 처하고 말 겁니다."

마침내 마릭이 대답했다.

로게인이 웃긴다는 듯 콧방귀를 뀌고는 아버지에게 몸을 돌렸다.

"아버지, 정말로 문제가 생긴다면 금방 알 수 있을 겁니다. 이 녀석을 여기 둘 필요가 없어요. 안전을 위해선 죽여버리는 게 낫다고요."

근처에 있던 사내 몇 명이 고개를 끄덕이며 로게인의 말에 동조했다. 그들의 눈이 위험하게 빛났다. 하지만 가레스는 로게인을 향해 얼굴을 찌푸렸다.

"아니. 그런 짓은 안 한다."

"왜요?"

"내가 안 된다고 분명히 말했다."

아버지와 아들의 눈빛이 충돌했다. 주변은 쥐죽은 듯 조용해졌다. 하루 이틀 일이 아닌 듯 이 상황에 끼어들려는 이는 없었다. 마릭도 입을 다물었다.

그에게도 그 정도 눈치는 있었다.

"좋아요. 그럼 짐을 싸자고요, 기다리지 말고."

로게인이 눈알을 굴리며 마침내 한 걸음 물러섰다.

그 말을 들은 가레스가 잠시 생각하더니 고개를 저었다.

"아니다. 일단 정찰 나간 사람들이 돌아올 때까지 기다려보자. 아직은 시간이 있으니까."

그러고 나서 곁에 서 있던 덩치 좋은 남자에게 고개를 돌렸다.

"요린, 자네는 히람인지 뭔지 하는 이 녀석을 다시 자매님께 데려다주게. 그리고 감시해."

요린이라 불린 사내가 고개를 끄덕이자 가레스가 주변에 모여든 사람들에게 큰 소리로 입을 열었다.

"자, 여러분! 곧 짐을 싸야 할지도 모릅니다! 모두 마음의 준비를 하고 있도록!"

결단이 내려졌다. 모여 있던 사람들이 사방으로 흩어졌지만 그들의 흥분된 표정과 숙덕임은 가라앉지 않았다. 모두가 겁에 질려 있었다.

로게인이 어깨를 붙잡혀 끌려가는 마릭을 쏘아보았다. 마릭은 등 뒤로 로게인이 아버지에게 하는 말을 들을 수 있었다.

"나라면 놈한테 사실을 캐낼 수 있었을 거예요. 전부 다!"

"그렇게 하게 될 때가 올지도 모르지. 하지만 지금으로선 그냥 보이는 대로, 우리의 도움이 필요한 겁에 질린 젊은이로 대우하도록 한다."

가레스의 대답은 단호했다. 끌려가는 마릭이 들을 수 있었던 것은 거기까지였다. 요린에게 이끌려 통나무 오두막으로 가는 동안 마릭은 저항하지 않았다. 머리 위, 키 큰 나무들 위로 어두운 구름이 몰려들어 오후 해를 가리고 있었다. 곧 비가 내릴 것이다. 그것도 아주 큰 비가.

"그래서 넌 녀석의 정체가 뭐라고 생각하는데, 응?"

로게인은 포터의 질문을 무시하고 묵묵히 활줄을 다시 맸다. 그들과 함께 떠도는 몇 안 되는 엘프 가운데 하나인 포터는 빈둥거리며 소문을 퍼뜨리는 것 말고는 별로 하는 일이 없었고, 로게인은 이미 사람들 사이에 퍼지고 있는 두려움에 더 이상 보태고 싶은 마음이 없었다. 숨기고 있는 게 무엇인지는 몰라도 아버지가 히람의 심문을 허락하셨다면 모두에게 훨씬 좋았을 것이다. 놈은 분명 무언가 숨기고 있다. 로게인은 그 냄새를 맡을 수 있었다. 그 녀석은 한순간 모든 걸 털어놓을 것처럼 굴더니 이내 입을 다물고 말았다. 그런데도 아버지는 놈을 그냥 보내주지 않았나.

"그러지 말고, 말 좀 해봐! 알고 있는 거 없어? 밤새 그 녀석이랑 같이 걸었다며, 아냐?"

포터가 로게인 옆에 무릎 꿇고 앉으며 졸라댔다.

그의 기다란 귀는 한쪽이 거의 잘리고 없어서 머리가 한쪽으로 기운 것처럼 보였다. 또한 얼굴 한쪽에 길게 흉터가 나 있고, 그쪽에 있어야 할 눈이 없었으며, 입 가장자리가 비스듬히 찢어져 올라가 늘 조소를 흘리는 것처럼 보였다. 그렇게 떠들기 좋아하는 포터도 그 끔찍한 상처가 어느 올레이 영주한테 받은 '선물'이라는 것 외에 자세한 내용은 말한 적이 없었다.

'노예상인의 짓이었겠지.'

로게인은 그렇게 짐작했다. 대부분의 도시에서 엘프들은 빈민 중의 빈민으로, 저마다 빈민가에서 자유롭게 살고 있었다. 예언자 안드라스테 덕분에 오래전 그들의 노예 생활은 끝났지만, 왕국의 일부 외딴 지역에서는 아직도 비밀스레 그들이 노예로 부려지고 있었다. 어느 날 밤 심하게 술에 취한 포터가 어떻게 그 끔찍한 상처를 입게 되었는지 털어놓을 뻔한 적이 있었다. 온갖 분노와 원망이 마치 독약처럼 그의 온몸에서 배어나올 것 같았지만 그는 마지막 순간에 입을 꾹 다물더니 정신을 잃을 때까지 죽어라 술만 마셔댔었다.

누구나 숨기고 싶은 비밀이 있기 마련이다. 거기까지 생각이 미친 로게인은 한숨을 내쉬며 아버지처럼 히람을 이해하려고 애썼다. 하지만 쉽지 않았다.

"넌 할 일도 없어? 없으면 만들어주랴?"

로게인이 포터에게 버럭 소리를 질렀다. 그러자 포터는 한숨을 쉬더니 냉큼 달아났다. 이대로 계속 로게인에게 집적댔다간 정말 할 일이 산더미처럼 생길지 모른다.

그래도 포터의 질문에는 일리가 있었다. 이 히람이라는 작자가 첩자라면 정말 형편없는 첩자이거나, 로게인이 지금껏 들어본 그 어떤 사람보다 솜씨가 좋은 게 틀림없다. 아니면 정말 아버지의 말처럼 그냥 보이는 그대로 죄 없는 사람인지도 모른다. 가레스는 언제나 인정에 휘둘렸다. 완벽한 사람은 없다. 하지만 그들이 놓치고 있는, 그 퍼즐 조각을 히람은 순순히 내놓지 않았고, 그 때문에 로게인은 속이 타들어갔다. 야영장의 다른 사람들처럼 그 역시 도망쳐야 할 때를 알아채는 직감이 생겼는데, 지금 이 순간 그 감각이 미친 듯이 경고를 보내고 있었다. 주변을 둘러보기만 해도 모든 이의 눈에서 그것이 느껴졌다. 모두가 누군가에게 쫓기는 사람처럼 허둥지둥 뛰어다니며 숲에서 조금만 이상한 소리가 나도 펄쩍 뛰었다. 그중에는 이동하라는 아버지의 지시가 떨어지기만을 기다리며 벌써부터 천막을 걷고 얼마 되지 않는 살림살이를 챙기는 이도 있었다.

로게인은 일단 활을 둘러맨 뒤에는 혹시라도 히람에게 덤벼들까 싶어 일부러 아일리스의 오두막에서 멀찌감치 떨어져 다녔다. 아일리스에게는 야영장에 새로 온 사람들을 심문하는 그녀만의 방식이 있었고, 로게인이나 그의 아버지도 알아내지 못한 정보를 종종 캐내곤 했기에 로게인도 그녀 나름의 방식을 존중했다. 많은 이들이 아일리스를 로게인의 아버지와 거의 동등하게 야영장의 지도자로 여겼고, 가레스도 지금까지 오랫동안 그녀의 조언에 의지했었다. 그들을 위해 둘 사이의 감정이 단순한 호감 이상으로 발전하기를 바란 적도 있었다. 하지만 아일리스에게는 그녀의 소명이 있었고, 아버지도 고향을 버리고 떠난 이래로 많이 달라져 있었다. 아버지의 일부가 그날 밤을 계기로 크게 망가져버린 것 같았다. 로게인이 그것을 깨닫기까지는 꽤 오랜 시간이 걸렸지만, 아일리스는 가레스가 무엇을 필요로 하는지 로게인보다 훨씬 잘 알고 있었다. 로게인은 그걸로 만족해야 했다.

파드릭이 야영장 경계에서 보초를 서고 있었다. 그는 남의 눈에 잘 띄지 않으면서도 계곡 아래가 잘 내려다보이는 커다란 바위 위에 앉아 있었다. 그 청년은 로게인보다 두 살 어렸지만 활 솜씨가 좋고 사리분별이 뛰어났다. 하지만 문제는 지금 단논이 파드릭 옆에 서 있다는 점이다. 로게인은 그 점이 마음에 걸렸다. 둘은 무언가 숙덕이고 있다가 그가 다가가자 갑작스레 말을 멈추었다.

"아버지가 보낸 사람들은 아직 안 돌아왔어?"

로게인은 조금 전 그들의 모습을 보지 못한 척하고 태연히 파드릭에게 물었다.

"아직요. 아직은 별다른 조짐이 없어요."

파드릭이 숫기 없이 대답하고 눈을 돌려 언덕 아래를 훑었다.

"떠난다는 이야기가 돌던데. 오늘 밤 말이야. 달리 아무 이야기 없으면……."

단논이 불쑥 끼어들었다. 그가 팔짱을 끼고 로게인을 노려보았다.

"말도 안 돼요. 그 금발 녀석이 여기 있다는 걸 누가 안다고 해도, 그래서 뭐가 어쨌는데요? 고작 사람 하나 잡으러 여기까지 온단 말이에요?"

파드릭이 시선을 내리깐 채 물었다.

"나도 그렇게 생각했다."

그 말과 함께 로게인이 몸을 돌려 단논을 노려보았다.

"하지만 너도 그 겁쟁이들과 함께 하고 싶다면 그렇게 하지 그래? 겁쟁이가 너 혼자만은 아닐 거야, 단논."

"네 입으로 그랬잖아. 놈이 위험하다고!"

"놈의 정체를 모르니 위험하다는 거지. 어쨌든 금방 알게 될 거야. 그리고 아버지가 떠나야 한다고 생각하신다면 그렇게 말씀하실 거고."

"다 네 책임이야. 놈을 데려오자고 한 건 내가 아니라 너라고."

단논이 투덜대더니 아무 말도 없이 서둘러 가버렸다.

파드릭은 단논이 가버린 게 다행이라고 생각하는 것 같았다. 그가 고맙다는 듯 로게인에게 미소 짓더니 다시 자신의 보초 임무로 돌아갔다.

"그런데 단논 말도 일리가 있어요. 이상하긴 해요."

"뭐가?"

"그게…… 정찰 나간 사람들 말이에요. 몇 명쯤은 진작 돌아왔어야 하거든요."

파드릭이 계곡을 향해 고갯짓하며 말했다.

"얼마나 지났는데?"

"한 시간, 아니면 두 시간 정도? 아직 비는 안 왔으니까, 글쎄 모르겠어요. 적어도 헨릭은 왔어야 하는데. 아내랑 아이 때문에 걱정을 많이 했었거든요."

이 말을 들은 로게인의 가슴이 덜컹 내려앉았다.

"이 이야기 또 누구한테 했어?"

"가레스 님한테만요."

로게인은 고개를 끄덕이고는 혼자 계곡 아래로 내려갔다. 자기 눈으로 직접 살펴보고 싶었고, 어차피 아버지가 주민들의 두려움을 잠재우려 애쓰고 있는 지금 야영장 주변을 서성여봤자 아무 도움이 되지 않을 것이다. 로게인은 이 무법자들이 무리지어 떠도는 것은 순전히 일시적인 것이고, 서로가 암

묵적으로 그렇게 이해하고 있다고 생각했다. 아버지는 질서를 유지하는 한편 그들이 굶지 않게 도왔고, 아일리스는 그들을 정신적으로 한데 뭉치게 해주었다. 물론 여기 말고는 달리 갈 곳이 없다는 사실도 한몫 보태긴 했지만 어쨌거나 그들은 각각 다른 이유로 법의 눈을 피해 도망 다니는 사람들이었고, 그렇게 절박한 상황에 처한 사람들에게 서로에 대한 의리나 충성심 같은 것은 없었다. 하지만 로게인의 아버지는 그렇게 생각지 않고 오히려 최악의 상황일수록 더욱 한데 뭉쳐야 한다고 믿었다. 가레스가 그런 말을 할 때마다 아일리스는 눈물이 그렁그렁해져서는 그를 바라보며 미소 짓곤 했다. 바로 그 순간만큼은 아버지의 그러한 믿음이 진실인 것만 같았다. 하지만 로게인은 그렇게 순진하지 않았다. 침몰할 위기가 닥치면 냉큼 배를 버리고 도망칠 쥐새끼는 단논만이 아니니까.

두려움을 잊고 싶은 마음에 로게인은 오후 내내 바깥에 나가 있었다. 가장 먼저 전날 밤 셋이서 걸었던 길을 되짚으며 누군가 따라오지 않았음을 확인했다. 그런 다음 사우스론 언덕으로 돌아가 자기가 알고 있는 세 갈래 길을 따라갔다. 아버지가 내보낸 사람들, 그것도 아니면 길을 지나는 사람 누구라도 만나고 싶은 마음에서였다. 하지만 이렇게 남쪽까지 내려오는 여행자들은 극히 적어서, 로더링으로 가는 길에는 말발굽 자국만 잔뜩 줄지어 있었다. 해가 지고 얼음장처럼 차가운 폭우가 쏟아지기 시작하자 로게인은 진심으로 걱정이 되기 시작했다.

마을에서 그리 멀지 않은 위험한 길을 따라 내려가서야 처음으로 누군가와 마주칠 수 있었다. 그 길은 치안 담당자가 자주 지나다니는 북쪽 길을 피해 서쪽 산으로 가려는 밀수꾼이나 인간의 법률 따위는 별로 신경 쓰지 않는 그곳 드워프들이 주로 이용했다. 내륙지대에는 그런 길이 많았고, 그쪽으로 다니는 사람치고 뒤가 구리지 않은 이가 없었다.

후드를 올려 쓰고 말을 탄 사람이 나타났다. 말이 미끄러운 진흙길을 조심스레 걷고 있었다. 걸치고 있는 고급스러운 망토로 보아 로게인은 그가 어느 도시 길드의 전령일 것이라 짐작했지만 어찌 된 일인지 서두르는 기색은 전혀 없었다.

로게인은 멀리서부터 자신의 모습을 완전히 드러낸 채 그에게 접근했다. 그것은 적의가 없음을 드러내는 몸짓이었지만 말 탄 사람은 칼자루에 손을 댄 채 그 자리에 멈춰 로게인이 먼저 다가오기를 기다렸다. 회색 하늘 어딘가에서 번개가 번쩍이더니 폭우가 더욱 거세어졌다. 로게인이 걸친 가죽 옷은 이미 젖을 대로 젖어 있었다. 로게인과의 거리가 5, 6미터 정도로 가까워지자 말 탄 사람은 말을 조금 뒤로 물리고 칼을 반쯤 뺐다. 그가 하고자 하는 말은 분명했다. 더 이상 가까이 오지 마라.

"안녕하시오!"

로게인이 먼저 소리쳐 불렀다. 상대가 즉각 대답을 하지 않자 그는 등 뒤로 손을 뻗어 활을 빼들고는 천천히 바닥에 내려놓았다.

이 모습을 본 상대는 조금 안도하는 것 같았지만 그가 탄 말은 불안한 듯 히힝거리며 그 자리에서 몇 발짝 껑충껑충 뛰었다.

"무슨 용건이오?"

상대가 마침내 대답했다.

"친구들을 찾고 있소! 나와 같은 차림을 한 사람들이오. 그중 한 명이 이리로 왔을지도 몰라서!"

로게인이 소리쳐 말했다.

"아무도 못 봤소. 하지만 로더링은 길바닥에서 자는 사람들로 가득하더군. 세상이 미쳐 돌아가고 있소. 당신 친구들이라면 거기 있을 것 같은데."

말 탄 사람이 대꾸했다.

로게인은 한 손을 들어 이마에 대고 빗물을 가리며 후드 아래 숨겨진 그의 얼굴을 더욱 자세히 보려 했다. 하지만 알아볼 수 없었다.

"로더링에 사람이 가득하다 말했소?"

"아직 못 들었소? 그렇게 병사들이 지나다니는데. 왕국 사람 절반은 이미 소문을 들었을 줄 알았지."

상대는 진심으로 놀란 것 같았다.

"아니, 아무것도 못 들었소."

"반란군 여왕이 돌아가셨다오. 그 나쁜 놈들이 어젯밤 숲에서 결국 그녀를 붙잡았다고 하더군. 떠나기 전에 시신을 보고 싶었는데 이미 추모객이 너무 많았소. 젊은 왕자도 죽었을지 모른다고 하더군. 그 말이 사실이 아니기를 빌어봅시다."

그가 슬픈 듯 한숨을 쉬며 비를 막으려 후드를 고쳐 썼다.

그 순간 로게인의 몸이 얼어붙었다.

"왕자……."

그가 중얼거렸다.

"운이 좋다면 아직도 숲 속 어딘가 있을 텐데. 병사들이 이렇게 많이 돌아다니는 걸 고려한다면 서둘러 도망쳐야 할 거요."

쏟아지는 빗속에서 그가 정중하게 고개를 숙이더니 이내 로게인을 멀찌감치 피해 지나갔다.

로게인은 그 자리에 그대로 서 있었다. 머릿속에서 너무 많은 생각들이 빠르게 지나갔다. 그의 머리 위로 번쩍 번개가 쳤다.

마릭은 누군가 가져다준 수프를 무심히 휘저으며 그 묽은 국물 속에 떠다니는 정체 모를 건더기가 과연 무슨 고기일까 생각했다. 그 모습을 보다 못한 아일리스가 결국 스프 그릇을 빼앗아 가더니 다시 바느질거리를 집어 들었다. 그녀는 작은 소리로 혼자 노래를 부르며 담요와 옷가지를 꿰맸다. 잘

못 들은 게 아니라면 그중 영광의 성가 몇 소절도 들어 있었던 것 같은데 정확한 가사는 떠오르지 않았다. 솔직히 지금은 노래 가사 말고도 생각할 일이 많았다.

먼저 이 오두막에서 벗어나야 한다는 문제가 있었다. 마치 야영장 전체가 짐을 꾸리는 듯 바깥에서 큰 소란이 벌어졌다. 하지만 아일리스는 그렇지 않다고 했다. 가레스가 기다리고 있는 사람들이 돌아왔는지 세 번이나 물었고, 문밖에서 보초를 서고 있던 덩치 좋은 사내가 상황에 변화가 생기면 즉각 아일리스에게 알려주겠노라 약속했지만 아직 아무 소식도 듣지 못했다. 마릭은 좀처럼 침대 위에 가만히 앉아 있을 수가 없었다. 모든 걸 털어놓을까 하는 생각도 했다. 그렇게 하면 무슨 일이 벌어질 것인가? 상상한 것보다 훨씬 더 위험한 도망자를 난데없이 떠안게 된 가레스는 어떻게 할 것인가? 이 불쌍한 사람들로부터 멀어져 스스로 반란군에게로 돌아가는 길을 찾는 편이 나았다. 하지만 오두막 문은 굳게 닫혔고 그 앞을 지키고 있는 한 명의 보초는 그 계획을 방해하는 아주 훌륭한 걸림돌이었다.

'시작부터 이렇게 꼬이다니. 잘하는 짓이다, 마릭 왕. 이렇게 문제를 잘 해결하면 앞으로도 반란군을 이끄는 데 아주 큰 도움이 될 거야.'

마릭이 스스로를 꾸짖었다.

"너무 자책하지 말아요."

갑자기 바느질을 멈추고 고개를 든 아일리스가 말했다. 그녀는 드워프들의 솜씨로 섬세하게 세공된 돋보기를 끼고 있었는데 그 모습을 보니 불현듯 할아버지 브란델 왕이 떠올랐다. 모두가 '패잔왕 브란델'이라 부르던 할아버지 말이다. 마릭이 기억하는 그는 언제나 슬픔에 잠겨 있으면서도, 자존심이 매우 강한 사람이었다. 할아버지는 황금 돋보기를 하나 가지고 있었는데, 그것을 쓰고 있는 모습을 누군가 보기라도 하면 곧바로 벗어 숨기곤 하셨다. 남들 눈에 장님이나 다름없는 늙은이로 비치기 싫었던 것이다. 어릴 적 마릭은 그 안경을 몰래 훔쳐 쓰고 신나게 궁전 안을 뛰어다니곤 했다. 그러면 종종 어머니에게 붙잡혔는데, 그럴 때마다 어머니는 안경을 쓴 마릭의 모습에 터져 나오려는 웃음을 애써 참으며 그를 나무라곤 했다. 물론 그건 할아버지의 체면을 세워주기 위해서였다. 나중에 둘만 있을 때 어머니는 활짝 웃으며 그의 콧등에 입맞추고는 다시는 그런 짓을 하지 말아달라고 부탁했었는데 그는 듣는 둥 마는 둥 했었다.

지금 같은 때 그런 기억이 떠오르다니 참으로 기분이 이상했다. 마지막으로 할아버지 생각을 했던 게 벌써 수년 전 일인데. 그는 시선을 돌렸다. 그때 그녀가 그의 대답을 기다리고 있다는 것이 생각났다.

"죄송한데 뭐라고 하셨죠?"

"너무 자책하지 말라고요. 누가 봐도 겁에 질린 것이 표가 나는데. 어쩌면 당신이 여기 와 있는 것이 모두 창조주의 뜻일 수도 있다는 생각 안 해봤어요?"

그녀가 다 안다는 듯 슬그머니 미소 지으며 말했다.

마릭은 그 말이 맞기를 바랐다. 아일리스가 다시 바느질로 주의를 돌릴 때까지 바닥만 내려다보았다. 이 사람들이 자신 때문에 다치지 않았으면 했고, 아무리 생각해도 다음 번 문이 열릴 때 냅다 달려나가 도망치는 것이 최선인 것만 같았다. 야영장에서 벗어나기 전에 붙잡혀 죽는다 해도 괜찮았다. 그러면 적어도 그들이 위험에 처하지는 않을 테니까.

그는 오두막에 떨어지는 빗소리와 바깥 사람들의 부산한 움직임에 귀를 기울이며 계속 바닥을 내려다보았다. 남자들이 고함을 치고, 비를 피해 천막을 덮고, 아이들이 깔깔거리다가 천막 안으로 들어가고. 산뜻한 비 냄새가 오두막 안을 가득 채웠다. 어릴 때는 비가 내리면 어머니가 집밖에 나서질 못하게 해서 이 냄새만 한껏 들이마시곤 했었지. 하지만 지금은 점점 초조해질 뿐이었다. 계속 기다리기만 하는 기분이었다. 로게인이 돌아와 마침내 자신을 죽이기를, 가레스가 자신을 풀어주라 하고 또 한차례 질문을 퍼붓기를, 무슨 일이든 일어나기를. 잠시 눈을 붙였지만 자꾸 뒤척이기만 했고 아무런 꿈도 꾸지 않았다.

마침내 오두막 문이 벌컥 열렸을 때 마릭은 시간이 얼마나 지났는지 알지 못했다. 빗줄기가 조금도 가늘어지지 않아 공기는 축축했고 아일리스도 침대 옆 의자에 앉아 어느새 잠이 들었던 듯했다. 그녀가 깜짝 놀라 깨더니 목에 걸고 있던 묵직한 메달을 꼭 쥐었다. 뼛속까지 흠뻑 젖은 채 문가에 선 가레스의 차가운 푸른 눈이 강렬히 빛나고 있었다.

"이런 세상에, 가레스! 무슨 일이에요?"

아일리스가 소리쳤다.

"놈들이, 병사들이…… 숲으로 오고 있소."

그 말을 끝으로 그가 입을 꾹 다물었다. 빗물이 작은 물줄기를 이루어 그의 갑옷을 타고 내려와 바닥을 적시고 있었다. 그가 성큼성큼 두 걸음 만에 마릭에게 다가와 셔츠 자락을 쥐고 마릭을 침대 밖으로 끌어냈다. 그러고는 쾅 하고 마릭을 통나무 벽에 밀어붙였다. 분노로 폭발하기 일보직전이었다.

"도대체 무슨 짓을 저지른 거냐?"

마릭은 겁에 질렸어야 했지만 전혀 그렇지 않았다. 이유는 몰라도 그는 침착했다. 그 순간만큼은 가레스가 정말 그를 죽일 듯했고, 그럴 이유도 충분했다. 그런데도 이상하게 두려움은 전혀 느껴지지 않았다.

"말했잖아요, 날 잡으러 온다고. 나만 내준다면 당신들은 내버려둘 겁니다."

마릭이 침착하게 대답했다.

"어째서?"

가레스가 소리를 질렀다. 강한 바람이 불어와 문이 쾅 하고 벽에 부딪혔다. 거센 바람 소리와 함께 빗물이 오두막 안까지 들이쳤다. 야영장 사방에서 겁에 질린 다급한 함성이 들려왔다.

"넌 대체 누구냐?"

다시 한 번 소리치며 가레스가 마릭의 몸을 벽에 밀어붙였다. 그 충격에 마릭은 숨조차 쉬기 힘들었다.

"그만해요, 가레스!"

아일리스가 소리치며 가레스의 한쪽 팔을 붙들었다.

하지만 가레스는 그녀를 쳐다보지도 않고 팔을 빼냈다.

"누군지 말하라니까!"

"제가 알려드릴게요."

그때 문가에서 누군가 대꾸했다. 온몸이 젖어 창백했지만 눈에는 살기가 가득한 로게인이 거기 서 있었다. 두 걸음 만에 그가 들고 있던 칼을 마릭의 목에 가져다 댔다.

"망할 놈, 왕자예요! 빌어먹을 왕자라고요!"

가레스가 한 손으로 로게인의 손목을 붙들었고 잠시 둘이 칼을 두고 몸싸움을 벌였다. 위험하게 휘청이던 칼은 마릭의 얼굴에 생채기를 냈다. 분노를 못 이겨 으르렁거리던 로게인은 마침내 파리하게 질린 아버지의 표정을 보고는 깜짝 놀랐다.

"그게 무슨 소리냐?"

가레스가 물었다. 그의 목소리는 얼음장처럼 차가웠다.

칼을 두고 벌어지던 몸싸움이 잠시 멈췄다. 로게인은 물러서지 않았지만 아버지의 급작스런 변화에 조금 당황한 것 같았다.

"숲에서 반란군 여왕이 살해됐대요. 사방이 그 소식으로 떠들썩해요. 그게 저 녀석이 말한 어머니라고요. 가장 중요한 부분은 말하지 않은 겁니다!"

이 말을 듣는 가레스의 표정은 가늠하기 힘들었다. 허공을 노려보는 그의 이마를 타고 물방울이 주르륵 흘러내렸다.

바깥에서는 혼란스러운 고함 소리가 계속됐다. 아일리스는 어안이 벙벙한 표정으로 겉옷 자락을 가슴팍에 꾹 여민 채 문을 닫으러 달려갔다.

문밖에서 들려오는 바람 소리에 가레스가 생각에서 깨어났다. 그는 천천히 고개를 돌리더니 마릭이 순간 무서운 존재로 변하기라도 한 듯 그를 멍하니 바라보았다.

"그…… 그게 사실인가?"

"정말…… 정말 죄송합니다."

이게 마릭이 말할 수 있는 전부였다.

잠시 침묵이 흘렀다. 가레스가 로게인을 왈칵 밀치자 로게인이 오두막 반대편 벽으로 쓰러지며 쨍그랑 하고 칼을 떨어뜨렸다.

다음 순간, 가레스가 한쪽 무릎을 꿇고 고개를 조아렸다.

"전하……."

가레스의 목소리가 길게 늘어지며 갈라졌다.

마릭은 이 갑작스러운 고요에 어찌할 바를 모르고 방 안을 둘러보았다. 사람들이 자기만 쳐다보고 있는 것으로 보아 무언가 하기를 바라는 것 같은데 어찌 해야 할지 전혀 알 수가 없었다. 왕관이라도 꺼내 써야 하나. 아니면 그 자리에서 화르르 불에 타올라야 할지도 모르는 노릇이었다.

'그거라면 도움이 될지도 모르겠군.'

마릭이 씁쓸히 생각했다. 폭우는 다시금 오두막을 강타했고 방 안에는 빗소리만이 가득했다. 순간이 영원과도 같았다.

"저놈한테 절을 해요? 저놈을 감싸는 거예요, 지금? 우리한테 거짓말을 했다고요!"

마침내 로게인이 가레스를 노려보며 도저히 못 믿겠다는 투로 소리쳤다. 그의 목소리는 점점 더 독해지고 분노로 가득했다.

"왕자님이시다."

가레스가 그거면 충분하다는 듯 대꾸했다.

"내가 모시는 왕자님은 아니죠. 저놈 때문에 우리 모두 개죽음 당할 판이라고요!"

이 말과 함께 로게인이 벌떡 일어나 성큼성큼 가레스에게 다가갔다.

"아버지, 놈들이 숲으로만 오는 게 아니에요. 계곡 쪽으로도 오고 있다고요! 우린 완전히 포위당했고, 그건 다 놈들이 저 자식을 붙잡으려 하기 때문이라고요!"

"저기, 나 때문에 누구도 다치는 걸 바라지 않아요. 그냥 날 놈들한테 내줘요. 조용히 가겠습니다."

마릭은 최대한 조리 있게 이야기하려 애썼다.

"창조주시여, 저희를 지켜주소서."

아일리스가 두려움에 사로잡힌 얼굴로 마릭을 쳐다보았다.

가레스가 뻣뻣한 걸음으로 문간으로 가더니 문을 열었다. 그리고 폭우가 쏟아지는 바깥을 내다보았다. 어둠 속에서 부산히 뛰어다니는 사람들의 소리가 들려왔다. 마릭의 백성들이었다. 그리고 저 멀리서 겁에 질린 비명과 함께 낯선 사람들의 굵은 목소리도 섞여 들렸다.

"벌써 온 거예요? 어쩌면 좋아요?"

아일리스가 떨리는 목소리로 물었다. 가레스는 가만 고개를 끄덕였다.

로게인이 바닥에 떨어진 칼을 주워들었다.

"왕자를 넘기면 되는 거예요, 아버지. 자기 입으로 그러잖아요. 가서 협상을 하자고요."

"안 된다."

이 말을 들은 로게인은 펄쩍 뛰며 아버지의 어깨를 붙들어 돌려 세웠다.

"아버지! 우린, 이 녀석을, 도와줄 이유가, 없다고요!"

단어 하나하나를 강조하는 로게인의 말에는 강한 힘이 실려 있었다.

그 순간 가레스가 슬픈 표정을 짓더니 부드러운 손길로 팔을 올려 어깨를 붙든 로게인의 손을 치웠다. 로게인은 저항하지 않았고, 아버지의 뜻을 깨닫는 순간 분노가 스르르 그의 얼굴에서 빠져나갔다. 아버지와 아들 사이에 스쳐 지나간 이 순간을 목격한 마릭은 처음에는 바로 이해하지 못했다.

"왕자님을 모시고 도망칠 수 있겠니?"

가레스가 로게인에게 물었다.

로게인은 멍한 얼굴로 고개를 끄덕였다.

"잠깐만! 뭐라고요?"

마릭이 한 손을 들어 올리며 힘없이 물었다.

가레스가 한숨을 내쉬었다.

"전하를 안전한 곳으로 모셔야 합니다. 로게인이 숲을 잘 알아요. 믿어도 됩니다."

이 말과 함께 가레스가 칼을 빼어 들었다.

"제가 시간을 벌어드리겠습니다. 저를 비롯해 모을 수 있는 사람 모두가."

"우리랑 같이 가도 되잖아요."

로게인이 아버지에게 말했지만 그 목소리에 희망이라곤 담겨 있지 않았다.

"그럼 바로 우리를 추적하겠지. 그건 안 된다."

그렇게 말하며 그는 아일리스를 바라보았다. 그녀는 두 볼에 눈물을 줄줄 흘리며 그를 마주보았다.

"미안하오, 아일리스. 당신과는 다른 무언가를…… 바랐었는데."

그녀가 이해한다는 표정으로 고개를 저었다. 눈물이 가득했지만 그 눈은 맹렬히 빛났다.

"내게 사과할 필요 하나도 없어요. 가레스 맥 티르."

이 광경을 지켜보고 있던 마릭은 빠르게 이성을 잃기 시작했다. 정말 지금 그 말대로 하겠다는 건가? 멀리서 들려오는 비명 때문에 이 모든 게 너무나도 빨리 현실이 되어가고 있었다.

"안 돼요! 대체 무슨 소립니까? 말도 안 됩니다!"

마릭이 소리쳤다.

로게인은 마치 미친 사람 보듯 마릭을 쳐다보았지만 가레스는 한 걸음 다가가 그의 어깨에 한 손을 올렸다.

"전하의 부왕을 모신 적이 있습니다."

가레스의 목소리는 단호하고도 침착했다. 마릭은 휘둥그레진 눈으로 그를 올려다보았다.

"왕좌는 올레이 놈들의 자리가 아닙니다. 그리고 여왕께서 진정 숨을 거두셨다면 그놈들을 몰아내는 건 이제 왕자님의 몫입니다."

그가 잠시 말을 멈추고 입을 꾹 다물었다. 다시 입을 열었을 때 그의 목소리는 격한 감정으로 갈라져 있었다.

"제가 그 일에 조금이라도 도움이 될 수 있다면 제 모든 것, 목숨까지도 기꺼이 내놓겠습니다."

"아버지……."

가레스가 몸을 돌려 자신에게 다가오는 바람에 로게인은 더 이상 말을 이을 수 없었다. 마릭은 가레스의 굳은 결의를, 그리고 로게인도 그것을 느꼈음을 알 수 있었다. 그래도 로게인은 여전히 아버지를 향한 분노와 반항심에 어찌할 바를 몰랐다. 아마도 알지도 못하는 사람, 그들을 위험에 처하게 만든 장본인을 위해 그리도 많은 것을 희생하려는 데 화가 났을 터였다. 그 점에 대해서는 당연히 누구라도 로게인을 탓할 수 없었다.

"로게인, 왕자님을 반드시 지키겠다고 약속해라."

"아버질 여기 두고 갈 수는 없어요. 그런 말 하지 마세요. 절대로 그렇게 하지……."

"아니, 반드시 그래야만 해. 약속하라니까, 로게인."

로게인의 얼굴은 괴로움으로 가득했다. 그리고 잠시 저항하려는 태도를 보였다. 그는 마릭을 매섭게 쏘아보았다. 이 모든 일에 대해 그를 비난하는 것이 분명했다. 하지만 가레스는 아무 말 없이 아들의 대답을 기다렸다. 로게인은 마지못해 고개를 끄덕였다.

가레스가 마릭을 돌아보았다.

"그럼 가셔야 합니다, 전하. 어서!"

그의 말은 진심이었다. 의심할 여지는 조금도 없었다. 아무리 못마땅하고 괴롭더라도 로게인은 아버지와의 약속을 지킬 것이다. 마릭은 충격과 놀라움에 정신을 차릴 수가 없었다. 이럴 줄 알았더라면 여기 도착한 바로 그 순간부터 가레스를 신뢰할 것을. 그는 가레스에게 무슨 말이든 건네고 싶었다. 수천 가지 부족한 사과의 말과 함께 어머니가 언젠가 해준 이야기가 떠올랐다.

'백성들이 우리에게 쉬이 내주는 것들은 사실 그들에게 절대 쉬운 것이 아니다. 그 사실을 기억하는 것만이 우리가 그들의 베풂에 보답하는 길이란다.'

"당신…… 당신은 기사였나요, 가레스?"

마릭이 물었다.

"아니…… 아닙니다, 전하. 한때 호위병을 했던 것이 전부입니다."

가레스는 마릭의 물음에 당황한 듯 보였다.

"그렇다면 무릎을 꿇으세요."

마릭은 어머니를 최대한 흉내 내려 애쓰며 말했다. 다행히 효과가 있는 것 같았다.

가레스가 충격으로 멍해진 표정을 지으며 무릎을 꿇었다.

"아일리스 자매님, 증인이 되어주셔야겠습니다."

"예, 그렇게 하겠습니다. 전하."

그녀가 앞으로 나섰다.

마릭은 자신의 기억이 틀리지 않았기만을 빌며 한 손을 가레스의 머리에 얹었다.

"창조주께서 지켜보시는 가운데 위대한 왕 케일런헤드의 이름으로 당신을 퍼렐던의 기사로 임명합니다. 이제 일어나서 조국에 봉사하시오, 가레스 경."

가레스가 일어섰다. 잔뜩 찌푸린 눈썹 아래로 그의 눈이 빛나고 있었다.

"감사합니다, 전하."

"식이 너무 간소해 미안하군요."

마릭이 사과했다. 더 이상은 할 말이 없었다.

그때 로게인이 앞으로 나섰다. 마릭을 향해 고갯짓하는 그의 얼굴은 얼음장처럼 냉랭했다.

"이제 가야 해. 지금 당장."

마릭이 고개를 끄덕였다. 그가 움직이려는 순간 아일리스가 한 손을 들어 막더니 수선하고 있던 옷더미를 향해 달려갔다. 그녀는 커다란 모직 코트 하나를 끄집어내 아무 말 없이 마릭에게 입혔다.

마릭이 옷을 챙겨 입는 동안 가레스는 재빨리 아들에게 몸을 돌렸다.

"로게인……."

"아무 말 마세요."

로게인이 차가운 말투로 아버지의 말을 잘랐다. 그러고는 눈도 마주치지 않았다. 바깥에서 들려오는 고함 소리가 오두막에 점점 가까워지는 가운데 둘은 어색한 자세로 가만히 서 있었다.

마침내 가레스가 고개를 끄덕였다.

"최선을 다해라."

"물론이죠."

로게인의 무뚝뚝한 대답이 돌아왔다.

마침내 마릭이 떠날 준비를 마쳤다. 아일리스가 잠시 망설이더니 품속에 손을 넣어 섬뜩하고 날카롭게 생긴 단검 하나를 꺼냈다. 마릭의 눈이 크게 떠졌다. 무슨 말을 하기도 전에 그녀가 그의 손에 칼을 단단히 쥐어주었다. 아일리스의 눈이 마릭의 눈을 들여다보았다. '창조주께서 우리 모두를 용서하시길.'이라고 말하는 것 같았다. 그는 고마움의 표시로 고개를 끄덕였다. 갑자기 몸이 떨려왔다.

가레스가 검을 빼어 들더니 문간으로 나섰다. 잠시 흔들렸던 감정 따위는 모두 사라지고 이제 단호한 표정만이 남았다.

"딱 1분만 기다렸다가 도망치는 겁니다."

아일리스도 그의 옆에 섰다.

"당신과 함께 가겠어요."

그녀가 나지막이 말했다. 가레스는 그녀에게 뭐라고 하려는 듯 입을 열려다 도로 입을 다물었다. 그들은 가볍게 고개를 끄덕이고 폭우 속으로 달려나갔다.

로게인이 한 손을 내밀어 마릭이 그들을 따라나가지 못하게 막았다. 그리고 빈 문을 멍하니 쳐다보았다. 그의 얼굴은 무표정했으나 눈빛만은 강렬했다. 마릭은 아무 말도 하지 않는 것이 최선임을 깨달았다. 가장 먼저 가레스가 우렁차게 고함을 지르는 소리가 들려왔다. 겁에 질려 우왕좌왕하는 야영장 사람들을 자기 쪽으로 불러들이는 그의 목소리는 천둥과 폭우를 뚫고 선명하게 퍼졌다. 고함 소리가 더 이어지고 이내 아일리스가 누군가에게 멈추라고 외쳤다. 전투의 소음이 폭발하듯 시작되었고 거기에 고통에 찬 누군가의 비명과 금속과 금속이 맞부딪치는 소리가 섞여들었다.

로게인은 조용히 마릭을 잡아당겨 문간으로 달려갔다. 그 기세에 마릭은 넘어질 뻔했으나 겨우 중심을 잡고 차가운 빗속으로 곤두박질치듯 뛰쳐나갔다. 비와 어둠 속에서 아무것도 알아볼 수 없었고, 사방을 분간할 수도 없었다. 근처에서 커다란 무언가가 불에 활활 타고 있었고, 사방에서 싸우는 소리가 그를 둘러쌌다. 바로 그때 누군가 자신의 코트 자락을 잡아당기는 것이 느껴졌다.

"정신 차려!"

로게인이 따끔하게 소리쳤다.

주변이 하도 시끄러워 마릭은 그의 말을 거의 알아들을 수 없었다. 퍼붓는 비에 시야가 가려졌지만 야영장 반대편에서 한창 벌어지고 있는 전투를 어렴풋이 알아볼 수 있었다. 가레스가 눈에 들어왔다. 커다란 몸집으로 큰 검을 휘두르며 이렇게 격한 반격을 전혀 예상하지 못했던 병사들을 이리저리 베어 쓰러뜨리고 있었다. 하지만 무장한 병사들은 가레스가 끌어모은 몇 안 되는 사내들에 비하면 그 수가 너무 많았다. 전투라고 부르기도 힘들 지경이었다.

다른 이들은 뿔뿔이 흩어져 제각각 도망치고 있었다. 어떤 이들은 얼마 안 되는 살림을 챙겼고, 또 어떤 이들은 사태의 심각성을 깨달았는지 목숨만이라도 건지기 위해 필사적으로 달리고 있었다. 마릭과 로게인이 지나는 길에는 이미 몇 구의 시신이 쓰러져 있었는데, 그중 하나는 젊은 여자였다. 마릭이 그 여자에게 발이 걸려 비틀거리는 바람에 로게인이 또 한 번 씩씩거렸다.

그들은 싸움의 중심부로부터 달아나면서도 어둠 속 앞쪽에 있는 다른 병사들의 소리를 들을 수 있었다. 그 순간 별안간 사슬 갑옷을 입고 알 수 없는 문장이 그려진 푸른색 튜닉을 걸친 남자가 나타났다. 그의 눈이 휘둥그레지더니 동료들에게 도움을 청하려고 입을 벌렸다. 하지만 로게인이 그럴 틈도 주지 않고 와락 덤벼들어 들고 있던 검으로 놈의 몸을 꿰뚫었다. 그리고 발로 놈의 몸을 밀치면서 몸에 박힌 칼날을 빼내자 놈은 그르르 소리를 내며 풀썩 쓰러졌다.

"그렇게 바보같이 서 있지 말란 말이야!"

로게인이 다시 소리치자 마릭은 그제야 자신이 우두커니 서 있었음을 깨달았다. 그가 앞으로 달리기 시작하는 순간 갑자기 뒤에서 누군가 팔을 붙잡았다. 그는 아무 주저 없이 휙 몸을 돌려 아일리스가 준 단검을 검은 턱수염이 난 병사의 목에 깊숙이 박아 넣었다. 그 남자는 놀라움과 고통에 꽥 소리를 지르며 손을 놓았고, 마릭이 단검을 빼내자 상처에서 피가 분수처럼 솟구쳤다. 자기 목을 부여잡은 병사는 비틀비틀 도망쳤다. 마릭은 놈을 한 번 더 찌르려했지만 로게인이 그를 끌고 다시 달리기 시작했다.

"가자니까! 당장!"

로게인이 고함을 질렀다. 둘은 전속력으로 달려 천막 서너 개를 지나쳐 야영장 끝 나무들이 우거진 곳으로 곧장 뛰어들었다. 로게인이 무성한 덤불 사이로 마릭을 거칠게 이끌었다. 나뭇가지들이 축축한 잎사귀로 얼굴을 때렸다. 나무들을 지나 야영장의 반대편으로 나온 그들은 급히 방향을 틀었다. 보이진 않지만 그리 멀지 않은 곳에서 싸움이 벌어지고 있었다. 비명을 지르는 여자를 천막 바깥으로 끌어내는 두 명의 병사를 피해 그들은 계속 달렸다. 다행히 그 병사들은 그들을 보지 못했다. 여자가 걱정된 마릭이 잠시 속도를 늦추자 다시 로게인이 거칠게 그를 잡아끌었다. 하는 수 없이 그는 로게인을 따랐다.

달리는 길에 병사 두 명이 더 나타났지만 로게인의 매서운 칼날 아래 금세 쓰러지고 말았다. 야영장은 그야말로 아비규환이었다. 마릭의 등 뒤로 소름 끼치는 비명과 사람들이 우왕좌왕 달아나는 소리가 들렸다. 아이의 울음소리와 어떤 남자의 도와달라는 외침, 병사들이 명령을 내리고 누군가를 추적하는 소리도 들렸다. 하지만 조금이라도 속도가 떨어질 때마다 가차 없이 재촉하는 로게인 때문에 그가 할 수 있는 일이라고는 미끄러운 진흙과 풀을 밟지 않기 위해 애쓰는 것뿐이었다. 야영장을 거의 벗어났음을 깨닫자 놀랍기까지 했다. 그곳부터는 가파른 비탈길이 곧장 숲이 우거진 계곡으로, 그리고 야만인과 위험한 생물들 말고는 아무도 살지 않는 서부의 야생지대인 코카리 늪지대로 이어져 있었다. 제정신이 박힌 사람 치고 거기에 발을 들이는 이는 없었다.

"왜 멈춘 거야?"

마릭이 로게인을 돌아보며 물었다. 인정사정없이 퍼붓는 비 때문에 몸이 덜덜 떨렸다. 로게인은 그의 말을 무시했다. 마릭이 그의 시선을 따라가자 멀리서 맹렬히 싸우고 있는 가레스의 모습이 눈에 들어왔다. 거리가 있었지만 불이 곳곳에 번져 폭우 속에서도 그의 모습을 알아볼 수 있었다. 심하게 상처 입고 온몸이 피로 덮인 그를 수십 명의 병사들이 에워쌌다. 칼을 휘두르는 그의 움직임은 점점 힘겨워지고 있었다. 마릭은 한시도 낭비하지 말고 계속 달려야 한다는 걸 알고 있었지만 로게인은 아버지의 모습에 몸이 얼어붙은 듯 그 자리에 못 박혀 있었다.

그때, 연기와 달려드는 병사들 때문에 시야가 가려져 보이진 않았지만 외마디 고함이 울려 퍼지다가 이내 멈추었다. 가레스의 최후의 울부짖음이었다.

마릭은 로게인에게 무언가 말하려 몸을 돌렸지만 무슨 말을 건네야 할지 알 수 없었다. 그래서 아무 말도 하지 못했다. 로게인의 얼굴은 얼음처럼 차갑고, 눈에서는 살기가 번득였다. 그리고 바로 그 순간 로게인이 마법에서 풀려난 사람처럼 다시 몸을 움직이기 시작했다. 그는 마릭의 코트 자락을 와락 움켜쥐고 질질 끌다시피 하며 언덕을 내려갔다.

로게인의 목소리는 차가우면서도 낮았다.

"바짝 따라와. 안 그러면 맹세코 버리고 갈 테니까."

마릭은 로게인의 뒤를 바짝 따라붙었다.

제3장

얼마나 달렸는지 알 수 없었다. 공황 상태에서 마구잡이로 도망친 덕분에 지금까지 달려온 기억은 모조리 흐릿했고, 극심한 공포가 조금 가시고 나자 비와 어둠 때문에 사방을 분간하기가 어려웠다. 코카리 늪지대 깊은 곳에 들어와 있다는 것만은 알 수 있었다. 소문처럼 위험은 아직 느껴지진 않았지만 지금까지 봐온 나무나 숲과는 분명 다른 모습이었다. 거대한 나무들이 극심한 고통 속에 얼어붙은 듯 뒤틀려 있었고, 차가운 안개는 마치 영원히 그곳을 떠나지 않을 것처럼 지면에 넓게 퍼져 있었다. 이로 인해 숲은 불길한 느낌으로 가득했고 그런 느낌은 숲 깊숙이 들어갈수록 짙어지기만 했다. 마릭의 스승 가운데 한 명이 이렇게 짙은 안개가 생긴 이유를 설명해준 적이 있었다. 그 지역의 어느 전설과 관련이 있었던 것 같은데, 지금은 자세한 내용을 도무지 떠올릴 수가 없었다. 특히 지칠 줄 모르고 달리는 로게인과 보조를 맞춰야 하는 지금은 다른 생각 따위를 할 여유가 없었다. 지면에 두텁게 쌓인 낙엽 위로 정신없이 몇 시간이나 이동하다 보니 달리기는 지친 걸음으로, 그리고 지친 걸음은 마침내 다리를 절룩이며 질질 끄는 거북이걸음으로 바뀌었다.

결국 마릭은 쓰러진 나무 발치에 불거져 나온 뿌리 사이 움푹 팬 곳에 풀썩 주저앉고 말았다. 푸석푸석 희게 변해버린 오래된 포플러 나무는 너비가 그의 몸통 열 배는 되었고, 어찌 그리 됐는지는 몰라도 거대한 힘으로 뿌리째 뽑혀 있었다. 뿌리들은 거대한 촉수처럼 그 주변을 구불구불 삐져나와 있었고, 그늘진 곳에는 두툼한 이끼와 연약한 흰 풀꽃이 자라나 있었다.

머리 위에서 희미한 빛이 스며들어와 빽빽한 나뭇잎 너머로 구름 덮인 하늘이 드리워져 있다는 것 정도는 알 수 있었다. 그럼 밤새도록 달린 것인가? 이틀 내내 황야를 뚫고 도망쳤다는 사실이 도저히 믿기지 않았다. 다행히 폭우는 몇 시간 전부터 잦아들었다. 드러누운 채 땀을 뻘뻘 흘리면서 이끼 향을 마구 들이마시고 있자니 살갗에 살포시 내려앉는 차가운 안개가 오히려 반갑게 느껴졌다.

"지친 거야?"

로게인이 조금 앞서 가다가 돌아와 귀찮다는 듯 물었다. 마릭은 그도 자기만큼이나 지쳤으리라 생각했다. 로게인 역시 얼굴이 창백했고, 굵은 땀방울이 얼굴을 타고 흘러내려 입고 있는 가죽 갑옷이 얼룩졌으니 말이다. 그리 무거운 것을 걸치고도 달리는 속도가 전혀 줄지 않다니. 하지만 이제 마릭은 그가 뭐라고 하든 신경 쓸 여력이 하나도 없었다.

"놈들을 따돌린 것 같아."

마릭이 여전히 숨을 몰아쉬며 힘겹게 말했다.

"확실해? 넌 왕자잖아. 중요한 사람이라고. 퍼렐던의 군사 전체가 널 뒤쫓고 있을지도 몰라. 네 냄새를 쫓으라고 마바리 전투견을 잔뜩 풀었을지도 모른다고. 아니면 마법사들을 보냈을지도 모르지."

로게인이 허리에 찬 칼을 꺼내 머리 근처에 드리워진 넝쿨 몇 개를 가차없이 쳐냈다. 그러고는 마릭이 누운 곳으로 다가와 분노가 가득한 그 차디찬 눈으로 그를 노려보았다.

"그래, 얼마나 안전한 것 같은데, 전하?"

"어…… 네가 그렇게 내려다보고 있는 지금 당장은…… 괜찮을 것 같아."

로게인이 넌더리가 난다는 듯 콧방귀를 뀌더니 몇 걸음 멀어져갔다. 그리고 거기 선 채 안개와 무성한 나무들을 바라보았다.

"놈들은 이리로 들어오진 않을 거야. 알려지지 않은 위험한 곳이니까. 바보들이나 우리를 따라오겠지. 이리로 도망친 우리만큼 멍청하다면 말이야."

"그런…… 그런 말을 들으니 훨씬 안심이 되는걸."

"다행이군. 여기서부턴 너 혼자 가야 할 테니."

로게인의 침착한 말투에서 냉정함이 배어났다.

"날 그냥 여기에 두고 가겠다고?"

"안전하게 탈출시켰잖아, 아닌가? 여기까지 왔고, 살아 있잖아."

그 말을 들은 마릭의 등골을 차가운 기운이 훑고 지나갔다. 그리고 그 느낌은 뱃속 한가운데 묵직하게 남았다.

"아버지의 뜻이 이거였다고 생각해?"

그 순간 로게인의 눈이 커졌다. 그는 단 두 걸음 만에 마릭에게 다가와 그를 번쩍 일으켜 세우더니 버섯과 이끼로 덮인 나무 위로 냅다 집어던졌다. 그리고 위협적으로 주먹을 들어 올렸다. 마릭은 헉 하는 숨을 몰아쉬었다. 실제로 마릭을 때리지는 않을 것처럼 주먹은 공중에 들린 채 움직이지 않았지만 그의 얼굴에 서린 분노로 보아 있는 힘껏 주먹을 날리고 싶은 마음이 굴뚝같음을 알 수 있었다.

"아버지에 대해선 입도 뻥긋하지 마. 너 때문에 돌아가신 거라고! 나한테 이래라저래라 하지도 마. 날 기사로 임명한대도 널 위해 목숨을 내던지진 않을 거다."

로게인이 씩씩거렸다.

"나라고 이런 일이 일어나길 바랐을 것 같아? 네 아버지가 돌아가시는 건 절대 원치 않았다고. 정말로 미안한……."

마릭이 기침을 하며 숨을 토해냈다.

"뭐, 미안? 미안이라고?"

로게인의 몸이 분노로 뻣뻣하게 굳었다.

마릭은 주먹이 날아오는 것을 보고 눈을 감았다. 다음 순간 턱 주변에서 통증이 폭발하듯 번지고 눈앞이 새하얗게 변하더니 혀를 세게 깨물고 말았다. 비릿한 피 맛이 입안을 가득 채웠다. 마릭은 바닥에 깔린 이끼 위로 철퍼덕 쓰러졌지만 저항하기엔 너무 지쳐 있었다.

"미안하다니 얼마나 고마운지 모르겠군! 난 아버지가, 그리고 아버지가 지켜주겠다고 약속한 사람들이 모두 쓰러지는 걸 두 눈으로 똑똑히 봤어. 그런데 네가 미안하다고 말해주니 정말 기분이 훨씬 나아지는구나!"

분노를 이기지 못하고 쓰러진 마릭 앞에 서서 마구 소리를 지르던 로게인이 갑자기 몸을 휙 돌려 몇 걸음 멀어져갔다. 그리고 마릭에게 등을 돌린 채 두 주먹을 굳게 쥐고 움직이지 않았다.

마릭은 숨을 몰아쉬며 입안에 가득 고인 침과 피를 뱉어냈다. 턱을 타고 끈적끈적한 붉은 핏방울이 뚝뚝 떨어졌다. 턱이 떨어져 나갈 것처럼 욱신거렸다. 마릭은 이를 부득부득 갈며 혀에서 솟아나는 피를 꿀꺽 삼키고 억지로 몸을 일으켰다.

"나도 어머니가 살해당하는 걸 지켜봤어. 그것도 바로 눈앞에서. 그런데도 아무것도 하지 못했다고."

로게인은 이야기를 듣고 있다는 그 어떤 내색도 하지 않았다.

몸이 덜덜 떨려왔지만 마릭은 계속해서 말을 이었다.

"숲에서 널 만났을 때 난 어머니를 죽인 놈들을 피해 달아나던 중이었어. 네가 내 정체를 알고 나면 날 늑대들에게 던져줄지 아니면 도와줄지 알 도리가 없었다고. 나 혼자 가려 했는데 네가 따라오라고 했잖아. 대체 왜 그랬어? 내가 쫓기는 걸 알았잖아. 위험하다는 걸 알고 있었잖아!"

마릭이 간절히 알고 싶다는 듯 양손을 내밀었다.

로게인은 대답하지 않았다. 그는 여전히 마릭을 등지고 서서 몇 분 동안 낮게 드리운 나뭇가지들을 잘라내 던지기만 했다. 마릭은 로게인이 자신의 말을 무시하는 건지 아니면 무언가를 생각 중인지 알 수가 없었다.

마침내 마릭은 손등으로 조심스레 입가를 훔쳤다. 이제 피는 거의 나지 않았지만 턱은 여전히 아팠고 귓속에서는 윙윙거리는 소리가 멈추지 않았다. 그는 힘겹게 몸을 일으켰다.

"네 아버지에 대해서 조금 더 일찍 알았으면 좋았을 텐데. 그는 날 구하기 위해 자기 목숨을 기꺼이 희생하셨어. 왜 그랬을까? 아마 반란군에 마땅히 가담해야 하는 걸 알면서도 그 불쌍한 사람들을 버리지 못한 것과 같은 이유에서였겠지. 정말 훌륭한 분이셨어. 나 같은 놈도 알 수 있었어. 그래서 기사 작위를 내린 거야."

마릭의 눈에 눈물이 고이고 목소리가 점점 쉬어갔다.

"우리 어머니도 정말 훌륭한 분이었어. 내게도…… 어머니한테 마지막 작별인사를 할 기회가 있었다면 좋았을 텐데."

로게인은 여전히 움직이지도, 마릭을 쳐다보지도 않았다.

무슨 말을 해도 로게인에게 통하지 않을 것이 틀림없었다. 마릭은 눈물을 닦고 고개를 끄덕였다.

"나도 이해해. 네가 여기 남아 날 도와줄 거라곤 기대하지 않아. 정말 괜찮아. 야영장으로 돌아가서 살아남은 사람이 있는지 확인해야겠지. 내가 너라고 해도 함께 하던 사람들한테 돌아가고 싶을 테니까. 그걸 왜 이해 못하겠어? 그러니까…… 날 구해줘서 정말 고마워."

이 말과 함께 마릭이 턱에 남아 있던 마지막 핏자국을 닦았다.

그러면서 찢어지고 젖은 코트를 고쳐 입고 그 자리를 떠났다. 신고 있는 장화는 본래 자기 것이라 튼튼했다. 그리고 아일리스가 준 단검이 있으니 완전히 속수무책인 것은 아니었다. 운이 조금만 따라준다면 숲 밖으로 나가는 길을 찾아낼 수 있을 것이다. 아니면 지나가는 상인의 마차와 마주칠지도 모르지. 드워프들은 보통 그와렌으로 가는 길에 이 정도 남쪽까지 내려온다고 하지 않던가. 가능성이 희박하긴 했지만 전혀 없는 건 아니었다. 그리고 지금 이 시점에서는 무작정 해보는 것 외에는 다른 선택의 여지가 없었다.

마릭은 로게인을 남겨두고 위험천만한 땅을 터덜터덜 걷기 시작했다. 안개 때문에 움직이기가 더욱 힘들었다. 지면은 거의 보이지 않았고, 신발은 옹이진 뿌리나 진흙 속 움푹 팬 곳에 자꾸만 빠지고 걸렸다. 결국 그는 조금 낮게 드리운 나뭇가지 하나를 잘라 안개 속에서 단단한 지면을 찾는 지팡이로 삼았다. 그게 가능한 일인지는 몰라도 그를 둘러싼 숲은 어째 점점 더 무성하고 어두워졌다. 이제는 자신이 어느 방향으로 가고 있는지조차 알 수가 없었다. 하늘이 거의 보이지 않아 태양이 어느 쪽에 있는지도 알 도리가 없었다. 늪지대 더욱 깊숙이 남쪽으로 들어가고 있는지도 몰랐다.

어찌할 바를 모르고 서서 머리를 긁적이고 있는데 뒤에서 발자국 소리가 들렸다. 고개를 돌려 보니 로게인이 다가오고 있었다. 솔직히 마릭은 지금까지 누군가의 모습이 그처럼 반갑게 느껴진 적이 없었다. 무엇보다 위풍당당하게 가죽 갑옷을 걸치고 안개 속에서도 마치 평지를 걷듯 손쉽게 걷는 로게인의 모습은 더없이 반가웠다. 하지만 로게인의 표정에 반가워하는 구석이라고는 전혀 없었다. 마릭을 노려보는 차가운 푸른 눈은 마치 '내가 미쳤지, 왜 이런 짓을 하나.'라고 말하는 것 같았다.

마릭은 로게인이 가까워질 때까지 기다렸다. 로게인은 아무 말도 하지 않고 얼굴을 찡그리며 어깨에 메고 있던 활을 내리고 등에 걸쳐져 있던 반쯤 빈 화살 통을 고쳐 멨다. 고개를 든 그가 검지를 세워 들었다.

"첫째, 말솜씨가 꽤 좋아."

"그래? 그런 말 처음 들어보는데."

로게인은 마릭의 말을 무시하고 가운데 손가락을 마저 세웠다.

“그리고 둘째, 바보처럼 여기에서 죽으라고 아버지가 널 도망치게 한 건 아닐 거야. 내가 도와주지 않으면 넌 분명 그렇게 될 거고.”

“아니, 난 괜찮아. 날 도와줄 이유가 하나도…….”

로게인이 콧방귀를 뀌더니 재빠른 동작으로 화살 통에서 화살 하나를 꺼내 쏘았다. 화살은 마릭의 머리 한 치 옆을 지나쳐 날아갔다. 깜짝 놀란 마릭은 아무 생각도 하지 못했다. 엉거주춤 한 걸음 뒤로 물러서자 바로 뒤 나무 위에 무언가 매달려 있는 것을 깨닫고 소스라치게 놀랐다. 그것이 자기 팔뚝만큼 크고 굵은 번쩍이는 검정색 뱀이라는 걸 알고는 더욱 놀랐다. 화살은 뱀의 머리에서 약 30센티미터쯤 떨어진 몸통을 꿰뚫어 나무에 박혔고, 뱀은 미친 듯이 몸을 배배 틀고 있었다.

로게인이 그리로 다가가더니 칼을 빼들고 힘주어 뱀의 머리를 잘라냈다. 잘린 목에서 붉은 피가 솟구치사 움직임이 잦아들었다. 화살을 잡아 뺀 로게인이 목이 달아난 뱀을 나뭇가지에서 내리고 마릭을 돌아보았다.

“숲 외곽에서도 이놈들을 가끔 봐. 사일런트 크롤러야. 맹독을 빼내고 냄새만 참으면 맛은 그럭저럭 괜찮지.”

“아…… 그렇군.”

마릭이 어리둥절해하며 대꾸했다.

“그러니까 이 숲을 통과해 반란군을 찾아갈 수 있게 해줄게. 그러고 나면 끝인 거야. 알겠지?”

그가 엄한 눈으로 마릭을 바라보았다.

“알겠어.”

“고맙다는 말도 하지 마. 보상 따윈 필요 없어.”

“알겠어.”

“그리고 전하라고 부르지도 않을 거다.”

“제발 그러지 말아줘.”

전혀 다른 반응을 기대하기라도 한듯 로게인의 찌푸림이 더욱 깊어졌다. 마릭이 아무런 반박도 하지 않자 그는 마릭이 향하던 쪽으로 가볍게 손짓했다.

"적어도 제대로 된 방향으로 가고 있긴 했어. 아마 우연이겠지. 배고파?"

마릭은 로게인의 손에 대롱대롱 매달려 번들거리는 죽은 뱀을 수상쩍은 눈으로 바라보았다. 그가 뭐라고 대답을 하기도 전에 배에서 커다랗게 꼬르륵 소리가 났다.

"그러면 뱀 말고 다른 먹을거릴 찾아보자. 불을 피울 만한 장소도."

로게인은 마릭이 따라오는지 돌아보지도 않고 성큼성큼 걸어갔다.

그로부터 사흘 동안 둘은 코카리 늪지대의 깊은 숲 속을 걸었다. 야영지로 되돌아가지 않고 서쪽으로 향해서 그런지 이동 속도가 꽤 느렸다. 마릭에게는 놈들이 이곳까지 따라오지 않을 것이라고 했지만 로게인은 그 말에 자신이 없었다. 하지만 달리 방법이 없었다. 마릭과 로게인이 조금 덜 위험한 숲 외곽에 숨어 있다가 곧 밖으로 나오기만 기대하면서 놈들이 숲 바로 바깥에서 기다리고 있을지도 모른다.

물론 그것도 이 둘이 코카리 늪지대로 도망친 것을 그들이 알고 있다는 전제하의 일이었다. 야영장에 있던 사람들은 사방으로 뿔뿔이 도망쳤고, 왕자를 목격한 병사들은 모두 그 자리에서 처치했었다. 그래도 로게인은 언제나 최악의 사태에 대비하는 것이 옳다고 믿었다. 거친 숲 속을 이동하기는 힘들었지만 그는 최대한 야영장이 있던 언덕으로부터 멀리 갈수록 좋다고 생각했다.

그들이 직면한 가장 큰 문제는 잠자리였다. 다행히 숲은 쓰러진 오래된 나무로 가득했다. 가끔 무리를 지어 쓰러져 있는 나무들을 보면 도대체 누가, 아니면 무엇이 저리 만들었는지 궁금하기도 했다. 용에 대한 전설이 떠올랐지만 아주 오래전 사냥꾼들에 의해 거의 멸종된 이래, 넘실 바다 이남에서 실제로 용을 보았다는 사람은 없었다. 물론 이 숲 안에는 다른 거대한 생명체들이 도사리고 있을 수도 있다. 마릭은 집채만 한 사나운 곰이라든가, 사람 팔만큼 긴 뿔이 달린 푸른색 피부의 오우거에 대한 이야기를 들은 적이 있었다. 그저 그런 존재들이 지금 당장 나타나지 않는 것만 해도 감사할 일이다.

밤이면 쓰러진 나무들이 잠잘 공간을 만들어주었고 처음 이틀 동안은 비도 오지 않았다. 마릭이 몸을 떨며 잠을 청하는 동안 로게인은 최대한 오랫동안 모닥불을 지켰다. 하지만 끈질긴 안개를 몰아낼 수 있을 정도는 아니었고, 옷과 살갗에 축축하게 내려앉은 이슬 때문에 둘은 계속해서 추위에 떨어야 했다. 시간이 갈수록 마릭은 아침에 일어나는 것을 점점 더 힘들어했다. 피부는 창백해지고 추위에 이가 맞부딪치며 소리를 냈다. 하지만 다행히도 더 큰 문제는 없었다. 사냥감은 충분했고, 로게인은 큰 육식동물의 흔적을 미리 발견해 그것들을 멀리 피해 다닐 수 있었다.

마릭은 미워하기 힘든 존재였다. 아무리 힘들어도 로게인과 보조를 맞추었고, 배가 고프다거나 힘들다거나 그 밖의 다른 이유로 투덜거리지 않았다. 또한 시키는 대로 순순히 따르면서 로게인이 버럭 외칠 때마다 즉각적으로 반응하여 스스로 위험에서 빠져나온 적도 여러 번 있었다. 다만 한 가지 단점이 있다면 말이 많다는 것이었다. 마릭은 끊임없이 재잘거렸다. 나무가 놀라울 정도로 크다, 자신이 생각하기에 이 늪지대의 크기가 이 정도는 될 것 같다, 이 숲 속에 산다고 소문 난 체이신드 사람들에 대해 전해 내려오는 이야기를 들었다 등등 이야기는 끝이 없었다. 로게인은 그가 제발 입을 닥쳐주기만을 빌며 그 끊임없는 수다를 가만히 듣기만 했다. 하지만 이틀째 밤이 지나고 마릭의 말수가 조금 줄어들자 어느새 로게인은 그의 다음 말을 기다리고 있는 자신을 깨닫고 깜짝 놀랐다.

결국 로게인은 이렇게 결론을 내렸다. 마릭은 매우 쉽게 친구를 사귀는 사람이라고 말이다. 지칠 대로 지치고 행색은 더럽기 짝이 없었지만 마릭에게는 타고난 매력이 있었다. 그의 아버지가 멀리에서 그리도 숭배하던 반란군 여왕의 아들을 로게인은 정말로 증오하고 싶었다. 그리고 그럴 만한 이유도 충분했다. 하지만 솔직히 말해 그는 이전에 느꼈던 그 차가운 분노를 계속 품을 수가 없었고, 그건 무엇보다도 참기 어려운 일이었다.

셋째 날 밤 비가 내렸다. 불을 피우지 못해 몸이 꽁꽁 언 로게인과 마릭은 불거져 나온 바위 아래로 몸을 피했다. 덜덜 떨리는 이 사이로 흰 입김이 뿜어져 나왔다. 그날 밤 늑대들이 처음으로 모습을 드러냈다. 처음에는 공격을 하기 전 용기를 시험이라도 하듯 주변을 조심스레 서성거렸다. 로게인은 몇 번 활을 쏘아 놈들을 쫓아냈지만 그럴 때마다 조금 뒤 슬금슬금 다시 나타나기 일쑤였다. 하지만 가지고 있는 화살의 수는 제한되어 있었고 더 이상 만들 수도 없었기에 그는 화살을 아껴 반드시 필요한 경우에만 쓰기로 했다.

아침이 오자 늑대들은 다른 곳에 있는 덜 공격적인 먹잇감을 찾아 떠났다. 지칠 대로 지친데다 뼛속까지 스며드는 추위에 얼어붙은 로게인이 그제야 마릭을 돌아보고 화들짝 놀랐다. 몸을 부들부들 떨면서 정신을 차리지 못하는 마릭은 얼굴이 백지장처럼 창백해져서는 아무리 흔들어 깨워도 맞부딪치는 이 사이로 말도 안 되는 헛소리만 겨우 내뱉을 뿐이었다.

로게인은 불을 피웠다. 안개와 비가 온 대지를 흠뻑 적셔놓은 것을 고려하면 대단한 일이었다. 땅을 파 죽은 나무뿌리를 찾아내고, 보이지 않는 곳에 숨겨진 마른 이끼와 잔가지들을 모았다. 그러고 나서 몇 시간에 걸쳐 연기와 불씨와 사투를 벌였다. 그 와중에 몇 번 졸기도 했다. 마침내 나무에 불이 붙자 그는 뛸 듯이 기뻤다. 어떻게 불을 피웠는지 마릭이 스무 고개 식으로 질문을 퍼부었더라도 그 순간만큼은 일일이 대답해주었을 것이다.

그는 작은 불씨를 커다란 모닥불로 키우는 데 집중했다. 젖은 나무와 이끼, 잔가지를 더 집어넣고 이것들이 말라 불이 붙기 시작하면 다시 젖은 나무와 잔가지를 넣길 반복했다. 마침내 제법 커다란 모닥불이 완성되었다. 연기보다는 열기를 더 뿜어내며 활활 타오르는 모닥불이었다. 그는 마릭의 몸에 불이 붙기 직전까지 그를 가까이 끌어다 눕혀놓고 자기도 그 옆에 앉아 혹시 늑대들이 돌아오지 않나 주변을 살폈다. 조금 지나자 따스한 불기운에 눈꺼풀이 점점 무거워져 잠이 들고 말았다.

몇 시간 뒤 로게인이 잠에서 깨어나니, 마릭은 이미 정신을 차린데다 불이 꺼지지 않게 돌보기까지 하고 있었다. 여전히 핏기 잃은 얼굴로 몸을 떨긴 했지만 움직일 수는 있었다. 마릭은 조금 쑥스러운 듯 미소를 지으며 고마움의 표시로 로게인에게 고개를 끄덕였다. 하지만 로게인은 그에 대한 답으로 얼굴을 찌푸리기만 했다.

"너 때문에 내가 얼마나 고생했는지 알아?"

로게인이 무뚝뚝하게 말했다.

마릭이 몸을 부르르 떨며 두 팔을 문질렀다.

"난 그저…… 어, 죽지 않아서 고마울 뿐이야. 날 버리고 가지 않은 것도. 그랬으면 난 얼어 죽었을 거야."

"얼기 전에 늑대가 먼저 먹어치웠을 거다."

"그러게. 그것도 그러네."

마릭의 말이 채 끝나기도 전에 로게인이 몸을 일으켰다.

"할 수 있을 때 사냥이나 해야겠다. 나 없는 동안 얼어 죽지나 않으면 고맙겠어. 그 정도는 할 수 있겠지?"

로게인은 대답을 기다리지 않았다. 대신 조금 상처받은 듯한 마릭의 표정을 보자 기분이 풀어졌다.

넷째 날, 로게인은 누군가 따라오고 있음을 깨달았다.

늑대들은 돌아오지 않았는데, 생각해보니 그것도 이상한 일이었다. 한참 동안 누군가 자신들을 지켜보고 있다는 묘한 느낌을 받은 뒤 덤불 속 무언가 움직이는 소리를 들었다. 그게 누구든 솜씨가 매우 좋은 사람이 틀림없었다. 그랬다. 마릭은 그것이 사람이라 생각했다. 맹수라면 이렇게 오랫동안 그들을 추적하지만은 않았을 것이다. 하지만 아무리 애를 써도 어둠 속에서 누군가의 모습을 알아보기는 힘들었다.

로게인이 한 손을 들어 마릭의 말을 막았다.

"보지는 말고 듣기만 해. 여기 우리 둘만 있는 게 아닌가봐."

그가 나직이 속삭였다.

기특하게도 마릭은 주변을 두리번거리지 않았다.

"정말이야?"

"네가 그리도 수다를 떠는 통에 다른 소리는 듣기가 힘들단 말이야."

"내가 언제 수다를 떨었다고 그래!"

"아니지. 입을 움직이는 데에 그렇게 에너지를 소모하면서도 얼어 죽지 않은 게 용하지."

둘은 티를 내지 않기 위해 최대한 애쓰며 초조하게 사방을 둘러보았다.

그때 마릭이 자기 왼쪽을 조심스레 가리켰다. 로게인은 마릭이 자기보다 먼저 무언가를 발견했으리라고는 생각지 않으면서도 일단 그가 가리키는 쪽을 바라보았다. 그러자 그도 곧 알 수 있었다. 키 큰 나무 사이 짙은 그림자 속에 두 개의 불빛이 마치 고양이 눈처럼 그들을 쳐다보고 있었던 것이다.

엘프의 눈이었다.

"제기랄!"

로게인이 깜짝 놀라며 욕설을 내뱉었다. 그는 대번에 마릭을 지면으로 밀치고 어깨에 메고 있던 활을 내렸다. 그리고 자신도 바닥으로 몸을 던지려는 순간 화살 하나가 휙 소리를 내며 이쪽으로 날아왔다. 화살은 강하게 날아와 로게인의 어깨에 박혔고 그는 끙 소리와 함께 벌렁 뒤로 넘어지고 말았다.

"로게인!"
마릭이 소리쳤다. 그리고 벌떡 일어나 로게인이 쓰러진 쪽으로 달려갔다. 화살이 로게인의 어깨를 관통한 것을 확인하자 헉 소리가 절로 나왔다. 새빨간 피가 길게 자란 풀을 물들였다. 두려움에 크게 뜬 눈으로 사방을 둘러보던 마릭은 가지고 있던 단검을 빼들었다.
"도망쳐!"
로게인이 힘겹게 내뱉으며 어깨에 박힌 화살을 한 손으로 붙잡고 몸을 일으키려 했다. 하지만 이미 늦고 말았다. 엘프들이 그들을 감싸고 있던 그림자 뒤에서 홀연히 나타나더니 소리도 없이 마릭과 로게인을 향해 달려오고 있었다. 사냥용 가죽옷을 걸친 엘프들의 이마에는 그들이 믿는 신을 뜻하는 문양이 선명하게 새겨져 있었다. 낯선 그들의 눈에는 살기가 가득했다. 몇 명은 활을 꺼내 들었고 또 몇 명은 호박색을 띤 단단한 나무칼을 들고 있었다.
마릭이 단검을 치켜들었지만 바로 그 순간 두꺼운 그물이 그들의 몸을 덮쳤다. 그러자 엘프들이 그 위로 달려들어 그들의 팔다리를 붙들고는 이상한 언어로 화난 듯 소리쳤다. 그물의 무게 때문에 어깨에 박힌 화살이 더욱 깊숙이 박히자 로게인이 고통으로 헐떡대며 몸부림쳤지만 아무 소용이 없었다. 마릭도 그의 옆에서 이리저리 몸을 뒤틀었지만 이내 퍽 하는 소리와 함께 움직임을 멈추었다. 잠시 뒤 여러 손에 붙들린 로게인은 무언가가 강하게 머리를 내리치는 것을 느끼고 곧 어둠 속으로 빠져들었다.

로게인은 머리의 날카로운 통증과 얼굴에 느껴지는 뜨거운 열기 때문에 정신을 차렸다. 근처에서 모닥불, 그것도 꽤 큰 것이 활활 타는 소리를 들을 수 있었고, 양손이 뒤로 묶여 나무 막대 같은 것에 기대어 앉아 있음을 눈을 뜨기도 전에 느낄 수 있었다. 그럼 이대로 요리되는 건가? 꼬치에 꿰어져 활활 타는 불 위에서 맛있게 구워지는 걸까? 엘프들이 사람을 구워먹던가? 하지만 화살을 맞은 어깨 상처에 붕대가 감겨 있는 것으로 보아 그런 일을 당할 것 같지는 않았다. 적어도 따뜻해서 좋긴 했다.

눈을 뜨자 밝은 불빛에 눈이 아파왔다.

그러면 그렇지. 그는 아직 정신을 차리지 못하고 쓰러져 있는 마릭과 함께 모닥불 앞에 묶여 있었다. 불 뒤로는 희한한 모양새를 한 포장마차 행렬이 숲 속 빈터에 둥글게 늘어서 있었다. 마차마다 돛대가 세워져 있고, 거기서부터 뒤에 붙은 방향타같이 생긴 나무 조각까지 삼각형 돛이 이어져 있었다. 로게인은 육상전함을 직접 본 적이 없었지만 들어온 이야기를 통해 그것을 알아볼 수는 있었다.

그렇다면 의심의 여지가 없다. 이들은 데일스 엘프였다. 오래전 인간들의 손에 고향이 파괴된 이래 자기 부족만의 사회를 구성한 채 세상을 떠도는 엘프들. 다른 많은 엘프들이 인간의 통치에 굴복하여 도시에서 이류 시민으로 살아갔지만 데일스 엘프만은 그러기를 거부했다. 그렇게 멀리 도망친 그들은 오늘날 다른 모든 외부인에 대해서 무관심하고도 적대적인 태도를 유지하고 있었다. 그들은 기이한 신을 숭배하고, 그들 앞에서는 마치 파도처럼 갈라지는 숲을 통과해 다니며 가장 외딴 곳으로만 떠돌았다. 우연히 그들과 마주치는 불행한 여행자들에게는 무시무시한 존재였다.

바로 로게인과 마릭 같은 여행자 말이다. 로게인은 지금까지 들었던 그들에 관한 이야기 중 어디까지가 사실인지 알 수 없었다. 지금까지 데일스 엘프를 가까이에서 본 적이 없기 때문이었다. 하지만 갑작스럽고도 매우 효과적이었던 그들의 매복을 생각하면 그 무성한 소문에는 어느 정도 근거가 있는 것 같았다.

모닥불이 너무나도 가까워 불에 델 것만 같았다. 로게인은 몸을 뒤틀어 최대한 멀어지려 애썼다. 얼굴이 화끈거렸고, 볼을 타고 무언가 끈적거리는 것이 흘러내리는 것으로 보아 아까 맞은 머리에서 아직도 피가 나는 것이 분명했다. 재스민과 비슷한 단내가 익은 고기 냄새와 섞여 공기 중을 맴돌았다. 연기 뒤로 서너 명의 엘프들이 모닥불 반대편에 앉아 있는 것이 보였다. 그들은 붉은색, 푸른색, 금색으로 된 간소한 로브 차림으로 나무 그릇에 담긴 무언가를 먹고 있었다. 그들의 옅은 눈동자가 간혹 로게인을 향해 움직였다.

마릭이 몸을 뒤척이더니 고통스러운 신음을 내기 시작했다. 그러더니 마침내 한쪽 눈을 뜨고 아까 로게인이 그랬던 것처럼 곧 모닥불에서 몸을 피했다.

"이런 세상에!"

그는 쉰 목소리로 내뱉더니 심하게 기침을 하기 시작했다.

"조용히 해."

로게인이 말했다.

"이젠 정말 머리는 그만 맞았으면 좋겠어."

"데일스 엘프한테 직접 말해보시지. 다음부터는 안 때릴지도 모르니까."

이 말을 들은 마릭이 몸을 일으켜 모닥불 너머의 엘프들을 유심히 쳐다보았다.

"이들이 데일스 엘프야? 안 그래도 얼굴에 그려진 게 뭔가 싶더라고."

"데일스 엘프에 대해 들어본 적 없어?"

로게인이 놀랍다는 듯 되물었다.

"알잖아. 이것저것 다른 배울 게 많았거든."

마릭이 어깨를 으쓱이며 대답했다.

"예를 들어 어떤 거?"

"요즘 자주 일어나는 일로 보아 무법자들한테 포로로 잡히는 법 같은 것 말이야."

그 말을 들은 로게인이 쓴웃음을 지었다.

"이해력이 빠른데."

엘프들이 둘의 말을 듣고 있었다. 그리고 서너 명이 추가로 어둠 속에서 모습을 드러내더니 자기들의 육상전함 옆에 서서 그들을 빤히 쳐다보았다. 대놓고 적대적으로 구는 건 아니었어도 그들의 눈빛에는 의심과 경계심이 가득했다. 그렇다면 대체 이들의 속셈은 무엇일까? 로게인은 마치 구경거리가 된 것 같았다. 흡사 너무 겁이 나 차마 가까이 다가가지는 못하는 낯선 맹수처럼 말이다.

"이게 대체 무슨 냄새야, 재스민?"

마릭이 킁킁거리며 냄새를 맡더니 진저리를 쳤다.

"그런 것 같아."

"재스민으로 뭘 하는 거지? 담배처럼 말아서 피우기라도 하나?"

그는 계속 킁킁거리다가 강한 냄새에 헛구역질을 해댔다. 결국에는 로게인이 눈치 없는 마릭을 팔꿈치로 쿡 찔러주어야 했다. 엘프들의 관습일지도 모르는 것을 모욕하여 그들의 화를 더욱 돋우는 일만은 피해야 했다. 안 그래도 데일스 엘프들은 인간을 좋아하지 않았다.

로게인은 묶인 손을 이리저리 움직이며 밧줄을 풀려 애썼다. 그러다가 고개를 들어보니 아까보다 많은 엘프들이 나와 그들을 빤히 쳐다보고 있지 않은가. 이번에는 둘을 붙잡아 온 사냥꾼처럼 진한 색 가죽옷에 아까와 같은 나무 검을 든 엘프들이었다. 로게인은 그런 검을 본 적이 있었다. 포터가 처음 야영장에 왔을 때 오래전 데일스 엘프 사냥꾼 두 명과 맞바꾼 것이라며 그렇게 생긴 검을 들고 왔었다. 하지만 훔친 물건이라고 보는 편이 맞을 것이다. 결국 포터는 그것을 전당포에 맡기고 꽤 짭짤한 돈을 받았었다. 그렇게 단단한 나무를 가공하는 기술은 데일스 엘프밖에 없었다. 그 나무로 만든 칼날은 강철보다 훨씬 단단했지만 그에 비하면 무게가 훨씬 가벼웠다.

"여보세요! 이야기 좀 해요? 네?"

갑자기 마릭이 주변을 둘러보며 엘프들을 부르기 시작했다.

"조용히 해!"

로게인이 낮게 소리쳤다.

"왜? 그냥 물어보는 것뿐인데."

"바보처럼 굴지 마."

바로 그때 주변에 모여 있던 엘프들 가운데서 새로운 이가 나타났다. 갈색 머리를 길게 드리우고 눈초리가 눈에 띄게 추켜올라간 젊은 남자였다. 그의 옷은 다른 이들보다 더욱 복잡한 문양으로 덮여 있고, 다른 이들과 달리 묵직한 가죽 망토를 걸치고 있었다. 로게인은 그의 목에 걸려 있는 검과 같은 나무로 만든 부적을 눈치챘다. 반짝반짝 광이 나고 마치 불빛에 비쳐 춤추는 듯 복잡한 룬 문자가 새겨져 있었다. 마법이었다. 그 생각만으로도 로게인은 소름이 돋았다.

그 젊은 엘프가 다가오더니 로게인의 시선을 알아채고 미소를 지었다. 그러고는 로게인과 마릭의 바로 앞에 쭈그려 앉았다. 친근하면서도 편안한 몸짓이었다.

"이 부적은 우리의 수호자로부터 받은 선물이지."

그가 말했다. 낯선 억양이 전혀 느껴지지 않는 부드러운 목소리였다.

"왕의 언어를 쓸 줄 아는 건가?"

로게인이 깜짝 놀라 물었다. 마릭이 보내는 '내 그럴 줄 알았지.' 하는 듯한 시선은 애써 외면했다.

"우리 대부분이 할 줄 알지. 다만 외부인들과 거래를 하러 자주 나가는 이들만 쓰긴 하지만. 여기 우리 부족 안에서 우리는 우리의 언어를 유지하기 위해 애쓴다. 우리의 신을 지키는 것처럼."

그 태도는 부드러웠고, 그들을 둘러싼 다른 이들과 달리 그의 눈은 동정심으로 가득했다. 다음 순간 그가 호기심이 일었는지 고개를 한쪽으로 갸웃하더니 물었다.

"여긴 왜 온 건가?"

"당신들이 먼저 우리를 공격했잖아요. 기억 안 나요?"

마릭이 못 믿겠다는 듯 되물었다.

"너희는 외부인이다. 너희가 먼저 우리 야영지에 접근한 거지."

"우리는 당신들이 여기 있는지조차 몰랐다고."

로게인이 조심스레 대답했다.

"아, 그렇다면 너희는 숲 너머에서 이리로 도망친 다른 자들과 같은 편인가?"

엘프가 고개를 끄덕였지만 어딘가 실망한 구석이 있는 것 같았다.

"다른 자들? 우리 말고도…… 여기 왔던 다른 사람들이 있는 건가? 최근에?"

로게인이 자기도 모르게 다급히 물었다.

엘프의 보랏빛 눈이 잠시 무심하게 로게인을 바라보았다. 그러고는 그가 입을 열었다.

"한 명이 있었다. 우리 사냥꾼들이 여기에서 멀리 떨어진 곳에서 붙잡은."

"그는 지금 어디 있나?"

"실은 너희를 그에게 데려가려 한다."

엘프가 안됐다는 듯 한숨을 쉬며 대답했다. 그가 일어나더니 가까이 서 있던 다른 이들에게 몸을 돌렸다. 무슨 뜻인지는 몰라도 정중하게 들리는 명령과 함께 로게인과 마릭, 그리고 이곳에서 떨어진 다른 어딘가를 가리키는 몸짓이 더해졌다. 다른 엘프들이 서로를 바라보았다. 방금 무슨 말을 들었는지는 몰라도 불편하게 느끼는 것이 분명했다. 그들이 다가와 로게인과 마릭을 묶은 밧줄을 풀기 시작했다.

"미안하게 생각한다. 하지만 너희가 정말로 그와 같은 곳에서 왔다면 너희도 그곳으로 데려가야만 한다. 부디 저항하지 마라."

어조로 보아 그들이 정말로 저항할지도 모른다고 여기는 것 같았다.

마릭은 어리둥절하여 주변을 둘러보았다. 밧줄이 풀리자 그는 두 손을 앞으로 모으고 조심스레 손목을 문질렀다.

"정확히 우리를 어디로 데려가는 겁니까?"

"아샤벨라나르, 오랜 세월의 여인에게다. 하지만 이 숲에 사는 인간들은 그녀를 늪지대의 마녀라 부르더군."

엘프가 대답했다.

그 말을 듣는 순간 로게인의 피가 차갑게 식었다. 마녀라고? 조금이라도 마법의 힘을 가지고 있다 싶으면 죄다 잡아들여 탑에 가둬놓는 챈트리의 손아귀에서 탈출한 마법사들이 간혹 있었다. 챈트리에서는 이들을 배교자로 낙인찍고 템플러를 보내 그들을 잡아 탑으로 돌려보내거나 죽였다. 그가 알기로 그들 대부분은 이런 식으로 죽었고 겨우 도망친 마법사들은 언제나 발각될지도 모른다는 두려움에 휩싸여 도망자 생활을 했다. 한번은 도망친 마법사가 무법자 야영장을 찾아온 적이 있었다. 하지만 아일리스가 그 남자의 정체를 대번에 알아보았고, 템플러와 마찰을 빚길 원치 않던 아버지는 그를 돌려보냈다. 그 마법사는 마지못해 그곳을 떠났지만 로게인은 그가 마음만 먹었으면 손쉽게 자신들을 마법으로 해칠 수도 있다고 생각했었다.

그렇다면 이 마녀도 코카리 늪지대에 숨어 사는 도망자란 말인가? 자신의 비밀을 지키기 위해 숲 외부에서 들어오는 사람이라면 누구나 죽여 없애버리는? 물론 가능한 이야기였다. 하지만 떠오를 듯 말 듯 떠오르지 않는 무언가가 있었다. 정확히 기억나진 않지만 이 숲에는 오랜 전설이 있지 않았던가. 아무튼 그녀가 단순한 마녀가 아닐지도 모른다는 생각, 어쩌면 그보다 더 무서운 존재일지도 모른다는 생각만으로도 엄습해오는 불안감을 떨칠 수가 없었다.

마릭도 이것저것 물어보고 싶은 것이 많은 눈치였지만 엘프의 강렬한 눈빛은 그마저 입을 다물게 했다. 데일스 엘프들이 이 '오랜 세월의 여인'을 두려워한다는 그 사실만으로도 로게인은 마음이 점점 더 무거워졌다.

떠나는 그들을 구경하려 길게 줄을 늘어선 엘프들은 이상한 말로 서로에게 무언가를 중얼거리며 호기심 어린 눈으로 그들을 노려보았다. 서너 명은 지나가면서 땅에 침을 뱉기도 했고, 겁에 질린 아이들은 어머니 손에 이끌려 보이지 않는 곳으로 숨었다. 로게인은 마치 자신이 사형수가 된 것 같았다. 어쩌면 정말 그런지도 몰랐다.

몇 시간에 걸쳐 늪지대를 통과하는 동안 엘프들은 침울한 표정으로 침묵을 지켰고, 아주 간단한 질문마저도 답하기를 거부했다. 밝은색 로브를 걸친 누구인지 모를 엘프는 마릭과 로게인이 뒤처질 때마다 짜증이 섞인 표정으로 뒤를 돌아보았다. 로게인은 자신들이 무언가를 먹지도, 쉬지도 못했다는 사실을 지적하고 싶었지만 엘프들은 목적지에 도달하는 것 말고는 아무런 관심도 없는 듯했다.

숲 한가운데, 흰 안개가 더욱 자욱해지고 햇빛이 거의 들지 않는 곳에 갈색 이끼와 오래된 나뭇가지로 지붕을 덮은 낡은 오두막이 홀로 서 있었다. 그 앞으로 좁고 짧은 길이 나 있고, 오두막 벽은 짙은 색의 담쟁이덩굴로 두텁게 덮여 있었다. 더욱 놀라운 광경은 길을 따라 주렁주렁 걸린 어떤 생물의 두개골이었다. 쥐와 늑대, 그리고 정체 모를 다른 동물의 두개골이 깃털과 나뭇가지, 진흙으로 뒤범벅되어 묶여 있었다. 이 땅의 소유권을 주장하는 무시무시한 표지판이었다. 여기에도 마법의 힘이 담겨 있을지 모른다. 갑자기 로게인은 이상한 기운이 팔을 타고 올라와 목덜미까지 이어지는 듯한 기분을 느꼈다. 공기는 숨쉬기도 어렵게 무거웠고, 안개마저도 그들을 더욱 깊숙한 곳까지 끌어들이는 것 같았다.

알록달록한 로브를 입은 젊은 엘프가 거기에서 걸음을 멈추자 다른 사냥꾼들도 멈춰 섰다. 그가 오두막을 가리켰다.

"저기, 저곳이 너희들이 갈 곳이다."

"우리에게 무슨 일이 일어나는 거죠?"

마릭이 물었다.

"그건 말할 수 없다."

로게인이 우뚝 걸음을 멈췄다. 밧줄에 걸려 있는 두개골 가운데 사람의 것도 있음을 확인하자 불안감이 더욱 커졌다. 그래도 그는 엘프를 뒤돌아보며 정중히 고개를 숙였다. 엘프도 똑같이 인사했다.

"다레스 쉬랄. 당신과 당신 친구에게 행운을 빈다."

하지만 엘프는 행운을 빌면서도 그들에게 행운이 따를 거라고는 생각하지 않는 것 같았다. 그와 그를 따라온 다른 두 명이 몸을 돌리더니 곧 서둘러 떠났다. 로게인과 마릭만 그림자를 밟고 우두커니 서게 되었다. 최근 내린 비로 숲의 냄새는 신선하고도 깨끗했고, 저 멀리 나무들 사이에서 들려오는 새소리도 무척이나 선명했다.

"우리도 가야 하나?"

마릭이 주저하며 물었다.

로게인은 그래도 아무 소용이 없으리라 생각했다. 이 마녀가 정말로 도망친 배교자라면 그들이 가든 가지 않든 마법을 사용해 자기 앞으로 끌고 올게 분명했다.

"그 늪지대의 마녀라는 게 대체 어떻게 생겼는지 한번 보기나 하자고."

로게인이 중얼거리며 오두막을 향해 손짓했다. 마릭은 정신이 나간 것 아니냐는 표정으로 그를 바라봤지만 아무 말도 하지 않았다.

좁은 길을 따라 오두막을 향해 걸어가자 그림자는 점점 더 짙어졌다. 나무들은 머리 위로 더욱 불길하고 무시무시하게 드리워졌고, 안개는 그들 주변으로 춤추듯 회오리쳤다. 빛의 장난일까? 오두막 앞에는 금방이라도 부서질 것 같은 작은 흔들의자와 오랫동안 사용한 흔적이 없는 불자리 그리고 곰팡이가 핀 작은 뼈들이 그 구덩이 주변에 얌전하게 쌓여 있었다.

"저건……?"

잔뜩 겁에 질린 목소리를 들은 로게인이 마릭의 시선을 따라 나무 위를 올려다보았다. 시체가 매달려 있었다. 생선처럼 축축하고 파리한 남자였다. 부서진 마리오네트 인형처럼 목과 팔이 밧줄로 고정된 사내 주변으로 파리 떼와 상한 고기 냄새가 진동했다. 부상의 흔적은 없었지만 피부색이 변한 것으로 보아 이미 오래전에 죽은 것 같았고, 땀을 흘리기라도 하듯 살짝 번들거렸다. 주무르다 만 밀가루 반죽처럼 부풀어 오르고 튀어나온 눈도 그 정체를 숨기지 못했다. 로게인은 그가 누구인지 정확히 알고 있었다.

"단논……이야?"

마릭이 속삭였다.

로게인이 고개를 끄덕였다. 조금 더 멀리 다른 시체 몇 구가 안개와 그늘에 매달려 있었다. 대부분은 넝마가 된 옷가지와 엉성한 머리털만 남은 해골이었다.

"내 최신 전리품을 벌써 만나봤구먼."

낯선 목소리가 끼어들었다. 나무 사이에서 꼬부랑 할머니가 절룩거리며 나타났다. 사방으로 풀어헤친 흰 머리에 두꺼운 검정색 털과 어두운 가죽 로브를 걸친 그녀는 누구나 상상하는 마녀의 모습 그대로였다. 등에는 여우 털로 가장자리를 댄 상당히 고급스럽고 묵직한 망토가 덮여 있었다. 그녀는 커다란 도토리와 붉은 천으로 감싼 다른 물건이 그득한 바구니를 들고 있었다. 그녀가 그것을 단논 쪽으로 가볍게 흔들었다.

"자기소개도 안 하더라고. 바보 같은 녀석. 처음 비명을 지르기 시작했을 때 경고했는데 말이야."

그녀가 말을 멈추고 로게인과 마릭을 훑어보기 시작했다. 둘은 입을 다물지 못한 채 그녀를 마주보고 있었다.

"다행히 너희 두 녀석은 소리 지를 생각은 없는 모양이야. 잘됐어! 일이 쉬워지겠군."

그녀의 목소리는 즐거움으로 가득했고 그 때문에 상황은 점점 더 비현실적으로 변해갔다. 로게인은 엘프들이 자신의 검만은 남겨두고 갔더라면 좋았겠다고 생각했다. 마녀가 따라오라는 말도 없이 오두막 쪽으로 가더니 흔들의자에 앉아 과장된 한숨을 내쉬었다.

"자, 얼른 이리로 오라고."

그녀가 그들을 향해 말하고는 바구니를 내려놓았다.

로게인이 마지못해 그리로 다가갔다. 마릭은 한 걸음 뒤에 서 있었다.

"그럼 당신이 단논을 죽인 건가요?"

마릭이 못 믿겠다는 늣 물었나.

"내가 그리 말했었나? 아닌 것 같은데. 진실을 알고 싶다면 말해주지. 녀석은 자살한 거야."

마녀가 쿡쿡 웃으며 대답했다.

"마법이군."

로게인이 중얼거렸다.

마녀가 더욱 재미있다는 듯 깔깔거렸지만 더 이상은 아무 말도 하지 않았다.

"당신은 누굽니까?"

마릭이 물었다.

"누구든 상관없어. 난 누구의 장난감이 되는 건 싫다고."

로게인이 이 말과 함께 위협적인 몸짓으로 그녀를 향해 다가갔다. 그 모습을 본 마녀는 눈을 가늘게 떴지만 딱히 다른 반응은 보이지 않았다.

"당장 우리를 풀어줄 것을 요구한다."

로게인이 말했다.

"요구한다고?"

마녀는 로게인의 배짱이 은근히 마음에 드는 것 같았다.

"저기…… 로게인?"

마릭이 조심스레 끼어들었다. 하지만 로게인은 한 손을 들어 올리며 마릭에게 뒤로 물러서라고 손짓했다. 그리고 마녀에게 더욱 가까이 다가가 의자에 앉아 있는 그녀를 협박하듯 내려다보았다.

"그래, 요구한다. 마법 같은 건 내게 통하지 않아. 주문을 거는 데는 시간이 걸리지. 하지만 나는 당신이 손가락 하나 까딱하기 전에 그 목을 부러뜨릴 수 있단 말이야."

그 말을 들은 그녀가 로게인을 올려다보며 활짝 웃어 보였다.

"내가 무슨 짓을 한다고 그래?"

로게인은 뒤에 선 마릭이 헉 하고 숨을 몰아쉬는 것을 들었지만 뒤를 돌아보았을 때는 이미 거대한 나무 한 그루가 빛과 같은 속도로 그를 향해 가지를 뻗고 있었다. 거대한 나뭇가지가 거인의 손처럼 로게인의 몸을 감싸 공중으로 들어 올렸다. 사방으로 나뭇잎이 나부끼고, 파리 떼는 성난 듯 앵앵거렸다. 로게인은 몸부림을 치며 고함을 쳤지만 아무 소용이 없었다. 그 나무가 다시 본래 자리로 돌아가자 로게인은 단논의 부푼 시체에서 몇 미터 떨어지지 않은 또 하나의 전리품 신세가 되고 말았다. 당황한 그는 마릭에게 소리치려 했지만 그 순간 작은 나뭇가지들이 그의 입을 막고 머리를 움직이지 못하게 만들었다.

로게인이 붙잡히는 광경을 목격한 마릭은 그 자리에 주저앉고 말았다. 눈이 휘둥그레지고 심장이 방망이질 쳤다. 순식간에 벌어진 일이었다. 거대한 나무가 어떻게 그리 빠르게 움직일 수 있을까? 겁에 질린 그가 다시 마녀를 돌아보았지만 그녀는 조금 귀찮다는 듯 마릭을 쳐다보며 조용히 흔들의자를 까닥이고 있을 뿐이었다.

"그럼 다음은 네 차롄가?"

마녀가 물었다.

"전…… 아니길 바랍니다."

"탁월한 선택이야."

땀 한 방울이 눈썹을 타고 흘러내렸다. 마릭은 헛기침을 하며 목청을 가다듬고 조심스레 한쪽 무릎을 꿇었다.

"선량한 분이시여, 제 친구가 저지른 짓에 대해서 대신 사과드립니다."

그의 목소리는 나지막했지만 마녀는 매료된 듯 조용히 귀를 기울였다.

"저희는 며칠째 도망치던 중이었고, 데일스 엘프들에게 공격당한 뒤로 다시 비슷한 곤경에 처한 것이라고 착각했습니다. 당신께서는 저희에게 아무런 해도 끼치지 않으셨는데 말이지요. 이 점 진심으로 사과드립니다."

이 말과 함께 마릭이 고개를 숙였다. 몇 년에 걸쳐 어머니가 공들여 가르친 궁중 예절을 떠올리려 최선을 다했다. 이런 상황이 실제로 닥칠 일은 절대 없다고 생각하며 매번 딴전을 피웠던 것을 생각하니 후회막심이었다.

마녀가 날카로운 소리로 웃어댔다.

"예절을 아는 녀석인가? 이런, 이런. 전혀 예상치 못했는걸."

마릭이 올려다보자 그녀가 싱긋 웃었다.

"하지만 문제는 내가 자네와 자네 친구에게 무슨 짓을 하려는지 자네가 전혀 모른다는 거지. 방금 저 녀석에게 한 것처럼 둘 모두를 숲의 친구들에게 던져줄지도 모르는 일이잖아. 안 그런가?"

"물론 그렇지요."

"맞아, 그렇지."

마녀가 느릿느릿 대답했다. 그러고는 로게인을 붙들고 있는 나무를 향해 시든 나뭇가지 같은 손을 휘젓자 그의 몸을 감싸고 있던 나뭇가지들이 풀리기 시작했다. 이내 그가 땅으로 툭 떨어졌다. 로게인은 지면에 닿자마자 벌떡 일어서서 분노로 가득한 표정으로 마녀를 쳐다보았다. 마릭이 한 손으로 그에게 물러서 있으라고 손짓하자 로게인은 자신이 바보가 아니라 그저 화난 것뿐이라는 듯 콧방귀를 뀌었다.

"네가 바로 그 녀석이군. 네놈이 올 거라는 것, 그리고 어떤 식으로 오게 될지는 알고 있었지만 언제 올지는 몰랐지."

마녀가 날카로운 웃음을 터뜨리며 자기 무릎을 찰싹 때렸다.

"이 마법이라는 게 뭔가를 알려줄 때마다 얼마나 까다롭게 구는지 알아? 마치 고양이한테 길을 묻는 것 같다고. 고양이가 길을 알려준다면 얼마나 다행이야!"

그녀가 자기 농담에 까르르 웃어젖혔다.

마릭과 로게인은 아무 말도 하지 못하고 그녀를 쳐다보기만 했다. 잠시 뒤 그녀의 웃음이 잦아들더니 깊은 한숨으로 바뀌었다.

"그래, 정말로 퍼렐던의 왕이 코카리 늪지대를 지나갈 수 있을 거라 생각했어? 아무도 눈치채지 못하게 조용히?"

마녀가 물었다.

"퍼렐던의 정당한 왕을 말하는 거겠죠?"

마릭이 초조하게 입술을 적시며 되물었다.

"그럼, 그렇지! 지금 네 왕좌를 차지하고 있는 올레이 놈이 혈혈단신으로 이 숲을 지나간다면 너 대신 기꺼이 그놈을 잡아챘을 게야! 하지만 그게 안 되니 너로 만족해야겠지. 그렇게 생각지 않나?"

"음…… 일리가 있는 말씀입니다."

마녀가 발치에 놓인 바구니에 손을 집어넣더니 크고 반짝이는 사과 하나를 집어 들었다. 진한 붉은색을 띤 아주 통통하게 잘 익은 사과였다. 그녀가 그것을 크게 한 입 베어 물었다.

"자, 일단 엘프들이 좀 무례하게 굴었다면 그 점은 사과해야겠군. 널 붙잡을 수 있을 정도로 그물을 넓게 던지려면 엘프들을 이용해야만 했거든. 다른 수가 없었지."

그녀가 시끄럽게 사과를 씹어대며 말했다. 그러고는 입가로 흘러내린 사과즙을 핥았다.

"엘프들…… 그럼 그들이 우릴 발견한 건 우연이 아니었군요."

마릭이 조심스레 물었다.

"똑똑한 젊은이구먼."

"당신은 누굽니까?"

그가 숨죽인 채 물었다.

"배교자야. 챈트리 사냥꾼을 피해 숨어 사는 마법사라고. 그렇지 않으면 왜 아무도 살지 않는 늪지대 한구석에 박혀 있겠어?"

로게인이 말했다.

그 말을 들은 마녀가 눈알을 굴리더니 다시 껄껄 웃었다.

"네 친구 말이 완전히 틀린 건 아니야. 자네 왕국 외딴 곳에는 미처 상상조차 할 수 없는 것들이 구석구석에 숨어 있다고."

그러면서 그녀가 로게인을 바라보았다. 갑자기 눈초리가 날카로워졌다.

"하지만 난 너희의 챈트리가 이 세상에 생겨나기 훨씬 전부터 여기 와 있었지."

"우린 챈트리가 아니야!"

로게인이 무뚝뚝하게 대꾸했다.

"그리고 네 질문에 답하자면…… 데일스 엘프들이 내 이름을 이야기해줬겠지? 물론 그것 말고 다른 이름도 많지만 말이야."

마녀가 다시 마릭을 보며 대답했다.

"대체 나한테 원하는 게 뭡니까?"

그녀가 흔들의자에 등을 기대고 다시 사과를 크게 한 입 베어 물더니 생각에 잠겨 씹기 시작했다.

"보통 사람들이 왕에게 알현을 청하는 이유가 뭐지?"

"그럼…… 내게 뭔가를 기대하는 겁니까? 그렇다면 어머니께 청하는 편이 훨씬 나았을 거예요. 솔직히 지금 나는 가진 게 없습니다."

마릭이 어깨를 으쓱이며 대답했다.

"운은 변하게 되어 있어."

이 말과 함께 마녀의 시선이 먼 곳으로 향했다.

"어느새 사랑에 푹 빠져 나쁜 일이 일어날 거라곤 상상조차 하지 못하지. 하지만 바로 다음 순간에 배신당하는 거야. 마치 다리 한쪽을 잃은 것처럼 사랑을 빼앗기고, 그러고 나면 복수를 하기 위해 무엇이든, 무엇이라도 하겠다고 맹세하지."

그녀의 눈이 마릭에게 고정되고 목소리는 아픈 상처를 쓰다듬듯 부드럽게 변했다.

"때로는 복수가 세상을 바꾸는 거야. 자네의 복수는 어떨까, 젊은이?"

마릭은 아무 말도 하지 못하고 머뭇머뭇 마녀를 바라보기만 했다.

그때 로게인이 불쑥 앞으로 나섰다.

"그를 가만히 놔둬."

이 말을 들은 마녀가 고개를 돌려 로게인을 바라보았다. 왠지 즐거워하는 것 같았다.

"그럼 네 복수는? 너도 마음속에 날카로운 칼날 하나를 품고 있지 않느냐. 대체 그 칼은 누구의 심장에 꽂을 거지? 응?"

"마릭과 나는 친구 사이가 아니지만 그가 죽기를 바라진 않는다."

로게인이 으르렁댔다.

"오, 그럼 내가 무슨 말을 하는지 아는구먼."

마녀가 쿡쿡 웃었지만 눈에 웃음기라곤 없었다.

로게인의 얼굴이 잠시 창백해졌지만 금세 평정을 되찾았다.

"그…… 그 문제는 이제 더 이상 중요하지 않아."

로게인이 침착하게 대답했다.

"그래? 그럼 벌써 잊어버린 게냐? 놈들이 어머니를 내리누를 때 어머니가 울부짖던 소리를 잊어버린 거야? 놈들이 웃어대면서 그 장면을 네게 지켜보게 했던 것도? 네 아버지가……."

"그만!"

로게인이 소리쳤다. 그의 목소리에는 분노만큼이나 두려움도 가득했다. 그가 마녀의 목을 당장이라도 조를 듯이 앞으로 달려들었다. 하지만 그녀에게 이르기 전 우뚝 멈춰 서더니 바치 자신의 충동과 싸우려는 듯 양손을 굳게 쥐었다. 오두막을 둘러싼 나무들이 마치 세게 눌린 스프링처럼 금방이라도 움직일지 모른다는 기대감에 휩싸여 삐걱삐걱 소리를 내는 것만 같았다. 그러나 마녀는 별 관심이 없는 듯 가볍게 의자를 흔들면서 조용히 그를 마주보았다.

"너무 많은 걸 아는군, 늙은 마녀."

로게인이 중얼거렸다.

"아니, 한참 부족하지."

그녀의 대답에 웃음기는 전혀 섞여 있지 않았다.

"뭘 원하는지 말씀해주세요."

마릭이 한 걸음 앞으로 나섰다.

그녀는 그를 한참 동안 쳐다보기만 했다. 그리고 마지막으로 사과를 한 입 베어 물고 조용히 씹더니 남은 것을 어깨 너머로 던졌다. 사과는 툭 소리를 내며 썩은 낙엽과 이끼 더미 위로 떨어졌다. 잠시 후 무언가 길고 흰 것이 어둠 속에서 스르르 기어나오더니 사과 조각을 낚아채고는 낙엽 속으로 묻혀 모습을 감추었다. 마릭은 자세히 보지는 못했지만 나무가 아닌 것만은 확실하다고 생각했다.

"넌 내게 고마워해야 해. 이렇게 늪지대로 도망치면서 뭘 기대한 거지? 체이신드 야만인한테 붙잡힐 수도 있었고, 데일스 엘프한테 당하거나 숲 구석에 숨은 무시무시한 것들에게 먹힐 수도 있었다고. 이 무법자 한 명이 정말로 자넬 살려줄 수 있을 거라 생각했어?"

"모르겠습니다. 그럴지도 모르죠."

그 말을 들은 마녀가 로게인을 향해 한쪽 눈썹을 추켜세웠다.

"널 아주 높이 평가하는데, 응?"

로게인이 아무 대꾸도 하지 않자 그녀의 시선이 다시 마릭에게로 향했다.

"그를 가까이 두었다간 넌 배신당할 거야. 그것도 매번 정도가 심해질 거고."

마릭은 그 말에 넘어가지 않았다.

"그런 수수께끼 놀이나 하자고 날 이리로 데려온 겁니까?"

"아니, 아니지. 널 구하려고 데려온 거야."

마녀가 손을 휘저으며 대답했다.

마릭은 그 말을 믿을 수가 없었다. 어떤 이야기를 들어도 이렇게까지 놀라진 않았으리라. 마녀가 실은 치즈로 만들어졌다고 했으면 모를까. 하지만 이 말도 그에 못지않게 놀라웠다.

"말 그대로 구렁텅이에 빠지려는 걸 아슬아슬하게 구해낸 거지. 그리고 이젠 널 다시 세상으로 내보낼 거다. 아주 안전하게 말이야."

그녀가 만족스러운 표정으로 다시 의자에 기댔다.

"그렇다면 그…… 도움의 대가로 뭘 원하는 거지?"

로게인이 따져 물었다.

"약속 하나면 돼. 왕과 나만이 비밀리에 맺을, 그리고 평생 다른 누구에게도 발설하지 않을 약속."

마녀가 씨익 미소 지었다.

마릭이 놀라 눈을 깜빡였다. 로게인이 즉각 그의 앞을 막고 나섰다.

"거절한다면?"

로게인이 되물었다.

"그럼 그냥 이대로 알아서 갈 길을 찾아가면 되고."

마녀가 숲을 향해 손짓하며 대꾸했다.

로게인이 마릭을 돌아보았다. 그의 생각은 표정에 고스란히 드러나 있었다. 마법사란 워낙 믿을 만한 존재가 아닌데다, 이 마녀 또한 더하면 더했지 나을 바가 없었다. 대신 마릭이 거절한다 해도 마녀가 놓아주기만 한다면 한번 시도해볼 가치가 있었다. 어쩌면 엘프들한테서 무기를 되돌려받을 수 있을지도 모른다. 그들을 이리 데려온 엘프는 어느 정도 말이 통할 것 같기도 하니, 일종의 거래를 해서 담요나 망토 아니면 다른 거라도 얻을 수 있을지 모른다.

머리 위 높은 데서 바람이 나무 사이로 휘파람 소리를 냈다. 마릭은 잠시 그것들이 춤을 추고 있는 건 아닐까 생각했다. 꼭 그러는 것만 같았다. 그들이 어둠 속에서 침묵을 지키며 서 있는 동안 나무들은 바람에 나부끼며 바람이 내는 소리에 맞춰 춤을 추었다. 마릭은 답을 달라는 눈빛을 로게인에게 보냈지만 아무런 응답도 오지 않았다. 그들은 춥고, 다치고, 지쳤으며 늪지대의 한복판에 있었다. 다른 도리가 있을까?

"받아들이겠어요."

마릭이 대답했다.

제4장

그들은 마녀의 오두막 바깥에서 그날 밤을 보냈다. 마녀가 발을 한 번 구르자 커다란 모닥불이 지펴졌고, 대체 무엇이 타고 있는지는 몰라도 불은 밤새도록 꺼지지 않았다. 로게인은 마법이 분명하다고 생각하고 너무 자세히 알고자 애쓰지 않기로 했다. 사실 깊이 생각지 않기로 한 건 모닥불만이 아니었다. 오두막이라든가 그 주변에 있는 모든 것이 다 기이하게만 느껴졌다. 나무에 매달린 마리오네트 인형 같은 시체들이 자신들을 지켜보고 있는 것도 그렇고, 그들을 둘러싸고 늘어선 나무들이 자꾸만 위치를 바꾸는 것만 같았다. 아니나 다를까, 아침에 일어나보니 전날 지나왔던 좁은 길이 완전히 다른 방향으로 이어져 있었다.

또한 로게인은 마녀가 마릭한테 대체 무슨 약속을 받아냈는지도 깊이 생각하고 싶지 않았다. 마릭은 마녀의 오두막에 들어가더니 몇 시간이고 나오지 않았고 로게인의 마음은 점점 초조해졌었다. 드디어 참지 못하고 먼지로 얼룩진 더러운 창문 하나를 통해 안을 들여다보려던 순간 마릭이 홀로 나왔다. 큰 충격이라도 받은 듯 유난히 조용한 그는 안에서 무슨 일이 있었냐는 로게인의 물음에 완강히 입을 다물었다. 그 내용에 관한 한 아무리 가볍고 간단한 질문이라도 아무 반응을 보이지 않았고 결국 그 약속은 비밀로 남게 되었다.

마녀가 다시 모습을 보이지 않았기에 둘은 마녀가 피워놓은 불가 낙엽 위에서 잠을 잤다. 아니, 마릭은 잠들었지만 로게인은 뜬눈으로 그림자들을 바라보다 단논의 시신이 매달려 있을 검은 어둠 속을 뚫어져라 쳐다보았다. 단논이 언제 야영장에서 도망친 건지 궁금했다. 공격이 있기 전에, 아니면 그 중간에? 결국 잠을 이룰 수 없었던 로게인은 그 나무로 다가가 단논의 부풀어 오른 얼굴을 올려다보았다. 그리고 힘겹게 시신을 잡아당겼다. 처음에는 무척 힘이 들었지만 얼마 뒤 마치 나무들이 풀어주기로 결심이라도 한 것처럼 시신이 툭 하고 바닥으로 떨어졌다. 지면을 때리는 둔탁하고 무른 소리와 함께 속을 뒤집는 썩은 내가 진동하기 시작했다. 로게인은 맨손으로 낙엽과 이끼, 작은 돌멩이들을 모아 단논의 시신을 덮었다. 어차피 제대로 된 무덤도 아니었고 왜 굳이 그런 수고를 들이는지 그도 알 수 없었지만 그저 그렇게 해야 할 것 같았다.

얼마 뒤 불 옆에 눕자 졸음이 쏟아졌다. 눈을 감을 때마다 무서운 광경이 잔뜩 나타났지만 꿈은 꾸지 않았고 밤새 자다 깨다를 반복하며 제대로 잠을 이루지 못했다. 어디선가 들려오는 발소리에 눈을 떴을 때는 이미 아침이었다. 머리 위 나무들을 뚫고 햇빛이 새어들고, 불자리는 언제 불을 피웠냐는 듯 다시 검게 변해 있었다. 둘의 상처는 말끔히 나아 있었고, 그들 옆에는 망토 두 벌, 그들의 무기, 작은 빵 몇 덩어리와 산열매, 말린 육포, 반짝반짝 윤기가 흐르는 사과가 얌전히 쌓여 있었다.

오두막 안은 마치 오랫동안 아무도 살지 않았던 것처럼 먼지와 썩은 잔해 말고는 아무것도 없었다. 주변을 둘러보았지만 마녀의 흔적은 어디에도 없었다. 또한 단논의 시신이나 그의 초라한 무덤도 온데간데없었다. 이제는 떠나도 될 것 같았다.

늪지대를 벗어나는 데는 모두 합쳐 나흘이 걸렸다. 오두막을 떠나면 갈 길을 찾을 수 있으리란 마녀의 말대로 한 시간도 채 안 되어 파랑새 한 마리가 그들 앞에 나타났다. 주변 환경과는 전혀 어울리지 않았을 뿐더러 너무나도 아름답게 지저귀는 바람에 로게인과 마릭은 그 새가 나타나자마자 즉각 알아챌 수 있었다. 그들이 가까이 다가가자 새는 바로 다음 나무로 날아갔고, 그리로 다가가면 곧장 또 다음 나무로 날아가는 모습을 보고 로게인은 그 새가 그들을 이끌고 있음을 깨달았다. 그래서 둘은 새를 따라갔다. 그런 식으로 다음 날 아침에도 다시 나타난 것을 보니 이제는 의심할 여지가 없었다.

날씨도 협조적이었다. 첫날 밤에만 가볍게 비가 내렸고 나머지 날들은 조금 쌀쌀해도 비는 오지 않았다. 두꺼운 망토를 걸친 것만으로도 큰 도움이 되어서 마릭은 얼마 지나지 않아 평상시의 쾌활한 성격으로 돌아갔다. 로게인은 조금만 조용히 하라고, 그렇지 않으면 꽁꽁 얼어붙게 망토를 빼앗아가겠다고 위협했지만 실은 로게인도 예전처럼 마릭의 수다가 신경에 거슬리지 않는단 사실을 깨달았다. 그는 귀를 기울이지 않는 척하면서도 마릭이 뭐든 생각나는 것이라면 떠들어대는 동안 조용히 듣고 있었다.

마릭이 입에 담지 않는 단 한 가지는 바로 마녀에 대한 것이었다.

로게인은 자신들이 데일스 엘프들의 영역을 지나가고 있다고 확신했다. 게다가 몇 차례 누군가 지켜보는 느낌을 받기도 했지만 수풀 사이에는 아무도 없었다. 그들은 언제라도 상대의 눈에 띄지 않게 몸을 숨기는 데 아주 능했다. 적어도 데일스 엘프들은 그랬다. 사실 지금까지 로게인이 알았던 엘프는 포터처럼 아주 오랫동안 인간들 사이에서 지낸 이들뿐이었고, 데일스 엘프의 생활방식은 이들에게조차 매우 낯설었을 것이다.

그 뒤로 그들은 아무도 마주치지 않고 계속 이동하다가 세 번째 날 밤 길게 자란 풀로 뒤덮인 오래된 건물을 발견했다. 꽤 볼 만한 광경이었다. 갈비뼈처럼 하늘로 솟아 있는 키 큰 돌기둥들을 보니 아마 한때 거대한 지붕을 떠받쳤던 듯했다. 토대의 일부와 기다란 계단이 남아 있었지만 모두 금이 가 있었고, 무성히 자라난 풀 때문에 이젠 폐허나 다름없었다. 마릭은 그 건물에 큰 감명을 받은 듯 한참 동안 주변을 둘러보았다. 그리고 용의 머리처럼 보이는 거대한 조각상을 받치고 있던 재단의 흔적도 발견했다. 이제는 많이 흐려졌지만 마릭은 용의 눈과 이빨이 어디쯤 있었는지 찾아냈다. 흥분한 그는 과거 이곳 남쪽까지 영토를 넓혀 미개한 부족들과 전쟁을 벌였던 고대의 대제국 사원이었을 것이라고 떠들었다. 그에게는 사원이 이토록 오래 남았다는 사실 자체가 꽤 놀라운 일인 것 같았다. 대제국에 대해 로게인이 아는 것이라고는 마법사들의 통치를 받았다는 사실뿐이었고, 그는 마법과 관련된 것이라면 알고 싶어 하지도, 관여하려 들지도 않았다. 옛 사원의 잔해에서 밤을 보낸다는 생각에 로게인은 불편함을 감추지 못했고, 마릭은 그에게 미신을 믿는다고 놀리면서도 로게인이 떠나자고 고집하는 데는 순순히 따라주었다.

무너진 사원을 벗어나고 얼마 지나지 않아 그들은 다시 늑대와 맞닥뜨렸다. 처음으로 로게인은 늙은 마녀가 자신들을 돕기 위해 파랑새뿐 아니라 더 큰 마법의 힘을 빌렸다는 것을 믿기 시작했다. 로게인은 활을 겨눈 상태로 늑대들을 노려보았고 마릭은 숨죽이고 그 옆에 서 있었다. 하지만 늑대 무리는 그들과 일정한 거리를 유지하며 바라보기만 할 뿐 다가오거나 위협하지 않았다. 로게인과 마릭은 스무 마리 정도 되는 커다란 늑대들이 가만히 앉아 노란 눈으로 노려보는 가운데 조심스레 나무 사이를 통과했다. 다행히 아무 일도 일어나지 않았다. 늑대들이 시야에서 멀어지자 로게인은 그제야 긴 한숨을 내쉬었다. 그는 죽는 날까지 마법사 족속들과는 상종하지 않으리라 다짐했고, 마릭도 조용히 고개를 끄덕였다.

넷째 날 오후가 되자 빽빽했던 나무들이 드문드문해지면서 로게인이 마침내 늪지대를 벗어난 것 같다고 말했다. 확실하진 않았지만 애초에 계획했던 것처럼 파랑새가 그들을 서쪽으로 이끌다 북쪽으로 방향을 튼 것이 분명했다. 이로써 그들은 로더링으로부터 한참 멀어져 서부 내륙지대의 언덕에 다다랐다. 땅에는 돌과 바위가 점점 많아졌고 멀리 장엄한 서리등선 산맥도 보이기 시작했다. 로게인은 다시 지평선을 볼 수 있게 되어 기뻤다. 추위와 안개 속에서 숲을 너무 오래 헤매면 아무리 멀쩡한 사람이라도 정신이 온전키는 어렵다.

그날 저녁 해가 저물자 비로소 파랑새가 자취를 감추었다.

"새가 다시 돌아올 것 같아?"

마릭이 물었다.

"내가 어떻게 알아?"

"마법을 비롯한 불가사의 전문가 아니셨던가?"

그 말을 들은 로게인이 콧방귀를 뀌었다.

"우릴 늪지대 바깥으로 인도했으니 마녀의 역할도 끝난 거야."

말을 마친 로게인이 초조한 표정으로 마릭을 바라보았다.

"그건 그렇고 네 군대를 찾는 건 힘든 일이야? 그리 잘 숨어 있진 못할 텐데, 안 그래?"

"지금까지 찬탈자를 피해 다녔으니…… 글쎄, 나도 잘 모르겠어."

그렇게 말하며 마릭은 근처의 큰 바위로 훌쩍 뛰어올라 언덕 너머를 바라보았다. 석양이 하늘을 아름다운 주황빛과 진홍빛으로 물들였지만 동시에 어둠이 빠르게 다가오고 있었다.

"어쩌면 가까이에 있을지도 몰라. 군대가 어디에 머물고 있느냐는 질문을 받는다면 로더링 서쪽이라고 대답할 거야. 그러니까…… 이쯤 아닐까?"

"잘됐군."

로게인은 조그만 빈터를 찾아 밤을 보낼 준비를 하면서 마릭에게 땔감을 주워오게 했다. 숲을 감싼 안개로부터 멀어지고 나니 큰 모닥불을 피우기가 훨씬 쉬워졌지만 빽빽한 숲을 벗어났다는 건 동시에 불빛이 멀리서도 잘 보인다는 뜻이었다. 무엇보다 여기 같은 언덕에서는. 마릭을 노리는 놈들이 아직도 남아 있을지 모른다. 혹은 마법사들이 그의 뒤를 쫓고 있을 수도 있다.

숲을 빠져나온 사람들을 기다리고 있다가 덮치는 것이다.

하지만 로게인이 지핀 불은 이미 활활 타고 있었다. 일단 확실히 알게 되기 전까지는 위험을 무릅쓸 수밖에. 마법까지 걱정하다간 될 일도 안 될 테니까.

"또 늑대를 봤어."

마릭이 땔감을 가지고 돌아와 말했다.

"그래? 공격할 것 같아?"

"일단은 아무 일도 없었어. 하지만 곧 그럴 낌새야."

"늑대가 그런 말을 했어?"

"실은 그랬어. 우릴 공격할 거라는 선전포고가 담긴 쪽지를 토끼한테 들려 보냈더라고. 정말 신사답지 않아?"

마릭이 땔감을 불 옆에 털썩 내려놓으며 농담조로 말했다. 로게인은 그런 그를 무시하고 잔디에 앉아 머리 위로 어두워져가는 하늘을 바라보았다.

"혹시 늑대인간 아닐까? 늑대랑 늑대인간을 구별하는 방법이 있나?"

마릭이 물었다.

'또 시작이군.'

로게인이 생각했다. 그러면서 고개를 들지 않은 채 천천히 땔감을 불에 넣었다.

"그리 알고 싶지 않은데."

"예전에 한 스승님이 해주신 이야기가 이제야 떠올랐어. 코카리 늪지대가 왜 그리 안개에 덮이게 됐는지 말이야. 그게 늑대인간 때문이래."

"그거 잘됐군."

여느 때처럼 마릭은 로게인의 무관심한 말투를 알아채지 못했다.

"케일런헤드 왕이 클라인 부족을 통일하기 전의 일이야. 늑대들 사이에 저주가 퍼져 강력한 악마에 씌었다는 거야. 그래서 그 지역 농장과 마을을 돌아다니며 닥치는 대로 사람들을 해쳤다지. 결국 늪지대로 쫓겨났는데 그러고 나서는 다시 늑대로 변해 숨었다고 해."

"한마디로 미신이구먼."

로게인이 중얼거렸다.

"아니야, 정말로 있었던 일이래! 그래서 사람들이 아직도 사냥개를 키우는 거야. 사냥개는 늑대인간이 접근하는 냄새를 맡고 사람들한테 미리 경고를 할 수 있거든. 때로는 놈들을 직접 공격해서 사람들이 도망갈 틈을 주기도 했고 말이야. 정말 심각한 문제였어."

그 말을 들은 로게인이 하던 일을 멈추고 피곤하다는 표정으로 마릭을 쳐다보았다.

"그건 그렇다 쳐. 근데 그게 안개랑 무슨 상관인데?"

"어느 위대한 백작이 마침내 사냥개와 사냥꾼 무리를 이끌고 늪지대로 들어갔대. 그리고 몇 년 동안 저주를 받았든 그렇지 않든 눈에 띄는 늑대는 죄다 죽여버렸다는 거야. 그렇게 해서 마지막으로 남은 늑대인간이 복수를 다짐하면서 제 짝의 목숨을 앗아간 칼을 집어 자기 심장을 찔렀다더군. 그 늑대인간의 피가 숲 바닥에 떨어진 순간 바로 그 자리에서 안개가 솟아올랐대. 안개는 퍼지고 퍼져서 결국 백작 무리는 숲에서 길을 잃고 말았지. 그들은 다시는 집으로 돌아가지 못했고 결국 그 지역 사람들도 모두 그곳을 떠나고 말았어. 우리 스승님 말씀을 빌리면 지금도 자기 남편을 기다리는 아내들의 유령이 그곳 폐허에 떠돈대."

"말도 안 되는 소리야. 유령 같은 건 없다고. 그리고 그 안개는 길을 잃게 할 만큼 짙지도 않아. 그저 조금 성가실 뿐이라고."

로게인이 한숨을 쉬며 대꾸했다.

"아주 오래전에는 달랐을지도 모르잖아? 어쨌거나 늑대인간 일부는 살아남아서 이곳 어딘가에 숨어 있대. 그래서 혼자 지나는 사람이 있으면 복수를 한다고 하더라고."

마릭이 어깨를 으쓱이며 말했다.
"어디서 들은 것도 많네."
"우리 스승님은 학식이 아주 높은 분이었거든."
"바로 그 스승님이 문제로군."
로게인은 일어서서 바지를 탁탁 털더니 비스듬히 누워 있던 마릭을 쳐다보았다. 바로 그때 화살 하나가 그의 귓가를 스치고 날아갔다.
마릭이 어리둥절하여 몸을 일으켰다.
"방금 그거……?"
"피해!"
로게인이 소리치며 몸을 숙이고 검을 빼들었다. 마릭은 재빨리 무릎을 꿇으면서도 호기심 어린 눈초리로 화살이 날아온 방향으로 고개를 돌렸다. 그 모습을 본 로게인은 마릭의 망토 자락을 확 잡아당겨 그를 엎드리게 했다. 말 탄 사람 서너 명이 이곳 공터로 다가오는 소리를 들을 수 있었다. 로게인은 어리석은 자신에게 욕을 퍼부었다. 놈들이 마릭을 얼마나 간절히 붙잡고 싶어 하는지 과소평가한 것이다. 이미 완전히 포위당했는지도 모른다.
"여기서 빠져나가야 해!"
마릭이 소리쳤다. 그도 자기 단검을 빼어 들었지만 그보다 먼저 말을 탄 두 남자가 전속력으로 자신을 향해 달려오는 모습이 로게인의 눈에 들어왔다. 그들은 사슬 갑옷과 투구를 착용한 진짜 병사들이었다. 그들은 벌써 도리깨를 꺼내들고 휙휙 돌리고 있었다.
첫 번째 병사가 옆을 지나는 순간 로게인은 날아오는 도리깨 아래로 몸을 숙여 피했다. 대못이 박힌 금속 공이 무시무시한 소리를 내며 머리 위를 스쳐 지나갔다. 두 번째 병사가 그 뒤를 바짝 따라왔다. 로게인은 전속력으로 그를 향해 돌진해 도리깨를 돌릴 틈도 주지 않고 칼을 휘둘렀다. 칼날 끝이 말 탄 병사의 겨드랑이께를 파고들었다. 고통에 찬 비명을 지른 상대는 어설프게

나마 로게인을 내리치려했다. 로게인은 재빨리 칼을 잡아 빼어 날아오는 사슬을 막았다. 묵직한 도리깨 줄이 칼날에 칭칭 감겼다. 그가 칼을 세게 잡아당기자 말 탄 남자는 외마디 소리를 지르며 말에서 떨어졌다.

병사의 몸이 도리깨와 함께 데굴데굴 굴렀다. 하지만 이번에는 줄에 감긴 로게인의 검이 멀리 날아가고 말았다. 첫 번째 병사가 다시 방향을 틀어 로게인을 향해 달려오기 시작했다. 순간 칼을 놓친 로게인은 별수 없이 자신을 향해 날아오는 도리깨를 멍하니 바라보았다. 로게인의 가슴에 강한 충격이 가해졌다. 대못이 가슴을 파고들면서 갈비뼈 서너 개가 금 가는 소리를 냈다. 그의 몸이 공중으로 붕 뜨더니 몇 발짝 뒤로 나가떨어졌다.

"로게인!"

마릭이 소리치며 단검을 들고 아수라장으로 뛰어들었다. 그러고는 날카로운 칼날을 말 탄 병사의 다리에 깊이 박아 넣었다. 남자가 비명을 지르며 고삐를 잡아당기자 말이 히히힝 소리를 내며 앞발을 높이 치켜들었다. 마릭은 끙끙거리며 기어 도망치던 또 다른 병사를 풀쩍 뛰어넘어 쓰러진 로게인에게 달려갔다.

로게인은 엄청난 통증에 이를 빠드득 갈며 몸을 일으키려 했다. 마릭에게 도망치라고 말하려 했지만 때는 이미 늦고 말았다. 정교한 문양이 새겨진 갑옷을 입은 기사 한 명을 포함한 기병이 벌써 넷이나 그 자리에 당도한 것이다. 리더로 보이는 기사는 녹색 깃털 장식이 달린 투구를 쓰고 커다란 흑마를 타고 있었다.

그런데 갑자기 기사가 뒤에 따라오던 세 명에게 멈추라는 손짓을 했다. 급작스레 멈춘 말들은 앞발을 들어 올리며 그 자리에서 겅중겅중 뛰었다. 마릭의 단검에 다리를 찔린 병사가 낮은 소리로 욕설을 지껄이고 씩씩거리면서 힘겹게 자기 말을 잡아끌었다.

로게인은 쿨럭쿨럭 기침을 하며 천천히 자리에서 일어섰다. 마릭이 멍하니 그 병사들을 바라보고 있었다. 왜 공격을 멈추었는지 이유를 알 수 없었다. 생포하려는 건가? 그렇다면 이 틈을 타서 적어도 한두 놈 정도는 창조주께 보내버릴 테다. 로게인은 마릭 앞에 서서 검을 치켜들었다. 금간 갈비뼈를 타고 올라오는 통증에 절로 눈살이 찌푸려졌다.

"처음 한 놈은 팔을 잃게 해주마. 그거 하나는 약속하지."

로게인이 소리쳤다.

말 탄 병사 두 명이 한 발짝 뒤로 물러서며 어찌 하면 좋겠냐는 눈으로 녹색 깃털 투구를 쓴 기사를 쳐다보았다. 기사는 그 자리에 가만히 선 채 조용히 마릭과 로게인을 바라보기만 했다.

"마릭?"

기사가 입을 열었다. 투구 안에서 나오는 목소리는 어딘지 어색했다.

마릭이 깜짝 놀라며 숨을 몰아쉬었다. 로게인은 여전히 검을 내리지 않은 채 뒤를 돌아보았다.

"뭐야, 둘이 서로 아는 사이야?"

기사가 검을 칼집에 도로 집어넣었다. 그리고 투구를 벗었다. 로게인은 그제야 기사의 목소리가 어색하게 들린 이유를 알 수 있었다. 기사는 남자가 아니었다. 땀에 젖은 여자의 창백한 얼굴에 숱 많은 갈색 머리칼이 착 달라붙어 있었다. 하지만 로게인이 보기에는 땀에 젖은 얼굴이나 머리칼도 그녀의 아름다움을 가리지 못했다. 도도하게 솟은 광대뼈와 강인한 턱은 조각가라면 누구나 탐낼 듯했다. 그러면서도 자세와 태도가 너무나도 당당하고 자신감 넘쳐서 갑옷이 자연스럽게 어울렸다. 그녀는 자신이 이끄는 남자들만큼이나 강한 군인이었다. 물론 퍼렐던에 기사와 견줄 만한 실력을 갖춘 여자가 없는 것은 아니지만 그런 여자를 직접 만나기란 쉬운 일이 아니었다.

그녀는 로게인에게는 눈길 한 번 주지 않고 충격에 휩싸인 얼굴로 마릭을 노려보기만 했다. 마릭도 꽤 놀란 것 같았다.

"로완?"

마릭의 목소리를 들은 여자가 자신의 검은 말에서 내려와 투구를 한쪽 팔 아래 꼈다. 그러는 내내 마릭에게서 눈을 떼지 않은 채였다. 그녀는 고삐를 다른 병사에게 넘겨주고 걸어 나와 마릭 앞에 섰다. 로게인은 검을 내리지 않은 채 조금 뒤로 물러서 그녀가 다가오게 놔두었다. 그녀는 여전히 아무 말도 하지 않고 마치 마릭이 무슨 말이라도 하기를 기다리는 것처럼 진한 색의 눈동자로 그를 쳐다보았다.

마릭은 당황했다.

"음…… 안녕, 오랜만이네."

마릭이 마침내 입을 열었다.

그녀는 여전히 아무 말도 하지 않았지만 화가 난 듯 입을 점점 굳게 다물었다.

"내 얼굴 보니 반갑지 않아?"

마릭이 물었다.

그 순간 그녀가 마릭의 얼굴을 냅다 갈겼다. 전투용 장갑을 낀 그녀의 주먹이 마릭의 턱에 명중하자 그가 벌러덩 뒤로 나가떨어졌다. 로게인은 얼굴을 감싸 쥐고 누워 신음을 흘리고 있는 마릭을 쳐다보다가 다시 고개를 돌려 여기사를 바라보았다. 그녀는 이제 화가 머리끝까지 솟은 것 같았다. 그녀는 '그럼 어디 마릭을 도와보시지.' 하는 표정이었다.

로게인은 잠자코 검을 칼집에 도로 집어넣었다.

"둘이 아는 사이가 맞구먼."

마릭은 로완을 만나게 된 것이 정말로 기뻤다. 아니, 기뻐서 어쩔 줄을 몰랐다. 하지만 그것도 그녀에게 얻어맞기 전 이야기였다. 요즘에 얼굴이나 머리를 어찌나 자주 맞았는지, 기분이 좋을 리 없었다. 마릭이 땅에서 몸을 일으킨 뒤 다급하게 자초지종을 설명했지만 때는 이미 늦고 말았다. 로완은 벌써 화가 머리끝까지 차 있었다. 마릭에게는 희한하게 그녀의 화를 돋우는 재주가 있었다. 어릴 때는 태평스레 짓궂은 장난을 쳐 그녀를 화나게 만들고는 어머니에게 도망치곤 했었다. 그러면 어머니는 그저 그를 내려다보며 씨익 웃고는 로완에게 당하도록 놔두는 것이었다. 조금 철이 든 다음에는 그녀의 성미가 폭발하기 전에 미리 눈치채는 방법을 터득했었는데…… 실력이 녹슨 것이 분명했다.

로완과 그녀의 부하들은 멀리서 불빛을 보고 로게인이 마릭을 붙잡고 있다고 생각했다. 마릭이 땅에 엎드린 모습을 보고는 그가 의식을 잃었거나 죽었다고 여겼다. 하지만 기회가 생겼을 때 도망가기는커녕 로게인을 보호하려 나서는 모습을 보고 둘이 한패라는 걸 짐작했다. 그렇다면 마릭이 반란군을 버리고 도망치기라도 했다는 것인가? 하지만 로완은 그 말만은 꺼내지 않았다. 사실은 둘이 반란군 야영지를 향하고 있었고, 로게인이 없었다면 마릭이 지금까지 살아남지 못했으리란 사실을 로완에게 납득시키기까지는 한참 걸렸다.

"아, 그렇다면 사과를 해야겠군요."

로완이 마침내 로게인을 쳐다보며 말했다. 하지만 그다지 진심이 담겨 있는 것 같지 않았다. 그녀가 공공연히 드러내는 의심과 적대심 때문에 그 말은 전혀 사과처럼 들리지 않았지만, 로게인은 그 모습이 못마땅하다기보다 조금 재미있게 느껴졌다.

"그런 것 같군요. 저는 로게인 맥 티르라고 합니다. 제가 도움이 됐으면 좋겠군요."

"로완 게레인이에요. 하지만 경의 도움은 필요 없어요."

로완의 표정에는 여전히 의심의 빛이 남아 있었다. 대부분의 남자라면 허리를 굽혀 인사하거나 궁정에서 하듯 그녀의 손을 잡았을지도 모른다. 물론 그녀가 그런 인사치레를 싫어한다는 사실을 마릭도 알고 있었지만 말이다. 그녀가 로게인의 손을 잡자 로게인은 꽉 쥐고 세게 흔들었다. 그녀는 로게인이 흉한 피부병을 옮기기라도 할 것처럼 빨리 손을 빼냈다.

"제안이라기보다 그저 인사차 한 말입니다."

"저, 실은 '레이디' 로완이라고 불러야 해. 레드클리프의 렌도언 백작 따님이거든. 백작은 여전히 반란군 편에 계시겠지……?"

마릭이 끼어들었다.

"그럼……."

로완의 눈이 로게인에게 잠시 머물다가 마릭을 향했다. 그녀가 걱정스러운 듯 눈살을 조금 찌푸렸다.

"마릭 널 찾아 사방을 뒤졌어. 아버지는 네가 죽었다 여기고 거의 포기하셨지. 며칠 전부터 군대를 이동시키려 하셨는데 조금만 더 수색하게 해달라고 내가 부탁드렸어."

그녀의 표정이 부드러워지더니 그녀답지 않은 다정한 손길로 마릭의 볼을 매만졌다.

"얼마나 걱정했는지 알아, 마릭! 놈들이 여왕님께 한 짓을 들었을 때 너도 죽은 줄로만 알았단 말이야. 아니면 그보다 더 끔찍하게 찬탈자의 지하 감옥에 갇혔을까봐…… 하지만 살아 있었구나! 살아 있었어!"

그 말과 함께 그녀가 마릭을 꼭 끌어안았다.

마릭은 그녀에게 안긴 채 로게인에게 '제발 좀 도와줘!' 하는 눈길을 보냈다. 로게인은 그 모습이 흥미롭다는 듯 그저 옆에 가만히 서 있었다. 잠시 후 로완은 마릭을 놓아주고 이제 무슨 말을 해야 할지 모르겠다는 듯 물끄러미 그를 바라보았다.

"네 어머니께선……."

"내가 보는 앞에서 돌아가셨지."

마릭이 비참한 표정으로 고개를 끄덕이며 대답했다.

"왕위 찬탈자가 여왕님의 시신을 데너림으로 보냈어. 그 날을 공휴일로 선포하고 어머니의 시신을…… 아니, 이건 듣지 않는 편이 나을 거야."

로완의 목소리가 잦아들었다.

"그래, 안 듣는 게 낫겠다."

마릭도 찬탈자가 죽은 적군을 모두가 볼 수 있게 전시하는 것을 얼마나 좋아하는지 익히 들어 알고 있었다. 게다가 반란군 여왕의 시신은 찬탈자에게 어마어마한 선물이나 마찬가지였다. 자기도 모르게 그 광경이 머릿속에 그려졌다. 그 광경 속에 보기 좋은 것이라곤 하나도 없었다.

그때 로게인이 몸을 앞으로 숙이며 일부러 헛기침을 했다.

"방해하려는 건 아니지만, 레이디 로완……."

"그냥 로완이라고 부르세요."

그녀가 대꾸했다.

로게인이 그래도 되겠냐는 듯 마릭을 쳐다보자 그는 어깨를 으쓱해 보였다.

"방해하려는 건 아니지만, 로완, 이제 자리를 뜨는 편이 좋겠습니다. 우리 불빛을 본 건 당신만이 아닐 수도 있어요."

로게인이 말했다.

이 말을 들은 로완은 다시 사무적인 태도로 돌아가 마릭에게서 한 걸음 뒤로 물러났다. 걱정 어린 표정으로 지평선을 바라보던 그녀가 고개를 끄덕였다.

"좋은 지적이에요."

그녀는 근처에 서서 정중하게 기다리고 있던 병사들을 향했다.

"말 두 마리를 남기고 가라. 너희들은 두 명씩 말을 나누어 타고. 돌아가서 왕자를 찾았다는 소식을 아버지께 전해."

그 말을 들은 부하들은 그녀를 홀로 남겨두고 가는 것이 마음에 걸린 모양이었다.

"얼른 출발하도록. 바로 쫓아가겠다."

로완은 아까보다 조금 더 강경한 어조로 말했다. 그들은 더 이상 아무 말 하지 않고 말에 올랐다. 로게인이 말에서 끌어내린 병사는 다리를 심하게 절어 말에 오르는 데 도움이 필요했다. 이내 그들은 흙먼지를 일으키며 멀어져갔다.

"이상한 보고를 들었어. 내륙 지역에서 너무 많은 사람들이 눈에 띄었거든. 우리는 그게 너를 찾는 약탈자의 부하들인 줄 알았지. 어쨌든 여기 너무 오래 머물렀어."

그녀가 한숨을 쉬며 마릭에게 말했다.

"그런데도 부하들을 보내버린 거야?"

"혹시 놈들이 있다면 대신 주의를 끌게 하려는 거지."

로게인은 그 작전이 마음에 든다는 듯 대꾸했다.

로완이 다시 말을 탔다.

"적과 마주친다면 어차피 몇 명 더 있는 것으론 별 도움이 안 될 거야. 게다가 내가 기억하기로 넌 말을 아주 잘 타잖아. 필요하면 놈들을 따돌리면 되지."

그녀가 짓궂은 표정으로 마릭을 쳐다보며 씨익 웃었다.

마릭은 그녀의 말을 무시하고 말에 올라탔다. 놀란 말이 몇 발짝 움직이며 마릭을 끌고 가는 바람에 말 위에 제대로 앉기까지는 불안하기 짝이 없는 모습이었다. 위태롭게 안장에 걸터앉은 마릭은 떨어지지 않기 위해 최선을 다했다. 그의 불안이 전달되었는지 말이 불안스레 히히힝 하고 울었다.

"내가 원래 말에서 잘 떨어지거든. 내 특기야."

마릭이 쓴웃음을 지으며 로게인에게 말했다.

"그러면 아무도 마주치지 말자고."

로게인은 승마에도 익숙한 듯 보였다. 그는 마치 그 사실을 증명이라도 하려는 듯 마릭 주변을 또각또각 돌아 로완 옆에 나란히 섰다. 마릭은 찡그린 얼굴로 그 모습을 쳐다보았다.

'그럼 그렇지, 당연히 말도 잘 타겠지. 어련하시겠어?'

로완도 같은 생각을 하고 있는 것 같았다. 그녀가 호기심 어린 표정으로 로게인을 바라보았다.

"말을 탈 줄 아는군요. 조금 드문 일 아닌가요? 당신은……."

그녀가 예의에 어긋나지 않는 단어를 고르느라 잠시 말을 멈추었다.

"평민인데 말입니까? 숲에서 숨어 지내면서 비겁한 놈들한테 밥을 얻어먹는 사람치고 참으로 흥미로운 생각이군요."

로게인이 콧방귀를 뀌며 대꾸했다.

로완의 턱이 굳어지고 눈에는 분노가 차올랐다. 마릭은 로게인에게 로완의 성미에 대해 설명하지 않기로 했다. 그도 성인이니 알아서 처신할 수 있을 터였다. 그렇지 않아도 말도 잘 타고 워낙에 못하는 일이 없는 사람이니 말이다.

"내 말은, 누구나 쉽게 승마를 접할 수 있는 건 아니라는 뜻이었어요."

그녀가 무뚝뚝하게 말했다.

"집에서 말을 키웠습니다. 아버지한테 배웠죠."

"예의범절도 아버지께 배웠나요?"

"아뇨, 그건 어머니였습니다. 올레이 놈들한테 강간당하고 돌아가시기 전까지는 적어도 절 가르치려고 애쓰셨죠."

이 말을 남기고 로게인은 말을 돌려 가버렸다. 로완의 눈이 크게 벌어졌다.

마릭이 어렵사리 말을 타고 그녀에게 다가왔다.

"상황이 조금 어색했다. 그치?"

그가 말했다.

그 말을 들은 로완이 마릭을 노려보았다.

"자, 그럼 잠시 주제를 바꿔서, 흠흠, 조금 전에 보낸 부하들 뒤를 따라갈 거야? 그런 거라면 금방 시야에서 사라지겠는데? 정말 빨라. 저거 봐, 벌써 가버렸다."

"아니, 우리는 조금 다른 길로 갈 거야."

로완이 대꾸했다.

"그럼 우리도 얼른 가야지."

"그래."

로완은 다시 투구를 쓰고 아무 말 없이 달리기 시작했다. 그녀 뒤로 녹색 깃털이 나부꼈다.

그 뒷모습을 바라보고 있던 마릭은 상황이 이렇게 바뀌지 않았다면 로완의 모습이 지금과 얼마나 달랐을까 잠시 생각했다. 퍼렐던 사람들은 강인하고도 현실적이어서 전투 상황에서 제몫을 해내는 여자들은 남자와 똑같은 대우를 받았다. 하지만 귀족의 경우에는 이야기가 달랐다. 백작이 반란군을 돕지 않았다면 로완도 갑옷을 입고 군대를 이끄는 대신 아름다운 드레스를 입고 올레이 궁정에서 한창 유행하는 춤을 배우고 있었겠지.

로완의 가족은 반란군을 위해 수많은 희생을 치렀다. 렌도언 백작은 끔찍이도 아끼던 레드클리프 영지를 찬탈자에게 빼앗겼다. 그의 아내인 백작부인은 떠돌이 생활을 하던 중 열병으로 목숨을 잃었고, 어린 아들 이몬과 티간은 북부에 사는 사촌들에게 보내졌다. 이제 돌아온다 해도 아버지 얼굴조차 알아보지 못할 것이다.

그들은 마릭의 어머니 반란군 여왕을 돕기 위해 많은 것을 포기해야 했다. 그런데 이제 여왕은 죽고 없었다. 세상이 미쳐 돌아가고 있다.

그들은 로완이 잘 아는 길을 따라 언덕이 많은 곳으로 말을 달렸다. 마릭은 로완이 자신을 찾아 몇 번이나 이곳을 수색했는지, 대체 왜 그리 노력을 기울였는지 궁금했다. 물론 그가 어머니의 뒤를 이을 정당한 후계자임은 틀림없었지만 처음 며칠이 지난 뒤 이 넓은 곳에서 그를 발견할 가능성은 극히 적지 않은가. 그를 포기했어야 옳았다.

바위투성이 지면은 말을 타고 지나기 힘들었다. 마릭은 말에서 떨어지지 않은 것만으로도 매우 기뻤다. 그들은 로게인이 도리깨를 맞은 가슴에서 아직도 피를 흘리고 있다는 것을 발견했을 때 말고는 한 번도 멈춰 서지 않았다. 마릭이 손짓해 로완을 말에서 내리게 했고, 둘은 마다하는 로게인을 끌어내리다시피 하여 상처에 붕대를 감아주었다. 로게인은 자신의 상처보다 자신 때문에 갈 길이 지체되는 데 더 화를 내는 것 같았다. 그 모습을 본 마릭은 자신이 말 탄 병사에게 가슴에 도리깨를 맞았다면 이렇게 멀쩡히 움직이면서 괜찮다고 말할 수 있을까 생각했다. 아마 그러지 못했겠지.

얼마 뒤 반란군의 모습이 보이기 시작했다. 보초 서너 명이 로완에게 경례를 하고는 마릭의 모습을 보고 입을 헤 벌린 채 바라보기만 했다. 아직 소식이 전해지지 않은 듯했다.

얼마 지나지 않아 그들은 외부에서 거의 보이지 않는 작은 계곡 속 야영지의 중심에 다다랐다. 마릭의 어머니는 내륙 지역을 무척 좋아했다. 여기와 비슷비슷한 계곡이 많아 병사들이 숨을 곳이 많았기 때문이었다. 이곳을 통해서 북쪽 대부분의 저지대에 접근하는 것은 물론 빠르게 후퇴할 수도 있었다. 어머니는 바로 이곳에서 맨손으로 시작해 결국에는 십 년 이상 올레이 놈들에게 골칫거리를 안겨준 군대를 키워냈다.

로게인은 조금 놀란 눈으로 주변에 늘어선 수많은 천막들을 둘러보았다. 솔직히 그가 지내던 무법자들의 야영지와 비슷하지만 규모는 훨씬 컸다. 천막은 대부분의 병사들처럼 낡고 더러웠으며, 수백 명의 병사들을 매일 먹이는 것만도 그들에게는 힘겨운 일로 보였다. 반란군은 수년에 걸쳐 찬탈자의 폭정에 분노한 귀족들이 모여 만들어낸 산물이었다. 보상이나 성공 가능성은 별로 없어 보여도 영지를 버리고 자신을 따르는 이들과 물자를 모조리 챙겨 이곳에 모인 이들이었다. 반란군 대열에 합류하지 못한 이들이 남는 식량을 제공하고 쉴 곳을 내주기도 했지만 그나마 그런 일은 자주 일어나지 않았다. 마릭의 어머니는 몇 번이나 구걸하다시피 했다. 그런 점에서는 로게인의 생각이 옳았다.

누군가 "왕자님이다!"라고 소리를 지르자마자 천막에서 남자와 여자들이 쏟아져 나와 그들을 에워싸기 시작했다. 처음에는 몇 명 되지 않았지만 금세 수많은 사람에 둘러싸여 꼼짝할 수 없게 되었다. 꾀죄죄한 얼굴에 기쁨이 가득한 병사들이 그들을 둘러싸고 마릭을 향해 손을 뻗었다.

"왕자님이 돌아오셨다!"

"왕자님이 살아계신다! 왕자님이다!"

사람들 사이에서 환호성이 울려 퍼졌다. 안도와 흥분의 목소리였다. 나이 지긋한 병사들 몇 명인가는 눈물을 흘렸고, 또 다른 이들은 서로를 끌어안고 하늘을 향해 주먹을 추켜올렸다. 로완이 투구를 벗자 마릭은 그녀의 눈에 맺힌 눈물을 볼 수 있었다. 그녀가 팔을 뻗어 마릭의 손을 붙잡고 들어 올리자 사람들의 환호성이 한층 높아졌다.

그들은 마릭의 어머니를 그토록 사랑했던 것이다. 그들 대부분이 여기 모여 있는 이유 그 자체인 여왕을 잃어버린 사건은 참으로 비통한 일이었다. 마음속 깊이 감동받은 마릭은 왕자를 되찾은 것만으로도 그들이 일종의 승리감과 마치 모이라 여왕의 일부를 되돌려 받은 느낌을 받았다는 사실을 깨달았다. 갑작스레 어머니 생각에 목이 메어왔다.

로완이 그의 손을 힘주어 잡았다. 그녀도 이해할 것이다.

로게인은 어찌할 바 모르는 표정으로 그들 뒤에 서 있었다. 마릭이 고개를 돌려 그에게 앞으로 나오라고 손짓했다. 로게인이야말로 마릭이 살아 돌아올 수 있었던 가장 큰 버팀목이었다. 하지만 로게인은 고개를 저으며 원래 있던 자리에서 움직이지 않았다.

그때 천둥처럼 시끄러운 발소리와 함께 3미터에 달하는 돌로 만들어진 사람 형상이 야영지 깊숙한 곳에서 나와 군중을 향해 천천히 걸어왔다. 그 모습을 본 사람들 몇몇이 예의 바르게 길을 터주면서 환호성이 조금 잦아들었지만, 대부분의 사람들은 이곳에서 흔히 볼 수 있는 광경이라는 듯 아무렇지 않게 받아들였다.

로게인의 입이 쩍 벌어졌다.

"대체 저게 뭐야?"

마릭이 눈물을 훔치며 껄껄 웃었다.

"아, 저거? 그냥 골렘이야. 별것 아니지."

그때 골렘의 주인이 병사들을 헤치고 나타나지 않았더라면 마릭은 로게인의 당황한 표정을 보고 한참이나 웃었으리라. 그는 키가 매우 컸지만 당당하다기보다는 수척한 막대기 같은 인상을 풍길 정도로 깡마른 사내였다. 사람들이 서둘러 길을 비켜준 것은 그가 입고 있는 밝은색 로브 때문이었다. 그 로브는 그가 마법사 협회에서도 지위가 높은 마도사임을 뜻했다.

"마릭 왕자!"

그가 여느 때처럼 조급한 표정으로 눈살을 찌푸린 채 마릭을 불렀다. 그는 수년째 신하 겸 고문으로 백작을 섬기며 마릭의 어머니와도 좋은 관계를 유지했지만 마릭만큼은 말썽꾸러기 제자처럼 다루었다. 물론 마릭을 그렇게 대하는 사람은 그뿐만이 아니었지만 말이다. 마법사는 만사가 귀찮다는 듯 언제나 인상을 쓰면서 날카로운 매부리코 아래로 사람들을 내려다보았다. 그래도 충성스럽고 믿을 만한 사람이었기에 마릭은 불쾌함을 애써 감추고 다가오는 그에게 고개를 끄덕였다.

"왕자를 찾았어요, 윌헬름!"

로완이 웃으며 말했다.

"그렇군요, 레이디 로완."

마법사가 대꾸했다. 윌헬름은 이어지는 사람들의 환호성을 무시하고 의심에 찬 눈초리로 마릭을 바라보았다.

"타이밍이 참 절묘하군요, 마릭 왕자."

"그게 무슨 소리죠?"

"일단은 당신이 왕자가 맞는지부터 확인합시다."

윌헬름은 이 말과 함께 미묘한 손짓을 하기 시작했다. 그의 강렬한 눈빛은 마치 마릭의 두개골에 구멍이라도 낼 듯 그를 뚫어져라 노려보고 있었다. 다음 순간 밝게 빛나는 불빛이 그를 감싸더니 거기 모인 사람 전체가 볼 수 있을 만큼 밝아졌다. 환호성이 뚝 끊어지고, 마법사 근처에 서 있던 사람들은 다급히 뒤로 물러섰다. 그중 몇 명은 허둥거리다 넘어지기까지 했다.

"윌헬름! 이럴 필요 없어요!"

아직 말 위에 앉아 있던 로완이 그의 손목을 붙잡았다.

"해야 합니다!"

그가 차갑게 대꾸하며 그녀의 손을 뿌리쳤다. 그가 들릴 듯 말 듯한 소리로 주문을 마저 외자 마릭은 자신을 감싸는 마법의 기운을 느꼈다. 마치 수많은 바늘이 피부와 머리를 가볍게 찔러대는 것 같았다. 로게인은 불안한 표정으로 지켜보았지만 그저 말이 흥분하지 않게 진정시키는 수밖에 없었다.

다음 순간 윌헬름이 한 걸음 뒤로 물러섰다. 결과에 흡족한 표정이었다.

"사과드리지요, 전하. 확인을 거쳤을 뿐입니다."

"설마 내가 마릭을 못 알아보겠어요?"

로완이 낭랑한 목소리로 대꾸했다.

"그렇습니다, 못 알아보셨을 겁니다."

그러고는 윌헬름이 멍하니 자신을 쳐다보고 있던 병사들에게 몸을 돌렸다.

"이제 모두 전투 준비를 시작한다! 왕자님이 돌아오셨다! 보호할 태세를 갖춰라!"

이 말을 강조하기라도 하듯 돌 골렘이 그의 바로 뒤에 서더니 무시무시한 눈으로 병사들을 훑어보았다.

그러자 갑자기 병사들의 움직임에 활기가 돌더니 그중 몇몇 상관들이 큰 소리로 지시를 내리기 시작했다. 마릭은 깜짝 놀라 마법사를 쳐다보았다.

"왜요? 무슨 일인데요?"

"따라오시죠. 백작께 설명을 들으시는 편이 나을 겁니다."

마법사가 몸을 돌려 빠른 걸음으로 야영지 깊숙한 곳으로 향했다. 골렘이 어슬렁어슬렁 그의 뒤를 따랐다.

마릭과 로완은 서로 눈길을 주고받은 뒤 말에서 내렸다. 병사 한 명이 달려와 고삐를 건네받았다. 하지만 로게인은 말에서 내리지 않고 어색한 표정으로 마릭을 내려다보았다.

"그럼 이제 나는 가야겠다."

"간다고? 도대체 어디로 가려고?"

마릭은 로게인을 향해 눈살을 찌푸렸다. 하지만 대답을 듣기도 전에 로완이 그의 팔을 붙들고 마법사 뒤를 따랐다. 그는 로완에게 끌려가면서도 뒤를 돌아보았다. 마릭과 로완의 말을 모는 병사가 로게인을 쳐다보며 기다리고 있었고, 로게인은 정말 외부인처럼 낯설어 보였다. 마릭은 그 순간만큼은 그런 그의 모습이 안됐다고 느꼈다. 결국 로게인은 한숨을 쉬고 말에서 내려 고삐를 병사에게 넘겨주고는 마릭에게 달려갔다.

계곡 깊숙이 들어갈수록 병사들의 움직임은 더욱 맹렬해졌다. 분명 무슨 일인가 벌어지고 있었다. 병사들이 대열을 형성하고, 천막이 빠른 속도로 철

거되고, 모두가 고함을 지르면서 뛰어다녔다. 이 모두가 마릭에게는 익숙한 통제된 혼란이었다. 하지만 거기에는 마음에 걸리는 두려움의 기운도 서려 있었다. 찬탈자 군대의 공격이 있기 전 어머니의 군대가 황급히 도망치는 것을 여러 번 목격한 적이 있었는데, 지금도 그와 비슷한 느낌이었다.

그 모든 난리법석 한복판에 로완의 아버지, 렌도언 백작이 있었다. 오래전 마릭의 어머니가 가장 신뢰하는 친구와 장군들에게 선물한 실버라이트 갑옷을 걸친 그의 모습은 쉽게 눈에 띄었다. 은발인데다 눈에 띄는 외모를 지닌 백작은 그 자체로 귀족의 상징과도 같았다. 그의 모습을 본 마릭은 자기도 모르게 안도의 한숨을 내쉬었다. 백작은 주변의 병사들에게 빠르고 효율적으로 지시를 내리고 있었다. 그의 입에서 나온 지시 사항은 되풀이해 말할 필요도 없었고, 누구도 이의를 제기하지 않고 즉각적으로 따랐다.

윌헬름이 백작을 향해 손을 흔들었다. 하지만 그럴 필요는 없었다. 그의 뒤에 선 돌 골렘이 가는 곳마다 주의를 끌었기 때문이었다. 몸을 돌린 백작이 마릭을 보고는 성큼성큼 이쪽으로 걸어왔다. 그 사이에 늘어선 여러 계급의 부하들이 입이 찢어져라 미소를 지으며 마릭을 반겼다.

"마릭 왕자! 돌아왔구먼!"

백작이 마릭의 한쪽 어깨를 철썩 때리며 소리쳤다.

"저를 보고 다들 그러더군요."

마릭도 씨익 미소를 지었다.

"창조주께 감사할 일이지! 자네가 살아 돌아온 걸 봤다면 어머니께서도 정말 자랑스러워하셨을 걸세. 정말 수고했네."

백작의 눈이 잠시 슬퍼졌다.

"제가 찾을 수 있다고 했죠, 아버지?"

로완이 끼어들었다.

이 말을 들은 백작은 그 공로를 인정하는 동시에 조금은 못마땅한 눈길로 딸을 바라보았다.

"그래, 네가 그랬지. 네 말을 의심하는 게 아니었는데 말이다."

그런 다음 그는 다시 몸을 돌려 마릭을 멍하니 쳐다보고 있던 직속 부관들에게 몇 가지 명령을 내렸다. 부관들이 퍼뜩 정신을 차리고 무슨 일인지는 몰라도 한창 진행 중이던 일을 백작 대신 처리하기 시작했다.

"자, 그럼 안으로 들어가자고. 할 말이 많겠지만 그건 좀 미뤄야겠네. 솔직히 말하면 자네가 참으로 곤란한 순간에 돌아왔단 말이지."

그러면서 그는 바로 뒤에 있던 커다란 붉은 천막으로 다가가 천막 자락을 들어 올렸다. 그러자 윌헬름이 기다렸다는 듯 거만한 몸짓으로 성큼 안으로 들어섰다. 마치 애초부터 백작이 윌헬름을 위해 천막 자락을 들어 올려준 것 마냥. 사실 마릭은 왜 렌도언이 자신의 신하나 다름없는 그에게 그런 대우를 하는지 이해할 수 없었다. 하지만 백작은 윌헬름의 터무니없는 행동을 불쾌하게 여기기보다 재미있어 하는 것 같았다.

하지만 그것도 잠시, 다가오는 로게인을 본 백작의 얼굴에서 웃음기가 가셨다. 그가 한 손을 들어 천막으로 들어서려는 그를 막았다.

"잠깐, 이 사람은 누군가?"

로게인이 멈춰 서서 백작의 손을 내려다보았다.

"로게인입니다. 로게인 맥 티르."

"나와 함께 왔어요."

마릭이 대답했다.

그러자 백작이 의심스럽다는 듯 눈살을 찌푸렸다.

"그런 이름은 들어본 적이 없는데. 자네 가문도 그렇고."

"당연하지요."

두 남자의 눈빛이 부딪쳤다. 마릭이 다급히 둘 사이에 끼어들어 두 손으로 막아섰다. 금방이라도 싸움이 일어날 것만 같았다.

"로게인이 날 도와줬어요. 제가 이렇게 돌아온 것도 다 이 친구 덕분입니다. 그와 그의 아버지가 아니었다면 저는 아마…… 살아 돌아오지 못했을 거예요."

마릭이 침착하게 설명했다.

렌도언은 잠자코 이야기를 듣고 있다가 로게인을 향해 고갯짓했다.

"그게 사실이라면 정말 감사할 일이군. 훌륭한 일을 해주었네. 상을 내리도록 하지."

"난 보상에는 관심이 없습니다."

"그럼 그렇게 하든가."

백작이 얼굴을 찌푸리며 마릭에게 고개를 돌렸다.

"나와 이야기 좀 하세. 평민들 앞에서, 특히 외부인 앞에서는 할 이야기가 아닐세."

그렇게 말한 백작은 로게인을 향해 정중하게 고개를 숙였다.

"기분 나빠하진 말게나."

"괜찮습니다."

로게인이 나직이 대꾸했다.

그 대답을 들은 렌도언이 몸을 돌려 천막 안으로 들어갔다. 하지만 그때 마릭이 앞에 끼어들었다.

"로게인은 평민이 아니에요!"

백작은 마릭의 어조에 조금 놀랐다. 로완도 놀랐는지 한 발짝 물러나 있던 그녀의 눈썹이 추켜 올라갔다. 로게인마저 마릭이 조금 맛이 간 게 아닌가 하는 표정으로 쳐다보았다.

"그는 목숨을 바쳐 날 도와준 기사의 아들입니다. 로게인도 몇 번이나 내 목숨을 구해주었고요. 그러한 공에 어울리는 대접을 할 생각입니다."

마릭이 고집했다.

렌도언이 엄한 눈으로 그를 노려보았다. 팽팽한 긴장이 감돌았다. 백작은 고개를 돌려 로게인을 다시 찬찬히 훑어보았다. 로게인은 당황했지만 무슨 말을 해야 할지 알 수 없었다. 그래서 그저 어깨를 한 번 으쓱이고 약간은 무례한 미소를 띤 채 그 시선을 똑바로 받아쳤다.

"좋네. 말다툼할 시간도 없으니."

백작이 천막 자락을 들어 올려 로게인과 다른 이들을 안으로 들여보낸 뒤 자신도 들어갔다. 골렘은 입구 옆에서 조용히 보초를 섰다.

천막 내부에는 마릭의 어머니와 렌도언 백작, 그리고 다른 지휘관들이 둘러앉아 회의를 벌이곤 했던 낡은 탁자가 중앙을 차지하고 있었다. 마릭이 기억하기로 항상 어머니의 자리였던 커다란 의자는 텅 비어 있었다. 마릭은 그것을 쳐다보지 않으려고 애썼다.

"지금 이 순간에도 찬탈자의 부하들이 거리를 좁혀오고 있네. 상황이 아주 긴박해졌어. 놈들은 우리가 어디 있는지 알고 있고, 우리도 모르는 사이에 거의 사방을 에워쌌지."

천막 자락이 내려가자마자 렌도언 백작이 말했다. 아무도 의자에 앉지 않았다.

"마법을 쓴 겁니다. 찬탈자는 이 공격을 준비하는 데 갖은 공을 들였지요."

윌헬름의 날카로운 얼굴이 못마땅한 찌푸림으로 일그러졌다.

"준비라니요? 우리가 아직도 여기 있는지 어떻게 알았죠? 내가 마릭을 찾자고 고집을 부리지 않았다면 진작 여길 떠났을 텐데?"

로완이 인상을 쓰며 물었다.

백작이 어깨를 으쓱했다.

"우리가 그렇게 할 거라고 생각했나보지. 아니면 우리가 이 자리에 머무를 계획이라고 누군가 귀띔해줬거나."

"기회만 닿으면 우리를 적에게 팔아넘길 사람은 얼마든지 있어요. 따지고 보면 어머니도 그렇게 돌아가신 거니까요.”

마릭이 한숨을 쉬며 말했다.

“계획이 하나 있네. 이제 왕자가 돌아왔으니 우리에게도 희망이 있어. 아직 끝난 게 아니라고. 완전히 포위된 건 아닐세. 단 몇 명만을 이끌고 지금 당장 여길 떠난다면, 그리고 윌헬름의 마법을 이용한다면 올가미가 더 이상 조여들기 전에 몰래 빠져나갈 수 있단 말일세.”

“그러면 나머지 군대는요?”

마릭이 물었다.

이미 아버지와 뜻을 같이 한다는 표정으로 로완이 심각하게 고개를 저었다.

“끝났어. 이미 군대는 잃은 거나 마찬가지야. 너 하나만이라도 탈출시키면 돼. 너에게는 왕가의 혈통이 흐르잖아.”

그녀가 마릭의 어깨에 한 손을 올리며 말했다.

“안 돼! 군대를 버릴 순 없다고! 말도 안 돼!”

“군대는 다시 조직하면 된다. 네 어머니가 하신 것처럼 말이야. 로완이 자넬 제때 찾아낸 것이야말로 창조주의 계시라고 생각하네. 너무 늦기 전에 자네를 빼내야만 해.”

백작이 한숨을 푹 내쉬었다.

“안 돼요! 내 귀를 믿을 수가 없군요! 어머니의 군대 전체를 잃는 꼴을 보려고 여기까지 온 게 아니라고요! 무슨 방법이 있을 거예요!”

마릭이 로완과 백작을 뚫어져라 쳐다보며 화난 걸음걸이로 서성이기 시작했다.

“할 수 있는 게 없다네. 두 무리가 포위망을 조여오고 있네. 하나는 북쪽에서, 더 큰 하나는 동쪽 숲을 통해서 말이야. 우리는 구석에 몰렸네. 후퇴한다면 놈들이 우리 쪽 측면에 바로 따라붙을 거야. 빠져나갈 길이 없다고.”

백작이 침착하게 말했다.

"아니에요. 싸우자고요!"

마릭이 대꾸했다.

"그건 바보 같은 선택입니다."

윌헬름이 끼어들었다.

로완이 고개를 절레절레 흔들며 조심스레 마릭을 향해 다가갔다.

"마릭, 싸워봤자 소용없어. 까딱하면 죽을지도 몰라!"

"그러면 죽는 거지."

마릭의 목소리는 단호했다.

"절대 안 되네. 자네가 용기를 내려는 것은 알겠지만 지금이야말로 신중해야 할 때야."

백작이 손을 휘휘 내저었다.

"무슨 생각을 하고 있는지 압니다. 하지만 결정은 당신의 몫이 아니에요."

마릭은 이를 앙다물었다.

"내 몫이 아니라고? 난 이 군대를 이끄는 사람일세!"

백작의 분노가 눈에 띄게 커졌다.

"제 군대죠. 지금 왕을 따르지 않겠다는 겁니까?"

마릭이 고집스레 대꾸했다.

"지금 이 자리에 왕은 없네. 다만 어리석은 치기를 부리는 소년만 있을 뿐이야! 모이라 여왕이라면 이 상황을 이해했을 걸세. 반란군의 뜻을 이어갈 수만 있다면 힘든 결정이지만 군대를 포기했을 거야!"

백작이 화를 내며 말했다.

"어머니는 이제 돌아가셨어요! 그리고 내 한 목숨 구하자고 이 사람들을 버리느니 여기서 함께 죽겠어요! 절대 그렇게는 못 합니다!"

마릭은 쾅 하고 주먹으로 탁자를 내리쳤다.

"고집 부리지 말게! 지는 게 뻔한 싸움은 할 필요가 없어!"

"그럼 이기면 되죠."

갑자기 로게인이 툭 내뱉었다.

그의 말은 너무나도 뜻밖이라 백작마저 할 말을 잃고 말았다. 로게인이 짜증스러운 얼굴로 앞에 나서자 로완이 궁금하다는 표정을 지었다.

"싸움에 지지 않고 이기면 되는 거 아닙니까."

그가 거듭 말했다.

이 말을 들은 로완은 어쩔 도리가 없다는 듯 양손을 내밀었다.

"그럴 수가 없어요. 그렇게 단순한 일이 아니라고요!"

"왜요? 아버지가 그렇게 말하니까?"

로게인이 그녀를 향해 눈살을 찌푸렸다.

그 순간 백작의 몸이 분노로 빳빳이 굳었다.

"나도 충분히 상황은 파악하고 있다고 자처하네만?"

"물론 그러시겠죠. 하지만 저희 아버지는 언제나 남들이 예상치 못한 작전으로 당신 같은 사람들을 피해 다닐 수 있었습니다."

당당히 팔짱을 낀 로게인은 백작을 마주보았다.

"그래서 돌아가셨다고 하지 않았나."

"우리 야영지도 지금 반란군처럼 포위당했었습니다. 하지만 지금 당신들이 아는 것의 반만큼이라도 미리 알았다면, 장비가 반만큼이라도 있었다면, 그리고 마법의 힘을 조금이라도 쓸 수 있었다면, 아버지는 분명 포위망을 뚫었을 겁니다! 분명히요."

그의 말투에서 흔들림이라고는 찾아볼 수 없었다.

"아니, 자네 생각이 틀렸어."

백작이 고개를 절레절레 흔들었다.

"지금 이 군대에는 백작 나리도 모르는 강점이 있어요. 제 말을 믿어보십시오. 이길 수 있다니까요."

마릭이 로게인 앞으로 한 걸음 다가섰다. 그의 얼굴에 희망의 빛이 스치고 지나갔다.

"무슨 작전이라도 있는 거야?"

말을 멈춘 로게인이 백작과 로완, 마릭을 번갈아 쳐다보았다. 그들이 자신에게 시선을 집중하고 있음을 이제야 깨달은 표정이었다. 잠시나마 꽁무니를 빼려는 듯 보였지만, 마릭은 로게인의 그 싸늘한 푸른 눈에 담긴 단호한 결의를 알아볼 수 있었다.

"그래, 있어."

로게인이 고개를 끄덕였다.

제5장

로게인은 수하로 배정된 기사들을 불편한 표정으로 힐끔힐끔 쳐다보았다. 자기가 어쩌다가 이 지경까지 왔는지 다시 한 번 궁금해질 따름이었다. 지난 한 해만도 로게인의 일생을 합친 것보다 더 많은 전투를 치렀던, 육중한 갑옷을 입은 서른 명의 병사들이 거기 있었다. 그런데 다른 누구도 아닌 자신이 이 사람들을 이끌어야 한다니!

애초에 그런 작전을 제안하는 게 아니었다. 자기 앞가림을 할 줄 아는 사람이라면 그쯤에서 입 닥치고 갈 길을 떠났어야 했다. 하지만 누가 이 작전에서 가장 중요한 역할을 하면 좋을지를 두고 렌도언 백작과 마릭이 벌이는 언쟁을 듣고 있자니 점점 짜증이 솟구쳐 가만 있을 수가 없었다. 결국에는 둘의 말다툼을 더 이상 참고 들을 수가 없어서 자기가 그 역할을 하겠다고 나서지 않았는가.

마릭은 그 작전이 정말 훌륭하다며 추켜세웠다. 그가 그렇게 생각했다는 사실만으로도 실패한 거나 다름없다는 것쯤은 진작 깨달았어야 했는데!

그래도 로게인은 자기 역할을 다하기 위해 맡은 자리에 섰다. 먼저 고급 린넨 셔츠를 입고, 반짝이는 장화를 신고, 검은 머리를 가릴 투구를 썼다. 그리고 반란군 여왕의 두꺼운 보라색 망토를 걸쳤다. 여왕의 상징과도 같았던 옷을 입는 기분은 참으로 이상했다. 검은 벨벳으로 안감을 댄 가죽 바지는 꽉 끼었으나 그나마 마릭이 가진 바지 가운데 로게인에게 맞는 유일한 것이었다. 로게인은 지금까지 이렇게 비싸고 거추장스러운 옷은 입어본 적이 없었지만 어쩔 도리가 없었다.

로게인과 기사들은 말들이 흥분하지 않게 잘 타이른 뒤 얕은 시내 가운데 서서 적들이 당도하기를 기다렸다. 렌도언 백작이 보낸 정찰병들의 보고에 따르면 동쪽에서 접근하는 대규모 적군이 이쪽으로 오고 있었고, 이 자리에서 기다리고 있으면 제방을 따라 서 있는 나무들 사이에서 진군하는 적군이 보일 것이라고 했다. 적군이 로게인을 중무장한 소수의 기사들의 호위를 받아 도망치는 마릭 왕자라고 믿게 만드는 계획이었다. 그리고 멀리서도 마릭처럼 보이려면 중요한 사람처럼 꾸밀 필요가 있었다. 운만 따라준다면 보라색 밍도와 고급스러운 옷만 보고도 적군은 렌도언 백작이 마릭을 안전하게 빼돌리려 한다고 믿을 것이다.

따라서 로게인이 맡은 역할은 동쪽에서 공격해오는 적군을 유인하는 것이다. 그러고 나면 반란군이 협공의 위협 없이 북쪽에서 내려오는 적군과 맞서 싸울 수 있다.

그러고 나면? 로게인은 지원군이 자신을 구하러 오는 방향으로 흘러가기만을 빌었다. 자신에게도 반란군의 도움이 필요하다는 것은 두말할 나위 없다. 물론 그것도 모든 것이 계획대로 진행될 때의 이야기지만. 하지만 아버지가 입버릇처럼 말하지 않았던가? 전투에서 예상대로 되는 일은 하나도 없다고 말이다!

'내가 어쩌다 여기까지 온 거지?'

로게인은 생각했다. 하지만 그 질문에 대답할 수가 없었다.

평화롭게 흐르는 시냇물 소리와 말이 가끔씩 내는 히히힝 소리 말고는 사방이 고요했다. 산들바람이 근처 나무를 스치고 지나갔다. 로게인은 심호흡을 하며 소나무와 맑은 물 냄새를 들이마셨다. 이상하게도 매우 평온한 기분이 들었다. 언제 닥칠지 모르는 전투는 마치 먼 미래의 일 같았다.

기사 몇 명이 자꾸만 로게인을 힐끔힐끔 쳐다보았다. 숨기려 애쓰고는 있지만 그를 믿지 못하는 태도가 그대로 드러났다. 로게인의 생각에도 자신이 누구인지 그들이 궁금해하는 것은 당연했다. 무슨 일이 벌어질지 설명은 고사하고 자신을 제대로 소개할 시간조차 없었다. 백작이 가장 경험 많은 기사들 중 자원자를 뽑았고, 이들은 그렇게 여기 온 것이었다. 살아 돌아오지 못할 가능성이 높았기에 자원을 받을 수밖에 없었다.

그건 그렇고 무슨 생각으로 이런 작전을 세웠던 걸까?

기사 한 명이 그를 향해 몸을 기울였다. 투구 속으로 무성한 회색 콧수염이 보이는 나이 지긋한 사람이었다.

"우리가 가게 될 곳에 대해 잘 아십니까, 로게인 경?"

"호칭은 필요 없어요. 그냥 로게인이라고 하세요."

이 말을 들은 기사는 놀란 표정을 지었다.

"하지만…… 백작께서는 당신 아버지가……."

"아버지는 그렇죠. 하지만 난 아니에요. 그래서 기분 나쁩니까? 평민의 지휘를 따르게 되어서?"

로게인이 궁금하다는 듯 물었다.

기사는 둘의 대화를 듣고 있던 근처의 기사 서너 명을 둘러보았다. 그리고 다시 로게인을 보며 단호히 고개를 저었다.

"이 계획이 정말로 마릭 왕자님을 구할 수 있다면 적이라도 기꺼이 따르겠소. 필요하다면 목숨도 내놓을 것이고."

"나도 그렇습니다."

곁에 있던 훨씬 젊은 다른 기사도 끼어들었다. 다른 이들도 고개를 끄덕였다.

그들의 결의에 감탄하며 로게인은 모두를 둘러보았다. 어쩌면 목숨을 보전할 길도 있을지 모른다.

"전에 근처까지 가본 적이 있어요. 시내를 따라 남쪽으로, 산마루와 들판을 지나면 절벽이 하나 있습니다. 깎아지른 면이 넓고도 가파르죠. 측면으로는 지나는 길이 비좁은데다 하나뿐이고."

"저도 압니다."

기사 한 명이 대꾸했다.

"거기 도착하면 최대한 빨리 그 길을 따라 올라가는 겁니다. 그 위에 방어진을 칠 수 있는 평평한 곳이 있어요. 그 길을 막을 수만 있다면 충분히 버틸 겁니다."

"하지만 그 뒤쪽 비탈은 너무 가파릅니다. 거기선 빠져나갈 길이 없어요."

그가 말을 흐렸다.

"그렇죠, 없습니다."

로게인이 고개를 끄덕였다.

그러고는 사람들이 그 말을 이해할 시간을 주었다. 찬탈자의 병사들은 무엇보다도 왕자를 붙잡고 싶어 했으니, 공격을 중도에 포기하고 나머지 반란군을 공격하러 돌아갈 리 없었다. 그러니 로게인과 기사들은 왕자와 호위 기사 역할을 해내면 되었다. 기사들 사이의 말소리가 점점 잦아들었다. 그들은 다시 적군이 모습을 드러내기만 기다렸다. 그것 말고는 달리 할 일도 없었다.

다행히 놈들이 나타나기까지는 그리 오래 걸리지 않았다.

첫 번째 병사가 나무 사이로 얼굴을 내민 순간 로게인이 화살을 쏘았다. 너끈히 목을 꿰뚫고도 남았지만 일부러 어깨를 맞혔다. 그래야 놈이 깜짝 놀라 도망칠 것 아닌가. 예상대로 화살을 맞은 적군 병사는 다시 나무 사이로 자취를 감췄다.

몇 분 지나지 않아 더 많은 병사들이 나타났다. 로게인을 따르는 기사들 중

상당수가 활을 가지고 있었다. 팽, 팽, 화살 날아가는 소리와 적군이 신음하며 쓰러지는 소리가 이어졌다. 말들이 불안한 듯 물속에서 제자리걸음을 하며 점점 제방에서 멀어졌다.

공격당하고 있음을 깨달은 적군이 반격을 시작했다. 그들은 무작정 시내로 뛰어드는 대신 숲 바로 안쪽에서 전열을 정비하기 시작했다. 수많은 사람들이 내는 발소리와 함성이 마치 다가오는 폭풍처럼 숲 속에 쩌렁쩌렁 울려 퍼졌다. 이내 화살이 비처럼 쏟아졌고, 기사들은 방패를 들어 성난 화살 공격을 막아냈다.

"전하, 어서 몸을 피하십시오!"

기사 한 명이 로게인을 향해 크게 소리쳤다.

"왕자님을 보호하라!"

또 다른 기사가 외쳤다.

"남쪽으로! 나를 따르라!"

로게인이 검을 높이 들어 올리며 소리쳤다. 그리고 말을 돌려 남쪽으로 내달리기 시작했다. 다른 기사들이 그 뒤를 따르자 사방에서 시끄럽게 물이 튀어 올랐다. 그 와중에도 적군이 "왕자다!", "저놈들을 쫓아라!"라고 소리치는 것이 들려왔다.

더 많은 화살이 쌩 소리와 함께 그들 옆을 스치고 지나갔다. 로게인과 기사들은 시내를 따라 전속력으로 달렸지만 성난 말벌 떼 같은 화살은 더 빠르게 날아오기 시작했다. 보라색 망토가 바람에 나부꼈다. 로게인 바로 뒤에서 따라오던 기사 한 명이 비명을 지르며 말에서 떨어졌다. 그 뒤에서 달리던 다른 기사들은 그를 뛰어넘거나 피해 달리는 것 말고는 별 도리가 없었다.

시내의 깊이는 그들의 속력을 조금 늦추기에 안성맞춤이었다. 너무 빨리 달려서도 안 되었다. 적군이 그들을 보고 쫓아오게 만들어야 하지 않는가. 하지만 화살이 너무 많이 쏟아지고 있었다. 그리고 그들 뒤를 쫓아오는 적군의 수도 예상보다 빠르게 늘어나고 있었다. 혹시라도 정찰병이 짐작한 적군의 수가 틀렸다면?

"더 빨리!"

로게인이 외쳤다.

산마루에 다다를 무렵 또 다른 기사 한 명이 비명을 지르며 말에서 떨어졌다. 이제 시내는 방향을 틀면서 그 사이에 가파른 둑이 생성되어 있었다. 화살이 귓가를 스치는 가운데 로게인은 말에 더욱 채찍질을 가하며 둑 옆을 따라 달려 올라가기 시작했다. 말이 잠시 비틀거리며 속도가 뚝 떨어졌지만 이내 힘겹게 끝까지 올라 내달릴 수 있었다.

"나를 따르라!"

뒤의 기사들을 향해 로게인이 소리쳤다.

그들은 마치 벽에 부딪치는 파도처럼 산마루를 디고 위로 올라가기 시작했다. 비틀대는 말발굽 아래로 물이 이리저리 튀었고, 이제 적군이 봇물 터지듯 숲에서 쏟아져 나와 그들을 쫓아 시내로 뛰어들고 있었다. 다행히 그중 기병은 없었지만 그렇다고 속도가 그리 처지는 것도 아니었다. 이제 장애물이 없는 곳으로 나왔으니만큼 더욱 신속하게 움직일 수 있었다.

로게인은 피가 나도록 말을 채찍질하며 기사들을 이끌고 들판을 가로질렀다. 목적지인 절벽이 눈에 들어왔다. 바위투성이 구릉지 가장자리를 따라 보이는 절벽은 계곡의 남쪽 끝이라 할 수 있었다. 로게인은 아까 이야기한 좁은 길을 확인하는 동시에 앞쪽 나무숲 사이로 쏟아져 나오는 적군 한 떼를 발견했다. 정찰병 아니면 적군의 최전선을 구성하고 있던 병사의 일부겠지. 묵직한 가죽옷에 적당히 무장한 그들은 다가오는 로게인 무리를 마주보고 섰다.

'인정사정 봐주지 않고 돌격하는 말을 막아서고 싶다면 그렇게 하라지.'

로게인이 다시 한 번 검을 들어 올리고 적군을 향해 곧바로 돌진하며 공격하라는 고함을 질렀다. 기사들도 그의 뒤를 따랐다.

그들과 적군이 정면으로 충돌하는 순간, 말발굽 소리와 사람들의 함성이 맞부딪쳤다. 잠시 로게인은 시간이 아주 느리게 흐르는 것 같은 느낌을 받았다. 두려움 가득한 적군의 표정과 다시 숲 속으로 도망치려 안간힘을 쓰는 뒤쪽에 처져 있던 병사 몇몇이 눈에 들어왔다. 그리고 자기가 탄 말이 적군 한 명을 짓밟는 것도. 불쌍하게도 그자는 외마디 비명도 지르지 못하고 숨이 끊어졌다. 로게인의 검이 번쩍하더니 오른쪽에 있던 적군의 목에서 피가 분수처럼 솟구쳤다.

그리고 다음 순간, 시간이 다시 빠르게 흐르기 시작했다. 고통에 울부짖는 소리, 뼈가 으스러지는 소리, 쇠와 쇠가 맞부딪치는 소리가 공기를 가득 채웠다. 로게인은 서너 명을 쓰러뜨리자마자 가던 길로 다시 달리기 시작했다. 나머지 기사들도 뒤에서 따라오는 적군을 재빨리 따돌렸다. 뒤를 돌아보지 않아도 알 수 있었다.

기분이 말할 수 없이 좋았다. 단, 뒤를 쫓고 있는 적군의 수가 예상한 것보다 훨씬 많다는 사실만은 달라지지 않았다.

얼마 지나지 않아 그들은 절벽 측면을 타고 올라가 계획대로 좁은 길에 당도했다. 서너 군데는 말 두 마리가 나란히 달릴 수 있을 정도로 넓었지만, 세 마리 이상이라면 그대로 미끄러져 절벽 아래로 떨어질 우려가 있었다.

"가자!"

로게인이 다시 기사들을 격려했다.

화살이 빗발치는 가운데 절벽 위에 도착한 그는 처음으로 말을 돌려 뒤에서 쫓아오는 놈들을 제대로 확인했다. 처음 서른 기 중에서 남은 기사들이 그의 뒤를 바짝 따라오고 있었고, 그 뒤로 그리 멀지 않은 곳에 이백여 명은 거뜬히 넘는 적군이 미친 듯 들판을 건너고 있었다. 시야가 적군으로 가득 차자 두려움으로 심장이 쿵쾅쿵쾅 뛰기 시작했다. 이곳 절벽에서 옴짝달싹 못하게 된 그들은 수적으로 엄청난 열세인 것은 물론, 장거리에서 궁수들이 쏘아대는 화살의 공격에도 무방비로 노출되어 있었다.

"몸을 피해라!"

로게인이 말에서 뛰어내리며 소리쳤다. 그들은 산마루에 선 커다란 바위 뒤로 몸을 숨겼다.

그러자 적군 사령관들이 궁수들에게 사격을 멈추라는 지시를 내렸다. 기사들이 몸을 숨긴 마당에 화살을 쏘아봤자 소용이 없기 때문이었다. 로게인은 그들의 다음 명령을 들을 수는 없었지만 짐작할 수는 있었다. 이제 화살을 쏘아 기사들을 바위 뒤에서 나오지 못하게 견제하면서 길을 따라 절벽으로 올라오려 할 것이다. 그렇게 하면 피해는 크겠지만 결국에는 방어막을 뚫고 올라오리라. 그들은 수적으로 훨씬 우세하지 않은가.

가장 가까이에 있던 기사 한 명이 가쁜 숨을 몰아쉬며 로게인을 쳐다보았다. 그의 눈에는 두려움이 가득했다.

"놈들이 이리로 올라올까요?"

그가 소리쳐 물었다.

"우리에게는 놈들이 원하는 것이 있어요. 아니, 적어도 놈들은 그렇게 생각하고 있죠."

로게인이 고개를 끄덕이며 대꾸했다.

"그럼 이제 어떻게 합니까?"

"싸우는 거죠."

그는 검을 쥔 손에 힘을 주었다.

로게인도 속으로는 마릭의 나머지 병사들이 무슨 수를 써서든 빨리 와주기만을 바라고 있었다. 그게 원래 계획이었고, 지금까지는 모든 일이 그대로 진행되고 있었다. 그때 아래쪽에서 적군의 외침이 들려왔다. 로게인은 불안감을 억누르고 싸울 준비를 했다.

북쪽에서 공격해오던 적군 무리가 계곡에 들어섰을 때, 그곳 사령관들 — 올레이 왕을 섬기는 퍼렐던의 귀족들 — 은 반란군이 무방비 상태에 있으리라 예상했었다. 어쩌면 대대적으로 도망치고 있을 수도 있었다.

하지만 막상 계곡에 발을 들여놓은 그들은 반란군으로부터 강력한 공격을 받기 시작했다. 마법으로 만든 불덩이가 진영 한복판에 후드득 떨어지고, 폭발로 인해 병사들이 사방으로 흩어졌다. 그리고 다음 순간, 거대한 돌 골렘이 커다란 주먹을 마구 휘둘러 병사들을 공중으로 날려보내며 진영으로 달려들었다. 그 뒤를 이어 반란군 보병들이 괴성을 지르며 돌격해왔다.

마릭은 그 보병대와 함께 있었지만 최전선에서는 꽤 떨어져서 적들과 직접 대면하진 않았다. 로완은 언덕 위에서 그 광경을 지켜보고 있었다. 그녀가 이끄는 기사들은 초조하게 전투에 뛰어들 순간만 기다리고 있었다. 백작은 마릭의 부대가 제대로 전투를 시작할 때까지 나무 사이에 숨어 기다렸다가 놈들의 옆구리를 치고 들어오라고 했었다. 그들이 노리는 것은 빠르고 강하게 적군을 공격하여 쫓아버린 뒤 제시간에 로게인을 도우러 가는 것이다. 절벽에서 놈들의 뒤를 공격할 수만 있다면 놈들은 낭떠러지와 반란군 사이에 끼어 도망치지도 못하고 그대로 궤멸될 터이다.

사실 성공 가능성이 그리 높지는 않았다. 이 작전에 찬성할 당시 백작의 얼굴에 굵은 주름을 짓게 했던 우려 섞인 표정만 보아도 알 수 있었다. 하지만 반대로 완전히 불가능한 작전이었다면 백작은 차라리 곤봉으로 마릭의 머리를 내리쳐 기절시킨 다음 직접 끌고 가면 갔지, 절대 찬성하지는 않았을 것이다.

로완은 부하들에게 진격 명령을 내리는 마릭을 볼 수 있었다. 그는 병사들을 뚫고 직접 앞으로 나가 전투에 가담하려 했지만 바로 옆에 있던 부하들이 둥글게 감싸며 그를 호위하고 있었다. 아마 아버지가 그리 하라고 시켰겠지. 투구를 써서 마릭의 얼굴은 보이지 않았지만 병사들의 행동을 알아채고 그가 화를 내고 있음을 로완은 알 수 있었다.

마법으로 만든 눈보라가 적군을 에워쌌다. 그들은 진영을 재정비하기 위해 계곡에서 후퇴하기 시작했다. 사령관들이 다급하게 소리를 질렀다. 하지만 그들의 발아래 깔린 마법의 얼음 때문에 그마저 힘들어지고 있었다.

그때 적군 사령관 한 명이 마릭의 부하들 뒤로 그리 멀지 않은 바위에 서 있던 윌헬름을 가리키며 큰 소리로 고함을 치기 시작했다. 훤히 노출된 위치는 물론이고 밝은 노란색 로브 때문에 그는 더욱 눈에 띄었다. 마법을 쓰려면 표적을 직접 보아야 했고 마법의 힘은 그리 멀리까지 닿지 못한 까닭이었다. 화살이 그쪽으로 빗발치기 시작하자 윌헬름은 성난 욕설을 퍼부으며 바위에서 풀쩍 뛰어내렸다. 욕하는 소리가 얼마나 크던지 로완에게까지 들릴 지경이었다. 윌헬름의 손이 물결처럼 움직이자 육중한 돌 골렘이 주먹을 휘두르며 궁수들을 향해 돌진했다. 그것으로 일단 궁수들의 공격을 잠시 차단할 수 있었다.

막상막하의 대결이었다. 로완은 적군의 수가 정확히 얼마나 되는지는 알아볼 수 없었지만 적어도 반란군과 비슷하리라고 생각했다. 그들이 정신을 차리고 반격을 시작한다면 곧 반란군의 공격도 주춤거리다 그 자리에 멈추고 말 것이다.

로완의 군마가 불안한 듯 울어대자 그녀는 부드럽게 갈기를 쓰다듬으며 안심시켰다.

"언제 공격합니까, 아가씨? 놈들이 이대로 계곡을 벗어나면 측면 공격을 할 수 없을 텐데요."

근처에 있던 병사 한 명이 불안한 듯 그녀에게 물었다.

"완전히 후퇴하진 않을 거다. 하지만 우린 기다려야만 해."

로완이 대답했다.

불안한 건 그녀도 마찬가지였다. 적군은 벌써 진영을 정비하는 기색을 보이기 시작했고, 마릭의 부하들에게 선수를 치려하고 있었다. 사실 그들 중 상당수는 골렘의 주먹으로부터 도망치기 위해 필사적으로 움직이고 있었다. 대부분 백작이 예상한대로 진행되고 있었지만 적군의 수는 정찰병이 보고한 것보다 훨씬 많았다. 이는 곧 전투가 생각보다 오래 걸린다는 뜻이었다. 설사 이곳에 모인 적군들을 무찌른다 하더라도 로게인은 어찌 될 것인가?

로완은 말을 움직여 부관이 기다리고 있는 곳으로 갔다. 브란웬이라는 이름의 덩치 좋은 여자 부관은 반란군에 가담한 몇 안 되는 여자 군인 중 하나였다. 많은 병사들이 그녀가 여자라는 이유로 진급했다고 생각한다는 걸 로완도 알고 있었지만, 진실은 그렇지 않았다. 브란웬은 힘이 세고 언제나 결의에 차 있었다. 아마도 여자라는 이유로 얻게 되는 남들의 선입견을 뼈저리게 느끼고 있기 때문일 것이다. 로완도 그게 어떤 기분인지 정확히 알고 있었다.

"부관, 난 잠시 아버지와 이야기를 하러 다녀와야겠다."

로완이 말했다.

"그간 지시하실 사항이 있습니까?"

브란웬이 진중히 물었다.

"내가 20분 내로 돌아오지 않으면 계획대로 놈들의 측면을 친다. 다른 건 모두 자네의 판단에 맡기겠어."

로완이 씨익 웃으며 대답했다.

이 말을 들은 브란웬이 깜짝 놀라 눈을 깜빡이며 입술을 깨물었지만 그것 말고는 묵묵히 지시를 받아들였다.

"알겠습니다, 아가씨."

말을 돌린 로완은 비탈을 따라 아래로 달려 내려갔다. 한창 진행 중이던 전투는 최대한 무시하려고 애썼지만 마릭이 바라던 대로 됐다는 것만은 알 수 있었다. 그를 둘러싸고 있던 병사들이 싸움 와중에 뿔뿔이 흩어지면서 마릭도 전투에 가담할 수 있게 된 것이다. 로완도 걱정이 되지 않는 바는 아니었지만 아버지만큼은 아니었다. 백작은 마릭을 전투에서 완전히 제외하고 싶어 했다. 반면 로완은 마릭이 갑옷을 잘 갖춰 입었고, 마릭 자신이 생각하는 것보다 훨씬 훌륭한 검술 솜씨를 자랑한다는 걸 알고 있었다. 그녀가 그리 열심히 검 실력을 닦은 것도 그에게 인정받기 위해서가 아니었던가.

아버지와 부하들은 계곡 반대쪽에서 기다리고 있었고 그곳까지 가는 데는 3, 4분쯤 걸렸다. 그녀는 넓지만 얕은 시내를 첨벙첨벙 건넜다. 반대편에 다다를 쯤에는 이미 아버지의 부하들이 달려나와 있었다. 잠시 후 아버지가 짙은 색 종마를 타고 나왔다. 표정에는 딸의 예기치 못한 등장에 걱정 이상의 것이 서려 있었다.

"무슨 일이냐? 기마병들과 같이 있어야 하는 것 아니냐?"

백작이 물었다.

"생각한 것보다 적군의 수가 많아요, 아버지. 그렇다면 동쪽에서 오던 무리도 우리 예상보다 많을지 모릅니다. 로게인을 도와야 해요."

그 말을 들은 백작의 표정이 일그러졌다. 몇 걸음 뒤에 서 있던 병사들에게 몸을 돌리는 그의 실버라이트 갑옷에 햇빛이 밝게 반사되었다.

"가라. 잠시 혼자 있어야겠다."

그가 병사들에게 손짓했다.

부하들은 잠시 머뭇거렸지만 백작이 시키는 대로 자리를 비켜주었다.

백작이 천천히 몸을 돌려 로완을 마주보았다. 희끗희끗한 눈썹이 잔뜩 찌푸려져 있었다. 로완은 아버지가 무슨 말을 하려는지 정확히는 알 수 없었지만 무슨 생각을 하고 있는지 이미 짐작하고 있었다. 몸속 깊은 곳에서 분노가 서서히 올라왔다.

"네가 무슨 생각하는지 안다. 그리고 나도 그렇게 생각한단다. 북쪽에서 내려온 놈들을 물리치는 것만 해도 꽤 힘들 게야."

그가 입을 열었다.

"하지만……."

백작이 한 손을 들어 딸의 말을 막았다.

"마릭의 친구라는 녀석은 자기 할 일을 해냈다. 동쪽 적군이 아직 계곡으로 들어오지 않은 걸 보면 알 수 있지. 그놈들을 모두 꾀어낸 덕분에 우리가 맡은 바를 할 수 있게 된 것 아니냐."

"아버지가 말하는 맡은 바라는 게 뭔데요?"

로완의 어조가 날카로워졌다.

"이 군대뿐 아니라 마릭을 구하는 거지."

백작이 단호한 어조로 말하며 로완에게 한 걸음 다가와 그녀의 어깨에 손을 얹었다. 그의 표정은 심각했다.

"로완…… 저놈들이 조금이라도 후퇴한다면 우리는 곧장 살아남은 병력을 이끌고 도망쳐야만 한다. 우리가 살 수 있는 유일한 기회야."

"로게인이 우리를 기다리고 있잖아요!"

"그는 소모품에 지나지 않아."

백작의 말에 편한 기색은 없었지만 어쨌거나 그가 그렇게 생각하고 있다는 데는 변함이 없었다.

이 말을 들은 로완이 얼굴을 찡그리며 아버지로부터 한 걸음 물러났다. 아버지의 입에서 이런 말이 나올 줄 전혀 예상하지 못한 건 아니었지만 실망스러운 기분은 어쩔 수 없었다.

"약속했잖아요. 이런 기회가 생긴 것도 로게인의 작전 덕분인데 이대로 그를 버린다고요?"

로완이 따졌다.

"그가 스스로 작전을 세우고, 희생양을 자처한 거다. 설사 본인은 깨닫지 못했을 수도 있지만 결론은 그런 거야."

백작이 한숨을 쉬며 로완의 손을 잡고 그녀의 눈을 들여다보았다.

"작전은 흠 잡을 데 없이 훌륭하다. 퍼렐던을 위해서라도 반드시 성공해야 돼."

그녀는 잡힌 손을 빼고 몸을 돌렸지만 그 자리를 떠나진 않았다. 백작이 다시 한 번 로완의 어깨를 두드렸다.

"우리에겐 해야 할 일이 있다. 살아남으려면 말이야. 모이라 여왕도 그렇게 했으니 이제 그녀의 아들도 그리 해야 한다. 그 로게인이라는 사람은 그를 따라간 다른 기사들처럼 왕자를 위해 희생하는 것뿐이야."

그 말을 들은 로완이 얼굴을 찡그리며 천천히 고개를 끄덕였다. 백작의 손이 그녀의 어깨 위에서 조금 더 머물렀지만 그는 더 이상 속내를 드러내지 않았다.

"그럼 가봐라. 시간이 별로 없어."

마침내 그가 말했다.

로완은 뒤돌아보지 않고 곧장 그 자리를 떴다.

계곡 반대편 자기 부하들에게 돌아온 로완은 그들이 이미 진격할 준비를 마쳤음을 깨달았다. 그때 브란웬이 그녀를 향해 달려왔다.

"막 공격을 시작하려던 참이었습니다. 중단할까요?"

브란웬이 물었다.

"상황은 어때?"

"왕자님은 아직까지 잘하고 계십니다. 포위하려는 적군을 막아냈어요. 마법사는 부대 하나를 혼자 맡고 있습니다."

바로 그 순간 계곡 아래에서 뿔 나팔 소리가 들려왔다. 근처에 있던 병사 두 명이 그 소리를 듣고 브란웬을 향해 손을 흔들자 그녀는 알겠다는 뜻으로 고개를 끄덕였다.

"방금 백작께서 전투에 가담하셨습니다."

로완은 아무 대답도 하지 않았다. 말 위에 앉아 지면만 뚫어져라 쳐다보는 그녀의 투구에 꽂힌 녹색 깃털만 바람에 나부꼈다. 여러 사람의 비명 소리가 멀리서 희미하게 들려왔다.

'돕지 않으면 마릭이 위험할 수도 있어.'

그녀는 생각했다.

"아가씨?"

부관이 머뭇거리며 물었다.

"아니다. 우리는 더 늦기 전에 절벽으로 간다."

로완이 고개를 들고 말머리를 돌렸다.

"하지만 아가씨! 왕자님은 어쩌고요?"

단호한 표정을 지은 그녀는 달리기 시작했다.

"창조주께서 굽어 살펴주실 거야."

그녀가 중얼거렸다. 그러고는 목소리를 높여 그녀 뒤에 모여든 기마병들을 향해 소리쳤다.

"모두들! 나를 따른다! 우리는 남쪽으로 간다!"

로완은 대답을 기다리지 않고 말에 박차를 가해 계곡으로 달려가기 시작했다.

적군은 좁은 절벽 길을 따라 세 번째 공격을 시도하고 있었다.

로게인은 땀과 피로 흠뻑 젖었다. 아까 적군의 검에 베인 가슴에서는 타는 듯한 통증이 느껴졌다. 그는 고통을 무시하고 싸움을 계속했다. 그와 함께 절벽으로 올라온 기사 서른 명 가운데 고작 일곱 명이 남았다. 그들은 절벽 꼭대기를 지키며 파도처럼 연거푸 밀려오는 적군에 맞섰다. 하지만 그 적군도 안전한 곳에서 명령이나 내리는 올레이 사령관들에게 복종할 수밖에 없는 퍼렐던 병사들이었다.

'더러운 짓을 하는 데는 개를 대신 보낸다 이거냐.'

로게인이 분노에 떨며 생각했다.

적군이 미늘창을 동원했다. 긴 막대에 날카로운 도끼날이 붙은, 한마디로 멀리 있는 적을 공격하기 위한 무기였다. 처음 한차례 미늘창을 든 병사들이 절벽 꼭대기까지 밀고 올라오는 바람에 열 명이나 되는 기사를 한꺼번에 잃었다. 한 사람은 팔이 잘려나갔다. 그는 겁에 질려 아무것도 못 하고 피가 펑펑 솟구치는 팔뚝을 넋 놓고 바라보고만 있었다.

"다시 밀어붙여라!"

로게인이 소리쳤다.

그때 적군 병사 한 명이 그에게 달려들었다. 절반은 공격하기 위해, 절반은 뒤에서 떠밀렸기 때문이었다. 깜짝 놀란 로게인은 잠시 뒤로 물러났다. 족제비 같은 얼굴에 키가 작은 그 병사는 자신이 왕자에게 회심의 일격을 날렸다는 생각에 잔뜩 흥분하여 다시 한 번 공격할 기회를 노렸다.

로게인은 놈의 목을 움켜쥐고 힘껏 밀쳐냈다. 그 남자가 양팔을 허우적대며 비틀거리다 엉겁결에 로게인의 보라색 망토 자락을 붙잡았다. 이제는 피와 흙먼지로 잔뜩 얼룩져 끈적이고 시커멓게 변해버렸지만 말이다. 놈은 모로 쓰러진 채 망토를 세게 잡아당겼고, 로게인은 검으로 망토를 반으로 베어버렸다. 그 바람에 뒤로 벌러덩 넘어진 병사는 새된 비명을 지르며 낭떠러지 아래로 떨어지고 말았다.

미처 정신을 차리기도 전에 또 다른 병사 하나가 로게인에게 달려들었다. 이번에는 무성한 붉은 턱수염을 기른 덩치 큰 놈이었다. 그리고 또 다른 하나가 도끼를 머리 위로 쳐들고 그를 향해 덤벼들었다. 로게인은 재빨리 허리를 굽히고 빙글 돌면서 검으로 크게 아치를 그렸다. 검은 도끼를 든 놈의 배를 가로로 갈랐다. 그가 쓰러짐과 동시에 로게인은 한쪽 팔꿈치로 붉은 수염을 기른 자의 목을 강타했다. 그것으로는 약했는지 놈이 로게인의 어깨를 칼로 찔렀고, 로게인은 한 번 끙 소리를 내며 풀쩍 뒤로 물러섰다. 칼날이 어깨에서 빠져나왔다.

로게인이 다시 한 번 검을 휘둘렀고, 붉은 수염의 병사는 숨을 헐떡이며 기침을 하느라 겨우 막아냈다. 둘은 서너 차례 공격을 주고받았다. 그럴수록 로게인은 점점 힘을 되찾아 유리한 위치를 차지했고 마침내 상대를 베어 쓰러뜨릴 수 있었다.

그와 함께 있는 몇 안 되는 기사들도 겨우 버티고 있었지만 몰려오는 적군은 끝이 없었다. 로게인은 눈으로 흘러드는 땀 때문에 앞을 거의 볼 수 없었고, 길 위에 쌓여가는 시체들 때문에 발을 디디는 것조차 힘들었다.

'망할 지원군은 대체 언제 오는 거야?'

로게인이 다시금 밀려오는 새 적군들을 막아내며 생각했다. 하지만 그런 생각을 하는 와중에도 답은 이미 나와 있었다. 끝끝내 병력은 오지 않으리라. 그들이 온다는 것 자체가 말이 되지 않았다. 아니, 로게인이 백작의 입장이라 하더라도 지원군을 보내지 않을 것이다.

그는 성난 소리를 내지르며 더 세차게 적군을 베어댔다. 지금의 전선만은 무슨 일이 있어도 지켜야만 했다. 또 다른 병사가 자신을 향해 달려오는 것을 본 로게인은 한 발로 그의 복부를 냅다 걷어찼다. 놈은 끔찍한 비명을 지르며 낭떠러지 너머로 날아갔다.

바로 그때 뿔 나팔 소리가 들려왔다.

로게인은 땀을 훔치고 절벽 아래를 내려다보았다. 너무나도 놀랍고 반가운 나머지 절로 웃음이 터져 나왔다. 천둥처럼 시끄러운 말발굽 소리가 뒤에서부터 공격해오는 반란군 기마병들의 등장을 알리고 있었다. 공격을 이끄는 갑옷 입은 형체는 로완이 틀림없었다. 그녀의 투구 뒤로 녹색 깃털이 나부꼈다.

그들의 등장이 적군에 미친 영향은 그야말로 극적이었다. 올레이 병사들은 점점 절벽 쪽으로 밀려났다. 그들의 함성은 곧 혼란과 충격의 비명으로 바뀌었다. 즉각적으로 그들의 진영이 깨졌다. 겁에 질린 보병들이 흩어져 달아나기 시작했다. 사령관들이 멈추라고 아무리 소리를 질러도 소용이 없었다.

로게인은 더 이상 그 장면을 구경할 틈이 없었다. 아직 길 위에 남아 있던 적군의 움직임이 더욱 절박해졌기 때문이다. 뒤에서 공격해오는 로완의 기마병들을 피해 절벽으로 올라오는 아군과 앞을 막아선 로게인 무리 사이에서 옴짝달싹 못하게 된 병사들의 비명은 귀가 멍해질 정도였다.

"지금이다! 시작해요! 밀어붙여!"

로게인이 소리쳤다. 그의 옆에 선 여섯 명의 기사들은 온통 피범벅이 되고 심한 부상을 입었지만 이를 악물고 로게인의 명령에 따랐다. 검을 휘두르며 올라오는 적군을 밀어내기 시작한 것이다.

쇠와 쇠가 맞부딪치면서 한동안 그들의 저항이 계속되다가 어느 순간 적진이 무너지고 말았다. 로게인은 승리의 고함을 지르며 달려들어 살려 달라 소리치며 뒷걸음치던 적군 둘을 찔렀다. 곁에 있던 기사들도 동시에 적군을 공격하자 적진 전체가 뒤로 물러나며 한 무리의 병사들을 낭떠러지 너머로 밀어내고 말았다.

절벽 아래에서도 아수라장이 벌어지고 있었다. 적군은 기마병들로부터 몸을 피해 계곡 언저리 숲 속으로 뛰어들었다. 어떤 이들은 급히 도망치느라 무기를 떨어뜨리기도 했다. 올레이 사령관 한 명이 길길이 날뛰며 부하들에게 소리를 질렀지만 로완이 그의 입을 다물게 했다. 그녀가 탄 말이 그 거만한 인간의 복부를 냅다 걷어차 날려버린 것이다. 커다란 바위에 부딪혀 땅에 떨어진 그의 모습을 본 주변 병사들이 다급히 후퇴하기 시작했다.

부하 몇 명을 부른 로완은 말머리를 돌려 로게인을 향해 절벽으로 올라갔다.

그 모습에 용기를 얻은 로게인은 기사들에게 적군을 계속 밀어붙이라고 명령했다. 그리고 그들은 충실히 명령에 따랐다. 젖 먹던 힘까지 짜내 밀어붙이는 기사들을 이기지 못하고 최전선을 이루던 적군이 모조리 뒤로 밀려나기 시작했다. 죽음을 향해 절벽 아래로 추락하는 그들이 마지막으로 쏟아내는 비명은 듣기 힘들 정도로 처절했다.

그렇게 로게인과 여섯 기사는 절벽 가장자리에 섰다. 아래를 내려다보니 30미터 아래로 추락한 수많은 적군들의 시체가 처참한 상태로 쌓여 있었다.

'마치 심술궂은 아이 손에 망가진 인형 같군.'

로게인은 씁쓸한 생각이 들었다.

그때까지도 길 위에 남아 있던 몇 안 되는 병사들은 길을 따라 달려오는 로완과 기마병들을 피해 스스로 절벽 아래로 몸을 던졌다. 아직까지 버티고 있던 이들은 무자비한 칼날 아래 쓰러졌다. 그중 한 병사가 몸을 덜덜 떨며 자신을 향해 달려오는 말을 향해 미늘창을 겨누었다. 로완은 아슬아슬하게 한쪽으로 말을 피한 뒤 그대로 달려가 그의 목을 깊숙이 베었다. 그는 눈 하나 깜빡이지도 못하고 쓰러졌다.

길 꼭대기에 닿은 로완은 매끄러운 동작으로 말에서 뛰어내려 투구를 벗으며 로게인에게 달려갔다. 로게인과 그 옆에 선 얼마 남지 않은 지치고 부상당한 기사들을 훑어보던 그녀의 얼굴로 탐스러운 갈색 머리칼이 쏟아져 내렸다. 그들은 지금까지 자신들을 버티게 해주던 아드레날린의 효과가 빠른 속도로 사그라지는 것을 느끼며 멍하니 그녀를 마주보았다.

"괜……찮은 거예요?"

로완이 걱정스러운 표정으로 물었다.

로게인은 아무 말 하지 않고 그녀에게 다가가 한 손을 내밀었다. 로완은 그게 무슨 뜻인지 몰라 잠시 망설이다가 이내 그의 손을 붙잡았다.

"멋진 공격이었습니다."

로게인이 그녀에게 말했다. 마주친 둘의 시선이 필요 이상으로 길어졌다.

로완은 재빨리 손을 빼고 시선을 돌렸다.

"지금까지 버티고 있었다니 믿을 수가 없군요. 더 빨리 왔어야 하는 건데. 모두 정말 수고했어요."

그녀는 로게인 뒤에 선 기사들에게 고개를 끄덕였다. 몇몇이 털썩 무릎을 꿇었다.

"아직 끝난 게 아닙니다."

로게인이 한숨을 쉬며 말했다. 아래로 진영을 가다듬는 적군이 보였다. 예상치 못한 공격에 겁을 먹고 많은 병력을 잃긴 했지만 놈들이 충격에서 벗어나기까지는 그리 오래 걸리지 않을 것이다. 그들은 여전히 수적으로 훨씬 우세했고, 제정신을 차리기만 한다면 신속하게 절벽으로 돌격해 로완의 부하들을 포위할 수도 있다. 일단 여기를 빠져나가는 것이 급선무였다.

로완도 상황을 정확히 이해하고 고개를 끄덕였다. 이상하게도 로게인은 그것이 전혀 놀랍지 않았다.

"마릭이 우리를 찾고 있을 거예요. 갈 수 있을 때 얼른 가자고요."

마릭은 전투 중간 드물게 찾아오는 숨 돌릴 틈을 타 전장 외곽에서 헐떡이고 있었다. 쇠와 쇠가 맞부딪치는 소리에 귀가 다 울릴 지경이었다. 칼을 든 팔이 너무나도 아파 그대로 떨어져 나가버릴 것만 같았다. 그리고 화살 하나가 어깨에 박혀 있는 것을 그제야 깨달았다. 갑옷 사이에 난 틈을 교묘하게 노린 것이다.

'아까 왜 그런 통증이 느껴졌는지 이제야 알겠군.'

그가 생각했다.

전투는 격렬해졌다가 느슨해졌다가를 반복하며 끝없이 이어졌다. 렌도언 백작이 전투에 가담하고 난 뒤로는 전반적으로 상황이 어떻게 되어가는지 판단할 수가 없었다. 사방에서 달려드는 끝없는 적들에 맞서 다만 살아남는 것만이 유일한 목표였다.

지금까지는 어찌어찌하여 목숨을 부지할 수 있었다. 그가 입고 있는 묵직한 드워프 갑옷이 웬만한 공격은 흠집 하나 남기지 않고 그대로 튕겨냈다. 그리고 왕자의 생명을 단 몇 분이라도 더 벌어주겠다며 너무나도 많은 반란군 병사가 마릭의 눈앞에서 목숨을 잃었다. 이렇게 많은 사람의 보호를 받았는데도 마릭의 칼은 적들의 피로 흥건했다. 1초만 늦었더라면 오히려 마릭이 그들의 칼 아래 쓰러지고 말았을 것이다. 물론 운이 따라주기도 했다.

한 번은 쇠사슬 갑옷을 입고 거인처럼 덩치가 큰 사내에게 맞아 바닥에 쓰러졌었다. 몸을 굴려 위를 쳐다보니 거대한 도끼가 머리를 향해 곧장 내리꽂히는 것이 아닌가. 마침 그를 보호하던 병사들 모두 조금 멀리 떨어져 있었다. 이 절체절명의 순간에 그를 구한 것은 다름 아닌 어딘가에서 날아온 장갑 한 짝이었다. 근처에 있던 어느 병사의 손에서 벗겨져 우연히 그리로 날아왔을 그 장갑은 거인 사내의 뒤통수에 명중했고 거인은 잠시 균형을 잃었다. 덕분에 내리꽂힌 도끼는 마릭의 귀를 아슬아슬하게 피해 바닥을 찍었다. 마릭의 코끝에서 단 몇 센티도 떨어지지 않은 지면에 깊이 박힌 도끼날에 마릭의 입김이 하얗게 서렸다.

사내가 도끼를 들어 올리자 이번에는 윌헬름이 끼어들었다. 번개처럼 번쩍이는 불빛 하나가 전장을 가로지르더니 사내의 가슴팍에 커다란 구멍을 낸 것이다. 구멍에서 연기가 피어오르며 사내가 마치 고목나무처럼 앞으로 곧장 고꾸라지자 마릭은 데굴데굴 몸을 굴려 아슬아슬하게 그를 피했다.

아직 마릭에게 살날이 더 남은 게 분명했다.

그는 어깨 통증에 이를 부드득 갈며 전장을 훑어보았다. 가장 먼저 떠오르는 생각은 로완에게 무슨 일이 일어나고 있는지였다. 로완의 녹색 깃털은 전장을 달리지도, 그 위에 떨어져 있지도, 어디에도 보이지 않았다. 그녀가 이끄는 기마병들 역시 온데간데없었다. 얼마나 오랫동안 싸움을 계속한 것인가? 이제 곧 더 많은 적군 병력이 남쪽으로부터 치고 올라올 것인가?

누구보다도 로게인이 걱정되었다. 그에게 가치 없는 희생을 강요한 것인지도 모른다. 가레스에 이어 그의 아들마저 자신을 살리려다 목숨을 잃는다면…….

바로 그때 뿔 나팔 소리가 들려왔다. 늦긴 했지만 그 효과만은 명백했다. 멀리에서 로완의 기마병들이 적진을 향해 돌격하며 적군을 사방으로 흩트리는 것이 보였다.

그것으로 충분했다. 그로부터 10분 동안 양편 모두 군사들의 움직임이 한층 빨라졌다. 마릭은 언덕을 향해 밀고 나가라는 백작의 외침을 듣고 거기에 따랐다. 희생자 수가 늘어나면서 이쪽도 점점 더 많은 피를 보았지만 기마병들의 등장이 효과가 있었는지 적군이 후퇴하기 시작했다. 적군 사령관들이 물러나라고, 계곡 외곽에서 다시 진영을 정비하라고 소리를 질렀다.

마릭은 허겁지겁 도망치는 적군을 보면서 뒤를 쫓고 싶은 충동이 들었지만 렌도언 백작이 나타나 그의 앞을 막았다.

"가게 내버려두게! 우리도 당장 빠져나가야 해!"

백작이 소리쳤다. 그 또한 움켜쥔 가슴팍에서 피를 흘리며 병사 두 명의 부축을 받고 있었다. 이 모습을 본 마릭은 고개를 끄덕이며 부하들에게 후퇴하라고 지시를 내렸다.

이것은 승리라 할 수 없었다.

결국 몇 시간에 걸쳐 우왕좌왕 도망친 끝에 반란군은 계곡을 벗어나 북쪽으로 몇 킬로미터 떨어진 작은 강가에서 전열을 가다듬을 수 있었다. 병사들은 지치고, 부상당하고, 때로는 서로를 부축하면서 하나둘씩 나타났다. 다른 방향으로 도망친 이들을 찾기 위해 기마병들이 파견되었지만 결과적으로 병력의 절반은 잃은 것 같았다. 그리고 무엇보다도 물자와 장비 대부분을 계곡에 버려두고 와야 했다.

하지만 마릭에게는 승리처럼 느껴졌다. 어머니가 지금까지 쌓아놓은 모든 것을 잃긴 했어도 목숨만은 건지지 않았는가. 찬탈자의 함정을 피한 것은 물론이고 빠져나오는 길에 그들에게 보기 좋게 한 방 날려주기까지 했다. 아직 충격에서 헤어나지 못하고 있는 찬탈자의 병사들은 그리 빨리 반란군을 뒤쫓지 못할 것이다. 오늘 밤, 그걸로 충분했다.

마침내 로완이 엉망진창이 된 몰골로 너덜너덜해진 여왕의 보라색 망토를 걸친 로게인을 데리고 새 천막의 모닥불 근처에 나타났을 때 마릭은 기쁨의 함성을 지르며 달려가 그를 와락 끌어안았다. 깜짝 놀란 로게인은 통증에 얼굴을 찌푸리면서도 몸을 빼진 않았다. 대신 정신이 좀 이상해진 것 아니냐는 표정으로 마릭을 내려다보았다.

"성공했어! 네 작전이 성공했다고!"

마릭이 소리쳤다.

"알았으니까 그만해."

로게인이 투덜거리며 그를 밀쳐냈다.

"조심해, 마릭. 로게인은 가슴에 서너 군데나 상처를 입었다고."

로완이 마릭을 나무랐다.

"바보 같은 소리! 로게인은 불사신이라고!"

마릭이 웃음을 터뜨리며 신이 나서 춤을 추었다. 그는 정신 나간 사람처럼 하하 웃으며 기이한 승리 의식을 치르는 야만인 주술사처럼 모닥불 주변을 돌기 시작했다.

로게인이 얼떨떨한 표정으로 그 모습을 보고 있다가 로완을 바라보았다.

"원래 자주 저럽니까?"

"전투 중에 머리를 맞아서 저러는 것 같아요."

그때 렌도언 백작이 다가왔다. 갑옷을 벗고 복부에 두껍게 붕대를 감은 모습이었다. 붕대는 이미 진한 피로 물들어 있었다. 그의 한쪽 눈도 붕대에 감쥐져 있었고, 다리를 심하게 절었다. 눈에 띄게 화가 난 표정이었다. 로완이 부축하기 위해 다가가자 그는 그녀를 노려보며 필요 없다는 듯 손을 내저었다.

"내 지시 같은 건 따를 필요가 없다고 생각하는 거냐?"

백작이 분노를 억누르며 말했다.

마릭도 공기 중에 감도는 긴장감을 느꼈는지 바보 같은 춤을 멈추고 백작을 바라보았다.

"렌도언 백작, 무슨 문제라도 있나요?"

"아주 많네. 로완이 잘 알고 있지."

그녀가 수긍한다는 듯 진지한 표정으로 고개를 끄덕였다.

"화나신 거 알아요, 아버지. 하지만 해야 할 일을 한 것뿐이라고요. 잠깐이었지만 제가 놈들을 공격하지 않았다면 놈들이 로게인을 쓰러뜨리고 곧장 북쪽으로 올라왔을 거예요."

로완이 금방이라도 터져 나오려는 아버지의 말을 막기 위해 한 손을 들어 올린 채 대답했다.

"게다가 올레이 사령관 하나를 죽이기도 했습니다. 그것도 아주 멋지게."

로게인이 로완 편을 들고 나섰다.

"그때쯤이면 이미 멀리까지 갈 수도 있었네."

백작이 쏘아붙였다. 하지만 이내 로게인을 보더니 표정이 조금 누그러졌다.

"하지만…… 자네가 살아 돌아온 건 정말 기쁜 일이로군. 작전이 성공하기도 했고 말이야."

그가 다시 몸을 돌려 이번에는 마릭을 향했다.

"하지만 지금 상황이 조금만 더 나았더라면 좋았을 걸세. 병력과 장비를 너무 많이 잃었거든. 이동하기가 힘들 것 같네."

이 말을 들은 마릭이 렌도언에게 다가가 한 손을 어깨에 얹었다. 아까보다 기운이 조금 빠지긴 했지만 미소는 아직 남아 있었다.

"제 생각도 그렇습니다. 하지만 그래도 축하할 일이 많잖아요. 상대의 피를 보았고, 우리가 여전히 건재하다는 것 말입니다."

"여왕께서 살아계셨다면 오늘 자네를 보고 정말 자랑스러워하셨을 걸세."

렌도언 백작도 힘없이 미소를 지었다. 감정이 가득 실린 그의 목소리가 조금 갈라졌다.

마릭과 백작이 서로를 와락 끌어안았다. 마릭은 백작이 그리 감정을 내보였다는 데 조금 놀라면서도 자기 눈에 눈물이 맺히려는 걸 애써 참았다. 둘은 서로의 등을 다정히 두드린 뒤 한 걸음 뒤로 물러섰다. 마릭은 쑥스러운 듯 아무 말도 하지 않고 백작을 향해 어색하게 고개를 끄덕여 보였다.

그런 다음 마릭은 불가에 앉은 로게인에게 다가가 한 손을 내밀었다. 로게인이 느릿느릿 그 손을 잡았다.

"오늘 해준 모든 일에 대해 정말 감사하고 싶어. 앞으로도 우리랑 함께 지냈으면 정말 좋겠는데."

"오늘 절벽에서 싸우던 그의 모습을 봤어야 해. 정말 멋졌다고. 함께 싸웠던 기사들도 그 이야기하느라 바빠."

로완이 끼어들었다.

로게인이 조금 쑥스러워하며 미소를 지었다. 그 순간 마릭은 그의 웃는 모습을 처음 본 것이 아닌가 하는 생각을 했다.

"힘든 상황이었고, 난 그저 할 일을 한 것뿐입니다."

그러더니 로게인은 미안하다는 표정으로 마릭을 올려다보며 엉망이 된 보라색 망토를 내보였다.

"그리고, 음, 네 어머니의 망토가 이 꼴이 됐어."

이 말을 들은 마릭과 로완이 웃음을 터뜨렸다.

"너무 겸손한 말씀이군요."
로완이 놀리듯 말했다.
"그럼, 그렇지."
백작이 끼어들며 절뚝절뚝 로게인에게 다가와 악수를 했다.
"내가 자네를 잘못 생각했구먼. 직감이 아주 뛰어나. 자네의 도움이 필요하네."
로게인의 푸른 눈이 백작과 마릭, 로완 사이를 왔다갔다했다. 마릭이 보기엔 빠져나갈 구멍을 찾으려 애쓰는 것 같았다. 로게인은 한참 동안 모닥불을 뚫어져라 쳐다보다가 마지못해 고개를 끄덕였다.
"알겠습니다. 일단 머물기로 하죠."
흡족해진 마릭이 그제야 로완을 바라보았다. 곳곳에 멍이 들고 다치긴 했지만 그녀는 여전히 환히 빛나고 있었다. 로완다웠다. 그가 양손을 감싸지 그녀의 표정이 더욱 밝아졌다.
"네가 공격하러 오지 않았을 때 너를 잃은 줄만 알았어. 다시는 그렇게 놀라게 하지 마."
마릭이 심각한 표정으로 말했다.
로완은 눈물로 그렁그렁해진 눈을 하고도 금세 웃음을 터뜨렸다.
"그리 쉽게 빠져나가진 못할걸, 마릭."
"퍽이나 재미있다."
마릭이 투덜거렸다.
둘의 말을 들은 로게인이 알쏭달쏭한 표정으로 고개를 들었다.
"어디서 빠져나간다는 겁니까?"
그가 백작에게 물었다.
"마릭과 로완은 약혼한 사이일세. 태어나자마자 짝지어졌지."
백작이 웃으며 대답했다.

"아."

로게인이 짧게 대꾸하고는 다시 모닥불로 시선을 돌렸다.

얼마 지나지 않아 마릭은 모닥불 주변에서 조용히 빠져나와 밤하늘 아래를 홀로 걷기 시작했다. 달빛이 비추는 가운데 희미한 빛을 내는 나방들이 떼를 지어 날아다녔다.

'이상할 정도로 평화롭군.'

그가 생각했다. 강둑을 따라 점점이 찍힌 모닥불은 얼마 되지 않았고, 고요한 밤공기 속에 들리는 소리라고는 부상당한 병사들이 내는 희미한 신음뿐이었다.

마릭은 근처에 보이는 모닥불로 다가갔다. 붕대를 칭칭 감고 피로에 지친 병사들이 옹송그리고 모여 앉은 것을 보니 절로 표정이 어두워졌다. 다급히 천막을 몇 개 쳤지만 맨바닥에 누워 잠을 청하는 병사들이 너무나도 많았다. 그중 일부는 담요 한 장도 덮지 못한 채였다. 모닥불 주변에 둘러앉은 사람들은 강 상류에서 들려오는, 오늘 밤을 넘기지 못할 사람들의 울부짖음을 듣지 않으려 애쓰며 불만 뚫어져라 쳐다보고 있었다.

마릭은 그들 눈에 띄지 않게 거리를 유지하면서 그 모습을 지켜보았다. 하지만 이상하게도 슬픈 기분을 떨칠 수가 없었다. 그는 자신이 전투를 벌이자고 고집하지 않았으면 이들 모두 떼죽음을 당했을지도 모른다고 생각하며 애써 자신을 달랬다.

"전하?"

가까이서 그를 부르는 목소리가 들렸다.

마릭은 깜짝 놀라 그쪽으로 몸을 돌렸다. 병사 한 명이 컴컴한 그림자가 드리워진 나무에 기대 누워 있었다. 가까이 다가가자 꽤 나이 든 병사라는 걸 알 수 있었다. 이렇게 전투에 참가하기에는 너무 나이가 많았다. 그리고 다음 순간, 무릎에서 끊긴 채 피에 젖은 붕대 뭉치가 둘둘 감겨 있는 그의 오른쪽 다리를 볼 수 있었다. 그는 창백한 낯빛으로 몸을 덜덜 떨면서 작은 가죽 부대에 담긴 술을 벌컥벌컥 들이켰다.

"다리…… 다리를 심하게 다쳤군요. 뭐라 위로해야 할지……."

마릭은 순간적으로 바보가 된 것만 같았다.

그 말을 들은 남자가 아무렇지 않다는 듯 씨익 웃으며 동강난 다리를 내려다보고 사랑스럽기라도 한 듯 쓱쓱 쓰다듬었다.

"이젠 그렇게 아프지 않습니다. 게다가 마법사가 이따 들러서 봐주겠다고 했습죠."

그가 쿡쿡 웃으며 대답했다.

마릭은 무슨 말을 해야 할지 알 수 없었다. 그렇게 멍하니 서 있는 마릭에게 그 병사가 술이 담긴 부대를 건넸다.

"오늘 전장에서 전하의 모습을 뵈었습니다. 한 번은 저랑 한 5미터 남짓한 거리에서 싸우시더라고요."

"그랬나요?"

"언젠가 제 손주 녀석들한테 이렇게 말해줄 겁니다. 왕자님 곁에서 용감히 싸웠다고 말이지요. 왕자님, 대단하셨습니다. 아무것도 아니라는 듯 세 놈을 연달아 쓰러뜨리시더라고요."

그가 자랑스레 말했다.

"싸우느라 바빠 제대로 못 보신 모양이에요. 얼마나 겁이 났었다고요."

마릭이 웃으며 대답했다.

"이길 줄 알았습니다. 오늘 아침 왕자님이 돌아오신 걸 보고 우리 모두 알고 있었어요. 창조주께서 우리에게 왕자님을 보내주셨습니다. 왕자님을 구해내라고요."

그가 반짝이는 눈으로 왕자를 올려다보며 말했다.

“그런지도 모르죠.”

그러자 남자가 왕자를 쳐다보며 씨익 웃고는 술을 한 모금 들이켰다.

“여왕님을 위하여! 이제 편히 쉬십시오, 여왕님. 그동안 수고 많이 하셨습니다.”

그가 살짝 혀가 꼬인 소리로 달에다 대고 축배를 들었다.

마릭은 눈가에 눈물이 고이는 것을 느꼈지만 애써 무시했다. 병사는 조용히 술 자루를 들어 한 모금 가득 마시고 다시 한 번 달을 향해 “여왕님을 위하여!”라고 외쳤다.

그러자 마릭은 돌연 모든 일이 그전처럼 벅차게 느껴지는 것 같지만은 않았다.

제6장

"전하를 위하여!"

시버란이 알현실에 발을 들여놓기도 전에 사람들의 건배 소리가 들려왔다. 실내는 왕의 탄생일을 기리기 위해 퍼렐던 전역에서 찾아온 귀족들로 발 디딜 틈 없이 꽉 차 있었다.

물론 '기리다'란 말은 옳은 표현이 아닐 수도 있다. 퍼렐던 사람들은 진짜든 꾸며낸 것이든 몹쓸 범죄를 저질렀다며 토지를 몰수당한 다른 귀족들처럼 왕에게 재산을 빼앗길까봐 겁에 질려 있었고, 이곳에서 그 몰수당한 영지를 하사받은 올레이 귀족들 또한 그것을 도로 빼앗길까봐 걱정하고 있었다. 한마디로 왕은 변덕스럽고 모든 걸 따분해하는 유서 깊은 왕족의 일원으로서, 황제의 미움을 산 죄로 이곳으로 쫓겨나다시피 하여 퍼렐던의 왕좌에 오른 인물이다. (소문에 따르면 황제의 사촌인 그는 한때 황제의 애인이었다고도 한다.) 그래서 그는 왕의 기분에 따라 머리를 조아려야만 하는 죄 없는 백성들에게 분풀이를 하고 있었다.

시버란은 퍼렐던 백성을 조금 너그럽게 다룬다면 반란군 문제도 지금쯤 어느 정도 제압이 되었으리라고 요령 있게 황제에게 조언한 바 있었다. 반란군과 그들이 수시로 가져다주는 골칫거리를 그리도 싫어하는 왕이었건만 그것만큼은 좀처럼 따르지 않았다. 그는 모든 일을 자기 하고 싶은 대로 했고, 누구도 그의 마음을 돌릴 수 없었다.

그건 궁정을 관리하는 방식에서도 마찬가지였다. 처음에 왕은 궁정 안에서 가면을 쓰는 올레이 전통을 퍼렐던에도 가져오려 했었다. 궁정에 출입하는 귀족은 최고로 화려하고 아름다운 가면을 써야 하며, 매일 일과가 끝날 때마다 그의 눈에 가장 거슬리는 가면을 쓴 사람을 뽑아 벌을 주겠다고 선언했었다. 그 말이 떨어지기가 무섭게 사람들이 난리법석을 피우며 가면공예가를 찾았고, 거리는 거의 폭동이 일어날 지경이 되었다. 결국 그런 가면을 쓴 암살자가 몰래 궁에 잠입하는 데 성공하면서 왕실 근위대장이 보안을 위해서라도 그러한 칙령을 거두어달라고 왕에게 간청했다. 마침내 왕이 가면 착용 규정을 폐지하자 곳곳에서 안도의 한숨 소리가 들려왔다.

한마디로 메그렌 왕은 폭군이었다. 사람은 자고로 폭군을 '기리는' 것이 아니라 눈치를 보며 화를 피할 길만 찾는 법이다. 그래서 귀족들은 공포심을 미소로 어렵사리 가리며 군주를 흠모하는 것처럼 보이기 위해 최선을 다했다. 왕도 귀족들이 그런 척을 할 뿐이라는 것을 알았다. 귀족들 역시 왕이 자신들의 속을 꿰뚫어보고 있음을 알고 있었지만 그럼에도 변함없이 가식적으로 행동해야 한다는 것을 느끼고 있었다.

이것이 바로 올레이 왕이 지배하고 있는 퍼렐던의 슬픈 현실이었다.

하지만 시버란은 전혀 개의치 않았다. 그는 거무스름한 피부색에서 알 수 있듯 퍼렐던도 올레이도 아닌, 넘실 바다 건너 멀리 북쪽에서 온 사람이었다. 게다가 자기 고향이 다른 나라 손에 넘어간다 하더라도 눈 하나 깜짝하지 않을 사람이었다. 어차피 마법사들에게 진정한 고향이란 없는 법이니 말이다. 그의 관심은 오직 자신만을 향해 있었고, 왕도 그 사실을 있는 그대로 받아들였다. 시버란의 야심은 동쪽에서 떠오르는 태양만큼이나 당연하고 자연스러운 것이었다. 이것이 바로 그가 메그렌 왕의 최측근 고문 노릇을 맡고 있는 이유였다.

"아마란틴에서는 존경해 마지않는 전하께 오자마의 드워프 전당에서 만든 최고급 실버라이트 검을 바치옵니다! 이 검이 앞으로도 오랫동안 전하의 안위를 지키고, 테다스 전체에 전하의 막강한 권력을 떨치게 하소서!"

알현실에 들어선 시버란은 식탁에 둘러앉은 수많은 귀족들 사이에 선 젊은 백작 한 명이 왕에게 이렇게 거창한 찬사를 보내는 광경을 지켜보았다. 그와 동시에 서너 명의 엘프 하인들이 왕에게 쪼르르 달려가 화려하게 장식된 기다란 상자를 바쳤다. 한편 메그렌 왕의 모습은 따분함 그 자체였다. 그는 한쪽 다리를 팔걸이 위에 걸치고, 한 손으로 머리를 받친 채 왕좌에 거의 눕다시피 앉아 있었다. 왕은 짙은 곱슬머리에 가무잡잡한 피부, 거기에 어울리는 비딱한 비웃음을 흘리는, 남자답게 잘생긴 젊은이였다. 하지만 오늘만큼은 며칠 동안 쉬지 않고 방탕한 생활을 즐긴 사람처럼 수척해 보였다. 아니, 그렇게 보이는 것뿐 아니라 사실이기도 했다.

새 선물이 다가오는 것을 본 메그렌은 한숨을 내쉬더니 귀찮은 듯 몸을 조금 일으켰다. 왕좌 바로 아래에는 이미 완전히 무시하거나 어깨를 한 번 으쓱하고 내던진 다른 선물들이 어지럽게 널려 있었다. 대주교 브로나치가 왕좌 바로 뒤에 서서 그 광경을 면밀히 관찰하고 있었다. 그녀는 퍼렐던의 신성한 챈트리 대주교로서 격무에 시달리느라 얼굴 곳곳에 주름이 깊게 팬, 엄격한 여자였다. 체구는 작았지만 입고 있는 화려한 붉은색 제의 때문에 왕과 함께 방 안을 꽉 채우고 있는 것만 같았다. 메그렌은 입고 있던 구겨진 벨벳 더블릿에 코를 쓱 문지르고는 왕좌 앞에 납작 엎드린 엘프들로부터 검 상자를 받아들었다. 엘프들이 곧장 물러났다. 밝게 빛나는 검을 상자에서 꺼낸 메그렌은 몇 차례 휘두르더니 흥미롭다는 눈으로 찬찬히 바라보았다.

"드워프들이 만든 것이라고 했나?"

백작이 머리를 조아렸다. 왕이 자신의 선물을 알아봐준 것이 기쁘기도 했지만 진땀이 절로 났다.

"예, 전하. 드워프 왕이 오래전 제 가문의 첫 번째 조상에게 선물한 것입니다."

"그래? 그러면 날 위해 만든 게 아니군."

그 순간 알현실 전체가 싸늘한 침묵에 빠져들었다. 왕의 차가운 어조를 눈치챈 귀족들은 즉각 주변 사람과 나누던 대화를 멈추었다.

백작의 얼굴이 하얗게 질렸다.

"그…… 검은 정말 최고입니다! 이것보다 훌륭한 검은 만들어진 적이 없지요! 저는…… 전하께서도 분명……."

그가 더듬거렸다.

"플로리안 황제께서도 내게 검을 하나 하사하셨지."

왕이 끼어들었다. 그는 검을 살짝 쥐고 왕좌 한쪽에서 천천히 흔들었다. 검이 시계추처럼 한 번 흔들릴 때마다 보이지 않는 누군가의 목이 뎅강 날아가는 것 같았다.

"발 로이어 최고의 장인들이 만들었다는 그 검은 품위와 아름다움이 정말 일품이란 말이야. 그러면 황제께 이렇게 전할까? 자네가 이 검을 그것보다 더 훌륭하다 말했다고?"

백작의 눈이 커다랗게 벌어졌다.

"아니, 그게 아니라, 저는……."

"그러면 그 검을 황제께 되돌려드려야 할까? 질이 떨어지는 검을 가지고 있어봤자 먼지만 쌓이지 않을까?"

이제 알현실에서는 찍 소리 하나 들리지 않았다. 백작은 거기 모인 귀족들에게 도움을 청하기라도 하듯 사방을 힐끔거렸지만 그들은 다른 곳을 바라보며 딴청만 피웠다. 백작이 갑자기 털썩 무릎을 꿇고 머리가 바닥에 닿도록 조아렸다.

"용서해주십시오, 전하. 주제넘은 선물이었습니다! 정말 송구합니다!"

메그렌은 이죽이죽 웃기만 했다. 그때 왕좌 뒤에 서 있던 브로나치가 앞으로 나섰다. 시버란은 그 여자를 경멸했고, 그녀도 마찬가지로 시버란을 경멸했다.

"제가 제안을 하나 해도 되겠습니까, 전하?"

"그럼, 물론이지."

왕이 마음대로 하라는 듯 손을 휘휘 내저었다.

"검이 백작의 말처럼 귀한 것이라면, 챈트리에 봉헌하여 이 어두운 시기에 아마란틴의 독실함을 증명하면 어떻겠습니까? 좋은 선물이 될 것입니다. 어차피 퍼렐던의 성스러운 화로들이 위대한 국가에 걸맞은 영광으로 빛나기 전까지 아직 할 일이 많으니까요."

"맞는 말이군."

왕이 속삭였다. 그러고는 백작을 향해 눈썹 하나를 추켜올렸다.

"자, 그러면 어떻게 할 거지? 이 검을 그녀에게 대신 바칠 텐가?"

백작은 가쁜 숨을 내쉬며 다시 후다닥 머리를 조아렸다.

"물론입니다, 전하!"

브로나치가 가까이에 서 있던 하인 두 명을 향해 손가락으로 딱 소리를 냈다. 그들이 종종걸음으로 달려와 메그렌 왕에게서 조심스레 검을 받아 다시 상자에 넣고 쪼르르 어디론가 달려갔다. 그들이 사라지고 난 뒤 그녀가 왕에게 고개를 숙였다.

"생각해주셔서 감사합니다, 전하."

메그렌 왕은 한숨을 쉬며 다시 시선을 백작에게 돌렸다. 백작은 여전히 머리를 조아린 채였다.

"자, 그럼 이제 어떻게 할 건가? 이젠 짐에게 줄 생일 선물이 없다는 뜻인데?"

깜짝 놀란 백작은 무언가 이야기하려는 듯 몇 차례 입을 열었지만 아무 소리도 나오지 않았다. 알현실 안의 침묵은 이내 고통스러운 지경에 이르렀다. 포크 하나, 나이프 하나 건드리는 소리조차 들리지 않았다. 밝은 보라색 튜닉과 깃털 달린 모자로 어디에서나 쉽게 눈에 띄는 올레이 최고 기사 서너 명이 칼자루에 손을 댄 채 앞으로 나섰다.

그 순간 메그렌이 웃음을 터뜨렸다. 방 안의 침묵을 꿰뚫는 미치광이 같은 소리였다. 그가 웃음을 멈추지 않자 귀족들도 하나둘씩 그를 따르기 시작했다. 처음에는 머뭇머뭇 작은 소리로 웃더니 점점 커져갔다. 마침내 메그렌이 손뼉까지 치며 큰 소리로 웃어대자 방 전체가 웃음소리로 가득 찼다. 아마란틴의 백작만은 진땀을 삐질삐질 흘리며 아무 소리도 내지 않았다.

"농담이야, 이 친구야! 날 용서하게. 내 이름으로 그렇게 귀한 선물을 챈트리에 봉헌했는데! 내가 뭘 더 바라겠나, 응?"

왕이 말했다.

그 말을 들은 백작이 다시 머리를 조아렸다. 그의 이마가 거의 바닥에 닿았다.

"천만다행입니다, 전하."

메그렌은 여전히 킥킥거리며 두어 번 손뼉을 쳤다. 다시 연회를 즐기라는 신호였다.

"자, 친구들! 드시게! 마시고! 연회는 계속되어야지. 게다가 저 마녀 같은 여자의 머리통이 성문 밖 막대기에 꽂혀 있으니 이보다 더 즐거울 수가 없구먼. 참으로 아름답지 않나?"

메그렌이 다시 와락 웃음을 터뜨리자 귀족들도 다급히 웃음에 동참했다.

"그리고 백작의 잔을 다시 채워줘라! 저 로브가 너무 더운 모양이야!"

연회가 재개되었다. 시버란은 그 틈을 타 알현실을 가로질러 왕좌에 다가갔다. 와인과 땀 냄새가 공기 중에 가득했다. 그가 지나는 모습을 본 사람들이 남녀 가릴 것 없이 후다닥 시선을 피하더니 자기 앞 접시에 놓인 꿩고기, 아니면 자기 옆에 앉은 사람들에 집중하기 시작했다. 시버란은 그런 그들을 이해했다. 챈트리는 지금까지 오랜 세월에 걸쳐 마법사들을 비방하는 데 최선을 다했고, 인류가 재앙을 맞닥뜨릴 때마다 그것을 마법사의 탓으로 돌렸다. 한때 테다스 전체를 다스렸던 마법사들이 지금은 챈트리의 노예만도 못한 혹독한 감시를 받는 것은, 분명 참담한 일이었다.

시버란이 다가오는 것을 본 메그렌의 표정이 밝아졌다. 브로나치 대주교는 정반대의 표정을 지었다. 마법사를 하도 노려보는 통에 얼굴 주름 전체가 일그러지며 참으로 흉측한 모습으로 바뀌었다.

"왕께서 연회를 단 한 차례라도 마음껏 즐기시게 놔둘 수가 없는 것이오? 이렇게 많은 손님이 와 있는데 분위기를 이리 어둡게 해야겠소?"

브로나치가 차갑게 쏘아붙였다.

"자, 우리 소중한 마법사 친구에게 그리 심하게 대하지 말라고. 그도 짐을 위해 아주 열심히 일하고 있는데. 안 그렇소?"

왕이 쿡쿡 웃으며 말했다.

시버란이 머리를 조아리자 그의 노란 실크 로브가 반짝반짝 빛났다. 머리숱이 점점 줄어들고, 날카롭게 각진 얼굴형의 그는 결코 왕처럼 잘생겼다고 할 수 없었다. 시버란이 외모에 대해 받아본 최고의 칭찬은 어린 창녀 한 명이 그에게 똑똑하게 생겼다고 하면서 그 작은 눈으로 한 번 쏘아보는 것만으로도 자기를 붙잡아 꿀꺽 삼킨 다음 꼭꼭 씹어 그대로 내뱉을 수 있겠다고 한 말이었다. 그는 그 말이 너무나도 마음에 든 나머지 그녀를 그대로 풀어주었다가 다음날 아침이 되어서야 감옥으로 보냈다. 그로서는 대단히 후한 처분이었다.

"새로운 소식이 있습니다, 전하."

그가 말했다.

"그냥 전령을 보내면 안 되는 일이었소?"

브로나치 대주교가 물었다. 그녀의 목소리에는 차가운 기운이 역력했다.

"당신께 전할 소식이 있으면 언제든 전령을 보내지요."

시버란 역시 지지 않고 차갑게 대꾸했다.

메그렌이 천천히 자리에서 일어나 하품을 하더니 잔뜩 충혈된 눈을 비비고 빠르게 깜박였다. 그리고 자리에서 일어나 구겨진 더블릿을 펴고는 하인들에게 따라오지 말라고 손짓했다.

"그럼 빨리 끝내자고."

그가 먼저 나서자 브로나치와 시버란이 재빨리 뒤를 따랐다. 알현실의 소음이 등 뒤로 멀어졌다.

알현실 옆에 마련된 응접실은 사적인 이야기를 할 때 주로 쓰였다. 메그렌의 명령으로 그 방에 있던 튼튼하고 실용적인 퍼렐던 가구를 치우고 장식이 많고 화려한 올레이 가구를 채웠다. 온통 마호가니와 밝은 새틴 일색인 그곳은 그 자체로도 뛰어난 장인의 솜씨임을 알 수 있었다. 거기에다가 대제국에서 한창 인기를 모으고 있는 선명한 붉은 벽지가 벽을 덮고 있었다.

메그렌은 길고 푹신한 소파에 몸을 던지고 다시 하품을 하면서 이마를 문질렀다.

"이 촌구석에서는 이런 걸 연회라고 부르는 건가? 저들이 데려온 악사들의 연주를 들었나?"

"악사들이 쫓겨나기 전 말입니까, 후 말입니까?"

시버란이 고개를 저으며 물었다.

"진짜 관현악단이 연주하는 걸 한 번이라도 들으면 소원이 없겠다! 아니면 가장무도회라도! 올레이에서 보내온 저 시골뜨기 영주들은 궁정 예식 무용 같은 건 코앞에서 보여줘도 모를 거라고!"

왕이 콧방귀를 뀌며 말하고는 벌떡 일어나 시버란을 노려보았다.

"남작 동맹에서 온 이 바보들 중 하나가 내게 선물로 뭘 줬는지 아나? 개라고 개! 더러운 개 두 마리!"

"퍼렐던에서는 전투견을 귀하게 여깁니다. 그 개들은 전투에서도 싸울 수 있는 훌륭한 것들입니다. 한 쌍이니 짝을 지어 새끼를 낳을 수도 있고요. 그렇게 보잘것없는 남작이 그런 선물을 보냈다면 대단한 존경심을 표한 것입니다, 전하."

브로나치가 끼어들었다. 그녀의 목소리에는 못마땅한 기색이 역력했다.

"대단한 두려움이겠지! 똥 범벅이 된 짐승 따위를 내게 선물하다니, 이건 모욕이 분명하다. 남작 동맹의 촌뜨기 바보들은 죄다 똑같아!"

왕이 누그러진 기색 하나 없이 콧방귀를 뀌었다.

"탄생하신 날에 똥개 때문에 마음이 상하셨다니 참으로 슬픈 일입니다, 전하."

시버란이 차분한 목소리로 말했다.

메그렌이 양손을 추켜올리며 한숨을 쉬었다.

"자, 나의 마법사, 그럼 한번 말해보지. 가져왔다는 소식은 우리 황제께서 보내신 답변인가?"

이 말을 들은 시버란이 잠시 머뭇거렸다.

"황제께서 보내신 답변을 받긴 했지만 중요한 건 그게……."

"아니지. 플로리안께서 보낸 서신보다 중요한 건 없지."

시버란이 로브 자락을 펴며 마음을 굳게 먹었다.

"황제 폐하께서는 부정의 답변을 보내셨습니다. 퍼렐던에서 계속 의무를 이행하시라고, 당장 대제국 궁정에 전하가 계실 자리는 없다고 하십니다."

"아, 그럼 아직도 용서해주시지 않았다는 거군."

메그렌의 몸이 쿠션 속으로 더 깊숙이 가라앉았다.

그 말을 들은 시버란은 안도의 한숨을 내쉴 뻔했다. 황제로부터 원치 않은 답변을 받으면 마구 성질을 내거나 그보다 더 심한 일이 벌어지는 날도 있었다. 하지만 다행히 오늘은 그런 일이 벌어지지 않을 것 같았다.

"지난 열네 차례의 서신과는 다른 답변을 기대하셨던 겁니까?"

시버란이 나무라듯 물었다.

"난 천생 낙관론자인 모양이지."

"정신 이상의 정의가 뭔지 아십니까, 전하? 같은 행동을 반복하면서 다른 결과를 기대하는 것입니다."

"지금 날 정신 이상자라 부르는 건가?"

메그렌이 킥킥 웃으며 물었다.

"정신 이상에 가깝도록 집요하시다는 겁니다."

"그래도 여전히 왕이십니다, 전하."

끼어드는 브로나치의 입술이 가늘게 다물어졌다.

"어쩌면 시골의 천한 남작이 되는 편이 더 나을 뻔했어. 그랬다면 발 로이어에 살면서 대성당에도 종종 갈 수 있었을 텐데. 뭐, 촌구석의 왕이긴 해도 이 촌구석은 내 것이니까. 안 그런가?"

왕이 한숨을 푹 내쉬며 말했다.

"그럼 다시 한 번 황제 폐하께 보낼 편지를 쓸까요? 열다섯 번째에는 운이 좋을 수도 있지 않습니까."

시버란이 물었다.

"그건 나중에 하도록 하지. 폐하의 마음을 돌리도록 노력해보자고."

말을 마친 메그렌은 잠시 생각하더니 이내 표정이 진지해졌다.

"자, 그러면 알려주겠다는 소식은 내륙 지역에서 온 것이겠지?"

"그렇습니다."

"그래? 그럼 얼른 얘기해보라고."

시버란은 깊게 숨을 들이마셨다.

"제가 받은 정보는 정확했습니다. 반란군이 정확히 그 자리에 있었으니까요. 하지만 그 결과는 제가 바란 대로 되지 않았습니다. 사상자가 많긴 했지만 반란군이 올가미를 빠져나갔다고 합니다."

"그래?"

메그렌의 눈썹이 쑥 위로 올라갔다.

"더 있습니다. 마릭 왕자가 살아서 반란군과 함께 있다고 합니다. 기사 몇 명을 데리고 절벽으로 올라가 우리 군의 주의를 분산시킨 다음 나머지 병력과 빠져나갔다고."

시버란이 그 말을 하며 커다란 천 조각을 들어 올렸다. 심하게 더러워진 누더기였지만 짙은 보라색은 여전히 알아볼 수 있었다.

"반란군은 의기소침하기는커녕 오히려 사기가 충천해 있습니다."

화가 난 왕은 시버란을 향해 얼굴을 찡그리면서 팔걸이에 대고 손가락을 두들겼다.

"사기가 충천해? 왕자가 거기 없을 거라 하지 않았나. 제 어미와 함께 죽었어야 하잖아."

"무법자들이 모여 사는 곳에 있었습니다. 그놈들을 모조리 잡아 죽였는데 그 와중에 늪지대로 탈출해 살아남은 것 같습니다."

시버란이 천천히 대답했다.

"지금 나더러 그 말을 믿으라는 건가? 그놈, 그 무능력한 왕자가 숲에서 네 부하들로부터 도망쳤을 뿐 아니라 늪지대를 통과해 사지 멀쩡하게 나타나서 반란군의 사기를 돋웠다?"

메그렌이 계속해서 손가락을 두들기며 말했다. 그의 어조에는 짜증이 가득했다.

"저 역시 믿기 어렵습니다, 전하."

"그의 주문은 아무 효과도 없었습니다, 메그렌 전하! 저자를 내치십시오!

저자는 자만심으로 똘똘 뭉친 사람입니다!"

브로나치 대주교의 얼굴은 분노로 잔뜩 굳어 있었다.

"그러는 당신은 굶주린 당신네 종교에 공물을 바치라고 요구하기만 하고, 쓸데없고 꽉 막힌 이야기만 늘어놓는 것 말고 전하를 위해 뭘 했소?"

이 말을 들은 그녀의 눈이 분노로 크게 벌어졌다.

"퍼렐던의 심장부에 질병이 뿌리내리고 있는 한 창조주께서는 결코 번영을 약속하시지 않을 겁니다!"

"당신네 창조주는 사라졌소. 그 영광의 성가라는 데서 말하는 대로. 자신의 창조물을 버리고 이제 아무것도 신경 쓰지 않는단 말이오. 그러니 쓸데없는 잔소리는 그만하시지."

"그런 신성모독을!"

브로나치 대주교가 소리쳤다.

"조용히 하게!"

메그렌이 버럭 화를 냈다. 그의 얼굴이 잔뜩 일그러져 있었다. 브로나치는 마지못해 입을 다물었고 왕은 초조한 기색으로 얼굴을 문질렀다.

"여왕만 사라지면 반란군은 끝장날 거라고 말하지 않았나, 시버란. 그럼 한 방에 보낼 수 있다고 말이야."

"그게…… 예, 그랬지요, 전하."

"저 자만한 인간 같으니!"

여사제가 끼어들었다.

그러자 왕이 한 손을 들어 시버란이 더 이상 대답을 하지 못하게 막았다.

"그 왕자란 녀석이 당신 생각보다 괜찮은 녀석인 모양이지?"

"그런 것 같습니다. 아니면 어떻게 된 건지는 몰라도 누군가에게 도움을 받았을 수도 있습니다. 여왕의 부관들도 그를 돕고 있습니다. 전 레드클리프 백작의 딸 로완이 전투 중에 전하의 사촌 펠릭스 님을 쓰러뜨렸다고 합니다.

냉혹하게 살해했다더군요."

"펠릭스? 그 자식은 원래 마음에 들지 않아서 말이야."

왕이 심드렁하게 대꾸했다.

"어쨌거나 반란군의 의지가 생각보다 훨씬 강한 것 같습니다. 제 실수를 사죄드립니다, 전하. 한 번만 더 기회를 주십시오."

시버란이 머리를 조아리며 말했다.

"무슨 생각이라도 있는 건가?"

왕이 능글맞게 웃으며 물었다.

"생각은 언제나 있지요."

이 말을 들은 왕이 쿡쿡 웃으면서 브로나치 대주교를 넘겨다보았다. 그녀는 양손을 무릎 위에 올려놓고 내려다보고 있었다.

"당신의 조언은 언제나처럼 똑같겠지, 대주교님?"

"퍼렐던 여자와 결혼하십시오. 그리고 아이를 낳으세요. 이 나라의 진정한 왕이 되기 전에는 제대로 통치하실 수 없습니다."

이미 여러 차례 이야기한 모양인지 그녀가 지친 기색으로 말했다.

그 말을 들은 왕의 얼굴에서 웃음기가 싹 사라졌다. 그가 브로나치를 노려보았다. 안색이 조금 창백해졌으나 그녀는 뒤로 물러서지 않았다.

"나는 이 나라를 다스리고 있어. 내가 이곳의 왕이야. 그걸 기억해두는 게 좋을 거요."

메그렌이 싸늘하게 말했다.

"전하의 백성 된 입장에서 말씀드리는 것입니다, 전하. 착하고 소박한 사람들입니다. 결혼만 하시면……."

"아니, 죄다 무지렁이 바보들이야. 나를 왕으로 인정하지 않고는 별 도리가 없을 것이다. 기사들이 여기 남아 있는 한 나 역시 이 자리를 지킬 것이야."

그가 다시 침착해지더니 생각에 사로잡혀 턱을 쓱쓱 문질렀다. 그러고는 시버란을 향해 몸을 돌렸다.

"기회를 한 번 더 주지. 딱 한 번만 더 당신 방식대로 하겠어. 하지만 그건 순전히 못생긴 이 나라 여자와 결혼하고 싶은 마음이 없기 때문이라고, 알겠나?"

"절대 실망시키지 않겠습니다, 전하."

시버란이 고개를 조아렸다.

시버란은 왕궁 깊숙한 곳에 자리한 자신의 처소로 향했다. 왕이 자신을 마법사 협회로 돌려보내지 않는 것이 기쁠 따름이었다. 협회로 돌아가면 사용하는 모든 주문은 철저히 챈트리 템플러들의 감시를 받겠지. 적어도 메그렌 왕을 섬기는 동안은 자기만의 힘을 누릴 수 있었다. 물론 조심스럽기는 하지만 말이다. 메그렌 같은 사람들은 마법사를 한 명씩 고문으로 둘 수 있었지만, 그것도 마법사가 챈트리의 감시를 받는다는 조건에서만 가능했다. 그리고 메그렌이 브로나치의 뜻을 무시하는 데에도 한계가 있었다.

시버란은 마릭 왕자가 도대체 무슨 행운으로 자기 계획을 망쳐놨는지 생각하며 속으로 욕을 퍼부었다. 사실 자신의 계획은 정말 훌륭했다. 티어린 가문과 반란군을 한 번에 쓸어버릴 수 있는 절호의 기회가 아니었던가. 만약 성공했다면 왕은 원하던 대로 다시 대제국으로 돌아가고, 영웅이 된 시버란 자신은 이곳의 총독으로 남을 수도 있었다.

하지만 이제는 처음부터 다시 시작해야 했다.

시버란의 처소는 그의 기분만큼이나 어두웠다. 그가 한 손을 내젓자 문간에 매달린 등불이 화르륵 켜지며 밝은 빛을 내뿜었다. 방 안이 밝아지자 그는 자신의 커다란 침대 기둥에 기대어 서 있는 사람의 형체를 알아볼 수 있었다.

"안녕하신가요, 마법사님."

도자기 같은 피부에 비현실적인 초록색 눈이 잔뜩 추켜 올라간, 엘프 특유의 아름다움을 간직한 여자였다. 그녀는 몸매의 곡선을 더욱 강조하는 꽉 끼는 가죽 갑옷을 입었고, 꿀과 같은 황금빛 머리칼은 아름답게 어깨까지 구불구불 내려와 있었다. 첩자가 분명했다. 단검이 허리춤 칼집에 그대로 있는 것으로 보아 그를 죽이러 온 것은 아니었다. 물론 그게 아니라면 시버란도 얼마든지 그녀를 상대해줄 수 있었다.

"주인 몰래 캄캄한 방에 들어오는 걸 원래 좋아하나?"

처소로 들어간 시버란은 성큼성큼 그녀 옆을 지나 책상 위에 펼쳐져 있던 각종 서류들을 서둘러 정리했다.

그녀가 흥미 가득한 눈으로 그런 그를 바라보며 쿡쿡 웃었다.

"제가 당신의 중요한 편지를 읽기 위해 여기 온 거였다면 이미 일을 마치지 않았을까요?"

"벌써 읽었을 수도 있지. 그렇다면 너를 처형할 수밖에. 안 그런가?"

"전 당신의 초대를 받고 온 겁니다."

이 말을 들은 그가 서류를 천천히 내려놓으며 고개를 끄덕였다.

"그렇다면 네가 '음유시인'이군."

"그렇습니다. 발 쉐반스의 친구 분께서 안부 전하라 하셨습니다."

그녀가 예의바르게 고개를 숙였다.

시버란은 그녀에게 다가가 한 손으로 그녀의 턱을 붙잡고 얼굴을 좌우로 돌리며 세심히 살펴보았다. 그녀는 눈 하나 깜빡이지 않았다.

"그런데 엘프를 보냈다? 그것도 상당히 치장한 엘프를."

"원하신다면 덜 꾸밀 수도 있습니다."

"당연히 그러시겠지."

올레이의 음유시인들은 매우 악명 높았다. 그들은 음악가나 배우 행세를 하며 대제국 내 여러 궁정을 떠돌았다. 표면상으로는 귀족들에게 여흥을 제공하기 위해서였지만 실제로 그들이 하는 일은 완전히 달랐다. 제국 내정에는 각종 계략과 음모가 난무했기 때문에 이런 음유시인들의 수는 그야말로 넘쳐났다. 이들을 순순히 자기 성에 받아들이는 귀족들이 이상한 것 아니냐고 생각하는 사람도 있었다. 하지만 떠돌이 음유시인이 위험한 첩자일지도 모른다는 가능성은 곧 야릇한 매력을 더해주었다. 첩자의 방문을 받는 귀족은 꽤 중요한 존재라는 뜻이었고, 첩자일 가능성이 있는 자를 거둘 정도로 용감하다는 인상을 주었기에 귀족의 자존심으로는 그 유혹을 이길 수가 없었다.

"엘프는 이 일을 할 수 없다고 생각하신다면……."

"아니다. 그저 네 본분만 잊지 않으면 된다. 난 네 주인과 계약을 했고, 그건 이제 네가 내 것이라는 뜻이지."

시버란은 그녀의 턱을 놓아주었다. 싸늘하게 노려보는데도 눈 하나 깜빡하지 않는 것을 보니 마음에 들었다. 퍼렐던에 이만큼 배짱 두둑한 엘프가 또 있을까, 하는 생각이 들었다.

"임무를 성공하면 보상을 내릴 것이다. 하지만 실패한다면 다른 네 일족과 마찬가지로 구걸이나 하며 살게 될 거야. 올레이에 그냥 있었으면 좋았을걸, 하고 생각하겠지. 내 말 알겠느냐?"

그녀는 잠시 아무 말도 하지 않았다. 좀처럼 표정이 드러나지 않는 얼굴이었다. 마침내 그녀가 다시 고개를 숙였다.

"잘 알겠습니다. 계약된 임무는 한 가지라고 들었는데, 맞습니까?"

이 말과 동시에 그녀가 한 걸음 뒤로 물러서더니 침대 가장자리에 걸터앉아 도발적인 표정으로 그를 올려다보았다.

"이 임무는…… 개인적인 건가요?"

"알 필요 없다. 마릭 왕자가 누구인지는 알고 있느냐?"

그가 역겹다는 듯 한 손을 휘저으며 말했다.

"예, 아마도요. 퍼렐던 정통 여왕의 아들이지요? 지금 황무지 어딘가에 숨어 있다고 하던데. 맞습니까?"

엘프가 잠시 생각하다 대답했다.

"반란군 여왕은 죽었다. 성문 바깥에 걸린 그녀의 머리를 보았을 텐데?"

"그게 그거였나요? 이제 푸르죽죽하게 썩어가던데. '여왕'인 줄은 꿈에도 몰랐군요."

"어쨌거나 왕자는 그녀의 후계자다. 아직도 멀쩡히 살아 있고. 네가 할 일은 그에게 접근하는 것이다."

그 말을 들은 엘프가 생각에 잠긴 채 손가락으로 머리칼을 배배 꼬았다.

"시간이 좀 걸릴 겁니다."

"시간은 충분하다."

"그러면 제 보상에 대해서 이야기할 차례인가요?"

"임무부터 완수해라. 그러고 나면 메그렌 전하께서 네가 원하는 것이 무엇이든 들어주실 게다."

그녀가 침대에서 일어나 다시 고개를 숙였다. 이번에는 아까보다 더 깊이 고개를 숙이며 굽실거리는 모양새였다.

"그럼 이 음유시인, 당신을 위해 최선을 다하겠습니다."

시버란은 흡족해져서 고개를 끄덕였다. 반란군을 처단할 또 한 번의 기회였다.

알현실에서 사람들이 억지로 웃는 소리가 어렴풋이 들려왔다. 웃음소리에 섞여 이따금 누군가 지르는 고통에 찬 비명도 들려왔다. 왕이 벌인 일이 분명했다. 그것은 왕이 모임을 그리도 좋아하는 유일한 이유였다. 연회가 끝나기 전까지 누군가는 고통을 겪어야만 했다.

누가 되었든 언제나 고통받는 이는 존재했다.

제7장

계곡에서 탈출한 이후 몇 달간은 렌도언 백작이 예상한 대로 견디기 힘들었다. 서부 구릉지 깊숙이 들어가자 찬탈자의 군대가 뒤쫓는 속도는 늦춰졌지만, 그 때문에 식량이나 물자는 턱없이 부족했다. 그들은 산속 시내에서 물고기를 잡고 나무가 듬성듬성한 숲에서 사냥을 했지만, 굶주림을 겨우 면할 정도였다. 제대로 된 천막과 담요는 거의 없었고, 신경을 집중하거나 시간을 때울 만한 것도 찾아보기 힘든 상황에서 그들은 주린 배를 붙잡고 하염없이 기다리기만 했다.

그렇다고 마냥 안전하지만은 않았다. 적군이 작은 무리를 지어 이따금 구릉지를 습격하며 그들의 방어 상태를 시험했다. 때문에 반란군은 언제나 긴장하고 있어야 했지만 이제 지칠 대로 지친 그들은 정신을 차리기가 더욱 힘들었다. 그러던 어느 날, 몇몇 적군 무리가 곧장 사령부 천막까지 잠입해 초라한 저녁 식사를 하고 있던 마릭에게서 불과 몇 미터 떨어지지 않은 곳에서 붙잡혔다. 결국 렌도언 백작은 더 이상 숨어 있을 수만은 없다는 결단을 내렸다.

가장 먼저 로게인이 어둠을 틈타 궁수 몇 명을 데리고 나섰다. 엘프는 인간보다 밤눈이 밝았기 때문에 그는 잔심부름꾼이나 반란군 추종자로 함께 지내던 몇 안 되는 엘프들을 특별히 궁수로 선발했다. 그들은 갑작스러운 지위 승격에 놀라면서도 새로운 도전을 받아들여 금세 적응을 마쳤다. 그들은 단 몇 주 만에 적군을 상대로 상당한 피해를 안겼다. 놀란 적군이 '나이트 엘프'들이 야영지에 나타나는 것을 두려워할 정도였다. 로게인은 용기의 증표로 그 이름을 엘프 군단에게 선사했다.

반란군을 구릉지에 가둬 굶주리게 하기 위해 최대한 넓게 퍼져 있던 적군은 이런 급습에 효과적으로 대처할 수 없었다. 낮 동안에는 로완이 기마병들을 이끌고 공격을 감행했다. 적군이 기마병들의 뒤를 쫓아 구릉지로 들어오는 경우를 대비해 마릭과 백작은 좁은 길에 잠복해 있다가 그들을 공격했다.

반란군도 피해를 입긴 했지만 적군에게는 그보다 훨씬 큰 피해를 주고 있었다. 그러던 중 정찰병들로부터 희소식이 날아들었다. 적군이 안전거리를 두기 위해 언덕에서 철수하고 있다는 소식이었다.

그로부터 며칠 후 백작은 이동 명령을 내렸고, 반란군은 모두 네 무리로 나누어져 환한 보름달 아래 북쪽 길을 통해 몰래 그곳을 빠져나갔다. 사방에 긴장이 감돌았고 횃불이 부족한 관계로 이동 속도는 느리기만했다. 하지만 결과는 성공이었다. 외곽에서 야영하던 적군은 그들의 움직임을 전혀 감지하지 못했고, 새벽 무렵 반란군은 케일런헤드 호수 남쪽 기슭까지 다다를 수 있었다.

그곳에는 반란군과 물물교환을 하거나 은밀히 도움을 주려는 우호적인 사람들이 수없이 있었다. 기병들이 그 지역 마을 서너 군데를 포함해 레드클리프까지 나가 비밀리에 물자를 모으기 시작했다.

첫 번째 무리가 그렇게 모은 물자를 싣고 야영지로 돌아오자 사방은 축제 분위기에 휩싸였다. 로완과 마릭은 비누를 본 것만으로도 기뻐 어쩔 줄 몰랐다. 신선한 사과를 한 입 베어 무는 기분은 정말 꿈만 같았다. 새 천막과 약, 그리고 새 옷감도 눈에 띄었다. 그날 저녁 하루만큼은 모두가 전쟁을 잊고 모닥불을 둘러싼 채 춤을 추고 노래를 부르며 껄껄 웃을 수 있었다.

렌도언 백작은 로게인에게 부관의 지위를 수여하고 나이트 엘프를 하나의 중대로 임명했다. 로게인은 다른 궁수들이 설득에 설득을 거듭하고, 로완이 그를 한참 못살게 군 다음에야 마지못해 그 직위를 받아들였다. 마릭은 모두가 모인 앞에서 간단한 임명식을 열어 그에게 새 직위에 걸맞은 붉은색 망토를 선사했다. 그런 쇼는 필요 없다고 못마땅해하던 로게인은 임명식 내내 눈에 띄게 불편해 보였지만, 병사들의 환호성이 사기에 미치는 긍정적인 영향만큼은 그도 부인할 수 없었다. 따지고 보면 반란군이 무언가를 축하할 만한 경우는 흔치 않은 일이니 말이다.

반란군은 적지 않은 병력을 잃었고, 퍼렐던 사람 상당수는 반란군이 여왕과 함께 최후를 맞았다고 믿고 있었다. 사실 그것은 왕위 찬탈자가 지역 주민들에게 애써 퍼뜨렸던 소문이기도 했다.

그래도 여전히 진실을 알고 그들을 돕는 사람들이 있었다. 몇 달에 걸쳐 산맥을 따라 이동하고, 그 다음으로는 다시 언덕이 많은 연안 지대를 건너 동쪽으로 움직이며 갖은 고생을 했던 반란군은 아마란틴 항구 근처 숲 속에 자리를 잡았다. 이유는 몰라도 아마란틴의 바이런 백작은 그들의 존재를 눈감아주고 그곳에 머무르게 해주었다. 거절의 뜻을 표하지 않고 잠시 모른 척 도와주는 사람은 이번이 처음이 아니었기에, 마릭은 우선 바이런 백작의 호의를 감사히 받아들였다.

마릭이 직면한 주요 문제는 잃어버린 반란군의 세력을 되찾는 것이었다. 이는 곧 반란군이 건재하다는 사실을 최대한 널리 알리기 위해 당분간이라도 병력을 여럿으로 나누어야 한다는 뜻이기도 했다. 렌도언 백작은 위험하다며 난색을 표했지만 그럴 필요가 있다는 데에는 뜻을 같이했다.

로완과 로게인이 먼저 출발했다. 하지만 둘의 협력을 얻어내기까지는 상당한 언쟁이 있었다. 둘 다 마릭의 곁을 떠나고 싶어 하지 않았던 데다, 함께 여행해야 한다는 사실이 그리 내키지 않았기 때문이다. 하지만 결국 마릭의 주장이 그들을 꺾고 말았다. 로완과 로게인은 퍼렐던 중심의 비옥한 땅인 남작 동맹 지역을 잘 아는 병사 몇몇과 마지못해 야영장을 떠났다. 그때부터 몇 달에 걸쳐 그들은 함께 여행하면서 기회가 있을 때마다 야영을 했고, 근처에 있는 마을을 다니며 반란군에 대한 소문을 최대한 퍼뜨렸다. 때로는 반란군의 뜻에 동조해줄 가능성이 있는 남작들을 찾아가기도 했다.

로완은 어떤 남작이 진심으로 반란군에 관심을 보이는지, 아니면 자신들을 함정에 빠뜨려 왕의 환심을 사려는지 신속하게 판단하는 로게인에게 깊은 인상을 받았다. 한번은 저녁식사 자리에서 로게인이 아무런 설명도 없이 그녀를 끌어내는 바람에 크게 화가 났었는데, 알고 보니 남작의 경비병들이 조용히 그들을 덮치려 했던 것이었다. 로게인이 그 술수를 알아챌 동안, 그녀는 아무 눈치도 채지 못했다. 놈들이 검을 꺼내들었고 둘은 그곳에서 탈출하기 위해 서로 등을 맞대고 싸워야 했다.

그런 상황이 닥치면 로게인은 절대 그녀를 도움이나 특별한 보호를 필요로 하는 사람처럼 다루지 않았다. 그는 따로 지키지 않아도 되도록 로완의 검술이 자기만큼이나 강하길 기대했고, 그녀는 항상 그렇게 하기 위해 노력했다.

보통은 빠르게 이동했지만 가끔 한곳에서 조금 오래 머무르기도 했고, 그럴 때면 귀족들이 보낸 병사들에게 쫓겼다. 자신이 모셔야 할 정당한 통치자를 팔아넘기려 드는 사람들은 끝없이 많았다. 바야흐로 찬탈자의 천하였으니 말할 필요도 없었다.

가끔 재산을 거의 빼앗긴 뒤 좋았던 과거를 되찾고 싶어 하는 남작들이 로완의 진심 어린 간청에 귀를 기울이기도 했다. 올레이 귀족들은 남작 동맹에 과도한 세금을 매겼고, 그 세금은 잔인한 군대만큼이나 맹렬하게 그 지역 농가를 약탈했다. 하지만 두려움으로 인해 많은 이들이 반란군 돕기를 꺼렸다. 솔직히 말해 성심껏 돕는다고 해도 헛되이 끝날지도 모르는 일 아닌가. 거의 모든 갈림길마다 내걸린 썩어가는 시신들의 모습은 대제국의 심판이 얼마나 잔인하고 무서운지 생생하게 보여주었다.

그래도 퍼렐던 사람들의 의지는 완전히 꺾이지 않았고, 로완과 로게인은 여행하는 여러 달 동안 그들의 꿋꿋함과 독립심의 증거를 곳곳에서 보았다. 걸친 것이라고는 누더기뿐인 빼빼 마른 사람들이 마릭 왕자가 살아 있다는 로게인의 말을 듣고 맹렬한 결의로 눈을 빛냈다. 아직 끝나지 않았다는 희망의 눈빛이었다. 나이가 지긋한 노인들은 술집 벽난로에 퉤 하고 침을 뱉으며 마릭의 할아버지가 나라를 다스렸을 때 얼마나 살기 좋았는지, 올레이와의 전쟁에서 패배한 뒤 얼마나 마음이 아프고 괴로웠는지 이야기했다. 가물거리는 그림자에 숨어 귀를 기울이던 사람들은 침울한 표정으로 고개를 끄덕이고 있다가 나중에 조용히 로완과 로게인에게 다가오기도 했다.

처음 만났을 때 로게인이 로완에게 보였던 적대심은 점차 사라졌다. 그리고 그러한 감정은 신사다운 예의바름과 무관심, 그 중간의 무언가로 바뀌었다. 로완은 그 이유를 알 수 없었다. 애초부터 로게인이 말이 없긴 했지만 로완에게 조금 따뜻한 태도를 보이기 시작했다고 느끼는 순간이면 곧장 다시 차가워지곤 했던 것이다.

사실 로게인이 그녀에게 무언가 중요한 말을 한 것은 단 한 번, 어느 추운 겨울날 저녁이었다. 시올릭 남작의 사주를 받은 것이 분명한 현상금 사냥꾼 두 명을 피해 숲에서 야영을 하고 있었다. 그들은 담요를 덮은 채 덜덜 떨면서 작디작은 모닥불을 사이에 두고 서로를 마주보고 앉았다. 숨쉴 때마다 하얀 입김이 뿜어져 나왔다. 로완은 불을 조금 키우자고 로게인에게 말할까 생각했다. 하지만 보나마나 그는 대답 대신 엄한 표정을 지으며 얼굴을 잔뜩 찌푸릴 것이 분명했다. 불길이 커지면 놈들에게 발각될 우려가 있다는 건 로완도 알고 있었다. 하지만 얼어 죽는 것도 그다지 달가운 일은 아니었다.

이런 생각을 하다 고개를 들고 모닥불 반대편을 쳐다본 순간, 로완은 로게인이 자신을 뚫어져라 쳐다보고 있었음을 깨달았다. 그는 아무 말도 하지 않았지만 그 싸늘한 푸른 눈에 담긴 강렬함은 그녀의 심장을 멎게 하기에 충분했다. 그녀는 재빨리 시선을 피하며 담요 자락으로 몸을 더 꽉 감쌌다. 온몸이 부르르 떨렸다. 말도 없이 얼마나 오랫동안 자신을 지켜보고 있었던 걸까?

"고맙다는 말을 못 했군요."

이내 그가 입을 열었다.

"고맙다니요?"

그녀가 어리둥절한 표정으로 고개를 들었다.

"그때 전투에서, 날 구하러 왔잖아요."

로게인이 쓴웃음을 지었다.

"고맙다는 말 같은 건 필요……."

"아니, 해야 합니다."

그가 로완의 말을 잘랐다. 그러고는 심호흡을 하더니 자신의 진심을 이해시키겠다는 듯 그녀의 눈을 똑바로 들여다보았다.

"당신이 무슨 일을 했는지 잘 알아요. 진심으로 고맙습니다. 진작 말했어야 했는데."

그 순간 거짓말처럼 추위가 사라졌다.

로게인은 속에 있던 말을 털어놓아 후련하다는 듯 무뚝뚝한 표정으로 고개를 까닥이더니 다시 입을 다물고 시선을 모닥불로 옮겼다. 마치 아무 일도 없었다는 듯 불을 쬐는 그의 모습을 본 그녀는 대체 뭐라고 대답해야 할지 알 수 없었다. 그래서 아무 말도 하지 않았다.

로게인의 진심을 들었다고 달라지는 건 없었다. 여행을 하는 몇 달 동안 할 일이 워낙 많았기 때문이다. 때로는 목숨을 부지하는 것만으로도 힘에 부쳤다. 조금 더 인간적이고 친근하게 구는 사람과 여행하는 것도 좋겠지만 로게인의 뛰어난 선견지명 덕분에 여러 차례 큰 곤경에서 빠져나올 수 있었다는 점도 부인할 수 없었다. 아버지의 명령을 거역하고 그를 도우러 간 것에 대한 보답이라면 로게인은 이미 몇 곱절로 갚았다. 로완은 마릭이 왜 그를 그렇게 좋아하는지 이제야 알 것 같았다.

한편 마릭도 몇 달째 여행 중이었다. 겨울 내내 그는 마법사 윌헬름과 소수의 경비병만을 데리고 이전에 반란군에 우호적이었던 귀족들을 은밀히 찾아다녔다. 그는 반란군이 아직 와해되지 않았음을 그들에게 상기시키고 합류하라고 설득했다.

물론 어머니의 죽음이 남긴 교훈은 아직도 그의 머릿속에 선명했다. 과거의 관계가 얼마나 굳건했든 마릭은 어느 누구도 믿지 않았다. 반란군은 귀족들의 도움을 절실히 필요로 했다. 여왕조차 시올릭 남작 같은 사람들의 의도가 진실하다고 믿고 속아 넘어갔으니, 마릭도 언제든지 그렇게 될 수 있다. 누구와 만나든 처음 약속을 잡을 때부터 실제로 만날 때까지 신중에 신중을 기했고, 그 때문에 성질머리 고약한 마법사는 만남이 성공적으로 이루어질 때까지 초조함을 감추지 못하고 짜증을 부렸다. 몇 차롄가 귀족이 그를 급습했지만 윌헬름의 돌 골렘이 갑자기 나타나 막은 적도 있었다.

이 길고 긴 몇 달 동안 마릭을 뒷받침한 것은 무엇보다도 찬탈자에 대한 백성들의 원성이었다. 메그렌은 공포심을 이용해 통치하면서 자기 백성에게 적대심을 공공연히 드러내었다. 덕분에 마릭이 찾아간 귀족들은 적어도 시간을 내어 그의 말을 들어주었고, 실제로 반란군에 합류하지는 않더라도 지지 의사를 보이기도 했다. 반란군에 합류한다는 것은 곧 고향을 등지는 것이나 다름없었고, 이것은 올레이 영주들이 조상 대대로 내려오던 퍼렐던의 영지를 빼앗아 마지막 한 방울까지 쥐어짠다는 뜻이었다. 귀족들은 자기 영지의 백성들이 그런 처지로 내몰리는 것을 꺼렸다.

반란군에 가담하는 사람들은 진정으로 절박한 상황에 처해 더 이상 잃을 것이 없는 사람들이었다. 시간이 흐를수록 점점 더 많은 귀족들이 그런 지경에 내몰리고 있음을 깨달은 마릭은 희망을 얻으면서도 동시에 슬퍼졌다. 이미 자기 영지에서 쫓겨나 반란군을 향해 데리고 올 수 있는 사람을 모두 끌고 오는 남작들도 있었다. 메그렌 왕은 이렇게 빼앗은 땅을 올레이 영주들에게 넘겨주고 동지를 얻었을지 몰라도 동시에 마릭에게 충성스럽고도 결의에 찬 반란군을 얻게 해준 셈이었다.

진짜 문제는 봄에 찾아왔다. 소수의 낯선 여행자들이 돌 골렘을 데리고 내륙 지역을 이동하고 있다는 소문이 퍼지기 시작한 것이다. 찬탈자의 부하들이 들이닥칠 때마다 마릭은 도망칠 수밖에 없었다. 윌헬름은 다시 반란군으로 돌아가자고 주장했지만 오히려 마릭은 북쪽으로 방향을 틀어 마법사 협회의 탑이 서 있는 킨로치 요새로 향했다. 기이하게도 케일런헤드 호수 한가운데서 솟아난 첨탑 좌우로 이제는 폐허가 된 장엄한 제국 대로가 뻗어 있었다. 오늘날에는 탑으로 향하려면 배를 타야 하지만 말이다.

마법사들은 어떤 정치적 분쟁이든 표면적으로는 중립을 지켰다. 제1마도사가 탑 입구에서 불안한 표정으로 마릭을 맞았다. 주름이 쪼글쪼글하고 체구가 매우 작은 그는 떨리는 목소리로 마침 대주교가 이곳에 와 있다고 마릭에게 알렸다. 그의 말에 담긴 뜻은 명확했다. 챈트리에서는 마릭이 여기 온 것을 아직 모르니, 티내지 말고 이대로 조용히 물러가 준다면 정말 고맙겠다는 뜻이었다.

그들의 우려도 이해할 만했다. 챈트리는 마법사 협회를 엄중히 감시하면서도 그들을 전혀 믿지 않았다. 마법사들이 반란군과 연루되어 있다는 의심이 조금만 들어도 챈트리 템플러들이 당장 그들을 처단하려 나설 것이다. 그러니 윌헬름이 여기 와 있는 것만으로도 그들은 불안할 터였다.

사실 마릭은 브로나치를 직접 만난 적이 없다. 다만 평판만 들었을 뿐이다. 템플러 무리를 곁에 끼고 있지 않은 지금이 아니라면, 그녀를 만날 기회가 언제 다시 오겠는가?

마릭이 대주교를 만나고 싶다는 말을 꺼내자마자 제1마도사의 얼굴에서 핏기가 사라졌다. 안쓰럽기까지 했다. 그를 한참 설득하고, 대주교 일행과 몇 차례 짧은 메시지를 주고받은 다음에야 마릭은 탑 중심에 있는 회의실로 안내받았다.

거대한 기둥이 30여 미터 높이의 천장을 받치고, 작은 유리알들이 매달려 머리 위로 마치 별 같은 마법의 빛을 반사하는 상당히 인상적인 곳이었다. 원래는 고위 마법사들이 토론을 벌이는 곳이었지만 오늘은 중립적 만남의 장소로 쓰일 것이다. 대주교는 빛나는 붉은색 로브를 걸치고 홀로 꼿꼿이 앉아 메마른 손가락으로 의자 팔걸이를 두들기고 있었다. 마릭이 다가가자 그녀는 비난의 눈초리로 쳐다보았지만 그것 말고는 그에게 아무 말도, 아무런 몸짓도 하지 않았다.

마릭은 비 오듯 땀을 흘리고 있었다. 단둘이 있기에는 정말로 큰 방이었다. 그는 돌연 매우 작고 보잘것없는 존재가 된 것 같은 기분이 들었다.

"마릭 왕자."

그녀가 억지로 예의를 차리며 입을 열었다.

"브로나치 대주교님."

마릭이 한쪽 무릎을 꿇고 고개를 숙이며 존경의 뜻을 내보였다.

긴장된 침묵이 흐르고 그가 다시 몸을 일으켰다. 마릭의 공손한 태도가 기분 나쁘지 않은 듯 그녀가 흥미로운 눈길로 그를 쳐다보았다.

"운이 좋군요. 오늘은 제대로 된 경비병이 없으니 말이에요. 그렇지 않았다면 곧바로 당신을 붙잡았을 것을. 물론 이해하시겠지요?"

그녀가 냉랭한 목소리로 말했다.

"그런 경우라면 우리 둘이 이렇게 말을 나누지도 못했겠지요."

"그렇지요."

브로나치가 다시 의자 팔걸이를 두드리기 시작했다. 마릭은 그녀가 자신을 찬찬히 관찰하고 있다는 느낌을 받았다. 약점을 찾는 것일까? 시원찮다는 평판이 맞는지 보려는 걸까? 확실치 않았다.

"안드라스테를 믿나요? 창조주와 그의 챈트리를 믿나요?"

"어머니께서 영광의 성가를 가르쳐주셨습니다."

마릭이 고개를 끄덕이며 대답했다.

"그렇다면 퍼렐던의 온당한 통치자에게 항복하고 이 터무니없는 사태를 마무리 지으세요."

"터무니없는 것이 아니지요. 어떻게 챈트리가 올레이 인의 퍼렐던 통치를 지지할 수 있습니까?"

마릭이 따져 물었다.

그녀의 두 눈썹이 추켜 올라갔다. 브로나치는 자신의 말에 반박하고 나오는 상대에 익숙지 않은 것이 분명했다.

"창조주의 뜻입니다."

그녀가 애써 침착하게 대답했다.

"그는 폭군이에요!"

마릭의 외침을 들은 브로나치가 잠시 입을 다물고 그를 가만히 쳐다보았다.

"당신의 어머니는 절망적인 전투를 벌이며 죄 없는 이들을 얼마나 많이 희생시켰습니까? 또 당신은 앞으로 얼마나 더 많은 희생을 불러올는지요? 이제 당신네 백성도 평화를 누려야 하지 않겠습니까?"

마릭의 몸 속 깊은 곳에서부터 부글부글 끓어오른 분노는 폭발 직전이었다. 어떻게 그런 말을 할 수 있지? 그는 두 주먹을 꽉 쥐고 성큼성큼 걸어가 그녀 앞에 섰다. 목을 조르고 싶은 충동을 참는 것만으로도 무척이나 힘들었다. 그러나 아무리 오만하다 해도 여전히 정중하게 대접해야 했다. 그는 잠시 스스로에게 그 사실을 상기시켰다.

마릭은 마음을 다잡으려 애쓰며 천천히 숨을 내쉬었다. 브로나치는 그런 그를 가만히 쳐다보았다. 외관상으로는 그리 가까이 선 그의 위협적인 태도를 전혀 겁내지 않는 것처럼 보였다. 하지만 마릭은 그녀가 불안해한다는 것을 느낄 수 있었다. 브로나치의 이마에 땀방울이 맺히기 시작하면서, 시선이 자꾸만 가까운 문으로 향했다.

"메그렌이 어머니의 머리를 창에 꽂아 데너림 궁 바깥에 세워뒀다는 게 사실입니까? 당신이 모셔야 할 정당한 여왕, 나의 어머니를 말입니다!"

마릭이 차갑게 물었다.

둘의 시선이 서로에게 고정된 채 기나긴 1분이 흘렀다. 마침내 브로나치 대주교가 거만한 몸짓으로 자리에서 일어섰다.

"더 이상 할 말이 없군요. 이렇게 무례하게 굴다니! 당장 부하들을 데리고 이곳을 떠나도록 해요. 그리고 최후의 순간이 오거든 어머니 때보다는 좀 더 자비를 베푸시라고 창조주께 기도나 하시지요."

그녀가 아주 조금 떨리는 목소리로 이렇게 말하고는 휙 몸을 돌려 방에서 나가버렸다. 그러자 마릭의 다리에서도 힘이 풀리고 말았다.

그 직후 아까 만났던 제1마도사와의 짧은 만남도 나을 바가 없었다. 마법사 협회는 지금까지 지켜온 중립성을 버릴 생각이 없었다. 마법사인 월헬름이 반란군을 돕고 있다는 사실을 모르는 척해주는 것이 그들이 베푸는 호의의 전부였다. 마릭은 그들로부터 더 큰 것을 기대할 수 없다고 판단했다. 이 탑을 찾아온 일 자체가 반란군에 있어서는 별 도움이 되지 않았다.

그래도 대주교를 직접 대면한 것은 가치 있는 일이었다. 그녀가 마릭을 아무리 무례하고 준비되지 않은 사람으로 보았더라도, 그는 적어도 찬탈자의 가장 가까운 고문인 그녀의 눈을 똑바로 들여다보면서 당당히 맞서지 않았던가. 브로나치는 다급히 킨로치 요새를 떠났다. 전속력으로 궁에 돌아가려는 것이 분명했다. 마릭은 그녀가 병력을 보내기 전에 서둘러 그곳을 떠났다.

아마란틴 근처 숲에서 다른 이들을 다시 만나니 반갑기 그지 없었다. 로완과 로게인뿐 아니라 렌도언 백작까지 돌아온 마릭을 반겼다. 그들 모두 많이 지쳐 있었지만 무사히 돌아온 것을 보고 서로 기쁨을 감추지 않았다. 로완은 마릭에게 달려가 안기면서 겨우내 자란 지저분한 수염을 보고 놀려댔다. 둘 다 깨닫지 못한 사이, 로게인은 조용히 그 모습을 지켜만 보고 있었다. 마릭은 로완과 로게인이 남작 동맹 지역에서 보낸 몇 달 동안의 이야기를 듣고 싶어 했고, 야영장에서 보내는 첫날 밤 술을 마시면서 로게인에게 이야기를 하나씩 끄집어내며 늦게까지 잠자리에 들지 않았다.

이 시간을 마지막으로 그들은 오랫동안 휴식을 취하지 못했다. 렌도언 백작은 군의 위치에 대한 소문이 너무 멀리 퍼졌다는 것을 이미 알고 있었다. 한 장소에서 너무 오래 머문 것이다. 몇 달에 걸쳐 사람들이 삼삼오오 짝을 지어 빈민군을 찾아 숲으로 들어오면서 그 소문이 퍼지기 시작했다. 결국 아마란틴의 바이런 백작이 보낸, 찬탈자의 병력이 이리로 향하고 있다는 내용의 비밀 전갈이 도착하자 그들은 재빨리 짐을 꾸리기 시작했다.

마릭은 렌도언 백작에게 그전에 할 일이 한 가지 있다고 말했다. 그러고는 로게인을 데리고 아마란틴의 바이런 백작을 찾아갔다. 로게인은 바보짓이라고 했지만 마릭은 개의치 않았다.

그들이 다가가자 바이런 백작이 경비병들을 대동하고 나타났다. 그는 친절하게 마릭을 향해 손을 흔들었다.

"전하, 여기에서 뵙게 되다니 조금 놀랐습니다. 제 메시지를 못 받으셨습니까?"

그가 말했다.

"받았습니다. 그저 그에 대해 직접 감사드리고 싶었습니다."

마릭이 고개를 끄덕이며 대답했다.

"할 일을 한 것뿐입니다, 전하."

백작이 말했다. 그의 표정은 통 읽을 수가 없었다.

"그 정도는 기본이지."

로게인이 성난 어조로 말했다.

그 말을 들은 마릭은 화난 눈초리로 로게인을 쏘아보았다. 로게인은 인상을 찌푸리면서도 당연한 말을 했을 뿐이라는 표정을 지었다.

"제가 하고 싶은 말은 우리에게 몇 달간 안전히 지낼 곳을 제공해주셔서 감사하다는 것입니다. 그 때문에 백작께 무슨 문제가 생기지 않기만을 바랍니다."

마릭이 다시 바이런 백작을 쳐다보며 깊이 머리를 숙였다. 백작은 몹시 놀란 얼굴로 마릭과 로게인이 그 자리를 뜰 때까지 작은 소리로 인사말을 중얼거린 것 말고는 다른 반응을 보이지 않았다.

물론 마릭이 그에게 많은 기대를 한 건 아니었다. 오히려 백작의 혼란스러운 반응을 보고 나서는 이런 시도는 하지 않는 게 차라리 낫다는 로게인의 뜻에 마지못해 동의하게 되었다. 그래서 다음 날 아침 반란군이 행군을 시작했을 때 아마란틴의 문장을 걸친 병사들이 나타난 것을 보고는 깜짝 놀라고 말았다.

하지만 그들은 공격하러 온 것이 아니었다. 바이런 백작이 병사들 앞으로 달려나오더니 그들이 모두 지켜보는 가운데 마릭에게 무릎을 꿇었다.

"찬탈자가 제 영지를 모두 빼앗아 가도 좋습니다. 아내와 아이들은 북쪽으로 보내고 제 수하에 있던 충성스러운 부하들과 물자를 모두 챙겨왔습니다."

고개를 들어 마릭을 쳐다보는 그의 눈에는 눈물이 가득 고여 있었다.

"왕자님께서 절…… 절 받아주신다면 반란군을 위해 기꺼이 이 몸을 바치겠습니다. 그리고 용기가 부족해 더 일찍 이리 하지 못한 죄를 부디 용서해주십시오."

마릭은 깜짝 놀라 아무 말도 하지 못했다. 백작의 부하와 그의 병사들이 환호성을 지르기 시작하자 그제야 정신을 차리고 그를 받아들이겠다는 대답을 했다.

그때부터 전투가 이어졌다. 처음에 반란군은 서쪽의 구릉지대로 향하면서 찬탈자의 군대를 피하려고 했다. 하지만 렌도언 백작이 반란군도 공격에 나설 필요가 있다는 결단을 내렸다. 봄비를 맞으며 치른 여러 차례의 소규모 전투 끝에 미처 준비가 되어 있지 않던 적군이 다급히 후퇴했다. 그로부터 몇 주 뒤 잔뜩 약이 오른 메그렌이 서둘러 더 큰 병력을 보냈지만 반란군은 이미 이동한 다음이었다.

그로부터 반란군은 두 해나 힘겹게 그런 식으로 목숨을 부지했다.

진정한 의미의 전투는 드물었고 반란군의 생활은 주로 기다림의 연속이었다. 비가 오거나 눈이 올 때는 몇 주씩이나 야영을 하면서 적군이 자신들을 찾아내기를, 아니면 먼저 공격할 기회를 기다렸다. 기다리지 않을 때에는 큰 무리의 적군 병력을 피해 숨어 기다릴 곳을 찾으러 퍼렐던의 외딴 지역을 행군했다.

찬탈자의 군대에 크게 패한 것은 딱 한 차례였다. 초겨울, 올레이에서 물자를 싣고 무장 병력도 거의 없이 내려오는 마차는 놓치기 아까운 목표물이었다. 잠시 뒤 렌도언 백작이 그게 함정이었음을 깨달았을 때는 너무 늦고 말았다. 반란군이 눈치채지 못한 사이 언덕의 바위 뒤에 숨어 있던 수백 명의 올레이 기사들이 우르르 밀려 내려왔다. 그들의 은색 갑옷과 창날이 눈에 반사되어 반짝반짝 빛났다. 로게인과 나이트 엘프들이 신속히 대처하지 않았다면, 그들은 반란군의 본진 옆구리를 치고 지원군이 도착할 때까지 그들을 옴짝달싹 못하게 가둬두었을 것이다.

로게인과 엘프들은 언덕으로 달려가 기사들의 공격을 방해했다. 화살 세례를 받은 그들은 원래 계획대로 반란군의 측면을 치는 것이 아니라 방향을 틀어 궁수들을 공격하기 시작했다. 활로만 무장한 엘프들은 적군 기사들의 적수가 되지 못했고, 반수가 넘는 엘프들이 그 자리에서 숨을 거두었다. 로게인도 창에 심하게 찔리고 말았다.

이들의 희생 덕분에 마릭은 마차를 향한 공격을 중단시키고 반란군을 안전한 곳까지 퇴각시킬 시간을 벌 수 있었다. 그는 로게인을 구하러 갈 것을 고집하며 반란군의 방향을 틀어 언덕의 기사들과 정면으로 충돌했다. 이로 인해 많은 희생자가 발생했지만 다행히 백작이 최종 후퇴를 지시하기 전까지 부상당한 로게인과 살아남은 나머지 엘프들을 구출할 수 있었다. 적군이 쫓아왔지만 반란군이 재공격을 하기 전 추격을 중단했다. 결과적으로 함정은 실패로 끝났다.

그 밖의 다른 전투들은 조금 더 신중하게 선택했다. 결정을 내리는 쪽은 대부분 렌도언 백작이었고, 그와 마릭 사이에 의견 차이가 있을 때면 항상 심한 논쟁으로 이어졌는데, 결국엔 백작의 오랜 경험이 마릭을 이기곤 했다.

마릭은 이런 식으로 논쟁에서 지는 걸 견디지 못했다. 한번 그러고 나면 며칠이고 남들 눈을 피해 어딘가에 틀어박혀서는 자신의 의견이 진지하게 받아들여지지 않는다는 사실에 괴로워하며 화를 삭였다. 마릭이 자신이 허수아비로밖에 여겨지지 않는 것 같다고 울분을 토할 때면, 백작은 절대 그렇지 않다고 거듭 말했다. 언제인가는 마릭이 백작과 로완, 로게인까지 모인 회의 자리에 우연히 들어갔다가 자신이 초대받지 않았다는 것을 깨닫고 그때부터 일주일 내내 술에 취해 괴로워하며 사람들을 피한 적이 있었다. 그 일은 로게인이 그를 찾아내 바보 같은 짓 하지 말라고 다그치며 억지로 끌고 야영장으로 돌아오면서 일단락되었다. 어쩐 일인지 몰라도 로게인의 그런 행동이 마릭의 마음을 꽤 달래준 것 같았다.

그날 이후로 마릭은 다른 식으로라도 자신의 존재감을 각인시키려 애쓰기 시작했다. 부하들과 위험을 함께 나눈답시고 전투마다 최전선에 나서겠다며 요지부동으로 고집을 피웠다. 하지만 효과는 명확했다. 눈부시게 빛나는 드워프 갑옷을 걸치고 보라색 망토 자락을 펄럭이며 말을 타고 달려나가는 모습을 본 병사들은 마릭을 숭배했다. 마릭도 그 사실을 알았지만 티를 내진 않았다.

한번은 마릭이 검에 깊이 베여 피를 철철 흘리며 실려온 적이 있었다. 윌헬름이 달려와 치유 마법을 쓰기 시작했지만 잔뜩 화가 난 로완은 그 옆에서 마구 잔소리를 했다. 마릭은 끙끙대면서도 씨익 미소를 지으며 그녀가 별것 아닌 일로 화를 낸다며 툴툴거렸다.

그 소식을 들은 로게인도 피땀으로 범벅이 된 갑옷차림으로 돌아왔다. 그는 마릭을 힐끗 쳐다보고는 무언가를 생각하는 듯 얼굴을 찌푸리더니 마릭이 살아 돌아왔으니 이제 걱정할 필요 없지 않느냐고 한마디 했다. 이 말을 들은 로완은 두 남자 모두 바보 같다며 나가버렸고, 마릭과 로게인은 그런 로완이 재밌다는 듯 서로를 마주보며 싱긋 미소를 지었다.

두 해에 걸쳐 세 사람은 천천히 더욱 가까워졌다. 세 명 모두 함께 싸웠고, 백작도 전투 회의를 할 때면 점점 더 자주 로게인을 참석시켰다. 확실히 로게인에 대한 칭찬이 늘어난 것은 물론, 언젠가는 그를 가르친 가레스에 대해 그렇게 훌륭한 인재가 일찍 세상을 떠났다니 참으로 안타까운 일이라고 말하기까지 했다. 가레스가 살아 있었다면 상황이 달라졌을지도 모르고, 백작 본인도 그를 한 번 만나보았으면 좋았을 것이라고 했다.

로게인은 여느 때처럼 묵묵히 침묵을 지키며 이 칭찬을 받아들였다. 그가 무슨 생각을 하는지 다른 사람들은 알 수 없었다.

야영을 하면서 지내는 오랜 시간 동안 로게인은 마릭에게 더욱 섬세한 검술과 궁술을 가르치는 데 많은 시간을 할애했다. 그는 마릭이 형편없는 제자라고 투덜거렸지만, 사실 그들의 훈련은 함께 시간을 보내기 위한 핑곗거리였다. 마릭은 여전히 로게인이 매우 흥미로운 사람이라고 생각하며 과거에 무법자로 지내던 시절에 대해 끊임없이 캐물었다. 그러면 로게인은 순전히 그의 닦달에 못 이겨 마지못해 짧은 이야기를 들려주곤 했다. 마릭의 착한 성품과 인간적 매력은 모든 사람을 매료시키기라도 하는지, 머지않아 마릭과 로게인은 늘 티격태격하면서도 언제나 연습장에 나란히 모습을 드러내게 되었다.

로완은 종종 이 연습 시간에 나타나 마릭과 로게인이 벌이는 말장난을 흥미롭게 지켜보았다. 나이트 엘프들 외에 다른 사람들은 로게인을 무뚝뚝하거나 심지어 쌀쌀맞은 사람으로 인식하고 있었다. 하지만 마릭에게는 로게인의 마음속 어딘가에 숨겨진 따뜻함을 밖으로 끌어내는 재주가 있었다. 로완이 로게인과 함께 남작 동맹 지역을 몇 달씩이나 여행하면서도 해내지 못했던 일이었다. 그녀는 가끔 농담조로 로게인에게 검술의 약점을 지적했다. 순전히 그를 놀리기 위해서였는데, 마릭은 그런 모습을 볼 때마다 아주 재미있어 했다. 결국 로완의 말에 화가 난 로게인은 둘 중 누구의 검술이 더 훌륭한지 증명해보자며 그녀에게 결투를 신청했다. 로완은 씨익 웃으며 결투 신청을 받아들였다.

이 말을 들은 마릭은 어린아이처럼 신이 나서 곧장 야영장을 뛰어다니며 로완과 로게인이 결투를 벌인다는 소문을 퍼뜨렸다. 그로부터 한 시간 뒤, 로게인과 로완은 시끌벅적하게 응원하는 수백 명의 구경꾼 앞에 서게 되었다.

많은 사람이 모인 것을 본 로게인이 로완을 불러냈다.

"정말 나와 싸워보고 싶은 거요?"

그가 엄숙한 표정으로 물었다.

"결투를 청한 건 당신이었는데요."

"그렇다면 신청을 철회하겠습니다. 잠시 이성을 잃었던 점 사과하지요. 다시는 이런 일 없을 겁니다."

로게인이 기다렸다는 듯 대꾸했다.

그러자 가까이에서 그의 말을 들은 병사들이 우, 하는 야유와 함께 실망했다고 외치기 시작했다. 게다가 로완도 안도하기는커녕 오히려 화를 냈다.

"그런 사과는 받아들이지 않겠어요. 무조건 최선을 다해 싸워야만 해요. 우리 둘 중 누가 더 검을 잘 쓰는지 알고 싶어 했죠? 그건 나도 마찬가지라고요."

로게인은 가만히 그녀를 바라보며 과연 그 말이 진심일까 생각했다. 그녀는 아무 말 없이 검을 빼들고 도전적인 시선으로 그를 마주보았다. 한참 뒤에야 비로소 그가 고개를 끄덕였다. 관중들 사이에서 환호성이 울려 퍼졌다.

둘 중 힘이 센 쪽은 로게인이었지만 로완 쪽은 재빨랐다. 그리고 이 대결에서 승리를 거두고자 하는 마음 또한 로완이 더 컸다. 처음 몇 번 서로의 움직임을 살피던 둘이 본격적인 대결을 시작하자 관중들이 더 큰 환호를 보냈다. 그들은 상대의 방어력을 시험이라도 하듯 몇 차례 공격을 주고받았다. 로완은 로게인이 최선을 다하지 않고 있음을 느끼고는 버럭 화를 내며 눈 깜짝할 사이에 그의 다리를 베었다. 로게인은 상처를 보러 달려온 사람들에게 손을 휘휘 저으며 잠시 엄한 눈으로 로완을 바라보다 고개를 끄덕였다. 그래, 이런 걸 바랐다면 그렇게 해주지.

그때부터 거의 한 시간도 넘게 이어진 두 사람의 대결은 그 뒤로도 몇 달 동안 야영장 사람들의 입에 오르내렸다. 로게인과 로완은 필사적으로 싸우며 받은 만큼 상대에게 돌려주었다. 얼마 지나지 않아 둘 모두 피를 흘리기 시작했다. 이마에 난 상처 때문에 자꾸만 피가 눈으로 흘러내려 로완이 빈틈을 보이자 로게인은 최후의 일격을 날렸다. 아슬아슬한 순간 그녀가 데구루루 몸을 굴려 로게인의 공격을 피하고는 감탄할 만한 공격이었다는 듯, 그를 향해 칼을 가볍게 기울여 보였다. 둘 다 심하게 땀에 젖어 숨을 몰아쉬는 것을 보고 걱정이 된 마릭이 무승부라 선언하며 대결을 중단시키려 했지만, 로완은 로게인에게서 눈을 떼지 않은 채 손을 내저어 마릭을 내보냈다.

대결은 몇 분 뒤에야 끝이 났다. 로게인이 낮게 들어와 빠른 손놀림으로 검을 위로 추켜올리며 로완의 검을 멀리 쳐낸 것이다. 검이 쨍그랑 소리를 내며 멀찌감치 떨어지자 흥분한 관중들이 숙덕거리기 시작했다. 하지만 로완은 항복하지도, 검을 집으려 하지도 않은 채 재빨리 몸을 웅크리고 다리를 내질러 로게인을 넘어뜨린 뒤, 풀쩍 뛰어 그의 검을 붙잡았다. 둘은 뒤엉켜 바닥을 데굴데굴 구르며 검을 빼앗으려 애썼다. 두 사람의 땀과 피가 한데 뒤섞였다. 마침내 로게인이 로완을 걷어차고 그녀의 몸을 내리누른 뒤 벌떡 일어나 목에 칼을 겨누자 관중들이 환호성을 질렀다.

로완은 숨을 헐떡이며 자신의 목에 겨눠진 검을 올려다보았다. 아직도 이마에서 흐르는 피가 눈에 들어가고 있었다. 로게인 역시 창백한 얼굴로 그녀처럼 가쁘게 숨을 쉬며 멀쩡한 다리를 짚고 서 있었다. 그가 로완에게 한 손을 내밀자 그녀가 마지못해 그 손을 붙잡고 일어섰다. 관중들이 아까보다 더 큰 환호성으로 화답했다.

로완이 로게인과 악수하며 그의 승리를 축하하자 이제는 축제 분위기였다. 하지만 바로 다음 순간 그녀가 바닥에 쓰러질 듯 휘청거리자 마릭이 서둘러 달려갔다. 로완은 급히 윌헬름을 부르는 마릭을 보며 쿡쿡 웃었다. 그리고 로게인이라면 마릭에게 괜찮은 스승이 되어줄 것이라고 인정했다.

잠시 뒤 마릭은 윌헬름의 치료를 받는 로완의 천막 뒤편에 서 있었다. 로게인이 붕대를 칭칭 감고 절뚝거리며 다가와 그에게 사과의 말을 전했다. 자존심 때문에 잠시 이성을 잃어 미래의 왕비를 다치게 했다는 것이다. 눈을 커다랗게 뜬 채 그 말을 듣고 있던 마릭은 웃음을 터뜨렸다. 그가 보기에는 오히려 정반대의 상황 같았다. 로게인이 심각한 표정으로 고개를 끄덕였고, 이 사건은 그렇게 일단락되었다.

혹독한 겨울이 남기고 간 눈이 따뜻한 봄 햇살에 녹아내리기 시작했다. 마릭은 어머니가 살해당하고 자신이 반란군으로 돌아와 그 운명적인 전투를 치른 지도 거의 삼 년이나 지났음을 깨닫고 새삼 놀랐다. 그 뒤로 큰 성과는 없었지만 일단 반란군은 살아남아 명맥을 이었고, 그들을 구석으로 몰아 없애려는 찬탈자의 시도를 계속해서 무너뜨려 왔다. 다행인 점이 있다면 늘어난 병력이었다. 메그렌은 무자비한 통치자였고, 그가 더 높은 세금을 거둬들이고 더 많은 사람들을 처벌할수록 반란군의 숫자는 늘어나기만 했다. 이제는 모두가 동시에 한곳에 숨을 수 없는 규모에 이르렀다. 수많은 지주들의 도움을 받아도 병사들을 먹여 살리기는 점점 힘들어졌고, 외부에서 가져오는 정보도 믿기 어려웠다. 왕위 찬탈자의 병력이 반란군 야영지를 찾아내는 속도는 날이 갈수록 빨라졌다.

드디어 움직여야 할 때가 온 것이다.

그와렌은 드넓은 브레실리안 숲을 지나 퍼렐던의 남동쪽 구석에 있는 외딴 도시였다. 벌목꾼과 어부로 가득한 이 도시로 가는 길은 배를 타거나 서쪽의 삼림지를 따라 난 좁은 길을 통과하거나 둘 중 하나였다. 한마디로 외부의 공격을 막아내기 좋은 곳이었다. 렌도언 백작이 확인한 바에 따르면, 그와렌의 병력 대부분은 그곳을 통치하는 공작이 찬탈자를 도와 반란군을 토벌하겠다며 북쪽으로 보낸 상태였다. 도시를 점령하기에는 안성맞춤이었다.

몇 주 전 바이런 백작과 그의 부하들이 본 병력에서 분리되어 나갔다. 그는 왕의 군사들을 유인할 목적으로 서쪽을 향해 움직였다. 나머지 반란군이 숲을 통과해 그와렌까지 가는 도중 적군을 단 한 번도 마주치지 않았기에, 마릭은 바이런 백작의 작전이 성공을 거두었으리라 짐작했다. 반란군이 그와렌에 당도했을 무렵 그곳의 방어군은 그들의 접근을 알고 있긴 했지만 민병대를 조직하는 것 말고는 다른 조치를 미처 취하지 못했다. 수많은 지역주민들이 낚싯배를 타고 도망쳤으나 대부분은 오도 가도 못한 채 도시에 갇혀 있었다.

공격은 즉시 시작되었다. 그와렌은 바위가 많은 해변을 따라 형성된 도시로, 돌이 깔린 도로와 회반죽 벽돌 건물들이 미로처럼 얽혀 있었다. 외부 침입을 막는 성벽은 없었지만 도시 전체를 내려다보는 언덕 위에 석조 건물이 있었고, 공작의 군사들 대부분이 그곳으로 철수하여 대기하고 있었다.

마릭과 로완은 숲에서 나오자마자 말을 달려 도시로 직접 돌진했다. 제대로 된 훈련을 받지 못한 엉성한 민병대가 방어선을 이루고 그들을 막으려 하는 것이 보였다. 이내 빠른 속도로 모든 것이 대혼란에 빠져들었고 민병대는 바로 후퇴를 시작했다. 그들이 좁은 골목과 건물들 사이로 숨는 바람에 반란군은 건물을 하나하나 뒤지며 찾아내야 했다.

필요 이상으로 건물을 파괴하거나 그곳 주민들에게 피해를 줘선 안 된다고 마릭이 단호하게 명령을 내렸는데도, 도시 서너 군데서 불길이 번지기 시작했다. 연기가 하늘 높이 올라갔다. 그리고 겁에 질린 사람들이 사방으로 도망치는 바람에 수색은 더욱 힘들어졌다. 그들은 반란군과 민병대 모두를 피해 거리를 미친 듯 뛰어다녔다. 반란군의 시선을 끌지 않기를 바라며 얼마 안 되는 귀중품을 챙겨 숲으로 도망치는 이들도 있었다. 사람과 연기, 비명으로 가득한 거리를 헤매던 마릭은 어느덧 부하들과 헤어져 혼자 남았음을 깨달았다.

마릭이 탄 말은 초조하게 발을 굴렀다. 그때 한 무리의 사람들이 연기를 뚫고 마릭 쪽으로 달려오다가 그를 보더니 겁에 질려 우뚝 멈춰 섰다. 소박한 옷차림을 한 그들은 천에 살림살이를 싸서 든 채, 아이들도 서너 명 데리고 있었다. 민병대는 분명 아니었다. 마릭은 옆으로 비키며 그들에게 지나가라고 손을 흔들었다. 그들은 조심스레 그의 옆을 지나갔고, 한 아이는 겁에 질려 울음을 터뜨렸다.

더 많은 연기가 거리 곳곳을 뒤덮었다. 그때 앞쪽에서 누군가 싸우는 소리가 들려왔다. 항구가 그리 멀지 않으니 반란군 일부는 이미 그곳까지 도

달했을 것이다. 마릭은 말을 돌렸지만 도대체 항구가 어느 쪽인지 알 수가 없었다.

'생선 냄새와 짠 바다 냄새만 따라가면 돼.'

이렇게 생각했지만 코로 들어오는 거라고는 연기와 피 냄새뿐이었다.

자욱한 가운데서 세 명의 남자가 나타났다. 이들은 달려오며 고함을 질렀다. 마릭은 얼른 말을 돌려 그들을 마주보고 섰다. 민병대라는 것을 알 수 있었다. 그들은 진한 색 가죽 갑옷을 입고 작은 나무 방패와 싸구려 검을 들고 있었다. 그렇게 빈약한 무장을 하고도 완전무장한 기병에게 달려든다는 것은 그들이 마릭의 망토를 알아보았다는 뜻이었다. 마릭을 말에서 끌어내릴 수만 있다면 여럿이서 같이 제압할 수 있으리라 생각하는 것이 분명했다.

'가만, 생각해보니 그럴 수도 있겠는걸.'

마릭이 생각했다.

그는 매끄러운 동작으로 말에서 내려 검을 뽑아 들었다. 곧장 한 놈이 칼을 들고 달려들었고, 마릭은 가까스로 공격을 막아내는 데는 성공했으나 그가 몸을 부딪쳐오는 것은 피할 수가 없었다. 드워프 갑옷이 충격 대부분을 받아냈지만 벽돌담에 쾅 하고 몸을 부딪힌 마릭은 순간적으로 숨이 턱 막혔다. 마릭의 말이 깜짝 놀라 뒤로 물러섰지만 도망치진 않고 불안한 듯 히히힝거리기만 했다.

"죽여! 어디 한번 죽여보라고!"

사내가 침을 마구 튀기며 흥분하여 소리쳤다. 불룩하게 나온 배 때문에 가죽 갑옷이 터질 듯한 대머리 뚱보 한 명이 마릭의 어깨를 검으로 내리쳤지만 마릭의 드워프 갑옷이 그대로 튕겨냈다.

마릭은 이를 부드득 갈며 첫 번째 남자를 냅다 걷어찼다. 그리고 몸을 돌려 뚱뚱한 남자가 다시 검을 휘두르기 전에 얼굴을 주먹으로 강타했다. 갑옷 장갑을 낀 마릭의 주먹이 그의 코와 정면으로 부딪치자 피가 분수처럼 솟구치면서 남자가 비명을 질렀다. 세 번째 남자가 칼을 빼들고 달려왔지만 마릭은 가볍게 피하며 빙글 돌아 그의 몸을 깊숙이 찔렀다.

뚱뚱한 사내가 정신을 차리더니 한 손으로 얼굴을 감싸 쥐고 비명을 지르며 도망쳤다. 첫 번째 남자는 비틀비틀 일어나 다시 검을 들었다. 마릭도 몸을 돌려 그를 마주보았다. 잠깐 동안 그들은 검을 휘두를 태세를 갖추고 서로를 노려보기만 했다. 마릭은 침착했으나 상대는 초조한 듯 혀로 입술을 핥았다. 당장이라도 도망치고 싶은 듯했다. 가까이 있던 건물 지붕이 무너지고 불꽃이 하늘로 치솟으며 더 많은 연기가 거리로 쏟아져 나왔다.

"아직도 덤빌 텐가?"

마릭이 물었다.

바로 그때 남자 뒤로 달려오는 민병대 네 명이 시야에 들어왔다. 일부는 피를 흘리고 있었다. 그들 모두 바로 앞에서 벌어지는 대결에 걸음을 멈췄다. 지원군이 도착한 것을 본 사내는 마릭에게 미소를 지어 보였다.

"한판 붙어보고 싶은걸."

그가 낄낄 웃으며 대답했다.

그때 새로운 소리가 들려왔다. 말발굽이 돌바닥을 강하게 때리는 소리였다. 그러자 나중에 나타난 네 명은 그들이 쫓기고 있음을 깨닫고 공포에 질려 도망쳤다. 하지만 그것만으로는 부족했다. 무장한 기마병 서너 명이 빠른 속도로 옆을 지나치며 칼을 휘둘러 한 방에 그들을 보내버린 것이다. 그중 한 명은 녹색 깃털을 나부끼는 로완이었다.

로완이 검을 높게 치켜들고 맨 앞으로 달려나왔다. 마릭과 맞서고 있던 사내는 헤벌어진 입으로 멍하니 그녀를 올려다보느라 도망칠 생각도 하지 못했다. 때는 이미 늦었다. 로완이 날렵한 손놀림으로 그의 목을 베어 쓰러뜨린 것이다.

마릭은 남자가 풀썩 쓰러진 뒤 돌바닥 위로 번지는 진한 피를 굳은 표정으로 내려다보았다.

'이럴 필요까진 없었는데.'

그가 생각했다. 이 사람도 그의 백성이 아닌가. 하지만 마릭이 할 수 있는 일은 없었다. 적어도 아직까지는.

말이 또각또각 소리를 내며 다가와 걸음을 멈추자 로완이 마릭 옆에 와 섰다. 투구를 벗은 그녀의 얼굴은 그을음과 땀으로 뒤범벅되어 있었다.

"또 말에서 떨어진 거야?"

로완이 농담조로 물었다.

"내 특기잖아."

그가 억지로 한숨을 쉬며 대답했다. 돌이켜 생각해보니 마지막으로 말에서 떨어진 지도 서너 해가 지났다. 아니, 지난 겨울 말에서 떨어져 눈 더미에 파묻힌 일이 한 번 있었다. 하지만 결과적으로 그 덕분에 목숨을 구할 수 있었다. 쌓인 눈이 적군의 시야로부터 그를 숨겨준 것이다. 잠시 뒤 로게인이 찾아와 그를 눈 더미에서 끄집어내고는 말도 안 되게 운이 좋은 녀석이라고 놀렸고, 마릭은 이를 덜덜 맞부딪치면서 그런 것 같다고 대답했었다. 그로부터 한동안 로게인과 로완 모두 그 일을 가지고 그를 가차 없이 놀려댔다.

마릭은 자기 말에게 걸어가 고삐를 잡고 달랜 다음 다시 안장 위로 올랐다. 로완은 믿음직스럽다는 듯 그 모습을 바라보고 있다가 뒤에서 기다리고 있던 기마병들을 돌아보았다. 그녀가 손짓하자 그들은 수색을 계속하기 위해 자리를 떴다.

"아직도 수색할 곳이 남았어. 적군을 다 찾아내려면 밤을 새워야 할 거야. 이쯤 되면 알아서 항복할 법도 한데. 그들은 항복하느니 그와렌을 태워 없애는 편이 낫다고 생각하는 것 같아."

로완이 주변에서 타오르는 몇 군데 불길을 향해 고갯짓하며 말했다.

"그런 것 같군."

마릭이 눈썹에 맺힌 땀을 닦으며 말했다. 그리고 근처에 쌓여 있던 건초 더미를 한 움큼 집어다가 피투성이가 된 검을 깨끗이 닦았다.

"아까 보니까 언덕 위 저택에서도 한창 전투가 진행 중이던데. 로게인이 벽을 뚫은 것 같아."

그 말을 들은 로완이 짜증스러운 표정을 지었다. 로게인의 이름이 언급될 때마다 그러는 버릇이었다. 하지만 누군가 왜 그러느냐고 물어볼 때마다 극구 부인했기 때문에 마릭은 이번에도 그냥 그 모습을 무시했다.

"그럼 그와렌은 우리 차지가 된 건가?"

로완이 물었다.

"곧 그렇게 될 거야."

함께 왔던 기마병들이 먼저 떠나고 마릭과 로완만 남아 마을을 수색하기 시작했다. 지금 그들이 있는 곳은 상대적으로 꽤 조용했다. 서너 군데 아직도 불타는 건물이 있었지만 도망치기로 결심한 사람들은 이미 사라지고 없었고, 이곳에 숨어 있던 적군은 이미 발각되었다. 마릭은 활활 타는 건물을 바라보며 무력감을 느꼈다. 이제 저 불은 끌 도리도 없이 얼마간 계속해서 퍼져 나갈 것이다. 말을 타고 지나가는 로완과 자신을 창문 뒤에 숨어 지켜보는 얼굴들이 보였지만 그들은 당분간 밖으로 나올 것 같지 않았다. 시간이 조금 지나면 모를까, 지금 당장은 아니었다. 현재로서는 마릭이 바로 이 유혈 사태와 화재를 일으킨 침략자였다. 심지어 어떤 이들은 메그렌 왕이 주장하는 대로 자신을 나쁜 놈이라 믿고 있겠지. 어쨌거나 대부분의 사람들이 겁에 질려 있었고, 그것도 어찌 보면 당연한 일이었다.

거리에는 가끔씩 보이는 시체들 말고도 쓰레기가 어지럽게 널려 있었다. 수많은 건물의 현관문이 활짝 열려 있거나 아예 떨어져 나가 있었다. 놀라운 것은 눈을 돌리는 곳마다 보이는 닭들이었다. 어디에서 온 것일까? 누군가 풀어주기라도 했나? 닭 떼는 그와렌의 진정한 주인이라도 된 양 활개를 치며 거리를 누볐다.

그때 하늘에서 우르릉 천둥이 쳤다. 로완은 고개를 들어 몰려오는 회색 구름을 살폈다.

"비가 오면 좋겠는데. 불을 끄는 데 도움이 될 거야."

그녀가 말했다.

하지만 정작 마릭의 주의를 끈 건 어디선가 들려온 또 다른 소리였다. 멀지 않은 곳에서 도움을 청하는 여자의 목소리가 들려왔다.

"저 소리 들었어?"

그가 로완에게 물었지만 그녀는 잘 모르겠다는 표정을 지었다. 마릭은 로완을 기다리지 않고 휙 말을 돌려 비명이 들려오는 쪽으로 달려갔다.

마릭의 돌발 행동에 놀란 로완이 뒤에서 멈추라고 소리쳤지만 그는 개의치 않았다. 그는 박차를 가해 빈 상자가 여기저기 굴러다니는 거리를 내달렸다. 술집처럼 보이는 건물 모퉁이를 돈 순간 그는 비명 소리의 주인이 누구인지 바로 알아보았다. 진한 꿀 색깔의 구불거리는 긴 머리를 드리우고 소박한 흰색 옷을 입은 아름다운 여자 엘프가 자신을 짓누르는 남자 세 명에 맞서 미친 듯 몸부림치고 있었다. 그녀의 윗옷은 이미 반쯤 찢겨나갔고, 거칠게 저항하며 겨우 남자들을 막고 있을 뿐이었다.

"제발, 도와주세요! 살려주세요!"

마릭을 본 그녀가 소리쳤다.

그러자 덩치 좋은 한 남자가 커다란 손으로 그녀의 입을 막고, 나머지 두 남자가 몸을 돌려 마릭을 마주보았다. 그들은 반란군이 아니었고, 이 도시의 평범한 주민도 아닌 것 같았다. 범죄자인가? 더러운 몰골에 살기등등한 표정으로 보아 그녀에게 무슨 짓을 하려는 것인지 분명해 보였다.

놈들 중 한 명이 칼을 꺼내 들었다. 마릭은 주저하지 않았다. 그는 말의 옆구리를 강하게 내리치며 그 남자를 향해 달려들었다. 칼을 든 사내도 마릭을 향해 뛰어들었지만 그건 놈의 실수였다. 마지막 순간 마릭이 방향을 틀자 말이 놈의 배를 힘껏 걷어차 날려버린 것이다. 그는 땅바닥에 닿기도 전에 숨이 끊어지고 말았다.

"왕의 이름으로 명하노니, 당장 그녀에게서 떨어져라!"

마릭이 소리치며 말에서 뛰어내려 남은 두 명에게 칼을 겨누었다.

엘프의 입을 막고 있던 놈이 손에 더욱 힘을 주었다. 그녀는 계속 몸부림을 치며 비명을 질렀다. 나머지 한 놈이 이를 드러낸 채 고함을 지르며 마릭에게 달려들었다. 마릭은 몸을 피하는 대신 오히려 앞으로 한 걸음 나아가 칼자루로 놈을 후려쳤다. 사내가 헉 소리와 함께 뒤로 물러나자 마릭은 다시 한 번 놈의 머리를 세게 가격했다. 놈은 부대 자루처럼 털썩 쓰러졌다.

때마침 로완이 달려와 말에서 뛰어내리고는 검을 뽑아 들었다. 덩치 좋은 마지막 놈이 마릭을 쳐다보고 다시 로완을 힐끔 본 뒤 어리석은 짓은 말아야겠다는 생각이 들었는지 엘프를 버리고 냅다 도망치기 시작했다. 로완이 슬쩍 마릭을 노려보고는 그 남자를 추격했다. 지금 이 상황과 마릭의 행동에 대해 어떻게 생각하는지 그대로 드러나는 눈빛이었다.

마릭은 즉시 쓰러져 있는 엘프에게 달려갔다. 그녀는 맨바닥에 널브러져 누더기가 된 셔츠 자락을 모아 쥐고 구슬프게 울고 있었다. 옷은 매우 더럽고 피로 얼룩져 있었지만 그녀의 피 같지는 않았다. 팔과 다리에 흉한 멍이 든 것 말고는 괜찮아 보였다.

"괜찮나요, 아…… 아가씨?"

마릭은 여자 엘프를 어떻게 불러야 할지 알 수가 없었다. 물론 반란군에도 엘프들이 있었지만 그들은 어디까지나 병사에 지나지 않았다. 그는 엘프를 하인으로 부려본 적도 없었다. 어머니를 따라 방문한 몇몇 성에서 본 적은 있었지만 직접 대화를 나눈 적은 없었다.

엘프는 선명한 녹색 눈에서 눈물을 줄줄 흘리며 그를 올려다보았다. 마릭은 시선을 뗄 수 없었다.

"제 이름은 카트리엘입니다. 정말 상냥하시군요, 전하. 감사합니다."

그녀가 조용히 대답했다. 그리고 마릭의 도움으로 근처에 떨어져 있던 보따리를 주웠다. 자리에서 일어선 그녀는 갈가리 찢긴 윗도리로 어떻게든 맨몸을 가려보려 했지만 불가능한 일이었다. 마릭은 자신의 보라색 망토를 벗어 그녀의 어깨에 둘러주었다.

그녀는 깜짝 놀란 눈으로 그를 바라보며 망토를 벗으려고 했다.

"오, 안 돼요. 전하, 이건 받을 수 없어요!"

"괜찮아요. 그냥 망토인걸."

그녀는 마지못해 마릭이 둘러주는 망토를 걸치고 얼굴을 붉히며 고개를 돌렸다. 마릭은 자기도 모르게 우아한 선을 따라 풍만한 가슴 굴곡으로 이어지는, 망토를 걸쳐도 가려지지 않는 그녀의 목덜미를 바라보았다. 너무나도 연약한 존재였다. 많은 사람이 여자 엘프에게 성적 매력을 느끼기에 데너림의 사창가에 가면 엘프들이 인기가 많다는 이야기를 들은 적이 있었다. 하지만 그는 한 번도 수도에 가본 적이 없었고 그들의 매력을 이해하지도 못했다. 하지만 이제는 알 것 같았다.

로완이 성가시다는 표정으로 돌아오자 그가 깜짝 놀라며 다시 제정신을 차렸다. 마릭은 조금 지나치다 싶을 정도로 재빨리 엘프에게서 떨어졌고, 그것을 본 로완의 표정이 일그러졌다.

"이쪽은 카트리엘이야. 그리고 여기는 레이디 로완. 나의…… 아, 그러니까, 나의 약혼녀예요."

할 말이 없어진 마릭이 입을 열었다.

카트리엘은 로완을 향해 절을 했다.

"아가씨께도 정말 감사드립니다. 제가 아무 생각 없이 그들에게 도움을 청했어요. 조금 더 조심했어야 하는 건데."

"그렇지요. 그건 그렇고, 대체 여기서 뭘 하고 있었던 거죠?"

로완이 물었다.

"어쩔 수가 없었어요."

이 말과 함께 엘프가 창피하다는 듯 망토 자락을 더욱 모아 쥐며 마릭을 돌아보았다.

"사실은 전하를 찾고 있었습니다. 제가 타고 온 말은 여기서 멀지 않은 곳에서 죽고 말았어요. 그래서 여기까지 달려왔는데 주변이 너무나도 혼란스러워서……."

"나를 찾고 있었다고요?"

마릭이 어리둥절해하며 물었다.

그러자 카트리엘이 망토를 들추고 가지고 있던 보따리를 풀었다. 두루마리 서너 개가 가죽끈에 한데 묶여 있었다.

"최대한 빨리 왔습니다. 저는 바이런 백작이 보낸 전령이에요."

"전령!"

놀란 로완의 눈이 크게 벌어졌다.

"백작은 패배했습니다. 제가 직접 보지는 못했지만 일단은 최대한 적군을 붙잡아두겠다고 말했습니다. 그리고 무엇보다도 전하께 이것을 꼭 전달해야 한다고 명령했습니다."

카트리엘이 녹색 눈을 내리깔고 두루마리를 내밀자 마릭이 마지못해 그것을 받았다. 그녀는 자신의 임무를 성공적으로 마친 것에 안도하는 것 같았다.

"패배라니! 대체 무슨 소리죠? 언제 그랬단 말예요!"

로완이 화를 내며 엘프에게 성큼성큼 다가왔다.

"나흘 전입니다. 전 하사받은 말을 타고 서둘러 이리로 왔지만 말이 중간에 지쳐 그만 죽어버렸습니다. 하지만 다른 도리가 없었어요. 백작을 공격한 바로 그 병력이 저와 그리 멀리 떨어지지 않은 숲 속에 있었습니다. 전 놈들이 당도하기 전에 먼저 전하를 찾아야만 했어요. 백작은 그 무엇보다 중요한 일이라고 당부했습니다!"

그녀가 애원하는 눈길로 마릭을 쳐다보았다.

마릭은 놀라 한 걸음 뒤로 물러섰다. 먼저 두루마리 하나를 펼쳐 읽어보았다. 두루마리 속 내용은 이미 철렁 내려앉은 마음이 짐작한 그대로였다.

"뭔데? 뭐라고 써 있냐고? 어서 말해봐!"

로완이 소리치자 마릭이 창백한 얼굴로 고개를 들었다.

"우리가 적군의 주의를 끌라고 백작을 보냈잖아. 정말로 대단한 주의를 끈 모양이야. 기마 군단 전체에 마법사들까지 있었대. 메그렌이 미리 계획한 것 같아."

"그래서 지금은 이리로 오고 있다고?"

"아마 저보다 하루 정도 늦을 것입니다. 그리 확실하지는 않지만요."

카트리엘이 말했다.

마릭과 로완은 꼼짝 않고 서로를 노려보기만 했다. 머리 위 회색 하늘에서 어렴풋이 천둥소리가 들려왔다. 이미 큰 피해를 입긴 했지만 비가 내리면 불이 더 이상 번지는 것을 막을 수 있다. 언덕 위 저택에서는 아직도 전투가 한창이었고 도시는 대혼란에 빠져 있었다. 이 상황을 제대로 통제하려면 하루가 더 걸릴 것이고, 설사 그렇게 할 수 있다 하더라도 그와렌에서 빠져나가는 길은 바다로 나가거나 숲을 통해 진군해오는 적군을 향해 곧장 돌진하는 것뿐이다.

한마디로 그들은 옴짝달싹 못하게 된 것이다.

제8장

로게인은 얼굴을 찌푸렸다. 지금 서 있는 비좁은 상점은 그의 옆에 쭈그리고 앉아 있는 엘프 궁수들의 불안한 두려움과 어울리지 않게 희미한 생선 냄새를 풍겼다. 그들은 어두운 곳에 숨어 적군이 나타나기만을 조용히 기다리는 중이었다.

창가에 선 로게인은 그와렌의 중앙 광장 대부분을 내다볼 수 있었다. 그곳은 상인들이 물건을 팔기 위해 정기적으로 장이 서는 곳이었다. 평상시라면 온통 알록달록한 색상의 물건들과 배럴통, 나무 상자, 그리고 사람들로 가득하겠지만 이른 아침 햇살이 구름 사이로 비치는 지금 보이는 것이라고는 뿌연 연기와 어제 전투에서 생겨난 온갖 쓰레기 나부랭이뿐. 비가 내린 덕분에 온 도시가 불타는 것은 피할 수 있었지만 이미 광장 주변의 많은 건물들이 폐허가 되었고, 검게 남은 건물 골조에서는 아직도 조금씩 연기가 피어올랐다. 아직 수습하지 못한 시신들이 쌓인 곳 옆으로는 숲으로 도망친 사람들이 흘리고 간 각종 살림과 나뭇조각들이 어지럽게 널려 있었다.

적군이 다가오고 있다는 사실을 알리기 위해 마릭과 로완이 미친 듯이 언덕으로 올라갔을 때 저택에서 벌어진 전투는 이제 막 끝난 무렵이었다. 활에 맞아 부상을 입은 렌도언 백작은 그답지 않게 욕설을 쏟아내기 시작했고, 로게인은 차분히 생각에 잠겼다. 바이런 백작이 보낸 전령은 유용한 정보을 가지고 왔다. 바로 적군 병력의 구성이었다. 적군에 당하기 전에 바이런 백작이 보낸 정찰병이 수집한 정보가 틀림없었다.

로게인은 왜 백작이 직접 오지 않았을까 생각했다. 여자 엘프가 혼자서 말을 달려 도망칠 수 있었다면 백작도 그리 할 수 있었을 것이다. 사령관 한 명에게 지휘를 맡기고 자신이 직접 온다고 해도 적군의 진군 속도는 늦출 수 있었을 터였다. 하지만 그리 하지 않았다니. 어쩌면 세상은 정말 남을 위해 기꺼이 자신을 희생하는 사람들로 넘쳐나는지도 모른다. 로게인은 자신도 그런 상황에 처한다면 바이런 백작과 같은 행동을 할지 의문이 들었다. 그는 아직도 왜 자신이 반란군에 남았는지 이해할 수 없었다. 아버지가 명하신 대로 왕자를 무사히 탈출시키고 나면 즉시 떠나겠다고 하지 않았던가. 가끔은 거울을 보면서 거기 비친 사람이 누구인지 스스로 알아보지 못할 때도 있었다. 반란군의 사령관, 희한한 운명으로 왕자를 만나 이제는 그가 털어놓는 속내를 들어주는 사람. 이게 정말 로게인 자신인가? 이게 겨우 삼 년 전 일인가?

마치 영원의 시간이 흐른 것만 같았다.

로게인이 내놓은 의견은 꽤 단순했다. 최대한 빨리 병사들을 모아 그와렌에 숨는 것이다. 반란군이 마을을 초토화시키고 바다로 도망친 것처럼 보이게 하자는 것. 그는 일이 복잡해지는 걸 막기 위해 붙잡은 포로를 모두 처형하자고 했지만 마릭이 딱 잘라 거부했다. 렌도언 백작 역시 그 제안은 달가워하지 않았다. 물론 로게인도 그들이 그렇게 나오리라 짐작한 바였다. 포로 대부분은 감시병도 없이 저택에 갇혀 있었다. 이젠 어쩔 수 없이 그들을 그냥 그렇게 놔둬야 한다.

반란군은 전투 뒤에 휴식도 거의 취하지 못하고 밤새도록 또 한 번의 전투를 준비했다. 가벼운 부상을 입은 사람들에게는 붕대를 감아주었고, 부상 정도가 심한 이들은 저택에서 그와렌 사람들과 반란군을 따르는 이들로부터 치료를 받았다. 그 무시무시하다고 소문난 마릭 왕자가 포로 모두를 처형하거나 여자들을 강간할 생각이 없다는 것이 확실해지자 지역 주민들은 고분고분 그들의 명을 따랐다.

로완은 부하들을 보내 숨어 있는 지역 주민들을 최대한 많이 찾아 그들이 해를 입지도, 재산을 빼앗기지도 않을 것이라고 이르며 안심시켰다. 많은 이들이 반란군을 따라 저택으로 올라왔지만 여전히 모습을 드러내지 않는 사람들이 더 많았다. 급한 도움을 필요로 하는 사람들에게는 필요한 것을 제공해주고 전투가 끝날 때까지 계속 숨어 있으라고 했다. 그래도 그들은 여전히 의심의 눈초리를 풀지 않았다. 로완은 로게인에게 그들의 눈에서 그것을 느낄 수 있다고 말했다. 로완의 부하들이 지날 때마다 많은 이들이 황급히 모습을 감추었다.

'작전이 엉뚱하게 돌아갈 가능성만 더 높아지는군.'

로게인이 생각했다.

물론 모두가 반란군을 두려워하는 것은 아니었다. 밤이 깊어가고 그들이 바쁘게 전투 준비를 하는 동안 사람들이 하나둘씩 밖으로 나와 마릭이 저택 바깥에 세워둔 사령부에 조심스레 다가온 것이다. 처음 렌도언 백작은 그들 중에 암살자가 있을지도 모른다고 걱정했지만 그들의 얼굴에 나타난 안도와 흠모의 표정은 진실했다. 기쁨의 눈물까지 흘리며 왕자를 쓰다듬는 이들에 둘러싸인 마릭의 표정을, 로게인은 절대 잊지 못할 것이다.

로게인은 이들이 누구인지 알고 있었다. 이들은 바로 올레이 인들에게 개만도 못한 대접을 받았던 사람들이다. 인간으로서 최소한의 존엄마저 빼앗긴 뒤 언젠가 퍼렐던의 진정한 통치자가 돌아와 자신들을 구해주기만을 기도해온 이들이었다. 그래서 바로 마릭이 오지 않았는가. 그와렌의 해방이 그리 오래 지속되진 않을 것임을 아는 로게인은 침울한 표정으로 그들을 바라보았다. 반란군은 여기에서 완전히 박살나고 엉망이 되어 브레실리안 숲으로 쫓겨나게 될 것이고, 그러면 살아남을 가능성은 너무나도 희박했다.

전에도 그랬던 것처럼 렌도언 백작은 최악의 경우를 대비해 마릭과 부하 몇 명이 탈 만한 작은 배 하나를 어디에선가 구해왔다. 물론 그럴 필요는 없었다. 머리를 때려 기절시킨 뒤 배로 끌고 가지 않는 한, 마릭이 거기에 탈 리가 없으니까. 로완도 축 늘어진 마릭을 끌고 가는 역할이 아니라면 절대 그 배에 오르지 않을 터였다.

광장을 둘러싼 건물마다 보이지는 않지만 반란군이 숨어 있었고 마릭은 길 건너편 버려진 빵집에 몸을 숨겼다. 반대편 건물 창으로 언뜻 그의 금발 머리가 보일 듯했다. 그들은 겨우 두 시간 전에야 각자 숨을 장소에 자리를 잡았고, 로게인과 함께 있는 엘프들은 밤새 한숨도 자지 못했다. 심한 피로감이 몰려왔지만 불안과 초조함은 그들이 깨어 있게 도와주었다. 적군이 빨리 나타나지 않는다면 이 기다림은 견딜 수 없을 정도로 힘들어질 것이다.

다행히 적군은 그들을 실망시키지 않았다.

안개비가 내리기 시작한 가운데 첫 번째 기사 무리가 그와렌으로 들어왔다. 묵직한 갑옷에 독특한 보라색 튜닉을 입고 말을 탄 그들은 옆을 따르는 사병들보다 확실히 눈에 띄었다. 로게인은 먼 거리에서도 그들의 옷에 새겨진 대제국 문장을 알아볼 수 있었다. 활을 쥔 그의 손에 잔뜩 힘이 들어갔다.

'아직은 아니야. 조금 더 기다려야 해.'

그가 생각했다.

그들은 그림자 속에서 적이 튀어나오지 않을까 경계하는 모습이었다. 하지만 아직까지 건물 안을 수색하지는 않았고, 로게인은 조금 안심이 되었다. 그들은 반란군이 대대적으로 공격해오거나 적어도 거리에서 전투를 벌이게 될 것이라 생각하고 있었다. 그런데 시야에 아무도 보이지 않자 그들은 일단 잔뜩 경계를 하며 말에서 내리지 않고 있었다. 물론 그것도 그리 오래 가지 않을 터였다. 먼저 최대한 많은 적군을 도시 깊숙한 곳까지 끌어들이는 것이 중요했다.

더 많은 기병들이 천천히 광장 안으로 들어섰다. 로게인의 눈에 새로운 사람이 들어왔다. 그는 흰색 수염을 길게 기르고, 권력 맛을 아는 사람처럼 거만하게 움직이고 있는 노란색 로브를 걸친 어두운 피부의 노인이었다. 그렇다면 마법사가 분명했다. 그 옆에 선 기사들은 금색 망토에 화려한 깃털 장식을 걸쳤고, 기마병들은 누구보다도 그들을 가장 두텁게 호위하고 있었다. 그들의 표정에는 걱정이 역력했다. 반란군은 대체 어디에 있는 거지? 그들이 서로에게 묻는 것이 보였다. 이제는 계획의 다음 단계를 실행에 옮길 때였다.

그때 건물 몇 군데에서 사람들이 나타나 그들을 향해 달려가기 시작했다. 말 탄 기사들이 즉시 그들을 알아보고 검을 빼들었다. 그러자 새로 등장한 사람들이 두려움의 비명을 지르면서 검 앞에 몸을 수그렸다. 그들은 더러운 넝마에 피가 잔뜩 튄 옷을 걸친 평민들이었다. 기사들은 그 사실을 재빨리 깨닫고 검을 든 손에 힘을 뺐지만 도로 칼집에 넣지는 않았다. 적진을 따라 몇 사람이 소리를 치자 평민들이 병사들에게 붙잡혀 광장 한복판, 마법사와 사령관 앞으로 끌려갔다.

여자 셋과 할아버지 한 사람, 로게인은 그중 한 사람을 알고 있었다. 구불거리는 밤색 머리에 그을음으로 얼굴을 시커멓게 칠한 젊은 여자는 다름 아닌 로완이었다. 그녀는 로게인이 보기에도 위험한 역할을 자청하고 나섰다. 그녀의 아버지가 펄쩍 뛰었지만 로완은 할 수 있다고 고집을 피웠다. 왜 로게인만 매번 작전에서 목을 내놓아야 하느냐는 것이었다. 이 말을 하면서 로완은 로게인 쪽을 슬쩍 쳐다보았지만 그는 묵묵히 바닥만 내려다보았다. 결국 백작도 뜻을 굽히고 말았다. 평민으로 분장한 로완을 본 마릭은 더럽고 찢어지긴 했지만 그녀의 드레스 차림을 마지막으로 본 것이 언제인지 모르겠다고 말했다.

그렇게 로완은 어두운 피부의 마법사 앞에 무릎을 꿇게 되었다. 그는 그녀와 다른 이들을 유심히 살폈다. 로완과 함께 잡혀온 이들은 마릭에게 돕게 해달라고 애원한 어부의 아내들과 나이 든 목수였다. 처음에 로게인은 로완 혼자 나서야 한다고 주장했었다. 이 바보들이 반란군을 배신하면 어떻게 한단 말인가? 반란군이 건물 안에 숨어 있다고 한마디 내뱉거나, 아니면 놈들의 집요한 심문 아래 무너지기라도 하면 그대로 끝장이었다. 하지만 마릭의 뜻은 꺾을 수가 없었다.

"우리를 돕게 해주자고. 그들이 함께 가면 로완도 더 그럴듯해 보일 거야."

렌도언 백작도 마릭과 뜻을 같이 했다. 그래서 로게인은 지금 초조한 마음으로 그들을 지켜보고 있었다.

지금까지는 좋았다. 어부의 아내들과 노인은 상황과 어울리게 벌벌 떨면서 마법사 앞에 넙죽 엎드려 있었다. 로게인은 반란군이 공격해왔다가 도망쳤다고 마법사에게 아뢰는 그들의 말을 똑똑히 들을 수 있었다. 다행히 계획에 대해서는 조금도 발설하지 않았다. 실제로 그들은 마법사에게 자신이 아는 모든 것을 알려주기 위해 필사적으로 애쓰는 사람처럼 보였다. 로완은 고개를 숙인 채 아무 말도 하지 않았다.

"조용히 해라!"

마법사가 화난 듯 소리치자 그들은 곧바로 입을 다물고 더 납작 엎드렸다. 마법사는 투구를 벗어 들고 짜증스러운 표정으로 이 모습을 지켜보고 있던 사령관들에게 시선을 돌렸다. 비겁한 반란군이 정말로 도망쳤다면 이제 전투는 없다고 봐야 한다.

"자, 그럼 너희 중 한 명, 딱 한 명만 이야기를 해보아라! 반란군이 어떻게 도망쳤다는 것이냐?"

그러자 로완이 불안한 듯하면서도 침착한 모습으로 고개를 들었다.

"배를 타고 떠났습니다요, 나리."

"배? 지금 무슨 소리를 하는 게냐?"

"배가 있었습니다. 그것도 아주 많이요. 병사들이 와서 배를 가져갔습니다."

"허튼 수작 말아라!"

마법사가 소리치며 로완의 뺨을 갈겼다. 그 모습을 지켜보고 있던 로게인은 순간 벌떡 일어날 뻔했지만 마지막 순간에 꾹 참을 수 있었다. 로완은 연약한 꽃 같은 여자가 아니었다. 하지만 그녀는 두려움에 잔뜩 움츠리고 맞은 볼을 감싸 쥐며 제대로 연기를 해냈다. 로게인은 그것이 연기라는 것을 한눈에 간파할 수 있었다.

"이곳에 있던 배는 모두 며칠 전에 떠났단 말이다!"

마법사가 다시 소리쳤다.

"무, 무슨 말씀을 드려야 할지 모르겠습니다, 마법사 나리. 배가 있었어요! 누구 건지는 모르겠습니다!"

로완이 필사적으로 대답했다.

마법사는 분노로 파르르 떨며 다시 한 번 손을 쳐들었다. 하지만 그 순간 함께 있던 다른 사령관 기사 한 명이 앞으로 다가와 그의 귀에 무언가를 속삭였다. 둘은 잠시 이야기를 나누었고, 마법사는 여전히 마뜩잖은 표정이었지만 더 이상 화를 내진 않았다. 마법사의 곁을 떠난 사령관은 말을 타고 천천히 마을 안으로 진입하고 있던 기사들에게 지시 사항을 전달하기 시작했다. 명령은 올레이 말이었지만 로게인은 그 뜻을 얼추 이해하고 씨익 미소를 지었다. 역시 그들은 하찮은 반란군 왕자 따위는 맞서 싸우기보다 냉큼 도망갔으리라고 생각했던 것이다.

마법사가 다시 몸을 돌려 로완을 바라보았다.

"일어나라."

로완은 입고 있는 누더기 드레스를 손으로 살짝 가리며 자리에서 일어나 시선을 아래로 내리깔았다.

"그 배에 대해 자세히 설명해보아라."
그가 차갑게 말했다.
"아주 컸습니다, 나리. 돛에는 그림이 그려져 있었어요. 금색 동물 같은……. 자, 자세히 보진 못했습니다."
그녀가 말을 더듬으며 대답했다.
"금색 동물? 혹시 비룡이 아니었느냐?"
"그런 것 같습니다, 마법사 나리. 오래 머무르지 않아서 확실치는 않지만요."
로완이 고개를 더 푹 숙였다.
이 말을 들은 마법사는 생각에 잠긴 듯 턱을 쓰다듬었다. 로게인은 그가 머릿속으로 무언가를 계산하고 있음을 알 수 있었다. 금색 비룡은 북쪽 아주 멀리에 위치한 국가 칼라브리아의 상징이었다. 칼라브리아와 마릭 왕자가 동맹을 맺었을 가능성은 매우 희박했지만 그래도 잠시 멈춰 생각해볼 여지는 있었다.
올레이 사령관들도 자기들끼리 무언가를 쑥덕대고 있었다. 한참 뒤, 그들이 몸을 돌리더니 마법사에게 조용히 이야기했다. 그들의 말을 들은 마법사가 못마땅한 표정으로 고개를 끄덕이고는 다시 다른 이들에게 지시를 내렸다. 이것 또한 로게인은 대강의 내용을 이해할 수 있었다.
'경계를 멈추고, 먹을 것을 찾아봐라. 언덕 위 저택으로 사람을 보내라.'
로게인이 그들의 입장이라도 그런 명령을 내렸을 것이다. 바보처럼 눈가리개를 한 상태로 무심코 도시 안에 발을 들여놓을 작정이었다면 말이다. 기사들은 이미 눈에 띄게 긴장을 풀고, 알아듣기 힘든 자기네 말로 무언가를 지껄이더니 뿔뿔이 흩어져 움직이기 시작했다. 몇 명이 광장 안으로 더 깊이 들어가 천막을 치겠다며 물자를 싣고 다니는 마차를 불렀다.
자, 이제 조금만 더 기다리면 된다.

만족스러운 표정을 지은 마법사가 다시 로완을 향했다. 그는 음흉한 미소를 지으며 한 손을 내밀었다. 그러자 밝은 에너지 같은 것이 그의 몸에서 빠져나와 큰 덩어리를 이루었고, 놀란 사령관들은 후다닥 그 자리에서 비켜났다. 고개를 든 로완은 당당히 그 자리를 지켰다. 이내 그 에너지가 그녀를 향해 밀려들었다. 그리고 마치 수많은 덩굴손처럼 그녀를 감싸더니 몸을 공중으로 들어 올려 얽어맸다. 그녀는 몸부림치지 않고 무표정하게 침착함을 유지했다.

마법사가 앞으로 다가와 그녀의 가슴 바로 위 드레스 앞섶에 묻은 먼지를 털어냈다. 그의 손길을 느낀 로완이 움찔하자 놈은 음흉한 미소를 흘렸다.

"이런, 이런. 똥개치고는 꽤 예쁘장하구나, 응? 반란군 놈들이 도망칠 때 널 데려가지 못한 게 원통하겠어."

그가 다시 한 번 로완의 가슴을 가로로 쓸자 그녀가 그의 얼굴에 퉤 하고 침을 뱉었다. 당황한 마법사가 손을 멈추더니 볼에 묻은 침을 문질러 닦았다. 그와 동시에 에너지 덩굴손이 로완을 더욱 강하게 죄어왔다. 그녀가 성난 듯 씩씩거렸지만 여전히 몸부림은 치지 않았다.

"용감하구나. 성질이 불같기도 하고. 사실 난 그런 면을 그리 싫어하지 않거든. 하지만 버르장머리는 좀 고쳐줘야겠다."

그가 마지막 말과 함께 손등으로 로완의 볼을 세게 후려치고는 즐겁다는 듯 쿡쿡 웃어댔다.

손등을 문지르며 로완에게서 몸을 돌린 마법사는 다음 순간 깜짝 놀라 자기 가슴을 내려다보았다. 어디서 날아왔는지 모를 화살 하나가 그 자리에 박혀 있고 이미 짙은 핏자국이 노란 로브 위로 번져 나가고 있었다. 그가 당황한 표정으로 옆에 있던 올레이 기사를 바라보았고, 둘이 잠시 아무 말도 하지 못하고 놀란 눈으로 마주보고 있는 사이 화살 두 개가 마법사를 향해 날아왔다. 하나는 아슬아슬하게 빗나가고 다른 하나는 그의 목에 정확히 명중했다. 마법사는 목을 움켜쥐고 피와 침을 콸콸 쏟아내며 그 자리에 쓰러졌다.

"지금이다! 공격하라!"

칼을 높이 쳐들고 빵집 바깥으로 튀어나온 마릭의 목소리였다. 그의 옆에 있던 궁수들은 이미 적군 기사들을 향해 화살을 쏘아대고 있었고, 더 많은 반란군 병사들이 그들의 뒤를 쫓았다. 나머지 반란군 역시 숨어 있던 광장 주변에서 우르르 쏟아져 나왔다.

계획대로라면 이건 아니었다.

'너무 일러! 이런 망할 마릭!'

로게인은 속으로 욕설을 내뱉었다. 그러고는 날카로운 손짓으로 데리고 있던 나이트 엘프들에게 사격을 지시했다. 그들은 미친 듯 로완을 향해 돌진하는 마릭을 보호하면서 그 주변에 모여든 적군 무리를 향해 활을 당기기 시작했다. 마릭이 지나는 길에 있던 갑옷 입은 기사 한 명이 마릭을 베려 했지만 로게인이 그의 투구 바로 아래 드러난 목에 깔끔히 화살을 명중시키자 그대로 쓰러지고 말았다.

폭발하듯 터진 혼란의 한복판에서 또 다른 함성 소리가 들려왔다. 광장 바깥이었다. 광장 안에 있는 놈들을 적군 본진과 차단시키기 위해 렌도언 백작이 적의 뒤쪽 옆구리를 치는 것이 분명했다. 적군이 병력 전체를 그와렌 안으로 진군시킬 리가 만무했다. 그래서 그들은 최대한 많은 적군이 광장 안으로 들어올 때까지 기다렸다가 광장으로 이어지는 좁은 중심가를 차단하여 놈들을 반으로 동강내기로 한 것이다.

그렇다면 타이밍은 적절했는가? 로게인은 아수라장 한복판에서 마침내 로완을 만난 마릭을 유심히 살펴보았다. 마릭은 마법사의 주문이 깨진 뒤 몸을 수그리고 앉아 있던 로완에게 검 하나를 던졌다. 그 검을 받아든 로완이 가장 먼저 한 일은 바닥에 누워 헐떡거리고 있던 마법사의 가슴을 사정없이 찌른 것이었다. 심지어 몸무게를 실어 칼을 그의 가슴속에 깊이 박아 넣자 놈이 고통에 신음하며 피를 뿜어냈다. 마릭은 잠시 놀라 로완을 멍하니 쳐다보다가 갑자기 뒤에서 달려든 기사 두 명을 상대하기 위해 정신을 차렸다.

"왕자와 레이디 로완을 엄호하라!"

로게인이 부하들에게 소리쳤고 더 많은 화살이 날아갔다. 로완이 마릭을 공격한 기사 중 한 명을 맡았지만 마릭에게 남은 한 명도 그리 호락호락하진 않았다. 놈은 마릭의 검을 쉽게 피해냈다. 화살 한두 개가 날아가 그의 몸을 맞혔지만 놈의 움직임을 늦추기에는 역부족이었다. 별안간 그가 몸을 솟구쳐 마릭 앞으로 뛰어들더니 마릭의 옆구리 깊숙이 검을 꽂아 넣었다. 마릭이 저항하며 상대를 밀어내고는 다음 순간 힘없이 풀썩 쓰러지고 말았다.

"마릭!"

로완이 비명을 질렀다.

그녀는 상대하고 있던 기사를 발로 차내고 마릭에게 부상을 입힌 놈을 향해 달려들었다. 그녀의 검이 그의 갑옷에 쨍강 하고 튕겨 나오자 그가 로완을 향해 돌아섰다. 그녀는 이때를 기다렸다는 듯 휙 몸을 돌려 그의 목을 가로로 베었다. 뒤로 털썩 쓰러지는 그의 목에서 피가 뿜어져 나왔다.

또 다른 기사 하나가 로완의 뒤에서 덤벼들었고 로완이 그를 마주보기 위해 돌아섰을 때에는 이미 늦었다. 하지만 다행히 그 순간 화살 서너 개가 동시에 날아와 그의 몸에 파바박 박혔다. 그중 하나가 그의 관자놀이를 맞히는 바람에 그는 로완에게 가까이 오기도 전에 옆으로 픽 쓰러지고 말았다.

로완은 속도를 줄이지 않고 냉큼 몸을 돌려 마릭의 곁으로 달려갔다. 마릭은 피를 철철 흘리며 바닥에 쓰러져 있었고 로완이 흔들어 깨웠지만 아무런 반응을 보이지 않았다. 상처를 보기 위해 갑옷을 벗기자 로완의 손에 진한 피가 흥건하게 묻어났다. 로완이 공포에 질린 커다란 눈으로 사방을 둘러보았다. 하지만 눈에 들어오는 것은 더 많은 반란군이 광장 안으로 쏟아져 들어오는 가운데 점점 치열해져 가는 전투뿐이었다.

이 모습을 본 로게인이 얼굴을 찡그리고는 활을 한쪽으로 내던지고 검을 빼들었다.

"엄호해라."

그가 나이트 엘프들에게 지시하고 창턱을 훌쩍 넘어 거리로 달려나갔다.

전투는 그로부터 서너 시간이나 계속되었지만 마릭은 쓰러진 뒤로 아무것도 기억하지 못했다. 마침내 그가 천막 안에서 눈을 떴을 때에는 이미 어두워진 다음이었다. 윌헬름의 마법 덕에 상처는 대부분 아물었지만 마법사는 그가 과다 출혈로 거의 죽을 뻔했다고 쏘아붙였다. 로게인과 로완이 그를 질질 끌고 나와 곧장 옆구리의 상처를 지혈하지 않았다면 마릭은 분명 숨을 거두고 말았을 것이다.

"로완은 괜찮은 거죠?"

마릭이 물었다.

이 말을 들은 윌헬름이 알쏭달쏭한 표정으로 그를 물끄러미 바라보았다.

"제가 마지막으로 보았을 땐 살아 있었습니다. 한 번 더 살펴볼까요?"

백작이 고갯짓하자 윌헬름은 고개를 조아리고 천막에서 나갔다.

그들은 애초에 바랐던 만큼 많은 기사들을 광장 안에 가두지 못했고, 렌도언 백작이 엄한 표정으로 이야기한 것처럼 그것은 마릭의 때 이른 공격 탓이 컸다. 그래도 자신의 딸을 보호하기 위해 나선 마릭을 심하게 나무랄 수는 없었다. 그리고 다행히 그 전투에서 야기된 혼란만으로도 꽤 성공적인 결과를 거두었다. 마법사를 두 명 더 처리했고, 광장에 들어온 기사들을 모조리 쓰러뜨린 것이다. 렌도언 백작은 그와렌 바깥에서 대기하고 있던 더 많은 적군 병력이 몰려오기 전에 중심가를 열어 놈들을 도망치게 했다. 겨우 목숨을 부지해 달아난 소수의 적군 사령관들은 최대한 먼 곳에서 전열을 재정비하는 쪽을 택했다. 그리고 백작은 그들을 쫓아 보내면서 최대한 많은 궁수들을 보내 뒤에서 공격하게 했다.

"놈들은 다시 돌아오겠지. 하지만 이번에는 우리에게도 준비할 시간이 있네. 이번만큼은 선택권이 있다고."

백작이 엄숙하게 마릭에게 말했다.

"무슨 선택권이요?"

"숲길은 좁아서 방어가 용이하네. 놈들이 더 많은 병력을 데리고 돌아올 때쯤 우리는 병력 전체를 해안을 따라 위로 이동시킬 배를 입수할 수 있을지도 모르네."

백작이 조심스레 말했다.

"배요? 어디에서 배를 얻는단 말입니까?"

깜짝 놀란 마릭이 눈을 깜빡이며 물었다.

"빌릴 수도 있고, 필요하다면 만들 수도 있다네. 그와렌에 풍족한 게 있다면 바로 목재와 낚싯배니까."

"그렇다면…… 이곳은 우리 차지군요?"

마릭이 잠시 생각하다가 물었다.

"그렇지. 지금으로선."

백작이 고개를 끄덕였다.

조심스러운 백작의 대답에 마릭은 다시 베개에 몸을 뉘이며 미소를 지었다. 도시 하나를 해방시켰다. 수년 만에 처음으로 퍼렐던의 일부를 올레이 놈들에게서 되찾은 것이다. 그는 메그렌 왕이 지금쯤 무슨 말을 하고 있을지, 이 창피한 일을 황제에게 어떻게 설명할 것인지 궁금해졌다. 황제는 대제국이 얼마나 위대한지 보여주겠답시고 그와렌을 먼지로 만들어버리라며 수십 군단이나 되는 기사들을 메그렌에게 보낼지도 모를 일이었다.

그 생각을 하니 갑자기 기운이 빠졌다.

"이번에 죽은 마법사 중에 왕의 오른팔인 시버란이 있지 않을까 생각했는데 그런 행운은 따라주지 않은 것 같더군. 세 명 가운데 정보원이 알려준 인상착의와 일치하는 이는 없었네. 모두 올레이의 마법사 협회에서 새로 보낸 자들이었어."

백작이 얼굴을 찡그리며 말했다.

"그럼 적어도 퍼렐던의 마법사 협회에서는 우리와의 약속을 지켰다는 뜻 아닌가요."

마릭이 끼어들었다.

"그건 그렇지."

백작이 고개를 끄덕였다.

"로게인은요? 괜찮아요?"

로게인을 떠올린 마릭의 표정이 갑자기 밝아졌다.

"부상을 입긴 했는데 심각하진 않네. 자네한테 어찌나 화가 났는지 목을 비틀어주겠다고 길길이 날뛰더군. 그래도 월헬름이 당도하기 전까지 자네 곁을 줄곧 지켰지. 월헬름이 오고 난 뒤에도 로완은 떼어낼 수가 없었지만. 자네가 목숨을 건질 거라는 확신이 들기 전까지는 움직이려 하지도 않더군."

백작이 한숨을 쉬며 말했다.

"전 참 좋은 친구들을 두었군요."

그는 눈살을 찌푸린 채 마릭을 찬찬히 살펴보았다. 마치 무언가 말을 꺼내려다 중도에 그만둔 것 같았다. 백작은 대신 희미하게 미소를 지었다.

"자네가 나서지 않았으면 그 마법사가 로완에게 무슨 짓을 했을지 누가 알겠나? 마릭 자네가 그 아이의 목숨을 구한 것일 수도 있어. 로완도 그 사실을 잘 알 걸세."

"로완이 나였더라도 그리 했을 거예요."

마릭이 어깨를 으쓱이며 대꾸했다.

"물론이지."

백작은 그 일에 대해서는 더 이상 말을 잇지 않았다. 대신 그들이 챙겨야 할 사소한 문제들에 대해 이야기하기 시작했다. 약탈에 대한 보고가 몇 건 있었다든가, 지역 주민들을 위해 최대한 빨리 도시의 질서를 되찾아주어야 한다든가. 또한 그와렌의 해방 사실을 알리기 위해 다른 지역의 퍼렐던 귀족들에게 전령을 보내는 것이 어떻겠냐는 말도 꺼냈다. 하지만 이 이야기들 모두 지친 마릭에게는 한쪽 귀로 들어갔다가 한쪽 귀로 나올 뿐이었다. 부상당한 옆구리는 아직도 심하게 욱신거렸고, 마릭은 자기도 모르게 잠이 들었다가 깼다가를 반복하고 있었다.

그 모습을 본 백작은 껄껄 웃고는 사소한 일은 자신이 대신 처리하겠다고 말했다. 그리고 마릭에게 푹 쉬라는 말을 남기고 천막을 떠났다.

마릭은 잠시 자신의 천막 옆 저택 마당에서 다른 천막을 치고 있는 사내들의 목소리에 귀를 기울였다. 그들이 서로 주고받는 농담과 가벼운 너털웃음을 듣고 있자니 절로 미소가 지어졌다. 얼마 지나지 않아 그들은 자신들이 왕자의 천막 바로 바깥에 있음을 깨닫고 서로에게 조용히 하라고 핀잔을 주기 시작하더니, 일을 끝내고 항구 근처에 버려진 술집 창고를 털어보자며 그곳을 떠났다. 마릭은 그들과 함께 가고 싶기도 했지만 어차피 침대 바깥으로 기어 나가는 것만도 힘들 터였다. 차라리 여기 남는 편이 나았다. 눈치 없이 왕자가 낀다면 그들 모두 괜스레 어색하고 불편해할 것이니 말이다.

사방이 조용해지자 절로 잠이 찾아왔다. 얼마나 시간이 흘렀을까, 마릭은 자기도 모르게 부스스 잠에서 깨어났다. 커다란 천막 안은 온통 암흑으로 덮이고, 옆구리의 통증은 아까보다 훨씬 나아졌다. 그때 어떤 형체 하나가 천막 자락을 들추고 조용히 안으로 들어왔다. 그러고 보니 그 사람의 손에 들린 등불에 비쳐 흔들리는 그림자 때문에 잠에서 깬 것이었다.

마릭은 게슴츠레한 눈을 깜빡였다. 등불 뒤로 균형 잡힌 몸매를 가진 여자의 실루엣을 본 것 같았다.

"로완?"

마릭이 머뭇거리며 불렀다.

하지만 천막 안으로 들어온 형체는 로완이 아니었다. 엘프 전령 카트리엘이 깨끗한 새 옷 차림으로 거기 서 있는 것이 아닌가. 어둠 한가운데에 선 그녀의 모습은 등불의 흔들리는 빛 때문에 현실에는 없는 존재처럼 느껴졌다. 그녀의 탐스러운 금빛 머리칼은 한밤중에 그를 찾아온 천상의 영혼처럼 아름답게 어깨에 드리워져 있었다.

"방해……했다면 죄송합니다, 전하."

카트리엘이 우물우물 말했다. 그녀의 녹색 눈이 파르르 떨리며 마릭에게서 멀어졌다. 마릭은 그제야 상체에 칭칭 감아놓은 붕대 말고는 오직 두터운 털 이불밖에 걸친 것이 없다는 것을 깨달았다.

"그럼 나가보겠습니다."

그녀가 한 손으로 등불을 가리고는 나가려는 듯 몸을 돌렸다.

"아니, 기다려요."

마릭이 상체를 일으켜 앉으며 조용히 말했다. 물론 일어날 수는 없었다. 마릭은 털 이불을 위로 더 끌어당기면서 자기도 모르게 얼굴을 붉혔다. 하지만 그녀가 가지 말라는 자신의 말을 듣고 머뭇거리는 것을 보니 반가웠다.

카트리엘은 어찌 할 바를 모르는 듯 아랫입술을 깨물며 마릭을 바라보았다. 마릭은 소박한 흰색 드레스 위로 드러난 그녀의 아름다운 곡선을 멍하니 쳐다보고 있었다.

"누가 갈아입을 옷을 주었군요. 그 나쁜 놈들한테 다친 건 아니죠?"

마릭이 물었다.

"아닙니다, 전하. 왕자님께서 말 그대로 백마 탄 왕자님처럼 제때 나타나 주셨는걸요."

그녀가 배시시 웃었다. 둘의 시선이 마주치자 카트리엘은 수줍어 고개를 돌렸다. 하지만 다음 순간, 이제야 보았다는 듯 마릭의 배에 감겨 있는 붕대를 보고 깜짝 놀랐다.

"이런, 세상에! 그 말이 사실이었군요! 왕자님께서 심하게 다치셨다고 했는데…… 이 정도인 줄은 정말 몰랐어요!"

그러면서 거의 무의식적으로 앞으로 다가가 가냘픈 두 손으로 그의 상처를 가볍게 어루만졌다.

카트리엘의 머릿속에는 걱정만 가득한 것 같았지만 그 순간 마릭의 등은 그녀의 손길에 바짝 긴장하여 뻣뻣이 굳었다. 그것을 느낀 그녀가 화들짝 놀라 뒷걸음치자 마릭의 볼은 더욱더 붉어졌다.

"아, 죄송합니다, 전하. 제가 실수를……."

"아니, 아니에요. 사과할 필요 없어요. 당신이 그때 나타나지 않았다면 우리는 제때 다음 전투를 준비하지 못했을 겁니다. 오히려 우리가 당신에게 신세를 진 거예요."

마릭이 어리둥절한 표정으로 잠시 말을 멈추었다.

"그런데…… 솔직히 말해 당신이 왜 여기 온 건지는 모르겠군요, 이 천막에."

카트리엘은 어색하게 거기 서서 그를 마주보고 있다가 살며시 미소를 지었다. 그녀의 미소는 너무나도 따뜻하고 진실해 보였다.

"실은…… 실은 제 눈으로 직접 확인을 하고 싶었거든요. 그리도 용감히 제 목숨을 구해주신 분께서 반드시 무사하셔야 한다고…… 정말 괜찮으신지 제 눈으로 똑똑히 뵙고 싶었습니다."

"괜찮아요, 카트리엘. 정말 괜찮아요."

이 말을 들은 그녀의 눈이 돌연 밝아졌다.

"제 이름을…… 기억하시는 거예요?"

"몰라야 할 이유라도 있나요?"

그 말을 들은 마릭이 오히려 더 놀랐다.

"전 천한 엘프일 뿐입니다. 왕자님 같은 인간은…… 인간들은 대부분 우리를 봐주지 않아요. 저희를 보긴 하지만 진심으로 상대하진 않죠. 제 어머니는 평생 동안 인간 남자의 하녀로 사셨어요. 하지만 주인은 단 한 번도 어머니의 이름을 불러준 적이 없었죠."

그녀는 상대가 왕자라는 걸 새삼 깨달았는지 깜짝 놀란 표정으로 입을 다물고는 고개를 숙였다.

"제, 제가…… 제 신분도 잊고…… 이런 말은……."

그 말에 마릭이 쿡쿡 웃으며 한 손을 저었다.

"괜찮아요. 그리고 당연히 당신을 기억하죠. 어떻게 잊을 수가 있겠어요? 이렇게 아름다운 분을."

카트리엘이 고개를 한쪽으로 갸우뚱한 채 마릭을 물끄러미 바라보았다. 그녀의 눈은 불빛에 반사되어 매력적으로 빛났다.

"제가…… 제가 아름답다고 생각하세요, 전하?"

마릭은 무슨 대답을 해야 할지 몰랐다. 실수라 해도 방금 한 말을 취소하고 싶은 생각은 없었다. 그는 별안간 벌거숭이에 가까운 자신의 상태를 다시 깨달았다. 어색함이 물밀듯 밀려왔다. 카트리엘이 아주 천천히 앞으로 다가왔다. 침묵 속에서 그녀의 시선은 그의 눈을 붙들어두고 있었다. 그녀가 들고 있던 등불을 그의 침대 옆 나무 궤짝 위에 올려놓고 침대 가장자리에 걸터앉았다.

그들의 얼굴은 겨우 몇 센티미터 떨어져 있었다. 마릭은 거칠게 숨을 몰아쉬면서도 그녀로부터 눈을 뗄 수가 없었다. 누구도 쉽게 손댈 수 없는 정원에서만 피어나는 희귀한 꽃향기 같은 그녀의 체취가 정신을 아득하게 했다. 너무 강렬하지 않으면서도 유혹적이고 달콤한 향내였다.

카트리엘이 조용히 손을 뻗더니 가느다란 손가락 하나를 들어 붕대가 감긴 그의 가슴을 쓸어내렸다. 그녀의 손길이 닿는 곳마다 가벼운 전율이 일었다. 마릭은 침을 꿀꺽 삼켰다. 이 조용한 어둠 속에서 들리는 소리는 그것뿐이었다.

"이렇게 전하와 함께 있고 싶습니다. 전하가 받아주시기만 한다면."

그녀가 속삭였다.

마릭은 눈을 껌뻑이고는 다시 얼굴을 붉히며 이불을 내려다보았다.

"나…… 나 때문에 꼭 이래야 할 필요는 없어요. 그러니까 내 말은, 내가 뭘 바라고 당신을…… 구해줬다고 당신을 어떻게 해보려는 건……."

그가 더듬더듬 말을 꺼냈다.

카트리엘이 다시 손가락으로 그의 입술을 건드렸다. 아무 말 말라는 뜻이었다. 마릭은 그녀를 올려다보았다. 그녀가 아름다운 눈을 내리깔고 자신을 바라보고 있었다.

"괜찮아요, 전하."

그녀가 대답했다. 어느 샌가 목소리가 허스키해져 있었다.

"날…… 그렇게 부르지 말아요."

"괜찮아요."

그녀가 다시 말했다.

그러자 마치 무언가에 이끌리기라도 한 듯 둘의 몸이 서로간의 거리를 좁혔다. 마릭이 그녀에게 키스했다. 그녀의 피부는 그가 상상한 것만큼이나 부드러웠고, 카트리엘은 그의 손길 아래 녹아내렸다.

천막 바깥에 선 로완은 입을 굳게 다문 채 등불이 꺼지는 것을 지켜보았다. 그녀는 어깨가 드러나는 칼라브리아산 붉은색 실크 드레스를 입고 있었다. 그 옷을 판 뾰족한 얼굴의 여자는 이런 드레스를 입기에는 로완이 지나치게 근육질이고, 어깨가 너무 넓다고 했었다. 하지만 피부에 실크가 닿는 느낌은 이제껏 입어온 가죽이나 금속과는 너무나도 달랐다. 그래서 로완은 그 여자의 말에도 불구하고 이 옷을 샀었다. 아직까지 입을 기회는 단 한 번도 없었지만.

로완은 하필이면 지금 이 드레스를 꺼내 입은 것을 후회했다. 그리고 이렇게 마릭을 찾아온 것도. 어둠 속에 우두커니 선 채 발을 뗄 수가 없었다.

근처에 있던 경비병은 쭈그려 앉은 채 곯아떨어져 코를 골고 있었다. 그녀는 화가 나 고개를 절레절레 흔들었다. 마음 같아선 경비병을 한 대 걷어차 주고 싶은 심정이었다. 마릭을 찾아온 것이 여자 엘프가 아니라 암살자였다면 어떻게 되었겠는가? 하지만 병사들 모두 긴 전투에 지칠 대로 지쳐 있었고, 지금 이 사람도 실신 직전의 상태로 이 자리에 배치되었을 것이다. 그녀는 잠시 자신의 책무를 잊은 경비병을 용서해주기로 했다. 하지만 마릭은 용서할 수 없었다.

천막 안에서 희미하게 신음 소리가 들리기 시작해서야 로완은 그곳을 떠났다. 그녀의 상상일 수도 있었지만 어쨌거나 계속 거기 서 있을 수는 없었다.

'이런 건 듣고 싶지 않아.'

로완은 생각했다. 심장이 얼어버릴 것만 같았다.

천막 사이를 이리저리 지나는 그녀의 움직임은 민첩하고도 조용했다. 많은 이들이 맨바닥에서 잠을 자고 있었고, 어떤 이들은 서로 포개어져 있기도 했다. 에일 맥주 냄새가 사방에 진동했다. 올레이 군이 숲으로 패주한 뒤로 시작된 축하연은 밤늦게까지 이어졌다. 약탈은 금지시켰지만 맥주와 와인을 찾아 술집을 샅샅이 뒤지는 것만큼은 살짝 눈감아줄 수밖에 없었다. 두 번이나 말끔히 승리를 거두었는데 마음껏 축하할 자격이 있지 않겠는가.

로완은 그들이 술을 마시는 것을 지켜보면서도 거기 끼지는 않았다. 그녀의 머릿속에는 마법사를 검으로 찔렀던 기억, 그때 느꼈던 이성을 잃을 정도의 엄청난 분노밖에 없었다. 그 순간에는 놈을 고통스럽게 만드는 것만이 중요했다. 지금껏 그녀의 삶에 전투와 피 말고 다른 것이 있었던가? 그녀는 이런저런 생각을 하며 마릭을 찾아갔던 것이다.

'아니, 내 생각이 짧았던 거지. 그런 짓은 하는 게 아니었어.'

로완이 스스로를 다그쳤다.

그녀는 천막이 늘어선 곳을 빠져나와 저택 마당 중에서도 한가한 곳으로 들어섰다. 텅 빈 그곳에 도착한 로완은 걷는 속도를 천천히 줄이다가 이내 멈춰 섰다. 그리고 환한 달빛 아래 서서 밤공기를 깊이 들이마셨다. 구역질이 나올 것 같았다. 그리고 지금 걸치고 있는 드레스를 갈기갈기 찢어버리고 싶은 마음뿐이었다. 멈추지 않고 계속 걸어 이 저택을 벗어나 숲의 어두운 그림자 속으로 사라지고 싶었다.

"로완?"

자신을 부르는 소리에 깜짝 놀란 그녀가 휙 몸을 돌리자 로게인이 다가오는 것이 보였다. 붕대를 감고 셔츠 하나에 가죽 바지만 걸친 로게인은 거기에서 그녀를 만난 것에 조금 놀란 듯했다. 마침내 그가 걸음을 멈추고 언제나처럼 사람의 마음을 동요시키는 시선으로 그녀를 물끄러미 바라보았다. 그런 로게인의 시선을 보면 언제나 몸이 떨렸다. 바로 지금처럼.

"당신이군요."

그가 조심스레 말했다.

"잠이 안 와서요."

"그래서…… 드레스를 꺼내 입고 산책을 나온 겁니까?"

로완은 아무 대답도 하지 않은 채 양손으로 자기 팔을 감싸 안고 바닥만 노려보았다. 로게인도 그 자리를 떠나지 않았다. 보이진 않았지만 그녀는 그의 눈이 자신에게 못 박혀 있음을 느낄 수 있었다. 숲의 그림자가 유혹하듯 그녀를 불러댔지만 로완은 애써 그것을 무시했다.

"아름답군요."

로게인이 말했다.

로완이 한 손을 들어 그의 말을 막았다. 그리고 입을 열기 전에 힘겹게 숨을 삼켰다.

"이러지 말아요."

그녀가 조그만 소리로 말했다.

로게인은 침울한 표정으로 고개를 끄덕이고는 한참 동안 아무 말도 하지 않았다. 바람이 저택의 돌담 사이를 통과하며 휘파람 소리를 내고, 달은 머리 위에 밝게 떠 있었다. 지금이라면 그들 주변에 야영을 하고 있는 군대 전체를 잊어버릴 수 있었다. 술에 취해 곯아떨어진 병사들도 없고, 엎어지면 코 닿을 거리에 세워진 천막 속 사람들도 없었다. 오직 두 사람만 어둠 속에 그렇게 서 있었다. 건널 수 없는 거대한 골짜기를 사이에 두고.

"난 바보가 아닙니다. 당신이 마릭을 어떻게 생각하는지 다 알고 있어요."

로게인이 조용히 말했다.

"그래요?"

그녀의 어조는 씁쓸했다.

"당신이 그와 약혼한 것도 알고 있고. 언젠가 그의 비가 되겠죠."

이 말과 함께 로게인이 다가와 그녀의 찬 손을 잡았다. 로완이 얼굴을 찡그리며 고개를 돌렸지만 그 모습을 본 로게인의 표정은 더욱 슬퍼질 뿐이었다.

"당신을 처음 만난 순간부터 알고 있었어요. 그래서 삼 년 동안 그 사실을 받아들이려 애썼습니다. 하지만…… 하지만 당신에 대한 생각을 멈출 수가 없군요."

"그만!"

로완이 소리치며 손을 빼냈다. 로게인은 고통이 가득한 눈으로 그녀를 바라보기만 했다. 하지만 그녀는 개의치 않았다. 아니, 그럴 수가 없었다. 뒤로 물러서는 로완의 볼에 눈물이 줄줄 흘러내렸다.

"제발, 제발 이러지 말아요."

그녀가 애원했다.

로게인의 괴로워하는 표정이 그녀의 마음을 더욱 할퀴어댔다. 로완은 자신의 고통을 애써 억누르고 몸을 돌렸다.

"날 가만히 놔둬요. 당신이 무슨 생각을 하든…… 나한테 뭘 바라든……."

그녀가 눈물을 훔쳤다. 지금 이 약하고 쓸모없는 드레스 대신 갑옷을 입고 있었더라면 얼마나 좋았을까.

"난 그런…… 그런 여자가 될 수 없어요. 아니, 절대 그렇게 되지 않을 거예요."

이 말을 남기고 로완은 붉은 드레스 자락을 휘날리며 도망치듯 그 자리를 떠났다. 그녀는 뒤돌아보지 않았다.

제9장

그와렌에 새벽이 찾아왔다. 도시는 벌써 사람들의 움직임으로 활기를 띠고 있었다. 지난 이틀을 숨어서 보낸 지역민들은 하나둘씩 거리로 나와 놀란 눈으로 폐허가 된 주변을 둘러보았다. 시무룩한 하늘은 바다에서 불러올린 짠 빗물을 뿌려대어 이미 공기 중에 스며들기 시작한 시체 썩은 내를 조금이나마 감춰주었다. 도시는 너무나도 고요했고, 수의처럼 폐허 위를 뒤덮은 음울한 분위기는 이제 막 바뀔 기미를 보이기 시작했다.

렌도언 백작은 지금 당장 필요한 것은 무엇보다도 질서라고 선언하고는 아직 반쯤 취해 널브러져 있던 장교들을 깨웠다. 곧 반란군 상당수가 일어나 움직이기 시작했다. 거리를 순찰하면서 마릭 왕자의 통치 아래 그와렌의 사람들은 안전할 것이라는 말을 퍼뜨리기 위해 병사들이 보내졌다. 곡물 상점들이 다시 문을 열었고, 불에 타 뼈대만 앙상하게 남은 집에서 밤을 보낸 사람들을 위해 임시로 머물 곳이 마련되었다. 그리고 무엇보다도 중요한 일이 시작되었다. 곳곳에 널린 시신을 수습하는 것이다.

얼마 지나지 않아 악취를 풍기는 검은 연기가 하늘로 솟아오르더니 마침 불어오는 산들바람에 실려 사방으로 퍼졌다. 살이 타는 냄새가 진동하고, 어디에든 짙은 기름이 덕지덕지 덮였다. 바깥에 나오는 사람은 모두 손수건으로 입과 코를 막아야 했다. 그런 상황에서도 빨랫줄에는 새로 한 빨래가 널리고, 낚싯배도 조금씩 파도를 타고 바다로 나가기 시작했다. 통치자가 누구로 바뀌든 삶은 계속되어야 했다.

도시를 내려다보는 언덕 위 저택은 아직 꽤 조용했다. 여기저기에서 하루 일과가 시작되는 가운데 아직 잠에서 깨어나지 않은 사람도 많았다. 공작의 하인 몇 명이 조심스레 모습을 드러냈다. 자신들의 처지가 어찌 될지는 몰라도 유일한 집이라 여기고 살던 곳을 버릴 수는 없었다. 마찬가지로 반란군을 위해 요리를 도맡아 하던 민간인들도 저택 안 구석구석을 살금살금 돌아다니며 식량이 얼마나 있는지 살피고 쓰레기를 치웠다.

저택 마구간은 여전히 조용했다. 새로 마구간으로 들어온 반란군의 말들 가운데 상당수는 선 채로 졸거나 조용히 건초를 씹고 있었다. 덩치 큰 군마 한 마리만이 우리 밖으로 나와 먼지가 뿌옇게 낀 아침 햇살을 받으며 서 있었다. 로게인이 안장을 얹으려 끌고 나온 말이었다. 그 옆에는 안장에 매달 가방도 서너 개 놓여 있었다. 물론 그중에 특별히 무거운 것은 없었다. 자고로 군마에는 노새처럼 무거운 짐을 싣는 법이 아니니 말이다. 그러니 로게인에게 짐이 별로 없다는 건 다행스러운 일이었다. 어젯밤 횃불을 들고 한 시간가량 찾은 끝에 물자를 싣고 다니는 포장마차 안에서 예전에 입던 징 박힌 가죽 갑옷을 찾아냈다. 오랜 시간 길들인 익숙한 장화를 다시 신는 것처럼 그걸 입으니 기분이 좋았다. 잠시 생각한 끝에 부관으로서 하사받은 망토도 가져가기로 했다. 어쨌거나 자신의 능력으로 받은 옷이 아닌가. 그런 다음 깜짝 놀라 쩔쩔매는 어린 하녀의 도움으로 천막 하나와 야영 장비 약간을 챙겼다. 저택 안 사람들이 깨기 전에 자취를 감추려면 모두 조용히 처리해야 했다.

하지만 역시나 부질없는 희망에 불과했다. 누군가 잔뜩 화난 듯 쿵쾅쿵쾅 뒤에서 걸어오고 있었다. 로게인은 상대가 마구간 안으로 들어오기도 전에 그것이 마릭의 발소리임을 알아챘다.

마릭은 창백한 얼굴에 잔뜩 땀을 흘리고 있었고, 금발 머리는 산발이 되어 있었다. 거기에다가 신발도, 셔츠도 없이 허겁지겁 통 넓은 바지 하나만 걸친 것을 보니 그가 몹시 서둘러 왔다는 것도 분명했다. 급히 움직이다가 상처가 벌어졌는지 그의 가슴에 감긴 두터운 붕대에는 새로 핏자국이 번져 있었다. 마릭은 목발로 쓰고 있는 나무 지팡이에 몸을 기댄 채 문간에 서서 숨을 헐떡이며 화난 표정으로 로게인을 노려보았다.

"어디 가려는 거야?"

마릭이 숨을 몰아쉬며 물었다.

로게인은 그의 말을 무시하고 안장을 고정하는 일에만 정신을 집중했다.

마릭은 얼굴을 찌푸리고 절룩절룩 안으로 들어왔다. 그 바람에 옆에 놓여 있던 묶이지 않은 건초 더미가 바닥에 흩뿌려졌다. 근처에서 평화롭게 털을 핥고 있던 통통한 얼룩 고양이 한 마리가 인간들의 싸움은 보기 싫다는 듯 도도하게 꼬리를 쳐들고 열린 문 밖으로 빠져나갔다. 마릭은 로게인에게 다가가 한 팔 정도 떨어진 곳에서 우뚝 멈췄다. 그 와중에 거의 쓰러질 뻔한 그는 다시 균형을 잡으려 애쓰며 애꿎은 지팡이에 욕설을 퍼부었다.

"다른 지역으로 가라는 명령 따위 없었다는 거 다 알아. 그리고 몰래 돌아다니면서 물건을 챙긴 것도 알고."

마릭이 조심스레 말했다.

"몰래 돌아다닌 적 없어."

로게인이 고개도 들지 않고 말했다.

"그럼 그게 뭐야? 아무한테도 말 안 하고 해가 뜨기도 전에 말에 안장을 얹는 건 대체 뭐냐고? 어디로 가는 거야? 돌아오긴 하는 거야?"

로게인은 화를 참는 듯 억누른 몸짓으로 마지막 점검을 하며 안장을 고정한 후 몸을 휙 돌려 마릭을 마주보았다. 분노로 이를 앙다문 채였다. 마릭의 혼란스러운 표정이 더욱 짙어지는 것을 본 그는 속으로 한숨을 쉬었다. 그리고 얼굴을 찡그리며 마릭을 정면으로 바라보았다.

"사실 이미 오래전에 떠났어야 했어. 반란군을 찾아 돌아가게 해주겠다고 약속했고, 그렇게 했잖아. 그러니까 이젠 갈 시간이야."

"이럴 줄 알았어! 네가 무슨 짓을 하고 있는지 들은 그 순간부터 알고 있었어! 대체 왜? 로게인, 왜 하필 지금이야? 갑자기 왜 그래?"

마릭이 와락 한 걸음 뒤로 물러서 몸을 돌렸다. 부상 때문에 마음대로 움직일 수 없는 것이 짜증스러운지 표정에 그대로 드러났다. 그리고 못 믿겠다는 듯 고개를 절레절레 흔들었다.

로게인의 얼굴은 돌처럼 굳어 있었다. 그는 다시 말을 향해 몸을 돌려 바닥에 놓여 있던 안장 가방 하나를 들어 올렸다.

"때가 된 것뿐이야. 넌 이제 괜찮을 거야, 마릭. 더 이상 내가 필요 없다고."

하지만 그의 말은 자신에게도 공허하게 들렸다.

"바보 같은 소리하지 마!"

마릭이 버럭 소리를 질렀다. 하지만 다음 순간 말을 멈추더니 호기심 어린 눈으로 로게인을 마주 보았다.

"어제 공격 때문에 나한테 화난 거야? 그 마법사가 로완한테 무슨 짓을 할지 전혀 몰랐어. 난 그저……."

"아니, 그게 아니야."

"그럼 뭔데?"

"돌아가야만 해."

로게인이 짤막하게 대꾸했다. 그 말에 담긴 뜻이 너무나도 명확해 마릭은 다시 물어볼 필요도 없었다.

"아버지의 시신을…… 남은 게 있다면 찾아야만 해. 제대로 묻어드려야지. 그리고 다른 사람들은 살아서 도망쳤는지, 그렇지 못했는지, 그리고 무슨 일이 일어났는지도 알아야 해. 아일리스 자매님한테 무슨 일이 일어났을까? 아버지가 아꼈던 사람들이야. 내가 이렇게 그들을 버린다면 아버지도 실망하실 거야. 여기에서 할 일을 다 했으니 이제 가야지. 내겐…… 내겐 해야 할 의무가 있어. 여기 일 말고도 해야 할 일이 있다고."

로게인이 진지한 표정으로 마릭을 보며 말했다.

"그런데 왜 네가 도망가는 것 같은 기분이 들지?"

그 말을 들은 로게인이 한숨을 푹 내쉬었다. 마릭은 어느 날 자기 앞에 뚝 떨어진, 그것도 엄청난 문제를 껴안고 나타난 사람이었다. 그 때문에 아버지가 돌아가셨고, 절대 끼고 싶지 않았던 전쟁에도 휩쓸리고 말았다. 그런데도 지난 삼 년 동안 마릭은 그의 친구였다. 어쩌다 이런 일이 벌어진 걸까? 로게인은 아직도 알 수가 없었다.

바깥에서는 저택 전체가 잠에서 깨어나는 소리가 들렸다. 남자들이 소리를 지르고, 묵직한 장화들이 이리저리 뛰어다녔다. 여기 찾아오기 전에 마릭이 병사들을 죄다 깨운 것이 분명했다. 순순히 보내주지 않겠다 이건가. 얼마나 마릭다운 행동인가.

로게인은 쿡쿡 웃으며 머리를 긁적였다.

"내가 이렇게 말을 많이 하다니, 기분이 정말 이상해."

로게인이 털어놓았다.

"말도 안 되는 소리. 나한테는 말 많이 하잖아. 로완이 그랬어. 네가 한 번에 세 단어 이상 말하게 할 수 있는 사람은 나뿐이라고."

마릭이 씨익 웃으며 말했다. 하지만 바로 다음 순간 그의 얼굴이 진지하게 굳어졌다. 그는 한 손을 뻗어 로게인의 어깨 위에 올려놓았다. 진심으로 친구를 걱정하는 손길이었다.

"그러니까 말해봐. 정말 지금 이래야만 해?"

"지금이 아니면 언제? 벌써 삼 년이나 됐다고. 난 네가 이끄는 반란군이 아니야. 네 기사도 아니고. 여긴 내가 있을 곳이 못 돼."

로게인이 다시 안장에 가방을 묶기 시작하며 말했다.

"그럼 기사 작위를 내려주면 되잖아."

그 말은 마치 위협처럼 들렸다.

둘의 시선이 다시 맞부딪쳤다. 둘은 눈싸움이라도 하는 양 그렇게 한동안 바라보고 있다가 이내 마릭이 마지못해 시선을 거두었다. 이제 이 문제에 대해선 더 이상 할 말이 없었다.

마릭은 지팡이에 기대어 서서 로게인이 가방을 매달고 화살 통을 챙기는 것을 물끄러미 바라보기만 했다. 가지 말라고 매달리고 싶은 마음이 굴뚝같았지만 침묵을 지켰다.

바깥에서 나는 소리가 점점 커지더니 새로운 발소리가 들렸다. 갑옷을 입은 사람의 소리였다. 로게인은 속으로 한숨을 내쉬며 잠시 뒤 마구간으로 들어온 로완을 일부러 쳐다보지 않았다. 말끔히 닦은 그녀의 갑옷이 반짝반짝 빛났다. 방금 감았는지 갈색 머리칼이 축축이 젖은 채로 그녀의 흰 살갗에 달라붙어 있었다. 그렇게 싸늘한 표정을 짓고 있는데도 로게인의 눈에는 여전히 아름다워 보였다.

"무슨 일이죠?"

로완이 따져 물었다.

마릭이 대답하려 입을 열었지만 로완이 얼굴을 찌푸리며 쏘아보자 입을 다물었다. 아침부터 왜 그렇게 잡아먹을 듯한 표정으로 자신을 대하는지 알 수 없었다.

"떠납니다."

로게인이 대꾸했다.

로완의 머리가 로게인에게 향했다. 독기를 띠었던 그녀의 눈빛이 조금 누그러지더니 어리둥절한 표정으로 바뀌었다.

"떠난다고요? 영영?"

"그래요, 영영."

"가지 말라고 붙잡던 참이야."

마릭이 한숨을 쉬며 끼어들었다.

로완은 문간에 선 채 갑자기 갑옷이 불편해진 듯 이리저리 몸을 움직였다. 무언가를 말하려고 서너 번 입을 열었다가 도로 닫는 것이 보였다. 하지만 로게인은 그 모습을 아는 체 하지 않았다. 둘 사이의 긴장감을 느꼈는지 어쨌는지 마릭은 아무 내색도 하지 않았다. 마릭이 몸을 돌려 절룩절룩 우리 한쪽으로 다가가더니 얼굴을 찌푸리며 기대어 앉았다. 마침내 로완이 말을 꺼냈다.

"가지 말아요. 이렇게는 안 돼요."

그녀가 애원했다.

"제가 남아 있을 이유가 없습니다."

로게인이 무뚝뚝하게 대꾸했다.

"올레이 놈들은? 네가 그놈들에 대해 어떻게 생각하는지 나도 알아. 이제 겨우 메그렌보다 앞서 가기 시작했다고. 놈들을 이기고 싶지 않아? 아버지를 위해 무언가 해야만 한다면 나와 함께 놈들을 무찌르는 것도 방법일 수 있잖아?"

마릭이 물었다.

"나 없이도 그렇게 할 수 있을 거야."

로게인이 콧방귀를 뀌며 말했다.

"아냐! 네가 있어야 한다고!"

"마릭의 말이 옳아요. 아버지의 작전은 유연성이 부족하다고 했었죠? 최고의 작전은 모두 당신이 짠 거였잖아요, 로게인. 당신이 아니었다면 우린 여기까지 오지 못했을 거예요."

로완이 앞으로 다가서며 말했다.

"날 너무 치켜세우는군요. 나이트 엘프 군단이야 내가 만든 거지만, 그것 말고 나머지는 모두 당신이 한 겁니다. 알다시피 난 부관에 불과해요."

로게인이 콧방귀를 뀌었다.

"그래요, 잘 알아요. 이렇게 할 일이 많이 남아 있는데 굳이 가고 싶다면…… 그래요, 붙잡지 않겠어요. 하지만 난 당신이 이보다는 나은 사람인 줄 알았는데."

로완의 표정이 점점 굳어지더니 이내 차갑게 변했다.

그 말을 들은 마릭이 깜짝 놀라 눈을 크게 떴다. 로게인은 움직임을 멈추었다. 그는 두 주먹을 쥐었다 풀었다 하며 분노를 억눌렀지만 로완은 여전히 눈 하나 꿈쩍이지 않고 그 자리를 지켰다.

"내게 주어진 일은 모두 다 해냈습니다. 그런데 아직도 요구할 게 남은 건가요?"

로게인이 차가운 분노가 담긴 목소리로 물었다.

"그래요. 우리는 당신처럼 오고 싶을 때 오고, 가고 싶을 때 갈 수 있는 처지가 못 된다고요. 올레이 놈들을 무찔러 퍼렐던에서 몰아내든가, 죽임을 당하든가 둘 중 하나예요. 하지만 당신에게 이것보다 중요한 일이 있다면…… 그래요, 가버려요."

"로완……."

마릭이 그만하라는 듯 끼어들었다.

그녀는 마릭을 무시하고 성큼성큼 로게인에게 다가가 얼굴을 바짝 들이밀었다. 그는 눈 하나 깜짝하지 않았다.

"당신도 퍼렐던 사람 아닌가요? 이 사람이 당신의 왕이 아닌가요? 그에게 충성해야 할 의무가 있지 않나요? 마릭 말에 따르면 당신 아버지는 그 사실을 잘 이해하고 있었다던데?"

"로완, 그만해."

마릭이 아까보다 조금 더 강한 어조로 말했다.

하지만 그녀는 아랑곳하지 않았다.

"이 사람이 당신 친구 아닌가요? 우리 셋 모두 몇 년 동안이나 함께 피를 흘리지 않았어요? 우정보다 중요한 게 어디 있다고 그래요?"

혹독한 말답지 않게 그녀의 회색 눈에는 애원의 빛이 가득했다. 그 눈을 본 로게인은 더 이상 화를 낼 수가 없었다. 그래서 아무 말도 하지 않았다.

한동안 침묵이 이어지고 이내 로완이 마지못해 뒤로 물러섰다. 로게인은 크게 한숨을 쉬며 몸을 돌렸다. 그녀의 눈을 더 이상 바라볼 수가 없었다.

"로게인, 네가 여기 머무르겠다는 약속을 한 적이 없다는 거 나도 알아. 난 네게 원치 않는 짐이었고, 이런 일은 절대 일어나지 말았어야 했어."

마릭이 슬픈 표정으로 미소 짓더니 어깨를 으쓱했다.

"하지만 이렇게 되고 말았잖아. 넌 지금 이 자리에 있고 우린 널 더없이 믿고 의지하고 있어. 우리 모두, 심지어 백작까지 말이야. 그러니까 제발 떠나지 마."

"마릭……."

로게인의 표정이 일그러졌다.

그때 마릭이 지팡이를 꼭 붙들더니 무릎을 구부렸다. 당황한 로완이 달려가 그를 다시 일으키려 했지만 그는 막무가내였다. 지팡이가 부르르 떨렸다. 마릭은 끙 소리를 내며 완전히 무릎을 꿇은 뒤 고개를 들어 로게인을 올려다보았다.

"제발, 이렇게 애원할게. 너와 로완은 내 유일한 친구란 말이야."

그 순간 로완이 마치 불에 덴 사람처럼 깜짝 놀라 마릭에게서 손을 떼고는 뻣뻣한 몸짓으로 그에게서 멀어졌다. 그녀의 얼굴은 돌처럼 굳어 있었다.

로게인은 마릭의 태도에 너무나도 놀라 아무 말도 못하고 그를 내려다보기만 했다. 큰일이었다. 결심이 조금씩 무너져 내리기 시작한 것이다. 어젯

밤만 해도 떠나는 것이 당연하다고 생각했는데, 이제는 떠나려는 자신이 겁쟁이처럼 느껴지기만 했다.

"상처가 벌어지잖아."

로게인이 마릭에게 퉁명스럽게 말했다.

그 말을 들은 마릭이 얼굴을 찡그리며 붕대를 감은 옆구리를 조심스레 만져보았다.

"음…… 그러네."

"그렇게 몸을 움직이니까 그렇지."

로완이 말했다.

"이런 젠장, 너 같은 사람은 품위가 있어야 하는 거 아니야? 응?"

로게인이 고개를 절레절레 흔들며 물었다.

"나? 품위?"

"미래의 왕이라면서."

"품위 따위 진작 로완이 빼앗아 가 버렸나봐."

이 말에 로완은 콧방귀를 뀌며 팔짱을 꼈다.

"그것 말고는 딱히 내가 가져갈 수 있는 게 없었거든."

마릭이 쿡쿡 웃으며 다시 로게인을 올려다보았다. 이번에는 진지한 표정이었다.

"그럼 안 가는 거야? 나 거의 속옷 바람으로 여기까지 달려왔다고, 알지?"

"그랬다면 훨씬 볼 만했을 텐데, 응?"

"농담 아니야. 너 없이 우리끼리는 해낼 수 없어."

로게인도 그가 진심이라는 것을 알 수 있었다.

다른 것들일랑 그냥 버려두고 어두울 때 몰래 떠났어야 했다. 안 그러면 이곳을 탈출할 방법 같은 건 없는 게 분명했다. 그는 성가시다는 표정으로 마릭을 바라보며 한숨을 푹 내쉬었다.

"떠나려고 할 때마다 매번 그렇게 따라올 거라면……."
"매번은 아니겠지."
"알겠어. 여기 남을게."
그 말을 들은 마릭이 함박웃음을 짓고는 몸을 일으켰다. 하지만 부상당한 사람답지 않게 동작이 너무 빨랐다. 그는 고통으로 소리를 지르고는 거의 쓰러질 뻔했다. 그 순간 로완이 달려와 넘어지는 그를 붙들었다. 그녀의 갑옷이 마릭의 맨 가슴을 긁자 그는 로완의 품에 안긴 채 몸을 움찔대며 동시에 웃음을 터뜨렸다.
"아야! 갑옷 좀 어떻게 해봐!"
"우리 왕자님, 참으로 남자다우셔."
그녀가 한숨을 쉬었다.
둘은 큰 소리로 웃으며 서로를 마주보았다. 하지만 바로 다음 순간, 로완의 미소가 일그러지면서 그 순간도 돌연 끝나고 말았다. 그녀는 마릭이 일어날 수 있게 도운 뒤 재빨리 몸을 뗐다. 그는 어리둥절한 표정으로 그녀의 뒷모습을 바라보았지만 곧 붕대에 퍼져가는 핏자국을 발견하고는 소리를 질렀다.
"으, 이것 봐. 이제 윌헬름한테 잔소리깨나 듣겠는걸!"
로게인은 안장에 짐까지 다 싣고 떠날 채비를 마친 자신의 군마를 물끄러미 바라보았다. 그러고는 아무 말 없이 고개를 흔들며 안장에 묶인 가방을 다시 풀기 시작했다. 로완도 나가려고 몸을 돌렸지만 마릭이 양손을 번쩍 들며 그녀를 막았다.
"잠깐, 여기서 기다려!"
그러고는 지팡이를 붙잡고 재빨리 마구간 밖으로 나갔다. 무슨 꿍꿍이라도 있는 것 같았다.
로완이 인상을 찌푸리며 그의 뒷모습을 바라보았다.
"뭘 하려는 거죠?"

"마릭이 하는 일이라면 절대 예측 불가지요."

로게인이 어깨를 으쓱하며 대꾸했다.

둘은 그렇게 흙먼지와 짚더미 가운데 가만히 서서 밖에서 들려오는 희미한 소음과 가끔씩 말들이 히힝거리는 소리를 듣고 있었다. 로게인은 무언가 말을 붙이려 했지만 점점 쌓인 긴장은 이제 넘을 수 없는 장벽이 되고 말았다. 그는 자신의 등에 꽂힌 로완의 시선을 느끼며 다시 안장에 주의를 집중했다.

영원 같은 시간이 흐른 뒤 마침내 로완이 입을 열었다.

"나 때문에 떠나려던 거예요?"

그녀의 목소리는 조심스러웠다.

안장을 만지던 로게인의 손이 멈칫했다.

"당신 말에 따르면 그리 나은 사람이 못 되어서 그런 겁니다."

"내 말 때문에 남기로 했다면 그건 안 돼요."

로완이 몸을 움츠리며 대답했다.

"그런 거 아니에요. 마릭 때문이지."

로게인이 그녀를 마주보았다. 그의 시선은 강렬했다.

로완이 천천히 고개를 끄덕였다. 두 눈에는 눈물이 그렁그렁했다. 더 이상 말을 이을 필요도 없었다. 둘은 그렇게 서로를 마주본 채 입을 다물고 우두커니 서 있었다. 둘 사이의 빈 공간이 마구간 안을 가득 채웠다. 그 순간은 극도의 고통으로 이어졌다.

로게인은 지금 이 순간을 기억해놔야 하는 것은 아닐까 생각했다. 지금 그녀의 모습, 부드러운 턱, 저 갈색 곱슬머리 아래로 자신을 향해 깜빡이고 있는 회색 눈동자, 불행한 표정 뒤에 숨겨진 그녀의 용기. 정말로 계속 머무를 거라면 이 기억을 고이 간직해 앞으로 방패처럼 써야 할까. 아무리 생각해봐도 제정신이 아닌 게 분명하다.

마침내 마릭이 절룩거리며 다시 돌아왔다. 렌도언 백작과 병사 서너 명이 그 뒤를 따르고 있었다. 로완과 로게인은 급히 서로 다른 방향을 쳐다보았다. 둘만의 시간도 돌연 끝나고 말았다. 백작은 무슨 일이냐는 표정으로 마릭을 쳐다보았지만 마릭은 지금부터 벌어질 일에 들뜬 나머지 다른 데는 별 관심이 없어 보였다.

"며칠 전에 나누었던 이야기를 지금 실행해야 할 것 같아요."

마릭이 숨을 헐떡이며 백작에게 말했다.

"지금 말인가?"

백작이 미심쩍은 눈으로 마릭을 쳐다보았다. 그러고는 짐이 실린 군마를 발견했다.

"자네 어디 가나?"

백작이 로게인에게 물었다.

"이젠 아닙니다."

로게인이 어깨를 으쓱하며 대답했다.

"그래요, 지금 바로 해야 해요."

마릭이 고집을 피웠다.

렌도언 백작은 잠시 그 생각을 곱씹었다. 따라온 병사들이 무슨 일이냐는 듯 그를 바라보았다. 백작이 이내 고개를 끄덕였다.

"그럼 그렇게 하지. 이것이 최선일 테니."

이 말과 함께 백작이 로게인을 바라보았다.

"로게인 맥 티르, 자네는 지난 몇 년 간 왕자님을 매우 잘 섬겼네. 리더로서의 자질도 증명했고, 또한……."

"잠깐만요. 떠나지 않겠다고 약속했으니 이럴 필요는……."

"내 말부터 끝내게 해주게. 사실 마릭과 나는 자네의 존재가 우리에게 얼마나 중요한지 매일 같이 이야기했었네. 사실 자네의 지금 계급도 그 중요성에는 한참 못 미치지. 그래서 기사가 아니긴 하지만 사령관 직위를 내리는 것이 마땅하다고 생각하네."

일종의 보상에 대한 이야기가 나오리라 짐작했던 로게인은 끼어들려다가 입을 다물었다. 마릭이 이런 생각을 하고 있을 줄은 꿈에도 몰랐다. 거절의 말을 꿀꺽 되삼킨 그는 너무나도 당황하여 백작을 빤히 쳐다보기만 했다. 그의 표정을 본 마릭은 신이 나 미소를 지었다.

"그렇게 되면 지휘 계통에서 바로 내 밑에 있게 되는 걸세, 로게인. 다른 장교들에 대한 내 명령은 자네를 통해 전달될 것이고, 병참 문제에 대해서도 더 큰 책임을 맡게 될 거야. 물론 자네가 사령관이라는 직위를 받아들일 용의가 있다면 말이지."

말을 마친 백작의 입꼬리가 아주 살짝 올라가며 웃음기를 띠었다.

"자네가 이런 문제에 관해서는 조금…… 예측 불가능해서 말이야."

로게인은 입을 벌린 채 백작을 바라보기만 했다.

"뇌물 따위가 아닐세. 그저……."

"하겠습니다."

자신이 무슨 말을 하는지 깨닫지도 못한 채 로게인의 입에서 대답이 흘러나왔다. 고개를 들자 백작이 내민 손이 눈에 들어왔다. 로게인은 여전히 멍한 상태로 그 손을 붙잡고 흔들었다.

"잘 생각했네."

백작이 미소를 지었다.

로게인은 손을 뺀 뒤 마릭을 바라보았다. 마릭도 싱글싱글 웃으며 손을 내밀었다. 로게인은 가만히 선 채 마릭의 내민 손이 무슨 뜻인지 모르겠다는 듯 바라보고만 있었다.

잠시 뒤 마릭이 어색하게 손을 내렸다.

"어…… 뭐 잘못된 거라도 있어?"

"아니."

로게인은 인상을 쓰며 애꿎은 바닥만 뚫어져라 쳐다보았다.

그러고는 마릭을 향해 어색하게 한쪽 무릎을 꿇었다. 얼굴이 화끈 달아오르고, 바보가 된 것만 같았다. 백작 뒤에 서 있던 병사들은 당황스럽다는 표정을 지으며 서로를 번갈아 쳐다보기만 했다.

마릭도 화들짝 놀라 로게인을 내려다보았다.

"대체 뭐 하는 거야?"

로게인은 생각에 잠겨 인상을 찌푸리다가 고개를 끄덕였다. 이렇게 해야만 했다.

"기사가 아니어서 잘 모르겠지만, 자신이 섬기는 군주께 맹세조차 하지 않는 사령관이 있다는 건 말이 안 된다고 생각해."

그가 단호히 말했다.

이제 당황한 건 마릭 쪽이었다. 그의 입이 쩍 벌어지고, 어쩔 줄 모르는 시선이 백작과 로완을 향했다가 다시 로게인에게 돌아갔다.

"아니, 아니, 아니라고! 맹세니 뭐니 필요 없어!"

"마릭……."

"오해한 거야. 난 절대…… 그러니까, 네가 어떻게 생각하는지는 이미 알아. 네 아버지도……."

"마릭, 입 다물어."

그러자 마릭의 입이 순식간에 꽉 닫혔다.

그들 뒤에 있던 로완은 천천히 문으로 다가갔다. 조용히 몸을 돌려 마구간을 나서는 그녀의 움직임을 눈치챈 사람은 없었다.

"내가 머물기를 진심으로 바란다면 그렇게 할게. 그리고 내게 군대를 맡길 정도로 날 믿는다면, 날 그 정도로 믿어준다면 정말 영광이야. 귀족이 아니라서 내 말이 네게 얼마나 가치가 있을지는 나도 모르겠다. 하지만 약속할게. 너는 나의 친구이자 내가 목숨 바쳐 모시는 왕자님이야. 널 섬기며 충성하겠다고 맹세하겠어."

로게인이 마릭을 올려다보며 말했다.

"이런 약속을 해주다니 정말 기뻐."

마릭이 침을 꿀꺽 삼키며 대답했다. 긴 말을 하지 않아도 마음 깊이 감동받았음을 알 수 있었다.

천천히 로게인이 몸을 일으켰다. 렌도언 백작도 자부심 가득한 표정으로 그를 향해 고개를 끄덕여 보였다. 백작 뒤에 있던 병사들은 그를 향해 경례했다. 로게인은 무슨 말을 해야 할지 몰라 멍하니 서 있기만 했다.

"로게인 사령관."

마릭이 바보처럼 히죽거리며 로게인의 새 직함을 확인하기라도 하듯 큰 소리로 불렀다.

"진짜 이상하게 들린다."

로게인도 쿡쿡 웃었다.

"어젯밤에 마시다 남은 와인이 한두 병 정도는 있을 것 같은데."

"맛없는 것만 남았겠지."

로게인이 콧방귀를 뀌었다.

"네 특진을 축하하는 데 그것보다 나은 게 어디 있겠어?"

"그것보다 제발 셔츠라도 걸치지 않을래, 응?"

"알았어, 알았어. 정 원한다면."

마릭이 웃으며 목발을 들고 다시 절룩절룩 밖으로 나갔다.

로게인은 여전히 못 믿겠다는 표정으로 고개를 흔들며 잠시 혼자 있었다.

'나는 정말 바보야.'

그는 이렇게 생각했다.

그리고 마릭의 뒤를 따라 밖으로 나갔다.

제10장

그와렌 저택의 중앙 홀은 애초에 궁정으로 지어진 게 아니었기에 다소 비좁았다. 추방당한 왕자의 궁이라고 하기에도 부족함이 많았다. 그곳에는 이미 반란군의 일부가 되어 함께 길을 걸어온 귀족들은 물론 찬탈자의 노여움을 살 위험을 무릅쓰고 이곳을 찾아온 귀족들도 있었다. 그래도 로게인이 생각한 것보다는 훨씬 많은 사람들이 모였다. 그 수는 마릭의 예상을 훌쩍 넘긴 것이 분명했다. 상석에 놓인 화려한 의자에 앉아 바글거리는 손님들을 바라보며 갈수록 초조해하는 마릭을 바라보던 로게인은 애써 웃음을 참아야 했다.

메그렌 때문에 지난 서너 주도 모든 일이 쉽게 풀리진 않았다. 하지만 다행히 메그렌 왕이 할 수 있는 일은 별로 없는 것 같았다. 거대한 브레실리안 숲을 통과하는 통행로는 방어하기가 용이했고, 왕의 군대가 서너 번 그와렌에 접근하려는 시도를 하긴 했으나 그때마다 가까이 다가오기도 전에 말을 돌려야 했다. 남부를 지키며 배웠던 전술은 여기에서도 쓸모가 있었다. 그리고 로게인은 숲에 들어온 적군의 전열을 흩트리는 데 나이트 엘프들이 수행한 역할을 자랑스러워하고 있었다. 가차 없이 적의 목숨을 빼앗는다는 그들의 명성은 적군들 사이에서 커져만 갔고, 이제는 찍 소리 한번 못 내고 목덜미에 화살을 맞아 죽는 것이 두려워 야간 보초 근무를 거부하는 사람이 늘어나고 있다는 소문까지 들려왔다.

이는 곧 그와렌으로 진입하는 육로가 막혔다는 뜻이었다. 하지만 다행히도 그와렌 사람들은 거기에만 의존하지 않았다. 바닷길은 여전히 열려 있었고, 처음의 혼란스러운 분위기가 걷히고 나자 항구는 다시 활발히 거래를 시작했다. 마릭은 지역 시장을 직접 만났다. 조금 뚱뚱한 시장은 병사들이 자신을 데리고 마릭 앞에 세우자마자 겁에 질려 바닥에 납작 엎드렸다. 퍼렐던에서 태어난 이래로 이 땅을 집어삼킨 올레이 인들에게 부당한 대우를 받고 있던 시장은 본디 꽤 괜찮은 사람이었다. 침략자란 자고로 다 똑같은 놈들이라고 생각하던 그는 마릭이 그에게 다시 시장 직을 맡기고, 법과 질서를 되찾기 위해 반란군을 기용할 수 있는 권한을 내주자 깜짝 놀라고 말았다.

처음 몇 차례 새로이 받은 권한을 조심스레 행사해본 그는 그때마다 마릭이 토를 다는 일 없이 자신의 결정을 지지함을 깨닫고는, 온 힘을 다해 임무를 수행하기 시작했다. 그가 마릭의 순수한 의도를 파악하고 마음을 놓는 것이 눈에 보일 지경이었다. 시장이 마릭을 믿기 시작하자 퍼렐던 사람들도 마음을 열기 시작했다. 마릭을 진정한 왕자로 받아들이게 되자 그의 건강과 안녕을 기원하는 사람들이 충성을 맹세하기 위해 저택 앞에 늘어섰다. 전투로 인해 집을 잃은 사람들에게 쉴 곳을 제공하고, 파괴된 건물들을 다시 짓는 일에도 더욱 박차가 가해졌다. 그와렌을 떠났던 이들이 다시 집으로 돌아오고 있다는 보고도 속속 들려왔다.

물론 반란군을 피해 도망치지 못한 소수의 올레이 사람들은 이 상황이 마음에 들 리 없었다. 그들은 대부분 경비병이나 일부 상류층 올레이 인들의 하인으로 일하던 가난한 사람들이었고 상인과 광대도 몇 있었다. 가난하든 그렇지 않든 이들이 메그렌 왕에 대한 충성심을 증명한답시고 언제든 마릭을 암살할 가능성이 있었다. 그래서 경비병으로 근무하던 이들은 저택 지하 감옥에 투옥되었고, 나머지 사람들은 철저한 감시를 받았다.

로게인이 보기에 문제는 이것만이 아니었다. 행여나 분위기가 반전된다면 마릭을 향한 주민들의 미소도 금세 사라질 것이다. 마릭은 그럴 리 없다고 콧방귀를 뀌었지만 로완도 저택 주변 경비를 강화해야 한다는 데에는 뜻을 같이 했다. 도시를 점령하는 것과 다스리는 것은 전혀 다른 문제였다.

얼마 있으면 메그렌 왕이 더 많은 군사를 모아 브레실리안 통행로를 통해 공격해올 것이다. 그리고 렌도언 백작은 그 경우 벌어질 일을 걱정하고 있었다. 그와렌은 방어하기 쉬운 곳인 동시에 빠져나가기도 힘든 곳이다. 한 가지 장점이 있다면 바닷길이 열려 있다는 것이다. 엄밀히 말해 퍼렐던 사람들은 전형적인 뱃사람이라 보기 힘들었고, 그래서 메그렌은 그와렌으로 향하는 배를 습격하는 사람들에게 어마어마한 포상금을 제시할 수밖에 없었다. 메그렌에게 안된 일이지만 그렇게 하겠다고 나서는 이들은 거의 없었다. 배를 타고 온 귀족들도 오는 길에 공격을 받은 적이 없다고 입을 모았다. 소문이 사실이라면 메그렌은 마음 내키는 대로 자유롭게 오가는 반란군의 능력에 치를 떨면서 새로운 머리 몇 개를 궁 밖에 걸어두었다고 했다.

렌도언 백작은 황제가 메그렌에게 함대를 지원해주지 않을까 걱정했지만 아직 그런 일은 벌어지지 않았다. 당분간 그들은 안전했다. 그와렌 함락은 마릭의 할아버지 시대 이후 처음으로 티어린 가문이 자기만의 궁을 가질 수 있을 정도로 강해졌음을 보여주는 상징이자, 올레이 놈들에게 먹이는 회심의 일격이었다. 그래서 궁금증을 참지 못한 귀족들은 이곳을 찾아 자기 눈으로 직접 보고 싶어 했다.

로게인이 보기에 적어도 중앙 홀의 절반은 반란군과 행진한 적이 없는 사람들로 채워져 있었다. 겉보기에는 이들 모두 뿌리 깊은 가문의 귀족으로 올레이 인들에게 재산을 몰수당한 뒤 반란군의 진격에 안도의 한숨을 내쉬며 충성을 맹세한 충신들이었다. 잔마다 한가득 와인이 부어졌고, 벌겋게 달아오른 얼굴들은 내내 웃음을 흘렸다. 하지만 로게인은 과연 이들 가운데 얼마나 많은 사람들이 단지 힘내라는 말이 아닌, 실질적인 도움을 주겠다고 나설지 의문이 들었다.

'극소수겠지. 그것도 메그렌에게 철저히 숨긴다는 조건으로.'

로게인은 씁쓸한 생각이 들었다.

하지만 로완은 반대로 그들이 여기에 모습을 보였다는 사실 자체가 그들 자신에게는 큰 위험일 수 있다고 주장했다. 그와렌이 함락되지 않았다면 절대 내보이지 않았을, 메그렌 왕을 향한 일종의 반항이니까 말이다. 솔직히 '아무개가 여기에 나타났다더라.'는 소문이 데너림까지 들어가지 않으리라 누가 장담할 수 있겠는가? 분명 여기에는 첩자도 몇 명 있을 것이다. 메그렌 왕은 무자비한 사람이라고 소문이 났으니 여기 온 이들은 진심으로 해방을 꿈꾸거나 정말 절박한 상황까지 몰린 사람들일 터이다.

로게인은 로완과 함께 남작 동맹 지역에서 머물던 때를 떠올리며 그녀의 말에 다소 수긍했다. 물론 그들을 접대하는 건 전적으로 마릭의 몫이었다.

사람들의 목소리와 부딪치는 와인 잔 소리에 홀 안의 소음이 극에 달했을 즈음, 마침내 마릭이 자리에서 일어섰다. 족제비의 흰 털로 안감을 댄 검정색 로브를 걸친 마릭은 평소보다 작아 보였다. 그 로브는 이 저택의 이전 주인에게서 빼앗은 것이다. 하지만 그는 분명 제왕다운 분위기를 풍겼다. 얼굴에서 뚝뚝 떨어지고 있는 땀방울만 아니었다면 훨씬 더 당당해 보였을 것이다.

순식간에 소음이 잦아들며 서 있던 일부 귀족들이 자기 자리를 찾아 돌아갔다. 로게인은 벽 쪽에서 이 모습을 보고 있던 렌도언 백작과 로완, 그리고 다른 많은 경비병과 마찬가지로 선 채였다. 마릭의 의자 뒤에 있던 병사 한 명이 커다란 지팡이와 두루마리를 가지고 앞으로 나왔다. 그가 지팡이로 돌바닥을 세 번 내리치자 깊은 소리가 홀 구석구석까지 퍼져 나가며 마지막 속삭임까지 멈추게 만들었다. 병사는 두루마리를 꺼내 읽기 시작했다.

"축복의 시대에서 아흔아홉 번째 해가 되는 오늘, 모이라 티어린 여왕의 아들이자 퍼렐던 최초의 왕 케일런헤드의 혈통이신 마릭 티어린 왕자의 궁정을 찾은 그대들을 환영하노라. 그대들이 검을 드러내지 않는다면 그 보답으로 정중한 대접을 받게 될 것이다!"

병사가 다시 한 번 지팡이로 바닥을 내리치자 로게인을 포함해 방 전체가 낮고 엄숙한 목소리로 입을 열었다.

"우리의 검은 당신의 것입니다, 전하!"

로게인이 귀족들과 단 하나 다른 점이 있다면 그 말이 단순한 형식이 아닌 진심이라는 것이었다.

병사가 두루마리를 치우고 마릭에게 머리를 조아린 뒤 물러갔다. 마릭은 그대로 서서 귀족들을 관찰했다. 몇몇 사람들은 서로의 귀에 대고 무언가를 속삭이기 시작했지만 대부분은 주의 깊게 마릭을 살피고 있었다.

'백작이 한 말을 깡그리 무시할 생각인가보군.'

로게인이 생각했다. 렌도언 백작은 몇 시간을 들여 마릭에게 정확히 무슨 말을 해야 하는지, 궁정에서 어떤 예절과 형식을 지켜야 하는지 잔소리를 했었다. 하지만 로게인은 마릭의 눈에 전혀 다른 의도가 깃들어 있음을 느낄 수 있었다.

'이런 건방진 자식.'

로게인은 슬그머니 미소를 지으며 생각했다.

"여러분이 무슨 생각을 하고 있는지 압니다. 안 그래도 오늘 밤 많은 분들이 내게 그 질문을 했지요. 렌도언 백작께서 제 어머니를 정당한 여왕으로 선포했을 때 여러분 가운데 일부가 레드클리프에 있었다는 것도 압니다. 하지만 전 오늘 대관식의 증인이 되어 달라고 여러분을 여기에 모신 게 아닙니다."

마릭의 목소리가 조용한 홀 안에 쩌렁쩌렁 울려 퍼졌다.

여기저기에서 놀란 목소리가 튀어나왔지만 마릭은 개의치 않고 한 손을 들어 올렸다.

"대관식을 한다면 그건 케일런헤드의 왕좌에 앉아서, 그리고 지금 왕위 찬탈자의 머리에 놓인 바로 그 왕관으로 할 생각입니다!"

마릭의 목소리가 높아졌다.

환호의 외침이 너도나도 그 말을 반겼다. 많은 귀족들이 일어나서 열렬히 박수를 쳤다. 어떤 이들은 할 말을 잃거나 충격을 받았다. 렌도언 백작도 그들 중 하나였다. 로게인은 백작의 얼굴이 창백해지는 것을 지켜보았다. 애써 마릭을 가르쳤는데 모두 헛수고가 된 것 아닌가. 마릭은 불타는 듯한 강렬한 눈빛으로 홀 전체를 둘러보았다. 그 모습이 로게인은 마음에 들었다.

"그렇다면 여러분은 여기 왜 온 겁니까?"

귀족들의 외침이 사그라지기 전 마릭이 입을 열었다. 그는 홀 중앙으로 걸어 나와 천천히 식탁 사이를 걷기 시작했다. 방 안의 소음이 순식간에 줄어들었다.

"고향 땅을 되찾는 데 있어 첫 번째 발걸음을 내딛었음을 인정하는 의미도 있을 겁니다. 보릭 공작이 살아 있었다면 얼마나 좋았을까요! 공작은 우리 어머니의 동지였습니다. 저 역시 공작께 본래 그의 자리인 이 의자를 되돌려줄 수 있었다면 정말로 기뻤을 것입니다. 하지만 우리는 그에게 무슨 일이 벌어졌는지 알고 있지 않습니까!"

사람들의 표정이 엄숙해지면서 아직까지 조금 남아 있던 속삭임이 모두 멈추었다. 그들도 너무나 잘 알고 있었다.

"우리를 숨겨주었다는 죄목으로 메그렌은 그의 가족 전체를 교수형에 처했습니다. 시신이 모두 부패할 때까지 데너림 광장에 매달아두었고, 그와렌은 그의 사촌에게 넘어갔지요."

이제 방 안은 침묵뿐이었다. 많은 이들이 쓰라린 옛 기억, 일부는 수치심에 고개를 떨구었다. 올레이 인들에게 이 땅을 빼앗긴 뒤 자신들이 어떤 대가를 치렀는지, 반란군에 가담하지 않고 재산과 가족을 지킨 퍼렐던 인들이 어떤 희생을 치렀는지 뼈저리게 느끼지 않는 사람은 없었다.

"메그렌이 휘두르는 힘은 황제가 보내준 기사단에서 나옵니다. 그자들만 없다면 우리 퍼렐던 사람들은 이미 오래전 봉기했을 겁니다. 여러분의 의문도 알고 있습니다. '그 기사단에 대항해서 우리가 뭘 어떻게 한단 말인가? 이미 이 땅을 침략할 때 우리를 짓밟았는데. 설사 우리가 그들을 무찌를 수 있다고 해도 황제가 계속해서 기사들을 보내올 텐데!' 하지만 새로운 첩보를 입수했습니다. 그 기사들을 공격할 드문 기회를 제공할 정보이지요."

마릭은 잠시 말을 멈추고 그들에게 이 새로운 소식을 이해할 시간을 주었다. 놀란 속삭임이 점점 커졌다.

"이 첩보를 얻는 과정에서 아주 큰 손실을 입었습니다. 비이린 백작이 목숨을 잃었지요. 하지만 그 덕분에 올레이에서 보내오는 기사들의 봉급이 북쪽 해안의 서부 구릉지 요새에 도착한다는 사실을 알아냈습니다. 그들의 일 년 치 연봉으로 금화 오천 냥이 훨씬 넘는다고 합니다."

귀족들의 속삭임이 잠시 주춤하더니 모두가 깜짝 놀란 눈으로 마릭을 바라보았다.

"그 금화가 사라지면 메그렌은 새로 세금을 걷어 퍼렐던 사람들 모두를 격분하게 만들거나 아니면 황제에게 손을 벌려야 할 겁니다. 그러니 우린 그 돈을 빼앗을 생각입니다."

마릭이 짓궂은 미소를 지으며 말을 마쳤다.

그 순간 사람들이 충격과 분노로 웅성대며 질문을 던지기 시작했다. 로게인은 그들 상당수가 매우 걱정스러운 표정으로 서로의 귀에 대고 무언가 묻는 것을 보았고 어떤 말이 오가는지 짐작할 수 있었다. 그들은 마릭을 잘 알지 못했다. 마릭의 어머니나 렌도언 백작은 알지 몰라도, 그들이 아는 마릭은 그리 오래 지키지도 못할 그와렌을 손에 넣은, 아주 대담하거나 혹은 아주 어리석은 사람이었다.

그때, 마릭이 계획을 발표하기 전까지 별 관심 없는 표정으로 문 근처에서 서성이고 있던 북쪽 출신의 젊은 남작 두 명이 조용히 그곳을 빠져나갔다. 이 모습을 본 로게인이 방 건너편에 있던 로완과 시선을 맞추자 그녀는 눈에 띄지 않게 고개를 끄덕였다. 그러고는 세 명의 병사를 데리고 은밀히 그 남작들 뒤를 따라나갔다.

물론 이 사실을 안다면 마릭이 좋아할 리 없지만 그에게 알리지 않으면 될 일이었다.

무표정한 마릭이 자신의 자리로 돌아가는 동안 사람들의 외침은 계속되었다. 남작 동맹 지역에서 로게인도 만난 바 있는, 명망 높고 존경받는 나이 지긋한 남작 한 명이 일어서 손을 들었다. 사람들의 눈이 그를 향해 쏠리면서 방 안의 소란이 크게 줄어들었다.

"트레메인 남작이시죠?"

마릭은 사람들이 들을 수 있도록 큰 목소리로 물었다.

남작이 고개 숙여 절했다. 어깨에 걸친 묵직한 푸른색 로브에 눌린 그의 노쇠한 뼈가 당장이라도 바닥에 주저앉을 것만 같았다. 피부는 마치 연한 색의 양피지 같았고, 목소리는 쉰 듯하면서도 작아 한껏 귀를 기울여야 했다.

"왕자님, 이해가 안 가는 것이 있습니다. 서부 구릉지까지는 어떻게 갈 계획이신지요? 듣기로는 찬탈자의 군대가 브레실리안 통행로를 지키고 있다고 합니다. 그렇다면 북쪽으로 가는 길에도 전투를 해야 하지 않겠습니까?"

트레메인 남작이 묻자 마릭이 고개를 끄덕였다.

"배를 탈 겁니다. 찬탈자가 아직 바다까지 통제하진 않으니 안티바의 갤리선 몇 척을 조달해 우리 병사들을 북쪽 해안으로 이동하도록 해두었습니다. 물론 정확히 어디인지는 이 자리에서 밝히지 않겠습니다."

마릭이 약간 웃음기 띤 얼굴로 말을 마쳤다.

사람들 사이에서 공감한다는 투의 웃음소리가 조금 들려왔지만 걱정스러운 시선들도 많았다. 트레메인 남작은 혼란스러운 표정으로 대부분의 다른 이들도 우려하고 있는 점을 물었다.

"그렇다면…… 그렇다면 그와렌을 버리신단 말씀입니까?"

마릭은 남작의 질문에 동조하는 사람들의 목소리를 잠시 듣고 있었다.

"찬탈자의 기반을 공격해야 합니다. 그렇지 않으면 무슨 수를 써도 그와렌을 지킬 수 없을 겁니다."

마릭의 대답은 단호했다.

그러자 귀족 서너 명이 "그러면 여긴 어떡합니까?"라고 소리쳤다. 로게인은 하얗게 질린 얼굴로 앉아 있는 뚱뚱한 시장을 쳐다보았다. 이제 그는 누가 봐도 반란군을 지지한 인물이었다. 이곳이 다시 메그렌의 손에 들어가면 반란군 편에 섰던 이들이 어떻게 처단될지는 불 보듯 뻔한 일이었다. 시장은 지금 바로 그 생각을 하고 있는 것이다.

마릭이 한 손을 들었지만 걱정에 찬 사람들의 목소리는 쉽게 잦아들지 않았다.

"달리 선택의 여지가 없습니다! 수비대를 배치하고 그걸로 찬탈자의 주의를 북쪽으로 끌 수 있기를 바랄 뿐입니다. 하지만 여기 가만히 있는 상태에서 들이닥친다면 우린 찬탈자를 멈출 수가 없습니다!"

마릭이 소리쳤다.

다시 한 번 큰 소동이 일었고 이제 어떤 이들은 자리에서 벌떡 일어나 마릭에게 대놓고 삿대질을 하고 있었다. 반란군이 처음으로 되찾은 도시를 버린다는 것이 영 마음에 들지 않는 것 같았다. 로게인은 찬탈자가 총공격을 해온다면 그와렌이 견뎌내지 못할 것임을 알고 있었다. 후퇴할 곳도 없는 지역이니 이렇게 적은 병력으로 어떻게든 버텨보겠다고 고집을 피우는 것은 바보 같은 짓이었다. 하지만 이 사람들의 생각은 거기까지 미치지 않았다.

이제 마릭은 통제 불가능해진 사람들을 바라보며 비지땀을 흘리고 있었다. 트레메인 남작이 서글픈 표정으로 고개를 절레절레 흔들며 자리에 앉자 다른 많은 이들은 그것을 마릭에 대한 비난의 의미로 받아들이는 것 같았다. 이미 반란군에 가담한 사람들은 입을 꾹 다문 채 앉아 있었다.

대체 왜 이 사람들의 동의를 얻어야 하는 건지 로게인은 이해할 수 없었다. 하지만 마릭은 그렇게 하면 그들로부터 더욱 지지를 얻을 수 있고, 회합에서 그를 퍼렐던의 진정한 통치자로 인정해줄 것이라 믿고 있었다. 로게인이 보기에는 위험한 일이었다. 그들이 딱 잘라 거부하면 어떻게 할 것인가? 혹여 그들이 지지하고 나선다고 해도 반드시 더 많은 병사가 생긴다는 보장도 없었다. 반란군의 입장에서는 이번 모임에서 얻을 것보다 잃을 것이 많다. 로게인은 이미 이러한 생각을 전하며 마릭의 뜻에 반대했지만 무시되고 말았다.

"렌도언 백작은 이 일에 대해 어떻게 생각하십니까?"

머리가 희끗희끗한 귀부인 한 명이 이렇게 소리치자 다른 귀족 서너 명도 대뜸 합류했다. 어떤 이들은 마릭의 의자 근처에 불편한 표정으로 서 있는 렌도언 백작을 향해 눈을 돌렸다. 사람들의 목소리가 점점 커지는 와중에도 백작은 아무 말 하지 않다가 마릭이 얼굴을 찌푸리며 고개를 끄덕이자 마침내 입을 열었다.

오랜만에 입은 격식 차린 옷이 다소 불편해 보이는 렌도언 백작이 한 걸음 앞으로 나서자 금세 방 안이 조용해졌다.

"거짓말하지 않겠습니다. 나도 이 계획에 대해 다소 불안을 느끼는 것이 사실이지요."

그가 내키지 않는 어조로 말을 꺼내자마자 사람들의 고함이 터져 나왔다. 그래서 백작은 목소리를 더욱 높여야 했다.

"하지만! 하지만 긍정적인 면이 없는 건 아닙니다!"

이제 홀 안의 귀족들 상당수가 자리에서 일어나 있었고, 어떤 이들은 당장이라도 자리를 박차고 나갈 기세였다. 렌도언 백작이 한 걸음 더 앞으로 나섰다. 그의 눈썹이 실망으로 잔뜩 일그러져 있었다.

"마릭 왕자께서 한 말은 거짓이 아닙니다. 여기에 이대로 남아 있는 건 절대 안 될 일입니다! 물론 지금 가진 것 모두 배를 빌리는 데 털어 넣어야 하는 것도 사실이고, 위험한 계획인 것도 사실이지요. 하지만 그 계획이 성공을 거둔다면 어떤 일이 벌어질지 상상해보십시오!"

그러자 사람들의 웅성거림이 조금 누그러졌다.

"올레이 놈들의 지배를 너무 오래 받아서 그들에게 대항하는 방법도 잊어버린 것입니까?"

몇몇 이들이 식탁을 탕탕 두들기며 백작의 말을 지지하고 나섰다.

"나의 불안감은 나이 든 자의 노파심이겠지요. 왕자께서 지금까지 거두신 성공은 모두 그러한 위험 요소를 이겨냈기 때문입니다!"

백작이 한 걸음 물러서자 군데군데에서 작게 박수 소리가 들려왔다. 마릭이 그에게 고마움의 미소를 보냈다. 로게인은 백작이 더 부정적으로 나올 수도 있었음을 알고 있었다. 사실 사석에서 백작은 마릭의 의견에 격렬하게 반대했었다. 퍼렐던 사람답게 그는 바다로 나간다는 사실을 꺼림칙해했고, 그 와렌에서 얻은 돈 전부를 배를 빌리는 데 써버리는 것도 불안해했다. 하지만 로게인이 보기에는 그것이야말로 이 작전을 실행해야 하는 이유였다.

백작의 지지 발언에도 불구하고 큰 효과는 보지 못했다. 회의와 의심이 사방에 난무했고, 사람들 사이의 언쟁 소리는 커져만 갔다. 마릭이 자리에서 일어섰지만 몇 차례나 큰소리를 치고 나서야 모인 이들의 주목을 받을 수 있었다.

"이 이야기를 꺼낸 것은 우리에게 여러분의 도움이 필요하기 때문입니다! 퍼렐던의 해방을 바라는 이들이 지금 일어서지 않는다면 앞으로는 영영 기회를 얻지 못할 겁니다! 우리만으로는 이걸 감당할 수 없습니다!"

마릭이 소리쳤다.

하지만 부정적인 답변만 들려올 뿐이었다. 로게인은 마릭이 낙심하는 모습을 지켜보았다. 왕자의 말은 무시되고 말았다. 그들은 마릭을 믿지 않았고, 계획이 효과를 거두리라 생각하지 않았다. 아니면 그저 겁에 질린 것일 수도 있었다. 그들이 그동안 반란군에 가담하지 않은 가장 큰 이유는 미치광이 왕 메그렌의 복수에 대한 두려움 때문이었다. 바이런 백작은 마릭을 위해 자신의 영지를 포기한 이들 중에서도 가장 힘 있는 사람이었다. 하지만 그에게 무슨 일이 일어났던가? 그들은 고개를 흔들었고, 많은 이들이 떠날 채비를 하기 시작했다.

로게인은 가만히 듣고만 있을 수 없었다. 그래서 사람들을 이리저리 밀치며 홀 중앙으로 성큼성큼 나아갔다.

"빼앗을 수 있습니다!"

로게인이 포효하듯 소리치며 검을 빼어 들었다. 쇳소리를 듣고 무기가 등장했음을 깨달은 사람들이 화들짝 놀랐다. 막 홀에서 나가려던 이들은 우뚝 멈춰 섰고, 나머지 사람들은 충격에 빠져 입을 벌린 채 그 모습을 바라보았다.

"우리가 서부 구릉지를 점령하지 못할 거라고 생각합니까? 그렇다면 오늘 밤 우리가 이 자리에 서 있게 되리라 생각한 사람은 몇 명이나 됩니까? 내가 만났던 사람 중에 여왕의 죽음이 곧 반란군의 최후라고 확신한 사람이 얼마나 많았는지 아십니까? 그런데도 우린 지금 여기 당당히 서 있습니다!"

로게인이 도전적인 눈빛으로 귀족들을 차근차근 훑어보며 소리쳤다.

홀 안에 침묵이 흘렀다. 주변을 둘러보던 로게인의 눈에 바이런 백작의 첩보를 전해주었던 금발의 엘프가 들어왔다. 그녀는 우아한 녹색 드레스를 입고 멀리 떨어진 방의 반대편 그림자 뒤에 모습을 숨기고 있었다. 로게인은 처음에 그녀가 전령에 지나지 않는다고 생각했으나 한동안 치밀하게 심문한 끝에 그 생각이 틀렸음을 인정하게 되었다. 아니, 애초에 서부 구릉지에 대한 그 첩보를 입수하는 데 그 여자가 매우 중요한 역할을 했음이 틀림없었다. 이미 죽고 없는 바이런 백작에게 그녀에 대해 물어볼 수는 없는 노릇이었지만 그녀의 정보에는 매우 큰 가치가 있었다. 그녀가 살아서 그와렌까지 왔다는 사실만으로도 반란군에게는 큰 행운이었다.

"거기 당신! 카트리엘! 이리로 나오시오!"

로게인이 그녀를 향해 검을 들고는 소리쳤다.

카트리엘의 녹색 눈이 마릭을 향하자 마릭이 안심해도 된다는 듯 고개를 끄덕였다. 그녀는 옷매무새를 가다듬고 모든 귀족이 볼 수 있게 밝은 곳으로 나섰다. 그녀는 수줍은 표정으로 절을 하고 계속 고개를 숙이고 있었다.

"이 사람이 우리에게 첩보를 가져다준 여자입니다. 서부 구릉지에서 누가 이 첩보를 그녀에게 전해주었는지도 알고 있습니다. 그녀처럼 반란군에 우호적인 사람들과 엘프들이지요. 그들의 도움으로 우리는 시종 차림을 하고 몰래 요새 안으로 들어가 안에서 문을 열 겁니다."

로게인이 그녀를 향해 손짓하며 말했다. 그리고 잠시 멈췄다가 말을 이었다.

"사실 그녀는 시종으로 변장해 성 안으로 잠입하겠다고 자원까지 했습니다. 엘프, 그것도 여자가 여기 이렇게 모인 퍼렐던의 자존심이라고 할 수 있는 수많은 귀족들보다 훨씬 더 용감하고 적극적으로 왕자님을 돕겠다고 나선 겁니다!"

로게인이 차가운 눈으로 귀족들을 노려보며 말했다.

다시 성난 목소리가 터져 나오고, 많은 이들이 벌떡 일어나 로게인을 향해 주먹을 흔들기 시작했다. 하지만 그는 눈 하나 꿈쩍하지 않았다.

일부 귀족들은 매우 크게 성을 냈고, 그중에서도 붉은 곱슬머리에 뚱뚱한 체격의 한 남자가 동료들에게 떠밀리다시피 앞으로 나왔다. 로게인의 기억이 정확하다면 그는 도날이라는 이름의 남작이었다. 로완과 함께 남작 동맹 지역을 여행할 당시 잠깐 그를 만난 적이 있는데, 그는 식사를 대접하기는커녕 말 한마디 나눌 기회도 주지 않고 둘을 쫓아냈었다.

"감히 우리를 뾰족 귀하고 비교하다니! 한낱 엘프 창녀가 하찮은 목숨을 내놓든지 말든지 우리가 무슨 상관인가? 도대체 저런 게 어떻게 요새 문을 열 수 있겠는가?"

도날 남작의 터질 듯한 볼이 분노로 화르륵 달아올랐다.

로게인은 카트리엘의 눈이 공허해지면서 얼굴이 붉게 달아오르는 것을 보았다. 창피함 때문인지 분노 때문인지는 알 수 없었다. 하지만 로게인이 뭔가 대답하기도 전에 마릭이 홀 중앙으로 달려나왔다. 그의 눈은 로게인이 이전에 본 적 없는 분노로 무섭게 번뜩이고 있었다.

"이 일을 해낼 수 있는 사람이 있다면 그건 바로 그녀요!"

마릭이 도전적으로 붉은 머리의 도날 남작을 노려보며 차갑게 소리치자 잠시나마 키가 3미터는 될 듯 커보였다. 그가 말을 이었다.

"그리고 그녀의 목숨은 절대 하찮지 않소! 어떻게 우리가 지금 여기 들어와 있는지 이유를 알고 싶소? 모두 그녀 덕분이오. 나는 그녀의 목숨을 매우 귀하게 여기오. 그리고 그녀가 당신처럼 무지한 사람들을 위해 자기 목숨을 바칠 용의가 있다는 사실 하나만으로도 그 목숨의 가치는 더 높아질 뿐이오!"

이 말과 함께 마릭은 몸을 휙 돌려 차가운 눈으로 나머지 귀족들을 둘러보았다. 그들 모두 아무 말 하지 못하고 마릭을 쳐다보기만 했다. 카트리엘은 깜짝 놀랐지만 선 채로 바닥만 내려다보았다.

"내가 엉뚱하다고 생각하는 겁니까? 바보 같은 계획 하나만 믿고 모든 걸 버리려 한다고? 장담컨대 오직 그 기사들을 이용해야만 찬탈자를 공격할 수 있고 그렇게 하기 위해서라면 능력이 있는 자, 누구라도 기용할 거요!"

마릭이 으르렁거렸고 그 누구도 대꾸하지 못했다.

그가 도날 남작에게 성큼성큼 다가가 얼굴을 노려보자 남작이 한 걸음 뒤로 물러섰다.

"지금 우리에게 인물을 가려가며 쓸 여력이 있다고 생각하는 거요? 한가하게 노닥거리자고 오늘 회의를 열었다고 생각하는 거요? 지금 당장, 할 수 있을 때 움직여야만 한단 말이오!"

말을 마친 마릭이 휙 몸을 돌려 카트리엘을 향했다. 그리고 그녀에게 한 손을 내밀자 크게 놀란 카트리엘이 잠시 머뭇거리다가 그 손을 잡았다. 마릭은 부드럽게 미소를 지으며 그녀를 가까이 끌어당겼다.

"창조주께서 이 여인을 내게 보내주신 건 이유가 있을 겁니다. 나는 이 여인과 함께 한다면 반드시 성공하리라 믿습니다."

마릭이 말을 멈추고 도날 남작을 향해 얼굴을 찡그렸다.

"내 약속하지요. 서부 구릉지 요새의 대문이 열리지 않는다면 절대 공격하지 않겠소. 가망도 없는 일에 헛된 피를 흘리지 않겠다는 말이오."

마릭은 다시 고개를 돌려 카트리엘을 바라보고는 한 손으로 그녀의 턱을 가볍게 들어 올렸다. 그가 미소 지으며 그녀의 눈을 들여다보았다.

"하지만 문은 반드시 열릴 것이오. 나는 그렇게 믿소."

마릭이 단호히 말했다.

카트리엘은 크게 감동을 받은 듯 어찌 할 바를 몰라 했다. 그녀는 눈을 깜빡이며 할 말을 찾다가 "최…… 최선을 다 하겠습니다."라고 말하고 입을 다물었다. 그녀가 붉어진 얼굴을 돌렸다.

사람들의 웅성거림이 다시 시작되었다. 논쟁을 벌이는 소리가 여기저기에서 들려왔다. 어떤 이들은 박수를 치고, 어떤 이들은 고개를 숙인 채 생각에 잠기고, 또 다른 이들은 절망으로 고개를 저었다. 하지만 일단 방 안을 맴돌던 분노의 기운은 사라졌다. 앞에 늘어선 사람들을 둘러보는 마릭의 모습은 진정한 제왕다웠다. 가까이 있던 몇몇 사람들이 무릎을 꿇기 시작했다.

도날 남작이 다시 앞으로 나섰다.

"당신들 모두 미친 거요? 정말로 이 애송이 왕자의 말도 안 되는 소리에 귀를 기울이고 있을 겁니까?"

남작이 주변 사람들을 돌아보며 소리쳤다. 완전히 이성을 잃은 그는 몸을 부들부들 떨며 퉁퉁한 주먹을 공중에 휘두르고 있었다.

실내가 다시 조용해졌다. 마릭은 그를 차갑게 바라보았지만 아무 말도 하지 않았다.

"그가 여기까지 온 건 모두 렌도언 백작 덕분이오! 당신들 모두 잘 알잖소!"

남작이 몸을 돌리며 자기 뜻을 지지해줄 사람들을 찾았다. 많은 이들이 그의 시선을 거부했지만 어떤 이들은 어찌 할지 아직 마음을 정하지 못한 것 같았다.

"현실을 직시해야 하오! 메그렌 왕은 그 자리에서 물러나지 않을 거요! 왕이 우리가 여기 왔다는 사실을 알기 전에 당장이라도 이 애송이를 붙잡아다가 왕께 바쳐야 한단 말이오!"

도날 남작이 과격한 몸짓과 함께 악을 썼다.

불편한 침묵이 이어지던 바로 그 순간 로게인이 홀 안을 가로질러 달려가더니 검으로 남작의 가슴을 꿰뚫어버렸다. 남작은 자기 가슴에 꽂힌 검을 못 믿겠다는 듯 내려다보았다. 그 순간 선홍색의 피가 입에서 뿜어져 나왔다. 그는 힘겹게 입을 뻐끔거렸고, 로게인은 검을 빼냈다.

남작의 몸이 기울어지더니 둔탁한 소리와 함께 바닥에 쓰러졌다. 사람들 사이에 두려움과 충격의 신음이 파도처럼 퍼지더니 가까이에 앉아 있던 귀족들이 몸을 피했다. 의자가 돌바닥에 긁히는 소리가 여기저기에서 들려왔다. 그들은 겁에 질려 로게인을 바라보았다. 그가 당장이라도 다른 사람들을 공격하고 나설 것만 같았다. 마릭마저 여전히 엘프의 손을 꼭 붙든 채 왜 그랬냐는 듯한 표정으로 로게인을 쳐다보았다.

홀 전체가 불편한 침묵으로 빠져들자 로게인은 침착하게 남작의 값비싼 로브로 칼날을 닦았다. 몇몇 귀족들이 주춤주춤 더 뒤로 물러났고, 어떤 이들은 몰래 빠져나가려 하고 있었다. 아직 고개를 들진 않았지만 지금쯤 다시 돌아온 로완이 병사들을 보내 홀 밖으로 나가는 문을 막았으리라 짐작했다.

“당신들 모두 자신의 본분을 잊었소.”

방 안은 쥐 죽은 듯 조용해졌고, 한 명도 빠짐없이 로게인을 주시하고 있었다.

“지금 이분은 당신들에게 동전 한 닢을 구걸하는 거지가 아니라 당신들의 정당한 왕이오. 우리는 지금 올레이 인들과 전쟁을 벌이고 있소. 우리 땅을 정복하고 당신들의 전 재산을 야금야금 빼앗아가고 있는 바로 그 사람들 말이오.”

로게인은 인상을 쓰며 도날 남작의 몸뚱이를 발로 찼다. 그의 몸이 데굴데굴 굴러 몇 미터 떨어진 곳에 멈췄다. 얼굴을 위로 하고 멈춰 선 시신의 놀란 표정과 공허한 눈이 그대로 드러났다. 로브 앞자락으로 진한 피가 천천히 퍼져가고, 시체 아래로는 피 웅덩이가 번지고 있었다. 많은 사람들이 시선을 떼지 못한 채 우두커니 죽은 남작을 바라보았다.

“어떻게 하면 왕위 찬탈자의 발에 입 맞출 수 있을까를 생각하든지 아니면 우리가 모든 일을 대신 해주길 기다리지 말고 진정한 퍼렐던 인처럼 나서든지, 선택은 여러분의 것이오.”

말을 마친 로게인이 입을 쓱 닦고 검을 도로 집어넣었다. 홀 안은 쥐 죽은 듯 조용했지만 많은 이들이 침울한 표정으로 고개를 끄덕이는 것을 알 수 있었다. 다행히 마릭의 계획이 완전히 물거품이 되지는 않은 것 같았다.

로게인은 여전히 카트리엘 앞에 서 있는 마릭을 향해 몸을 돌렸다. 그녀는 경계하는 듯한 표정으로 로게인을 바라보았으나 마릭 덕분에 그다지 놀란 것 같지는 않았다.

"미안해. 하지만 한마디 해야 했거든."

로게인이 어깨를 으쓱이며 마릭에게 말했다.

마릭은 당황해야 할지 웃어야 할지 모르는 표정이었다.

"아니, 아니야. 잘한 것인지도 모르지."

마릭이 대꾸했다.

"나도 그렇게 생각해."

로게인이 말했다.

결국 반란군은 원하던 바를 이루었다.

어쨌거나 도날 남작의 죽음으로 인해 많은 이들이 자신이 여기 온 이유를 깨달은 것 같았다. 그들은 마릭의 행동이 마음에 드는지, 그의 전술이 합당한지 이러쿵저러쿵하기 위해서 모인 게 아니라 여전히 올레이 인들을 상대로 전쟁을 벌이고 있다는 사실을 다시금 상기하기 위해 온 것이었다. 그 덕분에 반란군 여왕의 시대에는 단 한 번도 없었던 반격의 기회를 얻었다는 사실도.

그들 중 상당수는 아무런 약속도 하지 않고 그곳을 떠났다. 그들은 금방이라도 도날 남작과 같은 처지가 될지 모른다는 생각에 잔뜩 겁을 냈지만 물론 그런 일은 벌어지지 않았다. 그들은 그 자리에 남아 귀를 기울였고, 그 보답으로 마릭은 그들이 무사히 저택을 나설 수 있게 해주었다. 하지만 그와렌에서 떠날 수는 없었다. 곧 벌어질 서부 구릉지에서의 전투에 대해 기밀을 흘리는 일이 있어서는 안 되니 말이다.

로게인은 그들에 대해 그리 걱정하지 않았다. 마릭을 돕는 것을 거절한 이들도 마음은 편치 않아 보였고, 그는 그들의 눈에서 두려움을 읽을 수 있었다. 마릭의 군대가 그와렌에 진군할 당시 마릭의 할아버지보다 마릭이 더 나은 왕이 될지도 모른다는 생각을 미처 하지 못한 것이다. 그들은 반란군의 움직임이 실패로 돌아갈 경우 이후에 닥칠 후폭풍을 겁내고 있었고, 솔직히 말하자면 로게인도 그런 그들을 탓할 수 없었다. 앞으로 서너 주 동안 마릭의 손님으로서 이곳에 머물러야 한다는 말을 했을 때에도 누구 하나 반발하고 나서지 않았다. 혹시라도 뒤에 메그렌 앞에 끌려 나가게 된다면 그때 자의가 아닌 타의로 마릭에게 붙들려 있었다고 핑계를 댈 수 있다는 것쯤은 그들도 알고 있으리라.

반면 마릭을 돕겠다고 나선 이들은 한 가지 조건을 내세웠다. 서부 구릉지에서 전투가 벌어질 경우 마릭은 직접 가담하지 않고 안전한 곳에 머물러야 한다는 조건이었다. 이 말을 들은 마릭은 크게 놀랐지만, 진지한 얼굴의 여(女)남작이 이 조건을 내건 뒤 금세 다른 이들이 동조하고 나서자 한 발 물러설 수밖에 없었다.

그들이 우려하는 바는 아주 단순했다. 반란군이 얼마나 위험한 작전을 감행하든 상관없지만 티어린 가문의 마지막 후계자만은 그런 전투에 끼어들어선 안 된다는 것이다. 마릭이 목숨을 잃는다면 케일런헤드의 혈통도 그대로 끊기고 만다.

결과적으로 그들이 후원을 약속한 진정한 이유는 케일런헤드 왕과 마릭의 어머니인 모이라 여왕에 대한 기억 때문이었다. 이 귀족들에게 중요한 것은 퍼렐던이었고, 퍼렐던을 위해서라면 반란군에게 식량, 장비, 심지어 병사까지 무엇이든 내줄 수 있었다. 그들 가운데 일부는 바이런 백작이 그랬던 것처럼 마릭 앞에 무릎을 꿇고 충성을 맹세하기도 했다. 그런 그들의 눈에는 눈물이 그렁그렁했다.

"퍼렐던의 부름에 반드시 응하겠습니다."

그들은 이렇게 맹세했다.

그들의 병사들이 합류한다면 반란군의 규모는 절반 이상 늘어날 것이다.

서부 구릉지를 탈환하려면 성문이 열리든 열리지 않든 그 정도 병력은 필요했다. 일이 정말 잘못될지도 모른다고 걱정했던 로게인은 이내 마음이 흡족해졌다.

로게인이 눈치챈 것이 한 가지 더 있었다. 귀족들 중 아무도 그의 눈을 똑바로 쳐다보는 자가 없다는 것이다. 그들은 마릭을 아끼고 존경했지만 로게인은 그저 살인자일 뿐이라고 여겼다. 하지만 로게인은 개의치 않았다.

시버란은 양 옆으로 늘어선 호화로운 장식품들을 무시하고 빠른 걸음으로 어두운 복도를 지나쳤다. 고대의 전투를 묘사한 그림들, 섬세한 기하학적 무늬로 짜인 푹신한 양탄자, 먼지를 잔뜩 뒤집어쓰고 있는 붉은 크리스털로 만든 화려한 꽃병, 이 모두를 왕궁 장식을 위해 올레이에서 가져왔지만 어떤 것도 메그렌을 만족시키지 못했다.

"개똥이랑 양배추 냄새가 코를 찌르는데 누가 이런 아름다움을 즐길 수 있단 말이냐!"

왕은 이렇게 소리치곤 했다.

그 기억을 떠올린 시버란이 흥 하고 콧방귀를 뀌었다. 왕의 침소로 이어지는 거대한 문으로 다가가는 그 뒤로 노란색 로브 자락이 휙휙 펄럭였다. 아주 오래전에 만들어진 그 나무문에는 매우 정교한 퍼렐던 지도와 퍼렐던의 상징인 전투견 두 마리가 금방이라도 덤벼들 듯 새겨져 있었는데, 바로 그 이유 때문에 메그렌은 하루가 멀다 하고 이 문을 떼어다가 불쏘시개로 만들어 챈트리 화로에 던져버리겠다고 소리를 질렀다. 하지만 다행히 그는 아직 그 말을 행동에 옮기지 않았다. 이렇게 예술적인 작품을 그렇게 내버린다면 정말 안타까운 일일 것이다.

시버란은 문에 달린 쇠고리로 쾅쾅 두들긴 다음 기다리지도 않고 문을 벌컥 열어 안으로 들어섰다. 방은 올레이 최고의 목수들이 만든 최고급 가구,

푸른색 실크 휘장, 기둥이 네 개 세워진 거대한 마호가니 침대, 살몽 후작이 선물한 금박 입힌 거울 등으로 가득 채워져 있었다. 하지만 그 어떤 것도 창문이 아주 작고, 천장에 나무 들보가 낮게 걸린 이 답답하고 어두운 방을 밝혀주진 못했다. 마치 거대한 숲 속에 사는 야만인들처럼 튼튼하고, 크고, 나무로 만들어진 것들을 좋아하는 퍼렐던 사람들의 취향이 메그렌의 마음에 들 리 없었다.

하지만 이 순간만큼은 메그렌도 방 안 분위기 같은 것에 신경 쓸 여유가 없었다. 얼마 전 연회 도중에 실오라기 하나 걸치지 않은 차림으로 밤새 정원을 쏘다니다가 열병을 얻은 것이다. 아직 날이 추워 그렇게 돌아다니면 안 된다고 시버란이 말렸지만 어디 왕이 그의 말을 들을 사람인가? 그래서 그는 왕에게 이번 열병은 마법의 치유가 듣지 않는다고 거짓말을 했다. 며칠 정도 침대에서 덜덜 떨며 고생하다 보면 그의 조언은 듣는 편이 좋다는 것을 깨닫게 되겠지.

메그렌의 침대는 마치 폭풍이 휩쓸고 간 자리 같았다. 매트리스 위로 침대보가 어지럽게 흐트러져 있는 것으로 보아 열에 휩싸인 그가 한바탕 난리를 피운 것이 분명했다. 잠옷 차림으로 땀을 뻘뻘 흘리며 누운 왕의 모습은 덩치만 크지, 외로운 아이 같았다.

하인 두 명이 벽 쪽에 서서 왕이 내리는 명령을 기다리고 있었고, 브로나치 대주교는 언제나처럼 붉은 로브를 가지런히 차려입고 왕의 침대 옆 등받이 없는 의자에 꼿꼿이 앉아 있었다. 시버란이 들어오자 그녀는 읽고 있던 책을 무릎 위에 내려놓고 마치 끔찍하게 맛없는 음식을 삼킨 듯한 표정으로 그를 올려다보았다. 그녀가 왕에게 읽어주고 있던 책은 영광의 성가 가운데 장문들을 옮겨놓은 글이었다. 보아하니 오늘 왕을 괴롭히러 온 사람은 시버란 혼자만이 아닌 것 같았다.

"새 소식을 가지고 온 건가!"

메그렌이 기다렸다는 듯 소리치며 자수를 놓은 수건으로 눈썹 위에 맺힌 땀을 닦았다. 그러고는 크게 한숨을 내쉬며 다시 베개 위에 머리를 눕혔다.

시버란은 로브 안에서 둘둘 말린 양피지 조각 한 장을 꺼냈다.

"그렇습니다, 전하. 한 시간 전에 온 소식입니다."

그가 대답하며 양피지를 메그렌에게 내밀었지만 왕은 그것을 치우라고 힘없이 손짓하고 이마만 계속 닦아댔다.

"그냥 뭐라고 쓰여 있는지 읽어줘! 아주 죽겠다고! 이 더러운 땅에 돌고 있는 이 끔찍한 병은 도저히 참을 수가 없어!"

"이번 병환은 어쩌면 창조주께서 내려주신 교훈일지도 모른다고 생각하시지요."

브로나치가 고집스레 끼어들었다.

그 말을 들은 메그렌이 커다랗게 끙, 소리를 내고는 도와달라는 듯 시버란을 바라보았다.

"내가 이렇게 당하고 있다니까. 그것도 그 반란군 자식하고 대화를 나눈 반역자로부터 말이야!"

"제가 그리 한 게 아니라고 말씀드렸잖습니까, 전하. 더 신경 써서 감시해야 할 쪽은 마법사들이 아닌가 싶습니다."

브로나치가 의심 어린 눈초리로 시버란을 노려보았다. 그는 대놓고 그 시선을 무시했다.

"당신이 그놈하고 이야기했잖아! 대화를 나눴다고! 그런데도 여기 이렇게 앉아 내게 잔소리를 해?"

메그렌이 느닷없이 벌떡 일어나 앉더니 소리를 질렀다. 그의 눈에는 순간 광기가 가득했다.

"저는 예언자 안드라스테와 창조주의 말씀을 전할 뿐입니다, 전하. 그 외의 것은 아무것도 없지요."

"참나!"

메그렌은 더 이상 할 말이 없다는 듯 다시 침대 위로 풀썩 쓰러졌다.

시버란은 양피지를 펴고 그것을 슬쩍 들여다보았다. 사실 그 안에 쓰여 있는 내용은 굳이 읽지 않아도 이미 잘 알고 있었다.

"제 첩자의 말에 따르면 계획은 성공적이랍니다. 놈들은 전하를 거역하려 드는 퍼렐던 귀족들을 한자리에 모았다고 합니다. 또 서부 구릉지를 공격할 계획이고, 카트리엘에게 그 계획의 중요한 역할을 맡기기까지 했답니다."

메그렌이 잔뜩 쌓인 휴지 더미에서 다 구겨진 종이를 집어 코를 풀며 쿡쿡 웃었다.

"그럼 잘하고 있다는 거군?"

"그럼요. 우리의 반란군 왕자는 첩자에게 홀딱 빠진 것 같습니다."

"그럼 우린 달랑 그걸 위해 그리도 많은 기사들을 희생시킨 건가? 기회가 있었을 때 그와렌을 밟아버렸어야 해. 죄다 불태워서 바다 속에 처넣었어야 했다고."

"이제는 모조리 잡아들일 수 있습니다. 반란군을 영영 뿌리 뽑을 수 있다는 말씀입니다. 이달 안에 마릭 왕자를 붙잡아 바치겠습니다. 제가 보장하지요."

시버란이 침착하게 대꾸했다.

메그렌 왕은 잠시 코 푼 휴지를 만지작거리며 생각에 잠겼다. 그는 그것으로 다시 한 번 코를 훔치고는 브로나치를 슬쩍 쳐다보았다. 그녀가 기죽지 않고 당당한 표정으로 자신을 되쏘아보자 그는 한숨을 쉬었다.

"안 돼. 마음이 바뀌었다. 이리로 데려오지 말고 그냥 죽여버려."

"하지만 지난번에는……."

"마음이 바뀌었다고 하지 않았는가!"

"왕께서 명령하시지 않습니까, 마법사."

브로나치 대주교가 고개를 끄덕이며 끼어들었다.

"나도 들었소!"

시버란이 날카롭게 대꾸하고는 짜증 섞인 표정으로 양피지를 다시 말았다.

"이해가 안 갑니다, 전하. 처음부터 죽이라고 하셨다면 진작……."

"마음이 바뀌었다니까!"

메그렌이 버럭 소리를 지르더니 쿨럭거리며 말을 잇지 못했다. 한바탕 기침을 하고 난 그는 불쌍한 얼굴로 시버란을 올려다보았다.

"재판도, 황제에게 보내는 선물도 다 필요 없다. 난…… 그냥 놈이 사라져 버렸으면 좋겠어! 영영! 놈이 전투에서 죽으면 나머지는 당신이 계획한 대로 흘러갈 거야."

그러고는 왕이 이만 물러가라는 듯 손을 흔들었다.

"전하께서 원하는 것입니까, 아니면 챈트리의 뜻입니까?"

이 말을 들은 브로나치의 어깨가 뻣뻣이 굳으며 입술이 얇게 다물어졌다.

"케일런헤드 가문의 마지막 자손을 잡아다가 그의 백성들 앞에 보여준다고 좋을 게 뭐 있겠소. 난 그저 이 일에 관해 전하께 전하의 의무를 상기시켜 드린 것뿐이오. 이렇게 하는 편이 분명 더 낫지요."

브로나치가 날카롭게 응수했다.

메그렌도 그다지 마음에 들어 하는 것 같진 않았지만 마지못해 그녀의 말에 수긍했다. 그러고는 침대 옆 탁자에 놓인 커다란 주석 잔을 들어 게걸스럽게 꿀꺽꿀꺽 물을 삼키더니 커다란 소리로 트림을 했다.

시버란은 둘을 번갈아 쳐다보며 눈살을 찌푸렸다. 왕자를 산 채로 잡아다가 궁으로 끌고와 놈을 데리고 재미를 보고 싶었다. 그와렌에서 어느 정도의 피해를 예상하긴 했지만 그렇게 많은 기사들의 죽음을 보고하기란 창피한 일이었다. 게다가 발 셰보의 협회에서 보낸 마법사 세 명까지 잃지 않았던가. 그 일로 시버란은 동료들 앞에서 창피를 당했고, 이제는 그들과 퍼렐던 협회 모두 협조하려 들지 않았다. 기회만 닿는다면 마릭의 배를 가르고 내장을 꺼내 직접 비틀어주고 싶었다. 하지만 이제는 다른 사람으로 그 만족감을 대신해야만 할 것이다.

시버란은 천천히 머리를 조아렸다.

"서부 구릉지에서 반란군은 전멸하고 마릭은 최후를 맞을 것입니다. 쥐도 새도 모르게 말이죠. 전하께서 이르신 대로 될 겁니다."

"그리고 잊지 말게. 다시는 날 실망시켜선 안 돼, 알겠나?"

메그렌이 코를 훌쩍이며 중얼거렸다.

시버란은 아무 대답 없이 방을 나왔다. 이제 슬슬 병을 치료해주려 했건만, 안타깝게도 며칠 더 기다려야 할 것 같았다.

제11장

서부 구릉지의 요새는 외풍이 심하고 관리가 부족한 폐허와 같은 곳이었다. 넘실 바다를 내려다보는 바위투성이 언덕 위에 자리한 이 돌 요새는 자유 동맹인들이 해적선 출몰을 감시하기 위해 세워졌다가 해적들이 잠잠해지면서 쓰임새가 줄어들어 오늘날에는 거의 텅 비어 있었다. 이제는 드문드문 올레이에서 해안 도로를 따라 이곳으로 오는 사람들에게만 쓸모가 있었다.

이곳은 완전히 버려진 곳이었다. 주둔 병사들과 일부 자유민, 그들을 돌보는 하인들이 있긴 했지만 한때 이곳에 머물던 사람의 수에 비하면 아무것도 아니었다. 과거에 수천 명이 있었다면 이제는 수백 명뿐이니 말이다. 성의 위층과 더 이상 저장고로 쓰이지 않는 지하실 대부분은 출입이 금지되어 있었고, 어떤 문들은 수십 년 동안 단 한 번도 열리지 않았다. 이곳에서는 조금만 한눈을 팔아도 먼지가 잔뜩 덮인 골동 가구들로 가득한 어두운 복도로 들어서기 십상이었다. 유령이 나온다는 소문도 돌아서 이곳 사람들은 화를 입을까 두려워 유령 이야기를 할 때면 언제나 목소리를 낮추었다.

카트리엘은 머리 위 거뭇한 서까래 사이로 들어오는 바람 소리를 들으며 조용히 기다렸다. 그녀는 이곳이 마음에 들지 않았다. 필요한 일을 하다 보면 홀로 복도를 지나는 일이 많았는데, 그때 메아리치는 자기 발소리는 사람을 오싹하게 만드는 구석이 있었다.

다른 반란군 첩자들과 함께 이곳에 잠입하여 한 명 한 명 하인들 사이에 침투한 지도 일주일이 지났다. 카트리엘은 갑자기 병이 들어 고향 마을로 돌아가야 했던 나이 지긋한 여자를 대신해 다른 세탁부 여자들과 이곳에 들어왔다. 경비병들은 그녀에게 눈길 한 번 주지 않았다. 그럴 이유가 뭐 있겠는가? 전에도 여기에 와본 적이 있는데.

왕자에게 접근하기 전 그녀는 거의 일 년간 이곳에서 지내며 반란군 동조자들과 친해졌다. 그리고 경비병 한 명을 유혹해 자신을 믿을 만한 사람으로 바이런 백작에게 소개하게끔 했다. 그걸로 충분했다. 그러고 나서 이 경비병을 쥐도 새도 모르게 사라지게 하는 것은 누워서 떡먹기였으니까.

이제 그녀가 다시 돌아온 것이다. 카트리엘은 일주일 동안 미리 정해놓은 곳에 조용히 쪽지를 남겨놓고는 다른 반란군 첩자들이 하나둘 사라지는 것을 지켜보았다. 이전에 알고 지내던 반란군 동조자들도 사라져줘야 했다. 이 순박한 사람들과는 몇 달씩이나 함께 지내며 제법 친해졌지만 어쩔 수 없는 일이다. 그녀는 일말의 후회가 드는 것을 애써 무시했다.

일이 틀어질 여지는 조금도 남겨두어선 안 된다. 대제국의 궁정에 순진한 사람이라고는 한 명도 없었다. 어떤 이들의 말을 빌리자면 오직 바보들과 그 바보들을 등쳐먹는 사람들이 전부였다. 조금이라도 힘이 있는 사람들은 귀족들과 같은 게임에 동참해야만 했다. 지역 판사의 아내든, 수도 안 화려한 저택에 사는 백작이든, 남보다 앞서려면 남을 이용해야 했다. 나의 권위를 세우려면 남들을 바보로 만들어야 했고, 은밀한 소문과 계략이야말로 제국의 궁정에서 자신만의 입지를 세우는 데 반드시 필요한 무기였다. 한마디로 피가 난무하는 권력 게임이었고, 그 게임에 참가하는 사람이라면 게임을 즐기거나 아니면 낙오자가 되거나 선택은 둘 중 하나였다.

거기서 지내는 동안 그녀는 뿌린 대로 거두고, 남을 해한 만큼 당하는 사람들을 무수히 많이 보았다. 그들은 웃음 뒤에 단검을 숨기고 다녔고, 심지어 가난한 하인들마저 가장 힘 있고 음흉한 사람들 편에 가담하기 위해 안간힘을 썼다.

하지만 이곳은 올레이가 아니었다. 이곳은 올레이와 크게 달랐다. 이곳 사람들은 먹고 사는 것 말고 다른 일에는 신경 쓸 여력이 없었고, 말을 할 때면 언제나 상대의 눈을 똑바로 쳐다보았다. 그녀도 그런 일에 익숙해지기까지는 오랜 시간이 걸렸다.

마릭도 그랬다. 카트리엘은 언제나 바보처럼 웃고 다니는 금발의 왕자를 떠올리고는 자기도 모르게 미소를 지었다. 마릭이라면 발 로이어의 궁정에서 단 5분도 버티지 못할 터였다. 그와 가까워지는 것이 이리 쉬울 줄 알았더라면 그렇게까지 공을 들일 필요도 없었다. 이 얼마나 순진한 사람인가!

게다가 마릭은 이 땅의 소박한 사람들처럼 꿍꿍이라고는 하나도 없었다. 그녀는 금방이라도 그에게 숨겨진 더러운 비밀 따위나 반짝이는 표면 바로 아래 떠다니고 있을 더러운 면을 찾아낼 줄 알았다. 그런 것을 찾아내지 못한 그녀는 마릭을 단순히 깊이가 없는 사람으로 치부했었다. 하지만 그 첫 번째 밤, 마릭이 자신의 눈을 들여다본 그 순간부터 카트리엘은 마음의 평정을 유지할 수가 없었다. 오래전 그녀를 음유시인으로 훈련시킨 스승님이 이 꼴을 보았다면 한탄할 일이다.

어쨌거나 그가 지하 감옥으로 끌려가는 모습을 지켜보는 건 안타까운 일이리라. 그 깊고 더러운 곳에선 그의 미소도 영영 사라져 다시는 돌아오지 않겠지. 이렇게 확신하는 이유는, 순진한 마릭과 달리 메그렌은 대제국 궁정의 권력 게임을 알고 있었고, 심지어 이곳 퍼렐던에도 존재하고 있음을 알기 때문이다.

서까래 밑에서 다시 한 번 바람이 긴 울음소리를 내자 어디선가 비둘기 한 마리가 놀라 푸드득 날아올랐다. 하지만 새의 날갯짓 소리도 멀리서 들려오는 발자국 소리를 감추진 못했다.

몸을 돌린 카트리엘은 후드를 뒤집어쓴 사람 하나가 다가오는 것을 보고 겉옷 속에 숨긴 단검을 조심스레 만져보았다. 언젠가 그녀가 이 칼을 꺼낸 것을 보고 어느 젊은 소군주가 코웃음을 친 적이 있었다. 하지만 그것도 면도칼처럼 날카로운 날이 그의 목을 활짝 벌려놓기 전까지였다. 싸늘한 시신이 된 그는 다시는 그녀에게 손가락 하나 대지 못했다. 지금 다가오는 사람은 여기 도착한 이래로 자신에게 정보를 제공해온 수수께끼의 연락책이 틀림없었다. 하지만 언제나 조심해서 나쁠 것은 없다.

후드 쓴 사람이 몇 발짝 앞까지 다가와 살짝 허리를 숙였다. 그녀는 그에 대한 응대로 고갯짓을 했으나 말은 하지 않았다. 그의 행색은 매우 꾀죄죄했고 겉옷 밑에 갑옷을 입고 있는지 그렇지 않은지는 가늠할 수 없었다. 그가 손을 올려 후드를 걷자 리베인 족 특유의 거무스름한 피부와 날카로운 생김새가 드러났다. 이곳 요새에 사는 사람들 사이에서는 본 적 없는 얼굴이었다. 그렇다면 은밀하게 활동하는 첩자인가? 물론 이곳 서부 구릉지에는 숨을 곳이 충분했다.

"당신이 카트리엘이군."

이국적인 억양이 강한 무뚝뚝한 말투였다.

"당신은 시버란의 부하고."

"고용주의 이름을 그렇게 함부로 입에 올려선 안 될 텐데, 엘프."

그가 눈을 부라렸다.

"이 요새를 고스란히 갖다 바친 사람이 나라는 걸 명심하라고. 나랑 함께 온 반란군 첩자들은 지금쯤 다 처리했겠지?"

카트리엘이 눈썹을 추켜올리며 물었다.

"당신 요구대로 어젯밤까지 기다렸다가 처리했지."

그가 살짝 고개를 끄덕이며 대답했다.

"반란군으로부터 확실한 대답을 들을 때까지 기다릴 필요가 있었으니까."

그녀가 겉옷 속으로 손을 넣어 둘둘 만 양피지를 꺼냈다. 그리고 리베인 사내를 향해 내밀었지만 그는 다가오지 않았다.

"반란군은 작은 무리를 지어 구릉지로 이동했다. 아침이면 여기 당도할 것이고, 내가 말한 대로 문이 열리자마자 공격할 것이다."

"안 그래도 지금 문이 열리기 시작했다. 서쪽 산마루 뒤로 대규모 병력이 공격 준비를 마치고 숨어 있지. 놈들은 산산조각 날 거다. 시버란 님께서 기뻐하시며, 약속대로 그쪽에게 보상을 하겠노라고 말씀 전하라 하셨다."

그가 차갑게 미소 지으며 말했다.

"그런데 한 가지 문제가 있어. 마릭 왕자가 군대와 같이 이동하지 않는다는 거다. 서부 구릉 남쪽 야영지에서 기다리고 있지. 전투가 진행되는 동안에는 거기에 있다가……."

카트리엘이 양피지로 이마를 톡톡 두드리며 말했다.

"이미 알고 있다. 그 문제도 다 처리되었어."

리베인 사내가 날카로운 목소리로 끼어들자 카트리엘이 얼굴을 찌푸렸다.

"처리되었다고? 그게 무슨 말이지? 난 왕자를 메그렌 왕께 산 채로 데려오라는 명을 들었는데. 그렇게 되면……?"

"처리되었다니까. 당신은 더 이상 왕자 일은 신경 쓰지 않아도 된다. 놈은 곧 죽을 테니. 전투가 시작되면 바로 제거될 것이다."

그가 귀찮다는 듯 대꾸했다.

"뭐라고?"

그녀가 앞으로 한 걸음 성큼 다가섰다. 그의 검은 눈이 조심스레 그녀의 움직임을 따랐지만 그는 움찔하거나 뒤로 물러서지 않았다.

"말도 안 돼! 그런 거였다면 왕자를 만난 첫날 밤에 바로 해치울 수도 있는 일이었어! 이게 대체 무슨 소리야?"

"그게 무슨 상관이지? 그 바보 같은 자식은 어차피 처형당하게 되어 있었어. 그렇다면 여기서 죽이는 게 더 빠르고 좋은 일 아닌가? 놈이 꽤 잘생겼다고는 하더군. 하지만 당신은 당신 할 일이 있고, 이제 끝난 거다."

그가 다 안다는 표정으로 이죽거리며 말했다.

"난 그를 산 채로 데려가기 위해 온 거야. 죽이는 게 아니라!"

카트리엘이 말했다.

"아니, 당신은 그와 그의 군대를 이리로, 우리한테로 데려오면 되는 거다."

이 말과 함께 그의 한쪽 손이 로브 안으로 슬그머니 들어갔다. 안에 무엇이 들어 있는지는 몰라도 무기를 꺼내려는 것이 분명했다. 하지만 그녀는 그의 움직임을 알아챘다는 내색을 하지 않고 그의 차가운 눈에서 시선을 떼지 않았다.

"난 그쪽에게 새 지시를 전달하려고 여기 온 것이다, 엘프. 우리의 유능한 첩자께서 전투 중에 사고를 당했다는 말을 마법사께 전해야 한다면 참으로 안타까운 일이겠지, 응?"

그녀는 모든 행동을 멈추고 둘 사이의 거리를 가늠했다. 들리는 소리라고는 머리 위로 바람이 울부짖는 새된 소리뿐이었다.

"난 시버란의 종이 아니야."

카트리엘이 또렷이 말했다.

"아니라고? 그분께 고용된 게 아니였나?"

"난 특정한 임무를 맡고 여기 온 것이다. 그 임무가 끝나고 나면 시버란과의 계약도 끝이라고."

"그럼 이 시각, 이 자리에서 끝난 걸로 하지."

그가 위협적인 소리로 낮게 웃었다. 그러고는 품속의 칼을 빼들어 카트리엘에게 달려들었지만 그녀의 움직임이 더 빨랐다. 그가 반걸음도 떼기 전에 그녀의 단검이 공중을 갈랐다. 손잡이 끝까지 자기 목에 박힌 단검을 본 그의 눈이 크게 벌어졌다. 비틀거리다 우뚝 멈춰 선 그는 소리 없이 비명을 지르고는 한 손을 들어 단검을 빼냈다. 그 자리에서 분수처럼 피가 솟구쳐 로브 자락을 적시자 그의 눈이 아까보다 더 커졌다.

그가 무력하게 그녀를 쳐다보자 카트리엘은 어깨를 으쓱였다.

“시버란한테 못 들은 모양이지. 난 단순한 첩자가 아니야. 그냥 엘프도 아니고.”

그녀의 목소리는 싸늘했다. 놈이 들고 있던 칼을 가지고 달려들었지만 그녀는 능숙하게 한 걸음 옆으로 비켜섰고, 남자는 털썩 무릎을 꿇으며 쓰러지고 말았다.

카트리엘이 무심한 눈으로 내려다보는 동안에도 그는 컥컥대며 신음을 흘렸다. 그녀는 그의 옆으로 다가가 허리를 굽히고 그가 손에 쥐고 있는 피 묻은 자기 단검을 빼냈다. 그는 힘없이 단검을 내어주고 팔을 떨어뜨렸다. 몸 주변으로 퍼지는 피 웅덩이는 오래된 돌바닥과 정반대로 성난 듯 선명한 빛깔이었다. 이곳을 떠도는 유령이 정말로 있다면 새로 온 친구를 맞기 위해 이곳에 모였을 것이다.

‘새 친구가 훨씬 많아지겠지.’

카트리엘은 조금 침울해졌다. 그리고 사내의 시체를 내려다보며 잠시 생각에 잠겼다. 사실 이것은 정당방위였다. 시버란이 자기 마음대로 계약 조건을 바꿨다는 것에 화가 났다. 그가 정말로 이자에게 자신을 죽이라는 명령을 내렸다면, 시버란은 생각보다 훨씬 더 멍청한 게 틀림없었다.

그렇다 하더라도 일은 이미 그들의 의도대로 흘러가고 있었다. 올레이 놈들은 마릭 왕자에 대해 나름대로 꿍꿍이를 갖고 일을 진행하고 있었다. 그렇다면 그녀는 이대로 조용히 떠난 다음, 이 리베인 사내에 대해서는 아무렇게나 말을 꾸며댈 수도 있었다. 어차피 전투 중에 쌓인 수많은 시신 가운데 하나가 될 테니 말이다. 시버란이 정말로 그녀를 배신하려 했다면 그건 그때

가서 처리하면 될 문제였다. 지금 당장은 전투가 시작되기 전에 이곳을 빠져나가는 편이 현명했다.

그런데 왜 움직이지 않고 있는가?

'아직 끝난 게 아니야, 아직은.'

그녀는 스스로에게 되뇌었다.

말도 안 되는 생각이 머릿속을 스쳤지만 카트리엘은 그것을 떨쳐낼 수 없었다. 어떻게든 왕자를 돕는다고 해도 그는 절대 고마워하지 않을 것이다. 그녀가 이미 그를 도살장에 끌려온 송아지처럼 이리로 데려오지 않았던가. 이제 와서 그를 구한들 무슨 소용이란 말인가. 리베인 사내가 말한 것처럼 마릭은 지금 당장은 아니더라도 조만간 죽고 말리라.

그때 왕자의 얼굴이 눈앞을 스쳤다. 믿음이 듬뿍 담긴 그 천진한 눈이라니. 그날 밤 천막 안에서 그녀를 만지는 손길은 너무나도 조심스럽고 부드러웠다. 그녀가 생각했던 것보다 훨씬 더.

자기 손을 내려다본 카트리엘은 피로 흠뻑 물들어 있는 것을 보고 소스라치게 놀랐다. 그녀는 스카프를 벗어 손과 칼을 닦기 시작했다. 그리고 지금부터 할 일이 자신에게 무엇을 의미하는지 생각했다.

'음유시인은 과거를 알되 그것을 되풀이하지 말아야 한다.

음유시인은 이야기를 들려주되 스스로 그 일부가 되지 말아야 한다.

음유시인은 남을 관찰하되 자신은 개입하지 말아야 한다.

음유시인은 남들에게 욕망을 심어주되 자신의 욕망은 냉정히 다스려야 한다.'

하지만 부질없는 생각이었다. 스카프가 이미 피로 흠뻑 젖어 더 이상 닦이지 않자 그녀는 움직임을 멈추었다.

멀리서 금속이 부딪치는 요란한 소리가 들려오기 시작했다. 요새의 성문이 열리는 소리였다.

카트리엘은 스카프를 떨어뜨리고 전속력으로 달리기 시작했다.

"로게인 사령관님, 성문이 열립니다!"

로게인은 고개를 끄덕이고 요새를 계속 관찰했다. 지금까지 모든 것이 계획대로 흘러가고 있었고, 그 사실은 계속 그의 마음을 괴롭혔다. 넘실 바다로 진입하는 험난한 뱃길에는 해적도, 올레이 호위함도 코빼기도 보이지 않았다. 삐걱대는 보트를 타고 모래 해안에 도착했을 때에도 그들을 기다리는 적군은 없었다. 바위투성이 언덕으로 숨어들었을 때에도 마찬가지였다. 적병을 보았다는 보고는 단 한 건도 들어오지 않았고, 대로를 피해 움직이는 행상 마차 몇 대 말고는 거의 누구하고도 마주치지 않았다고 해야 옳았다.

로게인은 무시무시하게 생긴 오래된 석조 감시탑이 넓은 바다를 내려다보고 선 요새의 동쪽에 진지를 구축했다. 카트리엘을 비롯해 요새에 숨어 들어간 다른 병사들이 그 탑에 보초가 서는 일은 거의 없다고 보고했다. 만약 그 오래된 감시탑에 올라가려는 사람이 있다면 낡은 바닥이 무너져 천길 아래로 떨어질 것이라고도 했다. 하지만 로게인은 불안한 마음을 감출 수가 없었다. 어쨌거나 동쪽에 자리 잡은 로게인의 병사들이나 서쪽에서 들어 올 렌도언 백작의 병사들을 볼 수 있는 사람은 없을 것이다.

그래도 모든 것이 순조롭게 진행된다는 사실은 여전히 로게인의 마음을 불안하게 했다. 그는 그와렌을 떠나기 전 급습이나 매복이 있거나, 그것도 아니면 이쪽 요새에서 반란군의 계획을 알아차리기를 은근히 바랐었다. 그래야 마음이 편해질 것 같았다. 그의 수하에는 사백 명이 넘는 병사가 있었고, 백작의 군대는 이보다 규모가 더 컸다. 그와렌에서 합류한 많은 귀족들이 제공한 병력이 합쳐지다 보니 반란군 역사상 가장 큰 규모라 할 수 있다. 하지만 새로 합류한 병사 누구라도 적에게 정보를 흘릴 위험이 있다. 언제나 조심하긴 했지만 모든 것이 계획대로 풀린다는 사실만으로도 로게인은 벌레가 온몸을 슬금슬금 기어 다니는 것 같은 기분을 떨칠 수 없었다.

이와 정반대로 마릭은 기뻐하면서 로게인더러 일부러 고민거리를 찾아다닌다고 핀잔을 주었다. 로게인은 싱글싱글 웃어대는 그 얼굴에 깨끗하게 한 방 날리고 싶었지만 다른 병사들 앞에서 그럴 수는 없었다.

"일단 대기한다. 백작의 공격이 먼저니까."

로게인이 부관에게 명령을 하달했다. 이 말을 들은 부관은 경례를 하고는 지시를 전달하러 물러났다. 근처 조금 높은 바위 위에서는 나이트 엘프 서너 명이 초조하게 활을 만지작거리며 전투를 기다리고 있었다. 로게인은 그들에게 손을 흔들었다.

"아직 움직일 기미가 없나?"

그 말에 한 엘프가 손으로 햇빛을 가리며 먼 곳을 응시했다.

"렌도언 백작께서 당도한 것 같습니다."

사실이었다. 구릉지 기슭으로 대규모 병력이 진군하더니 열린 성문을 향해 돌진하는 것이 보였다. 요새 안에서 놀란 사람들이 허둥지둥 움직이는 것이 느껴졌으나 아직 저항하는 세력은 없었다. 로게인은 금방이라도 성문이 닫힐 것 같다고 생각했지만 그럴 기미는 없었다. 마지막으로 도착한 전갈에서 카트리엘이 성문을 여닫는 장치를 고장 낼 수 있으리라 했었고, 그렇게 되면 성문을 닫는 일이 쉽지 않을 것이다. 지금까지는 모든 것이 그녀의 말대로 진행되고 있었다.

이렇게 간단할 리가 없을 텐데. 백작이 이끄는 병사들이 요새 안으로 들어가면 한 시간 내로 그곳을 장악할 수 있을 터였다. 로게인의 군대는 끼어들지 않아도 될 것 같았다. 메그렌이 전혀 몰랐던 것일까? 그게 가능한 일인가?

바로 그때 로게인은 빠른 속도로 이곳을 향해 달려오는 말발굽 소리를 들었다. 가까이 있던 병사 서너 명도 소리쳤다. 안장 위에 앉은 채 몸을 돌리니 놀랍게도 로완이 투구만 빼고 완전무장을 한 채 달려오고 있는 것이 아닌가.

전속력으로 달려오는 그녀는 땀으로 흠뻑 젖어 있었다.

잔뜩 질린 그녀의 얼굴이 심각한 상황을 알려주고 있었다.

'이럴 줄 알았어!'

로게인이 속으로 욕설을 내뱉었다. 그러고는 한 치의 머뭇거림도 없이 말에 박차를 가해 로완 쪽으로 내달렸다. 무언가 잘못된 것을 깨달은 부하들이 웅성대기 시작했다.

"로게인! 놈들이 야영지를 공격했어요! 마릭이 위험해요!"

그녀가 급히 말고삐를 당기며 소리쳤다.

"뭐라고 했습니까? 누가? 누가 야영지를 공격한 겁니까?"

로완이 숨을 몰아쉬며 호흡을 가다듬었다. 불안한 듯 펄쩍펄쩍 뛰는 말을 안정시키기도 쉽지 않았다.

"정찰병이 돌아오지 않아서…… 무슨 일이 생긴 건가 싶어서…… 아니면 탈영했을지도 모른다고…… 그래서 부하들을 데리고 나가봤는데, 엄청난 규모의 군대가 오고 있더군요. 찬탈자가…… 놈이 왔어요. 모조리 여기 왔다고요!"

그녀가 겁에 질린 눈으로 소리쳤다.

로게인은 온몸의 피가 차갑게 식는 것을 느꼈다. 놈들은 알고 있었다. 우리를 기다리고 있었던 것이다.

"아버지께 사람을 보내고 마릭에게 알려주려고 다시 야영지로 돌아갔는데…… 야영지는 이미 완전히…… 공격받고 있었어요. 마릭은 보지도 못했어요. 그게…… 마릭이……."

로완은 더 이상 말을 잇지 못하고 마치 로게인이 모든 일을 바로잡아 줄 수 있을 거라 믿는 듯한 눈길로 그를 쳐다보았다.

그는 잠시 생각에 잠겼다. 히힝거리는 말의 머리를 무심코 쓰다듬었다. 그런 다음 로완을 바라보며 굳은 표정으로 고개를 끄덕였다.

"갑시다. 그를 찾아야 해요."

"찾아요? 어떻게?"

"흔적이 남아 있을 겁니다. 그걸 찾아봅시다, 빨리."

그녀가 안심한 표정으로 고개를 끄덕이고는 말을 돌렸다. 기다리던 병사들은 수군거리기 시작했다. 두려움의 기운이 구석구석 퍼지고, 걱정하는 소리가 점점 더 커졌다.

"로게인 사령관님! 무슨 일입니까? 어디 가시는 겁니까?"

부관 한 명이 뒤로 서너 명의 병사를 데리고 다급한 표정으로 달려왔다.

"난 가봐야 한다. 네가 지휘를 맡는다."

로게인이 날카로운 표정으로 그를 보며 말했다.

"무슨 말씀을…… 네?"

부관의 얼굴이 백지장처럼 변했다.

"지금 바로 병사들을 데리고 전진하여 요새로 들어가 렌도언 백작을 돕는다. 찬탈자의 군대가 오고 있어."

로게인이 명령했다.

두려움의 파동이 더 거세졌다. 부관은 완전히 겁에 질린 눈으로 그를 쳐다보았다.

"병사들을 데리고요? 하지만……."

"마릭이……."

로완이 중얼거렸다.

"마릭에겐 우리가 필요합니다. 여기 남고 싶어요?"

로게인이 그녀에게 물었다.

로완은 아버지의 군사들이 있는 방향을 바라보았다. 죄책감이 그녀의 얼굴을 스쳤다. 하지만 그녀는 고개를 저었다. 그 모습을 본 로게인은 말에 박차를 가했다. 그렇게 둘은 겁에 질린 부관과 나머지 병사들을 남겨둔 채 그곳을 떠났다. 로게인은 뱃속 깊은 곳에서 솟구치는 익숙하지 않은 두려움을 느꼈다. 모든 것이 산산조각 날 위기에 처해 있었다. 마치 손가락 사이로 흘러내리는 모래알처럼 막을 수 없을 것만 같았다.

전투에서 이긴다 해도 마릭이 죽는다면 아무 소용없는 일이다. 병사들을 버리는 한이 있어도 마릭을 찾아 그를 구해내든가, 이미 때가 늦고 말았다면 그의 복수를 하든가, 선택은 둘 중 하나였다. 마릭에게 그 정도 보답은 해주어야 했다. 로게인은 빠른 속도로 달리면서 로완을 바라보았다. 로완 역시 그렇게 생각하고 있음을 알 수 있었다. 로완도 로게인이라면 도와주리라는 것을 알고 있었고, 그래서 그를 찾아 달려온 것이다.

이제 렌도언 백작은 어떻게든 혼자 힘으로 해내야 했다.

숲 속에서 전속력으로 달리던 마릭은 다리에 찌르는 듯한 통증을 느꼈다. 그가 탄 말도 통증에 히힝거리며 힘들어했지만 두려움 때문인지 걸음을 멈추지 않았다. 마릭이 다리에 화살을 맞았을 때 말도 한두 발 정도 맞은 것이 분명했지만 멈춰 서서 살펴볼 겨를이 없었다. 그는 말 목을 꼭 붙들고 낮게 드리운 나뭇가지들이 얼굴을 때릴 때마다 눈을 질끈 감았다. 지금 어디에 있는지, 어디로 향하고 있는지, 추적자들이 얼마나 바짝 쫓아오고 있는지 아무것도 알 수가 없었다.

달리던 중간에 말이 제멋대로 길을 벗어나 나무가 듬성듬성하게 난 숲으로 들어갔고, 마릭은 그곳에 가면 추적자들을 따돌릴 수 있을 것이라 생각했다. 하지만 숲은 오히려 그를 힘들게 했다. 말이 쓰러진 나무나 드러난 뿌리 같은 것을 뛰어넘을 때마다 화살이 박힌 다리가 격렬하게 요동쳤다. 피가 꽤 많이 흐른데다 힘이 점점 빠져, 금방이라도 말에서 떨어질 것만 같았다. 안장도, 갑옷도 없었지만 다행히 검만은 가지고 올 수 있었다.

모든 일은 순식간에 벌어졌다. 반란군이 진군하는 모습을 보면서 자기만 뒤에 남겨졌다고 투덜거리고 있을 때 천막 바로 바깥에 서 있던 얼마 안 되는 경비병들이 처참히 살해되었다. 아슬아슬한 순간, 천막 반대편을 가르고 가까이 있던 말에 냅다 올라탄 것만 해도 하늘이 도운 것이었다. 그를 지키던 경비병들은 그에게 단 몇 초의 시간을 벌어주었을 뿐, 그것이 전부였다.

별의별 생각이 머릿속을 스쳤다. 지금 전투가 벌어지고 있는 요새와 가까워지고 있을까, 아니면 멀어지고 있을까? 적군은 그의 야영지 위치를 어떻게 알았을까? 그가 전투에 가담하지 않고 뒤에 남은 건 또 어떻게 알았을까?

오후 햇살이 나뭇잎 사이에 듬성듬성 난 틈을 향해 쏟아지며 깊은 그림자를 남겨놓는 통에 그는 어디로 방향을 틀어야 할지 알 수가 없었다. 길이 난 것 같다가도 금세 사라지기를 반복했다. 파도처럼 어지럼증이 몰려왔다. 마릭은 이내 자신이 말 가는 대로 몸을 맡기고 있음을 깨달았다. 어쩌면 도로 추적자들에게 돌아가고 있는지도 모를 노릇이었다.

그 순간 말 다리가 바닥에 튀어나온 뿌리에 걸리며 마릭의 몸이 나가떨어졌다. 끔찍한 소리와 함께 다리가 부러진 말이 시끄럽게 울어대기 시작했다. 한순간 마릭은 공중으로 날아가 오크 나무에 심하게 부딪히고는 털썩 땅에 떨어졌다. 그 충격에 숨조차 제대로 쉴 수 없었다.

마릭은 주르륵 미끄러지며 울퉁불퉁한 바닥에 머리부터 박았다. 눈앞이 새하얘지면서 아무것도 느낄 수 없었다. 땅에 쓰러져 몸부림치며 비명을 지르다시피 하는 말의 울음소리마저 거의 들리지 않았다. 마치 아주 먼 곳에서 들려오는, 자신과 아무 상관없는 소음 같았다. 이제야 허벅지에 박힌 부러진 화살을 제대로 볼 수 있었지만 불쏘시개로 지지는 듯한 통증도 이제는 느껴지지 않았다. 통증 역시 아주 먼 곳에 있는 것 같았다.

그렇게 바닥에 누운 채로 그는 밝은 하늘과 바람에 가볍게 흔들리는 나무 꼭대기를 올려다보았다. 조금 싸늘했다. 산들바람이 얼굴을 스치자 피가 흐르는 정수리가 조금 간질거렸다. 어머니가 돌아가셨던 날 밤, 미친 듯 숲을 달렸던 기억이 떠올랐다. 하지만 그 기억은 두려움으로 얼룩진 것이 아니라 고요하면서도 반갑기까지 했다. 금방이라도 몸이 둥둥 떠올라서 그 기억 속으로 기분 좋게 흘러갈 것만 같았다.

하지만 그 순간 가까이에서 들려온 사내들의 고함에 마릭은 별안간 현실로 돌아왔다. 말이 낙엽과 덤불 사이에서 몸부림치며 고통에 울고 있었다. 그 소리에 가슴이 미어질 듯 아팠다. 그는 어느새 진흙투성이가 되어 있었고 등은 누군가에게 두들겨 맞은 것처럼 욱신댔지만 어떻게든 몸을 일으킬 수는 있었다.

잠시 동안 마릭의 눈에 들어온 것은 주변에 늘어선 나무들과 춤추듯 움직이는 밝은 빛뿐이었다. 손을 뻗어 균형을 잡고 일어서려 했지만 사방에서 불어오는 바람 때문에 풀썩 쓰러져버렸고, 차가운 진흙에 덮인 나무뿌리에 한 번 더 이마를 세게 부딪혔다. 그 통증에 또다시 눈앞이 캄캄해지자 마릭은 신음을 내뱉었다.

"놈이 보인다!"

멀리에서 들려오는 고함 소리는 적군의 것이었다.

마릭은 마음을 다잡고 떨리는 몸으로 그 자리에서 일어섰다. 화살을 맞은 다리가 경련을 일으키면서 금방이라도 풀썩 꺾일 것 같았다. 그는 이를 바드득 갈며 눈가를 훔쳤다. 그때 다가오던 남자들의 형체가 눈앞에 모습을 드러냈다. 사슬 갑옷을 입고 찬탈자를 상징하는 옷을 걸친 그들은 모두 여덟이었다. 그들은 말에서 내리더니 무리를 지어 마릭을 향해 다가오기 시작했다.

마릭은 뒷걸음질 치며 아까 부딪혔던 오크 나무에 등을 기대고는 칼집에서 검을 빼어 들었다. 하지만 손가락에 감각이 없어 하마터면 검을 떨어뜨릴 뻔했다.

'잘됐군. 이제 이렇게 죽는 건가? 아무것도 모르고 끌려온 송아지처럼 몸부림치다가 칼에 베이는 건가?'

그가 생각했다.

다가오는 병사들은 아주 의기양양했다. 물론 지금 앞에 선 사냥감은 위험했다. 조심스럽게 접근하지 않으면 금방이라도 무서운 이를 드러낼 늑대. 하지만 구석에 몰린 것만은 틀림없다. 마릭의 말이 처량하게 울며 몸을 일으키려 했지만 다시 풀썩 쓰러지고 말았다.

"그걸로 뭘 하려는 거냐?"

적군 한 명이 조롱하듯 소리쳤다. 짙은 콧수염과 턱수염을 기르고, 올레이 억양으로 말하는 잘생긴 사내였다. 아마 사령관이리라.

"자, 이제 검을 내려놓으시지. 들고 있는 것조차 버거워 보이는데 말이야!"

그의 옆에 있던 다른 병사들도 쿡쿡 웃으며 가까이 다가왔다. 마릭은 다리의 통증을 무시하며 검을 쥔 손에 더욱 힘을 주고 몸을 똑바로 세웠다. 그리고 이를 악물면서 적군 한 명 한 명에게 검을 겨누었다.

"그렇게 생각하나? 그 생각이 틀렸다는 걸 몸소 확인하고 싶은 놈은 누구냐, 응?"

마릭의 목소리는 낮고도 살벌했다. 하지만 그리 효과적이진 않은 것 같았다. 짙은 머리의 사령관이 쿡쿡 웃어댔다.

"빨리 끝내주는 게 너한테는 더 낫겠지. 지금 이 순간에도 메그렌 왕께서는 네 형편없는 군대를 짓밟고 계시다. 우리는 내내 널 기다렸고."

이 말을 들은 마릭의 몸이 휘청거렸다.

"거…… 거짓말이다."

그럴 리가 없다. 하지만 그 말을 듣고 보니 이제 이해가 되었다. 적은 자신이 전투에 가담하지 않고 따로 야영지에 머물고 있다는 사실을 알고 있었다. 그렇다면 이 모든 게 함정이었나? 하지만 대체 어떻게?

사령관이 한껏 미소를 지어 보였다.

"설명은 그만 하면 충분하겠지. 끝내버려라."

그가 주변의 다른 병사들을 돌아보며 귀찮다는 듯 손을 흔들었다.

하지만 병사들은 주변을 맴돌기만 할 뿐 아무도 선뜻 나서지 않았다.

"공격하라니까!"

사령관이 소리쳤다.

병사 두 명이 자신을 향해 달려오는 것을 본 마릭은 온몸에 잔뜩 힘을 주었다. 두 적병이 칼을 세게 휘둘렀지만 그들의 동작은 어딘가 어설펐다. 마릭은 몸을 돌려 첫 번째 병사의 칼을 피하고, 검을 들어 두 번째 병사의 공격을 막았다. 심한 통증에 온몸이 아우성을 쳤지만 그는 그것을 무시하고 두 번째 병사의 검을 막으며 힘껏 밀었다. 그가 비틀거리며 뒤로 물러서는 틈을 타 첫 번째 병사를 재빨리 베었다. 칼은 운 좋게 놈의 얼굴에 상처를 냈고, 그는 깜짝 놀라 손으로 얼굴을 감싸 쥐며 풀썩 쓰러졌다.

싸움을 지켜보고 있던 다른 병사들은 비명을 지르며 바닥에서 뒹구는 동료를 초조한 눈으로 지켜보며 한 걸음 뒤로 물러섰다. 그들의 표정에는 두려움이 담겨 있었다. 마릭 왕자가 생각한 것만큼 무력하지 않다면 어떻게 하지?

"끝내라고 했잖느냐! 한꺼번에 덤벼라!"

사령관이 뒤에서 다시 한 번 소리를 질렀다.

그들은 이를 앙다물고 동료의 비명을 무시한 채 검을 치켜들었다. 이제 사령관의 명령대로 모두가 한꺼번에 달려들 태세였다.

그때 마릭의 마음속에서 분노가 부글부글 끓어오르기 시작했다. 자신의 머리가 막대기에 꽂힌 채 데너림의 궁중 앞 어딘가에 어머니의 머리와 나란히 전시되는 광경이 머리를 스치고 지나갔다. 메그렌이 그걸 올려다보며 의기양양하게 웃어대는 장면도 떠올랐다. 결국 이렇게 끝나고 마는 건가? 그렇게 많은 일을 해냈는데도? 친구들도 죽고 반란군은 패배한 걸까? 이 모두가 부질없는 짓이었던가?

마릭은 검을 머리 높이 쳐들고 분노의 포효를 내질렀다. 그 소리가 나무 사이로 울려 퍼지자 놀란 새들이 푸드득 하늘로 날아올랐다. 와보라지. 해보라지. 최대한 많은 놈들을 길동무 삼아 저승으로 데리고 가겠다. 적어도 티어린 가문을 욕되게 하진 않겠다.

병사들은 사기가 한풀 꺾인 것 같았다. 그들은 검을 든 채 움직이지 않았다.

순간 그들 뒤에서 새로운 소리가 들려왔다. 시끄러운 말발굽 소리가 다가오고 있었다. 마릭이 고개를 들자 어두컴컴한 나무 사이로 달려오는 말 두 마리가 보였다. 놈들에게 동료가 더 있는 것이 분명했다. 날 처치하는 덴 이걸로도 충분할 것 같은데?

훤칠한 사령관이 귀찮다는 표정으로 몸을 돌리며 그냥 지나가라는 듯, 한 손을 들어 흔들었다. 바로 그때, 그림자 저편에서 화살 하나가 날아와 사령관의 가슴에 정통으로 박혔다. 그는 어리둥절한 표정으로 자기 가슴을 내려다보았다. 화살대가 가슴팍에 박힌 채 앞으로 비죽 튀어나온 현실이 이해되지 않는 것 같았다.

달려온 말 두 마리가 진흙탕 위에 멈춰 서자 그 위에 타고 있던 두 사람이 풀쩍 뛰어내렸다. 그림자에 가린 그들의 모습을 보기 위해 마릭은 눈을 가늘게 떴다. 묵직한 갑옷을 입었지만 여자처럼 몸집이 작은 사람이 병사들을 향해 달려들기 시작했다. 가죽 갑옷을 입고 활을 든 두 번째 사람은 바닥에 내려섬과 동시에 화살을 또 한 발 쏘았다. 그것은 공중을 날아 올레이 사령관의 한쪽 눈에 그대로 명중했다. 날아온 화살이 너무나도 센 나머지 그는 뒤로 쓰러지기도 전에 그대로 절명하고 말았다.

안도감이 마릭의 온몸을 감싸 안았다. 이제 그들이 누구인지는 의심할 여지가 없었다.

"마릭! 괜찮아?"

로게인이 다시 한 발을 쏘며 소리쳤다. 날아간 화살은 다른 병사 한 명을 아슬아슬하게 놓쳤다. 로완이 검을 크게 휘두르며 놈들을 향해 달려들었고, 한 병사가 그 공격을 쳐냈으나 충격으로 인해 몸의 균형을 잃고 휘청거렸다. 적병들은 혼란에 휩싸여 이리저리 흩어졌다.

"괜찮을 리가 없잖아! 대체 여기서 뭐 하고 있는 거야? 우리 군대는?"

마릭도 소리쳤다. 적병들은 이제 셋으로 나뉘어 그들을 각각 공격하기 시작했고, 상황이 혼란스러운 나머지 마릭은 일이 어떻게 돌아가고 있는지 알 수 없었다. 병사 두 명이 마릭에게 덤벼들었다. 어찌나 거세고 빠르게 공격해오는지 검으로 그것을 막아내는 것만 해도 팔이 저려왔다.

"널 구하러 왔지, 이 멍청아!"

근처에서 로완의 답이 날아왔다. 마릭은 곁눈으로 그녀가 서너 명을 한꺼번에 상대하고 있음을 알아보았지만 실제로 어떻게 싸우고 있는지는 지켜볼 수 없었다. 소리로 들어서는 이기고 있는 것 같긴 한데 그 상태로 얼마나 버틸 수 있을지 걱정되었다.

그 순간 무언가가 쇄골을 노리며 찔러오는 바람에 그는 퍼뜩 정신이 들었다. 마릭은 고함을 지르며 그 검을 옆으로 쳐냈지만 그들은 그 틈을 타 공격의 강도를 더욱 높였다.

"마릭!"

걱정이 된 로게인이 소리쳤다. 화살이 또 한 발 날아오자 마릭을 공격하고 있던 병사가 비명을 지르며 자기 등에 박힌 화살을 잡으려 헛손질을 해댔다. 하지만 몇 차례 움찔대더니 결국 바닥에 쓰러졌다. 또 다른 적병이 쓰러진 자기 동료를 내려다보는 사이, 마릭은 재빨리 칼로 그의 몸을 꿰뚫었다. 그의 입에서 선명한 피가 뿜어져 나오기까지 마릭은 젖 먹던 힘을 다해 몇 번이나 칼을 밀어 넣어야 했다.

놈의 몸이 바닥에 쓰러지자 거기 박힌 검과 함께 마릭까지 넘어갔다. 마릭은 그의 몸 위로 쓰러질 뻔했으나 한쪽 무릎으로 바닥을 짚고 겨우 버틸 수 있었다. 화살을 맞은 다리가 완전히 풀린 것 같았다.

지칠 대로 지친 마릭이 다시 올려다보자 로완과 로게인이 남은 네 명의 적병에 맞서 미친 듯 격투를 벌이고 있었다. 로게인이 활을 내던지고 로완을 도우러 왔지만 마지막 남은 적병들은 이제 살아남기 위해 맹렬히 대항하고 있었다. 검과 검이 시끄럽게 부딪쳤다. 마릭은 그들을 돕고 싶었지만 이대로 기절하지 않는 것만으로도 버거웠다.

그때 더 많은 병사들이 다가오는 소리가 들렸다. 찬탈자를 상징하는 색깔의 옷을 걸친 병사 서너 명이 상황을 파악한 듯 성난 고함을 지르며 이쪽을 가리켰다. 그 모습을 본 마릭은 마지막 남은 희망이 사라지는 것을 느꼈다.

"마릭! 도망쳐! 더 이상은 붙들어둘 수가 없어!"

로완이 소리쳤다. 그녀의 목소리에는 두려움이 깃들어 있었다.

마릭은 마지막 남은 힘을 짜내어 방금 찌른 적병에게 다가가 힘겹게 그의 몸에 박힌 검을 빼냈다. 하지만 들어 올리기는 고사하고, 검이 시체에서 빠져나오자 휘청하며 뒤로 넘어질 뻔했다. 이제는 몸에 남은 힘이 거의 없었다. 하지만 친구들을 두고 혼자 도망칠 생각은 없었다. 숨이 붙어 있는 한 그럴 수는 없었다.

로완은 마침내 상대하고 있던 병사들 가운데 한 명의 방어를 뚫고 그의 목을 가로로 베었다. 피가 뿜어져 나오며 그의 몸이 옆으로 쓰러지자 그녀는 즉시 몸을 돌려 다른 병사를 상대하기 시작했다. 로게인도 이를 부드득 갈며 자기 몫을 해냈지만 지금 추가로 달려오고 있는 적병 세 명이 로완과 로게인을 제압하는 건 시간문제였다.

"마릭! 도망쳐!"

로게인이 다급히 소리쳤다.

"그럴 수는 없어!"

마릭도 악을 썼다. 그는 순전히 오기로 다시 일어섰다. 다리가 부들부들 떨렸다. 그때 또 다른 말발굽 소리를 듣고 고개를 들었다. 또 다른 올레이 병사가 분명했다. 하지만 망토를 걸치고 후드를 올려 쓴 그 사람은 말에서 내려 동료들과 합류하지 않고, 속도를 줄이지 않은 채 그대로 돌진하고 있었다. 방금 전에 등장한 적병 셋은 그제야 지금 나타난 사람이 자기편이 아님을 깨달았다. 하지만 때는 너무 늦었다. 가장 뒤에 있던 사람이 그대로 말발굽에 깔려 비명을 지르며 쓰러졌다.

두 번째 적병이 옆으로 피해보려 했지만 옆에 있던 나무 때문에 피할 곳이 없었다. 그가 몸을 날렸지만 역시 말발굽에 그대로 짓밟히고 말았다. 그의 끔찍한 비명 소리는 얼마 가지 않았다.

세 번째 적병은 성공적으로 몸을 피했다. 그러자 말이 히히힝 소리와 함께 앞발을 공중으로 치켜들며 우뚝 멈췄고, 망토를 걸친 사람이 미끄러지듯 땅으로 뛰어내렸다. 마릭은 푸른색 후드를 쓰고 검정색 가죽 옷을 걸친 여자임을 알아보았다. 그녀가 기다란 단검을 꺼내 들고 세 번째 병사에게 몸을 던진 순간, 후드가 벗겨지면서 뾰족한 귀와 곱슬곱슬한 금발 머리가 드러났다.

카트리엘이었다.

깜짝 놀란 마릭이 지켜보는 가운데 카트리엘은 빠른 동작으로 자기 몸에 깔린 적병을 찔러대기 시작했다. 그는 처절하게 공격을 막으려 애썼지만 단검에 찔릴 때마다 그의 움직임은 약해져갔다. 그녀는 마지막으로 단검을 높이 치켜든 다음 병사의 목에 깊숙이 찔러 넣었다. 피가 카트리엘의 망토에 뿌려지고, 단검 손잡이를 따라 그녀의 손을 타고 흘러내렸다. 카트리엘의 표정은 진지하고도 매서웠다.

로완과 로게인에 맞서 싸우고 있던 마지막 적병 세 명은 자신들을 도우러 온 동료 세 명이 순식간에 쓰러진 것을 깨닫고 덜컥 겁을 집어먹었다. 그 틈을 타 로완은 공격의 강도를 높여 한 명을 무장해제시키는 데 성공했다. 상대의 검이 멀리 날아가자 로완은 재빨리 몸을 돌려 그의 팔을 베었다. 로게인이 몸을 돌리며 상대를 로완 쪽으로 차 보내자 그녀는 검을 들어 쓰러지는 그의 몸을 그대로 꿰뚫어버렸다.

마지막 남은 적병이 비명을 지르며 숲으로 도망쳤다. 로게인은 인상을 찌푸리며 피투성이가 된 검을 털썩 바닥에 던졌다. 그런 다음 어깨에 메고 있던 활을 내려 화살 하나를 건 다음, 도망치는 적병을 시선으로 좇았다. 나무 사이로 날아간 화살은 깨끗하게 그의 등에 박혔다. 그가 끙 소리를 내며 진흙 위에 미끄러졌다. 잠시 뒤 떨림은 멈추었으나 더는 일어서지 못했다.

사방이 다시 기이할 정도로 조용해졌다.

로완은 가쁜 숨을 몰아쉬며 땀이 흐르는 이마를 훔쳤다. 로게인이 그녀에게 다가와 어깨 위에 한 손을 올려놓으며 부상을 입은 곳이 없는지 살폈다. 그녀는 "난 괜찮아요."라고 힘겹게 대답한 뒤 마릭을 돌아보았다.

마릭은 충격에 빠진 듯 움직이지 않았다. 카트리엘은 여전히 단검을 손에 쥐고 방금 죽인 남자 위에 걸터앉아 있었다. 그녀가 경계하듯 주변을 돌아보았다. 혹시 그림자 틈에서 튀어나오는 적군이 더 없는지 살피는 것이다. 머리 위로 나무 꼭대기에 앉아 있던 한 무리의 새들이 푸드득 날아갔다. 사방에 시체가 널려 있었고, 코를 찌르는 피 냄새가 진동했다.

"카트리엘?"

마릭이 떨리는 목소리로 소리쳤다.

"전하."

카트리엘이 녹색 눈으로 그를 쳐다보며 조심스레 고개를 끄덕였다. 그리고 단검을 허리에 찬 칼집에 다시 넣고 천천히 일어서서 푸른색 망토의 매무새를 고쳤다.

"내가 말했잖아…… 그렇게 부르지 말라고……."

마릭이 어지럼증을 느끼며 바보 같은 미소를 지었다. 감각이 무뎌지면서 모든 게 점점 멀어지는 듯한 기분이 몰려왔다. 로게인과 로완, 카트리엘 모두가 말도 안 되게 먼 곳에서 그를 바라보고 있는 것만 같다. 누군가 밸브를 열어 몸에 남은 모든 힘을 콸콸 쏟아버린 것처럼 아무런 힘이 없다.

마릭은 그대로 기절하고 말았다.

"마릭!"

로완이 소리치며 바닥에 쓰러진 마릭을 향해 달려왔다. 마릭은 심한 부상을 입은 채 안색이 매우 창백했으며, 그중에서도 허벅지에 박힌 부러진 화살이 가장 심각해 보였다. 달려온 로완은 그가 아직 숨을 쉬고 있음을 깨달았다. 출혈이 심해 몸을 부들부들 떨긴 했지만 아직 살아 있었다.

"혹시……?"

로게인이 다가오기 두렵다는 듯 멀리서 물었다.

"아니, 아직 살아 있어요."

로완이 고개를 저었다. 카트리엘이 로완에게 다가오더니 어깨에 걸친 작은 보따리를 내려 그녀에게 내밀며 조용히 말했다.

"붕대랑 약초가 약간 들어 있어요. 도움이 될 거예요."

로완은 의심스러운 눈으로 그녀를 쳐다보면서도 보따리를 받아들었다.

"고마워요."

로완은 장갑을 벗고 그 안을 뒤지기 시작했다.

로게인은 아까 떨어뜨린 검을 주우러 가면서 호기심 어린 눈으로 카트리엘을 바라보았다. 그녀도 로게인의 시선을 느꼈는지 그를 마주보았다. 하지만 그녀의 눈에서는 어떤 생각도 읽을 수 없었다.

"여쭤보실 게 있나요?"

"여기까지 어떻게 왔는지 궁금하군."

그녀는 대답 대신 근처 나무 사이에 서 있는 말들을 가리켰다. 그중 몇 마리는 이미 불안한 표정으로 조금씩 멀어지고 있었다.

"제가 오는 걸 못 보셨나요?"

"아니, 타이밍이 너무나…… 절묘해서 말이지."

하지만 그녀는 조금도 당황하는 기색이 없었다.

"우연히 근처를 지나던 게 아니었습니다. 왕자님을 공격하려는 계획에 대해 수군거리는 걸 들었지만 전갈을 보내기엔 너무 늦었더군요. 그래서 성문이 열리고 난 뒤 이들을 따라나온 겁니다."

그러면서 카트리엘은 근심 어린 눈으로 마릭이 누운 곳을 돌아보았다.

"솔직히 어떻게 해야 할지 몰랐습니다. 두 분께서 도우려 오셨으니 전하는 정말 운이 좋으셨어요."

"마릭은 괜찮을 것 같아요. 하지만 로게인, 우리는 당장 돌아가야 해요. 지금 무슨 일이 벌어지고 있을지 누가 알겠어요?"

로완이 몸을 일으키며 끼어들었다.

이 말을 들은 로게인이 카트리엘을 쳐다보았다.

"이리로 나오는 길에 혹시 뭔가를 보았나?"

"전투가 시작되었다는 것 말고 다른 건 못 봤습니다."

"제길, 그렇다면 빨리 움직여야겠군."

축 늘어진 마릭을 로게인의 말 뒤에 누인 뒤 세 명은 서부 구릉지로 달리기 시작했다. 이미 검은 연기가 구름처럼 하늘을 덮고 있어서 가야 할 방향을 찾는 것은 어렵지 않았다. 마치 숲 전체가 활활 타고 있는 것 같았다. 아니, 어쩌면 요새가 불길에 휩싸였는지도 모른다. 분명 원인은 마법의 불일 테지만 그것이 월헬름의 짓인지, 찬탈자가 보낸 마법사들의 소행인지는 알 수 없었다.

요새와 가까워지면서 그들은 두 번이나 적군을 피해 방향을 돌려야 했다. 첫 번째는 숲을 나선 직후였는데, 수백 명의 병사들이 도로를 따라 이동하고 있었다. 마릭 일행을 발견한 적군이 고함을 쳤으나 다행히 그들을 따돌릴 수 있었다. 그래서 다시 숲을 거치며 조용히 달렸지만 이번에는 북쪽으로 행군하고 있던 병사들의 무리를 발견했다.

로게인은 방향을 틀어 동쪽으로 크게 돌아가기로 했다. 마침내 숲 밖으로 나온 그들 앞에 펼쳐진 광경은 그야말로 끔찍했다. 방금 전투를 치른 그곳은 죽음을 맞은 흉측한 시신들이 발 디딜 틈 없이 쌓여 있었다. 진한 피 냄새가 사방에 진동했으며, 아직 숨이 끊어지지 않은 사람들이 낮게 흘리는 고통의 신음 소리도 들을 수 있었다. 다른 곳에서 시작된 전투가 구릉지까지 이어지고 있었고, 실제로도 무기들이 부딪치는 소리가 들려왔다. 전투는 아직도 진행 중이었다.

그들은 벌판에 쓰러져 있는 시신들 대부분이 반란군이라는 것도 깨달았다. 로완은 굳은 얼굴로 그 광경을 멍하니 바라보았다. 로게인은 마릭이 의식을 잃은 것이 차라리 다행이라고 생각했다.

전투가 벌어지고 있는 곳을 찾기는 쉽지 않았다. 바람의 방향이 바뀌면서 연기가 온통 그들이 가는 곳으로 밀려와 방향 감각을 잃은 것은 물론 숨 쉬기조차 힘들었다. 한 무리의 사내들이 연기 속을 뚫고 달리는 어렴풋한 형체를 보았지만 일단은 피하기로 했다. 무엇보다도 가장 먼저 렌도언 백작을 찾아야 했다. 반란군 본진은 대체 어디에 있단 말인가? 이미 요새 안에 숨었는가? 아니면 어딘가로 도망쳤는가?

짙은 연기 속으로 깊숙이 들어갈수록 전투의 소음과 고함 소리는 커져갔다. 얼마 지나지 않아 그들은 커다란 무리의 적군 기사들과 맞닥뜨렸다. 셋은 재빨리 몸을 돌려 도망쳤고 기사들은 그들의 뒤를 쫓아왔다.

그들은 필사적으로 도망쳤다. 달리는 동안 로게인은 마릭이 말에서 떨어지지 않을까 걱정했지만 다행히 그는 그 자리에 얹힌 채 움직이지 않았다. 연기가 마릭 일행에게 유리한 방향으로 움직이는 통에 결국 기사들은 추적을 포기하고 말았다. 아니면 그들 말고 주변의 다른 반란군에게 정신이 팔린 것인지도 모른다. 어쨌거나 적군, 아군 가릴 것 없이 사방에 사람들이 있었고 혼란은 극에 달했다.

마침내 연기에서 벗어난 로게인은 자신들이 어느덧 구릉지를 떠나 남쪽으로 향하고 있음을 깨달았다. 그들은 말 위에 앉은 채 멀리서 저물어가는 아름다운 태양을 멍하니 바라보았다. 이 상황과는 조금도 어울리지 않게 어찌나 평화롭게 느껴지는지, 참으로 기이한 일이었다. 나머지 퍼렐던 사람들은 이곳에서 무슨 일이 벌어졌는지 전혀 모르고 있으리라. 세상 전체가 그들과 함께 들썩여야 할 것만 같은데, 참으로 안타까운 일이었다.

그을음을 뒤집어쓰고 온몸이 피로 범벅이 된 로게인과 로완은 서로 시선을 주고받았다. 그는 말하지 않아도 그녀가 자신의 뜻을 이해했음을 알고 있었다.

반란군은 처참히 완패했다. 그들의 계획은 완벽히 실패하고 말았다.

카트리엘이 이런 그들의 모습을 말없이 지켜보다가 해가 지기 전에 쉴 곳을 찾아야 하지 않겠느냐는 말을 꺼냈다. 마릭의 부상도 제대로 돌봐야만 했다. 로완은 멍한 얼굴로 고개를 끄덕이고는 바위투성이 언덕을 천천히 내려가기 시작했다. 로게인은 자신들의 흔적을 감추어야 한다고 생각했다. 반란군이 패한 것이라면 찬탈자가 남은 이들을 처리하기 위해 병력을 보낼 수도 있다. 그렇다면 놈들이 이쪽으로 올지도 모른다.

마릭 일행은 마침내 해가 지고 어둠이 그들을 완전히 집어삼킬 때까지 말을 달렸다.

제12장

드워프는 마차 위 앉은 자리에서 의심 어린 눈초리로 로완을 훑어보았다. 그의 길고 풍성한 턱수염은 정교하게 땋여져 있고, 오른쪽 눈 밑에는 직사각형 문신이 새겨져 있었다. 그 문신은 그가 오자마에 있을 때 카스트리스, 즉 하층민 중에서도 최하층민이었다는 뜻이다. 하지만 카스트리스조차도 지상으로 나온 드워프들보다는 나은 것으로 간주되었다. 농부와 상인으로서 드워프 사회에서 수행하는 중요한 역할에도 불구하고 그들은 지상에 나왔다는 오명 때문에 다시는 오자마로 돌아갈 수 없었다.

로완이 알기로 지상으로 나온 드워프 중에는 정치적 망명을 택한 경우도 일부 있으나, 대부분은 달리 갈 곳이 없는 범죄자들이었다. 처음부터 지상에서 태어나 문신이 없는 소수의 드워프들은 그나마 조금 믿을 만했다. 소문에 따르면 카스트리스였다가 그 굴레에서 도망쳐 나온 이들 중에는 마법사들을 찾아가 문신을 지워달라고 하는 경우도 있다고 한다. 지금 눈앞에 있는 드워프는 문신을 지우려는 시도조차 하지 않았다는 사실에 로완은 경계심을 늦추지 않았다. 밀수꾼일 수도 있다. 그 사실을 동네방네 자랑이라도 하듯 그의 포장마차는 보이지 않는 곳마다 숨겨진 물건들이 가득했고, '경호원'이랍시고 마차 안 한 쪽에서 빈둥거리고 있는 세 인간 사내들을 보아하니 로완의 생각이 확실히 맞는 것 같았다.

“당신 같은 인간 여자가 어떻게 이런 소식을 못 들었지? 입만 열었다 하면 다들 그 이야기뿐이던데. 좀처럼 입을 다물지 않아서 당최 거래도 못 하겠더라고.”

드워프가 굵고 걸걸한 목소리로 물었다.

“난 친구들과 함께 여행 중이었거든요. 근래에는 마을에 들를 기회가 없었어요.”

로완이 어깨에 걸친 숄 앞섶을 더욱 꽉 조이며 대답했다. 그의 능글능글한 눈빛이 자신의 가슴께에 머무는 것이 영 마음에 들지 않았다. 일주일 전쯤 로게인이 지나가는 순례자들한테서 물물교환으로 얻은 낡아빠진 드레스가 너무나도 싫었지만 그것을 입는 수밖에 없었다. 이런 산골에서 완전군장을 하고 다니는 여자는 남들의 시선을 끌기 때문이다.

“그래? 친구들은 또 누구신가?”

그가 거무죽죽한 갈색 치아를 드러내며 씨익 미소를 지었다.

“여기서 멀지 않은 곳에서 야영을 하고 있어요.”

“그럼 다 같이 가서 한번 만나볼까? 또 알아? 당신이랑 당신 친구들이 친절하게 협조해주면 내가 남는 물건을 조금 내어줄지?”

살짝 혀로 입술을 핥는 모습과 능글거리는 어조로 보아 그 협조라는 말이 뜻하는 바는 의심할 여지없이 분명했다.

그 말을 들은 로완은 혐오감을 그대로 드러내며 그를 빤히 마주보았다.

“내 친구들은 오늘 밤 모닥불을 당신과 나누고 싶어 하지 않을 텐데요.”

“그럼 당신은, 응? 여기 마차 안에도 공간이 넉넉하거든.”

그러자 마차 뒤에 늘어져 있던 사내 한 명이 귀가 솔깃하다는 듯 벌떡 일어나 앉는 것이 보였다.

“내가 칼을 차고 있다는 걸 잊었나보군요. 내가 이걸 상당히 잘 다룬다는 것도."

그러면서 로완은 허리띠에 매달린 검에 손을 갖다 댔다. 드워프도 처음부터 그 검의 존재에 대해 이미 알고 있었다.

드워프는 생각에 잠긴 듯 입술을 잘근잘근 씹어댔다. 그 와중에도 그의 번들거리는 눈은 잠시 검을 향했다가 이내 무의식적으로 그녀의 가슴 쪽을 향해 돌아갔다. 그녀가 실제로 얼마나 검을 잘 다룰지, 한번 덤벼볼 가치가 있을지 따져보고 있는 것이 분명했다. 하지만 그는 이내 포기했다는 듯 작게 한숨을 내쉬었다.

"그럼 마음대로 하든가. 난 그저 제대로 된 대접을 하고 싶었을 뿐이라고."

그가 투덜거렸다.

"물론 그러시겠죠. 아, 마지막으로 물어볼 게 있어요. 이쪽 도로에서 누군가 본 적 있어요? 아니면 누가 여길 돌아다닌다는 말을 들은 적이 있거나?"

"도로? 그러니까 누구?"

"모르죠. 군인들? 며칠 전 군인들이 이동하는 걸 봤거든요. 절대 다시 마주치고 싶지 않아서 그래요."

그도 동의한다는 듯 뭔가를 구시렁거렸다.

"이 동네를 돌아다니는 군인은 다 올레이 놈들이야. 그 반란군인지 뭔지를 쫓아 남쪽으로 간다더군. 당신네 인간들은 참 착해. 그거 하난 인정하지. 우리 고향에서는 아래 계급에서 반란을 일으키거나 했다면 의회에서 단 하루만에 결딴 냈을 거라고."

"아주 질서정연한 사회 같네요."

"그렇지. 가끔은 그래."

드워프가 추억에 잠긴 듯 먼 곳을 바라보며 대꾸했다.

그 말을 끝으로 드워프는 별다른 말은 하지 않고 오직 원래 가던 길을 가는 데만 관심을 보였다. 그래서 로완은 더 이상 정보를 얻지 못했다. 대신 그녀는 자신이 왔던 방향으로 어떤 도로가 안전한지 이야기해주며 어젯밤에 내린 많은 비 때문에 쓸려간 길도 있다고 말해주었다. 드워프는 한 번 고개를 끄덕이더니 떠나갔고, 뒤에 타고 있던 사내 가운데 하나가 아쉬운 눈길로 그녀를 내다보았다. 그가 볼 수 있게 칼자루에 손을 대자 그제야 멋쩍은 시선을 피했다.

칼을 가지고 다니는 것이 여간 다행스러운 일이 아니었다.

로완은 행여 아까 그 사내가 딴 생각을 품을까봐 일부러 먼 길로 돌아 야영지로 향했다. 그들의 야영지는 아까 떠나올 때 그대로, 주도로에서 조금 떨어진 곳에 있었다. 카트리엘 혼자 불가에 앉아 불을 쬐고 있었고, 마릭은 근처 나무 옆에 쳐놓은 천막 안에서 자고 있었다. 순례자들한테 얻은 그 천막은 아주 더럽고 낡긴 했지만 최악의 추위를 조금이나마 막아주었다. 지난 아흐레 동안 그들은 순찰병들을 피하고, 서부 구릉지와 최대한 거리를 두면서 끊임없이 이동했다.

괜스레 호기심이 발동하여 이들에게 접근하는 순찰병들을 얼마나 많이 피해 다녔는지 모른다. 사흘 째 되던 날 마릭이 의식을 되찾고 말을 탈 수 있게 되자 사정이 조금 나아졌지만 여전히 그는 기력이 없었고 어지럼증을 느꼈다. 카트리엘은 마릭이 낙마하면서 뇌진탕을 입었다고 진단했다. 로완도 여기에 이의를 제기하지 않았다. 하지만 그들이 할 수 있는 치료라고는 카트리엘이 가져온 약초를 쓰면서 마릭이 낫기만을 기다리는 것이었다. 다행히 약초만은 넉넉히 가지고 있었다.

로완은 야영지로 들어가지 않고 조금 머뭇거렸다. 카트리엘과 단둘이 남는 건 영 내키지 않았지만 로게인이 사냥을 도맡아 했기 때문에 피할 수 없는 일이었다. 카트리엘이 그들을 돕기 위해 나타난 것은 사실이었으나, 그녀가 마릭을 애지중지하는 모습을 볼 때마다 가시 돋친 말이 튀어나오려는 걸

참아야만 했다. 그리고 피치 못할 사정으로 그녀에게 말을 걸어야 할 때면 카트리엘은 그 낯선 녹색 눈으로 로완을 빤히 쳐다보기만 하는 것이 아닌가. 언제나 무언가를 숨기고 있는 것처럼 그녀가 무슨 생각을 하고 있는지 알아내기란 쉽지 않았다. 하지만 로완은 이런 생각을 하는 것만으로도 죄책감을 느꼈다. 엘프 역시 인간에 대해 그리 좋게 생각하지 않겠지만 로완은 그녀에 대한 반감을 드러내지 않기 위해 최선을 다했다.

그러다 보니 자연스럽게 둘 사이에는 대화가 거의 없었다.

마침내 카트리엘이 로완의 인기척을 느꼈다. 그녀가 눈을 깜빡거리며 자리에서 일어섰다.

"마른 나무를 찾아냈어요, 아가씨."

카트리엘이 어색하게 말했다.

"그렇군요."

로완이 자신을 따라오는 상대의 시선을 느끼며 천막 쪽으로 다가갔다. 마릭은 신음을 내긴 했지만 아직 잠들어 있었다. 붕대도 새것으로 바뀌어 있었다. 보나마나 카트리엘이 한 것이겠지.

로완은 천막 옆에 우두커니 선 채 드워프에게서 들은 소식을 전해주어야 할지 말아야 할지 망설였다. 지금 카트리엘에게 먼저 이야기할 수도 있지만 마릭과 로게인도 당연히 듣고 싶어할 테고, 지금은 똑같은 말을 반복해 들려주고 싶은 기분이 아니었다. 그래서 그녀는 카트리엘의 시선을 느끼며 잠자코 있었다. 시간은 괴로울 정도로 느리게 흘러갔다.

그날 밤 이후로도 마릭과 카트리엘이 함께 시간을 보냈을까? 물어보고 싶은 마음이 굴뚝같았지만 차마 그럴 수는 없었다. 그와렌에 있을 때에는 최대한 마릭을 피해 다녔고, 마릭도 워낙 바빠 그런 그녀의 행동을 의식하지 못했다. 바다로 나간 다음에는 서로 다른 배에 타고 있었다. 하지만 머릿속을 떠나지 않는 그 생각 때문에 마음은 더욱 괴롭기만 했다.

이건 전혀 마릭답지 않았다. 알고 지내는 내내 그가 여자 꽁무니를 쫓아다니는 모습은 단 한 번도 본 적이 없었다. 어떤 남자들은 심지어 결혼한 다음에도 그리 하는 것을 보았지만 말이다. 어머니가 돌아가신 뒤로 연애에 대해서는 젬병이었던 아버지 밑에서 자라긴 했지만 그 정도는 알고 있었다. 그렇다면 궁중에서 지내는 제대로 된 귀족 여인들은 이런 문제 앞에서 어떻게 처신할까? 군인인 로완은 남자들이 가진 성적 욕망에 대해 잘 알고 있었다. 내일 당장 싸우다 죽을지 모르는 병사들의 경우 그 정도가 더욱 심했다. 지금 마릭의 상태도 걱정할 정도일까? 로완은 궁중의 여인들처럼 아름답게 꾸미지도 않았고, 마릭도 자신을 약혼녀라기보다 친구처럼 대하는 것 같았다.

마음속 어딘가에는 마릭이 언젠가 스스로 그녀에게 돌아올 것이라는 희망이 숨어 있었다. 하지만 그것이 단 하룻밤의 일이 아니라면…… 그 이상이라면…… 약혼녀로서 제대로 알 자격이 있지 않은가.

그때 카트리엘이 불가에 놓인 작은 솥을 가리키며 입을 열었다.

"필요하시면 물을 더 끓일까요, 아가씨? 아까 물을 끓이긴 했는데 전하의 상처를 닦느라 써버렸거든요."

"아니, 필요 없어요. 그리고 날 계속 그렇게 부르지 않아도 돼요. 적어도 여기에서는."

로완이 대답했다.

카트리엘은 얼굴을 찌푸리더니 눈을 내리깔고 조금 전까지 수선하고 있던 셔츠를 다시 집어 들었다. 마릭의 것이리라. 하지만 거기에 신경을 집중할 수 없었는지 이내 셔츠를 무릎 위에 내려놓고 한숨을 쉬었다.

"당신들은 다 똑같아요. 로게인 사령관까지도. 우리가 평등한 존재인 것처럼, 마치 내게 은혜를 베푸는 것처럼 굴잖아요. 하지만 우린 평등하지 않아요. 난 당신들의 하인은 아니지만 그래도 엘프인 건 변함없잖아요. 이런 건 오히려 날 모욕하는 거라고요."

카트리엘의 목소리는 무겁고도 냉랭했다.

너무나도 당황한 로완은 무슨 말인가 내뱉으려다 입을 꾹 다물었다.

"당신은 퍼렐던 출신이 아니군요."

그것이 로완이 말할 수 있는 전부였다.

"아니에요. 올레이에서 이리로…… 끌려왔지요."

"지금쯤이면 알 줄 알았는데. 올레이 사람들은 자기들의 제국이 정당한 것이라고, 창조주께서 직접 통치자를 왕좌에 앉히셨다고 믿죠. 하지만 여긴 달라요. 여기에서 사람은 모두, 심지어 왕마저도 자신의 행동으로 직접 가치를 인정받아야 하죠."

"정말 그렇다고 믿으세요?"

카트리엘이 콧방귀를 뀌며 물었다.

"당신은 안 믿어요? 그게 아니라면 지금 여기에서 뭐 하는 거죠? 애초에 왜 반란군을 돕겠다고 나선 거예요?"

로완이 기가 차다는 듯 되물었다.

그 말을 들은 카트리엘의 몸이 빳빳이 굳고 눈이 차갑게 변했다. 로완은 말을 꺼낸 것을 곧 후회했다. 반란군에 가담한 이들 중에는 다른 도리가 없어서 그리한 사람이 대부분이었다. 인간도 이렇게 살기가 힘든데 카트리엘 같은 엘프는 얼마나 더 힘들었을지 상상도 하기 어렵다. 이렇게 지내는 로완도 부유하다고 할 수는 없었지만 평민들에 비하면 진정한 고생은 해본 적이 없었다.

"미안해요. 주제넘게 그런 말을 해서는 안……."

"아니, 그런 말씀 말아요. 어차피 나에 대해서는 아무것도 모르잖아요."

카트리엘이 날카롭게 대꾸했다.

"난 그저……."

"무슨 말을 하려는지 알아요."

카트리엘은 모닥불만 뚫어져라 바라보았다. 그녀의 녹색 눈에 빛이 반사되어 더욱 반짝였다. 찡그리고 있던 그녀의 표정이 조금 누그러졌다.

"난 퍼렐던을 사랑해서, 아니면 올레이를 증오해서 여기 온 게 아니에요. 한때는 내가 이런 일을 하게 되리라 상상조차 못 했죠. 하지만 내게도 해서는 안 되는 일이 있어요. 반드시 지켜내야 할 것도 있으니까."

'마릭을 위해 여기 있는 것이구나!'

로완은 그녀를 바라보다 문득 깨달았다. 그런데 어딘가 이상한 구석도 있었다. 카트리엘의 어조는 슬프기도 했지만 동시에…… 후회스럽다고 해야 하나? 어쩌면 마릭에 대한 말이 아닐 수도 있었다.

어쨌거나 카트리엘의 행동에는 마음에 거슬리는 구석이 있었다. 하인이라면서 어떻게 거리낌 없이 이런 말을 한단 말인가? 말을 탈 줄 알고, 단검도 쓸 줄 아는 하인이라? 자신이 부엌데기였노라고 한 적은 분명 없었다. 하지만 로완이 보기에 그녀에게는 숨겨진 무언가가 있었다. 그와렌에서 마릭과 로완이 구해주었던 그 소심하고 겁에 질린 엘프 전령 이상의 무언가가. 물론 그때는 지치고 무기도 없었지만…….

아니, 어쩌면 질투심인지도 모른다. 마치 이국적이고 아름다운 꽃 한 송이를 바라보듯 카트리엘을 대하는 마릭의 눈길이란…… 그는 단 한 번도 그런 식으로 로완을 바라본 적이 없었다.

로완은 카트리엘이 다시 자신을 쳐다보고 있음을 깨닫고 서둘러 입을 열었다.

"당신을 모욕하려던 건 아니었어요. 그냥 친근하게 대하려던 것뿐이에요."

"어머, 그게 친근한 건가요?"

"그래요, 맞아요."

로완이 인상을 쓰며 대답했다.

"그럼 우리 둘이 친하게 지내자는 건가요, 아가씨? 그걸 원하는 거예요?"

"그게 더 편할 것 같아서 그랬어요. 그것 말고 다른 걸 바란다면 얘기해주지 그래요?"

로완이 쏘아붙였다. 둘은 잠시 그렇게 서로를 쏘아보았고 로완도, 카트리엘도 시선을 피하지 않았다. 그렇게 계속되는 차가운 침묵 속에서 로완은 다시는 그녀에게 미안하단 말 따위 하지 않으리라 다짐했다.

"무슨 일이야?"

그때 천막 안에서 잠이 덜 깬 목소리가 들려왔다. 게슴츠레한 눈에 머리에는 붕대를 감고, 헝클어진 옷차림을 한 마릭은 며칠 내리 잔 사람치고는 아직도 많이 피곤해 보였다. 마릭이 나섰는데도 로완과 카트리엘 사이의 불편한 침묵은 잠시 계속되었다. 둘 다 마릭에게 아무 말도 하지 않았다. 하지만 다음 순간, 카트리엘이 몸을 돌렸다. 그녀의 싸늘한 표정이 녹아내리더니 순식간에 따뜻한 미소로 바뀌었다. 그녀는 아무 말 없이 마릭 옆으로 다가가 그를 부축하고 불가로 데리고 나왔다. 윗옷을 걸치지 않은 그는 바람이 차다고 투덜거리며 양팔을 문질렀다.

카트리엘이 거의 수선이 끝난 셔츠를 그에게 가져다주고, 그가 고맙다며 받아 입는 모습을 로완은 말없이 바라보았다. 둘 사이에는 남이 보기에 민망할 정도로 친밀한 분위기가 흘렀다. 마릭의 말투는 상냥했고, 카트리엘은 틈만 나면 가늘고 섬세한 손가락으로 그의 팔을 쓰다듬었다.

로완은 마치 초대받지 못한 외부인 같은 기분이 들었다.

얼굴에 드리운 슬픔을 억누르는 데는 대단한 노력이 필요했다. 하지만 꼭 전해야 할 말이라면 빨리 해치우는 게 낫지 않겠는가?

"마릭, 나쁜…… 소식이 있어."

로완이 침울하게 말했다.

마릭은 그녀가 자신에게 말을 걸었다는 것을 그제야 깨닫고 씨익 미소를 지었다.

"내 셔츠 말이야? 이젠 꽤 괜찮아 보이는데?"

그가 농담을 했다. 그러고는 머리에 감긴 붕대를 조심스레 만져보았다.

로완은 화를 참기 위해 입을 꾹 다물었다.

"아니, 그 망할 셔츠 이야기가 아니야."

마릭은 그녀의 화난 어조에 조금 당황한 듯 보였고 카트리엘은 눈치채지 못한 척 모닥불만 뚫어져라 쳐다보았다.

"그럼 로게인을 기다려야 하지 않을까?"

마릭이 대꾸했다.

"왜? 무슨 일인데?"

이 말과 함께 로게인이 한쪽 어깨에 토끼 두 마리를 걸치고 어슬렁어슬렁 다가왔다. 짜증스럽게도 이들 가운데 사냥할 줄 아는 사람은 로게인뿐이었다. 로완도 시도해보았지만 실력이 형편없었다. 심지어는 낚시도 하지 못했다. 그래서 그들은 생존을 위해 로게인에게 전적으로 의존했고, 그건 생각하면 할수록 부아가 치미는 일이었다.

로완의 표정이 심상치 않음을 깨달은 로게인이 말을 멈추고 마릭을 향해 눈을 찌푸려 보였다.

"너 또 무슨 짓을 한 거냐?"

"나? 난 아무 짓도 안 했다고."

마릭이 놀라는 시늉을 하며 대꾸했다.

"이야기 좀 하자고. 지금 당장!"

로완이 사납게 쏘아붙였다.

그러자 카트리엘이 조용히 일어나 로게인에게 다가가더니 토끼를 달라고 손짓했다.

"괜찮아요. 내가 손질할게요."

"아니, 제가 하겠습니다. 쓸모 있는 엘프가 되고 싶거든요."

그 말을 들은 로게인은 토끼를 붙잡고 있던 팔의 힘을 뺐다. 카트리엘은 그것들을 받아들고 조용히 근처에 흐르는 냇가로 향했다. 로게인은 호기심 가득한 표정으로 그녀의 뒷모습을 바라보았다. 마릭도 그녀의 뒷모습을 쳐다보았지만 표정에 담긴 것은 호기심과는 완전히 다른 것이었다.

'이젠 숨기려 애쓰지도 않는군.'

화가 치솟은 로완은 갑자기 마릭의 목을 콱 조르고 싶은 충동을 느꼈다. 지금 상태라면 그리 힘든 일도 아닐 것 같았다.

마침내 로게인은 어깨를 으쓱하더니 불가로 다가와 활을 벗어 옆에 내려놓고 쭈그려 앉아 불을 쬐기 시작했다. 로완은 화살 통에 화살이 몇 개 남지 않았음을 눈치챘다.

"그럼 들어봅시다."

로게인이 한숨을 쉬며 말했다.

"좋은 소식이 아니래."

마릭이 인상을 썼다.

로완은 천천히 옆에 놓인 통나무에 앉아 온기를 쬐었다.

"그래, 아니야. 일단 급한 것부터 이야기해야겠지. 반란군 중 적어도 일부는 아직도 살아 남았대. 서부 구릉지에서 완패하긴 했지만 모조리 죽은 건 아니었어."

그녀가 피곤하다는 듯 한 손으로 얼굴을 문지르며 말했다.

"그래? 그건 나쁜 소식은 아니잖아, 응?"

마릭의 얼굴이 순식간에 밝아졌다.

하지만 로완은 춤추는 불꽃을 바라보며 잠시 마음을 가다듬었다.

"아버지가 돌아가셨어."

그 말이 그리 쉽게 나오다니 이상한 기분이었다. 처음 드워프한테 그 소식을 들었을 때에는 폐 속의 공기가 모조리 빠져나가 숨조차 쉬기 힘든 기분이었는데. 이제 그 사실은 묵직한 돌이 되어 그녀의 가슴 한편에 얹혀 있었다.

충격을 받은 마릭이 그녀를 멍하니 바라보았다.

"로완! 그게 무슨 소리야? 네 가족들은?"

로완은 그제야 사촌들과 함께 자유 동맹에 있을 이몬과 티간을 떠올렸다. 사실 두 동생들이 그 소식을 어떻게 받아들일지는 생각조차 하지 못했다. 이몬은 이제 열다섯 살이 되었을 테고 티간은 여덟 살밖에 되지 않았다. 둘 다 아직 어린아이에 불과한데…….

"그 애들이 소식을 들었는지는 아직 모르겠어."

그녀가 낙심하며 대답했다.

"확실해요? 그게 사실이랍니까?"

로게인이 생각에 잠긴 채 물었다.

"아버지의 머리가 왕궁 밖, 여왕님 바로 곁에……."

로완은 말을 뚝 끊고는 목이 멘 듯 헛기침을 했다.

"아니, 확실하지 않아요. 찬탈자가 승리를 선포하면서 마릭도 죽었다고 했대요."

양손으로 얼굴을 감싸고 있던 마릭이 이 말을 듣고 고개를 들었다.

"뭐라고?"

"그렇게 말하고 있대. 로게인 백작, 마릭 왕자 모두 서부 구릉지에서 죽었다고. 그런데 네 시신은 다른 퍼렐던 병사들 사이에 묻혀서 찾을 수가 없었다고 한다나봐."

그녀가 쓴웃음을 지으며 대답했다.

"어쨌거나 우리 병사들 일부는 도망친 게 분명해. 상인 말에 따르면 그와렌에 남아 있는 병력에 합류하기 위해 그리로 갔대."

"그럼 우리도 그와렌으로 가야겠다, 지금 당장."

"아니, 성급한 움직임은 금물이야. 찬탈자가 그들을 쫓고 있어. 적군보다 먼저 그와렌에 도착할 수 있을지는 몰라도 놈들이 브레실리안 통행로를 막고 있을 거야. 우리와 그와렌 사이를 막고 있다고."

"그럼 배를 빌리면 어때?"

마릭이 물었다.

"돈이 어디 있어. 상인 말로는 동쪽으로 가는 길도 모두 막히고 병사들이 득실거린대. 그래서 그도 이리로 온 거고."

로완이 어깨를 으쓱하며 대답했다.

"밀수꾼인가?"

로게인이 끼어들었다.

"그런 것 같아요. 일단 우리는 북쪽 해안으로 가서……."

"아니, 북쪽으론 안 가."

마릭이 불쑥 말했다.

"그럼 도로를 벗어나 브레실리안 숲을 통과하자고? 그와렌까지 나무를 헤치고 가잔 말이야?"

"어려울 거야. 산을 넘어가는 길을 찾아야 할 텐데 그쪽은 잘 모르거든. 통행로로 가까이 가려고 하면 적군이 바글댈 테고."

로게인도 턱을 긁적이며 덧붙였다.

이내 모두가 입을 다물었다. 차디찬 바람이 한바탕 야영지를 휩쓸고 지나가자 모닥불만 타다닥 소리를 냈다. 모두가 나올 구멍이 없는 대답을 찾고 있었고, 그 사실을 인정하고 싶지도 않았다. 하지만 현실은 마치 짙은 먹구름처럼 그들 머리 위에 드리워져 있었다.

"그럼 이렇게 끝인 거야? 끝인 거냐고? 렌도언 백작이 세상을 떠났고 우리도 여기 있으니 군대를 지휘할 사람이 없다는 거잖아!"

벌떡 일어나 로게인과 로완을 차례대로 바라보는 마릭의 목소리는 들끓는 감정으로 가득했다.

"아직 지휘 계통은 유지되고 있을 거야. 백작은 어리석은 분이 아니었고 그의 부관들도 마찬가지지. 반드시 해야 할 일이 있다면 누군가는 책임을 맡고 있을 거야."

로게인이 낮게 말했다. 하지만 모닥불만 뚫어져라 바라보고 있는 그 역시 걱정스러운 건 마찬가지였다.

"내 말이 무슨 소린지 알잖아! 이런 제기랄! 대체 왜 날 뒤따라온 거야? 왜?"

마릭이 냅다 소리를 질렀다. 분노의 눈물을 꾹 참고 있는 것 같았다.

"바보 같은 소리 마. 넌 마지막 남은 왕가의 혈통이잖아."

로게인이 중얼거렸다.

"이제 더 이상 그런 소리 듣기 싫어. 케일런헤드의 피가 흐르는 사람을 왕좌에 앉히는 게 문제가 아냐. 중요한 건 그 올레이 놈을 왕좌에서 끌어내리는 거라고. 놈이 퍼렐던의 왕좌에 걸맞은 훌륭한 사람이었다면 어차피 아무 문제도 안 됐을 거야."

마릭이 못 견디겠다는 듯 한숨을 내쉬었다.

"그건 네가 잘못……."

로완이 끼어들었다.

"아니야. 난 아주 정확히 알고 있어."

마릭이 로완의 말을 자르고는 로게인을 돌아보았다.

"로게인, 네가 날 도우러 오지 않았다면 전투의 결과가 달라졌을지도 몰라. 적어도 더 많은 이들을 살릴 수 있었어."

로게인은 마릭의 눈을 마주치지 않고 자기 손만 내려다보았다. 그는 아무 말도 하지 않았다.

이내 마릭이 한숨을 쉬며 고개를 절레절레 흔들었다. 분노도 어느 정도 가라앉은 것 같았다.

"너희 둘 다 날 구해줬어. 물론 고맙긴 한데…… 날 보내줄 준비도 해야 해. 이미 어머니가 돌아가셨고, 나도 언제 죽을지 몰라. 게다가 나 때문에 그 많은 사람들을 죽게 만드느니 내가 죽는 게 나아."

"말도 안 되는 소리하지 마. 너 때문에 죽은 게 아니잖아!"

로완이 쏘아붙였다.

"너희 둘이 원래 있기로 한 곳에 그대로 있었다면 우리가 이겼을지도 몰라. 아니면 제때 퇴각 명령을 내려서 지금쯤 그와렌에 가 있을 수도 있었다고."

"그건 모르는 일이잖아, 안 그래?"

그렇게 외치며 로완이 벌떡 일어나 마릭을 노려보았다.

"망할 이상주의는 집어치워. 살아남는 것만도 우리 모두에게 힘든 일이라고. 벌써 잊었어?"

로완이 마릭에게 다가가 그의 가슴을 세게 밀쳤다. 마릭은 비틀거리며 뒤로 밀리더니 천막에 부딪혔다. 넘어지지 않은 것만 해도 다행이었지만 그 통에 천막이 거의 쓰러질 뻔했다. 그가 몸을 바로 세우고 그녀를 노려보았다. 화가 났다기보다 분한 듯 보였다.

"널 도와주러 떠나온 게 그 사람들한테 그리도 죄스러운 일이라니 정말로 미안하게 됐어. 하지만 넌 중요한 사람이야. 우리가 널 도우러 간다고 알렸다면 그들도 자기 목숨을 기꺼이 내어주었을 거야. 그게 바로 그들이 애초에 거기에 있던 이유라고!"

로완이 말을 이었다.

"하지만 그 사람들은 모두 내 책임이야. 네 책임이기도 하고!"

로완의 말에 마릭이 대꾸했다.

"우리는 널 책임지는 사람들이야! 네가 망할 왕자잖아!"

"그래, 그래서 모두가 나의 병사들이고!"

둘은 그렇게 선 채 서로를 노려보기만 했다. 바람에 장작이 타닥타닥 소리를 냈다. 로완은 마릭의 따귀를 갈기고 싶었다. 한편으로는 키스를 하고 싶기도 했다. 지도자로서 훌륭하고 고결한 생각이긴 하지만 어쩌면 그리도 바보 같을 수 있을까? 정말 그를 버릴 수 있다고 생각한 것일까? 구해낼 가능성이 조금이라도 있는 상황에서?

로게인은 생각에 잠긴 채 모닥불을 바라보다가 입을 열었다.

"마릭 네 말에도 일리가 있긴 해. 하지만 이제 와 이걸 가지고 싸워봤자 아무 소용이 없잖아. 지금 우리 휘하에 병사들이 있는 게 아니니까."

"하지만 다음번에 지휘할 때가 되면……."

"알겠어. 앞으로는 절대 널 구하러 가지 않을게. 그때가 오면 너 혼자 알아서 하는 거다."

로게인이 마릭을 올려다보며 말했다. 그러자 둘 사이에 의미심장한 눈길이 오갔다. 로완도 그것을 알아보았지만 이해할 수는 없었다. 어쨌거나 마릭은 그 말을 듣고 흡족해하는 것 같았다.

마릭이 몸을 돌려 이번에는 로완을 바라보았다. 그녀도 로게인과 뜻을 같이 해주길 바라는 것 같았다. 하지만 그녀는 그대로 가만히 서서 아무 반응도 보이지 않았다. 대신 뱃속 깊은 곳에서 슬금슬금 분노가 치밀어 오르기 시작했다.

"명령하는 거야? 마릭 왕자께서 휘하의 사령관에게 내리시는 명령인가?"

로완의 목소리에서는 신랄한 비난이 그대로 배어났다.

"친구로서 약속해달라고 부탁하는 거야."

그 순간 로완이 마릭의 따귀를 갈겼다. 짝 소리가 고요한 공기 중에 퍼지면서 그의 머리가 한쪽으로 휙 돌아갔다. 그는 어리둥절하고 당황스러운 눈빛으로 볼을 문질렀다. 로게인은 아무 말도 하지 않았고, 다만 눈썹이 조금 추켜 올라갔을 뿐이다.

"차라리 명령을 해."

로완이 차갑게 대꾸했다.

"미, 미안해. 난 그저…… 그래, 정말 고마움도 모르는 뻔뻔한 사람처럼 보였겠구나."

마릭이 애처롭게 중얼거리며 휘적휘적 걸어가 통나무 위에 걸터앉았다. 낙담한 그의 어깨가 축 처졌다.

로완은 당장이라도 마릭에게 다가가 어깨를 토닥이면서 괜찮다고, 힘내라고 말하고 싶은 충동을 꾹 참아야만 했다.

"그래, 그래 보여."

그녀가 마음을 다잡고 대꾸했다.

그런 그녀를 올려다본 마릭의 눈은 촉촉이 젖어 있었다.

"네 아버지가 돌아가셨어. 넌 날 구하러 오기 위해 엄청난 희생을 치렀고. 나도 이해해. 하지만 목숨을 잃은 병사들에 대한 생각을 멈출 수가 없어. 모두 나 때문에 거기까지 간 거였잖아."

로완은 아무 말 없이 그 자리에 앉았다.

이제까지 침묵을 지키던 로게인이 엄숙한 표정으로 입을 열었다.

"예전에 아버지께서 무법자 무리를 오염된 늑대 소굴과 너무 가까운 곳으로 데리고 간 적이 있었어. 늑대들이 있다는 걸 알았지만 반대편으로 가면 치안 담당자에게 발각될 수 있었기 때문에 어쩔 수가 없었지. 그래서 어린아이 여섯 명을 포함해 모두 열네 명이나 되는 사람을 잃었어. 아버지는…… 크게 낙담하셨지. 리더로서의 역할을 포기하고 싶어 하셨어. 그런데 아일리스 자매님은 이렇게 말씀하셨지. 리더의 자리를 쉽게 여기는 사람보다는 힘겨워하는 사람을 따르겠다고."

그러고는 모닥불 반대편으로 건너가 마릭의 어깨를 두드려주었는데, 평소 그런 행동과 거리가 먼 사람이었는지라 어색함이 그대로 드러나는 몸짓이었다. 놀란 마릭은 멍하니 그를 올려다보았다.

"우와, 너 이런 거 생각보다 훨씬 잘하는데!"

마릭이 쿡쿡 웃으며 말했다.

"조용히 해."

로게인이 인상을 쓰며 말했다.

"나도 마릭과 동감이에요. 그럼 이번에는 나를 위로해줘요."

로완이 슬그머니 웃으며 끼어들었다.

"백작께선 돌아가신 게 아닐 수도 있어요. 마릭도 살아 있잖아요. 왕궁 앞에 머리가 걸려 있다고 그것이 꼭 당신 아버지란 얘기는 아니죠."

로게인이 사뭇 진지한 표정으로 그녀를 보며 말했다.

로완은 그의 말에 깜짝 놀랐다. 갑자기 터져 나오려는 눈물을 꾹 참아야 했다.

"위로하는 솜씨가 정말 좋군요. 하지만 찬탈자가 거짓말을 할 참이라면 어디서 머리를 하나 더 구해다가 왕궁 앞에 걸어놓고 그게 마릭이라고 주장하지 않았을까요?"

그녀가 작은 소리로 중얼거렸다.

"적당한 머리를 구할 수 없었을지도 모르잖아요."

"그 말이 맞으면 좋겠네요."

로완이 어깨를 으쓱이며 대답했다. 하지만 그녀는 그 말을 믿지 않았다.

셋은 불 앞에 앉아 천천히 약해지는 모닥불을 지켜보기만 했다. 마릭은 몸을 떨면서 셔츠만 걸친 몸을 더욱 웅송그렸다. 모두 똑같이 느끼는 정신적, 육체적 피로 때문에 마음이 공허하기만 했다.

"어떻게 할지 정해야 할 텐데. 우리 셋 다 뭔가 결정하는 솜씨는 참 형편없다, 그치?"

마릭이 한숨을 쉬며 처음으로 입을 열었다.

"차라리 반란군에는 우리가 없는 편이 더 낫겠다."

로게인이 쓴웃음을 지으며 대꾸했다.
"마릭만 없어도 한층 나을 거예요."
로완도 끼어들었다.
"어이, 그만 좀 하지? 날 구하러 온 건 너희들의 생각이었다고. 나 혼자 그 놈들…… 여섯 명이었나? 여섯 놈 죄다 해치울 수 있었는데 말이야."
마릭이 쿡쿡 웃으며 말했다.
"여섯이 아니라 여덟이었겠지."
로완이 냉정하게 말했다.
"열한 명이었지. 카트리엘이 처리한 세 명까지 포함해서."
로게인이 다시 말했다.
"아, 그렇지. 카트리엘이 있었지."
로완이 어처구니없다는 듯 눈알을 굴리며 말했다.
"난 머리를 다쳐서 사람이 둘로 보이는 줄 알았더니만."
마릭이 싱글싱글 웃으며 말했다. 그러다가 자못 심각한 표정으로 로완을 바라보았다.
"그런데 대체 내 따귀는 왜 때린 거야?"
"한 대 더 맞을래?"
"아니, 왜 때렸냐고?"
로게인이 그만하라는 듯 헛기침을 했다.
"우린 앞으로 어떻게 해야 할지 의논 중이었잖아. 내 생각에 유일한 방법은 브레실리안 숲을 통과하는 길을 찾는 거야. 거기까지 갈 수 있다면 말이지."
로게인이 말했다.
마릭도 침울하게 고개를 끄덕였다.
"다른 선택의 여지가 없잖아."
그때 막 야영지로 돌아온 카트리엘의 낮은 목소리가 끼어들었다.

"실은 있습니다."

카트리엘은 손질한 토끼 두 마리 말고도 한 팔에 장작과 나뭇가지를 끼고 있었다. 마릭이 짐을 받기 위해 벌떡 일어섰고, 그녀는 곧장 쭈그려 앉아 불길을 키우기 시작했다.

로게인은 인내심 있게 그녀를 바라보고 있다가 더 이상 견딜 수 없게 되자 불쑥 입을 열었다.

"다른 선택이 있다고 했소? 그럼 우리 이야기를 들은 거군?"

"이 지방 사람 절반은 세 분의 말씀을 들었을 겁니다. 들으려 했던 건 아니지만 시내 쪽에서도 거의 다 들렸는걸요."

그녀가 새로 장작을 집어넣으며 말했다. 곧 불꽃이 되살아나면서 약간 젖어 있던 나무껍질이 검게 변하더니 타닥타닥 소리를 내며 맹렬히 타오르기 시작했다.

"그래요, 다른 길이 있습니다."

"그럼 기다리게 하지 말고 말해봐요."

로완이 말했다.

"네, 아가씨. 그런데 실은…… 말씀드리기가 조금 저어되어서……."

모닥불이 잘 타오르는 것을 확인한 카트리엘은 마릭에게서 토끼를 건네받아 기다란 나뭇가지에 꿰기 시작했다.

"지하 대로라고 들어보셨나요?"

이 말을 들은 로게인이 고개를 끄덕였다.

"한때 드워프 왕국에서 썼던 지하 길이지. 하지만 이제는 존재하지 않소."

"음, 아니에요. 드워프들이 오래전 어둠의 피조물에게 당해 쓰러질 때 막아버리긴 했지만요. 오자마에서 그리로 들어가는 입구는 막혔습니다. 하지만 지상으로부터 들어가는 길은 찾을 수가 있어요. 대략의 위치만 알고 있다면요."

카트리엘이 로게인을 쳐다보며 대답했다.

"그럼 당신이…… 당신이 그 위치를 아는 건가요?"

마릭이 눈을 깜빡이며 물었다.

"예, 전하. 알 것 같습니다."

카트리엘이 고개를 끄덕였다.

"그러면 그…… 지하 대로라는 게 그와렌으로 이어지고?"

"믿기 어려우시겠지만 그와렌은 과거 드워프들의 전진 기지 위에 지어진 도시예요, 전하. 드워프들이 버리고 간 곳을 나중에 인간이 항구로 사용하게 된 거죠. 그와렌이라는 이름 자체도 본래 드워프 전진 기지의 이름이었습니다. 물론 이제는 기억하는 사람이 아무도 없겠지만요."

"그런데 당신은 그걸 어떻게 기억하는 거죠? 어떻게 아는 거예요?"

로완이 물었다.

카트리엘의 미소는 그 뜻을 가늠하기 어려웠다.

"전 많은 걸 알고 있습니다, 아가씨. 역사는 배우고자 하는 사람에게는 많은 것을 알려주는 법이지요."

로게인은 로완을 슬쩍 바라보고는 그녀 또한 카트리엘을 의심하고 있음을 알아챘다. 하지만 마릭은 카트리엘의 제안 자체에 더 관심이 많아 보였다.

"하지만 지하 대로에는 어둠의 피조물이 득실대지 않을까요? 그러니까, 애초에 그것 때문에 지하 대로를 닫아버린 거잖아요?"

마릭이 물었다.

이 말을 들은 카트리엘이 천천히 고개를 끄덕였다.

"지금 지하에 얼마나 많은 어둠의 피조물이 있는지 아는 이는 없습니다. 그들이 지상을 침공했다가 패한 지도 수 세기가 흘렀지요. 지하 대로에는 놈들이 바글댈 수도 있고, 텅 비어 있을 수도 있습니다."

"그래도…… 거길 이용할 수는, 그러니까 지나갈 수는 있다는 거죠? 이론적으로는?"

"예, 이론적으로는. 안전하기만 하다면 아주 신속하게 그와렌까지 갈 수 있어요, 전하."

"아니면 발을 들여놓자마자 놈들한테 먹히든가."

로완이 끼어들었다.

"아니면 길이 아예 막혀 있을 수도 있고요. 그래서 처음 말씀드릴 때 망설인 겁니다."

카트리엘이 고개를 끄덕이며 말했다.

마릭의 머릿속에서 많은 생각이 돌고 있다는 것을 로완은 느낄 수 있었다. 그의 희망이 부풀어 오르는 것을 본 그녀는 가슴이 덜컹 내려앉았다.

"브레실리안 숲을 통해 간다면 분명 아주 오래 걸릴 거야."

마릭이 로게인에게 말했다. 그의 어조는 잔뜩 흥분되어 있었다.

"서너 주쯤 걸리겠지. 그것도 제대로 길을 찾는다면 말이야."

"하지만 적어도 지하 대로에는 기회라는 게 있어."

마릭이 씨익 웃으며 말했다.

"마릭! 어둠의 피조물에 대해 조금이라도 알기나 해? 정말 끔찍하게 더럽혀진 놈들이라고! 설사 카트리엘이 지하 대로의 입구를 찾아낸다 해도 정말 상상조차 할 수 없는 운명이 우리를 기다리고 있을지도 몰라."

로완이 꾸짖듯 말했다.

"우린 사실 입구를 지나쳐 왔습니다, 아가씨. 언덕 위에 있던 거대한 돌기둥이죠. 멀리서 보았습니다. 그랬기 때문에 이 이야기를 꺼낸 것이기도 하고요."

그녀가 걱정 어린 눈으로 마릭을 바라보았다.

"하지만 입구는 봉인되어 있습니다. 그걸 열 수 있을지는 모르겠어요, 전하. 확실히 알려면 일단 제 눈으로 확인해야 합니다."

마릭이 로게인을 쳐다보았다.

"어떻게 생각해?"

"위험 부담이 크긴 한데……."

로게인이 이번에는 카트리엘을 바라보았다.

"확실한 거요? 지하 대로가 그와렌으로 곧장 통한다는 게? 거기 내려가서 길을 찾을 수 있겠소?"

"전해 내려오는 이야기를 기억하긴 합니다만……."

카트리엘이 조심스레 대답했다.

"그럼 가자. 그 봉인을 찾아보자고. 열지 못하거나 지하에 놈들이 있는 기미가 보이면 그냥 숲으로 가는 거야."

마릭은 자신이 무슨 말을 하고 있는지 그제야 깨달았다는 듯 잠시 말을 멈추었다가 더욱 확신에 찬 얼굴로 고개를 끄덕였다.

"그래, 어느 정도는 위험을 감수해야 한다고 생각해."

"아니면 그러다 죽든가."

로게인이 침울하게 말했다.

"그래, 그러다 죽든가."

마릭도 수긍했다.

로완은 말도 안 된다는 표정으로 둘을 쳐다보고 있다가 마침내 한숨을 내쉬었다.

"그러다 죽든가."

그녀의 말에 열의라고는 담겨 있지 않았다. 남자들은 정말로 바보다.

"전하를 그와렌으로 보내드리기 위해 최선을 다할게요. 약속합니다, 전하."

카트리엘이 마릭을 똑바로 마주보며 맹세했다.

"그렇게 부르지 말라니까요."

마릭이 눈알을 굴리며 말했다.

"하지만 전하는 전하이신걸요."

"당신은 내 목숨을 구해줬고, 이제는 우리를 이끌고 지하 대로로 들어가려고 하잖아요. 그런데도 계속 형식을 따지겠다고요? 게다가 지금 날 그렇게 부르는 사람은 당신밖에 없다고. 이상하잖아요."

마릭이 쿡쿡 웃으며 말했다.

"정말 이상한 분이세요."

카트리엘이 어리둥절한 표정으로 고개를 흔들었다.

"그렇다고 날 때리진 말아요. 안 그래도 오늘 많이 맞았으니까."

마릭이 흐뭇한 얼굴로 대꾸했다.

그렇게 다음 목적지가 정해졌다. 카트리엘과 마릭이 나지막이 대화를 주고받는 동안 로완과 로게인은 조용히 그들을 지켜보았다. 지하 대로를 통하면 그와렌까지 훨씬 빨리 갈 수 있을지도 모른다. 하지만 로완은 카트리엘이 봉인을 찾아낼 수 없기를, 아니면 그것을 열 수 없기를 은근히 바랐다. 그런데 이상하게도 카트리엘의 정보는 왠지 정확할 것만 같았다.

카트리엘의 정보는 언제나 옳았으니까.

멀리서 천둥소리가 시끄럽게 들려왔다. 이제 훨씬 더 추워질 것이다.

제13장

카트리엘이 이야기한 돌기둥까지 돌아가는 데는 하루가 족히 걸렸다. 그녀가 말한 봉인은 열려 있었다. 마릭 일행은 쏟아지는 비를 맞으며 입구를 내려다보았다. 멀리서 봤을 때는 언덕에 있는 작은 동굴 입구처럼 보였던 것이, 가까이서 보니 한때는 웅장했을 팔각 강철문의 잔해였다.

문은 기하학적 문양으로 장식되어 있었고, 과거 글자나 그림이었을 두껍고 깊은 홈이 여기저기 패여 있었다. 지금은 갈색 이끼와 두꺼운 녹으로 덮여 아무것도 읽어낼 수 없었다. 문 한쪽은 경첩이 완전히 떨어져 나가 부식되었고, 안으로 들어가는 길은 입구의 돌과 흙더미 말고는 말끔히 뚫려 있었다. 돌 더미는 마치 거대한 구멍을 통해 돌이 밖으로 분출되어 쌓인 것 같았다.

미끄럽고 울퉁불퉁한 바위 사이를 조심스럽게 지나 가까이 다가가서야 그 더미가 사실은 동물의 뼈로 이루어져 있음을 알 수 있었다. 모래와 진흙에 덮여 반쯤 묻힌 오래된 것들이었다.

"뭔지 모르겠네. 사람일 수도 있겠어."

마릭이 역겹다는 표정을 하고 몇 개를 만져보더니 말했다.

"중요한 건 오래되었다는 거지. 좋은 징조야."

로게인이 지적했다.

카트리엘이 동굴 속으로 조심스레 머리를 집어넣었다.

"저도 그렇게 생각합니다. 박쥐 말고 이곳을 다녀간 다른 생물이 있다면 이렇게 흔적이 없을 리 없겠죠. 보이는 거라곤 박쥐 똥뿐이군요."

"참 잘됐군."

로완이 눈알을 굴리며 말했다.

"이 언덕을 지나다 실종되었다는 여행자들에 대한 전설이 아주 많습니다. 그런 전설에는 종종 진실이 숨어 있기 때문에 여전히 조심해야 해요."

카트리엘이 로완을 보며 말했다.

"잘 알겠소."

로게인이 대꾸하며 모두를 데리고 안으로 들어갔다.

그들은 일단 동굴 입구 바로 안쪽에 자리를 잡고 천막을 찢어 횃불을 만들기 시작했다. 그곳에서 얼마나 오래 머물러야 할지 카트리엘도 모른다고 했으니 최대한 많이 만들어야 했다. 물론 사냥을 할 수도 없을 테고, 마실 물이 있을지도 알 길이 없었다.

로게인은 가지고 있는 병에 물을 최대한 많이 담으라고 했다. 그런 다음 바위 위로 떨어지는 빗소리를 들으며 말린 고기 조각을 하나씩 바위 위에 펼쳐 식량이 얼마나 있는지 확인했다. 다시 갑옷 차림이 된 로완이 그의 옆에 앉았다.

"이런 무모한 일에 동의하다니 바보 같은 짓이에요."

그녀가 속삭였다.

"그럴지도 모르죠."

"카트리엘을 믿는 거예요?"

"아니요."

로게인은 카트리엘과 마릭이 바위를 치우고 있는 동굴 안쪽을 슬쩍 쳐다보며 말했다.

"하지만 그렇다고 해서 그녀가 이곳에 대해 한 이야기가 거짓말은 아닐 겁니다."

로완이 그래도 불만스럽다는 표정을 짓자 로게인은 미소를 지어 보였다.

"갈 수 있는 데까지 가보는 거죠. 더 이상 못 갈 것 같으면 돌아오고."

"못 돌아오면요?"

"그럼 죽는 거죠."

로게인이 굳은 표정으로 말린 고기를 다시 헤아리기 시작했다.

얼마 지나지 않아 그들은 아래로 내려가는 길을 찾아냈다. 동굴의 일부는 오래전 봉인하려 했던 것처럼 바위로 막혀 있었다. 지하에 있는 무언가가 나가는 것을 막으려 한 것인지, 지상의 무언가가 들어오는 것을 막으려 한 것인지는 알 수 없었다. 다행히 그들은 거의 힘들이지 않고도 바위 사이를 비집고 지나갈 수 있었다.

그것 말고는 통로는 대체로 넓고 평탄했다. 오래전 드워프 장인들이 닦아놓은 솜씨가 분명했다. 한때는 꽤 아름다웠겠지만 지금은 두껍게 쌓인 먼지와 이끼, 엄청난 양의 박쥐 똥으로 덮여 있었다. 초입 벽에는 동굴 입구 쪽에 살았던 자들이 남겨놓은 투박한 그림이 흔적으로 일부 남아 있었지만 통로가 급격히 꺾이며 지하 깊숙이 내려가자 그것도 사라지고 말았다.

그들은 아무 말 없이 계속 걷기만 했다. 희미한 햇빛이 완전히 사라지고 답답한 어둠으로 바뀌자 긴장감은 더욱 커졌다. 멈춰버린 공기 중에 먼지가 떠다니며 그들이 들고 있는 횃불에 동그란 후광을 만들었다.

"산소가 별로 없을지도 모르겠군."

로게인이 걱정스러운 목소리로 말했다.

"드워프들이 이곳에 산소를 공급하기 위해 아주 기발한 통풍관을 사용했다고 해요."

카트리엘이 대꾸했다. 하지만 그런 통풍관이 아직도 제 역할을 하고 있을지 누가 알겠는가.

어둠의 피조물들이 숨 막히는 어둠 속에서 모두 질식해 죽었다면 수 세기 동안 아무도 지상에서 그들을 보지 못한 것도 이해가 되었다. 하지만 그 생각도 그리 반갑진 않았다.

서너 시간이 흐른 뒤 그들은 통로 안에 지어진 간이역이나 검문소 같은 곳에 다다랐다. 요새로 지어진 것일지도 모른다. 벽들이 무너지지 않았다면 분명 외부의 공격을 막는 역할도 너끈히 해낼 수 있었으리라.

"아마 저기에 관문이 있어서 통행을 완전히 차단했었을 거예요."

카트리엘이 한 곳을 가리키며 말했다. 하지만 거기에 무엇이 있었든 지금은 완전히 무너지고 아무것도 남아 있지 않았다. 통로에는 녹슨 광업용 손수레, 거의 삭아버린 부대 자루들, 그리고 아주 오래된 뼛조가들이 군데군데 널려 있었다.

먼지가 엉겨 붙은 거미줄도 천장에서부터 늘어져 있어 마치 거대한 무덤 속으로 들어온 것 같았다. 움직이는 것은 아무것도 없었다. 이렇게 깊은 곳까지는 박쥐도 들어오지 않았다. 그리고 한때 누군가가 이 간이역까지 들어와 귀중품을 털어간 것 같긴 했지만 지금은 어떤 이의 흔적도 찾아볼 수 없었다.

"여기에서 전투라도 벌어진 건가?"

로완이 뼈들을 살펴보며 물었지만 아무도 대꾸하지 않았다. 그것들 대부분은 사람의 것인지, 드워프의 것인지, 그것도 아니면 엘프의 것인지조차 분간할 수 없었다. 하지만 그중에는 그 세 종류가 아닌 것도 일부 있었다.

그곳을 지나자 계단이 나타났다. 깜깜한 지하 속으로 끝없이 이어질 것만 같은 널찍한 계단이었다. 군데군데 금이 간 것들이 많아 잘못 밟았다간 그대로 부서져 내릴 듯했다. 실제로 이미 부서진 것들도 많았다. 그들은 중간중간 강철로 된 난간을 밟으며 조심스레 아래로 내려갔다. 금속 손수레를 이동하기 위해 만들어진 것 같았다.

이제 사방이 온통 오래된 거미줄로 덮여 있었다. 지금은 대부분이 먼지로 엉겨 있어 그저 천장과 벽에 늘어진, 형체를 알 수 없는 회색 덩어리처럼 보일 뿐이었지만 로게인은 간혹 쳐진 지 얼마 안 되는 거미줄과 횃불을 피해 후다닥 달아나는 작은 거미들을 찾아내었다.

"저걸 보니 마음이 좀 놓이는군."

로게인이 말했다. 거미가 있다는 것은 다른 벌레들이 있다는 소리였고, 그것은 곧 이곳에서 생명이 살 수 있다는 뜻이었다.

계단 끝까지 내려가고 난 다음에도 또다시 수 시간이 흘렀다.

"앞으로 나아가는 게 아니라 계속 지하로 내려가는 것만 같아."

로완이 초조한 듯 말했다.

"그래도 어둠의 피조물이 나타나지 않는 게 어디야."

마릭이 다행이라는 듯 대꾸했다.

그들은 통로 일부를 치운 뒤 야영 준비를 했다. 로게인의 주장에 따라 아주 작은 불 하나만 피웠다. 이 터널 속에 산소가 얼마나 남아 있는지도 모를 일이었고, 불을 너무 오래 피우고 있으면 어둠 속에 도사리고 있을 무언가의 주의를 끌 수도 있었다.

생각만 해도 무서운 일이었다. 첫날 밤 아무도 제대로 잠을 이루지 못했다. 한 명씩 야영지 주변을 춤추듯 움직이는 어둠 속을 노려보며 횃불이 꺼지지 않도록 지켰다. 솔직히 말해 누구든 마음만 먹으면 그들을 급습할 수 있었다. 공기 중에 떠다니는 먼지와 흐린 불빛 때문에 단 3미터 떨어진 곳에 있는 사람도 제대로 분간할 수 없었다. 하지만 한 사람이라도 자지 않고 불침번을 서면 마음이 조금 놓였고, 그 덕분에 다른 이들은 잠시라도 눈을 붙일 수 있었다.

가장 두려운 것은 바로 침묵이었다. 간혹 들리는 그들의 숨소리와 돌바닥

위를 움직이는 희미한 발소리만이 거대하고 무거운 장막처럼 그들을 덮은 침묵을 깰 뿐이었다. 잠시 멈춰 설 때면 검은 어둠 속에서 희미하게 무언가가 달깍거리는 소리를 들을 수 있었다. 들렸다가, 안 들렸다가를 반복하는 그 소리가 무엇인지 아무도 알아내지 못했다. 그래서 무기를 빼어 들고 걸음을 옮겼지만 그들을 공격해오는 것은 없었다.

그들은 이틀 동안 이런 식으로 움직이며 점점 더 지하 깊숙이 들어갔다. 휴식을 취하고 주변을 파악하기 위해 주기적으로 멈출 때면 카트리엘이 마릭의 붕대를 갈거나 상처를 돌보았다. 그녀는 그의 상처가 감염될까봐, 특히 머리 부상에 대해 걱정했으나 얼마 지나지 않아 치료가 효과를 나타내기 시작했다고 자랑스레 말했다. 다행히 상처가 잘 아물고 있었다.

"이제 좋은 일이 생길 때도 됐잖아."

미릭이 당연한 것 아니냐는 듯 싱글싱글 웃으며 말했다.

그들이 대로를 걷고 있다는 사실은 더욱 명백해졌다. 전체적으로 심하게 망가지고 부패하긴 했지만 벽을 따라 늘어선 돌기둥은 물론이고, 세월의 흔적에 형체가 일그러진 드워프 석상들도 알아볼 수 있었던 것이다. 그리고 벽 아래쪽을 따라 깊은 홈이 패여 있었다.

"저 홈을 따라 한때 용암이 흘러 이 안을 밝혀주었을 거예요."

카트리엘이 나지막이 말했다.

"그럼 그 용암은 어디서 흘러온 거요?"

로게인이 물었다. 하지만 그녀는 잘 모르겠다며 고개를 저었다. 어디에서 온 건지는 몰라도 지금 그 자리에는 희뿌연 먼지와 고요한 어둠뿐이었다.

처음으로 맞닥뜨린 교차로에는 벽을 따라 거대한 룬 문자가 새겨져 있었다. 최대한 많은 먼지와 쓰레기를 치워낸 뒤 카트리엘이 한 손에 횃불을 들고 그것들을 유심히 읽기 시작했다.

"드워프 글자가 맞아요. 이거 보이죠? 두 글자로 나뉘어 있어요. '그와'랑

'렌', '소금'과 '웅덩이'라는 뜻이죠."

그녀가 서너 번 반복되는 한 단어를 톡톡 두드리며 말했다.

"그럼 그와렌이잖아!"

마릭이 카트리엘의 어깨 너머로 고개를 숙이고 룬 문자를 유심히 바라보았다. 그녀가 쑥스러운 듯 눈을 깜빡였지만 그는 알아채지 못했다.

"그럼 이게 분명해, 그렇죠? 드워프 전진 기지도 같은 이름을 가지고 있었다고 했잖아요."

"오른쪽 길로 가라고 하는 것 같아요. 하지만 확실치는 않아요."

카트리엘이 눈을 찌푸린 채 마릭을 올려다보며 말했다.

"내 생각보단 당신 생각이 맞겠죠."

마릭이 씨익 웃으며 말했다.

로완과 로게인은 의심스러운 눈길을 주고받았지만 지금으로선 카트리엘의 말을 믿는 것 말고는 다른 수가 없었다. 로게인도 이미 오래전 방향 감각을 상실한 터였다.

그로부터 하루가 채 지나지 않아 — 물론 어둠 속에서 지내는 시간이 길어질수록 시간 개념도 점점 흐려지고 있어서 확실치는 않았다 — 그들은 타이그, 즉 동굴 속 드워프 거주지에 다다랐다. 입구에는 산처럼 많은 쓰레기와 바위가 쌓여 있었다. 동굴 일부가 내려앉아 그리 된 것 같았다. 그것을 치우고 통로를 만들기까지 몇 시간이나 걸렸다. 하지만 일단 그곳을 통과하고 나니 아주 오랫동안 어느 드워프도 내려온 적이 없었을 장소가 나타났다.

그들의 횃불은 타이그 깊숙한 곳까지 빛을 전달하지는 못했지만 눈에 들어오는 것만으로도 과거 이곳이 얼마나 장엄한 위용을 자랑했는지 짐작할 수 있었다. 거대하고 당당한 돌 건물이 동굴 위쪽까지 닿아 있고, 건물 사이 보도에는 수많은 룬 문자가 새겨진 높은 기둥이 줄지어 서 있었다. 하지만 대부분이 이제는 무너져 거대한 거미줄로 뒤덮인 폐허로 변해 있었다.

이곳도 사방이 거미줄이었다. 마치 얇은 거즈처럼 건물과 벽을 덮은 거미줄은 가면 갈수록 더욱 두꺼워져서 얼마 지나지 않아 횃불이 통과하지 못할 지경이 되었다. 마치 거미줄이 어둠과 침묵 속에 정지한 이곳을 꽁꽁 싸매고 있는 것 같았다.

"조심해요."

로게인이 조용히 말하며 횃불이 거미줄에 닿지 않도록 아래로 내렸다. 거미줄에 불이 붙었다간 금세 불이 거미줄을 타고 타이그 꼭대기까지 올라가, 모든 것이 그들 머리 위로 쏟아져 내릴 수도 있었다.

"느껴져요?"

그때 로완이 한 걸음 앞으로 나서며 물었다. 그녀는 자기 볼을 만지며 조심스레 사방을 둘러보았다. 그녀와 같은 것을 느낀 다른 이들도 눈을 크게 떴다. 먼지로 가득한 공기 중에 아주 가벼운 움직임이 부드럽게 볼을 스치고 지나가는 게 아닌가.

"공기야, 공기가 들어오고 있어."

마릭이 감탄하며 말했다.

그의 말이 옳았다. 어딘가 아주 높은 곳에서 공기가 흘러들고 있었다. 유심히 보고 있으니 희미하게 빛나는 거미줄이 보일 듯 말 듯 아주 가볍게 흔들리는 것을 알 수 있었다. 지상으로 이어지는 구멍 같은 것이 있을지도 모른다. 드워프들이 쓰는 굴뚝이거나 카트리엘이 이야기한 통풍관일 수도 있었다.

소리도 들려왔다. 네 명이 그렇게 서 있는 가운데 멀리서 들려오던 달깍 소리가 더욱 커졌다. 들려오다 말다 하긴 했지만 소리가 나는 것만은 분명했다. 한동안 자기 숨소리와 발소리 말고 거의 아무것도 듣지 못한 그들에게 그런 낯선 소리는 알아채기 쉬웠다.

카트리엘의 얼굴이 하얗게 질렸다. 두려움을 숨기기 위해 애쓰는 것 같았지만 초조하게 자꾸만 위를 올려다보는 바람에 한층 더 남의 눈에 띄었다.

"이…… 이게 무슨 소리죠? 바위?"

아무도 대답하지 않았다. 그녀조차 자신의 말을 믿지 않았다.

"돌아가야 하나?"

로완이 속삭였다. 하지만 마릭이 고개를 흔들었다.

"다른 길이 없어. 앞으로 나아가거나 온 길을 되돌아가는 수밖에 없어."

그렇다면 결정은 내려진 것이나 다름없었다. 로게인이 검을 들고 천천히 앞으로 나서더니 머리 위 거미줄을 올려다보았다.

"꼭 필요하다면 저걸 태워야 할 거야."

"그러면 사태가 더 심각해지지 않을까?"

마릭도 그의 뒤로 바싹 다가가며 말했다.

"그래서 '꼭 필요하다면'이라고 했잖아."

로게인이 대꾸했다.

그들은 등을 맞대고 각자 칼을 빼든 채 천천히 움직이기 시작했다. 발밑의 돌무더기 사이를 조심스레 밟으며 그들은 찍 소리 하나 내지 않았다. 숨조차 쉬어지지 않았다. 그들은 각자 든 횃불을 천천히 움직이며 어둠 속에 다른 무언가가 있는지 살피려고 했다. 하지만 보이는 것이라고는 폐허가 된 아치길과 돌기둥, 그리고 더 많은 돌무더기뿐이었다. 어둠은 마치 그들을 놀리기라도 하듯 침묵 속에서 춤을 추었다.

그들은 무너져 내린 건물의 높은 벽 사이로 쩍쩍 갈라진 기다란 둑길을 기어가듯 천천히 지났다. 한쪽 벽에는 아직도 녹색과 붉은색 염료 조각들이 붙어 있는, 한때 드워프의 얼굴이었을 그림이 남아 있었다. 유일하게 알아볼 수 있는 두 개의 눈동자가 공허한 눈길로 그들을 응시했다.

그 순간 로게인이 우뚝 멈춰 섰다. 뒤에서 따라오던 마릭이 그에게 쿵 부딪히며 걸음을 멈췄다. 그들 앞에는 머리 위로 족히 수백 미터는 될 듯한 거대한 석상이 서 있었다. 이것이 동굴 천장을 받치고 있는 것 같았다. 색이 변하고 세세한 부분은 어둠에 가려져 잘 보이지 않았지만 로게인이 태어나서 지금껏 본 석상 가운데 가장 큰 것이 분명했다. 게다가 모두 대리석으로 조각된 것 같았다.

"이런 세상에."

마릭이 그것을 올려다보며 내뱉듯 말했다.

다른 이들도 몸을 돌렸다. 그것을 본 카트리엘이 눈을 커다랗게 뜨고 석상 발치로 다가갔다.

"만지지 마요."

로게인이 말했지만 그녀는 그 말을 무시했다. 석상은 룬 문자가 가득 새겨진 거대한 사각 기둥 위에 세워져 있었다.

카트리엘이 룬 앞에 횃불을 갖다 대고 손으로 먼지를 닦아냈다.

"이건…… 파라곤 같아요."

그녀가 속삭였다.

"뭐라고요?"

마릭이 물었다.

"파라곤이요. 드워프들 사이에서 전설적인 존재가 된 이들이 있어요. 전사 중에서도 최고의 전사, 여러 가문의 창시자들이죠. 이 드워프는 대장장이였던 것 같아요."

카트리엘은 무언가에 홀린 듯 더 많은 먼지를 문질러 닦으며 말했다.

"드워프 대장장이라, 정말 멋지군. 이제 그만 가면 안 될까?"

로완이 구시렁거렸다.

"파라곤은 보통 드워프가 아니에요. 그들은 세상에 존재했던 드워프 중 가장 위대했던 자들이라고요. 드워프들은 이들을 신처럼 섬겼어요. 이런 것이라면 드워프들이 무슨 대가를 치르더라도 꼭 알고 싶어 할 텐데."

카트리엘이 녹색 눈으로 로완을 살짝 흘겨보고는 다시 고개를 돌려 석상을 올려다보며 말했다.

"그럼 그들에게 알려주자고요, 나중에."

로완이 다시 말했다.

"그래요. 지나갈 곳이 있는지부터 봅시다."

로게인도 고개를 끄덕이며 말했다.

이 말을 들은 카트리엘이 슬픈 눈으로 석상을 다시 한 번 돌아보더니 고개를 절레절레 흔들며 마지못해 뒤로 물러섰다. 그 순간 그녀 바로 뒤에 드리워진 두껍고 번들거리는 실 한 가닥을 알아본 것은 마릭뿐이었다. 돌연 어둠 속으로 낚여 날아가는 그녀의 몸을 따라 그도 몸을 던졌다.

"카트리엘!"

마릭이 소리치며 그녀의 다리 한쪽을 붙잡았지만 그 바람에 그는 칼을 손에서 놓치고 말았다. 카트리엘이 비명을 질렀다. 마릭의 무게 때문에 그녀의 몸이 다시 아래로 내려오긴 했지만 두 명 다 불안하게 공중에 매달린 상태였다.

그때 흥분한 듯 달깍거리는 소리가 캄캄한 천장과 사방에서 울려 퍼졌다. 마치 메아리처럼 그들 주변을 둘러싸고 빙글빙글 도는 소리와 함께 횃불이 비치는 범위 바로 바깥에서 수많은 그림자가 움직이기 시작했다.

"로게인! 도와줘!"

마릭이 공중에 매달린 채 미친 듯 발길질을 하며 소리쳤다.

로게인이 재빨리 달려들어 머리 옆을 스치는 마릭의 한쪽 다리를 붙들고 세게 잡아당겼다. 천장 높은 곳에서 달깍거리는 소리가 폭발하듯 커지자 카트리엘이 다시 비명을 질렀다. 다음 순간, 무언가 뚝 끊어지는 소리가 났고 그녀와 마릭이 쿵 하고 바닥에 떨어졌다.

"저기!"

무언가 달려와 시야에 들어온 것을 보고 로완이 소리쳤다. 그것은 그녀의 몸집만 한 거대한 거미였다. 거무튀튀한 짧고 뻣뻣한 털이 잔뜩 나 있고, 번들거리는 눈이 무수히 달렸으며, 거대하게 부풀어 오른 복부가 잔뜩 성난 듯 머리 뒤로 추켜 올라가 있었다. 놈이 무성하게 털이 난 다리를 놀랍도록 빠르게 놀리며 구석으로 후다닥 달아났다. 로완의 검 때문인지 횃불 때문인지는 알 수 없었다.

로게인이 벌떡 일어서서 몸을 돌리자 더 많은 그림자가 후다닥 시야 밖으로 달아났다. 로완 앞의 거미는 커다랗게 달깍 소리를 몇 번 내더니 앞다리 두 개를 쳐들고 침을 뚝뚝 흘리는 송곳니를 드러내며 그녀에게 달려들었다.

"로완!"

로게인이 다급하게 소리쳤다.

거미가 앞발로 로완의 검을 옆으로 후려쳤고 그녀는 검을 떨어뜨릴 뻔했다. 놈이 다시 쉬식 소리를 내며 송곳니를 드러내고 앞으로 달려들었지만 그녀가 팔을 들어 놈을 막아냈다. 거미의 무게 때문에 로완이 뒤로 밀려났고, 놈의 거대한 송곳니는 계속해서 그녀의 갑옷을 뚫으려 했다. 하지만 공격은 먹히지 않았다. 놈의 이빨에서 흐르는 검은 독액이 갑옷 표면을 따라 흐르자 피시식 하는 소리와 함께 금속이 녹으며 연기가 피어올랐다.

로완은 끙 소리를 내며 온 힘을 다하여 놈을 밀어냈다. 거미는 화난 듯 달깍거리며 로완에게서 몸을 떼어내려 했지만 그때 그녀의 검이 재빨리 놈의 머리를 베었다. 흰색 피가 솟구쳤다. 거미가 꽥 하는 비명을 지르며 공중으로 솟구쳤다가 벽에 부딪혀 바닥에 떨어졌다. 놈은 마치 자기 몸에서 상처를 떼어내기라도 하려는 듯 맹렬한 기세로 뱅글뱅글 돌았다.

또 다른 거대한 거미가 천장에서 떨어지더니 로게인을 덮쳤다. 그는 재빨리 몸을 피하며 놈의 앞발을 베었다. 하지만 놈은 로게인의 공격을 피하면서 곧장 그 옆에 있던 카트리엘에게 고개를 돌려 수많은 검정색 눈으로 그녀를 노려보았다. 카트리엘이 비명을 질렀다.

그때 마릭이 이를 바드득 갈며 거미의 머리 옆에서부터 검을 박아 넣었다. 마릭의 검은 와그작 하는 소리와 함께 놈의 딱딱한 껍질을 뚫고 깊숙히 박혔다. 거미가 부르르 몸을 떨더니 마릭의 움직임보다 훨씬 빨리 몸을 돌려 앞발로 그의 어깨를 내리쳤다. 마릭은 뒤로 날아가 바닥에 풀썩 쓰러졌다.

로게인이 앞으로 달려들어 거미를 냅다 걷어찼다. 놈이 끔찍한 비명을 지르며 몸을 뒤집었다. 다시 바로 서려고 애쓰는 와중에도 마릭에게 찔린 머리에서 끊임없이 허여멀건 피가 쏟아졌다. 로게인은 놈의 가슴 부분을 발로 짓밟고는 검을 놈의 배에 깊숙이 박아 넣었다. 그리고 힘겹게 검을 비틀자 놈이 다리를 마구 버둥거리며 시끄럽게 비명을 질렀다.

"왕자님!"

카트리엘이 소리치며 그에게 달려갔다. 로완도 쓰러진 마릭을 보고 그에게 달려가려는 찰나 또 다른 거미 한 마리가 벽을 타고 로완을 향해 곧장 내려오기 시작했다. 다행히 그녀가 칼을 휘두르자 놈이 멈칫 물러서더니 슬그머니 물러났다.

카트리엘이 마릭의 곁에 다다랐다. 그는 멍한 얼굴로 머리를 흔들고는 그녀의 도움으로 자리에서 일어섰다. 그 순간 머리 위의 무언가를 본 마릭의 눈이 커다랗게 벌어졌다. 마릭과 카트리엘의 비명이 울려 퍼지는 순간, 또 다른 거미 한 마리가 그들을 덮치며 카트리엘의 어깨에 거대한 송곳니를 박아 넣었다.

카트리엘이 재빨리 몸을 돌리며 들고 있던 단검으로 거미의 눈을 찔렀다. 거미는 곧바로 도망쳤지만 이번엔 로완이 달려들어 놈의 배를 찔렀다. 거미의 비명과 함께 피가 솟구치고, 놈이 그녀를 향해 몸을 돌렸다. 로완도 동시에 몸을 돌리며 검을 크게 휘둘러 놈의 머리를 내리쳤다. 거미의 머리가 즉각 떨어져 나가고 몸만 남아 빙글빙글 돌며 발길질을 계속해댔다. 흰색 피가 사방에 흩뿌려졌다.

"안 돼!"

카트리엘이 눈을 허옇게 뒤집으며 쓰러지는 모습을 본 마릭이 소리를 질렀다. 어깨에 난 커다란 구멍이 금세 부풀어 오르면서 상처를 중심으로 검은 덩굴손처럼 독이 퍼져 나가기 시작했다. 마릭은 카트리엘이 바닥에 쓰러지기 전에 안아 들고는 놀란 눈으로 살펴보았다. 그녀의 몸이 미친 듯 발작하기 시작했다.

"로게인! 당장 여기서 빠져나가야 해!"

그 말에 로게인이 죽은 거미에게서 힘껏 검을 빼낸 뒤 몸을 돌렸다. 그는 바닥에 떨어져 있던 마릭의 검과 횃불을 주워들었다. 불이 꺼지려 하고 있었다. 마릭에게 검을 던지자 마릭은 어두운 가운데서도 익숙하게 검을 받아냈다. 로게인은 주운 횃불을 높이 들어 그의 머리 위로 드리워진 거미줄에 갖다 댔다.

불이 붙는 데는 조금 시간이 걸렸지만 일단 붙고 나자 빠른 속도로 번지기 시작했다. 엄청난 속도였다.

"엎드려!"

로게인이 소리쳤다.

사방에서 쉬이익 하는 소리와 함께 불길이 타오르자 거미들의 달깍거리는 소리도 폭발하듯 커졌다. 불은 삽시간에 머리 위로 퍼지며 폐허 전체를 환히 밝혔다. 마릭은 갑작스러운 불빛에 눈을 깜빡이며 주변을 둘러보았다. 수많은 거미들이 벽을 타고 도망치고 있었다. 몸서리가 쳐질 만큼 많은 숫자였다. 그중 한 마리가 벽을 타고 내려와 로완에게 덤벼들었지만, 그녀는 칼을 높이 휘둘러 놈의 앞발 일부를 잘라냈다. 놈이 비명을 지르며 달아나자 로완이 마릭을 향해 달려왔다.

"저기!"

마릭이 소리치며 이제야 빛에 모습을 드러낸 건물 하나를 가리켰다. 빛바

랜 금색 돔 지붕이 덮인 그 건물은 지금껏 본 것 가운데 무너지지 않은 몇 안 되는 건물이었다.

로완은 마릭을 도와 카트리엘을 부축한 다음 그곳을 향해 최대한 빨리 달리기 시작했다. 로게인도 공중에서 떨어지는 불붙은 거미줄 더미를 피해 머리를 가리며 그들 뒤를 따라 달렸다. 거대한 거미들은 공격을 멈추고 사방으로 흩어졌다. 놈들의 정신 사나운 비명 소리 때문에 타오르는 불길 소리가 다 묻힐 지경이었다.

오랫동안 쌓인 먼지와 거미줄이 불타면서 악취가 견디지 못할 정도로 심해질 무렵, 돌연 위에서부터 공기가 빨려나가기 시작했다. 마치 동굴 안에 있는 모든 공기가 순식간에 위로 끌려 올라가는 것 같았다. 하지만 그것도 잠시, 짙고 기름기 가득한 연기가 무서운 속도로 쏟아져 내려왔다. 연기는 삽시간에 퍼져 그들의 시야를 가리고 숨을 쉬지 못하게 만들었다. 연기라기보다 진득거리는 먼지에 가까운 그것은 그들의 얼굴과 팔을 뒤덮고, 흡사 아주 작고 징그러운 손처럼 목구멍을 지나 폐까지 파고들었다.

마릭이 심하게 기침하기 시작했다. 곁에 있던 로완의 기침 소리를 들었지만 바로 옆인데도 거의 보이지 않았다. 마치 끈적이는 물엿으로 가득 찬 곳을 건너가는 기분이었다. 그때 로완이 바닥에 쓰러지면서 의식이 없는 카트리엘과 마릭까지 넘어뜨릴 뻔했다. 마릭은 쓰러지지 않기 위해 버티면서 욕설을 내뱉었는데, 그 바람에 연기를 더 들이마셔 헛구역질을 해댔다. 이제는 바로 앞도 보이지 않았다.

그 순간 무언가가 마릭의 어깨를 건드렸다. 마릭은 본능적으로 그것을 향해 검을 휘둘렀다. 하지만 그의 어깨를 건드린 이는 마릭이 그렇게 나오리라고 이미 예상까지 한 듯, 다른 한 손으로 검을 휘두르는 마릭의 손목을 붙잡았다. 로게인이었다.

"이쪽으로!"

로게인이 쉰 목소리로 외쳤다.

그러면서 마릭을 일으키자 둘은 힘을 합쳐 로완과 카트리엘을 끌고 돔이 있는 곳으로 걷기 시작했다. 어지럽게 소용돌이치는 검은 연기 속에서 보이는 것이라고는 동굴 천장에 드리운 밝은 빛의 오로라와 그들 머리 위로 떨어지는 커다란 불덩이뿐이었다. 공기는 계속해서 빨려 나가기만 했다.

마릭은 불타는 거미줄과 거미들 그리고 동굴 천장 전체가 모조리 머리 위로 무너져 내리지 않을까 생각했다. 타는 듯한 열기는 참을 수가 없었고, 짙은 연기를 그대로 들이마실 수밖에 없었다.

다음 순간 마릭은 그대로 기절하고 말았다.

마릭이 정신을 차렸을 때는 사방이 어두워진 후였다. 잠시 제정신을 차릴 수가 없었다. 그는 딱딱한 바닥에 누워 있고, 누군가가 그의 얼굴을 차갑고 축축한 수건으로 닦고 있었다. 여전히 아무것도 보이지 않았다. 시간이 얼마나 흘렀을까? 아직도 지하 대로 안인가? 이곳은 안전한가? 질문을 하려고 입을 열자 나오는 것이라고는 쉬어버린 신음뿐이었다. 그리고 다음 순간, 그는 폭발하듯 기침을 시작했고, 심한 통증이 몸 전체를 쓸고 지나갔다.

그러자 손 하나가 그를 일어나지 못하게 막으며 내리눌렀다. 로완의 침착한 목소리가 그에게 가만히 누워 있으라고 말했다.

"아직 움직이지 마, 마릭. 마실 걸 줄게. 천천히 마셔야 해."

물병 하나가 그의 입술에 닿았다. 고맙게도 차가운 물이었다. 목구멍이 아직도 끈적거리는 먼지로 가득 찼음을 깨달은 그는 배가 터질 때까지 물을 마시고 싶었지만 물병을 더 바싹 기울이기도 전에 로완이 병을 빼앗아가고 말았다. 목으로 물이 조금 넘어가자 그는 구역질을 하기 시작했고, 마침내 몸을 돌려 커억 소리를 내며 커다란 검은 덩어리를 토해냈다.

목 안을 가득 채우던 검은 먼지가 마치 폭포처럼 쏟아져 나오고 나니 힘이 쭉 빠지고 온몸이 부들부들 떨려왔다. 로완은 한숨을 쉬며 입에 다시 물병을 대주었고 이번에는 실컷 마실 수 있게 내버려두었다.

"힘들었지? 그래도 토해냈으니 이제 됐어."

로완이 말했다.

목구멍을 타고 아래로 내려가는 차가운 물은 너무나도 기분 좋게 느껴졌다. 마릭은 뱃속 깊은 곳까지 차가움이 번지는 것을 반갑게 느끼며 다시 몸을 뉘었다. 그리고 다음 순간 깜짝 놀라 눈을 떴다.

"카트리엘은……?"

"안정됐어. 하지만 아직 깨어나진 않았고. 로게인이 독을 대부분 빨아냈어. 다행히 가방에 약초가 좀 있었고. 그게 없었다면 힘들었을 거야."

로완이 조금 짜증 섞인 말투로 대꾸했다.

멀리서 달깍거리는 소리가 들려왔지만 거미들이 내는 소리와는 달랐다. 마치 돌 두 개가 서로 부딪치며 내는 소리 같았다. 조금 지나자 어둠 속에서 불꽃이 피어오르고 약한 불길이 퍼지는 것이 보였다.

"불을 지펴도 괜찮을까요?"

로완이 물었다.

"일단은 거미들의 흔적이 사라졌고 다시 신선한 공기가 들어오는 것 같군요. 최악의 상황은 끝난 것 같아요."

로게인이 작게 피운 불 위로 대답했다.

그가 불꽃에 대고 조금씩 입김을 불자 불길이 타올랐다. 쌓아놓은 썩은 나무에 불이 붙더니 타닥타닥 소리를 내며 제대로 된 모닥불이 완성되었다. 불길이 높아지면서 어둠을 밀어내자 마릭은 그제야 주변을 볼 수 있었다.

그들은 건물 안에 있었다. 아까 보았던 돔 지붕은 꽤 높아서 맨눈으로는 거의 보이지 않았다. 뼈대만 남은 그곳은 건물이라기보다 벽이 무너지면서 만들어진 돌무더기라고 하는 편이 나을 것 같았다. 기다란 계단이 돔 천장 바로 아래에서 건물 낮은 곳으로 이어지는 것이 보였다.

이곳은 한때 회의장이었을까? 아니면 공연장? 마릭은 드워프 사회에 이른바 '용맹의 시험'이라는 격투 대회가 있어서, 전사들이 명예와 영광을 두고 싸움을 벌였다는 이야기를 들은 적이 있었다. 어쩌면 이곳이 그 대회가 열렸던 곳일지도 모른다. 하지만 그렇게 생각하니 크기가 좀 작아 보이기도 했다.

카트리엘이 어깨에 붕대를 감고 가까운 곳에 누워 있었다. 그녀도 온몸이 검은 먼지로 뒤덮이고, 금발 머리는 끈적거리는 어두운 색으로 변해 있었지만 얼굴만은 깨끗이 닦인 듯 보였다. 이제 보니 그들 모두가 먼지를 덮어쓰고, 건물 역시 금이 간 벽이나 창문 근처에 얼룩덜룩하게 그을음이 묻어 있었다. 바깥은 사정이 더욱 심각해서 마치 거대한 검은 먼지 바다가 구름처럼 공기 중을 떠다니는 것 같았다.

폭설이 내린 첫날처럼 모든 소리가 작아져 거의 아무것도 들리지 않았다. 마릭이 들을 수 있는 것이라고는 어딘가 가까운 곳에서 물이 뚝뚝 떨어지는 소리뿐이었다. 메아리가 되어 돌아와서 정확한 위치는 파악할 수 없었지만 그 소리만은 분명했다.

"믿기 어렵겠지만 여기 물이 있어."

로게인이 말했다. 그는 모닥불의 크기에 만족했는지 뒤로 물러나 앉아 다시 한 번 얼굴을 닦았다.

"뒤에 커다란 대야가 있는데 저절로 맑은 물을 만들어내고 있어. 그게 뒤집혀서 지금은 작은 시내를 만들어놓았지."

로게인이 다른 곳보다 더 심하게 무너져 내린 뒤쪽 벽을 가리키며 말했다.

"마법이 분명해. 물이 아주 맑아. 대야째 들고 갈 수 없는 게 아쉬울 따름이야."

로완도 끼어들었다.

"시간이 얼마나 지난 거야? 여기는 어떻게 왔어?"

마릭이 몸을 일으키며 힘겹게 물었다. 로완이 그를 부축하려고 손을 내밀었다가 그가 혼자 서는 것을 보고는 다시 내렸다.

"불탄 거미줄이 마구 쏟아져 내리기 전에 겨우 끌고 들어왔지. 그리고 나도 정신을 잃었어. 얼마나 지났는지는 모르겠다. 빛도 안 들어오는 이곳에서는 시간을 가늠할 수가 없어."

로게인이 구시렁댔다.

"거미들이 다시 돌아올지도 몰라."

로완이 몸을 부르르 떨며 말했다.

"그럴 거예요."

로게인이 대꾸하고 마릭을 돌아보았다. 그의 표정은 심각했다.

"여기 너무 오래 머무를 순 없어. 그와렌을 향해 이어지는 길이 있다면 어서 찾아내야 해. 필요하다면 카트리엘을 업고 가야겠지."

"아니면 여기 버려두든가."

로완이 아무와도 시선을 맞추지 않고 조용히 말했다.

"로완!"

소스라치게 놀란 마릭이 소리쳤다.

그러자 그녀가 로게인을 힐끗 쳐다보았다. 로게인도 얼굴을 찌푸리면서 불편한 표정을 지었지만 시선을 돌리지는 않았다. 마릭은 나란히 앉아 자신을 마주보고 있는 둘을 번갈아 바라보았다. 마릭이 의식을 잃은 사이 이미 둘은 의논을 마친 것이 분명했다. 카트리엘을 버리고 가자고 뜻을 모은 것이다.

"진심이야? 여기다 버리고 가자고? 부상 때문에?"

마릭이 캐물었다. 처음에 느꼈던 충격이 서서히 분노로 변하고 있었다.

"아니, 그런 게 아니야."

로완이 단호히 대답했다. 로게인이 끼어들려고 입을 벌리자 그녀가 한 손을 들어 올려 제지했다. 그가 인상을 찌푸렸지만 이내 입을 다물었다.

"마릭, 그녀를 믿는 건 현명한 일이 아니야."

"그게 무슨 소리야?"

"이치에 맞지 않는 게 많아. 지금 여기 누워 있는 엘프가 정말 그와렌에서 도와달라며 비명을 지르던 그 엘프와 동일인이라고 할 수 있을까?"

로게인도 고개를 끄덕였다.

"전령으로서는 그녀를 받아들일 수 있었어. 설사 바이런 백작의 대리인 중 한 명이었다 해도 말이야. 하지만 그녀가 보여준 기술이라든가 알고 있는 지식이라든가…… 그녀는 단순한 엘프 하녀가 아니라고, 마릭."

이 말을 들은 마릭의 몸이 뻣뻣하게 굳어졌다. 그의 분노는 점점 커져갔다.

"하녀가 아니라면? 그게 왜 나쁜 건데?"

"마릭……."

로게인이 거북한 듯 말했다.

"그녀는 날 구하러 왔어. 우릴 죽이려던 병사들과 힘을 합쳐 날 없앨 수도 있었는데 말이야. 그리고 우릴 찬탈자의 손아귀로 이끌 수도 있었는데 이렇게 그와렌으로 갈 방법까지 알려주었다고. 정확히 그녀가 무슨 짓을 저질렀다고 생각하는 거야?"

마릭의 눈이 가늘어졌다.

"그녀가 무슨 짓을 했다는 건 아냐. 다만 불안하다는 거지."

로게인이 솔직히 대꾸했다.

"마릭 네가 그녀에 대해 결코 객관적이지 않다는 점을 생각해봐."

로완이 심호흡을 하고는 짧게 말했다.

깜짝 놀란 마릭이 입을 다물었다. 그러고는 로완의 눈에 상처 입은 자존심이 담겨 있음을 눈치챘다. 그녀는 숨기려 하고 있었지만 지금 이 순간만큼은 다른 곳으로 가버리고 싶은 심정이 그대로 드러나 보였다.

'알고 있었구나.'

마릭이 깨달았다. 이제야 납득이 되었다. 그와렌을 떠나기 전날 왜 그런 표정으로 자신을 쳐다보았는지, 나중에 그 이유를 묻자 왜 화를 내며 가버렸는지, 야영장에서 왜 자기 뺨을 때렸는지.

"아……."

마릭이 무너지듯 탄식했다. 분노도 삽시간에 녹아내렸다. 로완에게 카트리엘과의 일에 대해 어떻게 이야기하면 좋을지 백 번도 넘게 연습했었다. 둘 사이를 털어놓는 순간이 온다면 어쨌거나 지금과는 다른 상황이 되리라고 생각했었다. 마릭은 진심으로 로완에게 이야기하고 싶었다. 카트리엘과 함께 있으면 능력 있는 사람이 된 것 같다고, 아무것도 증명해 보일 필요가 없다고 말이다. 하지만 그렇게 말한다면 로완이 어떻게 받아들일 것인가? 물론 딱히 로완에게 자신의 가치나 능력을 증명해 보여야 한다는 부담감이 느껴지는 것은 아니다. 그녀는 어린 시절부터 그와 알고 지냈고, 지금껏 그가 저지른 모든 실수와 잘못도 속속들이 알고 있지 않은가. 그는 로완을 사랑했다. 그저…… 카트리엘을 향한 마음과는 다른 종류의 사랑일 뿐이었다.

한편으로는 로완이 이해해주기를 바랐다. 십 대 때만 해도 부모끼리의 약속 때문에 약혼자 신세가 된 것에 대해 투덜거리면서도 언젠가 둘이 부부가 된다는 사실에 함께 깔깔 웃기도 했었다. 그러니까 로완도 당연히…….

아니, 그게 아닌가? 자신을 뚫어져라 쳐다보는 로완을 바라보고 있자니 꽤 오래전부터 로완이 둘의 약혼에 대해 투덜거리지 않았다는 사실이 문득 떠올랐다. 그리고 솔직히 말해 그런 로완의 마음을 전혀 모르고 있었다고 할 수도 없었다. 정말로 모르고 있었다면 카트리엘에 대해 털어놓기가 이리 힘들지는 않았을 것 아닌가.

"로완, 이런 식으로 알리고 싶진 않았는데……."

마릭이 침울하게 말했다.

"알아."

"뭘 알고 있다는 거야?"

로게인이 마치 방금 무언가 아주 신 것을 삼킨 듯한 표정을 하고 물었다. 그는 마릭과 로완을 번갈아 쳐다보았다. 그리고 다음 순간, 그의 표정이 싹 사라졌다. 아주 천천히, 그는 고개를 돌려 다시 로완을 바라보았다. 그의 눈에는 고통만이 가득했다.

"아……."

그것이 로게인이 내뱉은 말의 전부였다.

"무슨 말을 해야 할지 모르겠어. 설마 이럴 줄은…… 그러니까, 이 일에 대해 우리가 이야기한 게 정말 오래되었잖아. 몇 년은 됐다고. 늘 전투에 치여서, 이런 일은……."

"그만해. 지금은 그런 이야기를 할 때가 아니야."

로완이 마릭의 말을 막았다.

"하지만……."

"그러면 하나만 말해줘. 둘 사이가 계속 이어진 거야? 그날 밤 이후로도?"

로완이 나지막이 물었다.

마릭은 어찌해야 할지 몰랐다. 로완을 다치게 하고 싶은 마음은 절대 없었지만 이미 그리 하고 말았다. 이제 와서 무슨 말을 해도 그녀의 마음을 낫게 할 수는 없었다.

"그래."

그가 대답했다.

마릭의 대답을 들은 로완이 천천히 고개를 끄덕였다. 로게인이 깜짝 놀라 마릭을 돌아보았다.

"이런 세상에! 그녀를 사랑하기라도 하는 거야?"

마릭이 움찔 놀랐다. 로게인이 칼을 들어 자신의 등을 찔렀다면 차라리 나았을 것 같았다. 로완은 바닥만 내려다보고 있었지만 마릭은 그녀가 자신의 대답에 귀를 기울이고 있음을 알았다. 그는 깊이 숨을 들이마신 뒤 짧게 내뱉었다.

"그래, 그런 것 같아."

설사 로완은 그런 답이 나오리라 예상하고 있었다 하더라도 틀림없이 그 말에 상처 입었으리라. 그녀는 잔뜩 굳은 얼굴로 마릭의 시선을 피했다. 그는 정말로 자신이 잔인한 사람이 된 것 같은 기분이었다. 로게인이 믿지 못하겠다는 듯 그를 뚫어져라 쳐다보았다.

마릭이 다시 심호흡을 했다.

"끝낼게."

그가 로완을 바라보며 말했다. 마릭의 턱이 단단히 굳어지고 표정은 단호해졌다.

"로완, 네게 상처 줄 마음은 추호도 없었어. 진작 정신 차렸어야 했는데…… 넌 내게 아주 중요한 사람이야. 너도 알잖아. 네가 그렇게 생각한다면 내가 끝낼게. 카트리엘과 나는 이제 끝난 사이야."

길고도 어색한 침묵이 이어졌다. 동굴 속 침묵이 점점 더 크게만 느껴졌다. 마릭은 바람 소리나 머리 위로 새들이 지저귀는 소리, 하다못해 거미들의 무시무시한 달깍거림이라도 들려오기를 바랐다. 지금 그를 짓누르는 침묵의 벽만 아니라면 무엇이든 괜찮았다.

마침내 로완이 고개를 들었다. 그녀의 표정은 단호했다.

"아니, 그건 내가 원하는 게 아니야."

"하지만……."

"내가 원하는 건 네가 우리 말을 듣는 거야. 카트리엘의 수상한 점들에 대해서는 대체 어떻게 설명할 거야?"

그녀가 차갑게 물었다.

마릭이 한숨을 쉬며 로완을 빤히 쳐다보았다. 이 이야기를 하고 싶은 것이 아닌데, 로완의 태도는 딱딱하기만 했다.

"카트리엘은 엘프야. 그리고 우리가 고맙게 여겨야 할 아주 훌륭한 기술을 가진 여자이기도 하지. 혹시 네가 잊었는지는 모르겠지만 그녀는 우리 모두의 목숨을 구했다고."

마릭이 잠시 말을 멈추고 둘을 원망스럽게 바라보았다.

"설사 내가 너희처럼 그녀를 의심한다 하더라도 여기 그냥 버려두고 가자는데 동의할 것 같아? 그런 대접을 받아 마땅한 사람은 없다고."

"그러면 그녀를 심문한 다음에……."

로게인이 턱을 문지르며 말했다.

"아니, 이제 그만해. 너희 둘 다."

로게인과 로완은 서로 시선을 주고받더니 내키지 않는 얼굴로 고개를 끄덕였다. 마음에 들진 않았지만 어차피 카트리엘을 남겨두고 가는 것이 그리 달갑지 않던 차였다. 마릭은 그들이 왜 자신이 그 의견에 동의하리라 생각했는지 알 수 없었다. 괴물 거미들이 득실거리는 이 캄캄한 곳에 누군가 남겨진다는 건 생각만 해도 등골이 오싹했다.

"로완, 이야기 좀 하자. 그러니까……."

그러자 로완이 벌떡 일어서더니 다리에 묻은 검댕을 툭툭 털었다.

"그럴 필요 없어. 알았다니까. 그녀를 사랑한다는 거잖아. 하지만 진작 말해줬으면 했어. 그랬으면 네가 나에 대해 느끼고 있었을 그 어떤 의무감이든 덜어주었을 텐데."

그녀가 차갑게 대꾸했다.

거기에 대고 마릭이 할 말은 더 이상 없었다. 로완은 그를 무시하며 주섬주섬 짐을 챙겨 들었다.

"조금 씻어야겠어. 실례할게."

그렇게 그녀는 뒤도 돌아보지 않고 건물 뒤쪽 어두운 구석으로 가버렸다.

그러자 로게인이 '이런 바보 같은 자식!'이라는 표정으로 마릭을 쏘아보았다.

"불 꺼지지 않게 좀 살펴. 카트리엘이 깨어나거든 알려주고."

그러고는 로게인 역시 로완을 따라 가버렸다.

마릭은 한숨을 쉬고는 다시 바닥에 등을 뉘었다. 바닥에 삐죽 튀어나온 돌멩이 때문에 등이 아팠다. 언제부턴지 몰라도 어느 순간엔가 모든 것을 망치고 말았다. 마릭의 계획은 실패로 돌아가고, 반란군 대부분과 로완의 아버지가 목숨을 잃었으며, 그는 로완을 배신하고 말았다. 로게인마저 지금 그에게 화를 내고 있었다. 이 모든 것을 원상태로 되돌릴 수 있을까? 설사 이 터널을 지나 제때 그와렌에 도착한다 하더라도 완전히 박살난 반란군의 잔해만 그들을 반기는 건 아닐까? 그런 모습을 정말로 목도하고 싶은 건가?

그런데 로완과 로게인은 대체 왜 카트리엘에게 화풀이를 하는 걸까? 그것만은 이해할 수 없었다. 로완의 마음은 조금 이해가 되었다. 전에도 그녀와 카트리엘 사이에 흐르는 알 수 없는 긴장감을 느낀 적이 있었는데, 이제는 그 이유를 정확히 알 수 있었다. 하지만 로게인은? 로게인은 사리분별이 확실한 사람이다. 왜 그가 근거도 없이 카트리엘을 의심하겠는가? 왜 마릭더러 그녀를 여기 버리고 가자고 제안하겠는가? 카트리엘이 그들을 해치기 위해 여기 왔다는 건 말이 되지 않았다. 그게 목적이었다면 지금까지 그럴 기회는 얼마든지 있었다. 그런데도 왜 그들을 도왔겠는가?

마릭은 깜빡이는 모닥불을 뚫어져라 쳐다보다가 점점 나무를 파고드는 불꽃에 넋을 잃었다. 불길이 조금씩 사그라지고 있으니 장작을 조금 더 넣어야 했지만 지금 이 순간만큼은 어둠의 그림자가 조금만 더 가까이 다가왔으면 했다. 공기 중에 흐르는 차가운 기운도 마음에 들었다. 어둠 속 어딘가에 거미들이 기어 다닌다는 생각은 웬일인지 믿기지 않았다.

"당신 말이 맞아요."

그때 가까이에서 작은 목소리가 들려왔다.

마릭이 고개를 돌리자 카트리엘이 눈을 뜬 것이 보였다. 그녀는 느릿느릿 몸을 일으켰다. 그녀의 녹색 눈이 슬퍼 보였다. 그녀는 잠시 궁금증을 해소하려는 듯 폐허뿐인 건물 안과 돔 지붕, 돌 더미를 찬찬히 둘러보았다.

"깨어났군요! 상처는 좀 어때요? 아픈가요?"

마릭이 소리치며 그녀에게 후다닥 다가가 한 손을 붙잡고 그녀를 불 가까이로 데리고 왔다.

카트리엘은 불가에 온 것이 기쁜 모양이었다. 간신히 고개를 돌리고는 자신의 어깨에 감긴 커다란 붕대를 살펴보았다.

"조금 쑤셔요. 그런데 제가 한 말 들으셨나요?"

그녀가 상처 따윈 아무렇지 않다는 듯 대꾸하고는 조금 불안한 표정으로 마릭에게 물었다.

"내 말이 맞다고 했잖아요. 사실 난 그런 얘기 자주 못 듣는데."

"저…… 듣고 있었어요. 당신 말이 맞아요. 우린 함께 할 수 없어요."

그녀가 침울한 표정으로 모닥불을 바라보며 말했다.

"아니, 내 말을 있는 그대로 들으면 안 돼요."

마릭이 말했다.

"친구들 말을 들으셔야 해요. 왜 제 편을 드세요, 왕자…… 아니 마릭, 저에 대해 아는 것도 없잖아요. 그런데도 왜 친구 대신, 퍼렐던 사람들 대신 제 편을 드시냐고요. 이제 그만하세요. 제발 그만하세요."

약하게 일렁이는 불꽃이 카트리엘의 섬세한 얼굴에 그림자를 드리웠다. 그녀는 슬픈 표정으로 말을 마치며 마릭의 손 위에 자기 손을 올려놓았다.

마릭은 그 손을 잡고 부드럽게 문질렀다. 반쯤 검댕에 뒤덮여 있는데도 여전히 지금껏 그가 만져본 그 어떤 것보다 훨씬 부드럽다니, 믿을 수가 없었다. 그도 슬픈 미소를 지었다.

"그럴 수 없어요. 당신이 엘프라고 해서 그런 말을 한다는 건 당치 않아요. 그건 사실이 아니잖아요."

"제가 엘프라서가 아니에요."

"그럼 이방인이라서? 그것도 아니면 여자라서? 내가 사랑하는?"

그의 말 한 마디 한 마디가 그녀에겐 상처였다. 그녀는 눈물이 그렁그렁해져서 고개를 돌렸다.

"당신은 정말 바보에요. 만난 지 얼마 안 된 사람한테 어떻게 그런 말을 할 수가 있어요?"

카트리엘이 애처롭게 대꾸했다.

이 말을 들은 마릭은 손을 들어 그녀의 턱을 감싸 쥐고 얼굴을 다시 모닥불 쪽으로 부드럽게 돌렸다. 그녀의 볼을 타고 두 줄기 눈물이 흐르고 있었다.

"아니, 당신을 알아요. 당신이 과거에 무엇을 했는지, 어디에 갔었는지는 몰라도 지금의 당신에 대해선 알고 있어요. 당신이 좋은 사람이고 사랑받을 자격이 있는 여자라는 것도. 당신은 왜 그걸 모르죠?"

마릭이 엄지로 눈물을 닦아주며 말했다.

카트리엘은 고개를 푹 숙이고 한 손을 들어 자기 볼을 어루만지는 마릭의 손을 잡았다. 그녀는 금세 울음을 터뜨릴 것처럼 보였지만 이내 솟구치려는 눈물을 꾹 참았다.

"나는 겉보기와는 다른 존재에요."

카트리엘이 털어놓았다.

"나도 마찬가지에요."

마릭이 대답했다.

그녀가 그를 올려다보았다. 혼란스러워하는 표정이 역력했다.

그런 모습을 본 마릭이 쿡쿡대며 웃었다.

"내가 얼마나 오랫동안 점잖은 왕자 노릇 하느라 고생한 줄 알아요? 모두가 존경하는 사람, 모두가 목숨 바쳐 싸워줄 만한 사람, 왕좌에 앉을 자격이 있는 사람인 척하려고 말이에요. 혹시라도 반란이 성공해서 내가 왕좌에 앉게 된다면 어떻게 될지 상상이나 가요? 오히려 우스운 꼴이 되는 건 날 도와준 그들이라고요. 어쩌면 이런 식으로 끝나는 게 더 나을지도 몰라요."

마릭이 짐짓 심각한 표정으로 고개를 절레절레 저었다.

무언가 말하려는 듯 카트리엘이 몇 번이나 입을 뻥긋거렸지만 끝내 아무 말도 나오지 않았다. 마침내 그녀가 포기하고 한숨을 쉬었다.

"아직 끝난 게 아니에요. 언제든지 할 수 있는 일이 있는 거예요, 언제나."

그녀가 조용히 말했다.

"자, 이거 봐요! 이래서 내가 당신을 좋아하는 거라고요."

마릭이 씨익 웃으며 말했다.

그녀도 미소를 지어 보였지만 그 미소는 허염없이 슬프기만 했다. 그녀의 낯선 엘프 눈동자가 그의 눈동자를 파고들었다. 무엇을 찾는 것일까? 마릭은 알아낼 수 없었다.

"마릭…… 당신이 알아야 할 게……."

"나도 안다고요, 알아야 할 건 모두 다. 당신이 과거에 어땠는지는 상관없어요. 지금의 당신이 더 중요하니까."

마릭이 그녀의 말을 끊고 말했다.

카트리엘은 어떻게 대답해야 할지 몰라 머뭇거리다가 다시 솟구치려는 눈물을 가까스로 삼켰다.

"그리고 당신도 나를 사랑해줄 수 있는지, 난 단지 그게 궁금해요."

그녀가 고개를 끄덕였다. 끝까지 참았던 눈물을 쏟아내며 쓰디쓴 웃음을 터뜨렸다.

"지나치게 많이 사랑하지요. 정말 당신 때문에 난 언젠가 죽고 말 거예요, 나의 왕자님."

"나의 왕자님? 그건 '전하'보다는 훨씬 듣기 좋은데요?"

그가 한 손을 들어 그녀의 턱을 가볍게 붙잡고는 서서히 그녀의 얼굴 가까이 다가갔다.

"적어도 당신 입에서 나올 때는."

그리고 그녀에게 입을 맞췄다. 그녀도 키스를 받아들였다.

로완은 건물 안 어두운 구석에 앉았다. 모닥불이 직접 보이진 않았지만 거기에서 번져 나오는 은은한 불빛 덕에 희미하게나마 주변을 볼 수 있었다. 그녀는 어둠이 싫지 않았다. 언제든 거미가 몰래 달려들 수도 있겠지만 지금은 어둠이 편안하게 느껴졌다. 거미가 달려들기를 바라는 마음도 없지 않았다.

'올 테면 오라지.'

그녀는 어둠 속에서 손의 감각에 의지해 상체의 갑옷을 대충 벗고, 흐르는 물에 담근 천으로 갑옷을 닦기 시작했다. 대야에서 나온 물은 몇 년에 걸쳐 흐르며 이곳에 수로를 만들었고, 맑은 물이 흐르는 수로는 건물 바깥으로도 이어져 있었다. 횃불로 비춰보지 않고는 그 물길이 어디까지 흐르는지 알 수 없을 것이다. 하지만 굳이 그런 노력을 들일 이유도 없었다. 밝은 빛은 오히려 문제만 일으킬 테니 말이다.

갑옷은 만지기 싫을 만큼 불쾌한 느낌이 났다. 솔직히 말해 지금 반드시 닦아야 할 필요는 없었다. 그저 남들로부터 떨어져 혼자 있고 싶었다. 눈물은 별로 나지 않았지만 마릭에게만은 보이고 싶지 않았다. 그는 이 눈물을 볼 자격조차 없으니까.

로게인이 다가오는 것을 눈보다 귀가 먼저 알아챘다. 그는 머뭇거리며 조용히 걷고 있었다. 그녀를 방해하려는 건 아닌 듯, 그저 지켜보면서 안전을 확인하고 싶어 하는 것 같았다. 로게인다운 행동이었다.

"다 들려요."

로완이 축축한 수건을 내려놓으며 그림자를 향해 말했다.

"미안해요. 원한다면 돌아가지요."

로게인이 조용히 대꾸했다.

그녀는 잠시 생각하다 입을 열었다.

"아니, 괜찮아요."

그 말을 들은 로게인이 조금 더 가까이 와서 그녀 옆, 물이 흐르는 곳에 자리를 잡았다. 빛이 너무나도 약해 그의 모습을 확실히 알아볼 수는 없었지만 심각한 표정만은 알 수 있었다. 그는 무심코 물에 손을 담갔다. 물이 튀는 소리가 들렸다.

"난 몰랐어요."

로게인이 말했다.

"모를 것 같았어요."

둘은 또다시 말이 없었다. 그녀는 아까 내려놓았던 수건을 집어 다시 찬물에 담갔다. 그리고 로게인이 지켜보는 가운데 천천히 가슴보호대를 문지르기 시작했다. 보이지는 않아도 그의 시선이 따갑게 느껴졌고, 왠지 모르게 신경이 쓰였다.

"그냥 그를 미워할 수 있다면 좋을 텐데. 나한테 그런 짓을 했으니 미워해야 하는 것 아닌가요?"

"원래 미워하기 힘든 사람이잖아요."

"아버지가 그리워요. 마릭의 예전 모습도 그립고. 그때는 그가 나를 좋아한다고 믿는 게 쉬웠어요. 난 아버지만큼 마릭을 왕좌에 앉히는 데 관심이 없었죠. 마릭의 웃는 모습을 보는 것만으로도 모든 걸 참을 수 있었고, 가끔씩은 그런 그의 미소가 나만을 위한 것이라고 가장할 수도 있었어요."

마지막 말에 목이 멘 그녀는 잠시 입을 다물었다. 그러고는 자기가 무슨 소리를 늘어놓고 있는지 깨달았다.

"미안해요. 이런 말 듣기 싫을 텐데."

"당신은 상대의 진심을 얻을 자격이 있어요, 로완."

로게인이 그녀의 말을 무시하고 말했다.

"내가요?"

로완은 제멋대로 눈물이 나오려는 걸 느끼고 쿡쿡 웃었다. 그녀는 수많은 남자 부하들을 지휘하는 전사였다. 하지만 이렇게 별것 아닌 일로 눈물이 날 때면 연약하고 불안정한 존재로 돌아가버리는 것 같았다.

"글쎄, 잘 모르겠어요. 어쩌면 그 불쌍한 엘프를 정말로 미워하는 건지도 몰라요. 그의 눈을 사로잡은 게 내가 아니라 그녀라서요. 지금까지 난 우리가 결국은 사랑하는 사이가 될 거라고 믿고 있었는데…… 난 정말 바보인가봐요."

"마릭이 마음을 바꿀 수도 있잖아요."

로게인이 잠시 머뭇거리다가 말했다.

"아니, 그럴 수 있을 것 같지 않아요. 당신도 그렇게 생각지 않잖아요."

그녀가 어깨를 으쓱였다.

"그리고 이제 상관없어요. 적어도 그는 행복해하고 있으니까."

다시 침묵이 흐르고 그녀는 갑옷을 닦기 시작했다. 로게인은 무언가를 생각하는 것 같았다.

"그래서 그의 잘못이라고 생각하는 건가요?"

로게인이 물었다.

"이 모든 게요? 아니요."

"그러면 아버지가 돌아가신 건?"

그 질문에 대해서는 로완도 잠시 생각할 필요가 있었다.

"아니, 아니에요. 우리 둘 다 마릭을 도우러 가면 무슨 일이 벌어질지 알고 있었잖아요. 아버지도 미리 아셨다면 가라고 했을 거예요."

그녀가 확신을 담아 대답했다.

"나는 마릭을 탓했어요. 내 아버지의 죽음에 대해, 그렇게 하늘에서 난데없이 툭 떨어진 병사들이 우리 야영지를 쳐들어오게 만든 것에 대해. 그를 미워하고 싶기도 했죠. 그건 당신만이 아니에요."

로게인이 잠시 말을 멈추었다.

"하지만 미워할 수는 없더군요. 당신과 내가 마음이 약해서가 아니에요. 오히려 강하기 때문이에요. 마릭에게는 우리가 필요합니다."

"그에게 필요한 건 로게인 당신이에요, 내가 아니라."

"틀렸어요. 그리고 언젠가는 마릭도 그 사실을 깨닫기를 바랍니다."

로게인이 나지막이 속삭였다. 그의 한 손이 로완의 얼굴을 덮고 있는 머리칼을 가볍게 쓸어 올렸다.

로완의 몸이 파르르 떨렸다. 자기 바로 옆에 앉은 로게인을 느낄 수는 있었지만 보이지는 않았다. 그도 자신을 볼 수 없기를 바랐다. 그녀는 무릎에 올려놓았던 가슴보호대를 꼭 끌어안았다.

"깨, 깨달을 것도 없어요."

그녀가 고집스레 말했다.

"그렇지 않아요."

로완은 눈물이 솟구치는 것을 느꼈다. 금방이라도 흐느낌으로 변할 것만 같아 얼른 고개를 돌렸다.

"아니라고요?"

그녀의 목소리에는 떨림이 가득했다. 왜 이렇게 바보 같은지, 그녀는 속으로 자신을 탓했다.

"언젠가, 언젠가 자신에게 얼마나 소중한 존재가 곁에 있었는지 깨닫게 될 거예요. 강한 전사이자 아름다운 여인, 자신과 평등한 지위에 있는, 온 마음을 바쳐 헌신할 가치가 있는 당신을 알아볼 겁니다. 그리고 지금까지 그렇게 바보같이 굴었던 걸 땅을 치며 후회하겠죠. 내 말 믿어요."

마지막에 이르러 로게인의 목소리가 허스키하게 변했다.

그 말을 남긴 그는 조용히 일어서서 몸을 돌렸다. 하지만 로완이 재빨리 고개를 돌려 그의 팔을 붙들었다. 로게인이 우뚝 멈춰 섰다.

"미안하군요. 난 그저……."

"가지 말아요."

그는 여전히 움직이지 않았다.

"난 마릭이 아닙니다."

로게인이 마침내 대답했다. 그의 목소리에는 아픔이 담겨 있었다.

로완은 대답 대신 그의 손을 잡아 천천히 자기 얼굴로 가져갔다. 그의 손가락이 부드럽게 그녀의 볼을 감쌌다. 꿈처럼 금방이라도 사라져버릴까 봐 두려워하듯 조심스러운 손길이었다. 하지만 다음 순간 로게인이 와락 달려들더니 그녀를 두 팔로 끌어안고 다급히 입을 맞추기 시작했다. 그의 절박한 몸짓에 로완의 정신까지 아득해졌다.

이 싸늘한 동굴 안에서 로게인의 몸은 타는 듯 뜨거웠다. 마침내 둘의 입술이 떨어졌을 때 그는 몸을 떼지 않고 마치 낭떠러지 끝에 선 사람처럼 그녀를 꼭 붙들고 놓아주지 않았다. 로완은 그가 그랬던 것처럼 손을 들어 부드럽게 그의 볼을 만졌다. 놀랍게도 눈물이 묻어났다.

"내가 원하는 건 그가 아니에요. 난 바보였어요."

로완이 속삭였다. 그러면서 새삼 자신의 말이 진심임을 깨달았다.

그러자 로게인이 고개를 숙여 다시 한 번 로완에게 키스했다. 아까보다 천천히. 그는 조심스럽게 그녀를 바위 위에 눕혔다. 아무도 찾지 않는 폐허 속, 마법의 물이 흐르는 어둠 속이었다. 모든 것이 완벽했다.

제14장

눈을 뜬 카트리엘이 본 것은 사방의 어둠이었다. 이곳이 어디인지 깨닫지 못한 사이 순간적으로 공포가 그녀를 사로잡았다. 거대한 거미줄에 묶여 공중으로 끌려 올라갔던 기억이 몰려왔다. 산소가 전혀 느껴지지 않았다. 이제 거미줄에 칭칭 싸인 채 서서히 질식하면서 눈에 보이지 않는 징그러운 다리들이 그녀의 몸 위를 기어 다니는 것을 느끼며 미쳐가겠지. 하지만 다음 순간, 자신을 감싸고 있는 것이 마릭의 팔이라는 것을 깨달은 그녀는 마음을 가라앉혔다.

마릭은 그녀를 보호하듯 뒤에서 감싸 안은 채 잠들어 있었다. 목덜미에 와 닿는 그의 규칙적인 숨소리가 들리고, 등으로 고동치는 그의 심장이 느껴졌다. 마음이 편안해지는 기분이었다. 카트리엘은 긴장을 풀었다. 이대로 영원히 어둠 속에 누워 마릭에게 자신의 정체를 숨길 수 있다면 얼마나 좋을까, 참으로 유혹적인 생각이었다. 거대한 거미들이 바깥에 도사리고 있다는 사실조차도 마릭의 품 안에 있는 지금은 쉽게 잊어버릴 수 있었다.

거미들은 나타나지 않았지만 그들 모두 잠에서 깨기 시작했을 무렵 달깍거리는 소리가 희미하게 다시 들려오기 시작했다. 카트리엘은 몸을 부르르 떨면서 허둥지둥 모닥불에 불을 붙였다. 그 소리를 들었는지 건물 뒤 물이 흐르는 곳에서 로게인이 모습을 드러냈다. 타닥거리며 타기 시작한 불빛에 로게인의 벌거벗은 상체와 옷을 입지 않은 카트리엘의 모습이 드러나 보였다. 그녀 옆에 누운 마릭이 잠에서 깨어났다. 서로 눈이 마주친 로게인과 카트리엘은 얼른 시선을 피하고 황급히 갑옷을 입기 시작했다.

잠에서 깬 마릭은 카트리엘을 보고 따뜻한 미소를 지으며 한 손으로 그녀의 볼을 매만졌다. 그녀는 그 손을 그대로 볼에 대고 있었다. 밤사이 말하지 못한 이야기들은 이제 영영 말할 수 없게 되었다. 너무 늦은 것이다.

그들 모두 침묵을 지켰다. 어젯밤에 일어난 일에 대해서도 아무도 입을 열지 않았다. 아니, 그때가 밤이 맞긴 했던가? 잠에서 깬 지금도 잠이 들기 전만큼이나 캄캄했고, 그들을 둘러싼 침울한 기운도 그대로였다. 넷 모두 말을 꺼내는 것보다 서둘러 이동하는 편을 택했다. 그들은 조용히 보잘것없는 짐을 챙겨 그곳을 떠났다. 거미들과 또 한 번 마주치지 않으려면 빠르게 움직일 필요가 있었다.

그들은 횃불을 높이 쳐들고 돌 더미 사이를 조심스레 밟으며 옛 건물의 폐허들 사이로 난 좁은 길을 지났다. 주변에서 그림자가 춤을 출 때마다 멀리에서 달깍거리는 소리가 들려왔다. 그때마다 그들은 멈춰 서서 거미들이 튀어나오기를 기다리며 어둠 속을 노려보곤 했다.

이제 만나는 폐허들은 모두 시커먼 검댕으로 덮여 있었다. 공기 중에는 아직도 먼지가 많았지만 타이그 상층부를 덮고 있던 거미줄은 대부분 사라진 상태였다. 희미한 횃불로는 그 위까지 볼 수 없었지만 룬 문자가 새겨진 거대한 돌 부벽과 높은 곳에서 백성들을 내려다보는 거대한 드워프 왕들의 조각상들은 조금이나마 알아볼 수 있었다.

이 고대의 석상들을 본 카트리엘은 일종의 슬픔을 느꼈다. 자기 백성들이 뿔뿔이 흩어지고, 이 장엄한 도시가 산산조각 나 잿더미로 변한 것을 알았다면 왕들은 어떤 기분이 들겠는가?

"조금 더 높이 올라갈 수 있을까요? 천장 쪽을 조금만 더 비추면 석상을 볼 수 있을 것 같아요."

카트리엘이 물었다.

"보나마나 거미줄로 덮여 있을 거예요. 그걸 정말로 가까이에서 보고 싶어요?"

로완이 말도 안 된다는 듯 대꾸했다.

카트리엘은 그 생각에 몸을 부르르 떨더니 마지못해 고개를 저었다. 그래도 발아래 자리 잡은 고대의 땅에 대해 아무것도 모르고 있을 이들에게 이야기를 들려줄 방법이 있다면 꼭 찾고 싶었다. 음유시인 훈련을 통해 첩자가 되긴 했지만 그녀는 본래 이야기꾼이기도 했다. 이 드워프 유적은 마치 관심을 가져달라고 그녀에게 애원하는 것 같았고, 이런 곳을 제대로 살펴보지 못하고 지나쳐야 한다는 생각만으로도 가슴이 미어졌다.

그들은 한때 도시의 넓은 산책로였던 곳을 빠르게 지나갔다. 돌로 된 벽면을 깎아 궁전을 만들었을 것이다. 카트리엘은 테라스 사이를 이어주는 아름다운 아치 길과 계단을 그려보았다. 알록달록 아름다운 돌로 된 보도 위에서 각자 가지고 온 물건을 파는 상인들, 공중으로 물기둥이 솟구쳐 오르는 분수도 상상할 수 있었다. 한때는 그리도 장엄했을 이곳에 이제는 무너져 내린 폐허와 뼈대만 앙상한 건물만이 남았다. 그마저도 사방에 널린 돌과 무너져 구멍이 뚫린 바닥 때문에 가까이 갈 수조차 없었다.

궁전의 흔적이라고는 부서진 기둥과 닳아버린 구멍들뿐이었다. 거대한 바위 속에 뚫린 미로로 이어지는 구멍이 분명했다. 로게인은 그곳이 거미들의 둥지일 것이라고 했다. 정말로 그런 것인지 특히 그곳 주위에는 엄청난 양의 거미줄이 불타 떨어져 있었다. 까맣게 그을린 재와 끈적이는 거미줄이 거대한 덩어리가 되어 사방에 붙어 있었다. 어떤 것들은 높이가 몇 미터씩이나 되었다.

거미줄이 불에 타 무너지면서 거미 시체들도 함께 떨어진 모양이었다. 어떤 것들은 털이 무성하게 난 다리를 떡 벌리고 바닥에 드러누운 채 맥없이 부들부들 떨고 있었다. 까맣게 타버린 뼈도 엄청나게 많았다. 대부분은 작은 뼛조각이었지만 그보다 큰 것도 많았고, 본래 모습을 온전히 갖춘 것들도 조금 있었다. 카트리엘은 뼈 더미 사이에서 이상한 것을 발견하고 조심스레 끄집어냈다. 사람과 조금 비슷하지만 분명 괴물 같은 형상을 한 두개골이었다. 크기도 꽤 컸다. 산책로 전체가 그렇게 생긴 뼈들로 가득 차 있었다. 마치 무덤에 사는 거대한 쥐 떼가 한꺼번에 쏟아져 나와 폐허 전체를 덮친 것처럼.

"거미가 이걸 먹었나봐요."

카트리엘이 작은 소리로 말했다.

"어둠의 피조물을 먹었다고?"

마릭이 두개골을 쳐다보며 말했다.

딱히 결론 내릴 수 있는 근거는 없었다. 아무도 어둠의 피조물을 실제로 보지 못했고, 그 뼈들을 보기 전까지는 그들이 지상으로 쏟아져 나와 대재앙이라 불린 전쟁을 일으켰다는 옛 이야기를 뒷받침할 증거를 본 적도 없었기 때문이었다. 하지만 거기 어둠의 피조물이라 여겨지는 뼈들이 있었다.

"다른 동물의 뼈일 수도 있잖아."

로완이 끼어들었지만 아무도 대답하지 않았다. 이 뼈가 어둠의 피조물의 것이 아니라면 다른 괴물, 그것도 잘 알려지지 않은 무언가의 뼈라는 말이 아닌가.

그들은 그 일을 접어두고 다시 검댕과 뼈 더미 사이를 헤치고 힘겹게 걸어갔다. 때로는 엉덩이 높이까지 올라오는 것들도 있었다. 그런 다음 돌무더기로 천장 끝까지 막혀 있는 곳을 등산하듯 넘어갔다. 하지만 그것이 무슨 건물이었는지는 알아낼 길이 없었다. 벽 하나, 기둥 하나도 온전히 남은 것이 없었다. 이 지역 전체가 어떤 무시무시한 사건으로 무너졌거나 아니면 애초에 건물이 지어지지 않았는지도 모른다.

“빈민굴이었을 수도 있어요. 타이그마다 카스트리스들이 사는 곳이 있었대요. 귀족 가문들이 지하 대로를 탈출할 때 카스트리스들을 버려두고 왔다는 이야기도 있어요. 그들에 대해 완전히 잊어버린 거죠. 그러다가 어느 날 이들이 빈민굴 밖으로 나와봤더니 모두가 사라진 거예요. 어둠의 피조물로부터 그들을 구해줄 사람 하나 없이 도시가 텅 비어버린 거죠.”

카트리엘이 돌 더미를 넘어가며 말했다.

“설마 그럴 리가…….”

마릭이 못 믿겠다는 듯 대꾸했다.

“왜 아니겠어요? 사회마다 하층민이 있기 마련이에요. 인간 사회라고 다를 것 같나요? 도시에 재앙이 닥치면 누구 하나 보호구역에 사는 엘프들을 돕겠다고 나설 것 같이요?”

카트리엘이 날카롭게 물었다.

“나라면 그럴 거야.”

마릭이 당연한 일 아니냐는 듯 대꾸했다.

이 말을 듣자 카트리엘의 화가 눈 녹듯 사라졌다. 그녀가 쿡쿡 웃으며 고개를 흔들었다. 그래, 마릭이라면 틀림없이 그럴 것이다. 그리고 그에게서 그런 대답을 들으니 그 말을 믿을 수 있을 것 같았다. 앞으로 그가 오랫동안 권력을 누리면서 이런 순진함을 조금씩 잃어버린다면 어떻게 변할지 궁금해졌다. 그래도 여전히 같은 사람일까?

“카스트리스 일부는 도망치려고 했대요. 스스로의 힘으로 오자마까지 가려고요. 하지만 놈들보다 빠를 순 없었겠죠. 그리고 나머지 드워프들은 그저…… 그 자리에서 기다리다 최후를 맞았고요.”

카트리엘이 말을 이었다.

“그래요? 그럼 대체 누가 살아남아 그 이야기를 퍼뜨린 거죠?”

로완이 콧방귀를 뀌며 물었다.

카트리엘은 당황하지 않고 어깨를 으쓱거렸다.

"전부 다 죽은 건 아닌가보죠. 누군가는 무사히 도망쳐 오자마까지 갔을 거예요. 나머지는 아마도 우리 발밑에 묻혀 있을 거고요."

"이제 이야기는 그만합시다."

로게인이 무뚝뚝하게 말했다. 그마저 조금 불안해하는 눈치였다. 카트리엘은 살짝 그를 쏘아보았지만 이내 입을 다물었다. 그들을 겁주려는 생각은 없었다. 그건 여기에서 실제로 일어난 일이었고, 아닌 척한다고 달라지는 것은 없었다. 하지만 로게인까지 그렇게 말하는 마당에 굳이 이야기를 이어가고 싶지는 않았다.

그때부터 그들은 아무도 입을 열지 않았다. 드워프들의 시체를 밟고 넘어간다는 생각은 이상하게도 거미나 어둠의 피조물의 시체보다 더 끔찍하게 느껴졌다. 도망치지도 못하고 남겨져 죽음을 맞은 이들. 수 세기가 지난 지금도 그들의 비명이 동굴 안에 울려 퍼지는 것만 같았다.

몇 시간처럼 느껴지는 시간이 흐르고 난 뒤 그들은 마침내 타이그 밖으로 나가는 길을 찾아냈다. 12미터는 족히 넘는 거대한 금속 문 두 개를 통과하니 수직으로 깎아지른 바위 면이 나타났다. 지상에서 동굴로 내려올 때 보았던 문들과 달리 이 문은 세월과 녹에 무너진 것이 아니라 수십 센티미터에 달하는 두꺼운 금속 문을 뚫고 들어올 정도로 강력한 무언가에 의해 안쪽으로 활짝 뚫려 있었다. 정체는 몰라도 뒤에 남겨진 드워프들을 몰살하기 위해 침략자들이 부수고 들어온 듯했고, 이제는 녹슨 조각들만 남아 있었다.

그 문 뒤로는 오직 어둠뿐이었다.

"이게 그와렌으로 가는 길인지는 어떻게 알지?"

로게인이 물었다.

"알아볼 방법이 없을까요?"

마릭이 카트리엘에게 물었다.

"한번 볼게요."

그녀가 머뭇머뭇 대답했다.

횃불을 들고 무릎을 꿇은 카트리엘은 한 시간 넘게 문에 새겨진 룬 문자를 살펴보았고, 결국 그 대부분이 읽을 수 없을 정도로 지워졌다고 말했다. 옆으로 이어진 바위 표면도 침입 당시에 그랬는지 온통 금이 가고 부서져 있었다. 아무리 애를 써도 단 한 글자도 알아보지 못했다.

"이 길이 어디로 이어지는지 모르겠어요. 아니, 이것이 길을 가리키는 표시인지조차 모르겠어요."

카트리엘이 털어놓았다. 부아가 치밀어 올랐다. 애초에 지하 대로로 그들을 데려온 것은 그녀였고, 그녀가 그들을 이끌어주리라 믿고 있었다. 하지만 이제 그들 모두가 여기에서 최후를 맞게 될 것이 분명했다. 머리 위로 엄청난 높이의 흙과 돌이 짓누르고 있는 암흑천지인 이곳에서.

"잘됐군."

로완이 조용히 욕설을 내뱉었다.

마릭은 바닥에 흩어진 돌멩이들을 내려다보고 있다가 무언가를 주워들었다. 다른 이들이 고개를 돌려 살펴보니 놀랍게도 그것은 도끼였다. 무섭게 휜 날과 끝에 박힌 대못으로 보아 나무를 베는 용도는 아닌 것이 분명했다. 하지만 더 흥미로운 점은 그것이 매우 투박하게 만들어졌다는 것이다. 그 도끼는 드워프 대장장이의 정교한 솜씨가 아니었다. 잔뜩 녹슨 검은 금속을 기다란 막대에 엉성하게 이어붙인 그 날붙이는 마릭이 두 손으로 들어야 할 만큼 무거웠다.

마릭이 침울한 표정으로 로게인을 바라보고 있을 때, 도끼 머리가 손잡이와 분리되더니 쿵 하는 소리와 함께 바닥에 떨어졌다. 그 소리가 메아리처럼 동굴 전체에 울려 퍼졌다. 그리고 마치 대답이라도 하듯 멀리 폐허 속에서 달깍거리는 소리가 들려왔다.

"가자고."

로완이 중얼거렸다.

그때부터 서너 시간 동안 그들은 지하 대로를 묵묵히 걸었다. 아직도 곳곳에 거미줄이 드리워져 있었고, 어떤 것들은 그들을 집어삼키기라도 할 듯 길을 막고 있었다. 그런 것들은 불로 태워버려야 했지만 로게인이 보기에 거미줄은 아까보다 상당히 줄어든 것 같았다.

대신 통로는 점점 더 어두워지고 있었다. 횃불도 덜 밝게 느껴졌고, 마치 낯선 이들이 달갑지 않다는 듯 어둠이 그들을 점점 조여왔다. 이유는 몰라도 동굴 벽마저도 어딘가 수상쩍어 보였다. 무언가에 억눌리는 듯한 느낌 때문에 숨쉬기가 힘들었고, 그들은 이제 또 무엇이 나타날까 마음을 졸이면서 기다리고 있었다.

무언가가 그들을 향해 다가오고 있었다. 그들은 분명히 느낄 수 있었다.

"돌아가는 게 나을지도 몰라."

로완이 낮은 소리로 말했다. 멀리 어둠 속을 내다보는 그녀의 목소리에는 두려움이 담겨 있었다. 마치 어둠 속에서 누군가가 그들 주위를 빙글빙글 돌면서 지켜보고 있는 것만 같았다.

"거미들한테 돌아가자고? 난 됐어."

마릭이 눈알을 굴리며 대답했다.

"혹시라도 거미들이 다시 나타나면 이번에는 태울 거미줄도 없어."

로게인이 걱정스레 말했다. 어둠 속을 아무리 뚫어져라 쳐다보아도 아무것도 보이지 않았다. 그 점이 오히려 더 걱정스러웠다.

카트리엘도 경계의 눈빛으로 단검을 꺼냈다.

"하지만 다른 길이 없어요. 이 길로 쭉 가야만 해요."

두려움이 슬금슬금 몸속으로 스며들어와 뱃속에 묵직하게 자리 잡았다. 카트리엘은 전투에 자신이 없었다. 그녀가 받은 훈련은 다른 사람과 일대일로 싸우는 것이었다. 적의 목을 따는 법이나 겨드랑이 같은 급소에 단검을 꽂아 넣는 법은 잘 알고 있다. 자기보다 훨씬 더 강력한 무기를 갖춘 상대라도 두려움 없이 상대할 수 있었다. 하지만 그녀가 받은 훈련 중에 괴물들과 싸우는 방법 따윈 없었다.

마릭은 그녀의 불안을 느끼고 한 팔을 그녀의 어깨에 둘렀다. 별것 아닌 몸짓이었지만 카트리엘은 큰 고마움을 느꼈다.

전진 말고는 다른 방법이 없었다. 바닥에 흩어진 뼈가 조금씩 늘어나는 것과 함께 쓰레기와 오물도 많아지고, 무언가가 썩고 있는 듯 악취도 심해졌다. 벽은 점차 축축하고 끈적거리는 느낌으로 바뀌었고 곳곳에 부패한 곳과 곰팡이가 보였다. 어떤 곰팡이는 어둠 속에서 기이한 보랏빛을 냈지만 어둠을 밝혀주기보다는 오히려 그들을 불안하게 만들었다.

그들은 오래된 거미 시체로 가득 찬 곳을 지났다. 어떤 것들은 얼마 전 싸웠던 거미들보다 갑절이나 되었다. 빳빳하게 마른 것들은 먼지로 잔뜩 덮여 있었고, 조금만 건드려도 부서질 것 같았다. 대부분은 이미 형체를 알아볼 수 없게 조각나 있었다.

"무언가가 이걸 먹은 것 같아."

로게인이 지적했다.

"거미를 먹었다고? 으웩, 복수였나?"

마릭이 역겹다는 표정을 지었다.

"자기 입에 뭐가 들어가는지 상관 안 하는 놈들이었는지도 모르지."

로완이 끼어들었다.

"어둠의 피조물……."

카트리엘이 불길한 어조로 말하고는, 다른 이들이 못마땅한 표정으로 그녀를 바라보자 인상을 찌푸렸다.

"진실을 피할 필요는 없어요. 드워프와 어둠의 피조물들이 서로를 사냥한 건 틀림없는 것 같으니까요."

로완은 벽에 달라붙은 곰팡이들을 슬쩍 쳐다보며 메스껍다는 표정을 지었다.

"혹시 병 같은 게 걸리는 건 아닐까? 어둠의 피조물은 일종의 병을 퍼뜨렸잖아, 그치?"

"그들은 건드리는 것만으로도 주변 땅을 오염시켰죠. 벽이든, 어디든, 우리가 보고 있는 게 바로 그것이에요. 우린 지금 그들의 영역에 와 있어요."

카트리엘이 소리를 낮춰 말했다.

"그거 참 잘됐네. 이제 용만 나타나주면 최고의 하루가 되겠어."

마릭이 농담조로 말했다.

"여기 내려오자고 한 건 너였다."

로게인이 콧방귀를 뀌며 대꾸했다.

"그래서 이게 다 내 잘못이라고, 응?"

"내 탓이 아닌 것만은 확실하지."

"그래, 그럼! 어둠의 피조물이 나타나거든 날 그냥 던져주라고. 놈들이 날 먹어치우는 동안 너희들이 조금이라도 멀리 달아날 수 있게 말이야."

"그런 제안을 해주다니 고맙군. 안 그래도 너, 지난 몇 달 동안 조금 토실토실해졌거든. 덕분에 먹을 게 많아졌을 거야."

로게인도 슬쩍 미소를 감추고 말했다.

"토실토실? 그건 그나마 낫다. 놈들이 널 먹으면 아주 고약한 맛 때문에 목이 멜 거야."

마릭이 카트리엘을 슬쩍 쳐다보고 쿡쿡 웃으며 대꾸했다.

"정말 그렇게 나오기야?"

로게인이 투덜거렸다.

"그렇게 나오기라니, 시작한 건 너라고!"

지금까지 묵묵히 듣고 있던 로완이 더 이상은 못 참겠다는 듯 끼어들었다.

"둘 다 어떨 때는 정말 어린애들 같다니까."

"나는 그저 아주 합리적인 대안을 내놓은 것뿐……."

그 순간 멀리 통로 앞쪽에서 낯선 소리가 들려오며 마릭의 말을 잘랐다. 나직하면서도 비정상적인 거친 숨소리 같았다. 어둠 속에서 깨어나는 무서운 것들, 바위 위를 스르르 미끄러지듯 움직이는 것들처럼 말이다. 그들 모두 휙 몸을 돌려 꼼짝도 못한 채 소리가 들려온 곳만 뚫어져라 노려보았다.

그 소리는 처음 시작됐을 때처럼 갑작스레 사라졌다. 그들 모두 몸서리쳤다.

"가만히 생각해보니 안 되겠어. 날 던져주지는 말라고."

마릭이 중얼거렸다.

그들은 무기를 꺼내 든 상태로 조심스레 전진했다. 머지않아 통로 벽이 대부분 무너지고 그 뒤로 다른 동굴들이 보이는 곳이 나타났다. 지금까지 지나온 곳보다 훨씬 많은 지하 통로들이 있는 것이 분명했다. 모든 것이 검은 곰팡이로 덮여 있었고, 악취는 훨씬 더 심했다. 죽은 구더기들이 뼈와 갑옷들 사이에 흩어져 있었다.

벽에 기대어 누운 드워프 해골도 하나 있었다. 그는 녹슨 가슴보호대를 걸치고 두개골 대부분을 덮은 커다란 투구를 쓰고 있었다. 마치 잠깐 쉬기 위해 벽에 기대앉았거나, 고향에서 너무나도 멀리 떨어진 이 지하 대로에서 죽음을 맞게 된 것을 쓸쓸히 생각하다 그대로 숨을 거둔 것 같았다.

"저게 뭐지?"

마릭이 호기심 어린 눈으로 해골에게 다가갔다. 그 드워프 해골은 무시무시한 괴물들 말고도 다른 존재가 이 통로를 지나간 적이 있다는 사실을 증명하는 첫 번째 단서였다.

"여기에서 죽은 것이 맞다면, 어째서 시신이 이렇게 멀쩡할까요?"

카트리엘이 궁금한 듯 말했다. 이곳에 시체를 먹어치우려 드는 괴물은 차고도 넘쳤다. 아니, 적어도 그녀가 생각하기엔 그랬다.

"조심해요. 이런 곳에서는 장막이 특히 얇아서 언제든지 놈들이 공격해 올 수 있어요."

카트리엘이 경고했다.

많은 이들이 목숨을 잃은 곳이라면 어디든 장막이 얇아져서 영혼과 악마들이 그들의 세계에서 이쪽으로 쉽게 넘어올 수 있었다. 그것들은 기다렸다는 듯 살아 있는 것, 아니면 한때 살았다가 목숨을 잃은 것들의 몸속으로 들어간다. 여기에서 걸어다니는 시체나 해골의 이야기가 나왔다. 그토록 새 생명을 원했던 영혼들이 생명이 없는 존재 안에 들어갔음을 깨닫고 미쳐 날뛰는 것이다. 카트리엘은 그런 것을 직접 본 적은 없었지만, 본 적이 없다고 해서 존재하지 않는다는 뜻은 아니니까.

마릭은 걸음을 조금 늦춘 뒤 드워프 해골의 투구를 살짝 찔러보았다. 아무 일도 벌어지지 않자 그는 안도의 한숨을 내쉬었다. 그때 무언가 이상한 것을 발견했는지 그의 눈이 가늘어졌다. 드워프의 오른손이 여러 개의 돌에 덮인 것을 발견한 마릭은 조심조심 그 속으로 손을 넣어 무언가를 끄집어내려고 했다.

"도와줘?"

로게인이 물었다.

"아니, 혼자 할 수 있……."

그때 드워프 손 위에 쌓여 있던 돌들이 와르르 무너지며 마릭이 비틀비틀 뒷걸음질 쳤다. 그 기세에 해골이 풀썩 쓰러지고 투구가 쨍그랑 소리를 내며 바닥에 떨어졌다. 낡은 갑옷 무게를 견디지 못한 뼈도 대부분 무너졌다. 뒷걸음치던 마릭은 균형을 잡기 위해 양팔로 공중을 휘저으며 허우적댔다. 놀랍게도 그의 손에는 장검 한 자루가 들려 있었다.

로게인은 마릭의 손에 들린 장검 아래로 휙 몸을 숙이며 앞으로 달려가 쓰러지려는 그를 붙들었다.

"조심해야지."

로게인이 성가시다는 듯 말했다.

마릭이 고맙다는 말을 하려는 찰나, 돌무더기에서 빼낸 그 장검을 보고는 거기에 정신을 빼앗겨버렸다. 장검 전체가 연한 상아색을 띠었고, 자루는 부드러운 곡선으로 휘어졌으며, 칼날에는 밝게 빛나는 룬이 새겨져 있었다. 전혀 녹슬지 않은 그 칼의 룬 문자에서 내뿜는 푸른빛은 그들의 횃불보다도 밝은 듯했다. 가볍게 검을 휘둘러본 마릭의 눈이 깜짝 놀라 휘둥그레졌다.

"이런 세상에, 정말 가벼워! 무게도 거의 느껴지지 않아!"

마릭이 소리쳤다.

"용뼈예요."

카트리엘이 한 치도 주저하지 않고 말했다. 룬 문자가 많이 새겨져 있다는 것과 상아색 빛깔을 보면 알 수 있었다. 마도사들의 말에 따르면 금속 가운데서도 특히 마법의 룬 문자를 잘 받아들이는 금속이 있고, 용뼈가 그중에서도 최고라고 들었다. 오래전 네바라의 용 사냥꾼들이 용을 거의 멸종시킬 정도로 사냥해댄 것도 바로 그 때문이라고 했다. 그런 검의 가치는 상상을 초월했다.

"그런데 그게 왜 여기 있는 거지? 왜 어둠의 피조물들이 가져가지 않은 거야?"

로완이 눈살을 찌푸리며 물었다.

그 질문에 답하기라도 하듯, 마릭이 휘두르던 검이 벽에 가까워지자 거기 붙어 있던 검은 곰팡이가 검을 피해 옆으로 흩어지기 시작했다. 마릭은 칼을 돌리는 것을 멈추고 벽에 직접 대어보았다. 그러자 곰팡이는 아까보다 훨씬 빨리 도망쳤다. 희미하게 듣기 싫은 울음소리까지 내면서 말이다. 시간이 조금 지나자 검이 닿았던 벽은 완전히 깨끗해졌다.

"가져갈 수 없었나봐."

마릭이 놀란 눈으로 대답했다.

그들은 거기 선 채 무너진 드워프 해골을 바라보았다. 얼마나 오랫동안 여기 있었던 걸까? 이 검을 숨기려고 했던 것일까, 아니면 단순히 돌 더미가 그의 손 위로 떨어진 것일까? 그는 드워프 귀족이었던 걸까, 아니면 오자마로 도망치려 했던 카스트리스 중 하나였을까? 왜 여기서 이렇게 홀로 죽음을 맞은 것일까?

"새 검이 생겼네."

로게인이 말했다.

"왕께 딱 어울리는 검 같아요."

카트리엘이 마릭에게 마법의 검이 생긴 것을 기뻐하며 말했다. 지금까지 들은 옛 이야기에는 멋진 왕과 영웅들이 그런 검을 하나씩 가지고 있었다는 내용이 빠지지 않고 등장했다. 그들은 주로 그런 무기를 끔찍한 괴물로부터 빼앗거나, 강력한 용들의 보물 창고에서 찾아내곤 했다. 마릭도 그런 이야기에 등장하는 왕이 될 수 있다고 생각하니 카트리엘은 뛸 듯이 기뻤다. 그런 이야기들은 언제나 해피엔딩을 맞지 않던가? 영웅은 미로에서 벗어나고, 진정한 사랑을 찾아 행복한 결말을 맞는다. 모든 일이 잘 풀리는 것이다.

"그도 왕이었을지 몰라. 우리도 저 꼴이 되지 않기만을 바라자고."

로완이 해골을 향해 고갯짓을 하며 말했다.

정신이 번쩍 드는 말이었다.

그들은 드워프 해골을 뒤로 하고 다시 걸음을 재촉했다. 마릭이 새로 얻은 검을 높이 들고 앞서 나갔다. 날에 새겨진 룬에서 뿜어져 나오는 부드러운 빛은 조금이나마 위안이 되었다. 하지만 그런 기분도 그리 오래 가지 않았다. 저 멀리 앞쪽에서 들려오던 희미한 소리가 점점 더 잦아지면서 그와 함께 기이하게 윙윙거리는 소리가 들려오기 시작한 것이다. 그들의 가슴속에서도 느껴지는 그 소리는 피부에 무언가가 스멀스멀 기어 다니는 것 같은 깊고도 낯선 울림이었다.

"대체 뭐지? 뭔지 알아요?"

로완이 카트리엘을 향해 물었다.

"저런 소리는 들어본 적이 없어요."

카트리엘도 어리둥절한 표정으로 고개를 저었다.

"점점 커지고 있어."

로게인이 인상을 쓰며 말했다. 그는 이마의 땀을 훔친 뒤 마릭을 바라보았다.

"얼마나 많은 것 같아?"

"모르겠는데."

마릭도 초조한 듯 입술을 핥으며 앞을 바라보았다.

"방어하기 쉬운 공간을 찾아야 할 것 같아."

"어디로요? 아까 그 폐허로요? 그렇게 멀리까지 돌아갈 수 있을까요?"

로완은 곧 시작될 공격을 감지하기라도 한 듯 눈을 크게 뜨고 어둠 속을 마구잡이로 둘러보았다.

"저기요!"

카트리엘이 앞을 가리키며 소리쳤다.

인간의 형체를 한 무엇인가가 어둠을 벗어나 어기적거리며 다가오는 것을 본 그들은 몸이 얼어붙고 말았다. 처음에는 사람 같았으나 조금 더 가까워지니 사람이 아님을 명확히 알 수 있었다. 그것은 다만 인간과 비슷한 모습을 한 끔찍한 존재로, 피부는 쪼글쪼글 주름이 잡히고 곳곳에 종기가 불거졌으며, 커다랗게 튀어나온 허연 눈에, 더러운 이를 한껏 드러내고 소름 끼치는 미소를 짓고 있었다. 또한 뒤죽박죽된 갑옷을 걸쳤는데, 어떤 것은 녹이 슬고, 또 어떤 것은 너덜너덜해진 천 조각을 얼기설기 묶었으며, 손에는 사방이 뾰족하고 각진 끔찍하게 생긴 검을 들고 있었다.

놈은 위협하듯 검을 앞에 들고 있었으나 공격해오진 않았다. 놈은 천천히, 하지만 대담하게 움직이며 마치 마릭 일행이 전혀 겁나지 않는다는 듯 굶주린 표정으로 그들을 노려보기만 했다.

웡웡거리는 울림은 그놈으로부터 나오고 있었다. 놈은 주문을 외는 것처럼 작은 소리로 신음을 흘렸고 그 소리는 놈의 뒤, 어둠 속에서 따라오고 있는 수많은 다른 놈들의 웅얼거림과 합쳐졌다. 그들은 합창하듯 소리를 냈다. 놈들이 하나가 되어 중얼대는 무섭고도 기이한 소리였다.

마릭은 꿀꺽 침을 삼키며 한 걸음 뒤로 물러섰다.

더 많은 놈들이 뒤이어 나타나기 시작했다. 키가 큰 놈들 가운데는 괴상한 모양의 투구와 안대를 한 놈들도 있고, 위험해 보이는 대못으로 덮인 조금 더 화려한 갑옷을 걸친 놈들도 있었다. 또 어떤 놈들은 갑옷을 거의 걸치지 않아서 검게 변해버린 흉측한 살갗이 그대로 드러났다. 키가 작은 놈들도 있었다. 드워프 정도의 크기인 그놈들은 귀가 뾰족하고, 입을 쩍 벌린 채 무시무시한 미소를 짓고 있었다. 그들 모두가 처음에 나타났던 놈처럼 쉬식거리는 소리와 신음을 흘리며 어기적어기적 마릭 일행을 향해 다가왔다. 이제 그 소리는 아까보다 훨씬 커져 마치 물리적인 힘처럼 그들 주변에서 고동치고 있었다.

"어둠의 피조물이에요."

카트리엘이 말했지만 이미 모두가 알고 있었다.

로게인이 경고하듯 검을 높이 들어 올리고 무리 맨 앞에 선 놈을 노려보았다.

"뒤로 물러서."

그가 나지막이 말했다.

그들은 다가오는 어둠의 피조물들과 거의 같은 속도로 천천히 뒤로 물러섰다. 그때 맨 뒤에 있던 로완이 고개를 돌리고는 헉 소리와 함께 우뚝 멈춰 섰다.

"로게인!"

로완이 든 횃불 너머로 그들 뒤에서 다가오고 있는 더 많은 괴물들이 보였다. 포위당한 것이다.

"어떻게 뒤로 왔지?"

마릭이 물었다. 그의 목소리에는 두려움이 스며들어 있었다.

"조심해."

로게인이 말했다.

네 명은 최대한 서로에게 붙어 통로 벽에 등을 대고 섰다. 그리고 무기를 든 채 놈들이 다가오는 것을 지켜보았다. 상대가 구석에 몰린 것을 보았는데도 놈들은 속도를 높이지 않았다. 대신 놈들의 소리가 점점 커져 귀청이 떨어질 지경이었다.

"그 검이 놈들을 막아줄까?"

로완이 마릭에게 소리쳤다. 이제 놈들이 내는 무시무시한 소리보다 큰 소리를 내려면 악을 쓰는 수밖에 없었다.

마릭은 가장 가까이 다가온 어둠의 피조물을 향해 시험 삼아 검을 휘둘렀다. 놈은 몸을 움찔하고 뾰족뾰족한 이를 드러내며 마릭을 향해 화난 듯 쉬식 소리를 냈지만 물러서진 않았다.

"안 통하는 것 같아!"

마릭이 소리쳤다.

놈들은 느리지만 꾸준히 접근을 계속해왔다. 6미터, 3미터. 네 명은 통로 벽에 등을 바짝 붙이고 기다렸다. 땀이 비 오듯 흘러내렸다.

키가 큰 어둠의 피조물들이 점점 가까워지며 날카로운 송곳니를 드러내고 괴성을 질렀다. 그러자 마릭이 성큼 나아가 커다란 아치를 그리며 한 놈의 가슴을 가로로 베었다. 용뼈 검이 닿은 곳에서 지글지글 타는 소리가 났고 놈이 그르르 하는 비명을 지르며 뒤로 물러섰다.

이 소리에 마침내 나머지 무리가 정신을 차린 것 같았다. 놈들은 돌아가며 괴성을 지르고는 앞으로 밀어붙이기 시작했다. 카트리엘은 단검으로 상대의 검을 옆으로 쳐내며 아슬아슬하게 부상을 모면했다. 이 모습을 본 로완이 카트리엘을 자기 뒤로 끌어당기고 입고 있는 갑옷으로 상대의 공격을 대신 받아냈다. 마릭은 원을 그리며 장검을 크게 휘둘렀다. 칼날이 닿을 때마다 놈들이 뒤로 물러섰다. 로게인은 키가 작은 놈 하나를 발로 차 뒤에 있던 놈들까지 한 번에 쓰러뜨리고는 군더더기 없는 동작으로 놈들을 찌르기 시작했다.

다급하고도 맹렬한 방어가 잠시나마 그들을 보호해주었지만 얼마 지나지 않아 놈들이 힘을 합치더니 그들을 벽 쪽으로 밀어붙이기 시작했다. 놈들의 칼을 쳐내는 것만으로도 바빴다. 로게인과 로완이 있는 힘껏 상대를 도로 밀어냈지만 뒤의 놈들은 쓰러진 자기 동료들을 그대로 밟고 전진을 계속했다.

그들의 신음 소리가 정점에 달해 칼과 칼이 부딪치는 소리만 빼고는 모든 소리를 삼켜버렸다. 카트리엘은 절망에 가득 차 주변을 둘러보았다. 그녀는 다른 세 명처럼 전사가 아니라서 이런 상황에는 아무런 쓸모가 없는 존재였다. 정말 이대로 여기에서 끝나는 것인가? 지금까지 숱한 고난들을 헤쳐왔는데?

바로 그때, 새로운 소리가 들려왔다. 거친 세 음조의 뿔 나팔 소리가 통로 안에 울려 퍼지며 어둠의 피조물들이 내는 소리를 덮어버린 것이다.

놈들이 뒤에서 다가오고 있는 무언가를 향해 고개를 돌리며 분노에 찬 괴성을 질렀다. 그 방향에서 푸른빛이 쏟아져 나와 지하 대로를 밝히며 동시에 첫 번째 드워프 무리들이 모습을 드러냈다. 지하에 사는 새로운 괴물이 아니라 이곳의 주인인 드워프였다. 마릭은 깜짝 놀라 카트리엘 쪽을 힐끗 쳐다보았다. 그녀도 마릭만큼이나 놀란 것 같았다. 지하에 이렇게 오랫동안 있으면서 괴물이 아닌 다른 누군가를 만나다니, 도무지 믿을 수 없는 일이었다.

이제 살 수 있는 건가? 구조되는 건가? 아니면 이 드워프들도 먹잇감을 두고 어둠의 피조물과 다투는 것뿐인가?

그들은 구릿빛 사슬로 몸을 감고 커다란 근육질 몸매를 자랑하는, 작지만 당당한 체구의 드워프 전사들이었다. 어떤 이들은 화려하게 장식된 검과 긴 창을 휘둘렀고, 어떤 이들은 어둠 속도 쉽사리 꿰뚫는 사파이어 빛 등불이 달린 긴 막대를 들고 있었다. 더 이상한 점은 이 드워프들의 얼굴에 송곳니가 달린 해골 모양의 그림이 그려져 있다는 점이었다. 어떤 면에서는 어둠의 피조물만큼이나 무시무시해 보였다.

드워프 한 명이 목구멍 깊은 곳에서 나오는 서음으로 고함을 지르며 어둠의 피조물 진영을 손쉽게 뚫고 들어갔다. 이 드워프들이 더욱 위험한 상대임을 깨달은 놈들은 마릭 일행에 대한 공격을 멈추고 드워프들을 향해 돌아섰다. 드워프들을 향해 달려드는 놈들이 내뿜는 살기와 분노로 보아 둘은 진정한 천적임이 틀림없었다. 그들은 서로를 잘 알고 있었고, 서로를 죽일 수 있게 되어 기뻐하는 것 같았다.

로게인은 공격을 멈추지 않고 방금 몸을 돌린 어둠의 피조물의 등에 칼을 깊숙이 꽂아 넣었다. 그가 놈의 등을 발로 차 검을 빼들고 또 다른 놈을 향해 몸을 돌리자 놈은 비명을 지르며 쓰러졌다. 기운을 되찾은 로완과 마릭도 로게인처럼 놈들을 베며 드워프들과 협력하기 시작했다. 카트리엘도 힘을 합쳤다. 물론 드워프들도 어둠의 피조물만큼이나 아니, 그들보다 더 위험할 수도 있었지만 지금 이 순간만큼은 같은 편이었다. 그 정도 위험은 감수할 가치가 있었다.

결과는 극적이었다. 어둠의 피조물 진영이 무너지기 시작하면서 두려움에 찬 비명이 그들 사이에 울려 퍼졌다. 마릭의 일행 뒤에 있던 놈들은 몸을 돌려 도망치기에 바빴고, 그들과 드워프들 사이에 낀 놈들은 필사적으로 싸우기 시작했다. 드워프 서너 명이 쓰러졌지만 분노에 찬 다른 드워프들이 즉각 응수했다.

얼마 지나지 않아 전투는 끝이 났다. 살아남은 어둠의 피조물들은 비명을 지르며 뒤쪽 터널 속으로 도망쳤다. 한바탕 치른 전투 뒤에 남은 것은 어둠의 피조물 시체와 놈들의 검은 피가 웅덩이를 이룬 처참한 광경이었다. 죽은 드워프는 몇 명 되지 않았고, 이제 적어도 오십 명은 되는 드워프들이 세 명의 인간과 엘프 한 명을 의심 어린 눈초리로 쳐다보고 있었다.

로게인은 단호히 검을 쳐든 채 혹시라도 공격해오는 드워프가 있으면 단칼에 베어버릴 준비를 했다. 그의 옆에 선 로완도 지치긴 했지만 공격 태세를 갖추었다. 카트리엘은 전투가 아직 끝난 것이 아닐지도 모른다고 생각하며 그들 뒤에 섰다. 이 드워프들은 그들이 가진 것을 빼앗을 것인가? 처참히 살해할 것인가? 아니면 그냥 여기 남겨두고 제 갈 길을 갈 것인가?

침묵이 이어지는 가운데 마릭이 조심스레 그들에게 다가갔다. 겉옷에는 검은 피가 곳곳에 튀어 있고, 검에서도 역시 같은 피가 뚝뚝 떨어졌다. 그는 조금 초조하고 어쩌면 겁에 질린 것처럼 보이기도 했지만 천천히 검을 그들 앞에 내보이며 해칠 뜻이 없음을 알렸다. 그리고 아주 천천히 검을 바닥에 내려놓은 다음 두 손을 들어 올렸다. 빈 손, 공격할 의사가 없다는 뜻이었다.

"왕의 언어를 할 줄 아십니까?"

마릭이 또박또박 물었다.

그러자 덩치가 큰 드워프들 가운데 검은색 턱수염을 길게 기르고 머리칼 한 오라기 없는 얼굴에 흰색 해골을 그려 넣은 덩치 좋은 이가 마릭을 위아래로 훑어보았다. 그는 커다란 못이 박힌 금색 판금 갑옷을 입고, 자신의 키만큼이나 긴 전투용 망치를 들고 있었다. 망치든 갑옷이든 시커먼 피로 범

벽이 되어 있었다.

"그걸 너희 지상인들에게 가르친 게 누구라고 생각하나? 대체 어떤 바보들이 지하 대로로 내려온 것이냐? 죽고 싶어 환장한 게냐?"

그가 으르렁거렸다. 드워프 억양이 심했지만 똑똑히 알아들을 수 있었다.

"그게…… 당신들도 여기 있지 않습니까?"

마릭이 흠흠 헛기침을 하며 물었다.

이 말을 들은 드워프는 자기 동료들을 힐끗 쳐다보았다. 그들은 그 말이 우습기라도 한듯 웃음 띤 얼굴로 서로 시선을 교환했다. 그가 다시 마릭을 바라보았다.

"우리는 정말로 죽으려고 작정했거든, 인간."

카트리엘이 마릭 옆으로 와 서며 예의바르게 고개를 숙였다.

"여러분, 당신들은 결사의 군난이 아니십니까?"

드워프에 대해 아는 것이 거의 없음을 감안할 때 그것은 카트리엘의 짐작에 지나지 않았다. 하지만 오자마를 떠나 이곳 지하 대로에 있을 드워프는 그들밖에 없었다. 거기다가 그들 얼굴에 그려진 해골 그림을 보니 잊었다고 생각했던 어떤 이야기가 절로 떠올랐다.

"그렇지. 그 말이 맞아."

드워프가 기특하다는 표정으로 대꾸했다.

"그게 정확히 뭐요?"

로게인이 한쪽 눈썹을 추켜올리며 슬쩍 카트리엘에게 물었다.

"저도 아는 게 별로 없어요."

그녀가 속삭였다.

그 드워프가 귀찮게 되었다는 듯 한숨을 내쉬더니 동료들에게 다가가 이야기를 나누기 시작했다. 그리 즐거운 주제는 아닌 듯 보였다. 잠시 뒤 그가 어깨를 으쓱했다.

“쓰러진 동료들을 모아라. 그리고 지상인들을 데리고 돌아간다.”

그가 지시를 내렸다.

이 말을 들은 로게인이 위협적으로 검을 치켜들었다. 로완도 단호한 표정으로 그의 옆을 지켰다.

“우린 당신들과 함께 가겠다고 한 적이 없는데.”

로게인이 침착한 어조로 말했다.

그러자 그 드워프가 걸음을 멈추더니 재미있다는 표정으로 그를 바라보았다.

“그건 맞아. 하지만 여기 이대로 남고 싶진 않을 텐데? 우리가 여길 떠나는 순간 아까 그놈들이 바로 다시 달려들 테니까. 뭐, 그래도 상관없다면 막지 않겠지만.”

그러자 마릭이 불쑥 앞으로 나서며 억지웃음을 지어 보였다.

“저희 모두가 여기에서 꽤 긴 시간 고생을 했습니다, 드워프 경. 그러니 부디 저희의 버릇없는 행동을 용서해주시지요. 기꺼이 함께 가겠습니다.”

그러고는 ‘대체 무슨 짓이야?’ 하는 표정으로 로게인을 쏘아보았다. 로게인은 어이없다는 듯 마릭을 쳐다보다가 다시 고개를 돌려 드워프를 보고는 마지못해 검을 칼집에 도로 넣었다.

“그럼 그러든가. 내 이름은 날투르. 살고 싶으면 뒤쳐지지 말고 바짝 따라오라고.”

날투르가 어깨를 한 번 으쓱하더니 망치를 짊어지며 말했다.

제15장

날투르와 결사의 군단이 마릭 일행을 데리고 야영지로 돌아가기까지는 서너 시간이나 걸렸다. 그들은 전투 도중 목숨을 잃은 동료들의 시신을 큰 천에 싸서 머리 위로 높이 들어 올려 정성히 옮겼다. 그리고 낯선 언어로 된 슬픈 장송곡을 부르기 시작했다. 푸른 등불로 통로를 밝히며 지하 대로를 지나가는 그들의 걸음걸이는 마치 장례 행렬 같았다.

그들의 노랫소리가 지하 대로의 벽에 부딪치며 깊은 곳까지 메아리가 되어 퍼졌다. 어둠 속 곳곳에 살고 있을 괴물들을 향한 일종의 도발이었다. 지하 대로 속에서 외로이 생활하는 이 드워프들은 누군가 죽을 때마다 최선을 다해 시신을 돌보았다. 카트리엘은 노래를 알아듣진 못했지만 그것이 상실의 슬픔에 대한 것임은 느낄 수 있었다.

그녀는 허공을 바라보며 그 노래를 듣고 있는 마릭을 지켜보았다. 어머니에 대해 생각하고 있는 것일까? 마릭은 팔을 뻗어 로완을 위로했고, 그녀는 그의 위로를 받아들였다. 로완의 눈도 먼 곳을 향해 있었다. 카트리엘은 로완 역시 바로 얼마 전 아버지를 잃었음을 새삼 떠올렸다. 장송곡을 듣고 있는 로게인의 눈도 공허하기는 마찬가지였다. 그들 모두 인생에서 매우 큰 상실을 경험했지만 지금까지 제대로 애도할 시간마저 없었다.

따지고 보면 카트리엘은 그들의 상실감을 배가시킨 원흉 중 하나였다. 그녀도 그 사실을 알고 있었다. 사파이어 빛 등불 아래 로완과 함께 어버이의 죽음을 애도하는 마릭의 눈물을 보자 마음속 한 구석이 텅 비어버리는 것 같았다. 자신은 그들과 함께 할 수 없었다. 아니, 그렇게 할 자격조차 없었다. 마릭과 그녀 사이에 거대한 틈이 생겨나 점점 커지고 있었다. 그는 그런 게 존재한다는 사실조차 모르겠지만, 카트리엘은 자신이 그 거리를 건널 수 없음을 알고 있었다.

혹시라도 마릭이 죽는다면 진심으로 눈물을 흘릴 수 있을까? 음유시인 훈련을 받으면서 연민이라는 것을 완전히 잃어버린 그녀는 어떤 이유로든 울어본 적이 없었다. 돈에 따라 충성을 파는 사람으로서는 당연한 일이었다. 연민이란 곧 약점이라 배웠었다. 하지만 이제는 점점 회의가 들기 시작했다. 그 없이 살아야 한다는 생각만으로도 더럭 겁이 났지만, 그를 필요로 하는 것과 사랑하는 것은 엄연히 다른 문제였다. 그녀는 남을 배반하는 것처럼 손쉽게 남을 사랑할 능력도 가지고 있는지 확신할 수 없었다.

그때 카트리엘은 날투르가 자신을 유심히 쳐다보고 있음을 느꼈다. 그리고 그가 시선을 돌려 마릭과 로완, 로게인을 차례대로 살피는 것도 보았다. 그들이 목숨을 잃은 드워프들을 위해 울어주고 있다고 생각하는 건가? 겉보기엔 그럴 수도 있었다.

시간이 흐를수록 제대로 길을 찾기는 점점 더 어려워 보였다. 두 번이나 교차로를 지났는데, 그럴 때마다 드워프들은 한 치의 망설임도 없이 방향을 이리저리 바꾸었다. 카트리엘은 목을 쭉 빼고 방향을 알려주는 이정표나 간단한 표시라도 있는지 살펴보았지만 보이는 것이라고는 돌 더미와 곰팡이뿐이었다. 어둠의 피조물들이 대체 어떤 오염 물질을 퍼뜨리는지는 몰라도 깊숙이 들어가면서 보이는 것은 모조리 찐득찐득하고 더러운 물질에 덮여 있었다.

그녀 생각에는 정말로 끔찍한 일이었다. 점점 더 깊이 들어갈수록 올바른 길을 찾아 나올 가능성은 줄어드는 것이 아닌가. 이제 그들의 목숨은 온전히 드워프들에게 달려 있었다. 마릭은 날투르와 그의 부하들에게 그들의 운명을 맡기는 것을 아무렇지 않게 여기는 듯했지만 그것이 더 큰 문제였다. 마릭의 판단력은 퍽이나 정확했다. 아직도 카트리엘을 철석같이 믿고 있는 걸 보면 뻔하지 않은가.

어쨌거나 지금으로서는 드워프들을 따라가는 것 말고는 다른 뾰족한 수가 없었다.

마침내 그들은 처음 지하 대로로 접어들었을 때 발견했던 것과 비슷한 기지에 도착했다. 폐허에 가까웠던 처음 기지와는 달리 이곳은 거의 온전한 모습을 갖추고 있었다. 통로를 차단하고 있는 거대한 문은 수리를 마친 듯 깨끗했고, 중무장한 드워프들이 보초를 서고 있다가 푸른 불빛이 다가오는 것을 확인하자 경례를 했다. 그 뒤로 이어진 동굴은 좁지만 높았고, 벽이 덧대어져 있었으며, 더 작은 동굴들이 중심부로부터 수없이 이어져 있었다.

동굴 가운데를 차지한 것은 어깨 위에 어마어마한 짐을 짊어진 듯 천장을 떠받치고 있는 거대한 드워프 석상이었다. 폐허가 된 타이그에서 보았던 것과 크게 다르지 않았지만 이쪽이 훨씬 더 웅장했다. 이 석상은 어깨만큼이나 넓은 뿔이 달린 커다란 투구를 쓰고, 빛을 내는 룬 문자로 뒤덮인 팔각형 사슬 갑옷을 입고 있었다.

드워프들이 기지를 깨끗이 청소하는데 들인 엄청난 노력을 쉽게 알아볼 수 있었다. 각종 물자들을 비롯해 탁자 위의 컵 하나까지 가지런히 쌓여 있었고 제자리를 벗어난 것은 하나도 없었다. 그중에서도 가장 깔끔한 것은 바로 그 석상이었다. 어쩌면 그것부터 청소를 시작했는지도 모른다.

"혹시 엔드린 스톤해머인가요?"

카트리엘이 경외심 가득한 눈으로 그것을 올려다보며 물었다. 옛날 옛적 드워프 전설이 담긴 책에서 스톤해머의 초상화를 본 적은 있었지만 그림이 많이 낡기도 했었고, 그리 잘 그려진 그림도 아니었다. 이렇게 세심하게 조각된 석상을 실제로 보다니 그건 마치…….

"엔드린 스톤해머 왕이시다. 저분의 이름은 그리 함부로 입에 올릴 수 있는 게 아니지! 지상인들이라고 봐주는 것도 한계가 있다."

날투르가 버럭 화를 내고는 휙 몸을 돌려 따라 들어오는 전사들을 바라보았다. 그가 양손을 머리 위로 활짝 벌리자 모두가 절도 있게 멈춰 섰다.

"형제, 자매들이여, 또 하룻밤을 버텼다! 우리 땅을 빼앗아간 놈들에게 복수할 시간이 하루 늘어난 것이다! 놈들의 피를 쏟고, 비명 소리를 들을 시간이 하루 더 생겼다!"

그가 소리쳤다.

드워프들도 각자 무기를 치켜들며 함성을 질렀다.

"우리의 죽음으로부터 백 일하고도 열두 번의 밤이 지났다!"

다시 한 번 함성이 울렸다.

"그리고 오늘 밤에는 우리 중 다섯 명이 평화를 찾아 우리 곁을 떠났다."

그러자 함성이 잦아들더니 엄숙한 침묵이 흘렀다. 천으로 감싼 시신들이 그들의 머리 위로 전달되며 앞으로 옮겨져 이내 날투르 앞, 땅바닥에 놓였다.

"부디 편히 쉬시게, 나의 친구들. 그대들은 백십이 일을 버텨주었다. 이제는 첫 번째 파라곤의 보살핌 아래 스톤께로 돌아가시게."

많은 드워프들이 조용히 동굴 뒤편으로 가더니 곡괭이를 들고 돌아왔다. 그들은 곧바로 석상으로부터 조금 떨어진 곳을 파기 시작했다. 견디기 힘든 소음이었지만 다행히 구멍은 금세 깊어지고 있었다.

어리둥절한 표정으로 지켜보는 마릭 일행을 본 날투르가 그들을 향해 말했다.

"이 동굴에는 우리 대부분이 묻히기에 충분한 공간이 있지. 어둠의 피조물들이 건드리지 못하게 무덤을 파고 그 안에 시신을 묻는 거야. 그렇게 하면 적어도 우리 대부분은 스톤께로 돌아갈 수 있을 거다."

"대부분이라니요?"

로완이 물었다.

"결국에는 우리도 몇 명밖에 남지 않게 되겠지. 그러면 놈들이 닥칠 거다. 그렇게 마지막으로 남은 우리들은 스톤께로 돌아가지 못하고 놈들에게 먹히고 말겠지."

드워프가 침울한 표정으로 고개를 끄덕이며 말했다. 그의 어두운 눈이 허공을 바라보았다.

돌바닥을 두들기는 곡괭이 소리가 동굴 안을 가득 채웠다. 땅을 파지 않는 나머지 드워프 전사들은 조용히 기지로 들어가 갑옷을 벗고 부상을 치료하기 시작했다. 그들의 목소리는 매우 낮았다. 날투르가 수변을 돌아다니며 선사들의 상태를 확인하자 그들은 존경 어린 눈으로 그를 올려다보고는 그 뒤를 따라다니는 키 큰 인간들과 엘프를 수상쩍게 쳐다보았다.

마침내 그들은 흙으로 지어진 화덕 몇 개가 갖추어진 곳에 다다랐다. 남자 드워프 셋과 커다란 덩치에 예쁘장하게 생긴 여자 드워프 한 명이 고기 냄새를 풍기는 스튜가 끓는 커다란 쇠솥 앞에서 땀을 뻘뻘 흘리며 일하고 있었다. 날투르를 발견한 여자 드워프가 못마땅한 눈으로 그를 쳐다보며 치맛자락에 더러운 손을 쓱쓱 닦았다.

"아직 살아 있는 거야?"

그녀가 쿡쿡 웃으며 물었다.

"지금까진."

그녀의 눈이 마릭과 동료들을 향했다.

"이 친구들은 어둠의 피조물 같지 않은데? 어디서 주워온 거야?"

"지하 대로 깊숙한 곳에서. 달랑 저들끼리 있더라고. 상상이나 돼?"

그러더니 날투르가 고개를 돌려 그들을 쳐다보았다.

"배고픈가?"

"별로."

로게인이 즉각 대답했다.

"예, 실은 우리 모두 아주 시장합니다."

마릭이 끼어들어 로게인을 째려보며 대답했다.

"아직 다 안 됐는데. 하지만 당신을 위해서라면 까짓것, 조금 준비해주지, 뭐."

여자 드워프가 구시렁대더니 그릇 몇 개를 꺼내 스튜를 퍼 담았다. 아무도 선뜻 나서지 않자 그녀가 마릭을 향해 흠흠 헛기침을 했고, 이것을 본 마릭이 후다닥 앞으로 나서며 그릇 하나를 받아들었다. 다른 이들도 마릭의 뒤를 따랐고, 가장 마지막으로 스튜를 받은 이는 날투르였다.

그들은 날투르를 따라 옆으로 난 작은 동굴 안으로 들어갔다. 문을 지날 때는 고개를 숙여야 했다. 카트리엘은 여기가 그의 숙소일 것이라고 생각했다. 하지만 커다란 나무통과 상자, 모피 뭉치, 온갖 무기들이 쌓여 있는 것으로 보아 창고 역할도 겸하는 것 같았다. 날투르는 작지만 두껍고 튼튼한 침대 가장자리에 걸터앉았다. 나머지 사람들도 각자 편하게 자리를 잡고 스튜를 먹기 시작했다.

마릭은 허겁지겁 스튜를 들이켰다. 카트리엘은 조심스레 자기 것을 뒤적이다가 국물을 조금 마셨다. 드워프는 다른 이들이 반쯤 먹기도 전에 자기 것을 죄다 입 안에 쓸어 넣고는 커다란 소리로 트림을 했다. 그가 손등으로 턱수염을 쓱 문질러 닦았다.

"생각보다 배가 덜 고픈가봐?"

날투르가 그들의 먹는 모양새를 보며 물었다.

"아니, 맛있습니다. 근데 이게 뭐죠?"

마릭이 물었다.
"지하사냥꾼."
날투르가 씨익 웃으며 대꾸했다.
"지하, 뭐요?"
로게인이 먹기를 멈추고 물었다.
"지난 두 달 동안 놈들을 열심히 사냥해대지 않았다면 어둠의 피조물과 맞닥뜨리기 훨씬 전에 놈들을 보았을 거야. 실은 몇 달 전에 먹을 게 떨어졌거든. 아, 넉 스테이크 한 입만 먹을 수 있다면 바랄 게 없을 텐데."
날투르가 말을 멈추더니 마릭 일행을 유심히 바라보았다.
"혹시 가지고 있는 것 좀 없나?"
"넉…… 스테이크요?"
로완이 거북한 표정으로 자기 스튜를 내려다보며 물었다.
그 말을 들은 드워프가 실망했다는 듯 한숨을 쉬었다.
"기대한 내가 바보지."
그가 그릇을 내려놓고 그들이 먹는 것을 가만히 지켜보았다. 다음 순간, 그의 눈이 마릭의 장검을 향했다.
"그것 참 괜찮은 무길세. 좀 봐도 되나?"
로게인이 안 된다는 말을 하려는 듯 입을 열었지만 마릭이 그러지 말라고 손을 저었다. 그러고는 자리에서 일어나 차고 있던 검을 꺼내 날투르에게 건넸다.
"내가 보기엔 드워프 솜씨인 것 같습니다."
"잘 모르는 건가?"
"폐허를 떠나고 얼마 안 가서 한 시신이 가지고 있는 걸 발견한 겁니다. 당신 부하 중 하나가 아닐까요? 설사 아니라 하더라도 드워프가 만든 무기이니 당신들이 도로 가져가는 게 맞겠지요."

"올탄 타이그를 지나왔다고? 그럼 설명이 되는구먼. 우리는 그 망할 거미들 때문에 그 타이그 근처에는 얼씬도 안 하거든. 그러니 당신이 뭘 찾아냈는지는 몰라도 우리 건 아니지."

날투르가 호기심 어린 표정으로 검을 이리저리 살펴보았다. 통통한 손가락으로 빛나는 룬을 쓸어보더니 마릭에게 검을 돌려주었다.

"난 됐어. 이건 이제 당신 검일세, 인간."

"하지만……."

마릭이 조금 어리둥절한 표정으로 다시 검을 받았다.

"날 줘봤자 다시 오자마로 돌아가진 못할 텐데, 뭐. 난 다시 돌아가지 않는다고. 아직 모르겠나?"

날투르가 씨익 웃으며 말했다.

"이들은 죽은 거나 다름없어요. 지하 대로로 들어오기 전에 어떤 의식을…… 그러니까 장례식을 이미 치르고 왔을 거예요. 사랑하는 이들에게 작별인사를 하고, 재산을 모두 남에게 넘겨주고, 이리로 와서 다시는 돌아가지 않는 거죠."

카트리엘이 머뭇머뭇 설명했다.

"왜 그런 짓을 하는 거죠?"

로완이 깜짝 놀라 물었다.

"빚을 갚기 위해, 우리의 명예를 되찾기 위해, 그리고 우리 가문의 명예를 되찾기 위해서지."

날투르가 쓴웃음을 지으며 말했다. 이내 그의 표정이 다시 심각해졌다.

"오자마의 정치판은 지하 대로보다 훨씬 무섭다고. 그런 건 놔두고 떠나는 게 상책이지."

"무슨 뜻인지 알겠습니다."

마릭이 한숨을 쉬며 대답했다.

"그런가?"

"지금 그런 걸 설명할 겨를은 없을 것 같은데, 마릭."

로완이 눈살을 찌푸리며 끼어들었다.

"아니, 괜찮아."

마릭이 고개를 저으며 대꾸하고는 드워프에게 한 손을 내밀었다.

"저는 퍼렐던의 마릭 티어린 왕자고, 이 친구들은 제 일행입니다."

그러고는 한 사람씩 그에게 소개했다.

날투르는 알쏭달쏭한 표정으로 마릭을 쳐다보더니 한 번도 해본 적 없는 듯 어색하게 마릭이 내민 손을 붙잡고 흔들었다.

"인간 왕족이구먼, 응?"

"그렇다고 할 수 있죠. 빼앗긴 우리 가문의 왕좌를 되찾기 위해 싸우고 있습니다. 실은 그게 우리가 여기까지 내려온 이유이기도 하고요."

마릭이 씨익 웃으며 대답했다.

놀랍게도 속사정을 털어놓는 데는 그리 오래 걸리지 않았다. 날투르는 조용히 듣고 있다가 공감한다는 듯 고개를 주억거렸다.

"우리 드워프들도 왕좌를 두고 가문끼리 다툴 때 비슷한 일을 겪었지. 하지만 자네가 이야기한 것처럼 뒷짐 지고 구경하는 쪽은 거의 없어. 의회에서 중립을 지키는 가문은 하나도 없거든. 암, 지금까지 단 하나도 없었지. 오자마에서는 엄청나게 많은 유혈 사태가 일어나긴 하지만 그 덕분에 모든 일이 아주 빠르게 정리된다고. 아, 그러고 나서도 조금 더 피를 보긴 하지."

그가 냉소적인 웃음을 흘리며 마치 재미난 농담인 것처럼 말했다. 하지만 아무도 알아듣지 못하는 것 같자 어깨를 으쓱거렸다.

"어쩔 수 없는 일이지. 그건 그렇고, 그와렌으로 가려는 거라면 방향이 잘못됐는데?"

"뭐라고요?"

로게인이 벌떡 일어나며 소리쳤다.

"자자, 덩치 큰 친구. 괜히 열 올릴 필요는 없다고. 당신들은 북쪽으로 가고 있었어. 잘못 가고 있는 거 몰랐나?"

날투르가 양손을 들어 로게인을 진정시키며 물었다.

"우리는 지하에선 방향을 알 수가 없어요."

카트리엘이 설명했다. 드워프들은 땅속 아무리 깊은 곳에서라도 언제든지 방향을 알 수 있었다. 그들이 그리도 과시하는 이 '돌 감각'이라는 것은 실생활에서 매우 유용하게 쓰이기도 했지만 한편으로 그들 종교의 일부이기도 했다. 돌 감각이 없는 드워프는 장님이라 여겨졌고, 생명을 주신 돌로부터 버림받은 불쌍한 존재로 받아들여졌다.

"오!"

드워프는 조금 놀란 듯했다. 그러더니 이제 그런 불쌍한 약점을 가지고 있는 상대가 아까보다는 덜 대단해 보인다는 듯 얕잡아보는 눈길로 로게인과 마릭을 훑어보았다. 그러고는 별일 아니라며 어깨를 으쓱였다.

"그래서 그랬구먼. 여기가 아까 거기보단 그와렌에 더 가까울 거야. 하지만 그런다고 대단히 달라지는 것도 없지, 뭐. 거기 가도 바닷물밖엔 볼 게 없거든. 마지막으로 듣기로는 거기 기지가 물에 잠겼다더라고."

"사실 우린 지상으로 올라가려고 합니다."

마릭이 말했다.

"아하, 그렇겠지, 그렇고말고."

"길을 알려주실 수 있다면……."

로게인이 끼어들었다.

이 말을 들은 날투르가 씨익 미소를 지었다.

"그것보다 더한 걸 해줄 수도 있지. 우리가 데려다주겠소! 올탄 타이그를 기꺼이 통과한 사람이라면 그 정도 대접은 받아 마땅하거든. 그리로 혼자 나가게 내버려두진 않겠다, 이 말이지."

"정말로 그렇게 해주시겠어요?"

로완의 입이 떡 벌어졌다.

"빚을 갚고 명예를 되찾고자 한다고 그러셨죠, 하시던 일에 방해가 되고 싶진 않습니다만."

마릭이 조심스레 말했다.

"하!"

드워프가 이 소리와 함께 마릭의 등짝을 철썩 내리쳤고 그 바람에 마릭은 의자에서 떨어질 뻔했다.

"솔직히 말하자면 매일 어둠의 피조물만 사냥하는 것도 좀 지겹거든. 그 놈들은 끝도 없다니까. 끝없이 밀려오는 악의 바닷물에 빠져 죽기 십상이란 말이지."

그가 어깨를 으쓱이며 말하고는 다시 한 번 큰 소리로 꺼억 트림을 했다.

마릭은 그의 말을 잠자코 듣고 있었다. 그때 갑자기 머릿속에서 반짝 불이 들어왔다.

"그러면 어둠의 피조물하고만 싸우는 게 아닌가요?"

"오자마로 돌아갈 수도 없는데, 뭐. 그것 말고 뭘 하겠나?"

"그럴 마음만 먹는다면 여기에서 아주 오랫동안 살아갈 수도 있겠네요."

로완이 말했다.

그 말에 드워프가 콧방귀를 뀌었다.

"흥, 우리는 이미 죽은 거나 마찬가지라고. 구차하게 오래 살아 뭣 해? 어쨌거나 어둠의 피조물들을 때려잡는 일은 명예롭기라도 하지. 언젠가 안식을 찾을 때가 오면 진정한 드워프처럼, 한때 우리 것이었던 것을 되찾기 위해 장렬히 싸우다 갈 걸세. 설사 다시는 되찾을 수 없다고 해도 말이지."

"그러면 인간하고 싸우는 것에 대해서는 어떻게 생각하십니까?"

마릭이 슬그머니 웃으며 물었다.

"지상에서?"

날투르가 호기심 어린 눈으로 마릭을 쳐다보았다.

"그렇죠, 그리고 위에 올라가면 우리보다 훨씬 많은 사람이 있을 겁니다."

"그럼 하늘 아래에서 말이야?"

날투르는 '하늘'이라는 단어가 아주 무서운 것인 양 대꾸했다.

"때가 너무 늦지만 않는다면 그와렌에서 저희를 도와주시면 고맙겠습니다. 어떻게 보답하면 좋을지는 모르겠습니다만…… 전 아직은 왕이 아니거든요. 왕이 되지 못할 수도 있습니다. 하지만 당신과 부하들이 죽음을 찾고 있다면, 적어도 어둠의 피조물들 말고 다른 무언가와 싸울 영예로운 전투가 있으니 알려드리려는 것뿐입니다."

마릭이 솔직하게 말했다.

"지상에서의 죽음이라……."

날투르가 별로 구미가 당기지 않는 투로 말했다.

"드워프 족은 지상에 통 안 올라가는 모양이군요?"

마릭이 한숨을 쉬며 물었다.

"명예라고는 없는 놈들이라면 혹시 올라갈지도 모르지."

날투르가 콧방귀를 뀌었다.

"당신들도 이미 오자마에서 추방당한 거 아닌가요? 지금도 잃을 명예가 남아 있나요?"

로완이 한쪽 눈썹을 추켜올리며 물었다.

그 말을 들은 날투르가 잠시 곰곰이 생각하더니 얼굴을 잔뜩 일그러뜨렸다.

"얻을 것도 없지. 어쨌거나 지상에서 자네들 인간이 무슨 짓을 하는지는 우리가 상관할 바 아니야. 여기 지하에는 맞서 싸울 어둠의 피조물들도 있고, 죽으면 돌아갈 스톤도 계시지. 그게 바로 우리가 상관할 일이라고."

"그만 가자. 여기서는 도움을 받을 수 없을 거야, 마릭."

로게인이 벌떡 일어서며 말했다.

"난 잘 모르겠어……."

마릭이 망설였다.

"다 겁쟁이들이야. 하늘을 겁낸다고. 우리랑 가지 않기 위해서라면 무슨 핑계든 댈 거야."

로게인이 끼어들었다.

이에 날투르가 번개같이 전투용 망치를 빼들고 펄쩍 뛰었다. 그는 붉으락푸르락 달아오른 얼굴로 로게인을 향해 망치를 쳐들었다.

"그 말 당장 취소해라."

그가 낮은 목소리로 경고했다.

로게인은 움직이지 않고 날투르를 찬찬히 훑어보았다. 방 안의 긴장감이 점점 높아지자 로완과 마릭이 걱정스러운 눈길을 주고받았다. 로게인이 천천히 날투르에게 고개를 끄덕였다.

"사과하지요. 우리를 잘 대접해주었는데, 부당한 말이었습니다."

로게인이 진심으로 말했다.

날투르가 화를 조금 더 내야 하는 건가, 망설이는 표정으로 찌푸리고 있더니 잠시 뒤 어깨를 으쓱이고 말았다.

"알겠다."

그러더니 뭐가 웃기는지 쿡쿡 웃음을 터뜨렸다.

"맞는 말이긴 하지, 뭐. 너희들의 하늘이 어둠의 피조물 떼거리보다 훨씬 더 무섭다고!"

그는 이 말이 웃겨 죽겠다는 듯 혼자 자지러졌고, 그러자 방 안을 감돌던 긴장감이 사라졌다.

날투르가 조용해지자 카트리엘이 그의 팔을 톡톡 건드렸다.

"실은 마릭이 당신을 위해 해줄 수 있는 게 한 가지 있어요. 그가 왕이 되면 공식적으로 오자마를 방문할 수 있을 거예요. 그러면 그가 왕위를 되찾는 데 당신이 얼마나 큰 도움을 주었는지 드워프 의회에 잘 말해줄 수 있을 거예요."

카트리엘이 말했다.

"오? 그런 방법도 있군!"

"당신 종족도 인간 왕들은 존중해주잖아요. 4차 대재앙 도중 마나스 펠 함락에 도움을 주었던 드워프들에 대해 인간 왕이 말을 전해주었을 때 모두 큰 포상을 받았었잖아요. 그들 중 한 명은 심지어 파라곤이 되기도 했고요."

"그건 그렇지."

날투르의 눈이 반짝 빛났다.

"그러니까 지상에 올라가서도 얻을 수 있는 명예가 있는 거예요. 당신이 떠나온 가문을 위한 명예 말이에요. 물론 마릭이 승리를 거두어야 가능한 일이지만……."

카트리엘이 말했다.

날투르가 한참 동안 그 말을 곱씹더니 마침내 마릭을 쳐다보았다.

"그렇게 해줄 텐가?"

"네, 그렇게 하겠습니다."

마릭이 단호한 표정으로 고개를 끄덕였다.

"마릭이 왕이 되지 못할지도 모릅니다. 그러니까 당신이 요청하는 걸 그가 해줄 수 없을지도 몰라요. 보장은 못 합니다. 그건 이해하겠죠?"

로게인이 조심스레 드워프를 쳐다보며 말했다.

"당신은 자기 친구를 못 믿나본데. 인간은 죄다 이러나?"

날투르는 그런 로게인이 우스운 것 같았다.

"저 친구만 저럽니다."

"현실적으로 말하는 것뿐이라고."

로게인이 내뱉듯 말했다.

"그러면 하나만 부탁하지. 혹시 자네들을 돕다가 우리 중 누구라도 쓰러진다면 절대 지상에 버려두어선 안 되네. 우리를 스톤께 되돌려보내 달라고. 절대 우리를 지상에 묻어선 안 돼. 하늘 아래 묻어선 안 된다고."

날투르는 생각만으로도 끔찍한 듯했다. 하지만 그는 단호하게 입을 꾹 다물어 보였다.

"약속합니다."

마릭이 다시 고개를 끄덕였다.

"좋아, 그러면 도와주지."

마침내 그가 말했다. 그리고 몸을 휙 돌려 밖으로 나가더니, 곧장 다른 전사들을 불러 모으기 시작했다. 끊임없이 이어지던 속쟁이 소리가 우뚝 멈췄다.

방 안에 있던 사람들은 방금 일어난 일을 도저히 믿지 못하겠다는 듯 마릭을 멍하니 쳐다보았다.

"자, 이제 우리를 도와줄 무리들이 생겼군."

로게인이 중얼거렸다.

그로부터 두 시간도 채 지나지 않아 결사의 군단은 장비란 장비는 모두 챙겨가지고 지하 대로를 따라 걷고 있었다. 로게인은 이리도 일사분란하게 움직이는 이들의 모습이 꽤 인상적이라고 생각했다. 마릭은 날투르와 다른 높은 계급의 전사들과 함께 앞에서 걸었다. 그들 모두 현재 지상의 상황에 대해 설명하는 마릭의 말에 귀를 기울였다.

자초지종을 들은 드워프들은 찬탈자의 군대가 이미 그와렌에 당도했다면 정말로 힘든 상황이 될 수도 있다는 설명은 오히려 쉽게 이해하고 받아들이는 것 같았다. 하지만 머리 위로 지붕이 없다는 것, 마음을 편안하게 해주는 돌벽이나 천장 같은 건 없고 끝없이 위로 뻗어나가는 거대한 공간이 있다는 사실에는 얼굴이 허옇게 질려 어쩔 줄 몰라 했다. 마릭은 지금까지 하늘로 솟구쳐 영영 사라져버린 사람은 단 한 명도 없었고, 하늘에 그 뜨거운 태양이라는 것이 있긴 하나 절대 그것 때문에 누군가 장님이 된 적도 없고, 땅에 떨어져 누군가를 태운 적도 없다는 사실을 몇 번이나 설명해야 했다. 그들은 이런 것들을 진정으로 두려워했다.

로게인과 로완, 카트리엘은 행렬의 중간, 물자를 실은 손수레 옆에서 걸었다. 맨 뒤의 보초병은 어둠의 피조물이 나타나는지 유심히 살폈다. 로게인이 보기에는 기지에 있던 것 가운데 중요한 것이라면 죄다 챙겨온 것 같았다. 단 하나, 동굴을 받치고 있던 거대한 드워프 왕의 석상만은 제외였다. 물자를 챙기려 바삐 돌아다니던 와중에도 드워프들은 차례대로 석상 앞에 멈춰 서서 눈을 감고 경건한 손길로 발치를 쓰다듬곤 했다. 로게인은 그들이 조상에게 기도를 하는 것이라고 생각했다. 자신을 굽어살펴달라거나, 아니면 죽게 되거든 빠르고 명예롭게 죽을 수 있게 해달라고 기원하는 것일지도 모른다. 그것도 아니면 먼지와 어둠의 피조물들의 오염 물질에 더럽혀지도록 또 한 번 홀로 놔두게 된 것에 대해 사과하는 거겠지.

결사의 군단 중 아까 만났던 요리사처럼 전사가 아닌 이들은 조용히 손수레를 끌며 카트리엘을 힐끔힐끔 곁눈질했다. 로완이 그들 중 한 명에게 왜 그러느냐고 물어보자 돌아오는 대답은 간단했다. 오자마에서 지내는 동안 지상인들을 꽤 여럿 보았지만 엘프를 본 적은 한 번도 없었던 것이다.

그들은 신속하게 움직였다. 드워프들은 지하 대로를 잘 알고 있었다. 그리고 점점 더 깊이 들어갈수록 카트리엘의 힘만으로 그와렌까지 찾아간다는 계획은 실패하고 말았을 거라는 사실 또한 명백해졌다. 설사 어둠의 피조물이 없었다 하더라도 어디선가 길을 잃고 말았으리라. 게다가 식량과 마실 물도 거의 없었으니, 그들이 살아서 이곳을 빠져나왔을 확률은 그야말로 희박했다.

하지만 이렇게 드워프들을 만났으니 참으로 다행스러운 일이었다. 어쨌거나 지하 대로를 통해 그와렌까지 간다는 카트리엘의 계획은 곧 성공할 참이었다. 로게인은 걸어가는 동안 카트리엘을 유심히 쳐다보다가 그녀가 자신과 로완으로부터 서서히 멀어지면서, 멀리 행렬 앞에서 움직이고 있는 마릭에게만 시선을 고정하고 있음을 깨달았다. 로게인과 로완이 그녀에 대해 어떻게 생각하는지 알아냈거나 짐작하고 있는 게 분명했다. 로게인과 로완 역시 그녀에 대한 의심을 숨기기 위해 그리 애쓰지도 않았다.

로게인이 걸음을 재촉해 카트리엘 옆으로 다가가자 그녀가 뚱한 얼굴로 그를 마주보았다. 로완은 그와 함께 걷지 않고 조금 놀란 표정으로 뒤에서 지켜보기만 했다.

"당신이 우리에게 큰 도움이 되었다는 걸 알아주면 좋겠소."

그가 카트리엘에게 말했다.

"제가 그랬나요?"

그녀가 경계하듯 눈초리를 가늘게 떴다.

"그렇소. 가능성이 얼마나 적든 우리가 그들 종족에게 도움을 줄 수 있다면 드워프들이 고마워하리라는 걸 알고 있었잖소."

카트리엘이 별일 아니라는 듯 어깨를 으쓱이더니 고개를 돌렸다. 그의 말에 기분이 좋아지기는커녕 언짢아하는 기색이었다.

"그들이 결사의 군단에 들어간 건 다른 선택의 여지가 없어서예요. 빈털터리거나 신세를 망친 사람들이죠. 이 군단이 그들 종족에게 해줄 수 있는 최고의 일은 그들의 과거를 깨끗이 닦아주는 것, 그래서 저울의 바늘을 다시 0으로 맞춰주는 것뿐이에요. 그것 말고 달리 할 수 있는 게 있다면 누가 시도해보지 않겠어요?"

그녀가 다시 로게인을 쳐다보고 의미심장한 표정을 지으며 말했다.

"그렇긴 하군."

그녀는 다시 한 번 화난 표정을 지으며 고개를 돌렸다. 그녀의 쌀쌀맞은 몸짓이 무의식중에 로게인을 밀어냈지만 그는 아무렇지 않게 그런 반응을 무시했다. 카트리엘의 시선을 따라간 로게인은 그녀가 다시 마릭을 보고 있음을 깨달았다.

"여기 남은 이유가 뭐요? 그를 위해선가?"

로게인이 물었다.

"당신은요? 당신도 그를 위해선가요?"

그녀가 차갑게 되물었다.

로게인은 잠시 생각에 잠겼다. 긴 막대에 매달려 머리 위로 흔들리는 푸른 등불이 지하 대로 안을 사파이어 빛으로 밝히고 있었다. 그들은 이미 오래전에 잊힌, 통로 벽에 세워진 또 다른 드워프 석상을 지났다. 이제는 대부분이 부서져 내린 말 없는 수호자가 이 영원의 어둠 속으로 쳐들어온 이들을 지켜보듯 그들을 굽어보고 있었다.

"아니, 난 날 위해 남은 거요."

마침내 그가 대답했다.

진심이 담긴 진지한 대답이었다. 그러자 카트리엘이 생각에 잠긴 듯한, 슬퍼 보이는 눈으로 그를 물끄러미 바라보았다.

"마릭은 좋은 사람이에요. 그래서 나를 볼 때마다 나 자신도 몰랐던 내 안의 선한 심성을 알아봐줘요. 그의 곁에 머무를수록 나도 그런 존재가 될 수 있을 것처럼 느껴져요."

그녀가 씁쓸하게 대답했다.

"가능성이라…… 그렇군."

로게인이 이해한다는 표정으로 고개를 끄덕였다.

로게인의 시선이 카트리엘의 시선과 만났다. 그의 푸른 눈이 그녀의 낯선 녹색 눈을 파고들자 카트리엘이 먼저 고개를 돌렸다. 갑자기 자신이 너무나도 연약한 존재가 된 것만 같았다. 그녀는 두 어깨를 문지르며 갈망하는 눈길로 마릭이 있는 곳을 바라보았다. 로게인은 돌연 그녀가 불쌍해졌다.

"그는 아직 왕이 될 준비가 안 됐소. 상대를 너무 믿거든."

로게인이 나지막이 말했다.

그녀가 아무 말 없이 고개를 끄덕였다.

"하지만 이제 준비할 때가 됐지. 아주 힘든 일이 될 거요."

"알아요."

체념한 듯, 그녀의 목소리는 공허했다.

이제는 더 할 말이 없었다. 로게인은 로완의 옆으로 돌아왔고, 행렬은 어둠 속 행군을 계속했다.

그로부터 하루도 채 안 되어 그들은 폐허로 변해버린 그와렌 아래에 자리한 기지에 당도했다. 무너진 터널의 돌들을 치우기 위해 서너 번쯤 멈춰야 했고, 그럴 때마다 날투르는 '멀쩡한 드워프 기술력'을 이리도 망가뜨리고 싶어 하는 어둠의 피조물의 더러운 습성에 욕설을 퍼부었다. 돌무더기를 치우고 나면 그 뒤로 길이 없는 건 아닐까 걱정도 되었지만 다행히 그때마다 뒤로 여러 개의 터널이 이어졌다.

어둠의 피조물들은 사방에 있었다. 그들은 푸른 불빛이 미치지 않는 곳 바로 바깥에 숨어 행렬을 지켜보았다. 그러다가 두 번인가 불쑥 튀어나와 그들을 급습했다. 한 번은 앞에서, 한 번은 뒤에서였지만 두 번 다 전사들이 재빨리 반격에 나서 놈들을 쫓아냈다. 드워프들이 침착한 몸놀림으로 놈들을 물리치는 솜씨는 그야말로 혀를 내두를 정도였고, 그때마다 어둠의 피조물들은 황급히 자기들이 머무르던 곁가지 동굴로 도망쳤다.

날투르는 그 뒤를 쫓지 않았다.

"결사의 군단이라 할지라도 놈들을 따라 동굴로 들어가진 않지. 거긴 놈들의 본거지라서 죽음만이 우릴 기다릴 뿐이거든."

그들은 죽음을 두려워하지 않았지만 이왕 죽을 것이라면 최대한 많은 어둠의 피조물들을 길동무 삼고 싶어 했다. 급습을 받아 홀로 목숨을 잃는 것이 아니라면 말이다.

두 번이나 공격을 실패하자 놈들은 더 이상 다가오지 않았다. 그들이 드워프들을 미워하는 것만은 분명해 보였지만 언제나 무리 지어 다가올 뿐 외따로 공격해오는 놈들은 없었다. 한번은 멀리 어둠 속에서 기이하게 높은 비명 소리가 한참 동안 들려왔다. 드워프들 말로는 그것이 또 다른 종류의 어둠의 피조물, 키가 크고 기다란 갈고리 모양의 다리로 흐느적거리면서도 믿을 수 없을 정도로 빠르게 움직이는 것들이라고 했다. 또 이놈들은 종종 마법사처럼 주문을 쓰는 또 다른 어둠의 피조물들을 데리고 나타난다고 했다. 마릭 일행은 바짝 긴장했다.

하지만 드워프들은 웬만한 마법은 거뜬히 튕겨내는 자기들의 타고난 능력이 그놈들도 이겨낼 수 있을 거라고 큰소리치며 콧방귀를 뀌었다. 그렇다고 경계를 강화하지 않은 것은 아니었다. 그들은 짙은 눈을 커다랗게 뜨고 칼을 빼든 채 어둠 속을 찬찬히 살폈다.

공격은 벌어지지 않았다. 대신 그와렌 기지가 가까워지자 통로에서 물이 보이기 시작했다. 천장에서 뚝뚝 떨어지는 물방울이라든지, 물이 고인 웅덩이라든지, 갈라진 벽의 틈으로 새어드는 물기라든지. 물이 있는 곳마다 딱딱하게 굳은 석회석이 쌓여 있었고, 녹과 소금 냄새가 공기 중에 맴돌았다. 언젠가는 통로 전체가 물로 꽉 차 있어서 장비를 머리 위로 올려 든 채 물속을 헤쳐 나가야 했던 적도 있었다. 이때만큼은 드워프들도 키 큰 인간과 엘프를 질투 어린 눈으로 쳐다보았지만 아무 말도 하지 않았다.

이렇게 통로를 채운 물을 보자 로게인은 걱정이 되기 시작했다. 이 터널이 바다 밑으로 이어지는 것인가? 만일 그렇다면 처음 물이 들어찼을 때 통로 전체가 바닷물에 잠기지 않았을까? 날투르는 그럴 리 없다고 딱 잘라 말했지만 로게인은 그 생각을 떨칠 수 없었다. 안심하기에는 드워프의 건축 기술에 대해 아는 바가 부족했다.

마침내 찾아낸 기지는 바닷물로 거의 찬 거대한 동굴 안에 있었다. 마치 물가에 좁은 돌길이 둘러져 있는 지하 호수 같았다. 동굴 천장에 매달린 수많은 종유석에서 물이 똑똑 떨어져 탁한 호수로 빠졌다. 물소리가 메아리가 되어 사방으로 울려 퍼졌고, 마치 이곳에 온 그들을 환영하는 것 같았다.

호수 반대편은 너무 멀어 잘 볼 수 없었다. 그저 검은 물이 어둠 속으로 사라질 뿐.

'정말 바다로 이어지는 건 아닐까? 머리 위 그와렌이 지상 항구인 것처럼 이것은 지하 항구가 아닐까?'

로게인이 생각했다. 흥미로운 생각이었다. 공기는 조금 무겁고 축축했지만 숨쉬기에는 충분했다.

길이가 30미터가 넘는 거대한 철 구조물이 바위투성이의 기슭에서 시작되어 호수에 반쯤 잠겨 있었다. 지금은 대부분이 녹슬고, 흰색 석회석으로 덮여 있었다. 거기에서 기다란 파이프가 여러 개 솟아나와 벽으로 이어져 있었는데, 이것들 또한 녹이 슬어 부서져 있었다.

이 구조물의 용도가 무엇인지는 알 수 없었다. 드워프들은 아무 말 하지 않고 그저 동굴 입구에 서서 경건한 표정으로 고개를 숙이고 있었다. 들리는 소리라고는 떨어지는 물소리뿐이었다.

"한때 여기에는 이런 파이프가 수백 개나 있었지. 그게 아직도 있었으면 동굴 천장이 거의 보이지 않았을 거야."

마침내 날투르가 입을 열었다. 하지만 이제 파이프는 대부분이 떨어지고 없었다. 녹 때문에 그리 된 것이 분명했다.

"용도가 뭐였나요? 일종의 요새를 지은 건가요?"

마릭이 물었다.

"인간들은 절대 이해 못 할 거야."

날투르가 조롱하는 표정으로 대꾸했다.

지상으로 올라가려면 물 가장자리로 아슬아슬하게 난 좁은 길을 지나쳐야 했다. 그곳을 통과하고 나니 마릭 일행이 동굴에 들어오기 전 입구에서 보았던 문과 비슷한 또 다른 문이 나타났다. 석회와 녹으로 덮여 있긴 했지만 아직도 굳게 닫혀 있었다. 문을 덮은 석회가 어찌나 두터웠던지, 그 아래 있을 자물쇠는 전혀 보이지 않았다.

날투르는 곧장 부하들을 시켜 곡괭이로 석회와 녹을 깨게 했다. 아랫부분이 어떻게 생겼는지 보기 위해서였다. 하지만 그런다고 나아지는 것도 없어 보였지만.

"여길 통과할 수 있다고 해도 그 위에 뭐가 덮여 있을지는 알 도리가 없어. 인간들이 그 위에 뭘 지었을지도 모르지."

날투르가 중얼거렸다.

"그와렌에 드워프 기지로 내려가는 통로가 있다는 말 같은 건 들어본 적이 없는 것 같아."

로완이 눈살을 찌푸리며 말했다.

"있었다면 수 세기 전에 봉인되었을 거예요. 어둠의 피조물들이 지하 대로를 차지했을 때 그와렌 사람들이 막아버렸겠죠."

카트리엘이 말했다.

"그러면 열어야 할 봉인이 두 개구먼. 열 수 있다면 말이야."

날투르가 한숨을 쉬더니 다시 마릭을 쳐다보았다.

"못 연다면 자넨 여기까지 온 게 죄다 헛수고로 끝나는 거고."

로게인이 동굴 속 뿌연 물을 바라보며 생각에 잠겨 턱을 문질렀다.

"저쪽으로 헤엄쳐 나간다면 바다로 이어지려나? 그러면 해변으로 나갈 수 있지 않을까?"

이 말을 들은 드워프가 말도 안 된다는 듯 로게인을 쳐다보았다.

"이 수문이 열린다면, 그리고 자네가 그렇게 오래 숨을 참을 수 있다면. 그리고 마지막으로 수압 때문에 죽지 않는다면 말이지."

"그럼 안 되겠군."

곡괭이 소리는 몇 시간이나 계속되었다. 마침내 자물쇠를 자세히 들여다볼 수 있을 정도의 구멍이 생겼다. 날투르는 그들 중 한 명이 '살아 있었을 때' 대장장이였다면서 걱정 말라고 했다. 조금 뒤 그 대장장이가 나쁜 소식을 전했다. 녹 때문에 자물쇠가 완전히 맞물려버려서 그걸 열려면 녹여야 한다는 것이었다.

그렇게 하려면 산성 물질이 필요했다. 드워프들은 장비 마차에 실려 있던, 액체로 가득 찬 작은 유리병을 즉각 대령했다. 그리고 집게로 뚜껑을 연 다음 그 안에 든 액체를 자물쇠 안에 모조리 부었다. 곧 매캐한 연기와 푸른 불꽃이 피어났다. 대장장이는 세 번이나 그 과정을 반복하고 나서야 이제 문을 열 수 있게 되었다고 했다.

날투르는 커다란 갈고리 서너 개를 문에 연결하고 다섯 명의 드워프에게 거기에 연결된 밧줄을 있는 힘껏 잡아당기라 명령했다. 그들은 양발을 바닥에 굳게 디디고, 이를 부드득 갈면서 젖 먹던 힘까지 다해 밧줄을 잡아당겼다. 아주 천천히 아주 조금씩 문이 열리기 시작했다. 처음에는 신음하듯 끼이익 소리가 나면서 동굴 전체에 울려 퍼졌다. 그러고는 한 번에 고작 몇 센티미터씩 움직였지만, 돌바닥에 녹슨 금속이 끌리는 듣기 싫은 소리를 내며 문이 서서히 열리기 시작했다.

문 열리는 속도가 빨라지면서 엄청난 흙먼지가 날아 들어왔다. 드워프들은 콜록콜록 기침을 해댔지만 로게인은 그 먼지를 싣고 온 맑은 공기를 느낄 수 있었다.

'맑은 공기라? 위에 산소가 있다면 그건 곧…….'

로게인이 생각했다.

바로 그때였다. 거대한 형체 하나가 흙먼지 속에서 달려나왔다. 3미터가 넘는 거대한 돌 골렘이었다. 그것은 포효하더니 두 주먹을 인정사정없이 휘두르기 시작했다. 드워프들이 깜짝 놀라 잠시 몸이 굳은 사이 돌 골렘은 드워프들의 진영을 뚫고 들어와 손에 걸리는 드워프마다 공중으로 날려보냈다. 많은 드워프들이 날아가 동굴 벽에 처박히거나 물구덩이에 풍덩 빠졌다.

충격에 휩싸인 드워프들이 칼을 든 채 슬금슬금 뒤로 물러서기 시작하자 날투르가 그들을 향해 뛰어갔다.

"공격이다! 전투 준비! 전투 준비!"

다음 순간 골렘 뒤로 한 무리의 인간 군인들이 칼을 빼들고 동굴 안으로 몰려들더니 드워프들과 맞부딪쳤다. 이번에는 드워프들도 물러나지 않았다. 금속과 금속이 부딪치는 소리가 시끄럽게 울리고, 골렘은 사정없이 그 거대한 주먹을 휘둘렀다. 죽음의 대결이 점점 거세지자 로게인마저 충격에 휩싸여 어쩔 줄 몰라 했다.

그런데 자세히 살펴보니 터널 속으로 쏟아져 들어온 것은 다름 아닌 마릭의 군사들이었다. 이들은 바로 반란군이었다.

"멈춰요! 싸움을 멈춰! 제발!"

마릭이 위험은 안중에도 없다는 듯이 두 손을 휘저으며 드워프 진영으로 달려갔다. 전투의 열기가 거세지면서 아무도 그의 말을 듣지 못했다. 양편에서 피를 보기 시작했다. 그때 돌 골렘의 주먹이 마릭을 향해 날아와 그를 아슬아슬하게 스치고는 바닥을 때렸다. 그 충격에 마릭이 넘어지고 말았다.

그 모습을 본 로게인과 로완이 곧바로 무기를 빼들고 그의 옆으로 달려왔다. 둘은 시선을 주고받았다. 자기 부하들과 싸움을 벌여야 할지도 모른다는 생각에 마음이 초조해졌다. 우여곡절 끝에 여기까지 왔는데 이렇게 만나자마자 맞붙게 되다니, 참으로 딱한 노릇이었다.

로게인은 검으로 마릭을 내리치려던 병사 한 명을 발로 차냈다.

"바보 같은 놈! 이분은 마릭 왕자님이시다!"

그가 벼락처럼 고함을 쳤지만 병사들의 함성 소리, 돌과 갑옷을 두들겨대는 골렘의 주먹이 내는 소란에 묻히고 말았다. 로게인은 골렘을 조종하는 마법사를 찾기 위해 사방을 두리번거렸으나 그의 모습은 어디에도 없었다.

"싸움을 멈춰라!"

로게인이 다시 소리를 질렀다. 로완도 그의 옆에서 달려드는 병사 서너 명을 밀어내며 마릭을 일으켰다. 날투르는 이들이 무슨 짓을 하고 있는지 보았지만 그렇다고 되각 명령을 내릴 수는 없었다. 좁은 돌길 위에는 물러날 공간이 없었고, 자칫 잘못하다간 몰살당하거나 물에 빠져 죽을 수도 있었다.

돌 골렘이 분노의 고함을 지르며 로게인에게 달려들었다. 그 앞에서 거대한 돌주먹을 머리 위로 치켜들었다. 로게인은 검을 올려 들고 곧 이어질 충격에 대비해 온몸에 힘을 주었다.

그때였다.

"그만!"

골렘 뒤에서 새로운 목소리가 들리자 효과는 즉각적이었다. 골렘이 멈춰 섰다.

인간 병사들도 싸움을 멈추고 어리둥절해하며 주변을 둘러보았다. 날투르는 그 틈을 타 드워프들에게 뒤로 물러나라고 지시했다. 두 군대 사이에 거대한 틈이 생겨났다. 인간 병사 사이에서는 물러나는 드워프들을 향해 달려들려는 이들도 있었지만 일단은 저마다 자기 자리를 지켰다.

기적처럼 양군이 물러난 뒤 로게인과 마릭, 로완만 중간에 남았다. 조각

상처럼 아무런 미동 없이 로게인에게 주먹을 내리칠 기세로 선 골렘도 함께였다.

"감히 누가 왕자님의 이름을 들먹이는가?"

새로운 목소리가 물었다. 골렘 뒤에서 걸어 나온 그 사람은 노란색 로브를 입고 뾰족한 턱수염을 기르고 있었다. 마릭은 그를 곧바로 알아보았다.

"윌헬름!"

마릭이 안도의 한숨을 내쉬며 소리치고는 벌떡 일어나 마법사에게 달려갔다.

윌헬름의 눈이 커다랗게 벌어졌다. 마릭이 다가오자 멈칫 뒤로 물러나더니 믿을 수 없다는 눈으로 그를 노려보았다. 마릭도 멈춰 섰다. 나머지 병사들은 유령이라도 본 듯한 표정으로 마릭을 노려보았다. 동굴 안 누구도 입을 뻥긋하지 않았다. 충격에 휩싸인 침묵이 사방을 덮었다.

"날 못 알아보겠어요?"

마릭이 물었다. 로게인과 로완이 무기를 내리고 조용히 그의 뒤로 걸어갔다.

윌헬름의 시선이 그들을 훑다가 다시 마릭에게로 돌아갔다. 그의 눈이 싸늘해지면서 주변의 병사들에게 물러나라는 듯 한 손을 들었다.

"조심해라. 우리를 속이기 위해 환상을 이용한 계략일 수도 있다."

그가 손을 들어 올리자 밝은 에너지가 솟구쳐 나왔다. 그 에너지가 가만히 선 마릭을 향해 날아갔다. 마릭은 자신의 몸을 휘감는 에너지를 느끼며 눈을 감았다. 아무 일도 일어나지 않았다. 윌헬름의 눈이 커졌다. 그가 다시 손을 들어 다른 주문을 시도했다. 이것이 마릭의 몸에 부딪치고, 또 다른 것이 곧장 이어졌다.

윌헬름이 믿기지 않는다는 표정으로 눈을 치뜨고 마릭을 바라보았다. 그러더니 이내 풀썩 무릎을 꿇었다. 마릭을 올려다보는 그의 눈에 눈물이 가득 고여 있었다.

"왕자님? 정말…… 정말로 살아 계셨던 겁니까?"

마법사가 떨리는 목소리로 물었다.

마릭이 조심스레 다가가 그의 앞에서 무릎을 꿇고 양손을 잡았다. 로게인과 로완도 마릭의 뒤를 따라 다가갔다.

"나예요. 윌헬름. 로게인이랑 레이디 로완도 함께 왔어요. 우리 전부 살아 돌아왔다고요."

윌헬름은 역시 못 믿겠다는 표정으로 뒤에 서 있던 병사들을 돌아보았다.

"왕자님이시다. 진짜 왕자님이시다!"

충격이 물결처럼 병사들 사이를 퍼져 나가면서 누가 먼저랄 것도 없이 흥분의 목소리들이 터져 나왔다. 멀리 뒤에 선 사람에게까지 이야기가 전달되었고, 동굴 안에 들어와 있던 사람들 몇이 이 소식을 전하기 위해 서둘러 계단을 뛰어 올라갔다. 거기에서도 사람들이 소리치는 소리가 들려왔다.

병사들도 하나둘씩 윌헬름의 뒤를 따라 무릎을 꿇고 존경의 뜻으로 투구를 벗었다. 더 많은 병사들이 무거운 문 뒤로 난 계단을 내려와 통로로 몰려들었다. 마릭을 본 그들 또한 무릎을 꿇었다. 어떤 이들은 하염없이 눈물을 흘렸다.

"돌아가신 줄로만 알았습니다. 모든 것이 끝났다고 생각했어요. 백작께서 돌아가셨습니다. 찬탈자는 왕자님도 죽었다고 했습니다. 우린…… 이게 또 다른 공격인 줄만 알고…… 이게 또……."

마법사가 목이 메는지 말을 잇지 못했다. 그리고는 여전히 믿지 못하겠다는 듯 고개를 절레절레 흔들었다.

마릭이 침울한 표정으로 고개를 끄덕이고 자리에서 일어나 뒤에 말없이 늘어선 드워프들을 돌아보았다. 날투르는 물에 빠진 자들을 구해내는 것뿐 아니라 부상자들을 돌보라는 지시를 내리고 있었다. 드워프들은 신속하게 움직였다.

마릭은 다시 몸을 돌려 자기 앞에 선 병사들, 자신의 군대를 바라보았다. 너무나도 많은 이들이 이 어두운 통로로 꾸역꾸역 몰려 내려왔다. 어머니가 돌아가신 뒤 처음 로게인과 로완에 이끌려 반란군 야영지를 찾아갔을 때 보았던 것과 똑같은 희망 어린 눈으로 그를 바라보고 있었다. 그 뒤로, 지상에는 더 많은 이들이 몰려와 있었다. 그들이 내는 목소리도 들을 수 있었다.

"그럼 너무 늦은 게 아니구나. 아직도 군대가 남아 있고, 해산한 게 아니었어. 우리가 해낸 거야. 정말 해낸 거라고!"

마릭이 말했다. 안도감이 너무나 큰 나머지 자기도 모르게 눈물이 흘러내렸다.

윌헬름은 고개를 끄덕였고, 로게인은 뒤에서 마릭의 한쪽 어깨에 손을 얹었다.

"그래, 우리가 정말 해낸 거야."

로게인도 나지막이 말했다.

하지만 마릭은 자부심 따위는 느끼지 못했다. 그는 경외심에 가득 차 자신을 바라보는 병사들에게 다가갔다. 무릎을 꿇고 있는 그들의 모습을 보니 흘러내리는 눈물을 더욱 주체할 수가 없었다. 그들 모두 굶주리고, 지치고, 절박한 상황에 있었다. 그들의 눈에서 그 모든 걸 읽을 수 있었다. 그럼에도 지금까지 참고 견뎌준 것이다.

마릭은 그들을 내려다보며 주먹을 머리 높이 추켜올렸다. 그러자 병사들이 한마음이 되어 벌떡 일어서더니 기쁨의 환호성으로 답했다. 그 소리는 발밑의 지축을 뒤흔들고, 지하 대로의 깊은 어둠 속으로 쩌렁쩌렁 울려 퍼졌다.

제16장

전갈을 읽는 시버란의 손이 덜덜 떨렸다. 그의 입술이 얇게 다물어졌다. 읽기를 마친 그는 재빨리 그것을 돌돌 말았다. 좋은 소식이 아니었다.

그는 화려하게 장식된 거울 앞에 멈춰 서서 검은 머리를 쓸어내리며 진정하려 애썼다. 심장이 쿵쾅대고, 이마에는 땀이 번들거리고 있었다. 왕이 그걸 본다면 시버란이 입을 열기도 전에 무슨 일인지 알아챌 것이 분명했다. 그런 일이 벌어져선 안 된다.

그렇지 않아도 메그렌의 기분이 엉망이라서 아무리 소식을 거르고 다듬어도 위험한 때였다. 어쩔 수 없이 왕의 심기가 폭발한다면 평소처럼 다른 하인들이 화풀이 대상이 되어주는 편이 나았다. 바로 얼마 전 잘 모르고 상한 크림을 왕에게 가져다준 호리호리한 엘프 소년 하인처럼 말이다. 그가 찢어지는 비명을 지르자 왕실 경비대원들이 깜짝 놀라 왕의 처소로 달려왔고, 그들은 왕이 하인을 죽도록 때리는 광경을 그저 바라보고만 있어야 했다.

다급해진 경비대원 한 명이 왕이 잠시 등 돌린 틈을 타 후다닥 달려가 피투성이가 된 하인을 일으켜 세웠다. 곧장 불호령이 떨어질 수도 있는 꽤 무모한 행동이었지만 다행히 메그렌은 아무 짓도 하지 않고 이를 부득부득 갈며 창밖만 내다보고 있었다. 그리하여 하인을 부축한 경비대원들은 서둘러 그곳을 빠져나왔다.

솔직히 말해 시버란은 이 바보 같은 왕이 하인을 완전히 죽여버리는 편이 나았을 거라고 생각했다. 겨우 목숨을 건져 집으로 돌아간 그 엘프 하인이 기겁하여 울부짖는 가족들에게 이 사건에 대한 이야기를 늘어놓았고, 그로 인해 결국 엘프 보호구역에서 폭동이 일어났기 때문이었다. 도시를 지키던 수비대는 결국 도망쳐 성문 바깥에서 문을 걸어 잠갔고, 성난 엘프들은 자기들 집에 불을 지르며 길길이 날뛰다가 며칠간 배고픔에 시달리고 나서야 잠잠해졌다. 메그렌은 엘프 폭도 따위에 대해서는 신경조차 쓰지 않았지만 시버란에게는 매우 곤란한 일이 아닐 수 없었다.

하지만 이제는 더 심각한 소식을 전해야 했고, 왕의 화를 대신 받아줄 하인도 곁에 없었다. 시버란은 뵙기를 청하며 굽실거리던 안티바 상인에게 받은 실크 손수건으로 이마를 닦고는 이 소식을 아예 숨기는 것은 어떨까 잠시 생각했다. 그는 거울에 비친 자기 눈을 바라보고 거기 담긴 공포심에 눈살을 찌푸렸다.

더 이상 선택의 여지가 없었다.

왕은 마구간에 있었다. 두 명의 덩치 좋은 대장장이들이 왕의 새 갑옷을 맞춘답시고 호들갑을 떨고 있었다. 금으로 만들어진 갑옷의 가슴보호대에는 특별히 사자의 얼굴이 새겨져 있었다. 여기저기 무늬가 많고, 검은 가죽으로 덮이지 않은 부분은 어디든 빛으로 번쩍거렸다. 위대한 왕이나 황제가 입을 법한 갑옷이었다. 서부 구릉지에서 군사를 지휘한 뒤로 의기양양해진 메그렌은 군대와 관련된 것이라면 사족을 못 썼다. 당시 전투에 참여했던 사령관들의 말을 빌리면 왕은 실제 전투가 일어났을 당시에는 얼씬도 하지 않다가 모든 것이 끝나고 나서 대학살의 현장을 슬쩍 둘러보기만 했는데도 말이다.

시버란은 그 갑옷이 훌륭한 왕에게 어울릴 만한 멋진 물건이라고 생각했다. 하지만 메그렌은 뭐가 불만인지 끊임없이 트집을 잡기만 했다. 불편한 듯 이리저리 몸을 꼼지락거리고, 어느 곳을 너무 꽉 조였다는 둥, 정강이받이가 너무 낀다는 둥, 장갑 때문에 손이 가렵다는 둥, 대장장이들을 못살게 굴었다. 하인 서너 명이 가까이 있었으나 겁이 났는지 대장장이들을 도울 엄두도 내지 못했다. 분위기가 어찌나 험악했는지 마구간에 있던 말들마저 불안하게 서성거렸다. 발로 땅을 구르면서 금방이라도 우리 문을 박차고 나올 것만 같았다.

시버란이 마구간에 발을 들이려던 찰나, 브로나치 대주교가 이 광경을 지켜보며 멀찌감치 벽에 기대어 앉아 있는 것이 눈에 들어왔다. 그녀가 거기 와 있는 이유는 알 수 없었다. 어쨌거나 브로나치가 고개를 들어 시버란과 마주치자 그녀의 얼굴에 희미한 미소가 스쳐 지나갔다.

브로나치는 무언가 알고 있는 것만 같았다. 어쩌면 시버란이 망신당하는 장면을 지켜보기 위해 온 것인지도 몰랐다.

메그렌이 브로나치의 표정을 보고 고개를 돌리더니 문간에 선 시버란을 알아보았다.

"오, 자네로군. 또 뭐지? 그와렌에서 기별이 온 거면 좋겠는데. 일이 너무 길어지고 있단 말이지."

왕이 표정을 일그러뜨리며 말했다.

시버란은 갑자기 목구멍이 바짝 마르는 기분을 느끼며 헛기침을 했다. 메그렌이 허리에 차고 있는 검이 저절로 눈에 들어왔다. 장식용이든 아니든 그것을 휘두르기로 작정한다면 부상은 피할 수 없을 것이다.

"예, 소식이 왔습니다."

시버란이 마침내 운을 떼었다.

메그렌이 움직임을 멈추더니 싸늘한 눈초리로 시버란을 노려보았다. 그러자 마구간에 있는 사람들 모두가 분위기의 변화를 감지한 것 같았다. 하인들은 허둥지둥 밖으로 나가고, 대장장이들도 갑옷을 매만지던 손길을 멈췄다.

그들은 혼란스러운 표정으로 물러났다.

"뭐 하는 거냐? 왜 멈춘 거야?"

메그렌이 그들에게 버럭 소리를 질렀다.

대장장이들이 화들짝 놀라 황급히 왕에게 다가왔다. 하지만 서두른 나머지 서로 부딪히는 바람에 왕을 넘어뜨릴 뻔했다. 화가 머리끝까지 오른 메그렌이 버럭 소리를 지르며 금속 장화를 신은 발로 가장 가까이에 있던 대장장이의 코를 냅다 걷어찼다. 공중에 피가 뿌려지면서 그 남자는 뒤로 날아가 마구간 벽에 처박혔다.

"당장 나가, 이 바보 같은 자식들!"

메그렌이 고래고래 고함을 질렀다.

다른 대장장이가 커다랗게 질린 눈으로 왕을 쳐다보았지만 그것도 잠시였다. 그는 이미 피투성이가 된 손으로 코를 감싸고 바닥에 쓰러져 있는 동료에게 후다닥 달려가 일으켜 세운 다음 마구간에서 달아났다.

메그렌은 못마땅한 표정으로 그들이 나가는 모습을 보고 있다가 마침내 시버란에게 고개를 돌렸다.

"그래, 소식을 듣고 싶군."

그의 목소리는 낮고도 음산했다.

"저도 듣고 싶군요."

브로나치 대주교가 끼어들었다. 그녀는 상당히 기분이 좋아 보였다.

시버란은 침을 꿀꺽 삼키려 했지만 목구멍이 꽉 막힌 것만 같았다. 그래서 말 대신 헛기침을 했다. 조용한 마구간, 모두가 자신을 지켜보고 있는 가운데 나온 기침 소리는 정말로 크게 느껴졌다. 심지어 말들마저 그를 응시하는 것 같았다.

"우리가…… 그와렌을 차지했습니다."

시버란이 말했다.

"그게 무슨 문제라도 되나?"

메그렌이 콧방귀를 뀌며 물었다.

시버란은 말린 양피지를 초조하게 만지작거렸다.

"그것이…… 우리가 그와렌을 지킬 수 있을지 확실치 않습니다, 전하. 차지하는 것도 매우 힘들었습니다. 예기치…… 못한 상황이 벌어졌습니다."

땀 한 방울이 이마를 타고 또르르 굴러떨어졌다. 시버란은 왕이 그것을 알아보지 못했기를 빌었다.

다행히 왕은 자기 성질을 통제하는 것만으로도 버거워 보였다. 그는 양손을 허리에 얹고 초조하게 발로 나무 바닥을 툭툭 차며 마구간을 둘러보았다. 이토록 무능력한 시버란 때문에 마음고생하고 있는 자신을 딱하게 여겨줄 사람을 찾고 있는 것 같기도 했다. 마침내 그가 고개를 들고 시버란을 쳐다보았다.

"예기치 못한 상황? 거기 남은 건 반란군 패잔병뿐이라고 자네 입으로 말하지 않았나? 기사단과 함께 서부 구릉지를 공격할 때 동원했던 병력 절반이나 보냈고. 그거면 충분하고도 남는다고 그러지 않았나?"

왕이 날카롭게 물었다.

"마릭 왕자가 살아 있습니다. 그와렌에 있는 모양입니다."

시버란이 말했다. 그리고 입을 다물자마자 그 말을 꺼낸 것을 후회했다. 메그렌의 눈이 분노로 휘둥그레졌기 때문이다. 하지만 그는 시버란을 노려보기만 할 뿐 아무 말도 하지 않았다. 시버란은 이쯤에서 물러나야 하지 않을까 생각했다.

"살아 있다고요? 어떻게 그런 일이 있을 수 있답니까?"

브로나치가 끼어들었다. 그녀는 진심으로 충격을 받은 것 같았다. 그러니 적어도 그 부분만은 미리 듣지 못한 것이 분명했다. 그런 사실에 조금이라도 위안을 얻어야 하는 건가? 혹여 왕에게 심하게 당한다 하더라도 그 사실은 약간의 만족감을 줄 것이다.

"그래, 무슨 수로 또 살아 있다는 건가? 게다가 어떻게 그와렌에 있는 거지?"

메그렌이 험악한 표정으로 검을 빼들며 물었다.

"서부 구릉지에서 왕자의 시신을 찾지 못했다고 말씀드리지 않았습니까?"

시버란이 눈살을 찌푸리면서 주먹으로 가까이에 있던 나무 기둥을 내리쳤다. 말들이 화들짝 놀랐다.

"왕자의 죽음을 발표하기 전에 확실히 확인해야 한다고 제가 몇 번이나 말씀드리지 않았습니까? 제가 보고받기로 마릭 왕자는 공격 바로 직전에 그와렌에 나타났다고 합니다. 도시 전체가 그가 죽었다가 다시 살아 돌아왔다고 믿고 있습니다! 창조주께서 살려주셨다고 말입니다!"

왕의 화를 돋우다니, 이것은 도박이었다. 시버란은 노여움 가득한 눈빛을 유지했지만 식은땀은 계속해서 이마를 타고 흘러내렸다. 잠시 후 메그렌이 한숨을 쉬고 입술을 삐죽거렸다.

"하지만 불에 탄 시체가 산더미였잖아! 왕자가 그중에 있을지 모른다고 자네가 그러지 않았나!"

"그럴 가능성도 있다고 했지요. 확실히 하기 위해 수색대를 보낼 시간을 달라고 말씀드렸잖습니까! 그와렌을 되찾을 때까지만 기다리셨다면……."

메그렌이 양손을 휙 들어 올리며 브로나치 대주교를 향해 몸을 돌렸다.

"흥! 이건 다 당신 잘못이야, 대주교!"

"제 잘못이요? 마릭 왕자가 살았든 죽었든, 그렇게 보잘것없는 반란군 따위를 어찌 이기지 못한단 말입니까? 왕자가 그 전투에서 살아났을지는 몰라도 기적을 일으킬 수는 없어요!"

그녀가 붉은 로브 자락을 휘날리며 벌떡 일어나 말했다.

"이기긴 했습니다. 힘겨운 싸움이긴 했지만요. 놈들이 어디선가 드워프의 도움을 받아왔습니다. 많진 않았지만 제압하기 힘들었지요. 실은 놈들 때문에 기사단 절반이 목숨을 잃었습니다. 사상자 수가…… 어마어마합니다."

시버란이 왕을 힐끔힐끔 곁눈질하며 말했다.

"절반이나!"

메그렌이 버럭 소리를 지르더니 억지로 눈을 감고 마음을 진정시켰다.

"하지만, 이겼다며? 반란군이랑 드워프, 모두 다?"

시버란이 고개를 끄덕였다.

"어쨌거나 우리 군사의 수가 훨씬 많았으니까요. 놈들은 브레실리안 통행로로 도망쳤고, 그때 다른 일만 없었다면 그대로 쫓아가 놈들을 궤멸시켰을지도……."

"다른 일?"

"그때 폭동이 일어났습니다. 진영을 재정비해서 추격을 시작하기도 전에 그와렌 사람들이 들고일어난 겁니다. 완전히 무방비 상태에서 습격당했다고 합니다. 다른 사상자들과 함께 야리스 사령관도 사망했습니다."

"단순한 폭동이 아니군요."

브로나치가 놀란 표정으로 한 걸음 다가왔다.

"그놈들도 똑같은 반란군이야!"

메그렌이 눈을 커다랗게 뜬 채 소리 질렀다.

그러자 시버란이 고개를 끄덕이며 양피지 두루마리를 내밀었다.

"그와렌의 전투는 치열했고, 다시 한 번 도시가 불탔습니다. 지금은 무슨 일이 벌어지고 있는지 확실치 않지만 반란군이 다시 기수를 돌려 그와렌을 한 번 더 공격했을 가능성이 있습니다."

"병력을 더 보내면 되잖나?"

"더 큰 문제가 있습니다. 소문이 퍼졌다고 합니다."

시버란이 불안한 듯 입을 열었다.

"그게 어쨌다고?"

메그렌이 콧방귀를 뀌었다.

"이해를 못하시는 것 같습니다, 전하. 마릭 왕자가 살아 있다는 소문이 퍼졌다는 말씀입니다. 그가 불쌍한 퍼렐던 사람들을 전하로부터 구하기 위해 죽었다가 다시 살아 돌아왔다고 말입니다. 오늘 아침에도 레드클리프에서 폭동이 일어났고, 그 소문은 점점 더 퍼지고 있습니다."

시버란이 더 가까이 다가가 왕의 눈을 똑바로 쳐다보며 말했다.

메그렌이 한 걸음 뒤로 물러섰다. 그는 화를 참지 못해 씩씩거렸지만 표정은 불안해 보였다.

"뭐라고? 폭동? 어떻게 감히! 당장 전갈을 보내라! 군사를 총동원하라고 해! 이번에는 남작 동맹의 모든 귀족이 군사를 편성해야 한다!"

메그렌이 시버란을 향해 삿대질하며 소리쳤다.

"자기 영지에서 주민들이 폭동을 일으킬까 두려워 군사를 보내지 않을 겁니다. 레드클리프 백작이 오히려 전하께 도움을 청했습니다. 지금 바로 자기를 도와달라고 말입니다. 이 문제는 그 한 사람으로 끝나지 않을 겁니다."

"난 귀족들을 돕기 위해 여기 있는 게 아니라고! 당장 죄다 죽여버려! 그 반란군 놈들한테 조금이라도 동조하는 기미가 있는 자라면 죄다 교수형에 처하란 말이다! 퍼렐던 놈들도 이제 누가 주인인지 알아야 해!"

메그렌이 분노에 몸을 떨며 마구간 안을 서성거렸다.

"전하……."

"어서 하라니까!"

메그렌이 다시 버럭 소리를 질렀다. 마구간 안의 말들이 히히힝 소리를 내며 앞발을 추켜올렸다.

"위대한 올레이의 힘을 얕잡아 보면 무슨 일이 벌어지는지 보여주겠다! 놈들하고 그 멍청한 왕자 모두 다!"

시버란과 브로나치 대주교 모두 충격과 두려움에 사로잡혀 멍하니 그를 쳐다보았다. 메그렌은 둘 중 하나라도 입을 열라는 듯, 아니 자기 말에 맞장구를 쳐달라는 듯 둘을 번갈아 쳐다보았다. 하지만 마법사도 대주교도 무슨 말을 해야 할지 몰랐다. 무차별적으로 퍼렐던 사람을 사형에 처하는 일은 결코 메그렌이 원하는 결과를 가져오지 않을 것이다. 잔뜩 얻어맞고 풀이 죽은 개라도 궁지에 몰리면 악착같이 덤벼드는 법이니 말이다.

"메그렌 전하."

브로나치가 느릿느릿 말을 시작했다. 왕을 정말로 화나게 할 만한 말을 시작할 때마다 그녀가 쓰는 어조였다.

"지금이야말로 자비를 베푸셔야 할 때입니다. 무턱대고 나가실 게 아니라 당신이야말로 진정한 왕이라는 것을 사람들에게 입증해 보이셔야……."

"아니! 이건 인기 투표가 아니야! 내가 바로 유일한 왕이고, 다른 놈들은 죄다…… 불평분자에 불과해! 절대로 이 사태가 퍼져 나가게 두지 않겠다!"

메그렌이 홱 몸을 돌려 그녀를 마주보고 소리쳤다. 그의 얼굴이 타오를 듯 붉게 달아오른 것을 보자 브로나치는 반사적으로 한 걸음 뒤로 물러서다가 뒤에 있던 의자에 발이 걸려 넘어질 뻔했다.

메그렌이 한 걸음 더 성큼 다가와 그녀의 얼굴에 자기 얼굴을 바짝 들이대고는 이를 바드득 갈았다. 브로나치는 벽에 등을 바짝 붙이고 두려움에 떨며 고개를 돌렸다. 시버란도 이 순간만큼은 말리고 나서야 하는 것 아닌가 싶었다. 아무리 그래도 그녀는 퍼렐던의 대주교가 아닌가. 메그렌이 아무리 막강한 권력을 휘두른다 하더라도 그녀를 해치고는 무사할 수 없었다. 하지만 그때 자신이 그녀를 그리 좋아하지 않는다는 생각이 머리를 스쳤다. 좀 벌벌 떨게 놔두라지.

"가서 말해라. 그 망할 놈의 왕자는 결코 구원자가 아니라고, 죽었다 살아돌아온 게 아니라고 말이야. 꼭 이렇게 말해야 한다, 알겠나?"

메그렌이 낮은 목소리로 위협하듯 명령했다.

"잘…… 잘못된 소문이라고 알리겠습니다."

브로나치 대주교가 여전히 고개를 돌린 채 고개를 끄덕였다.

"잘못된 소문이 아니야! 놈은 악마다. 무덤에서 다시 일어선 사악한 존재!"

그녀가 다시 재빨리 고개를 끄덕였다.

"그거 괜찮은 생각이십니다. 효과가 있을지도 모르겠습니다."

시버란이 생각에 잠긴 듯 턱수염을 쓰다듬으며 말했다.

"당연히 효과가 있겠지."

메그렌이 브로나치에게서 한 걸음 물러섰다. 그녀가 귀에 들릴 정도로 숨을 크게 내쉬었다. 그녀는 이마에서 비지땀을 흘리며 다시 로브 자락을 매만졌다. 왕이 아까보다 훨씬 차분해진 상태로 시버란을 향해 몸을 돌렸다.

"그대는 반란군을 처리하도록. 할 수 있겠나?"

"황제 폐하께 전갈을 보내겠습니다. 지난번에 필요하면 두 군단을 더 보내겠다고 약조하셨습니다. 하지만 그 뒤로는 더 이상 도움을 주지 않겠다고 하셨습니다, 전하."

시버란이 대답했다.

"그거면 충분할까?"

메그렌이 바닥을 내려다보며 물었다.

"지금 남은 병력에 추가 병력을 더하면 충분합니다. 아니, 그 이상입니다. 반란군을 처리하고 폭동도 마저 진압할 수 있을 겁니다. 놈들은 전하께 대항할 힘이 없습니다."

"그럼 그렇게 해."

명을 받은 시버란이 몸을 돌리자 다시 메그렌이 그의 팔을 붙들고 돌려 세웠다. 메그렌의 눈빛이 서늘하게 빛났다.

"하지만 이번이 자네에겐 마지막 기회다. 알겠나?"

시버란이 고개를 끄덕이자 왕이 팔을 놓아주었다.

'당신의 마지막 기회이기도 하지.'

시버란이 속으로 생각했다. 하지만 그저 낮게 고개를 조아리고는 마구간에서 나왔다. 잠시 후 브로나치도 뒤따라 나왔다. 그녀의 표정은 잔뜩 굳어 있었다. 메그렌은 벌써 두 사람에 대해서는 잊은 듯 못마땅한 표정으로 금빛 갑옷을 내려다보며 여기저기를 만지작거리고 있었다.

긴 복도를 지나 궁으로 돌아오는 시버란의 머릿속에는 수많은 생각들이 소용돌이쳤다. 조금만 신경 쓴다면 이 상황을 자신에게 유리하게 돌아가도록 만들 수 있다. 메그렌 왕에게 상황의 심각성을 일깨워주었으니, 이제 반란군을 재빨리 물리치기만 한다면 그는 시버란에게 매우 고마워할 것이다. 어찌 보면 그와렌에서 바로 놈들을 무찌른 것보다 더 나은 결과가 돌아올 수도 있다.

이미 왕궁 사람들은 대부분 시버란으로부터 지시를 받고 있었다. 올레이 사령관들도 그의 명령에만 응했고, 귀족들은 문제가 생길 때마다 그에게 달려왔다. 심지어 왕의 시종도 메그렌의 일정을 정할 때 시버란과 상의했으며, 그들은 언제나 왕이 좋아하는 일을 하면서 노닥거리도록 만들었다. 겉보기에는 모든 일이 왕의 손에서 결정되는 듯 보였으나 퍼렐던에서 조금이라도 권력을 가지고 있는 사람이라면 그게 사실이 아님을 알고 있었다. 시버란이 없이는 메그렌은 자기 속옷조차 못 찾아 입을 것이다.

그렇더라도 메그렌은 조심스럽게 다뤄야 했다. 혹시라도 왕이 자신의 꿍꿍이를 알아차린다면 곤란해진다. 아직은 왕과 맞대면하여 무사히 살아남을 정도는 아니기 때문이다. 그리고 브로나치가 아직 왕의 곁에 남아 그의 귀에 속닥거리는 이상 그녀도 무시할 수 없었다.

운이 조금만 따라준다면 오늘 밤 왕이 브로나치에게 보였던 분노에 더욱 불을 지필 수 있다. 한번 곰곰이 궁리를 해봐야 할 것이다. 하지만 일단은 반란군 진압에 정신을 집중해야 했다.

그때 어린 시동 한 명이 모퉁이를 돌아 나타나더니 시버란이 다가오고 있는 것을 알아채고 쪼르르 달려왔다.

"시버란 나리!"

아이가 숨을 헐떡이며 불렀다.

"또 다른 전갈이 왔느냐?"

그와렌에서 오는 소식이라면 대환영이었다. 설사 나쁜 소식이라 해도 한동안은 왕을 피해 다닐 핑계가 있었다.

"아니요, 나리. 여자가 왔습니다. 나리를 찾아오라고 절 보냈습니다. 사방을 찾아다녔습죠!"

소년이 침을 꿀꺽 삼켰다.

"여자?"

"엘프요, 나리. 이름이 카트리엘이라 했습니다."

"카트리엘이라고? 어디 있느냐?"

"나리 처소에요."

시버란은 더 이상 말을 잇지 않고 재빨리 시동을 지나쳤다. 카트리엘은 서부 구릉지에서 맡은 일을 훌륭히 처리한 이후 수상쩍게 사라져버렸었다. 그는 그녀가 죽임을 당했거나, 임무를 완수한 뒤 발각되었을지도 모른다고 생각했었다. 안 그래도 미심쩍은 부분이 많아 슬슬 그녀를 의심하고 있던 차였다. 하지만 이렇게 돌아오다니, 좋은 징조가 분명했다.

물론 그녀가 그동안 자취를 감췄던 일에 대해 제대로 된 설명을 한다는 가정하에 말이다.

그의 빠른 걸음으로도 처소까지 가는 데는 조금 시간이 걸렸다. 그는 경비병을 부를까 잠시 생각하다가 그러지 않는 편이 낫겠다는 결론을 내렸다. 물론 경비병들이 감히 그에게 이러쿵저러쿵 묻진 않겠지만 이런 일이라면 소문이 빨리 퍼지는 법 아닌가. 메그렌이 어디선가 주워들을지 누가 알겠는가?

그래서 시버란은 문 밖에 잠시 멈춰 자기 자신에게 보호 주문을 걸었다. 그럴 리는 없겠지만 혹시 그녀가 자신을 해치려 한다면 미리 대비해두는 편이 좋겠지. 그는 심호흡을 한 뒤 문을 열고 안으로 들어갔다.

카트리엘은 그가 기억하는 모습 그대로였다. 등 뒤로 구불거리는 금빛 머리칼을 늘어뜨린 그녀가 화려한 녹색 눈으로 시버란을 훑어보았다. 먼지가 앉은 가죽 옷을 걸치고 희미하게 땀 냄새와 말 냄새를 풍기는 것으로 보아 여기까지 다급히 달려와 씻지도 않고 왕궁을 찾아온 것이 분명했다. 그렇다면 좋은 징조 아닌가. 시버란의 방은 책상 위에 켜진 등불의 깜빡이는 불빛 말고는 거의가 그림자에 덮여 있었고, 카트리엘은 느긋하게 그의 장부를 넘기고 있었다.

"그동안 모습을 감췄던 것에 대해서는 그럴 듯한 이유가 있겠지? 여기 이렇게 나타나기 전에 전혀 연락을 취하지 않은 것도?"

평소 시버란은 마법을 뽐내는 것을 그리 좋아하지 않았지만 손바닥을 내민 뒤 마법의 불꽃 하나를 만들어냈다. 그렇게 하면 상대는 두려움을 느끼겠지.

"물론 이유가 있지요."

카트리엘이 대꾸했다. 그녀는 시버란이 기억하는 것보다 훨씬 더 침울한 표정을 짓고 있었다. 그녀는 읽고 있던 장부를 덮더니 아무 표정 없이 시버란을 바라보았다. 그는 지금 카트리엘이 무슨 생각을 하고 있는지 알 수 없었다.

"좋아."

시버란의 손바닥 위에 낮게 떠 있던 불꽃이 스르르 꺼지더니 그가 방 한가운데로 들어섰다. 그러면서도 그녀에게서 시선을 떼지 않는 것을 잊지 않았다.

"아직도 마릭 왕자와 함께 있는 건가? 아니면 서부 구릉지에서 갈라졌나?"

"아직 왕자 곁에 있습니다. 아니, 적어도 그와렌에서 반란군이 승리를 거둘 때까진 그랬죠. 그러고 난 다음 곧장 이리로 왔습니다. 물론 아무도 몰래 빠져나오기는 쉽지 않았지만 말이죠."

시버란은 말이 이어지기를 기다렸으나 그녀는 입을 다물었다. 그의 얼굴이 일그러졌다.

"승리? 그렇다면 그들의 반격이 성공했다는 거냐? 그와렌을 탈환했다고?"

"예. 당신네 부하들이 그와렌 사람들을 절반이나 학살하는 걸 막지는 못했지만요. 그 소식이 알려지면 대대적으로 폭동이 일어날 겁니다."

카트리엘이 고개를 끄덕이며 말했다.

"그건 지금 중요치 않다. 네가 돕는다면 반란군을 다시 공격해서 완전히 끝장낼 수 있을 테니. 그와렌에 있다는 왕자는 진짜가 맞겠지? 어떤 놈이 꾸민 계략이 아니라?"

"맞습니다."

"아깝군. 뭐, 결국은 죽게 되겠지만. 고맙게도 이번에는 네가 확실히 일을 끝내줄 수 있겠군."

시버란은 뒤통수에서 무언가 웡웡대는 기분을 느끼며 말을 멈추었다. 그것이 무엇인지 감을 잡지 못한 그는 일단 자신을 둘러싸고 있는 마법의 보호막을 강화한 뒤 카트리엘을 유심히 들여다보았다. 대체 무슨 꿍꿍이지?

그녀는 이런 시버란의 상태에 대해서는 전혀 모르는 듯 그저 고개를 절레절레 흔들면서 책상을 돌아 미끄러지듯 그에게 가까이 다가갔다.

"아니, 그런 일은 하지 않을 겁니다."

그녀가 낮게 대답했다.

"그래? 그렇다면 우리의 계약은 어쩔 셈이냐? 너희 음유시인들은 무엇보다도 명예를 높이 친다던데?"

시버란이 머릿속에서 웡웡대는 소리를 무시한 채 물었다.

"그럼 당신 말대로 당신이 서부 구릉지에서 계획을 멋대로 바꾼 순간에 우리 계약이 취소된 게 아니라고 치죠. 다시 한 번 상기시켜 드릴까요? 계약대로라면 난 마릭 왕자를 산 채로 당신에게 데려와야 했습니다. 그 이상도, 이하도 아니죠."

그녀의 초록색 눈에서 잠시 살기가 번쩍였다.

시버란은 아무 말도 하지 않았다. 머릿속의 이상한 울림은 점점 강해졌고, 두개골을 타고 몽롱하고 묵직한 기운이 올라오고 있었다. 하지만 그는 애써 그것을 무시했다.

"그래? 그러면 처음 약속한 대로 왕자를 산 채로 잡아오겠느냐?"

"아니, 그러지 않겠어요."

카트리엘은 고개를 흔들었다.

"알겠다."

그가 대답과 함께 손바닥을 들었다. 조그만 불덩어리가 다시 생겨났다. 가장자리에 푸른빛이 도는 불꽃은 아까보다 더 밝게 타올랐다. 지금 차고 있을 단검으로 자신을 공격해보라는 듯 도발적으로 그녀의 눈을 바라보았다.

"그렇다면 큰 문제가 아닐 수 없구나, 응?"

카트리엘은 움직이지 않았다. 다만 여전히 팔짱을 끼고 무언가 기대하는 눈빛으로 시버란을 바라보기만 했다. 그가 정신을 집중했지만 머릿속의 울림은 더 심해져만 갔다. 그때 손바닥 위에 있던 불덩어리가 깜빡이더니 사라져버렸다. 그는 깜짝 놀라 헉 소리를 냈지만 이제 얼굴마저 감각이 없어지고 말았다. 입을 겨우 열었다가 도로 닫을 수 있을 뿐이었다.

방 안이 빙빙 돌기 시작했다. 그는 넘어지지 않으려고 침대의 나무 기둥을 붙들었지만 다리에서 힘이 빠져나가는 것이 느껴졌다.

"접촉하면 피부를 통해 퍼져 나가는 독을 문고리에 묻혀두었지요."

카트리엘이 문을 가리키며 말했다. 그리고 그녀가 천천히 시버란을 향해 걸어올 때쯤 그의 손이 기둥을 놓치더니 털썩 바닥으로 쓰러지고 말았다. 시버란은 비명을 지르려고 했지만 입에서는 고통스러운 쌕쌕 소리만 새어나올 뿐, 목구멍이 꽉 조이면서 숨쉬기마저 힘들었다.

카트리엘이 그의 머리맡에 서서 슬픈 눈으로 그를 내려다보았다. 그녀가 지금 이 상황을 그리 즐기는 것 같지는 않았지만 그렇다고 시버란의 기분이 나아질 리 없었다. 그의 심장이 미친 듯 뛰었다. 머릿속에서는 지금 당장 움직이라고, 이 마비의 함정에서 벗어날 길을 찾으라고 악을 쓰고 있었다.

"당신을 죽일 생각은 없어. 당연히 그렇게 해야 하겠지만, 그 점에서는 당신이 옳았어. 명예 때문에라도 시버란 당신을 죽일 수는 없거든."

그녀가 나지막이 속삭이며 그의 옆에 쭈그리고 앉아 로브가 목을 죄지 않도록 가볍게 풀어주었다.

시버란은 그리 멀지 않은 침대 옆에 세워진 지팡이를 향해 손을 뻗으려 했다. 손가락이 파르르 떨리며 움직였지만 그렇게 하는 데만도 얼굴이 시뻘겋게 달아오르고 땀이 솟아났다. 하지만 팔은 전혀 까딱할 수 없었다. 카트리엘은 무심한 표정으로 그런 그를 바라보고 있었다.

"이것만은 알아둬, 마법사 양반. 내가 당신을 죽인다면 그건 결국 당신의 자만심 때문이라는 사실을. 음유시인으로서 배운 것이 있다면 제아무리 막강한 권력을 가진 사람이라도 쉽게 접근해 해치울 수 있다는 거야. 자기 힘이 세다고 믿으면 믿을수록 더욱 공격받기 쉬워지는 법이거든."

시버란은 그녀를 올려다보았다. 할 수만 있다면 욕을 퍼붓고 손을 뻗어 그 가느다란 목을 비틀어버리고 싶었다. 하지만 침을 튀기며 쌕쌕거리는 소리를 내는 것이 그가 할 수 있는 전부였다. 그를 내려다보는 그녀의 눈이 더욱 차가워졌다.

"난 당신의 하인이 아니야. 더 이상 누구의 하인도 아니라고. 그걸 말해주려고 온 거야."

카트리엘은 일어나 문간으로 향했다. 시버란은 혈관을 흐르는 독에 부질없이 저항하며 그대로 누워 있었다. 그녀가 문을 열더니 잠시 멈춰 그를 돌아보았다.

"조금이라도 머리가 돌아간다면 당장 계획을 포기하고 당신이 왔던 곳으로 돌아가. 계속 여기 머문다면 죽게 될 거야. 그거 하나는 약속하지."

카트리엘이 잠시 먼 곳을 바라보았다. 표정이 잠시 누그러지더니 그녀가 애써 그 감정을 떨쳐내는 것이 보였다.

"이건 호의로써 해주는 경고야."

그러고 나서 그녀는 자취를 감췄다.

시버란은 지팡이를 향해 손을 뻗으려 애쓰며 차가운 침실 바닥에 쓰러져 있었다. 손이 지팡이와 점점 더 가까워졌다. 이렇게 목숨을 건지게 된 것을 다행으로 여겨야 한다는 건 알고 있었다. 잠시였지만 경계를 소홀히 하다니 바보 같은 짓이었다. 하지만 비지땀을 흘리며 그가 생각한 것은 단 하나, 복수였다.

'내게 이런 수모를 안기다니, 내 반드시 네게 고통을 되돌려주리라. 그 다음에는 왕자와 나머지 떨거지들 차례…… 결코 가만두지 않겠다.'

제17장

로게인은 방 건너편에서 조용히 마릭을 바라보았다.

며칠에 걸쳐 싸운 끝에 찬탈자의 공격에서 그와렌을 지켜낸 뒤라 모두가 지쳐 있었지만 마릭은 여전히 수도 없이 편지를 써대며 책상 앞을 떠날 줄 몰랐다. 편지를 총 몇 장이나 썼는지는 알 수 없었지만 이미 남작 동맹과 그 밖의 다른 지역으로 보낼 전갈을 들고 세 명의 전령이 서쪽으로 떠난 터였다.

로게인은 마릭이 돌아왔다는 소문이 그 어떤 말이나 마차보다도 빠르게 퍼질 것임을 확신했지만 마릭은 승리를 거둔 뒤 조금 여유가 생긴 틈을 타 퍼렐던의 귀족들에게 직접 글을 써 호소해야 한다고 생각하고 있었다. 물론 승리의 대가는 참혹했다. 목숨을 잃은 그와렌 사람의 수만 해도 어마어마했다. 올레이 놈들은 가차 없이 폭동을 진압했고, 그 행위가 너무나도 잔학했던 나머지 마릭은 목숨을 부지하기 위해 도망치려던 지친 군대를 돌려 바로 이곳으로 달려왔던 것이다.

마릭은 그리 많은 사람들이 목숨을 잃은 것이 자기 책임이라고 생각했다. 로게인은 그걸 느낄 수 있었다. 마릭을 섬기겠다는 이유 하나만으로 말 탄 기사들에 맞서 싸웠던 수많은 남녀들의 시신이 즐비한 거리를 마릭은 멍하니 바라보기만 했다. 로게인은 바로 그 순간, 그의 영혼 일부가 바짝 말라 시들어버렸단 걸 느낄 수 있었다.

아슬아슬한 패배 후 며칠 지나지 않아 다시 그와렌의 기사단에 덤벼든 것은 그야말로 절박한 상황 때문이었으나 다행히도 행운의 여신은 반란군 편이었다. 찬탈자의 부하들은 그들이 도로 돌아올 가능성을 전혀 고려하지 않았고, 배은망덕한 그와렌 사람들을 학살하는 데에만 온 신경을 집중했던 것이다. 그걸 본 마릭은 불같은 분노에 사로잡혔고, 마침내 적군이 패하여 도망칠 때에도 로게인이 극구 말리지 않았다면 놈들을 추격하라는 명령을 내렸을 것이었다. 반란군도 큰 피해를 입어 당장 어디로 갈 수 있는 형편이 아니었다. 로게인과 로완 두 사람이 동시에 뜯어말리고 나서야 마릭은 진정할 수 있었다. 그들에게도 회복이 시급했고, 화장해야 할 시신도 무수히 많았다.

그것이 지난 며칠간 그들이 한 일이었다. 시신을 태우는 일 말이다. 사방이 가실 줄 모르는 메케한 연기로 가득 찼다. 의식에 참여하지 않은 이들은 결사의 군단뿐이었다. 드워프 군단에서도 수많은 사상자가 나왔지만 그들은 동지들이 명예로운 전투를 치르다 숨을 거둔 데 그닥 슬퍼하지 않는 눈치였다. 날투르는 남은 드워프들을 데리고 지하 대로로 돌아가기 전에 마릭과 악수하며 곧 다시 돌아오겠다고 약속했다. 로게인은 그들이 어둠의 피조물들의 손에 최후를 맞지 않기를 빌었다. 그동안 아무도 모르는 사이 그렇게 끔찍한 존재들이 바로 발밑에 존재했다니, 생각만 해도 소름이 끼치는 일이었다.

처음 마릭은 폐허가 된 그와렌 시내 구석구석을 돌면서 화장에 참석하고, 그곳에 남은 소수의 챈트리 성직자들이 이끄는 기도에 참여하겠다고 고집을 피웠다. 하지만 그가 가는 곳마다 사람들의 눈이 따라다녔다. 마릭의 일거수일투족을 지켜보고, 그의 뒤에서 끊임없이 무언가를 속삭이고, 만날 때마다 머리를 조아리면서 그가 아무리 일어서라고 사정해도 일어서지 않는 이런 행동들 모두가 마릭을 괴롭혔다.

그들은 마릭이 무덤에서 살아 돌아왔다고 속삭이고 있었다. 마침내 올레이의 통치에서 그들을 해방시키기 위해 창조주께서 살려 보내셨다고 말이다. 마릭의 임무는 예전과 달라진 게 없었지만 그 사람들은 이제야 그 사실을 현실로 받아들이기 시작했다. 이제야 모든 가능성에 눈뜨고, 서부 구릉지에서의 피해를 잊을 수 있었다. 그리고 마릭은 그들의 이러한 믿음을 현실로 만들기 위해서라면 자기 목숨도 내놓을 것이다.

서쪽에서 폭동이 일어났고, 찬탈자가 그들을 무자비하게 진압하여 이제 데너림의 왕궁에는 더 이상 잘린 머리를 진열할 자리가 없다는 소문이 들려왔다. 그럼에도 더 이상 참을 수 없게 된 사람들은 항거를 멈추지 않았다. 살아남은 그와렌 장정들이 앞다투어 반란군에 가담하면서 군대 규모가 급격히 커지기 시작했다. 로게인은 서쪽으로 갈수록 반란군의 수가 더 늘어날 것이라고 생각했다. 퍼렐던의 투사 마릭이 죽음을 이기고 백성을 돕기 위해 나타나지 않았는가. 그래서인지 마릭은 위험한 처지에도 불구하고 의지만 있으면 무엇이든 해낼 수 있다는 듯 지금 타오르는 불꽃을 더욱 퍼뜨리기 위해 끊임없이 편지를 써댔다.

그렇다. 어쩌면 마릭의 불같은 의지만으로도 해낼 수 있을지 모른다.

로게인은 방 바로 바깥 복도에서 잠든 병사들을 의식하고 조용히 방을 가로질렀다. 이제 남은 천막이 거의 없을 뿐더러, 더는 세울 기력조차 없었다. 병사들은 대부분 시간이 날 때마다, 몸을 뉘일 자리가 생길 때마다 고목처럼 쓰러져 잠을 청했다. 대부분은 여전히 굶주려 있었다. 내일이라고 해도 그리 나아지진 않을 터였다.

"마릭, 이야기 좀 해."

로게인이 조용히 말을 꺼냈다.

그 말을 들은 마릭이 편지를 쓰다말고 고개를 들었다. 눈이 온통 벌겋게 충혈되어 있었다. 그리고 또 한 가지, 마릭의 눈동자에는 로게인의 마음을 괴롭히는 아픔이 담겨 있었다. 지하 대로에서 빠져나온 뒤 살아남은 병사가 거의 없다는 사실을 깨달은 다음부터 지금까지 쭉 마릭이 품고 있었던 일종의 절박함이었다.

밖에서는 계속해서 비가 내리고 간혹 번개가 밤하늘을 갈랐다. 화장 연기를 몰아내는 고마운 비였다. 지금 방 안에는 책상 위에 켜둔 촛불 말고 다른 불빛은 전혀 없었다. 찬탈자의 기사단이 저택을 뒤져 모조리 약탈해간 뒤로 제대로 된 등을 찾기가 쉽지 않았다. 그래서 마릭은 어두운 가운데서 편지를 쓰고 있었던 것이다. 아니, 솔직히 말하면 이미 몇 시간 전에 침실로 갔어야 할 시각이었다. 로게인은 억지로라도 마릭을 침대에 눕혀야 할지 고민했다.

하지만 그 문제는 더 이상 지체할 수가 없었다.

"이야기?"

마릭이 눈을 깜빡이며 대꾸했다.

"카트리엘에 대해서야."

로게인이 탁자에 엉덩이를 걸치며 팔짱을 끼고 조심스레 말했다.

"또 그 이야기야? 그 문제라면 지하 대로에서 이야기를 끝낸 것 같은데. 더 이상 그 이야기라면 하고 싶지 않아."

마릭이 화가 난다는 듯 손을 휘휘 내저으며 대답했다. 그러고는 다시 깃펜을 붙잡았다.

이 말에 로게인은 마릭이 쓰고 있던 양피지를 빼앗아갔다. 마릭이 짜증 섞인 표정으로 고개를 들었다.

"그래도 해야겠어."

로게인이 침착하게 대꾸했다.

"그런 것 같군."

"마릭, 지금 뭐 하는 거야?"

"뭘 하냐니?"

마릭이 무슨 소리를 하느냐는 표정으로 로게인을 올려다보았다.

로게인이 크게 한숨을 내쉬더니 초조한 듯 이마를 문질렀다.

"그녀를 사랑하잖아. 알고 있다고. 마릭 네가 생각하는 것보다 더 확실히. 그런데 대체 이유가 뭐야? 어떻게 어느 날 갑자기 하늘에서 떨어진 그 여자가 널 그렇게 쥐고 흔들 수 있지?"

"내가 카트리엘을 사랑하는 게 그렇게도 잘못된 일이야?"

마릭이 조금 상처받은 표정으로 되물었다.

"그녀를 왕비로 삼기라도 할 셈이야?"

"그럴지도 모르지."

마릭이 대꾸하며 로게인의 시선을 피했다.

"그런데 지금 그게 그렇게도 중요해? 내가 왕좌에 앉게 될지도 사실 확실치 않잖아? 매일 그렇게 먼 미래에 대해 생각해야 하는 거야?"

로게인이 인상을 쓰며 마릭을 노려보았다. 마릭은 마지못해 눈을 피했다. 그가 로게인과 시선을 마주칠 수 없다는 사실은 많은 것을 이야기하고 있었다.

"렌도언 백작은 돌아가셨어. 이제 로완은 너와의 약혼 서약을 지킬 의무가 없어졌다고. 정말 이대로 그녀를 놔줄 거야?"

로게인은 이 말을 꺼내고 싶진 않았지만 어쨌든 내뱉고 말았다.

"로완은 이미 떠났는걸. 내가 모를 줄 알았어?"

마릭이 여전히 아래를 내려다본 채 대꾸했다. 둘 사이에 침묵이 길어지다가 이내 마릭이 다시 고개를 들었다. 둘의 시선이 마주쳤다.

'역시 알고 있었어.'

로게인이 씁쓸히 생각했다. 그랬다. 어찌 모를 수 있겠는가?

"로완을 붙잡아."

로게인이 마릭의 어깨에 한 손을 얹으며 말했다.

그러자 마릭이 벌컥 화를 내며 자리에서 일어나 로게인으로부터 멀어졌다. 그 바람에 의자가 뒤로 나뒹굴었다. 다시 로게인을 바라본 마릭의 얼굴에는 경멸과 실망의 빛이 담겨 있었다.

"어떻게 나한테 그런 말을 할 수 있지? 네가 어떻게 그런 말을 하냐고?"

마릭이 소리쳤다.

"그녀는 왕비가 될 사람이야. 예전부터 알고 있었어."

로게인은 단호했다.

"왕비라…… 그게 대체 언제 정해진 거야? 그리고 이젠 그녀가 그걸 원하는지도 모르겠어."

마릭이 씁쓸히 대꾸했다.

"로완은 아직도 널 사랑해."

로게인이 말했다.

하지만 마릭은 슬픈 얼굴로 몸을 돌리고는 고개를 절레절레 흔들었다. 그러다가 다시 로게인을 마주보고 무언가를 말하려 입을 벌렸다. 하지만 다음 순간, 후회 같은 감정이 얼굴을 스치며 말하지 않는 편이 낫겠다고 생각한 듯 입을 다물었다. 그는 비난하는 눈초리로 로게인을 올려다보았다. 어색한 침묵이 길어졌다. 둘 다 무슨 말을 해야 할지 알지 못했다. 다시 한 번 밤하늘에서 번개가 번쩍였다.

"내가 왜 카트리엘을 사랑하는지 알고 싶어? 그녀는 날 남자로 봐. 그 아름다운 엘프는 날 보면서 반란군 여왕의 아들이라고 생각하지 않는단 말이야. 매사에 서툰 마릭 왕자, 말에서 자꾸 떨어지고, 칼도 잘 못 다루는 애송이로 보지 않아."

마릭이 분노에 찬 어조로 말했다.

"이제 더 이상 그렇지 않잖아, 마릭……."

"처음 내가 위험에 처한 그녀를 구해주었을 때 그녀는 내가 자기를 구해줄 것을 믿어 의심치 않았어. 그날 밤 천막으로 찾아왔을 때에도 날 원했지. 바로 나를 말이야."

그는 부디 이해해 달라는 듯 로게인에게 양손을 내보였다.

"아무도…… 지금까지 아무도 날 그렇게 봐주지 않았어. 로완도 그렇고. 그녀가…… 날 사랑하는 건 알고 있어. 하지만 그녀는 날 마냥 어린 마릭으로만 봐. 함께 자란 소꿉친구로 본다고. 하지만 카트리엘은 날 남자로 봐. 왕자로 본단 말이야."

로완을 생각하니 가슴이 아픈지 그의 눈이 공허해졌다.

"널 왕자로 보는 사람은 많아. 그런 여자들도 많고. 사람들이 널 보는 눈길을 알고 있기는 한 거야? 어떻게 그걸 못 볼 수가 있어?"

로게인이 얼굴을 찌푸렸다.

"카트리엘은 특별해. 그녀 같은 존재를 만나본 적 있어? 그녀는 우리를 구해주고, 지하 대로로 이끌어주고, 우리 곁에서 함께 싸웠다고. 왜 이해를 못해? 그녀가 내 비가 될지 안 될지는 나도 몰라. 하지만 그녀를 사랑하는 게 그렇게 잘못된 거야?"

마릭이 괴롭다는 듯 손가락으로 콧대를 누르며 고개를 저었다.

"그녀는 엘프잖아. 백성들이 엘프 왕비를 인정할 것 같아?"

"그렇게 된다면 인정해야겠지."

"마릭, 제발 진지해져봐."

"그래, 난 진지하다고! 왜 내가 하는 일에 다들 사사건건 참견이지? 내가 알아서 결정 하나 못 내리면 어떻게 왕이 되겠어?"

마릭이 화를 내며 서재 안을 성큼성큼 걷기 시작했다. 분노가 점점 쌓여갔다.

"그럼 이게 왕으로서 내린 결정이라 이거야?"

"안 될 건 뭐야? 갑자기 왕 전문가라도 된 거야?"

냉소적인 대꾸가 돌아왔다. 하지만 다음 순간 마릭은 그 말을 꺼낸 것을 후회하며 두 손을 들어 올렸다.

"아니, 그런 말을 하려던 건……."

"넌 앞으로도 힘든 결정을 내려야 할 거야, 마릭. 지금까지 피해왔던 것들 말이야. 무찔러야 할 막강한 적도 있어. 난 왕이 하는 일에 대해서는 아는 바가 없지만 싸움에 이기려면 어떻게 해야 하는지는 알아. 중요한 건 네가 이기고 싶으냐, 그렇지 않느냐 하는 거야."

로게인이 마릭의 말허리를 자르고 대꾸했다. 그의 푸른 눈이 차갑게 빛났다.

마릭은 아무 말 없이 어떻게 그런 걸 물을 수 있냐는 표정으로 로게인을 바라보기만 했다.

"알겠어."

로게인이 천천히 고개를 끄덕였다. 더 이상 말을 잇고 싶지 않은 마음도 있었다. 가슴이 죄어왔다. 어쩌다 일이 이 지경까지 왔는지 알 수 없었다. 몇 년 전까지만 해도 아버지가 야영지의 무법자들을 이끄는 모습을 옆에서 편하게 지켜보기만 하면 되었다. 그가 내리는 결정은 자신 말고는 아무에게도 영향을 주지 않았고, 언제나 그 편을 더 좋아했었다. 그런데 마릭이 그를 이런 복잡한 세상으로, 반란군으로 끌어들였다. 이제 렌도언 백작마저 죽고 모두가 떠나갔다. 반란군의 생사는 그들의 결정에 달려 있었다. 지금 올바른 결정을 내리지 못한다면 올레이 놈들이 승리하고 만다. 찬탈자가 이기는 것이다.

"그러면 네가 알아야 할 게 있어."

로게인이 머뭇거리다 입을 열었다.

"설마 카트리엘 이야기는 아니겠지."

"실은 그녀에게 미행을 붙였어. 그녀는 우리한테 말한 대로 아마란틴에 간 게 아니었어, 마릭. 북쪽으로, 데너림으로 갔다고."

책상에서 일어난 로게인은 방 맞은편으로 걸어갔다. 마음이 불편하기 짝이 없었다.

"미행을 붙였다고?"

마릭의 눈초리가 가늘어졌다.

"쉽진 않았어. 마릭, 그녀는 데너림의 왕궁으로 갔다고."

마릭이 그 말의 의미를 깨닫기까지는 시간이 걸렸다. 로게인은 마릭의 머릿속에서 무언가가 연결되는 것을 보았다. 하지만 마릭은 부인하듯 고개를 절레절레 흔들었다.

"아니, 그럴 리가 없어. 대체 무슨 소리야?"

마릭이 소리쳤다.

"잘 생각해봐, 마릭. 서부 구릉지에서 누가 우리를 그렇게 참패시킬 수 있었겠어? 그때 모인 귀족들이 소문을 퍼뜨리지 않게 하려고 그리도 애를 썼는데? 누가 그렇게 감쪽같이 함정을 팔 수 있었겠냐고? 네가 믿었던 게 누구지?"

로게인이 되물었다.

"하지만……."

"그렇게 솜씨 좋은 첩자가 있었다면 왜 바이런 백작이 진작 이야기하지 않았을까? 다른 사람들에 대해서는 이야기해준 적이 있었잖아? 그러고 나서 그는 편리하게도 죽고 말았지. 그의 휘하에 있던 다른 모든 이들과 함께 말이야. 그녀의 정체를 확인해줄 사람이 모두 죽어버렸다고."

"이런 세상에, 로게인! 그 이야기는 벌써 수십 번이나 했잖아. 카트리엘은 우리 목숨을 구해줬어. 날 죽이고 싶었다면 이미 그러고도 남지 않았을까?"

마릭이 격분하여 소리쳤다.

"그게 그녀의 임무가 아니었나보지."

이 말과 함께 로게인은 마릭에게 시선을 고정한 채 한 걸음 앞으로 다가

섰다.

"그저 너의 신뢰를 얻는 것이 임무였던 게 아닐까. 결국은 그렇게 됐고 말이야. 그리고 이제는 데너림의 왕궁으로 갔어. 왜일까? 왜 그랬다고 생각해?"

그대로 침묵이 이어졌다. 마릭은 로게인으로부터 시선을 돌렸다. 돌연 고뇌와 역겨움이 범벅된 표정이 되었다. 바깥에서 번쩍 번개가 치더니 잠시 후 천둥소리가 이어졌다.

"그건 모르는 거잖아. 다른 이유가 있었겠지. 다른…… 꼭 네가 생각하는 그 이유가 아닐 수도 있어."

마릭이 지푸라기라도 잡는 심정으로 대꾸했다.

"그러면 직접 물어봐. 안 그래도 지금 오는 길이니까."

로게인이 말했다.

마릭이 찡그린 눈으로 다시 그를 올려다보았다. 창문 밖으로 다시 번개가 치며 괴로워하는 마릭의 얼굴을 훤히 비추었다.

"오고 있다고? 그래서 네가 지금……."

"나도 알아야겠거든. 너도 그렇고."

마릭은 못 믿겠다는 듯 고개를 흔들었다. 금방이라도 뱃속에 든 것들을 게워낼 듯한 표정이었다.

"어떻게…… 지금 뭘 어쩌란 말이야? 그냥 무턱대고 물어보라고?"

"넌 왕이야. 필요하다면 힘든 결정이라도 내려야 할 때가 온다고."

로게인이 차갑게 대꾸했다.

둘은 불편한 침묵 속에 그렇게 가만히 서 있었다. 마릭은 마치 구토라도 하려는 듯 벽에 등을 기댄 채 구부린 무릎 위로 양손을 짚고 있었다. 로게인은 맞은편에서 그런 그를 바라보며 냉정함을 유지하려 애썼다. 힘들지만 반드시 필요한 일이라고 스스로에게 되뇌면서.

빗발이 굵어지면서 책상 위의 촛불이 금방이라도 꺼질 듯 심하게 흔들렸다. 바다에서 불어오는 강한 바람이 차가운 폭우를 이쪽으로 끌고 왔다. 날이 밝기 전에 이쪽 해안 전체가 추워질 모양이었다. 계절이 바뀌고 있었다. 이달 말이 되면 다시 눈이 내릴 것이다. 반란군은 겨울이 완전히 닥치기 전에 움직이든가, 봄이 올 때까지 꼼짝없이 기다리든가 둘 중 하나를 택해야 했다.

두 사람은 기다렸다.

기다림은 그리 길지 않았다. 서재 문이 삐걱 열리더니 카트리엘이 코를 고는 병사들 옆을 지나쳐 조용히 서재 안으로 들어왔다. 여행용 가죽옷을 걸친 그녀는 비에 홀딱 젖어서 구불거리는 금발 머리가 온통 창백한 피부에 달라붙어 있었다. 그녀의 긴 망토에서 물이 뚝뚝 떨어져 바닥을 적셨다.

무언가 잘못되었음을 깨달은 카트리엘이 걸음을 멈추었다. 방 안의 팽팽한 긴장감은 눈에 보일 정도였다. 그녀의 초록 눈이 방 한쪽에 서서 자신을 노려보고 있는 로게인으로 갔다가, 어딘가 아픈 듯한 안색으로 서 있는 마릭에게 향했다. 그녀는 방문을 닫았다. 그녀의 표정에서는 아무것도 드러나지 않았다.

"왕자님, 괜찮으세요? 지금쯤이면 주무시고 있을 거라고 생각했는데. 시간이 많이 늦었어요."

그녀가 미심쩍은 눈으로 다시 로게인을 힐끔 쳐다보며 물었다.

로게인은 아무 말도 하지 않았다. 마릭이 수만 가지 표정이 담긴 얼굴로 그녀에게 다가갔다. 누구를 믿어야 할지 갈등하는 괴로움이 그대로 드러나 있었다. 로게인도 그것을 알아볼 수 있었다. 마릭은 카트리엘의 양쪽 어깨를 붙잡고 그녀의 눈을 들여다보았다. 그녀는 모든 것을 포기한 듯 보였지만 마릭의 손길을 피하거나 놀라진 않았다.

"데너림에…… 갔었던 건가요?"

마릭이 물었다. 하지만 그것은 더 이상 질문이 아니었다.

“그럼 아시는군요.”

카트리엘은 시선을 피하지 않았다.

“내가 뭘 알고 있다는 건가요?”

슬픔이 그녀를 가득 채웠다. 아니, 수치심인가? 이내 눈물이 젖은 그녀의 얼굴을 타고 흘러내렸다. 마릭이 그녀를 붙들고 있지 않았다면 벌써 몸을 뺐을 것이다. 마치 모든 힘이 빠져나가 버린 것처럼 그녀의 몸이 축 처졌지만 강렬한 마릭의 시선에서는 여전히 눈을 떼지 않았다.

“말씀드리려고 했었어요, 왕자님. 제가 당신이 생각하는 존재가 아니라는 사실을요. 하지만 좀처럼 들으려 하지 않으셔서…….”

그녀가 슬픔이 가득 담긴 목소리로 속삭였다.

마릭이 입을 꾹 다물었다. 입술이 가늘어지고 턱 근육이 불거져 나왔다. 그리고 가녀린 그녀의 어깨를 붙든 손에 힘이 더 들어갔다. 이제 마릭의 눈에는 분노가 활활 타오르고 있었다.

“지금 듣고 있소.”

마릭이 한 글자 한 글자 또박또박 답했다.

그녀의 눈이 금세 붉게 변하며 눈물로 가득해졌다. 그녀의 눈이 말하고 있었다.

‘제발 이러지 말아요. 다른 방법도 있잖아요.’

하지만 마릭은 그녀의 말 없는 애원을 무시하고 눈물만 뚝뚝 흘릴 뿐이었다. 로게인은 침울한 표정으로 이 광경을 지켜보면서도 끼어들지 않았다.

“전 음유시인이에요. 올레이에서 온 첩자죠. 왕의 마법사 시버란이 당신을 찾아 자기한테 데려오라고 절 고용했어요. 하지만…….”

“그러면 서부 구릉지는 어떻게 된 건가요?”

마릭이 그녀의 말을 자르고 물었다. 너무나도 소리가 작아 거의 들리지 않았다.

자신을 붙들고 내려다보는 마릭 앞에서 구슬프게 우는 그녀는 점점 더 작아졌다. 하지만 시선을 피하지는 않았다.

"저였어요."

카트리엘이 고개를 끄덕이며 대답했다.

마릭이 그녀를 놓아주었다. 조심스러운 동작으로 그녀의 어깨를 놓은 그는 형용할 수 없는 놀라움과 역겨움이 담긴 얼굴을 하고 뒤로 물러섰다. 사실이었다. 모두가 사실이었다. 마릭은 몸을 돌려 로게인 쪽을 바라보았다. 괴로움에 온통 일그러진 얼굴은 눈물로 뒤범벅이 되어 있었다.

"네가 맞았어. 내가 멍청이였어."

마릭이 중얼거렸다.

"유감이야."

로게인이 숙연하게 말했다. 진심이었다.

"아니, 아니겠지."

마릭이 속삭였다. 하지만 그 말에 독기라고는 없었다. 그는 로게인에게서 몸을 돌려 걸어가려 했다. 그러자 카트리엘이 다시 시야에 들어왔다. 몸을 벌벌 떨면서 애처롭게 울고 있는 그녀를 보는 마릭의 눈빛이 놀라움에서 역겨움으로, 그리고 얼음장처럼 차가운 분노로 천천히 바뀌었다.

"나가."

마릭은 내뱉듯 짧게 말했다.

카트리엘은 몸을 움찔했으나 움직이진 않았다. 그녀의 눈동자가 한순간 텅 비었다.

"나가."

그가 아까보다 조금 더 강하게 으르렁댔다. 그리고 천천히 용뼈 장검을 칼집에서 뽑았다. 칼날에 새겨진 빛나는 룬 문자가 희미한 촛불보다 더 밝게 서재 안을 차가운 푸른빛으로 채웠다. 그는 위협하듯 검을 들어 올렸다. 그의 몸 전체가 참을 수 없는 분노로 떨리고 있었다.

하지만 그녀는 괴로움으로 가득 한 눈을 마릭에게 고정하고 둘 사이를 가른 날카로운 검은 무시한 채 천천히 그를 향해 걸어오기 시작했다.

"제가 누구든 전에 무슨 짓을 했든 상관없다고 했잖아요."

이 말을 들은 마릭의 몸이 차갑게 식었다. 그가 눈을 가늘게 뜨고 그녀로부터 뒷걸음질 쳤다.

"당신을 믿었어…… 당신을 믿었다고. 당신을 위해 모든 걸 내던질 각오도 되어 있었어. 그런데 그 대가가 이건가?"

마릭의 목소리가 갈라졌다. 그는 참을 수 없는 괴로움으로 아득해졌고 눈물을 참기 위해 침을 꿀꺽 삼켰다.

"그래요, 아무것도 못 믿겠다면 이거 하나만 믿어주세요. 내가 정말로 당신을 사랑한다는 것 하나만요."

그녀가 속삭이듯 말하며 계속해서 앞으로 다가왔다.

"믿어달라고? 어떻게 감히 그런 말을 해!"

마릭이 다가오는 그녀를 막기 위해 칼을 더욱 가파르게 세워 들었다. 그리고 이를 앙다물고 더 이상 물러서지 않았다.

하지만 그녀는 그의 눈을 바라보며 줄곧 다가오기만 했다. 마릭은 분노로 고함을 지르며 칼을 치켜들고 그녀를 향해 달려들었다. 바로 앞에 멈춰 서서 그녀의 머리 위로 칼을 높게 쳐들자 칼날에 새겨진 룬이 강하게 번득였다. 그녀는 몸을 움찔거리지도, 뒤로 물러나지도, 그의 칼을 피하거나 막으려 하지도 않았다. 그저 눈물을 흘리면서 그를 바라보고 있을 뿐이었다. 그는 검을 옆으로 내렸다. 검을 너무나도 세게 쥔 나머지 손이 덜덜 떨리며 손가락 마디가 하얗게 변했다.

마릭은 더 이상 그녀를 바라볼 수 없었다. 하지만 고개를 돌릴 수도 없었다.

카트리엘이 마지막 남은 한 걸음까지 다가와 부드럽게 마릭의 얼굴을 어루만졌다. 그녀는 아무 말도 하지 않았다. 그의 몸 전체가 심하게 떨리기 시작했다. 그는 분노와 괴로움의 외마디 비명을 지르며 그녀의 손을 밀쳐내고는 그대로 검을 박아 넣었다. 그녀의 가죽 옷과 살을 그대로 뚫고 들어간 검은 조그만 소리조차 내지 않았다. 카트리엘이 헉 소리를 내며 마릭의 어깨를 부여잡았다. 그가 그녀를 끌어안음과 동시에 그녀의 피가 칼자루를 붙잡고 있는 마릭의 손으로 흘러내렸다.

그런 그녀를 내려다보는 마릭의 눈빛은 증오에서 놀라움으로, 그리고 다시 공포로 바뀌었다. 마치 시간이 멈춘 것처럼 아무도 움직이지 않았다. 다음 순간, 마릭이 큰 소리로 숨을 내뱉으며 자신이 무슨 짓을 했는지 깨달았다.

카트리엘이 다시 한 번 헉 하고 신음을 흘리자 이번에는 선홍색 피가 입 밖으로 쏟아져 나오며 턱을 적셨다. 그녀는 눈물이 쏟아지는 눈을 커다랗게 뜨고 마릭을 올려다보다가 그대로 스르르 쓰러지고 말았다. 아직도 칼자루를 손에 쥔 채로 마릭이 그녀를 붙잡았다.

"도와줘! 살려야 해!"

그가 로게인을 향해 소리쳤다.

하지만 로게인은 그 자리에서 움직이지 않았다. 마릭과 카트리엘이 천천히 바닥으로 무너져 내리는 모습을 지켜보는 그의 표정은 침울했지만 그들에게 다가가려는 움직임은 전혀 없었다. 생기라고는 없는 그녀의 죽은 눈이 아직도 자신을 바라보고 있음을 깨달은 마릭의 두려움은 더욱 커졌다.

마릭은 몸을 떨기 시작했다. 경련이라도 일으키듯 장검을 떨어뜨린 그는 허둥지둥 바닥을 기어 그녀로부터 멀어졌다. 이미 몸 아래로 피 웅덩이가 고이기 시작했고, 그녀는 힘없는 헝겊 인형처럼 푹 수그린 채 주저앉아 있었다. 그녀의 피가 칼날의 룬 문자가 내는 밝은 빛을 점점 덮어버리면서 방 안도 어둠 속으로 빠져들었다.

마릭이 고개를 흔들었다. 어렴풋한 불빛 아래 시커멓게 붉은 피로 물든 손이 보였다. 그는 지금 자신이 무슨 짓을 저질렀는지 통 이해하지 못하겠다는 듯 물끄러미 자기 손을 내려다보고 있었다.

누군가가 문을 쾅쾅 두들기자 문이 심하게 흔들렸다. 바깥에서 서너 명의 목소리와 누군가가 괜찮냐고 묻는 외침이 들려왔다.

"아무 일 없다! 모두 물러가!"

로게인이 소리치고는 대답을 기다리지 않고 성큼성큼 마릭이 앉은 곳으로 다가가 그의 어깨에 한 손을 얹었다. 그러자 마릭이 여전히 크게 벌어진 초점 없는 눈으로 그를 올려다보았다.

"진정해. 그녀가 널 배신한 거야, 마릭. 우리 모두를 배신한 거라고. 이게 바로 정의의 심판이야."

"정의의 심판……."

마릭이 힘없이 따라했다.

"그래, 마음에 들든 안 들든, 필요하다면 왕으로서 내려야만 하는 정의의 심판."

로게인이 고개를 끄덕이며 말했다. 마릭이 시선을 피하자 로게인은 그의 어깨를 붙들고 거칠게 흔들었다.

"마릭! 앞으로 벌어질 일을 한번 생각해봐. 왕좌에 앉으면 정의의 심판을 얼마나 많이 내려야 하겠어? 올레이 놈들이 벌여놓은 그 모든 부정한 짓거리를 뿌리 뽑으려면 아주 깊숙한 곳까지 파고들어야 한다고!"

여전히 마릭은 정신이 멍해 보였다. 그가 느릿느릿 고개를 흔들었다.

"너랑 로완 둘 다 그녀의 정체를 알려주려 했는데 난 듣지 않았어. 나 같은 놈은 왕이 될 자격이 없어. 난 바보 멍청이라고."

그 순간 로게인이 마릭의 뺨을 세게 갈겼다.

짝 소리의 여운이 남아 있는 가운데 마릭은 충격과 놀라움이 가득한 눈으로 로게인을 올려다보았다. 로게인이 그 앞에 쭈그리고 앉아 마릭의 얼굴 가까이에 자신의 얼굴을 들이대고 그를 쏘아보았다.

"어떤 놈이 있었지. 우리 농장을 약탈한 올레이 사령관이었어. 마음에 드는 건 모조리 가져오라고 부하들에게 명령을 내리고는 우리의 분개하는 모습을 보며 웃어댔지. 아주 재미있어 하더라고."

로게인이 씁쓸한 목소리로 속삭였다. 마릭이 무언가 말하려는 듯 입을 벌렸으나 로게인이 한 손을 들어 막았다.

"우리한테 본때를 보여줘야 한다는 거야. 그래서 나와 아버지를 꼼짝 못하게 붙들고는 어머니가 강간당하는 모습을 지켜보게 했어. 어머니의 비명소리는…… 마치 불로 지진 것처럼 내 머릿속에 남았지. 아버지는 짐승처럼 울부짖으며 몸부림을 쳤고, 결국 놈들에게 맞아 정신을 잃으셨어. 하지만 나는 끝까지 지켜보았지."

그의 목소리가 갈라지면서 터져 나오려는 오열을 꿀꺽 삼켰다.

"놈이 그 짓을 끝내고는 어머니를 죽였어. 검으로 목을 그은 거야. 그러고는 우리한테 그러더군. 또다시 세금을 내지 않으면 그때는 우리 차례가 될 거라고. 나중에 정신을 차리신 아버지는 어머니의 시신을 붙들고 오열하셨어. 하지만 거기 우두커니 서 있는 날 보고 나서는 일이 더 심각해졌지. 아버지가 갑자기 사라지셨고 사흘 동안 자취를 감췄어. 무슨 일인지 몰랐지. 나중에야 알게 되었는데 그 올레이 놈들을 뒤쫓아 가서는 놈들이 자는 동안에 그 사령관을 죽여버린 거야. 그래서 우린 도망자 신세가 된 거고."

로게인은 한숨을 내쉬고는 눈을 감고 한참 동안 뜨지 않았다. 마릭은 말없이 그를 바라보기만 했다.

"아버지는 살인자로 지명수배되었어. 그리고 어머니와 나를 지키지 못했다고 생각하며 언제나 스스로를 자책하셨지. 하지만 난 아버지가 그 올레이 자식한테 한 일이 정의의 심판이라는 사실을 의심한 적이 단 한 번도 없었어.

이 모든 일도 카트리엘, 그녀의 배신 때문에 벌어진 거라고. 내 말이 틀려?"

로게인이 카트리엘의 시신을 향해 손짓하며 물었다.

"그럼 넌 이렇게 되길 바란 거야?"

마릭이 나지막이 되물었다.

"난 네가 진실을 알기 바랐어. 이 전쟁에서 이기고 싶다고 했었지? 그러려면 이것도 피할 수 없는 일이야. 안 그랬으면 너도 네 어머니처럼 똑같이 배신당하고 패배했을 거라고."

로게인이 뉘우치는 기색 하나 없이 마릭의 눈을 똑바로 쳐다보며 대답했다.

마릭은 원망스러운 눈길로 로게인을 쳐다보았지만 아무 말도 하지 않았다. 그리고 멍하니 더러워진 손을 바닥에 문질러 닦고는 비틀비틀 자리에서 일어섰다. 로게인이 옆에 선 채 그를 지켜보았지만 돌아선 마릭은 죽은 카트리엘만 뚫어져라 바라보았다. 아까 그 자리에 그대로 쓰러져 있는 그녀의 등에 커다랗게 시뻘건 얼룩이 나 있고 주변에는 검은 피 웅덩이가 고여 있었다.

"나…… 나 혼자 있고 싶어."

마릭이 창백한 얼굴로 중얼거렸다.

그러고는 비틀비틀 침실로 이어지는 문으로 가 조용히 안으로 들어가더니 문을 닫았다. 로게인은 멀어지는 그의 모습을 바라보고 있었다. 밖에서 번쩍이는 번갯불이 어둠을 환히 밝혔다.

로완은 번개 치는 하늘을 물끄러미 바라보며 창가에 서 있었다.

돌벽에 비가 후드득 떨어지는 모습을 지켜보고 있자니 마음이 차분히 가라앉았지만 그것도 잠드는 데는 역부족이었다. 며칠에 걸쳐 행군하고 전투를 벌이느라 아프지 않는 곳이 없었다. 상처 입은 곳은 다행히 잘 아물고 있었지만 붕대 속 피부가 너무나도 가려운 나머지 미칠 것만 같았다. 조금 지나면 윌헬름이 마법을 써서 상처들을 봐주겠지만 한편으로는 그러지 않았으면 좋겠다는 마음도 있었다. 몇 개 정도는 흉터가 남아 마땅하니까.

누군가 문을 두드리는 노크 소리가 들려왔지만 그녀는 대답하지 않았다. 차가운 바람이 열린 창을 통해 들어와 그녀의 잠옷 자락을 펄럭이고, 또 한 차례 번개가 쳤다. 곧 이어진 천둥의 강한 울림이 뱃속 깊은 곳까지 느껴졌다. 잠시나마 공허함을 채워주는 것 같아 기분이 나아졌다.

그때 문이 조금 열리더니 그가 걸어 들어왔다. 누구냐고 물어볼 필요도 없었다. 그녀는 크게 숨을 들이쉰 뒤 몸을 돌렸다. 로게인이 문을 닫고 들어섰다. 그의 침울한 표정에서 많은 것을 알 수 있었다.

"마릭에게 이야기했군요."

그녀가 말했다.

"그래요."

로게인이 고개를 끄덕였다.

"그래서요? 뭐라고 해요? 카트리엘은 뭐라고 하고?"

로게인은 말을 고르며 잠시 침묵했다. 그의 그런 표정이 마음에 들지 않았는지 로완이 재차 물으려 입을 벌리자 그가 한 손을 들어 그녀의 말을 막았다.

"카트리엘이 죽었습니다."

이것이 그가 말한 전부였다.

"뭐라고요? 돌아오지 못한 거예요? 찬탈자가……?"

로완이 깜짝 놀라 물었다.

"마릭이 죽였어요."

충격을 받은 로완은 입을 다물지 못했다. 그녀는 로게인을 노려보았고, 그도 흔들리지 않는 차디찬 푸른 눈으로 그녀를 마주보았다. 머릿속에서 퍼즐이 맞춰지며 몸속이 싸늘히 식는 것 같았다.

"마릭한테 하나도 빠짐없이 다 이야기한 거 맞아요?"

로게인이 아무 대답도 하지 않자 그녀는 화를 내며 성큼성큼 다가갔다.

"시버란이 그녀의 머리에 현상금을 건 것도 말했나요? 그녀가 시버란을 화나게 한 것도……?"

"그런다고 달라지는 건 없어요."

로게인이 단호히 대꾸했다.

그녀가 못 믿겠다는 듯 고개를 흔들었다. 너무나도 차갑고 날카로운 지금의 로게인은 마치 처음 보는 사람 같았다. 로완은 대체 무슨 일이 벌어진 건지, 마릭이 무슨 짓을 한 건지 상상하려고 애썼다. 하지만 아무리 애를 써도 도저히 그림이 그려지지 않았다.

"로게인, 카트리엘이 마릭을 정말 사랑했다면 어떻게 해요? 우린 마릭이 이용당하고 있다고, 그녀가 마릭을 징밀로 해칠 거라고만 생각했잖아요. 혹시 우리가 틀렸으면 어쩌죠?"

그녀의 목소리가 가늘게 떨렸다.

"우린 틀리지 않았어요. 그녀는 마릭을 정말로 해쳤으니까. 우린 그녀가 첩자라고 생각했고, 그 생각이 맞았어요. 서부 구릉지의 일도 그녀 탓이라고 추측했고, 그것도 사실이었습니다."

로게인의 표정은 단호했다. 그의 턱 근육이 불거졌다.

로완이 하얗게 질린 얼굴로 한 걸음 뒤로 물러섰다.

"하지만 그녀는 마릭의 목숨을 구했어요! 우리 목숨도 구했다고요! 마릭은 그녀를 사랑했어요! 어쩌다 이렇게 됐죠?"

하지만 다음 순간, 그녀는 자신이 어떤 일을 저질렀는지 깨달았다. 몰래 빠져나가는 카트리엘을 발견한 것은 다름 아닌 그녀 휘하의 정찰병들이었다.

그녀는 로게인과 의논한 후 카트리엘에게 미행을 붙였으며, 자신의 의심이 맞다는 것을 입증하기 위해 이러한 사실을 마릭에게 숨겼다. 하지만 마릭에게 이 사실을 알리는 일은 로게인에게 맡겨버렸다. 그녀가 첩자라는 말을 듣고도 마릭이 그녀를 용서하면 어쩌나…… 자기 대신 그녀를 선택하면 어쩌나…… 도저히 그 자리에 나설 수가 없었다.

"내가…… 어떻게 이런 짓을 저지를 수가 있죠?"

로완이 혐오스럽다는 듯 중얼거렸다.

그 말을 들은 로게인이 그녀에게 다가가 어깨를 붙들었다. 그의 손가락이 로완의 어깨를 파고들었다.

"이미 끝난 일이에요."

그가 매정하게 말했다. 단호하게 굳은 얼굴이 그녀를 내려다보았다. 그러자 서부 구릉지에서의 일이 떠올랐다. 마릭을 구하러 가야 할지, 계획대로 아버지를 도와 요새를 쳐야 할지 차마 결단을 내리지 못하고 로게인에게 달려가자 그가 대신 결정을 내려주지 않았던가. 그래서 그들은 부하들을 버리고 그 자리를 떠났었다.

"로완……."

로게인이 입을 열었다. 처음 그의 목소리는 괴로움으로 가득했으나 곧 언제 그랬냐는 듯 슬픈 기색은 싹 사라졌다.

"이미 끝난 일이에요. 이제 모든 것은 두 가지 길 중 하나로 흘러갈 겁니다. 첫 번째는 마릭이 자기 연민에 빠져 허우적대다가 아무 쓸모없는 존재로 전락하는 거고, 두 번째는 그가 왕으로서의 자신과 한 남자로서의 자신은 서로 다른 존재라는 걸 깨닫는 거겠지요."

"그럼 왜 이리로 왔어요? 다 끝난 일이라면서요?"

"지금 나는 그에게 아무 말도 건넬 수가 없습니다."

그게 무슨 뜻인지 깨닫기까지는 조금 시간이 걸렸다.

"하지만 난 할 수 있다는 건가요?"

로완이 말하고는 그로부터 조금 거리를 두었다. 로게인은 그녀의 어깨를 놔주었다.

"당신은 왕비가 될 사람입니다."

로게인이 아무리 애를 써도 그 말을 할 때 배어나는 고통은 숨길 수가 없었다.

그러자 돌연 로완의 눈에 눈물이 고이기 시작했다. 그녀는 인상을 쓰며 팔짱을 끼고 반항하듯 로게인을 올려다보았다.

"내가 그의 비가 되고 싶지 않다면요?"

"그러면 퍼렐던의 왕비가 되어야겠지요."

로완은 잔혹하게 자기 눈을 파고드는 그의 시선이 죽도록 미웠다. 그의 오만함이 미웠다. 한낱 평민 주제에 왕이 되는 것과 한 남자가 되는 것이 어떻게 다른지 스스로 안다고 생각하는 점도 미웠다. 그의 강인함이, 지하 대로 깊은 곳에서 그녀를 감싸 안았던 이 강인한 손이 미웠다.

그리고 무엇보다도 그의 말이 옳다는 사실이.

로완은 로게인에게 달려들어 한 손으로 그의 가슴을 때리기 시작했다. 로게인이 그녀의 손목을 붙들었다. 그녀가 다른 손으로 그를 마저 때리려 하자 그는 그 손마저 붙들었다. 로완은 그대로 몸부림을 치다가 울음을 터뜨리고 말았다. 로게인은 그녀의 양 손목을 움켜쥔 채 움직이지 않았다.

그녀는 우는 법이 없었다. 아니, 우는 것 자체를 싫어했다. 어머니가 돌아가셨을 때 처음 울었고, 두 남동생이 안전을 위해 자유 동맹으로 보내질 때가 두 번째였다. 두 번 다 그녀의 아버지는 그런 로완을 보며 달래주기는커녕 크게 당황하며 어찌할 바를 몰라 했다. 그래서 로완은 다시는 울지 않기로 맹세했었다. 아버지를 위해 강해져야겠다고 결심한 것이다.

그러고 보니 지하 대로의 깊은 그림자 속에서 눈물을 흘렸던 적이 한 번 있었다. 그때 그녀를 위로한 것은 다름 아닌 로게인이었다. 그 기억을 떠올린 그녀는 몸부림을 멈추고 울먹이며 로게인의 가슴에 이마를 기댔다. 그러고 나서 고개를 들자 그 역시 울고 있다는 것을 알았다. 그들의 얼굴이 점점 가까워졌다.

하지만 곧 그녀가 몸을 빼내고 말았다. 그는 안타까운 표정으로 눈을 맞추며 로완의 손을 놓아주었고 그녀의 결심은 변하지 않았다. 이미 끝난 일이었다. 로완은 로게인으로부터 몸을 돌렸다. 창을 통해 차가운 바람이 불어 들어왔다. 그녀는 천둥이 치기를 기다렸지만 아무 소리도 이어지지 않았다. 폭풍우가 모든 것을 깨끗이 씻어줄 것만 같았다. 모두 씻어버리고 다시 새롭게 시작할 수 있게 말이다.

"그가 기다리고 있습니다."

로게인이 그녀 뒤에서 말했다.

"알아요."

로완이 고개를 끄덕였다.

마릭은 침대 끝에 걸터앉아 있었다. 사실 이 방이나 침실 모두 그의 것이 아니라 올레이 귀족한테 빼앗은 것이라서 여기 머무는 동안 마릭은 한 번도 편하게 느낀 적이 없었다. 게다가 지금 이 순간 몸을 더 웅크리면 마치 주변 환경으로부터 더 멀어질 수 있을 거라 믿는 듯 불편한 자세로 앉아 있었다.

창문이 꼭 닫혀 방 안 공기가 답답했다. 침대 옆에 놓인 등불은 기름이 거의 떨어져 금방이라도 꺼질 것 같았다. 마릭은 어깨를 구부정하게 숙인 채 빈 공간을 노려보고 있었다. 로완이 침실로 들어가 그의 옆에 앉을 때까지도 마릭은 그녀를 알아채지 못했다. 방 안의 침묵은 그야말로 무겁고 답답했다.

한참 지나서야 마릭은 그녀가 와 있음을 깨달았다. 이윽고 고개를 돌린 그의 눈은 슬픔으로 움푹 패어 있었다.

"마녀가 말한 그대로야. 말도 안 되는 헛소리라고 생각했었는데……."

"마녀? 무슨 마녀?"

로완이 어리둥절해하며 되물었다.

마릭은 그녀의 목소리를 듣지 못한 듯 다시 허공만 멍하니 쳐다보았다.

"가장 사랑하는 이들을 해치게 될 것이다. 그리고 사랑하는 이를 구하기 위해 스스로 증오하는 존재가 될 것이다."

로완이 한 손을 들어 그의 뺨을 어루만지자 마릭이 돌아보았다. 하지만 그의 시선은 그녀를 보고 있지 않았다.

"그건 그저 허튼 소리일 뿐이야, 마릭."

그녀가 부드럽게 말했다.

"아니, 그것 말고 더 있어. 더 많아."

"그래도 괜찮아. 카트리엘은 널 사랑했어. 그 사실이 중요한 거 아니야?"

마릭은 괴로운 표정으로 눈을 감고 자기 볼에 놓인 그녀의 손을 자기 손으로 감쌌다. 그러자 조금 위로가 되는 것 같았다. 사실 그녀는 이런 순간을 꿈꿔왔었다. 그의 아름다운 금발 머리를 얼마나 쓸어 넘겨보고 싶었던가. 마릭이 진정으로 원하는 사람은 자신이라는 사실을 그에게 납득시키려고 얼마나 애썼던가.

"그녀가 정말로 날 사랑했을까? 난 모르겠어. 모르겠다고."

그가 중얼거렸다.

"그랬다고 생각해. 그녀는 시버란과의 관계를 청산하려고 데너림에 갔던 것 같아, 마릭. 그녀가 무슨 명령을 받았든 나중엔 마음을 바꾼 것 같아."

로완이 손을 빼며 말했다.

그는 그 말에 대해 곰곰이 생각하는지 잠시 아무 말도 하지 않았다.

"그렇다고 달라지는 건 없는걸."

마침내 마릭이 말했다.

"그래, 달라지는 건 없지."

로완이 대꾸했다.

그가 그녀의 눈을 물끄러미 바라보았다. 슬픔에 겨운 그의 모습을 그녀는 더 이상 견딜 수가 없었다.

"그녀가 나한테 말하려고 했었어. 하지만 난 듣지 않았지. 무슨 짓을 했든 상관하지 않는다고 했어. 난 바보였어. 왕좌에 앉을 자격이 없다고."

그가 털어놓았다.

"마릭, 넌 그저 좋은 사람일 뿐이야. 남을 잘 믿는 사람이라고."

그녀가 한숨을 쉬며 말했다.

"그래서 이 모양, 이 꼴이 됐잖아."

"자, 내 말 들어봐. 백성들은 널 사랑해. 반란군도 널 위해서라면 기꺼이 목숨을 내놓을 거야. 우리 아버지도 널 아끼셨어. 로게인도…… 그들 모두 널 믿어, 마릭. 그리고 그럴 만한 이유도 충분하다고."

로완이 힘없이 미소를 지으며 말했다. 로게인의 이름을 말할 때에는 잠시 말을 멈춰야 했다.

"너는 여전히 날 믿어?"

"단 한 번도 믿지 않은 적이 없었어, 절대로. 벌써 이만큼 해냈잖아. 네 어머니가 살아계셨다면 정말로 자랑스러워하셨을 거야. 하지만 언제나 좋은 사람이 될 수는 없는 거야, 마릭. 백성들은 좋은 사람 그 이상의 존재를 원한다고."

그녀가 진심을 담아 말했다.

마릭은 그녀의 말에 상처받은 것 같았지만 아무 말이 없었다. 그는 고개를 푹 늘어뜨렸다.

"내가 그들이 원하는 존재가 될 수 있을까?"

그가 말했다. 그러고는 슬픔으로 얼굴을 잔뜩 일그러뜨리고 울기 시작했다.

"카트리엘을 죽였어. 그녀를 칼로 찔렀다고. 대체 어떤 몹쓸 인간이 그런 짓을 하겠어?"

로완은 양팔로 그를 감싸 안고 머리를 쓰다듬으며 모든 게 잘될 거라고 속삭였다. 마릭은 흐느끼며 그녀의 가슴에 안겨 마음껏 울음을 터뜨렸다. 그 소리에 로완은 크게 놀람과 동시에 자신도 사무치는 슬픔에 사로잡혔다. 지금까지 겨우 버텨온 등불이 마침내 꺼지고 어둠에 잠겼다. 그녀는 계속해서 그를 안고 있었다. 잠시 후 울음이 잦아들고 나서도 둘은 그렇게 어둠 속에서 서로를 끌어안은 채 가만히 있었다. 로완은 자신에게도 얼마 남지 않은 힘을 그에게 나눠주었다. 그에게는 그것이 필요했다. 어쩌면 이런 것이야말로 왕비의 역할인지도 모른다. 궁전 깊숙한 곳, 어둠 속에서 왕을 안아주며 그가 다른 사람 앞에서 절대 내보일 수 없는 모습을 그대로 포용하고 위로해주는 것. 어쩌면 왕비는 모든 이에게 힘을 나눠주기만 하는 왕을 위해 힘과 용기를 내주는 사람인지도 모른다.

로게인의 말이 옳았다. 나쁜 자식.

조용한 어둠 속에서 로완은 고개를 숙여 마릭의 입술에 키스했다. 그도 기다렸다는 듯, 용서해달라는 듯 그녀를 끌어안았다. 그녀는 그를 용서했다. 그의 머뭇거림 때문에 차라리 쉬웠다. 마릭의 따뜻함과 부드러움 때문에 눈물이 났지만 그에게 그런 모습을 보일 수는 없었다. 오늘 밤만은 그를 위해 강해져야 한다. 오늘 밤, 그녀는 태어난 순간부터 정해져 있던 그 역할을 받아들였다. 기대한 것과는 달랐지만 역시 그래야만 했다.

제18장

마릭은 성스러운 화로 위에 자리한 거대한 안드라스테의 대리석 석상을 바라보며 어두운 챈트리 안에서 조용히 기다렸다. 그의 어깨에는 묵직한 로브가 덮여 있었다. 화로 옆이라 두꺼운 모 안감이 덥게 느껴졌지만 그래도 마음에 들었다. 로완이 이걸 입으면 왕처럼 보일 거라며 어디선가 구해온 것이었는데, 역시 효과가 있었다. 로브의 보랏빛도 의미를 더해주었다.

그와렌에서의 밤 이후로 로완은 마릭을 극진하게 대했다. 언제나 곁을 지키며 조언을 해주거나, 별다른 일이 없을 땐 그저 미소라도 지어주었다. 하지만 그녀는 더 이상 그가 알던 로완이 아니었다. 친근하고 도움이 되긴 했지만 전혀 모르는 낯선 사람으로 변해버렸다. 로완의 눈을 들여다보면 마릭이 들어가지 못하는 벽이 세워져 있음을 느낄 수 있었다. 그전에는 없었던 것이다. 마릭은 모두 자기 탓이라고 생각했다. 둘 사이에 무언의 약속이 맺어졌고, 그와 함께 거리가 생겼다. 둘이 얼마나 가까이에 있든, 한자리에 누워 있든 변함없었다.

군대는 보름 동안 남작 동맹을 지나 서쪽으로 행군하며 마릭의 생환을 알리는 소문을 퍼뜨렸다. 이제 매일같이 새로 들어오는 병사들의 수는 어마어마했다. 전국에서 지주들이 땅을 버리고 폭동을 일으키고, 마을 사람들이 올레이 보초들에게 돌을 던지고, 올레이 사람들이 운영하는 가게를 불태웠다는 보고가 속속 올라왔다. 올레이 여행자들을 향한 공격이 늘어나자 황제는 도로마다 경비병의 수를 세 배로 늘렸고, 퍼렐던 사람들에 대한 보복 행위가 가해질수록 사람들의 결심은 단호해져만 갔다.

처형도 가차 없었다. 메그렌 왕의 뜻을 거역하면 무슨 일을 당하는지 보여주기라도 하듯 퍼렐던 사람들이 사는 곳이라면 한 군데도 빠짐없이 참수당한 머리가 줄줄이 전시되었다. 마릭은 그런 생각만으로도 잠을 이룰 수가 없었다. 그래도 폭동은 끊이지 않았다. 더 이상 참을 수가 없었던 것이다.

남작 동맹의 남작들도 연이어 반란군에 가담하고 있었다. 어제만 해도 두 명이 더 그들 편에 섰다. 그와렌에서 열었던 회의에는 참석도 하지 않았던 나이 지긋한 이들이었다. 이틀 전에는 놀랍게도 올레이 귀족 한 명이 찾아왔다. 찬탈자의 노여움을 산 그 젊은 귀족은 반란군을 돕는 대가로 자기 영지를 빼앗기지 않게 해달라고 애원했다. 심지어 이름을 퍼렐던 식으로 바꾸고, 퍼렐던 여자와 결혼하겠다고 맹세했다. 한때 그의 영지를 소유했던 퍼렐던 가문은 이미 오래전 전원 처형당해 혈통이 끊긴 상태였지만 마릭은 아직도 어찌하면 좋을지 알 수 없었다.

모든 일이 정말 빠르게 변하고 있었다. 하지만 그는 서부 구릉지의 일을 떠올리며 모든 것이 한순간에 무너질 수 있다는 사실을 끊임없이 되뇌었다. 그래도 지금만큼은 달랐다. 그가 기억하는 한 반란군 역사상 처음으로 저항에 가속이 붙은 것이다. 이제 그 누구도 반란군의 저력을 무시할 수 없었다.

멀리 바깥에서 종소리가 들리기 시작했다.

이제 곧 그들이 당도할 것이다. 화로의 불빛이 그의 머리 위로 높게 선 석상을 은은히 비추었지만 챈트리의 나머지 부분은 온통 그림자에 덮여 있었다. 어둠 때문에 모든 것이 평화로워 보였다. 안드라스테가 창조주를 향해 기도하듯 두 손을 모아 쥐고 너그러운 눈으로 마릭을 내려다보고 있었다.

석상이나 그림에서 가장 흔히 표현되는 안드라스테의 모습이었다. 예언자이자 창조주의 아내, 그리고 자비로운 구원자인 안드라스테. 하지만 조금 더 현실성을 띠려면 안드라스테는 손에 검을 쥐었어야 마땅했다. 챈트리는 이 예언자가 정복자이기도 했다는 사실, 즉 야만스러운 종족들이 문명사회를 침공했고 그녀가 평생을 전장에서 보내야 했다는 사실을 부각하고 싶어 하지 않았다. 사실 그녀에게는 너그러움 따위는 전혀 없었을 것이다.

게다가 그녀는 배신당하기도 했었다. 바로 그녀의 두 번째 남편 노릇에 진력이 난 야만인 장군 마페라스였다. 그가 더 많은 땅을 정복할수록, 그리고 사람들이 안드라스테를 따를수록, 그는 자기만의 명예를 탐했다. 결국 그는 아내를 마법사 군주들의 손에 넘겼고, 그들은 그녀를 화형에 처했다. 마페라스의 이름은 곧 배신자와 동의어가 되었다. 이것은 오랜 세월에 걸쳐 챈트리에서 사람들에게 끊임없이 이야기하는 테다스의 가장 오래된 전설로 남았다.

마릭은 안드라스테가 불에 타 죽긴 했지만 결과적으로는 전투에서 승리한 것이 아닐까 생각했다. 마릭은 자신이 마페라스처럼 느껴졌다. 그 생각을 하니 입안에 씁쓸한 맛이 맴돌았다.

저벅저벅 돌바닥에 울리는 발소리에 마릭은 퍼뜩 정신을 차렸다. 그들이 도착한 것이다. 천천히 몸을 돌리자 한 무리의 남자들이 한 사람씩 챈트리 안으로 들어오는 것이 보였다. 밝은 빛을 내는 화로가 마릭의 뒤에 있었고, 이는 그들이 마릭의 실루엣만 볼 수 있다는 뜻이었다. 그들에게 얼굴을 보이고 싶지 않았으니 잘된 일이었다.

시올릭 남작이 맨 앞에 섰다. 그는 염치가 남아 있었는지 조금 불편한 표정을 지으며 바닥만 내려다보았다. 그의 뒤를 따라온 나머지 네 명도 마릭에게 낯익은 인물들이었다. 마지막으로 본 것이 캄캄한 밤, 그것도 어두운 숲 한복판이었지만 그는 그들을 너무나도 잘 알고 있었다. 이들이 바로 어머니를 배신한 자들이 아닌가. 협력하겠다는 거짓말로 어머니를 꾀어내어 무참히 살해한 놈들이었다.

다섯 명 모두가 천천히 들어와 마릭의 시선을 피하며 제단 앞에 섰다. 마릭이 서 있는 제단은 그들보다 서너 계단 위에 있어서 마치 이들을 내려다보는 기분이 들었다. 좋아, 그가 노려보고 있는 가운데 침묵 속에서 기다리라지. 높은 곳에서 굽어보는 안드라스테의 시선을 느끼며 그녀가 용서를 해줄지, 아니면 최후의 의식을 거행할지 알지 못한 채 두려움에 떨도록.

시올릭의 벗어진 이마에서 땀 한 방울이 또르르 굴러떨어졌다. 아무도 입을 열지 않았다.

곧 로게인이 뒤따라 들어와 문을 닫았다. 그가 방 건너편에 선 마릭에게 고갯짓을 하자 마릭도 고개를 끄덕였다. 지금 이 순간만큼은 둘 사이에 점점 커져가던 긴장이 겉으로 드러나 보이지 않았지만 마릭은 그것이 완전히 사라시지 않았음을 알고 있었다. 그와렌을 떠난 이후 둘은 거의 말을 하지 않았다. 어쩌면 그 편이 나을 수도 있었다. 마릭은 무슨 말을 해야 할지도 몰랐다. 한편으로는 이 차가운 침묵 대신 한때 서로 가벼운 농담을 주고받던 시절로 돌아가고 싶은 마음이 간절했다. 하지만 다른 한편으로는 다시는 그런 날이 돌아오지 않으리란 걸 알고 있었다. 로완이 있을 때면 로게인이 차가운 침묵을 지키며 아무 표정도 드러내지 않는 것과 로게인이 마릭과 로완을 애써 피하는 것을 보면 카트리엘이 목숨을 잃었던 그날 밤, 무언가 그들 사이를 완전히 바꿔놓았음을 알 수 있었다. 어쩌면 영원히 이렇게 계속될는지도 모른다.

그렇다 해도 어쩔 수 없다. 지금 당장 해야만 하는 일이 있다.

"여러분."

마릭이 다섯 명의 귀족들에게 인사를 건넸다.

"마릭 왕자님."

그들이 고개를 조아렸고, 시올릭 남작이 대표로 인사치레를 했다. 그의 눈은 마릭 뒤편의 어두운 공간을 정신없이 살피고 있었다. 병사들이 따라왔는지 알아보려는 것인가? 아무리 열심히 찾아봐야 아무도 발견하지 못할 것이다.

"솔직히 말씀드려서…… 왕자님의 제안을 듣고 조금 놀랐습니다."

시올릭이 말했다.

"하지만 여기 온 걸 보니 최소한 내 제안을 고려했나보군요."

"물론입니다. 올레이 놈들이 퍼렐던의 부를 모조리 빼앗아가는 걸 가만히 지켜보기란 쉽지 않지요. 그런 폭군을 왕좌에 앉히고 그 아래에서 살아가는 걸 기뻐할 사람은 아무도 없습니다."

시올릭 남작이 비굴하게 웃으며 대답했다.

"하지만 당신들은 그런 상황을 잘 이용해왔잖소."

마릭이 코웃음을 치며 대꾸했다.

"생존을 위해 필요한 일을 했던 것뿐입니다."

그가 눈을 내리깔며 대답했다. 그가 살기 위해 했다는 일은 바로 마릭의 어머니를 죽이는 것이었다. 마릭은 분노를 참으려 애쓰면서 시올릭을 내려다보았다. 쉽지 않았다.

나머지 귀족들 가운데 한 명, 그중 가장 어려 보이는 사람이 앞으로 나섰다. 곱슬곱슬한 검은 머리에 염소수염이 난 그는 거무스름한 피부를 보니 어머니가 리베인 사람인 모양이었다. 마릭이 기억하기로 키어 남작이었다. 그날 밤에 그의 모습을 보았는지는 떠올릴 수 없었지만 지금까지 알아본 바로는 그 역시 그 자리에 있었던 것이 분명했다.

"왕자님, 당신께서는 우리에게 반란군을 후원하고 현재 찬탈자의 군대와 함께 행군하고 있는 우리 부하들을 내어달라 요구하시면서 그 대가로 사면을 제시하셨습니다."

그가 시올릭 남작과 잠시 시선을 주고받더니 다시 한 번 마릭을 향해 매끄러운 웃음을 띠었다.

"대가는 그게 전부입니까? 저희 부대는 그리 적지 않습니다. 단지 왕자님의 노여움을 푸는 대가로 찬탈자의 곁을 떠나라고 하시다니요. 그렇다면 현재 반란군의 힘이 사람들의 생각보다 강하다는 뜻입니까?"

키어 남작의 말에는 카리스마가 있었다. 마릭도 그것만은 인정했다. 시올릭 남작의 떨떠름한 표정으로 보아 이 젊은 남작이 조금 다급히 나선 것이 아닌가 싶었다. 하지만 다른 귀족들은 모두 그 말에 동의한다는 듯 바닥만 내려다볼 뿐 아무 말도 하지 않았다. 그들은 사면 이상의 것을 원하고 있었다.

"당신은 모이라 티어린 여왕을 시해했소. 그것도 아주 무참하게."

마릭은 놀랍게도 어렵지 않게 그 말을 꺼냈다. 그는 키어 남작을 향해 최대한 감정을 드러내지 않으며 계단을 내려가 그들 앞에 섰다.

"이것은 용서할 수 없는 대역지요. 그런에도 관대하게 용서해주겠다고 했고, 그 대가로 이미 당신들의 의무라 할 수 있는 것을 요구했을 뿐인데, 더 많은 것을 내놓으라고?"

"우리의 의무는 왕을 섬기는 것입니다."

시올릭 남작이 끼어들었다.

"지금의 올레이 왕 말인가?"

마릭이 쏘아붙였다.

"그 왕도 창조주의 허락하에 왕좌에 앉으신 겁니다. 지금 저희는 아주 힘든 상황에 놓였습니다. 반란군이나 미래의 통치자나 큰 차이가 없다는 것이 문제지요."

시올릭이 안드라스테 석상을 가리키며 말했다.

마릭이 천천히 고개를 끄덕였다. 그리고 시올릭 앞에 서서 그의 얼굴을 정면으로 내려다보았다.

"그래서 내 어머니께 거짓말을 하고, 거짓된 협력을 약속하여 여왕을 꾀어내 죽인 건가? 그렇게 할 필요가 있었던 건가? 창조주께서 이제는 배신의 행위도 허락하시는 건가?"

이 말을 들은 귀족들이 당황한 표정으로 뒤로 물러섰다. 시올릭도 마찬가지였다. 그가 조금 분개하는 표정으로 마릭을 쳐다보았다.

"우리는 우리의 왕께서 지시한 대로 했을 뿐입니다."

시올릭을 비롯하여 그의 옆에 선 다른 귀족들이 검을 빼어 들고는 두려움이 가득한 얼굴로 마릭과 로게인을 힐끔힐끔 쳐다보았다. 로게인도 검을 빼어 들고 위협하듯 앞으로 다가섰다. 마릭이 검을 빼어 들자 빛나는 룬 문자가 어두운 챈트리를 밝혔다. 하지만 그는 차분히 한 손을 들어 다가오는 로게인을 멈춰 세웠다.

그러나 키어 남작은 물러서지 않았다. 그는 다른 이들처럼 칼을 빼들지도 않은 채 오히려 팔짱을 끼고는 경멸하는 표정으로 마릭과 로게인을 바라보기만 했다.

"여러분, 겁낼 필요 없습니다. 마릭 왕자는 우리의 군대를 필요로 해요. 정말 간절히 원하지 않았다면 우리를 이리로 불러내지도 않았을 겁니다."

"그런가?"

마릭이 그를 돌아보며 싸늘한 어조로 물었다.

"그렇지요. 우리가 어디로 가는지 남작 동맹에 알리지도 않고 여기 왔을 것 같습니까? 휴전이라는 조건으로 이 신성한 곳에 초대됐다? 고상한 마릭 왕자께서 모두에게 다 알려진 이 상황에서 우리를 죽일 수 있을 것 같습니까? 백성들이 뭐라고 생각하겠어요?"

키어 남작은 마릭의 검이 우습다는 듯 고개를 절레절레 흔들면서 쿡쿡 웃었다.

"정의의 심판이라 여기겠지."

마릭이 차갑게 미소 지으며 휙 몸을 돌려 용뼈 검을 크게 휘둘렀다. 그 순간 키어 남작의 머리가 깨끗이 목에서 떨어져 나갔다.

다른 이들이 이 충격적인 장면을 인식하기까지는 다소 시간이 걸렸다.

시올릭 남작과 다른 세 명의 귀족들은 어안이 벙벙하여 이 광경을 쳐다보고만 있었다. 마릭이 침착하게 그들을 향해 몸을 돌렸다. 연한 빛의 용뼈 검에서 선명한 붉은 피가 뚝뚝 떨어지고, 마릭의 눈은 스스로 빛을 내듯 번쩍였다. 로게인은 뒤에서 천천히 다가오며 그들이 도망치는 것을 막았다.

"정신 나갔소! 대체 무슨 짓이오?"

시올릭이 비명을 질렀다.

"무슨 짓인지는 뻔하지 않나?"

마릭이 그에게서 시선을 떼지 않은 채 대꾸했다.

"이…… 이건 살인이다! 그것도 신성한 창조주의 챈트리에서!"

또 다른 남자가 소리쳤다.

"창조주께서 내려와 너희를 보호해줄 것 같나? 그렇다면 지금 당장 기도라도 시작하시지."

로게인이 으르렁댔다.

시올릭 남작이 천천히 한 손을 들어 올렸다. 그의 얼굴에서 땀이 쏟아졌다.

"왕자님께서는 우리의 군대가 필요합니다. 그에 대해서는 키어의 말이 옳습니다. 지금 우릴 죽인다면 우리 자식들이 숨이 다할 때까지 당신과 맞설 겁니다! 모든 귀족들에게 이 비겁하고 수치스러운 행동에 대해 알리겠습니다!"

남작은 최대한 침착하게 말하려 애썼지만 마릭은 그의 목소리에서 떨림을 느낄 수 있었다.

마릭이 그들에게 한 걸음 다가서자 네 명 모두 깜짝 놀라 뒤로 물러섰다. 마릭이 다시 한 번 차갑게 미소 지었다.

"난 당신의 자식들에게 단 하루의 말미를 주고 당신들이 저지른 일에 대해 맹렬히 비난하며 속죄하게 만들 거요. 그들이 내 뜻에 따라 반란군에 가담한다면 그들을 위해서라도 당신들의 무분별한 행동을 잊어주도록 하지.”

이 말과 함께 마릭이 시올릭을 향해 칼날을 겨누고 다시 입을 열었다.

“하지만 그들이 거부한다면 최후의 한 명까지 가문의 씨를 말리고, 당신네 영지를 ‘비겁’과 ‘수치’라는 단어의 뜻을 정확히 아는 다른 사람에게 넘길 거요.”

방 안에서는 성스러운 화로에서 들려오는 타닥타닥 소리 말고는 아무 소리도 나지 않았다. 눈에 보일 듯한 팽팽한 긴장감이 방 안을 채운 가운데, 귀족들은 검을 내리지 않고 서로를 쳐다보기만 했다. 마릭은 그들의 머릿속에서 어떤 계산이 돌아가고 있는지 알 수 있었다. 4대 2, 그들은 이렇게 생각하고 있겠지. 마릭과 로게인처럼 젊지는 않지만 검 실력은 꽤 괜찮은 편이니까.

덤벼보라지.

괴성과 함께 나이 든 남작 한 명이 챈트리 문을 향해 달리기 시작했다. 그러자 로게인이 미끄러지듯 그에게 달려가 다리를 걷어찼다. 남작은 돌바닥에 세게 부딪히며 그 자리에서 쓰러졌다. 그가 헉 소리를 내며 눈을 부릅뜨자 로게인이 그 위에 서서 남작의 심장에 칼끝을 겨누었다.

로게인은 무표정한 얼굴로 칼을 그의 몸에 내리꽂았다. 무언가 축축한 것이 으스러지는 소리와 함께 칼날이 몸을 관통했고, 남작의 입에서는 힘겨운 외마디 신음만 흘러나왔다.

시올릭이 고함을 지르며 검을 높이 치켜들고 마릭을 향해 달려들었다. 마릭이 한 발을 들어 상대의 가슴을 걷어차자 그의 몸이 날아가 뒷벽에 부딪혔다. 두 번째 귀족이 마릭을 향해 달려와 낮게 검을 휘둘렀지만 마릭은 쉽게 막아냈다.

마릭이 검을 들어 상대를 향해 휘둘렀다. 그가 마릭의 검을 막아냈지만 마법의 힘을 가진 마릭의 장검이 가볍게 그 검을 두 동강 냈다. 불꽃이 튐과 동시에 마릭의 검이 그의 가슴에 커다란 상처를 남기자 그가 고통의 비명을 질렸다. 마릭이 다시 한 번 몸을 돌려 그의 배를 깊이 베자 피가 솟구쳤다. 그는 가슴을 부여잡고 바닥에 쓰러져 그대로 죽고 말았다.

세 번째 남자가 분노와 두려움이 섞인 고함을 지르며 전속력으로 로게인을 향해 달려들었다. 로게인은 귀찮다는 표정으로 얼굴을 찌푸리며 방금 죽인 남작의 몸에 박힌 검을 빼어 달려오는 상대에게 곧장 겨누었다. 달려오던 남작은 몸이 칼날의 중간 지점까지 꿰뚫릴 즈음에서야 겨우 멈춰 섰다. 부르르 떨리는 그의 입에서 선명한 붉은 피가 흘러내렸다.

벽에 부딪혀 쓰러진 채 이 광경을 지켜보던 시올릭의 얼굴은 두려움과 공포로 잔뜩 일그러졌다. 그의 눈이 로게인과 마릭을 오갔고 그가 몸을 벌벌 떨며 풀썩 무릎을 꿇는 것과 동시에 칼이 쨍그랑 소리와 함께 바닥에 떨어졌다.

"항복합니다! 제발! 무슨 일이든 하겠으니 살려주십시오!"

시올릭 남작이 소리쳤다.

마릭이 천천히 그에게 다가갔다. 그는 마릭 앞에 몸을 조아리고는, 그나마 남아 있던 품위마저 모두 내던지고 바닥에 이마를 대고 마릭의 장화를 향해 기어갔다.

"제발! 제…… 제 군대를 모두 바치겠습니다! 아니, 군대를 두 배로 늘리겠습니다! 다른…… 다른 귀족들이 당신을 먼저 공격했다고 말하겠습니다!"

"검을 들어라."

마릭이 그에게 말했다. 그러고는 로게인을 바라보자 로게인은 죽은 남자의 몸에서 검을 빼내며 냉정하게 고개를 끄덕일 뿐이었다.

시올릭 남작은 다시 고개를 들고 마릭을 올려다보며 기도하듯 두 손을 모았다.

"제발! 용서해주십시오! 이러지 마십시오! 원하시는 건 뭐든지 하겠습니다!"

그가 소리쳤다. 눈물이 얼굴을 타고 줄줄 흘러내렸다.

마릭이 손을 뻗어 남작의 귀를 붙잡았다. 마음속 깊은 곳에서 들끓는 분노가 느껴졌다. 이 사내가 검으로 어머니를 찔렀던 일, 이자의 부하들에 쫓겨 숲 속을 헤매던 일이 떠올랐다. 이자의 배신이 이 모든 일의 시초가 되었고, 이제 마릭은 그 모든 것을 끝낼 것이다.

"넌 내가 원하는 걸 줄 수 없다."

마릭은 분노로 몸을 떨며 장검을 시올릭의 심장에 찔러 넣었다.

시올릭의 눈이 충격으로 크게 벌어지더니, 입에서 피가 흘러내리기 시작했다. 그는 무슨 일인지 이해할 수 없다는 표정으로 신음을 뱉으며 마릭을 멍하니 바라보기만 했다. 숨소리가 점점 약해지자 마릭은 천천히 그를 바닥에 내려놓았다. 남작이 마지막 숨을 내쉬자 마릭은 이를 갈며 거칠게 그의 몸에서 검을 빼냈다.

마릭이 시올릭의 시신을 내려다보고 있는 가운데 그림자가 점점 길어졌다. 차게 식어가는 시커먼 피 웅덩이 위로 다섯 시체가 그들을 둘러싸고 누워 있었고, 안드라스테 석상은 위에서 이 모든 광경을 잠자코 지켜보고 있었다. 로게인이 겨우 몇 미터 떨어진 곳에 있었지만 마릭은 혼자인 것만 같았다.

"끝났군."

로게인이 말했다. 마릭을 자랑스러워하는 기색이 묻어났다.

"그래, 끝났어."

"사람들이 격렬히 항의할 거야. 그 점에 있어서는 놈들의 말이 옳아."

"그럴지도 모르지."

마릭이 대꾸하며 천천히 몸을 일으켰다. 그의 표정은 단호했다. 마치 심장이 박동을 멈춘 것처럼 무언가 아주 단단한 것이 가슴속 깊이 자리한 것 같은 기분이 들었다. 차분하면서도 어딘가 모르게 불안한, 참으로 기이한 느낌이었다. 어머니의 복수를 마쳤지만 느껴지는 것이라고는 냉기뿐이었다.

"하지만 이제는 귀족들 모두 결정을 내려야 해. 찬탈자든, 우리든 둘 중 한

편을 택해야만 하지. 배신자는 내가 절대 용서치 않는다는 것도 알아야 해. 더 이상은 안 돼."

로게인이 마릭을 바라보았다. 그 차가운 푸른 눈이 마릭을 꿰뚫을 듯 바라보았다. 마릭은 그 시선을 무시하려 애썼다. 이젠 더 이상 로게인이 무슨 생각을 하는지 알 수 없었다. 기뻐하는 건가? 이건 그가 바랐던 거였다. 아무리 힘들고 괴로워도 해야 할 일은 해내는 단호한 마릭 말이다.

로게인이 몸을 돌려 뚜벅뚜벅 문을 향해 걸어갔다. 그의 검은 망토가 뒤에서 나부꼈다. 다음 순간 그가 문 앞에서 걸음을 멈췄다.

"여기 오기 직전에 소식을 들었어. 올레이에서 출발한 기사 두 군단이 이틀 뒤에 데인 강을 건널 거라더군. 거기에서 놈들과 맞붙어야 할 거야."

로게인이 말했다.

"너와 로완이 공격을 지휘해."

마릭이 그를 쳐다보지 않고 대꾸했다.

"마음 굳힌 거야?"

"그래."

"마릭, 내 생각에는……."

"마음 굳혔다고 했을 텐데. 그 이유도 알고 있잖아."

마릭의 어조는 단호했다.

로게인은 잠시 망설이다가 고개를 끄덕이고는 문을 나섰다. 열린 문 사이로 몰아쳐 들어온 바람은 얼음장처럼 차가웠다. 겨울이 다가옴을 알리는 것 같았다. 화로의 불꽃이 심하게 떨리다가 이내 꺼지고 말았다.

주사위는 던져졌다. 마릭은 가슴속의 불안감이 마침내 진정되고 그 자리가 차가운 침묵으로 채워지는 것을 느꼈다. 이제는 돌이킬 수 없었다.

제19장

용 한 마리가 하늘로 날아올랐다.

로게인은 아침에 눈을 뜨자마자 그 광경을 보았다. 멀리서 들려오는 이상한 소리에 잠에서 깨어, 분홍빛과 노란빛으로 물든 태양이 서쪽 산 너머로 겨우 고개를 내밀 즈음 천막을 나섰던 것이다. 어스름한 새벽 빛 속에 선 그는 하얀 입김을 뿜으며 다시 그 소리에 귀를 기울였다.

잠깐이지만 로게인은 그것이 예상보다 일찍 강을 건너기 시작한 적군일지 모른다고 생각했다. 정찰병들의 보고가 잘못된 것일까? 하지만 소리를 다시 듣고 보니 그럴 리가 없었다. 여러 채의 천막 속에서 차가운 담요에 몸을 꽁꽁 싸고 잠든 병사들을 지나쳐 계곡 끄트머리에 설 때까지도 그것이 무엇인지 알 수 없었다. 그는 바위 위로 올라가 아래로 펼쳐진 광경을 내려다보았다. 거대한 데인 강이 바위투성이 땅을 가로지르며 굽이굽이 흐르고 있었고, 땅에는 아직 아침 이슬이 촉촉이 맺혀 있었다.

안 그래도 대단한 장관인데 용 한 마리가 그 위를 날고 있으니 그 장엄함은 말로 다 표현할 수 없었다. 멀리서 보니 눈 덮인 산맥을 배경으로 날아가는 용은 조금 작아 보였다. 더 가까이 있었더라면 사람을 통째로 삼키고도 남을 정도로 거대할 것이다. 그렇게 먼데도 용이 한 번 포효하자 땅이 흔들리는 것을 느낄 수 있었다.

들리는 말로는 용이 모두 사라졌다고 했다. 네바라 사람들이 백 년도 더 전에 용을 보이는 족족 사냥해 멸종했다고 들었다. 하지만 이렇게 차가운 아침 바람을 타고 한 마리가 날고 있었다. 지난 이 주 동안 올레이 지방을 초토화시키고, 산맥 반대편의 퍼렐던 쪽으로 처음 날아온 것이다.

챈트리는 그것이 일종의 징조라고 여겼다. 발 로이어의 교황은 다음 시대를 용의 시대, 즉 '드래곤 에이지'라 부르겠다고 천명했다.

이 소식을 가장 먼저 들은 정찰병들은 앞으로 다가올 세기가 대제국 번영의 시대가 되리라는 계시라고 떠드는 사람들이 있다고 알려왔다. 하지만 커다란 날개를 펼쳐 차가운 안개를 뚫고 우아하게 날아가는 용을 본 로게인은 그렇게 생각지 않았다.

그때 뒤에서 발설음 소리가 들려왔지만 그는 고개를 돌리지 않았다. 병사들 전체가 아직 잠들어 있었고, 이렇게 일찍 일어날 사람은 한 사람밖에 없었다. 그리고 그는 그녀의 걸음걸이와 숨소리를 알고 있었다.

로완이 그의 옆에 다가와 조용히 섰다. 그녀의 갈색 머리칼이 바람에 흩날리고, 다가오는 전투에 대비해 새로 광을 낸 갑옷에 서리가 맺혀 있었다. 로게인은 안개 자욱한 계곡 아래로 급강하한 용에게서 시선을 떼지 않았다. 언제라도 이리로 날아와 한뎃잠을 자고 있는 병사들을 집어삼킬지도 모르는 일이었다. 하지만 이유는 알 수 없어도 왠지 그런 일은 일어날 것 같지 않았다.

둘은 몇 분 동안 아무 말도 하지 않고 그 모습을 지켜보았다. 바위틈으로 지나는 바람 소리와 용이 울부짖는 소리만 들려왔다.

"아름답군요."

로완이 나지막이 말했다.

로게인은 아무 말도 하지 않았다. 그녀의 시선과 함께 느껴지는 분노는 견디기 힘들었다. 로완은 아직 그를 용서하지 않았고, 마릭도 그것을 알고 있었다. 아마 평생 용서하지 않을 것이다. 하지만 마릭은 무엇보다도 퍼렐던을 우선으로 생각해달라고 부탁, 아니 요구했었다. 그래서 로게인은 그렇게 했다. 그 때문에라도 견뎌내야만 했다.

"퍼렐던 사람들이 반란을 일으켰다고 하더군요. 지난밤 우리 쪽으로 넘어온 병사 말에 의하면 데너림이 불타고 있다고…… 찬탈자는 꼼짝 못하고 있는 상황입니다."

마침내 그가 입을 열었다.

"챈트리에서 나온 말을 생각하면 그럴 법도 하죠."

로완이 천천히 고개를 끄덕이며 말했다.

"뭐라고 했는데요?"

"못 들었나요? 브로나치 대주교가 자기 입으로 마릭이 왕좌의 정당한 계승자라 선언했다고 하던데요. 메그렌을 위험한 폭군이라 부르면서 창조주께서 퍼렐던을 구하기 위해 마릭을 보내셨다고까지 했대요."

"찬탈자가 좋아할 리 없을 텐데."

로게인이 놀란 듯 대꾸했다.

"당장은 대주교를 상대할 시간이 없나보죠."

"그럼 아직 그녀의 머리가 내걸리지 않았단 말인가요?"

"붙잡아야 처형을 하든가 하죠. 듣자 하니 전속력으로 데너림을 빠져나가는 마차 안에서 그렇게 선언했다고 해요."

그 말을 들은 로게인이 씨익 웃었지만 씁쓸하기 그지없었다. 애초에 그 올레이 놈을 왕좌에 앉힌 것이 대주교 아니었던가. 그저 흘러가는 상황을 보고 그에 편승하려는 기회주의가 분명했다.

하지만 로게인이 생각하기에도 그것은 현명한 처사였다. 시올릭과 다른 귀족들의 살해 소식이 전해지자 봉기한 귀족은 극소수에 불과했다. 마릭의 손에 목숨을 잃은 귀족의 가족들은 하나같이 메그렌 왕의 편이 되어 최후까지 싸우겠다고 다짐했으나 어차피 그들은 처음부터 마릭의 편을 들 리가 없었다. 반면 다른 귀족들은 어땠는가? 많은 이들이 그 소식을 듣고 마릭의 예상대로 행동했다. 지난 이틀 사이에만도 반란군의 숫자가 급속도로 늘어난 것이다.

로게인은 자신을 뚫어져라 쳐다보는 로완의 시선을 깨달았다. 멀리에서 용이 다시 한 번 포효했다. 그러고는 고도를 낮추더니 떠오르는 태양에 밀려 안개가 싹 걷힌 먼 언덕 너머로 사라져버렸다. 그는 로완을 마주보지 않으려 애썼다. 먼 훗날 방랑 시인들이 칭송해 마지않을 여전사로 남을 그녀는 말 그대로 눈부시게 아름다웠다.

"정말 마릭 없이 전투를 치를 건가요?"

그녀가 물었다.

좋은 질문이었다. 로게인 스스로도 여러 번 자문했던…….

"그가 어디 갔는지 당신도 알잖아요."

"마릭은 여기 있어야 해요. 병사들에게 모습을 보여야 한다고요. 병사들은 자신이 누구를 위해 싸우고 있는지 알아야만 해요."

"로완, 그는 스스로 해야 한다고 믿는 일을 하고 있어요."

로게인이 단호히 대답했다.

로완이 얼굴을 찡그리며 고개를 돌려 다시 먼 계곡을 바라보았다. 차가운 바람이 산등성을 넘어 그들을 강하게 때리고 지나갔다. 그녀가 몸을 부르르 떨었다.

"알아요. 그저 무슨 일을 당하지는 않을까 걱정이 돼서…… 혼자 그렇게 가버렸으니 죽을 수도 있잖아요. 이제 와 그를 잃을 순 없어요."

그녀의 목소리에는 걱정이 가득했다.

로게인이 씨익 웃으며 머뭇머뭇 한 손을 들어 그녀의 볼을 가볍게 어루만졌다. 작은 몸짓이었다. 그녀는 눈을 감고 그것을 받아들였지만 그것도 아주 잠시였다. 로완의 눈꺼풀이 파르르 올라가자 그녀는 살짝 몸을 빼며 불편한 듯 그의 시선을 피했다. 그거면 되었다. 둘 사이에는 이제 건널 수 없는 거대한 강이 흘렀다.

로게인이 손을 떨어뜨렸다.

“어디에서든 죽을 수 있는 겁니다. 심지어는 여기에서도.”

“나도 알아요.”

“그런데도 혼자서 그 일을 해낼 기회를 빼앗아버리는 게 낫겠어요?”

이 말을 들은 로완이 잠시 생각하더니 눈을 떨구었다.

“아니요, 그렇지 않아요.”

병사들이 잠에서 깨기 시작했는지 주변에서 시끄러운 소리가 점점 커졌다. 로게인은 그 이유를 알 수 있었다. 지평선 너머로 태양이 떠오르면서 하늘을 환하게 밝혔고, 무엇보다도 아래 계곡에서 적군의 움직임이 감지된 것이다. 올레이 군의 선봉대가 분명했다. 이제 빠르게 움직여야 했다.

로게인은 로완에게 그 말을 하기 위해 몸을 돌렸지만 그녀는 가고 없었다. 그녀도 이미 알고 있었다.

그로부터 두 시간도 채 지나지 않아 반란군은 집합을 마쳤다. 로게인 뒤로 선 사람들은 기병과 궁수, 기사, 평민들이 모두 모인 어마어마한 무리였다. 로게인은 그들 대부분을 알지 못했다. 처음 그와렌을 함께 떠나왔던 병력은 이제 극소수였고, 여기 모인 무리의 핵심을 이루고 있었다. 그들 앞에는 역시 소수의 드워프들이 서 있었다. 그와렌에서 그들과 함께 싸웠던 결사의 군단 중 3분의 1도 채 안 되는 수였다. 날투르는 전투가 시작되는 시간에 딱 맞춰 돌아온 것을 매우 기뻐하며 로게인에게 전후 상황을 듣는 내내 싱글벙글 웃음을 멈추지 않았다. 부하들과 나란히 서서 로게인을 바라보는 지금도 얼굴에는 웃음기가 가시지 않은 채였다. 다른 반란군 병사들은 드워프들을 존중하는 의미에서 그들을 앞세우고 널찍한 공간을 내주었다.

천 명 가까이 되는 수였다. 로게인이 보기에는 훈련이 너무 부족했고, 결사의 군단 같은 베테랑들이 있긴 했지만 함께 훈련할 시간도, 전략을 제대로 소통할 방법도 없었다. 까딱 잘못하면 최악의 전투가 될 수도 있었고, 사소한 일로 엉망이 될 수도 있었다.

그때 로게인은 용을 떠올렸다.

아래 계곡에 자리 잡은 적군의 기사단은 위에서 반란군이 집합했다는 것을 이미 알고 있었다. 그래서 그는 방어할 수 있는 진영을 짠 뒤, 강 너머로 보냈던 기마병들을 다시 불러들였다. 그렇지 않다면 그들을 포기하고 더 높은 지대로 대피해야만 했다. 하지만 아직 도망칠 수는 없었다. 혹시라도 후퇴해야 할 순간이 닥치면 우세한 기동력을 내세워 빠르게 도망치면 되리라.

그게 바로 로완이 휘하의 기마병들을 이끌고 계곡 반대편에 가 있는 까닭이었다. 적군의 퇴로를 끊기 위해서였다. 이제 반란군은 적군을 이곳에서 무찌르든가, 실패하고 장렬히 전사하든가, 선택은 둘 중 하나였다.

로게인은 말을 돌려 뒤에 선 병사들을 바라보았다. 그들 모두 번쩍이는 무기를 들고, 찬바람 속에 흰 입김을 내뿜으며 기다리고 있었다. 로게인의 검은 망토가 바람에 나부꼈다. 그의 엄한 푸른 눈이 거기 선 병사들을 하나하나 훑자 그들은 어깨를 곧게 폈다. 로게인은 아버지가 오래전에 만들어주신 징이 박힌 가죽옷을 입고 있었다. 행운을 위해서였다.

"새벽녘 하늘에서 용이 날고 있었다. 산맥을 넘어가는 것을 내 두 눈으로 똑똑히 보았다. 멸종되었다고 믿었던 용들이 되살아났다면 퍼렐던 사람이라고 왜 그렇게 못 하겠는가!"

로게인이 바람 소리보다 더 크게 부하들을 향해 소리쳤다.

병사들이 각자 손에 쥔 칼과 창 등을 흔들며 함성을 질렀다. 함성은 로게인이 손을 들어 올릴 때까지 계속되었다.

"오늘 이렇게 싸우게 되어, 올레이 놈들에게 맞서 더 이상은 불가하다고 말해줄 수 있게 되어, 정말 기쁘다!"

병사들이 다시 환호성을 질렀다. 로게인이 목소리를 한층 더 높였다.

"왕자님은 오늘 여기 안 계신다! 하지만 나중에 돌아오시면 우리는 빼앗긴 왕좌를 그분께 되돌려드릴 것이다! 여기 데인 강에서, 드래곤 에이지가 시작된 곳에서 말이다! 오늘, 그들은 우리의 외침을 똑똑히 듣게 되리라!"

또다시 격렬한 함성이 울려 퍼졌다. 만약 계곡 아래의 올레이 기사들이 고개를 들어 그들을 바라보았다면 천 명의 사내들이 쏟아내는 분노의 함성, 진정으로 자유를 갈망하는 자만이 낼 수 있는 소리에 몸을 떨었을 것이다. 올레이 기사들은 산등성을 따라 쏟아져 내려와 달려드는 반란군을 보고는 안장에 앉은 채로 몸이 마비되고 말았다.

멀리 서리등선 산맥 너머 캄캄한 동굴 속에서 한 마리 용이 고개를 들고 반란군의 긴 함성을 들었다. 용도 흐뭇해하며 그 함성에 귀를 기울였을 것이다.

시버란은 퍼렐던의 추위를 욕하며 족제비 털로 만든 망토 자락을 더욱 그러쥐었다. 아직 한겨울도 아닌데 밤만 되면 고향에서 느꼈던 그 어떤 추위보다도 차가운 냉기가 살을 파고들었다. 코카리 늪지대 너머 황무지에서 찬 공기가 몰려오는 바람에 이곳의 겨울은 언제나 혹독했다. 어쩌면 이 땅의 사람들이 하나같이 독한 건 그 때문일지도 몰랐다.

이 시기가 오면 그는 여기 온 걸 후회하곤 했다. 메그렌을 올레이로 도망치게 한 다음 평생 거기 머물면서 황제에게 다시는 퍼렐던으로 돌아오지 않게 해달라고 비는 편이 나을지도 모른다. 어차피 그게 메그렌이 원한 것이었으니까. 이 더러운 땅과 개들, 추운 날씨는 그냥 퍼렐던 놈들에게 돌려주고, 자신도 마법사 협회로 돌아가 새 출발하는 편이 나을지도 모른다.

시버란이 고개를 저었다. 아니, 이미 여기에 너무 많은 것을 쏟아부었다.

폭동은 그가 예상한 것보다 훨씬 심각했지만 일단 반란군만 처리하고 나면 주민들을 달랠 수도 있었다. 필요하다면 한 번에 한 곳씩이라도. 그 모든 일이 끝나고 나면 메그렌은 시버란에게 쩔쩔매게 될 테고, 결국 시버란은 마음대로 권력을 쥐고 흔들 수 있을 것이다.

그때가 오면 많은 것이 바뀌겠지. 암, 그래야 했다.

그런데 지금은 사방이 문제투성이었다. 그는 방금 읽은 전갈을 마구 구기고는 천막 입구에 서서 고개를 조아리고 있는 어린 시종에게 눈을 부라렸다.

"지금 내 인내심을 시험하는 게냐? 정찰병이 단 한 명도 돌아오지 않았다고?"

그가 버럭 소리를 질렀다.

"모르겠습니다, 나리. 저…… 저는 그저 전갈을 가져온 것뿐입니다!"

시종이 변명했다.

시버란은 인상을 쓰며 구겨진 종이를 시종에게 던졌다. 시종은 돌멩이에 맞기라도 한 것처럼 몸을 움찔거리며 덜덜 떨었다. 시버란은 그 모습이 흉하다는 듯 콧방귀를 뀌며 한 손을 휙 저어 시종을 물리치자 시종이 안도하는 표정으로 후다닥 도망갔다.

눈에 띄는 사람이라면 누구에게나 화풀이를 하고 싶은 마음이 굴뚝같았지만 그런다고 달라지는 건 없었다. 육로로 올레이에서 파견되는 기사 군단을 마중하기 위해 병사들을 데려왔는데, 그 기사 군단은 자취를 찾을 수가 없었다. 안 그래도 하이에버에서 벌어진 폭동으로 인해 여기까지 오는 길이 지체된 데다가, 브로나치가 말도 안 되는 선언을 했다는 소식을 듣고 데너림으로 전갈을 보내는 바람에 더욱 늦어지고 말았다. 겨우 만나기로 한 곳에 당도했으나 기사단은 보이지 않았고, 어찌 된 일인지 알아보기 위해 내보낸 정찰병마저도 감감무소식이었다.

반란군의 소행일까? 벌써 이렇게 서쪽까지 왔단 말인가? 마지막으로 들은 믿을 만한 첩보에 따르면 반란군이 남작 동맹의 한 마을에 당도했고, 그곳에서 마릭 왕자는 시올릭과 다른 귀족 몇 명을 죽였다고 했다. 하지만 그건 사흘 전 일이고, 그러기 전 거의 일주일 동안은 믿을 수 있는 첩보를 전혀 입수하지 못했다. 물론 반란군이 그 보잘것없는 병력으로 두 정예 군단을 해치울 수 있을 리는 만무했지만 의심이 샘솟는 것은 막을 수가 없었다.

카트리엘이 배신하지만 않았더라면. 그 망할 엘프만 생각하면 부아가 치밀었다. 시버란은 초조한 마음에 천막 안을 서성이다가 발에 걸리는 실크 쿠션을 냅다 걷어찼다. 이미 올레이에 사람을 보내 조치를 취해두었다. 카트리엘이 음유시인 동지들에게 돌아가는 순간, 끔찍한 일이 그녀를 기다리고 있을 것이다. 처음 그녀를 고용하기 위해 큰돈을 썼는데, 또 다른 음유시인을 고용하는 데 더 큰돈을 쓰고 말았다. 하지만 안타깝게도 그 사람은 적어도 한 주가 지나야만 여기 다다를 것이다.

'여기서 썩고 있다니!'

시버란이 분노로 씩씩거렸다. 지금 당장이라도 천막 밖으로 뛰어나가 아직 자고 있는 사령관을 걷어차 깨운 다음 행군하라고 요구하고 싶은 마음이 굴뚝같았다. 만나기로 한 지점인 이곳을 떠나 더 서쪽으로 가면 이리로 오고 있을 기사단과 마주칠 수 있을 것이다. 하지만 그는 억지로 마음을 가라앉혔다. 그는 급박한 상황에 떠밀려 의사결정을 내리는 것을 매우 싫어했다. 지금은 인내심을 가져야 할 때였다.

시버란이 몸을 떨며 하얀 족제비 망토로 다시 한 번 몸을 감쌌다. 그러고는 커다란 천막 안에 피워진 불로 향했다. 하인들이 석탄을 더 가져오지 않으니 어쩔 수 없이 자기 손으로 해야만 했다. 하지만 다음 순간 그는 우뚝 걸음을 멈췄다. 천막 뒤편 입구에 웬 남자가 서 있는 것이 아닌가. 빛나는 판금 갑옷에 보라색 망토를 걸치고, 마법의 룬으로 반짝이는 연한 빛의 장검을 든 금발 머리 남자였다. 살기등등한 눈빛은 그가 무슨 의도로 여기에 들어왔는지 말해주고 있었다.

"마릭 왕자…… 다른 곳도 아니고 여기까지 이렇게 행차하시다니, 놀랄 일이군."

정말로 놀랄 일이었다. 반란군이 여기까지 온 건가? 공격을 개시하려는 건가? 이 바보가 설마 혼자 오진 않았겠지? 시버란은 초대받지 않은 손님에게서 시선을 떼지 않은 채 한 손을 움직여 보호 주문을 썼다. 희미한 빛이 그를 감싸자 금발의 남자가 장검을 시버란에게 겨눈 채 조심스레 천막 안으로 들어왔다.

"네 경비병들은 죽었다. 부를 것 없어."

마릭이 말했다.

"더 큰 소리로 여기 병사들 전체를 이리로 부를 수도 있지."

"그놈들이 빠를까, 내 칼이 빠를까?"

마릭이 싸늘하게 웃으며 대꾸했다.

시버란은 상대를 인정해야만 했다. 이 젊은이는 어딜 보나 제왕다운 한 명의 전사였다. 그에 관한 소문과는 얼마나 다른가. 소문에서 말하는 젊은이는 지금 여기 서 있는 전사와는 조금도 닮지 않았다.

시버란은 한 손을 뻗어 몇 마디를 읊었다. 고대의 티빈터 말이었다. 그러자 그의 화려한 지팡이가 천막 반대편에서 날아와 그의 손으로 쏙 날아 들어왔다. 그는 자신감 넘치는 표정으로 왕자를 향해 콧방귀를 뀌었다.

"날 죽이러 온 건가? 쉽진 않을 텐데, 왕자님."

"날 그렇게 부르지 마라."

마릭의 얼굴이 분노로 가득 찼다.

"왜 안 되는데, 왕자님?"

아무 말 없이 마릭은 마법사를 향해 달려들며 장검을 내리쳤다. 그 순간 상대가 지팡이를 들어 그 공격을 막았다. 두 무기가 부딪치면서 불꽃이 튀고 불길이 일었다. 검의 위력을 확인한 시버란의 눈이 크게 벌어졌다.

그가 재빠르게 주문을 외우며 손바닥을 내밀자 벼락이 떨어지면서 마릭을 때렸다. 마릭은 고통에 찬 비명을 지르며 뒤로 날아갔다. 마릭의 몸이 벽장에 부딪히자 장이 넘어가면서 천막이 그의 몸 위로 쓰러졌다. 바깥에서 놀란 병사들의 고함 소리가 들리기 시작했다.

시버란은 고통으로 몸부림치는 왕자가 쓰러진 곳으로 천천히 다가갔다. 아직도 그의 갑옷에 전류가 흐르고 있었다.

"정말로 내 천막으로 걸어 들어와 날 없앨 수 있다고 생각했나, 응? 그건 그렇고 날 어떻게 찾은 거지?"

마릭이 재빨리 몸을 굴린 후 이를 부드득 갈며 천천히 무릎을 세우고 몸을 일으켰다.

"카트리엘의 선물이지."

그는 가늘게 뜬 눈으로 시버란을 올려다보며 말했다.

"카트리엘이? 그럼 카트리엘은 어디 있지?"

시버란이 흥미롭다는 듯 턱수염을 슬슬 문지르며 물었다.

"죽었다."

마릭이 몸을 일으켰다. 순전히 정신력만으로 벼락의 고통을 이겨내느라 온몸이 덜덜 떨렸다.

그 모습에 시버란은 약간의 감명을 받았지만 그렇다고 놈에게 당할 수는 없었다. 그는 마릭을 향해 지팡이를 내밀고는 다시 한 번 티빈터 말로 주문을 외웠다. 그러자 천막 전체가 번쩍이더니 안에서 폭풍이 일었다. 별안간 차가운 바람이 회오리치며 천막 안쪽과 바닥에 서리가 덮이고 마릭의 몸이 얼어붙기 시작했다.

마릭의 은색 갑옷이 순식간에 얼음으로 덮이자 마릭은 몸을 구부리며 바람과 눈에 맞서 싸웠다. 피부가 얼어붙어 쩍쩍 갈라지면서 얼굴에 금세 선명한 피가 배어나오기 시작했다.

"안타깝게 됐군. 그 엘프는 내 손으로 직접 죽이고 싶었는데. 어쨌거나 네가 수고를 덜어주었으니, 카트리엘을 위해 준비해뒀던 고문을 네게 해야겠다."

시버란이 마릭을 향해 다가오며 말했다.

마릭은 연이은 고통에 몸부림치며 무릎을 꿇은 상태였다. 시버란이 그 앞에 다가와 섰다. 그리고 손을 내밀며 무력한 상대를 향해 또 다른 주문을 외우려 했다. 그 순간, 마릭이 무언가를 집어던지듯 한 손을 힘껏 움직였다.

그러자 그의 손에서 퍼져 나온 것이 시버란의 얼굴을 덮었다. 먼지인지, 흙인지 잘 알 수는 없었지만 어쨌거나 시버란의 눈과 목구멍이 따갑기 시작했다. 재빨리 뒤로 몸을 피하다가 얼음으로 덮인 의자에 걸려 넘어진 그는 비명을 지르며 바닥에 쓰러진 채 곧바로 지독한 기침을 해댔다. 목구멍이 타는 듯한 통증이 점점 심해졌다.

앞도 거의 보이지 않았다. 그는 심하게 쿨럭거리며 마릭으로부터 버둥버둥 멀어졌다.

마릭은 천천히 몸을 일으켰다. 여전히 천막 안에는 사나운 바람이 불면서 조그만 가구와 책 따위가 사방을 날아다니고 있었고, 천막은 금방이라도 송두리째 날아가 버릴 것 같았다. 바람을 뚫고 사람들의 소리가 점점 가까워졌다. 마릭은 두꺼운 얼음에 덮여 손과 얼굴에서 피를 흘리고 있었지만 이를 부드득 갈며 천천히 마법사를 향해 절뚝절뚝 걸어갔다.

"카트리엘이 준 또 다른 선물이지. 그녀가 내게 편지를 남겼다. 네가 누구고, 어디에 가면 찾을 수 있는지, 어떻게 하면 널 제압할 수 있는지, 모든 게 적혀 있었지."

마릭이 힘겹게 이야기했다. 겨우 다시 눈을 뜬 시버란은 왕자의 볼에 눈물 두 줄기가 흘러내려 하얗게 얼어붙은 피부에 선명한 눈물 자국이 난 것을 볼 수 있었다.

"살아서 여길 나서진 못할 거다!"

시버란이 소리를 지르며 아까보다 조금 더 빨리 뒷걸음질을 쳤지만 왕자는 계속해서 다가왔다. 마침내 겨우 힘을 찾은 시버란이 왕자를 향해 손바닥을 내밀었다. 거기에는 조그만 불꽃이 생겨나고 있었다.

하지만 다음 순간, 불꽃이 힘없이 꺼지고 말았다. 뒷덜미로 무언가 윙윙거리는 익숙한 느낌이 올라오더니 이내 온몸에 감각이 느껴지지 않았다.

"안 돼!"

왕자가 무슨 짓을 저질렀는지 그제야 깨달은 시버란이 비명을 질렀다.

마릭은 마법사 앞에 선 채 장검을 높이 들어 올렸다가 힘껏 내리꽂았다. 용뼈 장검의 칼끝이 시버란이 마법으로 만든 보호막에 닿자 밝은 불꽃이 튀었다. 시버란은 찔리지 않았지만 마법의 검이 그의 보호막에 부딪치자 고통의 신음을 흘렸다.

마릭이 다시 검을 높이 치켜들자 시버란이 비명을 질렀다. 다른 주문을 쓰려고 방어하듯 양손을 올렸지만 너무 늦고 말았다. 마릭의 몸무게가 실린 검이 그대로 내리꽂혔다. 번쩍 하는 섬광과 함께 칼이 주문을 깨뜨리고는 보호막을 통과해 그대로 시버란의 심장에 박혔다.

시버란은 마치 하얀 불꽃처럼 온몸으로 폭발하는 고통을 느끼며 헉 하고 숨을 내뱉었다.

온갖 생각이 그의 머리를 스쳤다.

'안 돼! 이렇게 끝날 수는 없어! 이건 아니야!'

그는 스스로를 구할 주문을 생각해내려 애썼다. 치유 마법, 아니면 몸에서 영혼을 빼내 따로 보관하는 마법, 아무거나 좋았다. 하지만 몸에서 모든 감각이 빠져나갔고 아무런 힘도 남지 않았다. 비명마저 머릿속에서만 맴도는 동안 맥박이 느려지고 상처에서 피가 배어나오기 시작했다.

마침내 지팡이가 그의 손에서 빠져나와 또르르 굴렀다. 움직임이 없는 시버란의 눈은 여전히 못 믿겠다는 표정으로 허공을 주시할 뿐이었다.

그 순간 천막 안의 눈보라도 언제 그랬냐는 듯 사라져버렸다. 서리와 얼음은 아직 남아 천막 내부와 흩어진 가구를 온통 하얗게 덮었고, 차가운 안개 역시 공중에 남았다. 사람들의 정신없는 외침이 사방에서 들려오고, 어떤 이들은 아주 가까이 와 있었다.

마릭은 발아래 누운 마법사의 시신을 내려다보았다. 하얀 서리 속에 새빨간 피가 점점 퍼지고 있었다. 그는 굳은 표정으로 검을 뽑아 올렸다. 마법사는 움직이지 않았다.

"고마워, 카트리엘."

마릭이 중얼거렸다. 슬픔이 마음속 깊은 곳에서 점점 커져갔다. 카트리엘이 죽은 다음 날 아침, 그녀의 처소에 있던 작은 상자 안에서 편지를 발견했다. 일부러 마릭이 쉽게 찾을 수 있는 곳에 놔둔 것이다. 그녀는 알고 있었다. 데너림까지 미행당한 것도, 다시 돌아오면 무엇이 기다리고 있을지도. 또한 자신이 용서받을 수 없는 일을 저질렀다고 고백하면서 어떻게 하면 시버란에게 접근해 그를 죽일 수 있는지 자세히 설명해놓았다.

그리고 마법사가 사라지면 찬탈자 메그렌도 허수아비나 다름없다고 적혀 있었다. 그리고 마지막으로 그가 건강히 잘 지내기를 빈다고 덧붙여놓았다.

마릭은 울음을 터뜨렸다. 얼음으로 가득 찬 천막 안에서 몸을 웅크린 채 카트리엘을 위해, 어머니를 위해, 그리고 어느 순간엔가 잃어버린 자신의 일부를 위해 눈물을 흘렸다. 하지만 이제 끝난 일이다. 길을 찾아내겠다고 어머니께 맹세했었고 결국 해냈다. 이제 남은 건 이 일을 마무리 짓는 것이다.

그때 병사 두 명이 천막 안으로 들이닥치더니 바닥에 쓰러져 죽은 마법사와 그 옆에 웅크리고 앉은 마릭을 보고 깜짝 놀라 멈춰 섰다. 그중 하나가 정신을 차리더니 칼을 빼들고 고함을 지르며 마릭에게 달려들었다.

마릭은 자리에서 일어나며 크게 칼을 휘둘렀다. 장검이 상대의 사슬 갑옷을 쉽게 잘라내고 큰 상처를 남기자 피가 솟아올랐다. 그가 휘청거리며 무릎을 꿇자 마릭은 그의 몸을 뛰어넘으면서 목덜미 깊숙이 칼을 꽂았다. 그 병사는 피 거품을 뿜으며 그 자리에서 숨졌다.

남은 한 명은 달려오는 마릭을 보고 공포에 사로잡혔다. 그는 내빼는 동시에 도와달라는 비명을 지르려 했지만 마릭이 첫 번째 병사의 몸에서 빼낸 칼을 그의 가슴에 재빨리 찔러 넣었다. 그 병사의 비명은 입 밖으로 나오기도 전에 사라지고 말았다. 마릭은 침울한 표정으로 한 걸음 앞으로 다가서며 병사의 가슴에 칼을 끝까지 밀어 넣었다.

가까이에서 더 큰 고함 소리가 들려왔다. 병사들이 우왕좌왕하고 있었지만 그것도 오래 가지 못할 것이다. 금방이라도 여기에 들이닥칠 게 뻔했다.

마릭은 죽은 마법사를 돌아보며 잠시 그 자리에 멈췄다. 놈은 오만함의 대가를 치렀다. 찬탈자가 이 왕국을 가지고 놀도록 도운 죄, 애초에 그를 퍼렐던으로 데려온 죄에 대해서도 대가를 치렀다. 마릭이 그에게 빚진 것이 있다면 그것은 카트리엘을 자신에게 보낸 것이었다. 그래서 그 빚을 갚기 위해 혼자서 마법사에게 맞섰고, 빠르고 고통 없이 죽게 해주었다.

하지만 이제부터 자비란 없을 것이다.

'다음은 네 차례다, 메그렌.'

무언의 약속과 함께 마릭은 몸을 돌려 바깥의 어둠 속으로 자취를 감추었다. 로게인과 로완이 오늘 그를 위해 싸워주었지만 나머지는 자신의 힘으로 해낼 생각이었다. 빼앗긴 왕좌를 되찾고, 퍼렐던은 다시 자유를 찾을 것이다. 그 길을 막는 자가 있다면 기필코 용서치 않으리라.

에필로그

"그래서 이겼어요?"

잔뜩 흥분하며 자리에서 꼼지락대는 어린 케일런을 향해 아일리스 여사제는 미소를 지었다. 열두 살 먹은 소년치고는 꽤 집중하여 이야기를 듣고 있었다. 아이는 언제나 이런 모험담에 푹 빠져 있었고, 그 가운데서도 아버지와 관련된 이야기라면 시간 가는 줄 모르고 귀를 기울였다. 당연한 일이다. 마릭 왕을 우상처럼 믿고 따르는 퍼렐던 소년들은 수도 없이 많았으니까.

그녀는 주름이 쪼글쪼글한 손으로 아이의 금발 머리를 쓰다듬으며 고개를 끄덕였다.

"그럼, 이겼고말고. 이미 알고 있겠지만. 이기지 않았다면 우리 왕자님이 지금 이 자리에 있었을까?"

신나서 박수를 치는 아이를 보며 아일리스가 쿡쿡 웃었다.

"없었겠죠."

아이가 씨익 웃으며 대꾸했다.

"그렇지, 없었겠지. 로게인이 올레이 군을 혼쭐내 쫓아버린 덕분에 플로리안 황제는 메그렌에게 더 이상 군대를 보내주지 않겠다고 했단다. 하지만 우리도 많은 군사를 잃었지. 날투르와 결사의 군단도 우리 군사 절반과 함께 장렬히 전사했고. 심지어 어머니도 거의 목숨을 잃을 뻔했단다. 하지만 그날은 퍼렐던 사람들의 기억에 영원히 남을 날이 되었고, 로게인은 오늘날까지도 데인 강의 영웅이라 불리게 되었지."

케일런이 무릎 위에 놓인 책을 뒤적였다. 올레이 대사가 어린 왕자에게 선물로 보낸, 세밀한 삽화가 담긴 고급스러운 책이었다. 이 년 전 새로운 여황제가 즉위한 이후 처음으로 퍼렐던에 파견된 대사는 온갖 선물을 가지고 왔었고, 로게인 공작은 그걸 뇌물이라고 했었다.

물론 어린 케일런은 그 책에 담긴 기사단과 전투 장면들을 좋아했지만, 그것은 왕자의 머릿속에 황제의 위대함 대신 퍼렐던의 승리에 대한 생각을 심어주는 역할을 했다. 케일런은 언제나 책에 둘러싸여 있었다. 한 번 펴보고 반쯤 읽은 책도 있었고, 아예 읽지 않고 던져둔 것도 있었으며, 또 어떤 책들은 수십 번도 더 읽었다. 로완 왕비는 살아 있는 동안 궁전을 책으로 채우려 애쓰며 왕자가 어머니 로완을 사랑하는 것만큼 책들을 사랑하게 만들었다.

케일런이 호기심 어린 표정으로 고개를 들었다.

"그럼 왕위 찬탈자는 어떻게 됐어요? 전투에는 안 나왔죠?"

"그럼, 안 나왔지. 아버지께서 그자를 쓰러뜨리기까지는 삼 년이 더 걸렸단다. 메그렌은 최후의 순간까지도 패배를 인정하지 않았고. 마지막에는 얼마 안 되는 지지자들과 함께 여기 수도 안, 드라콘 요새에 들어가 끝까지 저항했단다."

아일리스가 대답했다.

"산속에 있는 거요?"

"그래요, 그거. 그곳에서 엿새나 버텼는데, 마침내 아버지께서 그자에게 결투를 신청했지. 로게인 공작은 길길이 화를 냈지만 어쨌거나 찬탈자는 그걸 받아들일 수밖에 없었단다. 그리고 오만하게도 자기가 이기리라고 확신했지."

"하지만 졌잖아요!"

케일런이 다시 씨익 웃으며 말했다.

"그렇지, 졌지."

아일리스가 잠시 말을 멈추고는 이야기를 이어야 할지 말아야 할지 고민했다. 왕은 아들이 모든 사실을 알아야 한다고 말하지 않았던가? 그렇다면 가르쳐줘야만 했다.

"아버지께서는 드라콘 요새 꼭대기에서 메그렌과 결투를 벌였고, 그자를 죽인 뒤에는 머리를 잘라 창에 꽂아서 왕궁 문 앞에 세워놨단다. 하지만 이 궁에 세워진 머리는 그게 마지막이었어."

케일런은 차분히 이 말을 받아들이며 고개를 끄덕였다. 그러고는 다시 고개를 숙이고 무릎 위에 펼쳐진 책에 시선을 돌렸다. 그의 긴 금발 머리가 쏟아져 눈을 가렸다. 아일리스 여사제는 그런 아이를 한참 보고 있다가 손을 내밀어 머리칼을 옆으로 쓸어 넘겨주었다. 도서관 안에는 창문 밖에서 들려오는 가을바람 말고는 아무 소리도 들리지 않았다.

"지금 무슨 생각하고 있니?"

아일리스가 아이에게 물었다.

그러자 아이는 조금 우울한 눈으로 고개를 들었다.

"엄마와 아빠는 서로 사랑하지 않았나요?"

이 말을 들은 그녀가 심호흡을 했다.

"그런 게 아니란다. 그분들은 퍼렐던의 왕과 왕비가 되셨고, 그것은 그분들에게 아주 중요한 일이었어. 해방된 뒤 나라를 다시 세우기 위해 할 일이 아주 많았고, 그렇게 하려면 두 분이 합심해서 일어서야 한다는 걸 알고 계셨지."

아일리스는 아이가 잘 이해하지 못한다는 것을 깨달았다. 그래서 다시 한 번 한숨을 쉬고는 한 손으로 아이의 볼을 감쌌다.

"서로에게 애정이 각별하셨단다. 세월이 흐르면서 그건 깊은 사랑으로 바뀌었지. 어머니가 돌아가셨을 때 아버지는 진심으로 슬퍼하시면서 몇 주 동안이나 침실 밖으로 나오지 않으셨잖아. 우리 왕자님도 기억나지?"

아일리스가 조심스레 물었다.

케일런이 침울한 표정으로 고개를 끄덕였다. 아일리스도 그때를 또렷이 기억하고 있었다. 마법사 협회에서 가장 뛰어나다는 이들도 몇 달 동안 극심한 병환에 시달리던 왕비를 돕지 못했고, 결국 그녀는 조용히 눈을 감고 말았다. 그 뒤 몇 주 동안 마릭 왕은 멍하니 허공만 바라보며 방에서 나오지 않았다. 아무 말도 하지 않았고, 무언가 물어도 대꾸하지 않았다. 먹는 둥 마는 둥 하며 식사량이 점점 적어지자 왕궁 전체가 걱정에 사로잡혔다. 백성들도 사랑하는 왕비의 승하를 슬퍼하며, 곧 왕도 왕비를 뒤따르지 않을까 걱정하기 시작했다.

아일리스도 무엇을 해야 할지 몰랐다. 왕궁 안에는 그녀가 도움을 청할 사람이 없었다. 전쟁이 끝난 뒤 마릭은 로게인을 귀족으로 승격시켜 그와렌의 공작으로 삼았다. 퍼렐던 사람 모두 그날을 축하했다. 자기들 같은 평민 중에서 영웅이 탄생하여 귀족의 지위까지 올랐다는 사실은 모두가 환영하는 일이었다. 로게인 공작은 아름답고 심성이 고운 여자와 결혼하여 예쁜 딸도 낳았다. 하지만 마릭 왕과의 전설적인 우정에도 불구하고 이후로 단 한 번도 왕궁을 찾지 않았다.

왕비 앞에서 로게인의 이름이 언급될 때마다 왕비의 말수가 줄어들었고, 왕은 슬픈 눈으로 그녀를 바라보곤 했다. 처음 그 모습을 본 아일리스는 곧 눈치채고 말았다. 모를 수가 없었다. 그래서 왕궁 안에서 로게인의 이름은 자주 불리지 않게 되었다. 왕이 종종 그와렌을 찾아가곤 했지만 그럴 때마다 왕비는 왕궁에 남아야 하는 핑계를 댔고, 아일리스는 그때마다 홀로 남은 왕비 곁에서 함께 지내곤 했다.

왕비가 죽은 뒤 아일리스는 그와렌으로 사람을 보냈고, 결국 로게인이 수도로 찾아왔다. 그는 돌처럼 굳은 얼굴로 왕의 침실에 들어가 문을 닫은 뒤 몇 시간 동안 나오지 않았다. 그러고 나서 아무 예고도 없이 불쑥 왕과 함께 밖으로 나왔다. 그들은 아무에게도 알리지 않은 채 로완의 재가 안치된 곳으로 가 함께 그녀를 애도했다.

"기억나요."

케일런이 한숨을 쉬며 대답했다.

"아버지께서 그 엘프 카트리엘에 대해 느꼈던 감정은 아주 달랐단다. 그렇다고 아버지가 어머니를 사랑하지 않은 건 아니야. 절대 그렇게 생각해서는 안 된단다."

아일리스는 로게인이 자신을 찾아냈던 때가 떠올랐다. 그녀는 늪지대 북쪽의 작은 마을에 터를 잡아 살고 있었는데, 누군가가 찬탈자의 부하들 손에 살해당한 무법자들에 대해 묻고 다닌다는 소식을 들었다. 그는 아버지 가레스를 찾고 있다고 했다. 마침내 그 마을에서 아일리스를 찾아낸 로게인은 그녀에게 달려가 와락 들쳐 안고는, 이제껏 본 적 없는 큰 웃음을 터뜨렸었다.

그러고 나서 아일리스는 로게인을 그의 아버지의 재가 뿌려진 곳으로 데려갔다. 가레스가 생전에 지키려 애썼던 수많은 이들의 재가 뿌려진 곳이었다. 시신을 모두 수습하여 그 언덕에 안치하기까지는 아주 오랜 시간이 걸렸다. 마침 비가 내렸다. 그녀는 아이처럼 우는 로게인을 끌어안고 함께 눈물을 흘렸다. 로게인은 그녀에게 용서를 빌었고, 아일리스는 그가 잘못한 게 아무것도 없다고 말해주었다.

가레스가 살아 있었다면 아들을 무척이나 자랑스러워했을 것이다. 아일리스는 확신했다.

케일런이 책을 덮고 가죽 표지에 볼록하게 새겨진 정교한 무늬를 만지작거리다 알쏭달쏭한 표정으로 그녀를 올려다보았다.

"나도 언젠가 왕이 되나요, 아일리스 사제님?"

"아버지가 돌아가시면, 그렇게 되겠지. 그런 날이 너무 빨리 오지 않기를 빌자꾸나. 내가 살아 있는 동안에는 그렇게 되지 않겠지."

"나도 아빠처럼 좋은 왕이 될 수 있을까요?"

이 말에 아일리스가 웃음을 터뜨렸다.

"우리 왕자님도 티어린 가문이란다. 위대한 왕 케일런헤드뿐 아니라 반란군 여왕 모이라와 구원자 마릭의 피가 흐르고 있지. 마음만 먹으면 무엇이든 할 수 있단다."

"아빠도 늘 그렇게 말씀하셔요. 하지만 난 아빠만큼 좋은 왕이 될 수 있을 것 같지 않아요."

아이가 한숨을 쉬며 대꾸했다.

'정말 제 아버지랑 똑같구나.'

아일리스는 잠시 생각에 잠겨 있다가 정답게 아이의 머리칼을 헝클어뜨리고는 의자에서 일어섰다.

"자, 가자. 이 늙은 스승하고 같이 정원에 계신 아버지를 찾아보자꾸나. 오늘 수업을 얼마나 잘 들었는지 왕자님이 직접 아버지께 말씀드리련?"

케일런이 싱긋 웃으며 벌떡 일어났다.

"아빠가 또 이야기를 들려주실까요? 용에 대한 이야기를 더 듣고 싶은데!"

"오늘 말고도 이야기를 들을 시간은 얼마든지 있단다."

어린 케일런 왕자는 입술을 삐죽였지만 이내 씨익 웃고는 후다닥 왕궁 복도를 달려 곧 시야에서 사라졌다. 아일리스는 고개를 절레절레 흔들고는 지팡이를 집어 들고 느릿느릿 아이의 뒤를 따라 걷기 시작했다.

– 끝 –